生态美学研究丛书

曾繁仁 程相占 主编

环境美学概论

程相占 主编

山东文艺出版社

图书在版编目（CIP）数据

环境美学概论 / 程相占主编. —济南：山东文艺出版社, 2021.4

（生态美学研究丛书 / 曾繁仁，程相占主编）

ISBN 978-7-5329-6335-5

Ⅰ.①环… Ⅱ.①程… Ⅲ.①环境科学—美学—研究 Ⅳ.①X1-05

中国版本图书馆CIP数据核字（2021）第039507号

环境美学概论
HUANJING MEIXUE GAILUN

程相占　主编

主管单位	山东出版传媒股份有限公司
出版发行	山东文艺出版社
社　　址	山东省济南市英雄山路189号
邮　　编	250002
网　　址	www.sdwypress.com
读者服务	0531-82098776（总编室）
	0531-82098775（市场营销部）
电子邮箱	sdwy@sdpress.com.cn
印　　刷	山东新华印务有限公司
开　　本	710毫米×1000毫米　1/16
印　　张	27
字　　数	401千
版　　次	2021年4月第1版
印　　次	2021年4月第1次印刷
书　　号	ISBN 978-7-5329-6335-5
定　　价	120.00元

版权专有，侵权必究。如有图书质量问题，请与出版社联系调换。

总序　发展生态美学　建设美丽中国

2012年,"美丽中国"被正式列为中国特色社会主义建设重要目标之一;2017年10月18日,习近平总书记在中国共产党第十九次全国代表大会上作报告,提出"把我国建成富强民主文明和谐美丽的社会主义现代化强国"。新时代生态文明与美丽中国建设的伟大目标和伟大实践,为中国生态美学发展提供了新的机遇与广阔天地。我们应抓住这一时代机遇,乘势而上,发展完善中国形态的生态美学,为建设美丽中国提供智慧支持,努力使中国生态美学成为国际生态美学不可或缺的一部分。

当代中国生态美学反映新时代精神,重视人与自然的关系

中国生态美学兴起于1994年,最初以介绍西方环境美学为主。二十一世纪初期中国学者开始独立探索生态美学,出版中国生态美学论著,召开一系列国际生态美学研讨会,开始与国际生态美学对话。

新时代美丽中国建设使生态美学由边缘走向主流。哲学是时代精神的精华。美学作为哲学的重要组成部分,自然也是时代精神的体现。在新时代,生态文明建设被提高到前所未有的高度。生态美学反映了当代中国人与自然和谐共生的美学精神,是一种反映社会主流价值取向的话语体系,是新时代具有标志性的美学形态。生态美学正由美学边缘进入美学主流。

其实,每个时代都有自己的美学话语。在战火纷飞的革命年代,毛泽东同志在《在延安文艺座谈会上的讲话》中提出文化和军事两条战线,提出文艺为工农兵服务的方针;在如火如荼的社会主义建设时期,人们面临

改造自然、发展工业农业的任务，在两次美学大讨论中产生了人化自然的实践美学；当前，我国社会正大踏步走进生态文明新时代，人化自然的实践美学已经无法满足时代需要，生态美学响应时代呼唤，走到美学前沿，这是时代发展的必然趋势。

生态美学逐渐受到学术界重视。在可预见的将来，将有更多学者接受生态美学并从事生态美学研究，进而推动生态美学发展成熟，为新时代美丽中国建设提供哲学美学话语支持。法国哲学家加塔利在其《三重生态学》中提出精神生态学，认为自然环境、社会关系与人类主体性是二律背反的关系，其中任何一个领域取得长足进展，都会同时促进另外两个层面的完善，最终在外在生存环境和内在生命本体的双向互动中通达生态智慧，改善人类生态。这里的二律背反是指自然生态理论与社会生态理论及精神生态理论的相辅相成，三者内涵既有区别又相互依靠、相互支撑，须臾难离：自然生态理论离不开精神生态理论，离不开人的生态素养；缺乏生态理论素养，特别是缺乏亲近自然、热爱自然的审美情怀，自然生态保护与生态文明建设就难以落实。

新时代美丽中国建设为生态美学发展奠定了人与自然共生的实践基础。人与自然的关系是最基本的哲学出发点。长期以来，特别是工业革命以来，人类尊奉人类中心论的哲学原则，将人与自然对立起来，无休无止地向自然索取。"人是万物的尺度""人为自然立法"等人类中心论的理论观点，一度占据压倒性优势。但从唯物史观来看，任何理论形态都不是永恒的，都在历史上产生，又在历史发展中转型。接受了工业革命后大肆破坏自然的严重教训，经历了伦敦雾与日本水俣病这样的生态灾难，人类开始反思，人类中心论逐步被生态整体论代替。

新时代美丽中国建设提出了自己新的生态哲学原则：尊重自然、顺应自然、保护自然、保护优先。这里，尊重、顺应、保护，将人与自然由对立引向共生。共生正是新时代美丽中国建设所遵循的基本生态哲学原则。这个哲学原则为生态美学发展提供了最基本的哲学理论前提。众所周知，无论是欧陆现象学生态美学还是英美分析哲学之环境美学，都是力主人与自然之共生。中国学界推崇的生态美学倡导体现中国精神，尤其是中国生态精神，这是对人类中心论与传统认识论美学的突破，是当代中国生态美学进入世界美学话语体系的哲学根基。

突破传统美学内涵，整体论成为生态美学新亮点

新时代美丽中国建设为新的生态美学确立了新的对象与内涵。长期以来，美学的研究对象都是艺术，黑格尔所谓美学，即艺术哲学，深深影响中国美学界，将艺术与艺术之形式美作为美学的基本对象与基本内涵。新时代美丽中国建设给予"美丽"以新的定义：所谓美丽，主要是绿色与生命。以此指导中国生态美学建设，赋予了生态美学以全新的审美对象与全新的审美内涵。就审美对象而言，美丽中国建设将人与自然的绿色与生命的审美关系作为最重要的审美对象之一，在国际美学界首次鲜明地将绿色与生命作为美学的主要内涵。这就突破了传统美学有关审美内涵的论述，即突破了康德的静观美学与无目的的合目的的形式之美，黑格尔的"美是理念的感性显现"，当然也突破了中国实践美学的本质力量对象化的美，这些美学观基本都是人类中心论观念统摄下的改造自然之美。

新时代美丽中国建设为生态美学赋予了新的价值伦理判断。传统美学的伦理判断是人类中心论的，自然被视为附庸。实践美学也是将人的社会性作为美的最主要的标志，不承认大自然与生命的自身之美，认为只有在人的社会实践达到之处才有自然与生命之美，因而无法解释人类实践所达不到的自然现象。而英美一些美学家则持有生态中心论的哲学立场，提出自然全美与荒野哲学的判断。其实，无论是人类中心论，还是生态中心论，都带有某种乌托邦色彩。新时代美丽中国建设坚持一种人与自然共生的哲学与伦理学立场，这就以一种崭新的整体论取代了各有偏颇的人类中心论与生态中心论，坚持所有内在价值只有在这一范围内才有其意义。这种价值观与伦理观是当代最先进的价值观与伦理观，是中国为世界提供的关于生态伦理与生态美学的最有价值的思想方案，是中国生态美学的亮点之一。

构建生态美学中国话语，推动美丽中国建设伟大实践

新时代美丽中国建设为生态美学接通了中国传统文化重要资源，使生态美学的中国话语建设有了坚实的基础。长期以来，有一种观点认为，文化发展是线性的，西方文化强于中国，所以必须以西释中，甚至全盘西化。他们认为中国古代没有哲学，没有美学，也没有生态美学，只有所谓各种智慧。当我们在新时代更加平和、客观地反观自身时，就会获得应有的文化自信与中华文化立场，就会重新发现中华文明绵延生息过程中逐渐发展出来的独有的哲学、美学与生态美学。我们强调文化主要不是生产力，而是生活方式，在文化发展上坚持不同于线性说的类型说；认为中西文化是两种不同的类型，各有千秋，各有特色，只能互补互证、相得益彰，不能互相取代、互相对抗。我们认为，生态文化对于以农耕为主的中国传统社会来说是一种在特定历史地理环境与生产习俗调适下发展出来的原生性文化，以天人合一为其文化模式，以阴阳相生为其基本内涵。

所以，我们提出生生之美，包含变易、创生、创新、仁爱与心性等丰富内涵，这些亦是中国传统文化与美学中具有本体性的哲学与美学元素。众多前辈学者已经论述过生生之美的内涵与价值。反观西方自古希腊以来就是一种以实体性为对象的科技文化，进而发展为工具理性文化，造成了严重的环境污染；此后才在反思基础上，借鉴东方文明，主要是中华文明，产生了反思性的生态文化。由此出发，我们可以看到中国具有有机性的生生之美，相对于欧陆现象学之此在与世界的阐释之美，以及英美环境美学对审美模式进行恰当与不恰当判断的认知之美，恰恰构成一种三角对话关系，使得中国生生之美具有走向世界、建设中国生态美学乃至美学重要话语体系的广阔空间。

新时代美丽中国建设还为中国生态美学建设拓展了领域，使之由书本走向社会，走向了中国特色社会主义建设第一线。新时代美丽中国建设不是纸上谈兵，而是十四亿中国人前无古人的伟大实践。党的十八大以来，我国生态文明建设领域开展了规模宏大的蓝天保卫战、大气污染防治、土壤污染防治与环境保护督察等重要工作，取得了重大成效。新时代美丽中

国建设要求生态美学不仅要在学术探讨方面迈出步伐，而且要走向社会实践第一线，与城市建设、新农村建设以及经济建设紧密接轨，在社会实践上作出新的更大贡献。

二十一世纪中叶，我国将建成富强、民主、文明、和谐、美丽的社会主义现代化强国，美丽中国目标得以实现，这将是人类社会的伟大创举。我们美学工作者能参与这一伟大实践，能够在这一伟大实践中有所创造、有所贡献，这是我们美学工作者从未有过的幸福，也是我们毕生的追求。

是为序。

曾繁仁

2018年6月22日

目 录

导　论 / 001
　　环境美学是什么？……………………………………………………001
　　环境美学兴起的背景…………………………………………………003
　　环境美学的独特概念与理论思路……………………………………007
　　环境美学的最新拓展…………………………………………………018
　　环境美学的美学史意义………………………………………………027
　　本书的思路和框架……………………………………………………034

第一编　环境审美对象论：在环境中审美地欣赏什么？ / 037

第一章　自然环境……………………………………………………038
　　第一节　天　文………………………………………………………039
　　第二节　地　理………………………………………………………044
　　第三节　植　物………………………………………………………050
　　第四节　动　物………………………………………………………053
　　第五节　自然环境的审美特性………………………………………056

第二章　农业环境……………………………………………………064
　　第一节　村庄风景……………………………………………………065
　　第二节　田园风光……………………………………………………074

第三节　劳作景象ᅟᅟᅟᅟᅟᅟᅟᅟᅟᅟᅟᅟᅟᅟᅟᅟᅟᅟᅟᅟᅟ080

　　第四节　农业环境的审美特性ᅟᅟᅟᅟᅟᅟᅟᅟᅟᅟᅟᅟᅟ087

第三章　园林环境ᅟᅟᅟᅟᅟᅟᅟᅟᅟᅟᅟᅟᅟᅟᅟᅟᅟᅟᅟᅟᅟᅟᅟᅟᅟ092

　　第一节　自然要素ᅟᅟᅟᅟᅟᅟᅟᅟᅟᅟᅟᅟᅟᅟᅟᅟᅟᅟᅟᅟᅟ093

　　第二节　人工要素ᅟᅟᅟᅟᅟᅟᅟᅟᅟᅟᅟᅟᅟᅟᅟᅟᅟᅟᅟᅟᅟ104

　　第三节　园林环境的审美特性ᅟᅟᅟᅟᅟᅟᅟᅟᅟᅟᅟᅟᅟ108

第四章　城市环境ᅟᅟᅟᅟᅟᅟᅟᅟᅟᅟᅟᅟᅟᅟᅟᅟᅟᅟᅟᅟᅟᅟᅟᅟᅟ114

　　第一节　道　路ᅟᅟᅟᅟᅟᅟᅟᅟᅟᅟᅟᅟᅟᅟᅟᅟᅟᅟᅟᅟᅟᅟ115

　　第二节　边　沿ᅟᅟᅟᅟᅟᅟᅟᅟᅟᅟᅟᅟᅟᅟᅟᅟᅟᅟᅟᅟᅟᅟ122

　　第三节　区　域ᅟᅟᅟᅟᅟᅟᅟᅟᅟᅟᅟᅟᅟᅟᅟᅟᅟᅟᅟᅟᅟᅟ125

　　第四节　节　点ᅟᅟᅟᅟᅟᅟᅟᅟᅟᅟᅟᅟᅟᅟᅟᅟᅟᅟᅟᅟᅟᅟ128

　　第五节　地　标ᅟᅟᅟᅟᅟᅟᅟᅟᅟᅟᅟᅟᅟᅟᅟᅟᅟᅟᅟᅟᅟᅟ130

　　第六节　城市环境的审美特性ᅟᅟᅟᅟᅟᅟᅟᅟᅟᅟᅟᅟᅟ133

第五章　日常生活环境ᅟᅟᅟᅟᅟᅟᅟᅟᅟᅟᅟᅟᅟᅟᅟᅟᅟᅟᅟᅟᅟ139

　　第一节　衣　着ᅟᅟᅟᅟᅟᅟᅟᅟᅟᅟᅟᅟᅟᅟᅟᅟᅟᅟᅟᅟᅟᅟ140

　　第二节　饮　食ᅟᅟᅟᅟᅟᅟᅟᅟᅟᅟᅟᅟᅟᅟᅟᅟᅟᅟᅟᅟᅟᅟ148

　　第三节　居　住ᅟᅟᅟᅟᅟᅟᅟᅟᅟᅟᅟᅟᅟᅟᅟᅟᅟᅟᅟᅟᅟᅟ163

　　第四节　出　行ᅟᅟᅟᅟᅟᅟᅟᅟᅟᅟᅟᅟᅟᅟᅟᅟᅟᅟᅟᅟᅟᅟ173

第二编　环境审美方式论：如何对环境进行审美欣赏？／180

第六章　对象导向模式ᅟᅟᅟᅟᅟᅟᅟᅟᅟᅟᅟᅟᅟᅟᅟᅟᅟᅟᅟᅟᅟ181

　　第一节　自然审美与艺术审美的不同ᅟᅟᅟᅟᅟᅟᅟᅟ181

　　第二节　自然的本质特性：环境ᅟᅟᅟᅟᅟᅟᅟᅟᅟᅟᅟ185

　　第三节　以对象为导向的欣赏模式ᅟᅟᅟᅟᅟᅟᅟᅟᅟ189

第七章 交融模式 ... 197
第一节 对于对象欣赏模式的批判 ... 197
第二节 对康德崇高理念的延伸 ... 201
第三节 适用于环境审美的交融模式 ... 204

第八章 整合模式 ... 209
第一节 审美欣赏的本质 ... 209
第二节 整合模式的五个要素 ... 214

第九章 其他模式 ... 221
第一节 激发模式 ... 221
第二节 多元模式 ... 225
第三节 后现代模式 ... 230
第四节 神秘模式 ... 235
第五节 生态学模式 ... 239
小　结 ... 248

第三编 环境审美价值论：为何要审美地欣赏环境 / 251

第十章 环境审美体验的特性 ... 252
第一节 环境审美体验与审美愉悦 ... 253
第二节 环境的审美品质 ... 257
第三节 环境的审美价值 ... 259

第十一章 环境审美与环境伦理学的奠基 ... 267
第一节 自然内在美：环境伦理的基石 ... 268
第二节 环境审美与环境伦理 ... 271
第三节 环境审美与生态价值 ... 273
第四节 环境审美与环境保护和评价 ... 276

第十二章　环境审美的教育功能 ... 282
第一节　环境的审美教育价值 ... 283
第二节　环境审美与教育 ... 287

第十三章　环境审美与身心康复 ... 293
第一节　森林环境对人类健康的作用 ... 294
第二节　自然审美与自然缺失症治疗 ... 299

第四编　环境审美规划设计论：如何规划设计美化环境？／312

第十四章　自然环境规划的审美原则 ... 313
第一节　荒野美学 ... 313
第二节　国家公园及其规划的审美原则 ... 315

第十五章　园林环境设计的审美原则 ... 327
第一节　中国古代园林的设计方法 ... 327
第二节　西方古代园林的设计方法 ... 334
第三节　现代园林的设计方法 ... 343

第十六章　城市环境规划的审美原则 ... 348
第一节　城市美学观 ... 348
第二节　形式美相关原则 ... 350
第三节　审美交融原则 ... 353
第四节　象天法地原则 ... 355

第十七章　环境艺术及其生态审美原则 ... 360
第一节　环境艺术的两个面相 ... 361
第二节　审美感知与环境艺术的关系 ... 364
第三节　环境艺术的生态审美反思 ... 369

第四节　环境艺术的生态转向及其作用 ⋯⋯⋯⋯⋯⋯⋯⋯⋯⋯ 374
　　第五节　环境艺术的生态审美原则 ⋯⋯⋯⋯⋯⋯⋯⋯⋯⋯⋯⋯ 381

结语：走向生态美学 ⋯⋯⋯⋯⋯⋯⋯⋯⋯⋯⋯⋯⋯⋯⋯⋯⋯⋯⋯⋯ 396

参考文献 ⋯⋯⋯⋯⋯⋯⋯⋯⋯⋯⋯⋯⋯⋯⋯⋯⋯⋯⋯⋯⋯⋯⋯⋯⋯ 405

后　记 ⋯⋯⋯⋯⋯⋯⋯⋯⋯⋯⋯⋯⋯⋯⋯⋯⋯⋯⋯⋯⋯⋯⋯⋯⋯⋯ 409

Contents

Introduction /001
- Section 1 What is Environmental Aesthetics？ /001
- Section 2 The Background of Environmental Aesthetics /003
- Section 3 The Theoretical Clues and Core Issues in Environmental Aesthetics /007
- Section 4 The Place of Environmental Aesthetics in The History of Aesthetics /018
- Section 5 Environmental Aesthetics and the Development of Aesthetics /027
- Section 6 The Clues and Framework of This Book /034

Part 1 On the Environmental Aesthetic Object: What to Appreciate Aesthetically in the Environments？ /037

Chapter 1 Natural Environment /038
- Section 1 Astronomy /039
- Section 2 Geography /044
- Section 3 Botany /050
- Section 4 Animal /053
- Section 5 The Aesthetic Equalities of Natural Environment /056

Chapter 2 Agricultural Environment /064
- Section 1 The Village Sight /065
- Section 2 Rural Scenery /074
- Section 3 Agricultural Labor /080
- Section 4 The Aesthetic Qualities of Agricultural Environment /087

Chapter 3   Garden Environment / 092
- Section 1   Natural Elements / 093
- Section 2   Artificial Elements / 104
- Section 3   The Aesthetic Qualities of Garden Environment / 108

Chapter 4   Urban Environment / 114
- Section 1   Path / 115
- Section 2   Edge / 122
- Section 3   District / 125
- Section 4   Node / 128
- Section 5   Landmark / 130
- Section 6   The Aesthetic Qualities of City Environment / 133

Chapter 5   Everyday Environment / 139
- Section 1   Clothing / 140
- Section 2   Food / 148
- Section 3   Living / 163
- Section 4   Travel / 173

Part 2   On the Environmental Aesthetic Way: How to Appreciate the Environments Aesthetically? / 180

Chapter 6   The Object-Orientated Model / 181
- Section 1   Difference between Nature Appreciation and Art Appreciation / 181
- Section 2   The Essence of Nature: Environment / 185
- Section 3   The Object-Orientated Model of Appreciation / 189

Chapter 7   The Engagement Model / 197
- Section 1   Criticism of the Object-Orientated Model / 197
- Section 2   Development of Kant's Theory of the Sublime / 201
- Section 3   The Engagement Model for Environmental Appreciation / 204

Chapter 8　The Integrated Model　/ 209
　　Section 1　The Essence of Appreciation　/ 209
　　Section 2　The Five Elements of the Integrated Model　/ 214

Chapter 9　Other Models　/ 221
　　Section 1　The Arousal Model　/ 221
　　Section 2　The Pluralist Model　/ 225
　　Section 3　The Postmodernist Model　/ 230
　　Section 4　The Mystery Model　/ 235
　　Section 5　The Ecological Model　/ 239

Part 3　On the Environmental Aesthetic Value: Why to Appreciate the Environments Aesthetically ?　/ 251

Chapter 10　The Nature of Environmental Aesthetic Experience　/ 252
　　Section 1　Environmental Aesthetic Experience and Aesthetic Pleasure　/ 253
　　Section 2　Aesthetic Qualities of Environments　/ 257
　　Section 3　Aesthetic Value of Environments　/ 259

Chapter 11　Environmental Aesthetic Appreciationand The Foundation of Environmental Ethics　/ 267
　　Section 1　Natural Intrinsic Beauty: The Foundation of Environmental Ethics　/ 268
　　Section 2　Environmental Aesthetic Appreciation and Environmental Ethics　/ 271
　　Section 3　Environmental Aesthetic Appreciation and Ecological Value　/ 273
　　Section 4　Environmental Aesthetic Appreciation and Environmental Protection and Valuation　/ 276

Chapter 12 The Educational Function of Environmental Aesthetic Appreciation /282

Section 1 Aesthetic Education Value of Environment /283

Section 2 Environmental Aesthetic Appreciation and Education /287

Chapter 13 Environmental Aesthetic Appreciation and Physical and Mental Health /293

Section 1 The Forest Environment and Human Health /294

Section 2 Nature Appreciation and the Treatment of Nature-Deficit Disorder /299

Part 4 On the Environmental Aesthetic Design: How to Design and Beautify the Environments? /312

Chapter 14 The Aesthetic Principles of Natural Environmental Planning /313

Section 1 Aesthetics of Wildness /313

Section 2 National Park and Its Aesthetic Planning Principles /315

Chapter 15 Design Techniques of Garden Environment /327

Section 1 Design Technique of Ancient Chinese Garden /327

Section 2 Design Technique of Ancient Western Garden /334

Section 3 Design Technique of Modern Garden /343

Chapter 16 The Aesthetic Principles of Urban Environmental Planning /348

Section 1 The Views of Urban Aesthetics /348

Section 2 The Principle of Formal beauty /350

Section 3 The Principle of Aesthetic Engagement /353

Section 4 The Principle of Modeling Heaven and Earth /355

Chapter 17　Environmental Art and Its Ecological Aesthetic Principle　/360

  Section 1　Two Aspects of Environmental Art　/361
  Section 2　The Relationship between Aesthetic Perception and Environmental Art　/364
  Section 3　Ecological Aesthetic Reflection on Environmental Art　/369
  Section 4　Ecological Turn of Environmental Art and Its Role　/374
  Section 5　Ecological Aesthetic Principle of Environmental Art　/381

Conclusion　Moving Towards Ecological Aesthetics　/396

Bibliography　/405

Epilogue　/409

导 论

环境美学是什么？

环境美学（environmental aesthetics）正式兴起于20世纪60年代，是当代国际美学的一个重要生长点，它既是对不断加深的全球性环境危机（或曰生态危机）的回应，也是美学学科拓展和变革自身的需要。从1966年环境美学之父[1]赫伯恩发表《当代美学与自然美的忽视》（Contemporary Aesthetics and the Neglect of Natural Beauty）一文算起，环境美学发展五十余年，已经成为一个独立的学科，"具有其自身的概念、自身的研究对象和问题；而更加重要的是，它有其自身的贡献"[2]。要想了解环境美学学科，第一步需要知道环境美学是什么？因此，我们按照时间顺序，依次来看三位国际重要的环境美学家对此问题的不同表述。

第一位是芬兰学者约·瑟帕玛，他于1986年出版的《环境之美：环境美学的普遍模式》一书中提出："环境美学基本的出发点是将美学理解为'美的哲学'。环境之美是其研究对象，对于环境之美的各种批评也是其研

---

[1] 这个称呼来自英国学者，参见 Brady, Emily. "Ronald W. Hepburn: In Memoriam," *British Journal of Aesthetics* 49 (2009), 199-202.
[2] Berleant, Arnold. *The Aesthetics of Environment*. Philadelphia: Temple University Press, 1992, p.xii. 该书的中译本为［美］伯林特：《环境美学》，张敏、周雨译，长沙：湖南科学技术出版社，2006年版。

究对象。"[1]也就是说，环境美学是研究"环境美"的学科。

第二位是美国学者阿诺德·伯林特，他在1992年出版的代表性著作《环境美学》中，认为环境美学所研究的核心问题是"对于环境的审美知觉体验"[2]。此外，在他所撰写的牛津大学版《美学百科全书》"环境美学"条目中，伯林特对环境美学作了比较详尽的解释："在其最宽泛意义上，环境美学意味着：作为整个环境综合体一部分的人类与环境的欣赏性交融——在这个环境综合体中，占据支配地位的是各种感觉性质与直接意义的内在体验。……因此，环境美学成为对于环境体验的研究——研究其知觉维度与认知维度的直接而内在的价值。"[3]这段话的核心术语是"环境体验"，其关键是"人类与环境的欣赏性交融"。如果我们对于伯林特的美学理论足够了解的话，就会发现这段话其实也反映了他的美学核心，也就是他自己概括的"交融美学"[4]。

第三位则是加拿大学者艾伦·卡尔森（也译为艾伦·卡尔松），他对于环境美学的解释不同于前面两位，他认为："环境美学是20世纪下半叶出现的两到三个美学新领域之一，它致力于研究那些关于世界整体的审美欣赏的哲学问题；而且，这个世界不单单是由各种物体构成的，而且是由更大的环境单位构成的。因此，环境美学超越了艺术世界和我们对于艺术品欣赏的狭窄范围，扩展到对于各种环境的审美欣赏；这些环境不仅仅是自然环境，而且也包括受到人类影响与人类建构的各种环境。"[5]简言之，卡尔森所认可的环境美学的研究对象就是"对于各种环境的审美欣赏"。如他在2000年出版的代表作《环境美学——对自然、艺术和建筑的欣赏》的

---

[1] Sepanmaa, Yrjo. *The Beauty of Environment: A General Model for Environmental Aesthetics*. Painomeklari Ky, Scandiprint Oy, Helsinki, 1986, p.17. 该书的中译本为［芬］瑟帕玛：《环境之美》，武小西、张宜译，长沙：湖南科学技术出版社，2006年版。

[2] Berleant, Arnold. *The Aesthetics of Environment*. Philadelphia: Temple University Press, 1992, p.xi, xiii.

[3] Kelly, Michael ed., *Encyclopedia of Aesthetics*, Vol.2. New York; Oxford University Press, 1998, pp.116-117.

[4] 要理解伯林特的环境美学，最为简便的方式是理解他的一段学术声明："伯林特的环境美学立场是将人视为一个积极的促成因素：他处于一种语境之中，这个语境不但包含着作为参与者的人，而且与参与者连续不断；人是知觉的中心，他/她不但是个体，而且是他/她所处的社会—文化群体的成员，是其生活世界的成员——他/她的各种视域由种种地理、文化因素塑造。"

[5] Carlson, Allen. "Environmental Aesthetics," in Berys Gaut and Dominic McIver Lopes, eds., *The Routledge Companion to Aesthetics*. London: Routledge, 2001, p.423.

前言中所说："我们大部分的审美欣赏并不限定在艺术范围里，而是指向整个世界。我们不只欣赏艺术，也欣赏自然——宽广的地平线，火红的落日和高耸的大山。更重要的是，我们的欣赏范围超出了原生自然，囊括了我们更平淡的周围环境（surroundings）：一个雨夜中附近公园的孤独感，一个热闹非凡的早市的混乱，以及在路上所见的风景。因此，需要环境美学，因为在这种情况下，我们的审美欣赏包含我们的周围环境：我们的环境（environment）。"[1]

综合以上三位国际环境美学家的观点和立场，我们认为，简单说来，环境美学就是对于艺术品之外的整个世界及其所包含的各种事物的审美欣赏。

进一步来看，在这个定义中涵盖目前环境美学学科所强调的两个基本问题：欣赏什么与如何欣赏。对于第一个问题，环境美学家们基本上达成了共识，即欣赏除了艺术品之外的整个世界；而对于第二个问题，环境美学家们众说纷纭，提出了一系列的环境欣赏模式，诸如"对向导向模式""交融模式""激发模式""整合模式"，等等。本书正是在这两个基本问题的基础上，继续追问：为何需要审美地欣赏环境、如何设计美化环境。由此，这四个问题构建出本书的基本框架，本书共有四编，每一编试图阐释清楚一个问题，即第一编环境审美对象论：在环境中审美地欣赏什么；第二编环境审美方式论：如何对环境进行审美欣赏；第三编环境审美价值论：为何需要审美地欣赏环境；第四编环境审美设计论：如何规划设计美化环境。

环境美学兴起的背景

环境美学兴起于20世纪60年代后期，毫无疑问，它既是那个时代现实环境问题倒逼的结果，也是美学理论自我反思的产物。下面从现实问题、

---

[1] Carlson, Allen. *Aesthetics and The Environment: the Appreciation of Nature, Art and Architecture*. London and New York: Routledge, 2000. p. xii.

社会思潮、美学学科等三个方面来看环境美学兴起的背景。

首先,从现实问题的角度来看,20世纪六七十年代全球环境(生态)危机愈演愈烈,直接影响到人的生存和生活质量,催生了环境美学。

20世纪环境危机已经演变成全球性的共同问题,典型代表是骇人听闻的八大公害事件:1930年比利时马斯河谷烟雾事件,20世纪40至60年代美国洛杉矶光化学烟雾事件,1948年美国宾夕法尼亚州的多诺拉镇的多诺拉烟雾事件,1961年日本四日市哮喘事件,1956年至1968年日本熊本县水俣病事件,1955年至1972年日本富山县神通川流域的骨痛病事件,1968年发生在日本九州、四国等地区的米糠油事件,1952年发生在英国的伦敦烟雾事件。此外,整个地球生态环境遭到严重破坏还表现为物种大灭绝,非再生资源急剧减少,水、土地、大气等污染严重,垃圾围堵城市以及全球气候变暖,臭氧层破坏,等等。正是在如此严峻的环境危机问题的倒逼下,人类开始了反思自身、反思当代工业文明,其重要标志是:1972年6月5日至16日联合国在斯德哥尔摩召开的第一次人类环境会议。在此大会上,联合国最终发表联合宣言,承认环境危机已经是摆在整个人类面前的重大问题。环境美学不仅关注自然环境审美欣赏问题,更关注环境保护问题,因此说,环境美学在20世纪六七十年代的兴起是现实环境危机倒逼的结果。

其次,从社会思潮的角度来看,环境美学产生于20世纪60年代以来日益强劲的环境保护运动之中,可以视为其中的一部分。

现代环境保护运动肇始于1962年美国著名海洋生物学家蕾切尔·卡森(Rachel Carson)《寂静的春天》的出版。蕾切尔·卡森在书中描写因过度使用化学药品和肥料而导致的环境污染、生态破坏,最终给人类带来不堪重负的灾难,她在结尾甚至预言道:"现在,我们正站在两条道路的交叉口上……我们长期以来一直行驶的这条道路使人容易错认为是一条舒适的、平坦的超级公路,我们能在上面高速前进。实际上,在这条路的终点却有灾难等待着。这条路的另一条岔路——一条'人迹罕至'的岔路——为我们提供了最后唯一的机会让我们保住我们的地球。"[1]《寂静的春天》的出版，极大地促进了人们环境保护意识的觉醒，促成了美国第一个民间环保团体的建立，促进了美国国家环境保护局的成立，它"犹如狂野中的一声呐喊，以它深切的感受、全面的研究和雄辩的论点改变了历史的进程。如果没有这本书，环境运动也许会被延误很长时间，或者现在还没有开始。"[2]此后，环境保护运动在美国、欧洲、日本等地兴起，最著名的事件就是，1970年4月22日，美国哈佛大学生丹尼斯·海斯发起的一场有两千多万人参与的以环境保护为核心主题的游行集会，促使美国成立国家环保局，制定环保法，这一日（即4月22日）也被定为"地球日"（The World Earth Day）。现代环境保护运动还从社会政治、经济模式、文化思想、生活方式等方面，批判工业化所造成的严重危害，特别是对环境的严重污染与破坏，反思环境危机对于人类文明的践踏及其产生的恶果。正是在这种社会思潮的影响下，一些人文社会科学如哲学、景观设计学、人文地理学、环境设计、建筑学、环境心理学等人类日益关切环境问题，尤其是环境保护问题不断涌现。于是环境哲学、环境伦理学、环境美学等新兴学科崛起，并成为整个环境保护运动社会思潮的一部分。

最后，从美学学科的角度来看，环境美学的兴起既是美学学科自身对以艺术为中心的美学理论倾向的批判与超越，也是传统自然美学在当代的复兴与蜕变。

第一，环境美学是在挑战传统上以艺术为中心的美学理论的背景下诞生的。回顾美学史，尽管东西方文化对美的探讨古已有之，但是直到1735年德国青年学者鲍姆嘉滕才正式提出了"美学"（aesthetics）这个学科，由此美学作为一门学科正式成立，鲍姆嘉滕也因此被称为"美学之父"。在鲍姆嘉滕看来，美学是一种感性学，是一种研究审美能力的学问。审美能力是一种与理性能力并行的感性能力，这种能力不仅可以用于欣赏诗歌等艺术品，还可以用于欣赏自然。鲍姆嘉滕主要讨论了前者，其后继者康德

---

[1]［美］蕾切尔·卡森:《寂静的春天》，吕瑞兰、李长生译，上海：上海译文出版社，2008年版，第275-276页。
[2]同上，"引言"第V页。

则主要探讨了后者。康德1790年出版的《判断力批判》中,认真深入地讨论了审美判断力的特性及其对于自然事物的审美欣赏,在这本书中,康德只是附带地谈到艺术,并且断言自然美高于艺术美。但是,到了19世纪初黑格尔那里,康德的审美判断力理论被彻底颠覆了。1835年在黑格尔出版的《美学》中,他一方面武断地缩小了美学的研究范围,将审美对象的广阔领域仅仅限定为艺术;另外一方面,他武断地宣称艺术美高于自然美,美学由此变为"艺术哲学"。这种美学观在20世纪前半期分析美学那里得到进一步强化,美学甚至成为关于艺术批评的"批评的哲学"或"元批评",如美国著名的分析美学家比尔兹利在1958年美学专著《美学——批评哲学中的问题》中所言,"为了标出美学这个研究领域的界线,我认为:如果没有人曾经讨论过艺术作品,那就没有美学的各种问题。"[1] 由此可见,在分析美学那里,美学就是专门研究艺术的批评哲学,自然彻底地从美学研究对象中排除了。然而,赫伯恩在1966年所发表的开创性论文《当代美学与自然美的忽视》一文中,明确批评了当时主流美学(即分析美学)把美学研究对象仅仅聚焦在艺术上而忽视自然的做法,揭示出环境美学兴起的这一美学学科的背景。由此可见,环境美学努力打破艺术哲学的束缚,果断地将美学研究的对象扩大到艺术之外的所有其他事物,其美学观可以说在某种程度上是对于鲍姆嘉滕或康德美学观的复归。

第二,环境美学是在传统自然美学的当代复兴中诞生的。回顾自然美学发展历程可以看出,在美学学科诞生的18世纪,无论是在鲍姆嘉滕还是在康德那里,自然一直都是重要的美学研究对象,自然美学在美学学科中占有一席之地。尤其是18世纪末期,"如画"与"优美""崇高"并列成为三大重要的自然审美范畴,促进了自然美学在18世纪取得长足发展。然而到了19世纪,尤其是在黑格尔那里,自然美学的哲学研究很快走向了衰落,美学的范围被窄化为艺术哲学。黑格尔认为,与自然相比,艺

---

[1] Beardsley, Monroe. *Aesthetics: Problems in the Philosophy of Criticism*, 2nd ed., Indianapolis: Hackett Publishing Company, Inc., 1981, p.1.

术是"绝对精神"的更高表达，因此艺术是审美体验（英文为 aesthetic experience，翻译时也作"审美经验"）的典范，所以，从黑格尔开始，美学的关注重心从自然转向了艺术。与此同时，如画欣赏在大众自然审美实践中十分流行，尤其是在旅游和园艺上。如画理论强调只有那种如画的自然景观才是美的，欣赏自然主要就是欣赏那些如画一样的自然风景，即自然不是因其本身而美，而是因其类似某幅风景画（即类似艺术品）而美，这样，自然美成了艺术美的附庸，于是如画理论暗合了黑格尔的艺术美学思想。在哲学观念上，自然欣赏寄生于艺术欣赏，而在审美实践上，自然的如画审美模式依旧是自然欣赏和园林欣赏的主要模式，人们依旧把那些与艺术作品相似的自然风光视作美的，而且自然与艺术作品相似程度越高，就越会被视作是美的。20 世纪 60 年代，以赫伯恩《当代美学与自然美的忽视》为标志，自然美学得以复兴，同时也促成了环境美学的产生。环境美学并非空中楼阁，它是在讨论自然审美问题中逐步创建起来的，因此自然美学是环境美学兴起的历史根基，也是环境美学的核心组成部分，可以说，环境美学正是自然美学在当代复兴中蜕变而成的，反过来，环境美学则推动了自然美学在当代的深入发展。

环境美学的独特概念与理论思路

环境美学在 20 世纪 60 年代兴起以后，很快发展成一门新兴学科的重要原因在于它具有独特概念与理论思路。首先，单从字面上来说，"环境美学"这个术语包括两个关键词，一个是"环境"，另外一个是"美学"，正是环境美学家们发展出独特的新型环境观与新型美学观，并在核心概念上取得进展，才促使环境美学从根基上超越了传统的艺术美学与自然美学。其次，环境美学在理论构建过程中紧紧围绕"欣赏什么"与"怎样欣赏"这两个问题展开。对于第一个问题，环境美学的解答是：努力打破艺术哲学的束缚，果断地将美学研究的对象扩大到艺术之外的所有其他事物，诸如自然、环境、环境中的寻常事物等等。对于第二个问题，由于艺术哲学曾经对"如何欣赏艺术"作过比较充分的讨论，所以环境美学家们普遍采取了对比的论述思路与方法：首先对比艺术与环境的不同，进而对比艺术欣赏与环境欣赏的不同，从而论证"如何审美地欣赏环境"这个关键问题。只有合理地解决了这两个问题，环境美学作为一种新型的美学才能从学理层面获得合法性。概括而言，环境美学在学科建构过程中，其理论思路与核心问题可以概括如下：身在环境中的欣赏者，审美地欣赏什么？如何审美地欣赏？也就是说，环境美学的理论核心是"何处—什么—如何"（Where-What-How）三元范式，环境美学所有的理论问题基本上都是围绕着这个范式而展开的。下面，分别讨论环境美学的新型环境观、新型美学观与独特的三元范式。

一、新型环境观

环境美学的研究对象是各种环境，但环境是什么？或者说，环境美学的环境观是什么？对此，环境美学家们作了深入的研究。

芬兰学者瑟帕玛对环境有着详尽解释。他说："环境是环绕我们的东西（我们作为观察者处于它的中心），我们用我们的各种感官感知它，在它的范围内运动，让它获得我们的存在。这里的问题是感知者与外在世界的关系问题——即使没有感知者，外在世界依然存在。"[1]这是对于环境的最一般意义上的理解，极其接近我们的常识或哲学上的朴素实在论：客观存在的外部环境就是"环绕某物之境"，也就是说，环境总是相对于一个具体的中心而言的：谁是感知者，谁就是它的中心。这种环境观带有浓厚的主客二分色彩，受到其他环境美学家如美国学者伯林特的指名批评。

在伯林特看来，通常流行的多种环境概念，诸如自然环境（natural surroundings 或 natural setting）、物理环境（physical surroundings）、外部世界（external world）等等，都有其不足之处。伯林特特别反对将环境客观化、对象化。他甚至从英语语法的角度，强调不能在"环境"（environment，伯

---

[1] Sepanmaa, Yrjo. *The Beauty of Environment: A General Model for Environmental Aesthetics.* Painomeklari Ky, Scandiprint Oy, Helsinki, 1986, pp.15-16.

林特一般只使用这个词语）一词前面使用英语定冠词 the，因为使用了这个定冠词，环境就成了固定的、具体的、如同一个客观对象的东西，这种意义上的环境"就成了独立存在体（实体），我们可以思考它、处理它，好像它外在于、独立于我们自己"[1]。为了强化自己的这一观点，伯林特还特意进一步申述，被人类客观对象化的环境观，可以从某个侧面揭示人类掠夺环境的理由：环境只不过是人类可以利用的自然资源而已。相反，伯林特借助现象学，特别是梅洛-庞蒂的身体现象学思想，深入地反思批判西方哲学传统中的主客二分的二元论环境观，主张一种超越二元论而走向心身合一、人与环境合一的"一元论"。伯林特指出，环境绝不是"我们可以从远处凝视的一个遥远的地方"，"因为不存在外部世界，没有外部；同时也没有一个内部的密室，我在那里能够躲避来自外部力量的伤害。知觉者（心灵）是被知觉者（身体）的一个方面，人与环境是连续的"[2]。简言之，伯林特提倡一种包括人类物种在内的"大环境观"，即环境就是"由有机体、知觉和场所构成的、充盈着各种价值的、没有缝隙的统一体"[3]。可以说，伯林特所理解的环境是一种高度审美化的环境。如果我们考虑到格式塔心理学对于梅洛-庞蒂知觉现象学的重大影响，考虑到伯林特的环境美学对于格式塔心理学的吸收，[4] 我们甚至可以把伯林特心目中的环境称为"环境格式塔"——既不是客观的、外在的物理环境，也不是主观的、内在的意识世界，而是以身体知觉为中介、物理环境和意识世界两方面因素的创造性整合。

卡尔森的环境观是在对比自然与艺术的情形下形成的。在发展环境美学的过程中，卡尔森一方面强调审美欣赏的范围不仅仅限于传统观念所认为的艺术，而且也包括自然和我们的各种"环境"[5]；另一方面又强调艺术

---

[1] Berleant, Arnold. *The Aesthetics of Environment*. Philadelphia: Temple University Press, 1992, pp.3-4.
[2] Berleant, Arnold. *The Aesthetics of Environment*. Philadelphia: Temple University Press, 1992, p.4.
[3] Berleant, Arnold. *The Aesthetics of Environment*. Philadelphia: Temple University Press, 1992, p.10.
[4] 伯林特在《环境美学》一书中多次涉及格式塔心理学，参见 Berleant, Arnold. *The Aesthetics of Environment*. Philadelphia: Temple University Press, 1992, p.18，45，90，150.
[5] 从英文文献看，卡尔森认为"环境"可以用"surroundings"或"environment"，两者是同义词，可以画等号，这与伯林特不同，伯林特一般只用"environment"，而且不加英语定冠词 the。

美学（即艺术审美欣赏理论）发展比较成熟，因此可以参照艺术美学来发展环境美学。在对比自然与艺术、自然欣赏与艺术欣赏的过程中，卡尔森发现，艺术品与周围环境总是孤立的，而自然事物与周围环境却总是紧密联系的有机体，自然的一个重要特性就是"自然是环境的"，如卡尔森说："自然对象与它们的诞生环境有一种我们也许称作有机整体（organic）的东西；这些对象是它们环境要素的一部分，也借助这些环境起作用的力量，发展它们的环境要素，因此，诞生环境与自然对象在审美上是关联的。"[1]并且，环境作为"审美对象"（aesthetic object）与艺术品作为审美对象差异极大。一件艺术品作为审美的"对象"时，欣赏者一般是外在于它而"对"着它、把它作为"象"；也就是说，审美对象在审美主体之外，审美主体也在审美对象之外，二者是相互分离的，最起码是可分的；但是，作为"审美对象"的环境，却无法成为这种意义上的"对象"，因为，"作为欣赏者，我们被深深地浸入我们的欣赏对象之内"[2]。这里，必须认真注意卡尔森的措辞：在表达"深深地浸入……之内"这种意思时，他使用的英语是"are immersed within"。对于这个表达式，我们可以从三方面把握：1. 语法方面，它是个被动语态，表明作为审美主体的我们，是"被浸入环境之中"的；我们无法摆脱环境，永远不可能跳到环境"之外"而将之作为"对象"；2. immerse 这个动词的基本含义是"浸""泡""沉浸""使深陷于"等。这表明欣赏者与环境之间的关系如同一个人浸入水中那样，沉浸其中，密不可分；3. 介词 within 表示"在……的里面""在……的内部""在……的范围内"等，它强调的是欣赏者只能在环境之"内"而不能在它之"外"。总之，在卡尔森看来，环境这个审美对象其实就是"世界整体"（world at large），它时时刻刻处于运动变化的过程中；它既不是某个艺术家有意识地设计、创作的"作品"，也没有明确的时间界限和空间边界。凡此种种都表明：它只不过是一个"潜在的"审美对象。

---

[1] Carlson, Allen. *Aesthetics and The Environment: the Appreciation of Nature, Art and Architecture*. London and New York: Routledge, 2000. p.44.

[2] Carlson, Allen. *Aesthetics and the Environment: the Appreciation of Nature, Art and Architecture*. London and New York: Routledge, 2000, p.xvii.

总的来看，环境美学在发展过程中逐渐形成一种新型环境观，这种新型环境观不仅强调环境就是"世界整体"，是"有机整体"，更重要的是，它还在理论上揭示出人与环境之间的一种根本结构，即"身在环境中"（being-in-the-environment）。这种新型环境观其实对应的是环境美学三元范式"何处—什么—如何"中的第一个问题"何处"（where），下文会继续论述这个问题。可以说，伯林特与卡尔森正是在接受审美因素的影响下形成了这种新型环境观；反过来，这种新型环境观也影响着环境美学的美学观，促成一种新型美学观。

二、新型美学观

总括上述瑟帕玛、伯林特与卡尔森三位代表性环境美学家的环境观与环境美学观，我们可以分别提炼出三个不同的关键词："环境美""环境体验"与"环境审美欣赏"（简称即"环境欣赏"）。三者既有联系，又有明显的区别。从美学观的角度来说，瑟帕玛所提出的"环境美"背后隐含的美学观是"美的哲学"，也就是从哲学角度对于美的研究。这种美学观是鲍姆嘉滕之前西方美学观的主流，比如，柏拉图与阿奎那的美学思想都可以称为"美的哲学"。这种美学观在鲍姆嘉滕提出审美学之后依然有着一定的影响。但是，这里需要明确的是，"美的哲学"的研究范围要远远小于"审美学"。因为"美的分析"仅仅是审美理论的一部分，除此之外审美理论还包括"崇高的分析""艺术的分析"，甚至可能包括"丑的分析"。更为重要的是，随着心理学研究的壮大，对于"审美体验"的研究逐渐成为美学研究的重点，这方面的代表作首推杜威的著作，包括《经验与自然》（1925年）与《艺术即经验》（1934年）等。伯林特的美学深受杜威的影响，他所说的"环境体验"更为准确的说法其实是"环境审美体验"。

我们这里需要重点讨论的是卡尔森的表述"环境审美欣赏"。将环境美学的研究重点放在对于环境的审美欣赏上面不是卡尔森一人的观点，而是他与伯林特共同认可的观点。他们两人在1998年合作主持《美学与艺术批评杂志》"环境美学"专题的时候，认真讨论过"环境欣赏"与"审美欣赏"的关系。也就是说，在这里，"审美欣赏"而不是"审美体验"被视为环境美学的核心。他们合作的《导论》提出：

> 审美欣赏的含义和特征是美学中经常反复出现的主题，但是，在环境这个语境中，欣赏受到了特别的注意。环境美学将欣赏这种观念，移向一种更加交融而且完整的体验，而不是像我们通常做的那样，仅仅将之归诸艺术。这是因为，在环境体验中，并不存在传统的欣赏对象，我们欣赏的是整个区域；而且我们体验环境的时候，并不主要地通过一种感官，而是通过感官意识的整个范围。此外，这种意识自身也不是静止的，而是持续变化着，就像环境被太阳、日夜、季节、年轮等各种运行影响着那样。通过交融的、包容的、动态的特征，环境增强了我们的欣赏性体验，其方式或许比我们通常的体验艺术的方式更加有力、更加直接。这就向审美理论提出了挑战，要求它协调如下两种审美欣赏：一是对于自然的、对于更加普遍的环境的审美欣赏，二是对于艺术的审美欣赏——从传统上来说，对于艺术的审美欣赏一直是静态的，持久的，有着审美距离，以及分离的、界限明确的审美对象。[1]

这段话至少包括如下三个理论要点：第一，环境的"欣赏性体验"的特点。我们知道，"体验"是西方美学一个比较常见的关键词，审美理论一般将之称为"审美体验"，用以区别一般的日常生活体验——二者之间的关系、边界与区别，通常是构成审美理论的核心问题。但是，伯林特与卡尔森二人这里并没有选用这个普遍使用的术语，而是选择了"审美欣赏"（aesthetic appreciation）这个术语。他们两人非常清楚地知道，"欣赏"通常都是指"艺术欣赏"，总是与艺术鉴赏或赏析相关的。但是，他们有意扩大了"欣赏"的内涵，并且特意创造了一个新的表达方式"欣赏性体

---

[1] Berleant, Arnold and Allen Carlson. "Introduction," *The Journal of Aesthetics and Art Criticism* 56 (1998), 97-100.

验",其学术目的在于将审美体验与艺术欣赏二者贯通起来,用以说明对于环境的审美体验的特殊性及其与艺术欣赏的联系。第二,两位学者认真总结了对于环境的"欣赏性体验"的特点,比如,与艺术欣赏相比,对于环境的审美欣赏或欣赏性体验有着如下四个特点:一是所欣赏的不是某个对象而是整个区域,二是欣赏时运用的是所有感官构成的整体意识而不是某个感官,三是这种意识总是像意识流那样处于不断的变化之中,四是环境会随着自然节律的变化而持续变化——这些特点都与艺术的欣赏不同。既然对于环境的欣赏性体验(也就是对于环境的审美欣赏)如此独特,如此不同于对于艺术的审美欣赏,那么,如何能够将两种不同的"审美欣赏"整合起来而形成一种"审美欣赏理论",这就是环境美学作为一种审美理论所面临的挑战。这就是这段论述的第三个理论要点。

正是出于这种学术考虑,伯林特与卡尔森还直接使用了另外一个新的术语,即"环境欣赏"(environmental appreciation),用来替代"对于环境的欣赏性体验"这种比较烦琐的表达方式。两位学者的基本思路还是反思传统美学对于"审美欣赏"的假定,反思对于自然(或环境)的审美欣赏与对于艺术的审美欣赏二者之间的差异及其深层的相似性。总的来说,二人认为,应该从根本上重新思考"审美欣赏"的含义,将之合理地运用到艺术与自然(环境)两个领域,这样,就会形成一种涵盖不同领域的"审美欣赏理论",美学因此被改造为突出了"欣赏"的当代新形态,即"审美欣赏理论",而这种新型美学观在某些根本之处冲击着、修正着传统美学观,并促使美学观调整与重塑。

环境美学将美学研究的对象和范围从艺术转向艺术以外的环境以及环境之中的各种事物,提出并论证了新型环境观、新型美学观。环境不仅是常识意义上的物理环境,而且也是被人知觉到的环境格式塔;美学不仅是美的哲学,而且也是审美欣赏理论与审美体验理论;恰当而审美地欣赏环境,需要恰当的欣赏模式。美学与环境之间的关系比以往任何时候都更加密切:环境扩大了美学的研究领域,美学则促成了一种新型的环境观。这种环境观的主旨在于克服人与环境的二元对立,倡导人与环境之间的和谐共存。

三、三元范式

环境美学早期发展的思路基本上是围绕三元范式——"何处—什么—如何"而展开的,理清了这个三元范式大体上就可以理清环境美学早期的发展脉络与核心命题。下面依次看一下三元范式的具体内容。

第一个是"何处",也就是讨论"欣赏者在何处欣赏"这个问题。

环境美学认为,人们在欣赏艺术品的时候,总是处于艺术品之外。比如,我们总是站在墙上所挂的那幅画的对面来欣赏它。作为欣赏者的我们也就是通常所说的审美主体,而绘画作品则是审美对象。这种欣赏模式背后隐含着现代哲学的主导性模式,即"主—客二元对立"模式。环境美学则认为,这种审美模式在欣赏环境的时候遇到了强烈的挑战,因为欣赏者在欣赏环境的时候,其基本特点总是进入环境,身在环境之中,典型的例子是"游园"。这就意味着,环境的首要特性是"环绕性"或"可进入性",它与欣赏者之间的关系隐含着一个意味深长的结构——"身在环境中"。这个结构之所以重要,一方面是因为它揭示了环境的特性与环境审美的特征,另外一方面是因为它暗中回应了海德格尔所揭示的著名存在结构"在—世—中"(being-in-the-world),从而使得环境审美获得了比较深厚的哲学内涵。不过这个结构也揭示出,"欣赏者在何处欣赏"这个问题与环境美学新型环境观紧密相连,环境美学的基本理论思路就是揭示"身在环境中"这一根本结构并论述其审美意义,这在三位最具代表性的学者赫伯恩、卡尔森、伯林特那里都有明确体现,他们三人分别选择了"融入"(be involved in)、"浸入"(be immersed within) 与"交融"(be engaged with) 这三个同义词来揭示"身在环境中"这一深层结构。上面在论述环境美学新型环境观的时候,已经论述了卡尔森的"浸入",现在分别看一下赫伯恩的"融入"与伯林特的"交融"。

赫伯恩认为自然具有与艺术不同的审美特性,"它在某种程度上能够促使欣赏者融入自然的审美处境中去。有时,他可能会作为一个静止的、非交融的(disengaged)观察者来面对自然对象;但更典型的则是,对象从各个方向包围着他。"[1] 这里，赫伯恩就是强调欣赏者"融入"自然之中，他进一步解释道："我们不仅拥有欣赏者与对象的相互融入（mutual involvement），而且也具有一种反思效果；通过这种效果，欣赏者以一种不同寻常且生机勃勃的方式来体验他自身；这不仅仅被注意到，而且也被审美地思考过。这种效果并非不适用于艺术，特别是建筑；但在自然体验中，它被更为强烈地认识到，而且它也是普遍的，因为我们处于自然之中并且也是自然的一部分；我们不会像站在墙边面对墙上的一幅画那样，也站在它的对面。"[2] 由此可见，赫伯恩借助"融入"这个关键词揭示出欣赏者"身在环境中"这一深层结构关系。

伯林特不仅强调"交融"（engagement）一词，而且他也把自己的美学（包括艺术美学和环境美学两个领域）统称为"交融美学"（aesthetics of engagement）[3]。对于"交融"介绍得最为集中而明确的是《自然环境美学》一书的"导论"，这由卡尔森和伯林特二人共同执笔，应该是双方都能接受的概括，因此是我们把握这个关键词的最佳文献。这篇导论指出，赫伯恩与卡尔森都强调自然欣赏与艺术欣赏的差异，但伯林特与二人不同，他强调二者的相似性，同时倡导超越传统的一系列二元对立（比如主体—客体），缩小欣赏者与欣赏对象之间的距离，目标是使前者与后者达到总体的、多感官的连续性（continuity），无论是自然还是艺术。在与其他自然美学立场进行对比时，伯林特的美学立场被概括为如下一句话："交融美学强

---

[1] Hepburn, Ronald W. *"Wonder" and Other Essays: Eight Studies in Aesthetics and Neighbouring Fields*. Edinburgh: Edinburgh University Press, 1984, p.12.

[2] Hepburn, Ronald W. *"Wonder" and Other Essays: Eight Studies in Aesthetics and Neighbouring Fields*. Edinburgh: Edinburgh University Press, 1984, pp.12-13.

[3] 关于伯林特"aesthetics of engagement"的中文翻译，目前共有四种，即介入美学、参与美学、结合美学、交融美学。介入美学参见［美］阿诺德·伯林特：《环境与艺术：环境美学的多维视角》，刘悦笛等译，重庆：重庆出版社，2007年；刘悦笛：《从"审美介入"到"介入美学"——环境美学家阿诺德·伯林特访谈录》，《文艺争鸣》2010年第21期。"参与美学"参见［加］艾伦·卡尔松：《自然与景观》，陈李波译，长沙：湖南科学技术出版社，2006年版。［美］阿诺德·伯林特：《生活在景观中——走向一种环境美学》，陈盼译，长沙：湖南科学技术出版社，2006年版。［美］阿诺德·伯林特：《美学再思考——激进的美学与艺术学论文》，肖双荣译，武汉：武汉大学出版社，2010年版。"结合美学"参见［美］阿诺德·伯林特：《环境美学》，张敏、周雨译，长沙：湖南科学技术出版社，2006年版。"交融美学"参见程相占、［美］阿诺德·伯林特：《从环境美学到城市美学》，《学术研究》2009年第5期；程相占：《论生态审美的四个要点》，《天津社会科学》2013年第5期。

调我们与自然的密切融合（involvement with nature）。"[1] 这句话明确地将伯林特的关键词 engagement 与赫伯恩的关键词 involvement 等同起来。这句话不仅揭示了伯林特环境美学的理论思路，也概括了其思想主题：人类再也不能与自然"分离"甚至对立了，人类只不过是自然的一部分，永远只能内在于自然之中，所以说，我们选择的汉语词语诸如"融入""融合"与"交融"等，所要传达的都是这个意思。

因此，环境美学者们提出的一些术语，如"融入""浸入"与"交融"等概念，都是旨在揭示"身在环境中"这一基本事实，从而回答"欣赏者在何处欣赏"这个问题。事实上，对这一问题的回答也构成了环境美学理论的基本出发点。

第二个是"什么"，也就是讨论"欣赏什么"这个问题。

人们欣赏艺术品的时候，审美对象通常是确定无疑的，比如，要么是一幅绘画，要么是一部小说，要么是一首乐曲或一座建筑，等等。但是，当一位欣赏者走进某个环境的时候，其欣赏对象往往是随机的、不固定的。更加重要的是，欣赏者通常需要发挥其能动性来积极地构建其审美对象。理论上来说，某个环境无论大小，其间的事物都是无限的；欣赏者将注意力聚焦在哪些事物上，将哪些事物关联起来、组合起来进行审美欣赏，总是处于不断的变动过程之中。特别是，当欣赏者走动而不是静坐在环境之中的时候，"移步换景"这种审美现象就发生了——中国古典园林造园艺术就充分地运用了这种重要手法，来营造坐落于大地上的一连串"画境"。因此，在环境之中审美地欣赏什么，也是环境美学探讨的重要论题。本书第一编《环境审美对象论：在环境中欣赏什么？》，将从自然环境、农业环境、园林、城市环境、日常生活环境等方面具体就"欣赏什么"这个问题展开说明。

第三是个"如何"，也就是讨论"如何欣赏"这个问题。

这个问题与前面的两个问题密切相关，甚至可以说是上面两个问题的

---

[1] Carlson, Allen and Arnold Berleant, eds., *The Aesthetics of Natural Environments*. Toronto: Broadview Press, 2004, p.17.

进一步提炼。由于欣赏对象是不确定的、流动的，如何对之进行审美欣赏就成了一个理论难题。众多环境美学家围绕这个问题，形成了许多不同的环境欣赏模式，卡尔森统计有十种之多，分别是：对象导向模式（The Object Model）、景观模式（The Landscape Model）、自然环境模式（The Natural Environmental Model）、交融模式（The Engagement Model）、激发模式（The Arousal Model）、神秘模式（The Mystery Model）、非审美模式（The Nonaesthetic Model）、后现代模式（The Postmodern Model）、多元主义模式（The Pluralist Model）、形而上学想象模式（The Metaphysical Imagination Model）。[1] 这么多不同的立场一般被分为两大阵营：认知立场（cognitive approach）与非认知立场（non-cognitive approach）。认知立场认为关于自然对象的知识与信息对该对象的欣赏而言是必要条件，这一立场最典型的代表是卡尔森所提倡的科学认知主义（scientific cognitivism）或自然环境模式，强调自然科学，特别是地质学、生物学和生态学知识对自然审美欣赏至关重要。非认知立场强调认知因素之外的其他事物，如交融、情感唤起或者想象力等对自然审美欣赏而言至关重要，这一立场的典型代表是伯林特所提倡的交融美学，它反对传统美学将欣赏者与欣赏对象相分离的做法，主张欣赏者要融入自然环境中，将自己与自然的距离缩减到尽可能小的程度。如果从哲学角度分析这些不同立场的欣赏模式就会发现，环境美学最终的理论归宿可以归结为如下一句话：审美地欣赏我们置身其中的这个世界。这就意味着，与此前占据主导地位的艺术哲学（或曰艺术美学）相比，环境美学的理论旨趣在于重建人与世界的审美关系，从而从美学角度回应了全球性环境危机。本书第二编《环境审美方式论：如何对环境进行审美欣赏？》将详细论述各种具体欣赏模式，回答"如何欣赏"这个问题。

---

[1] Carlson, Allen. *Aesthetics and The Environment: the Appreciation of Nature, Art and Architecture*. London and New York: Routledge, 2000. pp.5–11.

环境美学的最新拓展

21世纪以来,环境美学受到了更加广泛的关注,国际上权威的美学工具书都设置了相关词条,比如,出版于2001年的《劳特里奇美学指南》收录了"环境美学"词条,出版于2005年的《牛津美学手册》收录了"自然美学"与"环境美学"两个词条。

新世纪的环境美学研究可以称为"环境美学的深化拓展期",它主要由两方面的原因促成:一、人类进入21世纪之后,全球范围内的环境危机不但没有得到有效遏制,反而愈演愈烈——这无疑促使环境美学研究更加引人注目,全球范围内研究环境美学的学者越来越多,比如,不少中国学者开始加入环境美学研究群体当中,与世界各地的学者一道,共同促使环境美学研究日益深化;二、经过20世纪几十年的学术积累,环境美学的理论框架已经基本形成,主要论题也已基本清晰,为学术界的进一步研究奠定了比较坚实的基础。

环境美学在21世纪的深化拓展主要体现为如下几个方面:一、学术界出现了两部以《自然环境美学》为题的著作,表明更加清楚地认识到了"自然"与"自然环境"二者之间的联系与区别,更加突出了"环境美学"的关键词是"环境"而不是"自然";二、"环境"概念进一步从"自然环境"延伸到"人建环境",出现了专门探讨人建环境(特别是城市环境)的环境美学论著;三、环境美学与环境伦理学的联盟进一步加强,国际上一些著名的环境伦理学家如罗尔斯顿开始关注环境美学问题,而环境美学家们也开始探讨环境保护问题——两个领域的交叉与合作,共同促使环境美学的生态意蕴日益加强,孕育在环境美学母体中的生态美学已经出现;四、由于"环境"概念向日常生活环境(场所或场景)的延伸,促使"日常生活美学"日益壮大。我们下面分别进行介绍。

第一,自然环境美学的正式确立。

"自然"是一个总体概念,包括整个自然界以及自然世界中的所有事物、所有现象。"自然环境"应该是整个自然之中的一部分,它主要是个空间概念。比如,自然界中人迹罕至的山谷生长着各种自然事物,相对于这些自然事物，这个山谷就是自然环境。因此，将自然环境美学单独独立出来，表明自然美学开始明确意识到"自然"与"自然环境"的联系与区别，美学传统上并不罕见的"自然美学"由此走向了富有当代特色的"环境美学"。

自然环境美学的论著主要有两部，一部是英国学者布雷迪出版于2003年的专著《自然环境美学》[1]，另外一部是卡尔森与伯林特合编的论文集《自然环境美学》[2]。我们依次来简介。

布雷迪的主要贡献是提出了"整合美学"或者说环境审美中的"整合模式"。该理论在讨论美学基本概念如审美体验、审美判断与审美价值时，试图将主观立场与客观立场整合起来。它认为，对于自然的非工具性的审美评价潜在地基于一种伦理立场，亦即尊重自然。这就明确地将环境伦理学视为环境审美的基础与前提。本书是第一部系统地探讨自然环境美学的论著，其最明显的特点是将哲学美学与环境哲学结合起来，研究的问题包括审美体验的性质，审美价值，审美特性，自然审美欣赏理论，艺术与环境，自然审美欣赏中的想象、感情与意义，对于自然的审美判断的论证，审美价值与伦理价值的交叉点，美学中自然保护与环境政策中的功能等。该书试图为环境美学提供坚实的理论基础，将环境美学与生态问题、环境保护与环境规划等联系起来。

论文集《自然环境美学》出版于2004年，共收入论文16篇，其中有5篇于1998年发表于美国《美学与艺术批评杂志》"环境美学"特刊，对于促进环境美学的快速发展起到过重要的推动作用。其他论文的作者也都是环境美学领域的关键人物。卡尔森和伯林特为论文集撰写了较长的导言，宏观上勾勒了环境美学的发展历程和概念框架，试图界定环境美学学科并为之制定标准。这部论文集的焦点是我们欣赏自然环境时所出现的哲学问题与美学问题，包括如下论题：自然美的性质与价值，艺术欣赏与自然欣赏之间的关系，知识在自然审美欣赏的功能，环境参与在环境欣赏中的重要性，

---

[1] Brady, Emily. *Aesthetics of the Natural Environment*. Edinburgh: Edinburgh University Press, 2003.
[2] Carlson, Allen and Arnold Berleant, eds., *The Aesthetics of Natural Environments*. Toronto: Broadview Press, 2004.

自然审美欣赏与我们维护自然的伦理义务，等等。简言之，该论文集是环境美学兴起以来重要成果的集中展示，是把握该学科最重要的文献之一。

第二，人建环境[1]美学与城市美学。

如果要将环境进行分类的话，最简单的划分就是如下二分法：自然环境与人建环境。所谓人建环境，就是人类在自然环境的基础上根据自己的需要所改造、重建的环境，按照改造程度，由低到高又可以划分为农业景观、园林、城市等环境形态。如果说环境美学的研究对象就是环境审美的话，那么，完整的环境美学无疑应该包括人建环境美学（人建环境美学又包括农业景观美学、园林美学、城市环境美学等）。

从环境美学的实际发展历程来看，学术界研究的侧重点一直是自然美学或自然环境美学，关于人建环境美学（如城市环境美学）的论著很少；到了21世纪，人建环境美学才开始引起了较多的关注。正因为如此，《人类环境美学》一书才显得弥足珍贵。

21世纪以来，伯林特继续保持着突出的创造力，在主编了论文集《环境与艺术》[2]、出版了自己的专著《美学与环境——一个主题的多重变奏》[3]之后，于2007年再次与卡尔森合作，编辑出版了《自然环境美学》的姊妹篇《人类环境美学》[4]，改变了前期环境美学主要关注自然或自然环境的理论倾向，正式将自然环境之外的人建环境纳入环境美学研究的议程，从而使得环境美学更加全面系统。该书所谓的"人类环境"包括乡村景观和城市景观，而城市景观（或公共空间）又包括购物中心、主题公园、园林以及我们的日常生活场景等。这些不同的环境各有其审美价值，我们对它们的审美欣赏与审美体验，决定了我们所生活的这个世界的审美质量——之所以这样说，是因为全球范围内城市人口已经超过了农村人口，城市环境理应成为环境美学研究的主要对象。

---

[1] 人建环境对应的英文术语是built environment，它主要是城市规划领域使用的术语。环境美学领域则通常采用human environment的表述方式。本书认为二者是同义词。

[2] Berleant, Arnold, ed. *Environment and the Arts: Perspectives on Environmental Aesthetics*. Aldershot: Ashgate, 2002.

[3] Berleant, Arnold. *Aesthetics and Environment: Variations on a Theme*. Aldershot: Ashgate, 2005.

[4] Berleant, Arnold. *The Aesthetics of Human Environments*. Co-edited with Allen Carlson. Toronto: Broadview, 2007.

卡尔森与伯林特一样保持着学术创造力，他出版于 2008 年的专著《自然与景观：环境美学导论》[1]最集中地体现了环境美学的理论发展：从自然环境美学到人建环境美学。正如该书标题的两个关键词所显示的那样，本书一方面关注自然美学，另外一方面关注人类创造的景观与人类改变的景观（human-modified landscapes）。该书首先追溯了环境美学的历史渊源，然后总结了当代自然美学的各种立场，进而转向人类创造或人类改变的环境，特别是欣赏这类环境所遇到的困境。卡尔森的侧重点还是在他早就提出的"怎样欣赏环境"这个问题上——怎样审美地欣赏城市与乡村景观，其最终落脚点还是如下一个问题：当我们审美地体验环境时，是否存在着一种正确的方式？卡尔森对此的答案当然是肯定的，他依然坚持其"科学认知主义"立场，坚持强调科学知识在环境审美中发挥着至关重要的作用。

集中研究城市环境美学的专著是法国学者布朗出版于 2008 年的《走向环境美学》[2]。本书关注美学在城市规划与管理中的位置，建议城市规划与景观设计专家们在日常环境中充分顾及居民的需求与品味，从而避免以精英主义思想来对待美的事物。作者从伯林特的"交融美学"立场出发，考察了日常城市生活的多种因素（动物、植物和花园，还有空气），旨在让人们从接近民主的视角出发，适应自己作为多感官生物的城市生存处境。本书认为，我们需要重新理解、界定环境这个概念，不应该抛开城市环境而仅仅研究自然环境。学术界以前主要关注自然，认为自然不在城市之中，城市不但是反自然的，而且是生态破坏和环境污染的始作俑者。作者敏锐地发现，自然同样存在于城市之中，只不过"城市中的自然"有其独特的存在形态。作者认为，环境不仅是"这颗行星的宏观平衡"；对人们来讲，存在着一个为人们所亲身经历、所习以为常的"亲近环境"，日常生活就在其中展开。作者建议我们去重新发现并重视公共而普通的"寻常环境"，因为它就是人们生活的本身。为此，作者不再局限于学者的话语，转而研究普通人的话语，研究普通人对于寻常环境的日常体验，探索人们与亲近

---

[1] Carlson, Allen. *Nature and Landscape: An Introduction to Environmental Aesthetics*. New York: Columbia University Press, 2008.

[2] Blanc, Nathalie. *Vers une esthétique environnementale*, Versailles, Quae, 2008.

环境之间那种普遍而真实的关系。客观地说，此前并非没有城市美学著作，除了20世纪60年代出版的凯文·林奇（Kevin Lynch）的一代名著《城市意象》[1]；但是，布朗这本书是第一部运用环境美学框架来研究城市美学的系统性著作，可以视为环境美学对于快速城市化的理论回应。

第三，环境美学与环境伦理学的进一步联盟。

对于自然的审美欣赏，必然包含着对于自然的理解与态度；反过来，自然的审美价值又会影响人们对于自然的态度。正因为如此，环境美学与环境伦理学一开始就有着不解之缘，二者之间的关系是一个值得被高度关注的论题。这个论题一方面有利于环境美学的健康发展，另外一方面也有利于环境伦理学的进一步深化。

当代环境伦理学的发端，可以追溯到美国学者罗尔斯顿发表于1975年的论文《有生态伦理吗？》，作者于1988年又出版了《环境伦理学》一书，标志着环境伦理学这门学科的正式形成。环境伦理学倡导人类应该对自然环境承担道德责任，但是，这种道德责任的根据是什么呢？罗尔斯顿找到了一个关键词：美。他于2002年发表了一篇引人注目的文章，题为《从美到责任——自然美学与环境伦理学》[2]。该文开门见山提出的口号是"美则有责任"，但同时又认为，并非所有的责任都依赖于美，审美律令毕竟不同于道德律令；作者特别深刻地指出，并非所有的审美体验都依赖于美。作者最后的结论是扩展美学而使之包含责任，以便我们恰当地欣赏生物共同体的所有成员。简言之，在作者看来，环境美学必然是一种"关怀"美学——平等地关怀天地万物的美学；只有这种经过了深化了的美学，才能够充当环境伦理学的充分基础；而环境伦理学所期待的，正是这种超越了"肤浅"美学的"深层"美学。这篇文章深入地探讨了环境美学与环境伦理学之间相互支撑、相互深化的关系，引起了学术界的广泛关注。

与罗尔斯顿一样，另外一位美国环境伦理学家哈格洛夫也将环境伦理的根基诉诸自然美，他主张将环境保护政策的根据建立在自然的审美价值

---

[1] Lynch, Kevin. *The Image of the City*. Cambridge and London: The MIT Press, 1960.
[2] 载于 Berleant, Arnold ed., *Environment and the Arts: Perspectives on Environmental Aesthetics*. Aldershot: Ashgate, 2002. pp.127–141.

上。他认为，与人类创造的艺术相比，自然是美的、好（善）的，道德代理人有义务保护和推动这个世界上的善。自然依据它的纯粹存在就是美的（因而是好的）——这就是哈格洛夫环境伦理学的"本体论论证"。为了批判人类对自然的控制、批判人类对于自然美和自然自主性的破坏，哈格洛夫提出了一句名言："自然的本真性来自如下事实：它的存在先于它的本质。"[1]此前的环境伦理学主要有两种立场：基于人类的利益而为环境政策提供工具性论证，基于非人类的价值而提出内在价值论证。哈格洛夫的立场可以视为上述两种立场的折中：它一方面试图借助自然的审美价值来为环境伦理提供基础，这在某种程度上近似于一种工具性立场；另外一方面它又认为，自然的审美价值是自然的内在价值。为了解决这个矛盾，哈格洛夫认真地区分了两种自然审美：一是对于自然的较高层次的审美体验，二是对于自然美的单纯消费。尽管这些看法是在环境伦理学的理论框架里讨论的，但也应该视为当代自然美学的一部分。

与哈格洛夫的理论方向相反，环境美学家们则从环境美学出发去讨论环境伦理问题。这方面的代表作首推卡尔森与美国学者林托特合编的论文集《自然、美学与环境保护论：从美到责任》[2]。环境美学所关注的核心之一是自然的审美价值。但是，每当考虑到环境退化这个时代课题时，人们自然而然地就会进一步思考：自然的审美价值应该具有什么样的伦理内涵？这个问题也就是两个英文谐音词语 beauty（美）与 duty（责任）之间的音韵关系（汉语翻译则无法准确地传达二者之间由谐音所建立的天然联系）：如果我们发现自然是美丽的（事实判断），我们为什么不应该更好地照顾它（价值判断）？这个问题成为全书的理论主线，它集中显示了环境审美欣赏与环境危机问题之间的复杂关系，环境美学在哪些地方能够为环境保护论作出应有的贡献。简言之，环境美学与环境伦理学的交叉点成为本书的焦点。

---

[1] Hargrove, eugene. *Foundations of Environmental Ethics*. Englewood Cliffs, NJ: Prentice Hall, 1989, p.15.
[2] Carlson, Allen and Sheila Lintott. *Nature, Aesthetics, and Environmentalism: From Beauty to Duty*. New York: Columbia University Press, 2008.

第四，日常生活美学的深化。

提及日常生活美学，学术界一般都会联想到法国马克思主义哲学家与社会学家列斐伏尔，他早在20世纪30年代就对日常生活进行了深刻反思与批判。在列斐伏尔看来，日常生活是两种重复模式交互作用的结果：一种是自然中的周期性循环，另外一种是所谓的理性过程中的线性重复。日常生活一方面意味着循环，诸如昼夜更迭、季节变更、活动与休息、欲望与满足、生命与死亡等；另外一方面意味着工作与消费的重复性姿态。在现代生活中，重复性姿态易于压碎周期性循环，日常生活迫使其自身走向千篇一律、单调乏味。人们在日复一日、年复一年地过着日子的同时，所有事物又都变化了——变化又是被程序化的变化[1]。列斐伏尔的上述批判激发了人们去思考日常生活的审美维度。特别是当人们摆脱传统美学仅仅关注艺术的理论偏见之后，就会发现日常生活中的事物与活动、生活场景等，都会带来一种不同于艺术体验的审美体验，一种综合的、沉浸的、多种感官的审美体验——而这正是人建环境美学的研究内容。正是在这种意义上我们可以说，日常生活美学与环境美学是一种交叉关系，二者有着较大的合集。

关于日常生活美学的兴起背景及其与环境美学的关系，卡尔森有过如下论断："从它的早期阶段开始，环境美学的范围逐渐扩展，不仅包括自然环境，而且包括人类与人类影响的环境。与此同时，这个学科也考察这些环境中的事物，从而引发了所谓的日常生活美学。这个领域不仅研究比较常见的事物和环境，而且研究一系列日常活动。因此，21世纪伊始，环境美学的研究范围包括了艺术之外的几乎所有事物的审美意义。"[2] 按照这个论断，日常生活美学就是环境美学的一部分，可以视为环境美学在21世纪的深化与拓展。

文化地理学家段义孚于1993年出版的《传送新奇与奇妙：美学、自然

---

[1] Lefebvre, Henri. *The Everyday and Everydayness*. Translated by Christine Levich. Yale French Studies, 1987, p.73.
[2] Carlson, Allen. "Environmental Aesthetics," *The Stanford Encyclopedia of Philosophy* (Apr.9 2019 Edition), Edward N. Zalta (ed.).

与文化》一书[1]，某种程度上也可以视为一部日常生活美学著作。该书提出，应该将传统的审美范畴诸如美、静观、无利害性与审美距离等应用到评估日常生活中，用来考察非艺术对象和地点的审美价值。该书认为，感受和美都是生活与社会的基本要素，审美不仅仅是文化的一个方面，而且是它的中心内核，亦即它的动力和最终目标；审美遍布于我们存在的所有层面。该书的理论主题是建立文化、自然与审美之间的联系，它一方面强调社会环境问题的积极方面，另一方面也批判人类的愚蠢行为所导致的环境问题。卡尔森之所以将日常生活美学的兴起归因于环境美学的促动，其理论逻辑如下：环境美学的发展过程可以概括为环境审美对象的范围或尺度的变化：从原始的自然环境到人类环境，从大到小，从非凡到平常。21世纪出版的一些环境美学著作更加关注人类的、小而平常的对象，这样的美学就是日常生活美学[2]。卡尔森所举的例子是美国学者莱特和史密斯合编的《日常生活美学》[3]一书，所收集的都是著名环境哲学家的论文，所探讨的是日常生活的真实世界里的审美现象与审美活动。我们之所以将日常生活美学与环境美学并列起来，是因为二者都是对传统艺术哲学的批判超越。具体到环境美学与日常生活美学的深层关系，如下两部系统性著作值得关注，一部是《日常生活美学》，另外一部是《平常中的非凡：日常生活美学》，我们分别来介绍。

日裔美籍学者齐藤百合子是环境美学领域的著名学者，2007年出版了《日常生活美学》[4]一书。本书将现代西方美学概括为以艺术为中心的美学，认为这种美学一贯忽视了人们的日常生活的审美维度与人们的日常审美体验。作者认为，人们对于事物与事项的审美回应（包括审美趣味和审美判断）构成了我们的日常生活。我们日常生活中所使用的各种人工制品都是经过设计的产品，我们每天都必然与环境打交道——这些物品与

---

[1] Yi-fu, Tuan. *Passing Strange and Wonderful: Aesthetics, Nature and Culture*. Washington, DC: Island Press, 1993.
[2] Carlson, Allen. "Environmental Aesthetics," *The Stanford Encyclopedia of Philosophy* (Apr.9 2019 Edition), Edward N. Zalta (ed.).
[3] Light, andrew and Jonathan M. Smith, eds., *The Aesthetics of Everyday Life*. New York: Columbia University Press, 2005.
[4] Saito，Yuriko. *Everyday Aesthetics*. New York; Oxford University Press, 2007.

环境的审美维度必然影响着我们的生活质量以及这个世界的状态。本书旨在研究这种超越艺术反应之外的审美反应所包含的内容与产生的结果。齐藤百合子认为，欣赏日常生活有两种方式，一是在平常之中寻找非凡，二是强调平常中的平常。尽管她有时认为二者都很重要，但她更同情后者。因为在她看来，如果我们聚集于平常中的非凡，我们将错过"个体交融的维度"，而这种维度所体现的特征，"正是我们对待日常环境与事物的特征"[1]。

与此形成鲜明对比的是美国学者莱迪的立场，他于 2012 年出版的专著《平常中的非凡：日常生活美学》[2] 的标题就明确显示了他的立场。莱迪也是环境美学领域比较有影响的学者，他早在 1995 年就在《美学与艺术批评杂志》发表了《日常外观的审美特性："灵巧""凌乱""清洁""肮脏"》[3] 一文。这篇文章可以视为他的日常美学理论的先声。《平常中的非凡：日常生活美学》讨论的美学，就是关于我们日常生活中所遇见的事物与环境的美学。与齐藤百合子不同，莱迪强调日常生活美学与艺术美学之间的密切关系，他所关注的只是被传统艺术美学所忽略的那些审美术语或范畴，诸如"灵巧""凌乱""可爱""伶俐""快乐"等。莱迪着重探讨了分析美学所忽略的艺术创作过程，这使他发现艺术与日常生活之间有着一种连续性——从这种连续性的角度来看，所谓的艺术创作无非是日常体验向艺术体验的转化，因此，生活体验自身也就是艺术性质的一部分。从艺术创作过程来看，艺术家的日常审美体验一般都是其艺术活动与灵感的前奏，而艺术品又可以反过来影响人们的日常体验。自环境美学兴起以来，一些环境美学家为了论证环境欣赏的独特性，往往自觉地、不自觉地夸大环境欣赏与艺术欣赏的差异，人为地割裂二者之间的内在联系。莱迪的理论无疑有着补偏救弊的作用。他的目的是重建

---

[1] Saito, Yuriko. *Everyday Aesthetics*. New York; Oxford University Press, 2007. p.202.
[2] Leddy, Thomas. *The Extraordinary in the Ordinary: The Aesthetics of Everyday Life*. Peterborough, Ontario: Broadview Press, 2012.
[3] Leddy, Thomas. "Everyday Surface Aesthetic Qualities: 'Neat', 'Messy', 'Clean', 'Dirty'," *Journal of Aesthetics and Art Criticism* 53 (1995).

一种普遍的审美体验理论,能够用来解释我们对于艺术、自然与日常生活的欣赏。应该说,这种学术旨趣非常可贵。

简言之,日常生活美学极为切近地回答了"我们应该怎样生活"这个问题。齐藤百合子的美学理论倡导对我们的生活环境抱有审美与道德两种感受力,而莱迪的理论则使得我们以艺术眼光来看待生活。这无疑都是在环境美学促动下所产生的积极理论成果。

环境美学的美学史意义

环境美学发展出了新型的环境观与美学观,提出了一系列重大的美学理论问题,极大地拓宽了传统美学的研究领域,对西方美学传统提出了严峻挑战,具有重大的美学史意义,值得我们认真研究。

一、审美适当性研究

环境美学家们在回答"如何欣赏"这个问题时,推动了审美适当性研究,因为"如何欣赏"这个问题背后隐藏着审美适当性问题,即何种欣赏是适当的。尽管环境美学家们提出了一系列不同的环境欣赏模式,但他们有意或无意地都认为自己提倡的审美欣赏方式对自然欣赏来说是适当的。

卡尔森在发展环境美学的过程中非常明确地提出了审美适当性问题,这里根据卡尔森思想来考察环境美学对审美适当性的研究。在卡尔森看来,无论是按照对象模式还是按照景观模式来欣赏自然都是不适当的,因为这两种模式都是按照艺术欣赏(前者是以雕塑为典范,后者是以景观画为典范)的方式来欣赏自然的,这样只会误导自然欣赏,"关键之处在于,这种模式要求环境欣赏不是作为它所是以及根据它所具有的特性,而是作为某种它所不是的事物以及根据它所没有的特性。实际上,这种模式对欣赏对象的实际本质而言是不适当的。"[1] 卡尔森则提倡环境模式,强调自然的两种特性:自然环境是一个环境;自然环境是自然的。这就意味着,环境模式是"根据自然所是以及根据它所具有的特性"来欣赏自然,这种欣赏方式对自然欣赏而言是适当的。

这里的适当性具有三个层面上的内涵:一、科学上的适当性。卡尔森强调"自然环境能够是自然的",即自然不是人造的,但是我们具有关于自然的科学知识,这些科学知识在一定客观意义上揭示了自然所是,符合自然存在的事实。环境模式强调自然欣赏时,要借助科学知识的引导,因此,这就确保了环境模式下的自然欣赏符合自然实际情况,因此具有科学上的适当性。二、伦理上的适当性。卡尔森指责按照艺术模式来欣赏自然"不仅在伦理根基而且在审美根基上也是可疑的"[2],这里说,伦理根基的可疑性主要指,如果把自然欣赏成一个雕塑或一幅景观画,那么,就是不按照自然本身来欣赏自然,因此背后便隐藏着一个伦理适当性的问题:自然不是独立自主的、孤立的雕塑品,而是彼此紧密相连的有机整体;自然不是二维的、静止的景观画,而是三维的、动态的物理世界,但是如果仅仅把自然简化成或扭曲成雕塑品或景观画,就是对自然本身的不尊敬,因此不符合伦理上的适当性。不过环境模式强调根据自然所具有的真实特征来欣赏自然,如其本然地欣赏自然,而不是按照艺术方式来欣赏自然,这就尊重了自然本身,具有伦理上的适当性。如卡尔森指出,"自然环境模式的其他衍生具有更直接的环境和伦理的意味。自然欣赏的其他模式(这里指对象导向模式和景观模式等)经常被谴责为完全是人类中心主义的,不仅是反自然(anti-natural)的,而且傲慢蔑视环境,认为环境不符合艺术与文化的理想和前见。这些环境与伦理的担忧之根源是……并

---

[1] Carlson, Allen. *Aesthetics and The Environment: the Appreciation of Nature, Art and Architecture*. London and New York: Routledge, 2000. p.46. 中译本参考 [加] 艾伦·卡尔松:《从自然到人文——艾伦·卡尔松环境美学文选》,薛富兴译,桂林:广西师范大学出版社,2012年版,第48页。
[2] Carlson, Allen. *Aesthetics and The Environment: the Appreciation of Nature, Art and Architecture*. London and New York: Routledge, 2000. p.46. 中译本参考 [加] 艾伦·卡尔松:《从自然到人文——艾伦·卡尔松环境美学文选》,薛富兴译,桂林:广西师范大学出版社,2012年版,第48页。

不鼓励按照自然所是、自然所有的特性来欣赏自然。"[1] 三、审美上的适当性。卡尔森认为,审美有适当与否之分,如他在《自然、审美判断与客观性》(Nature, Aesthetic Judgment, and Objectivity)一文开篇便指出:"有一些关于自然和自然对象的审美判断,如'大特顿山(The Grand Tetons)是宏伟的'是适当的(appropriate)、正确的(correct),或可能是真实的(true);而另一些审美判断,如'大特顿山是矮小的(dumpy)'则是不适当的(inappropriate)、不正确的(incorrect),或简直是错误的(false)。"[2] 所谓适当的审美,就是根据审美对象所是以及其所具有的特性来欣赏它,而不能在审美时把一些主观的观点或者对象本身所不具有的特性强加于对象之上,也不能把对象进行明显的简化处理。卡尔森借助环境美学之父赫伯恩的话来论述自然欣赏的适当性问题,即"假定一个人的审美教育……给他灌输仅仅适合于艺术品的态度、立场的手段、期待,这样的人或者将不会对自然对象给予任何审美关注(aesthetic heed),或者以错误的方式关注它们。他将寻找——当然是徒劳地寻找——只能在艺术中发现和享受的东西。"[3] 如果"以错误的方式"关注自然,或者努力从自然中寻找"只能在艺术中发现和享受的东西",这就是对自然欣赏的歪曲,这就是一种不适当的自然欣赏。与此不同,环境模式主张根据自然的特性,凭借多感官的不同融合,把自然欣赏成环境的和自然的,因此是一种适当的自然审美欣赏。

环境美学对审美适当性的研究,推动了美学在基本理论层面的深入发展,反对那种带有浓厚的人类中心主义色彩的艺术欣赏模式,促进了自然美学、环境伦理学与自然科学知识的融合。

---

[1] Carlson, Allen. *Aesthetics and The Environment: the Appreciation of Nature, Art and Architecture*. London and New York: Routledge, 2000, p.11.

[2] Carlson, Allen. *Aesthetics and The Environment: the Appreciation of Nature, Art and Architecture*. London and New York: Routledge, 2000, p.55.

[3] Hepburn, Ronald W. "Aesthetic Appreciation of Nature," in H. Osborne ed., *Aesthetics and the Modern World*. London: Thames and Hudson, 1968, p.53.

二、美学的生态转向

作为对全球性环境恶化与生态危机的理论回应，环境美学也高度关注环境问题，从而引发了美学的"生态转向"：从审美对象的角度来说，这种转向应该被称为"环境转向"——从艺术品转向各种环境；但就其深层思想底蕴而言，称之为"生态转向"或许更佳。我们这里对作为修饰语的"生态的"（ecological）进行一点说明。作为自然科学之一生物学的分支，生态学所研究的是各种有机体与其环境之间的种种相互关系或各种交互作用。自然科学的主要任务是客观描述"事实"，也就是客观地描述那些"相互关系"和"交互作用"。但是，当我们今天在倡导的意义上提出"生态文明"时，这里的"生态的"就不是中性的描述，而是饱含着强烈而明确的价值取向。我们知道，人类是众多生命有机体的一种，人类与其生存环境之间的"相互关系"和"交互作用"比一般有机体更加复杂、更加多样；环境保护论、生态主义者所强烈批判的"无度地掠夺环境"，无疑也是人与环境各种关系中的一种，即"掠夺关系"，而这种关系显然应该被批判、被抛弃。因此，在今天的反思、批判生态危机的语境中，"生态的"主要意味着人类与自然环境之间的"和谐共存的伦理关系"——这是一种强烈的价值导向。

我们知道，英文 Ecology（生态学）的前缀是"eco-"，它来自一个希腊词 oikos，其意思是"家园"或"栖居之处"。[1] 任何人与其所栖居的家园的关系，无疑都是亲近的、和谐的关系。环境美学所提出的一些概念或理论命题，如"环境美""环境审美欣赏""环境审美体验"等等，无不表明人与环境之间存在着一种超越功利和占有欲望的、纯粹的"审美关系"；环境美学强调的正是这种审美关系。伯林特的《环境美学》在介绍了海德格尔的"栖居"思想时提出的一个反问，"这难道不是所有艺术的条件和审美的终极目标吗？"[2] 所表达的正是这个思想。简言之，环境美学的思想主

---

[1] 参见［英］阿勒比：《牛津生态学词典》，上海：上海外语教育出版社，2001年版，第135页。
[2] Berleant, Arnold, *The Aesthetics of Environment*. Philadelphia: Temple University Press, 1992, p.159.

题在于为人类构建可以安乐栖居的家园,也就是"人性化环境",所以在进行理论探讨的同时,也有大量地方涉及环境设计与环境规划。

明白了这个理论主题,就不难理解为什么大部分环境美学著作中都会不同程度地涉及生态问题。比如,卡尔森特别强调生态知识在环境审美中的决定性作用;瑟帕玛在其《环境之美》一书第二版的"附言"中特意增加了"生态学与美学"一节,明确指出环境美学"是环境运动和它的思考的产物,对生态的强调把当今的环境美学从早先有100年历史的德国版本中区分了出来"[1]。另外一个更加有力的例证是韩裔美籍学者高主锡(Jusuck Koh),他在伯林特环境美学基础上发展出了"生态美学",即"一种关于环境的整体的、演化的美学",也可以概括为"生态的环境设计美学"[2]。明确了环境美学所隐含的"生态转向",不但可以使我们更加清醒地认识环境美学的思想主题,而且可以使我们更加准确地辨别环境美学与生态美学的联系与区别。

三、美学的身体转向

我们都知道人有五种感觉,即视觉、听觉、嗅觉、味觉和触觉,它们分别对应身体的五种感官,都是身体的组成部分。在西方传统的感觉等级制度中,视觉和听觉通常被视为"高级感觉",它们一直统治着西方美学理论和艺术实践;而嗅觉、味觉和触觉三者则被视为"低级感觉"。目前,这种等级制已经受到了广泛质疑、批判和反思。[3] 传统西方形而上学为了突出心灵的高贵性,通常将在心—身二元论的框架中将所谓的三种低级感觉贬低为"身体的"(bodily)。环境美学已经初步打破了西方传统的感觉等级制度,如卡尔森已经注意到嗅觉、味觉和触觉在环境欣赏中的作用,就是"肤有所感,鼻有所嗅,甚至也许还舌有所尝"。

---

[1] [芬]瑟帕玛:《环境之美》,武小西、张宜译,长沙:湖南科学技术出版社,2006年版,第221页。
[2] 参见程相占:《美国生态美学的思想基础与理论进展》,《文学评论》2009年第1期。高主锡原译"贾苏克·科欧",此处根据韩国姓名习惯予以更正。
[3] 参见魏家川:《从触觉看感官等级制与审美文化逻辑》,《文艺研究》2009年第9期。

真正有意识地打破西方传统心—身二元论框架，突出身体知觉之重要性的，无疑是伯林特的环境美学。他在这方面所取得的成果几乎是独树一帜的、无人可比的。我们上文提及伯林特环境美学的哲学来源之一是梅洛-庞蒂的身体知觉现象学。受其影响，伯林特多处论述到身体在环境审美体验中的重要功能，甚至专门认真研究过"审美身体化"的问题。伯林特探讨的核心问题是"身体如何参与到审美活动之中"。在他看来，纯粹的身体与纯粹的心灵都是哲学的虚构，应该抛弃心—身二分这个西方传统假设，应该借鉴和吸收身体现象学与佛教传统的身—心观，将二者视为一个"多层的心—身连续统一体"。伯林特甚至断言"审美成为身体化的模式"，他还引用了美国当代诗人、女性主义者艾德丽安·里奇的一句名言："诗歌是传达身体化体验（embodied experience）的工具。"[1] 当然，当代西方已经出现了比较独立的"身体美学"（somaesthetics），那就是另外一位美国学者理查德·舒斯特曼在实用主义美学基础上发展出来的身体美学。[2] 我们可以说，环境美学与身体美学一道突出了身体在审美活动中的重要作用，正在共同促成着美学的"身体"转向。

四、美学的空间转向

西方传统哲学思想一般认为，空间是客观的、量化的、均质的、普遍的、可以运用数学方式来度量的东西，简言之，空间与人的存在无关。但是，在《筑·居·思》一文中，海德格尔以桥为例说明了人与空间的关系是"栖居"关系。他指出："说到人和空间，这听起来就好像人站在一边，而空间站在另一边似的。但实际上，空间绝不是人的对立面。空间既不是一个外在的对象，也不是一种内在的体验。……人与位置的关系，以及通

---

[1] 参见 Berleant, Arnold. *Re-thinking Aesthetics: Rogue Essays on Aesthetics and the Arts*, Aldershot: Ashgate, 2004, pp. 83-90.

[2] Shusterman, Richard. "SomAesthetics: A Disciplinary Proposal," *Journal of Aesthetics and Art Criticism* 57 (1999). 该文的译文可以参考：[美] 理查德·舒斯特曼：《实用主义美学——生活之美，艺术之思》第10章，彭锋译，北京：商务印书馆，2002年版，第347-374页。另外参见 [美] 理查德·舒斯特曼：《身体意识与身体美学》，程相占译，北京：商务印书馆，2011年。

过位置而达到的人与诸空间的关系，乃基于栖居之中。人和空间的关系无非是从根本上得到思考的栖居。"[1]人栖居于某处，并不是把该处所当作一个外在的对象来认识，而是把该处所当作自己的活动空间；该空间并非是与人对立的外在事物，它伸展开来，将人作为一个参与者而包括其中。在海德格尔上述栖居思想的影响下，伯林特也提出了"人类如何栖居在地球上"的问题。他的思路是将建筑视为一种"环境设计"，提出了"建筑必须被无例外地理解为人建环境的创造"这样的命题。在伯林特看来，建筑不是一般意义上的"筑造"，其理论原则应该基于"人类环境的美学"。为此，伯林特区分了都意指"建筑"的两个英语词汇，一个是buildings，其词根是build，也就是"修建"或"建造"；另外一个是architecture，特别是那些乡土建筑，可以"反映人们的心境以及它们生活世界的质量"，所以，这种意义上的建筑对于人类学和哲学都具有中心意义：它植根于人类各种创造和生存需要的基础上，它不但界定，而且包含了一个问题："人类如何栖居在地球上。"[2]

在现象学家当中，梅洛-庞蒂对于空间的论述最为详尽。他拒绝接受古典物理学对于视觉空间的经典说明——空间是在反思中被"客观地"认识到的物理空间。他有一段话被伯林特经常引用："我们的器官不再是器具，相反，我们的器具是可以拆分的器官。空间不再是笛卡尔《屈光学》中所描述的东西——是各种物体之间的关系网络，例如，被我的视觉所观看到的，或者被一个从外部观看并重建它的几何学者所看到的那样；相反，它是这样一种空间：它从我开始被计算、被估量，而我则是空间性的零位或一阶零点。我并不按照它外部的壳层来观看它，我从内部生活在它之中，我被浸入它之中。毕竟，这个世界是环绕我的一切，而不是在我面前。"[3]经过了存在哲学的思想洗礼，经典物理学所关注的"物理空间"

---

[1] [德]海德格尔：《海德格尔选集》，孙周兴选编，上海：上海三联书店，1996年版，第1199-1200页。
[2] Berleant, Arnold. *Art and Engagement*. Philadelphia: Temple University Press, 1991, pp.77-78.
[3] Merleau-Ponty, Maurice. *The Primacy of Perception, and Other Assays on Phenomenological Psychology, the Philosophy of Art, History and Politics*. Edited by James M. Edie, evanston, IL: Northwestern University Press, 1964, p.178.

(physical space)被"空间知觉"(spatial perception)或"空间体验"(spatial experience)所取代而成为备受关注的焦点,二者之间的差异也就是欧几里得—牛顿空间与爱因斯坦—现象学空间之间的差异。在梅洛-庞蒂这些思想的基础上,伯林特指出,空间是每种艺术样式都具备的重要审美维度,但是,空间在"绘画与环境知觉中更为显著,在这里,空间是一个中心要素"[1]。伯林特的环境美学主要研究的对象就是环境知觉,作为其"中心要素"的空间,自然就成了他的环境美学的主题。

本书的思路和框架

最后,我们简要介绍一下本书的内在思路与结构框架。

当代西方环境美学的基本思路是卡尔森所概括的 What-How 二元范式,即强调"欣赏什么"和"如何欣赏"这两个问题。本书的具体思路则是,借鉴《中国环境美学思想研究》[2]的理论框架,把卡尔森的 What-How 二元范式,发展成 What-How-Why-How 四元模式,从而更加全面地研究环境美学的各个方面。

何谓 What-How-Why-How 四元模式?简单地讲,What 旨在回答"在环境中审美地欣赏什么?"对应的是环境审美对象论;How 旨在回答"如何对环境进行审美欣赏?"对应的是环境审美方式论;Why 旨在回答"为何要审美地欣赏环境?"对应的是环境审美价值论;How 旨在回答"如何设计美化环境?"对应的是环境审美设计论。

我们以这个四元模式为基本的理论框架,将本书一共分为四编,分别是:第一编环境审美对象论:在环境中审美地欣赏什么?第二编环境审美方式论:如何对环境进行审美欣赏?第三编环境审美价值论:为何要审美地欣赏环境?第四编环境审美规划设计论:如何规划设计美化环境?

具体来看,各编的主要内容如下:

---

[1] Berleant, Arnold. *Art and Engagement*, philadelphia: Temple University Press, 1991, p.62.
[2] 程相占主编:《中国环境美学思想研究》,郑州:河南人民出版社,2009年。

第一编　环境审美对象论：在环境中审美地欣赏什么？

本编紧紧围绕审美对象论展开，旨在回答我们在环境中审美地欣赏什么？概括地讲，环境在类型上可以区分为自然环境（natural environment）和人建环境（built environment），而人建环境又可以区分为农业环境、园林环境、城市环境（最大、最复杂的人建环境）以及日常生活环境。这样，我们按照从自然到人化程度，总体上将环境划分为自然环境、农业环境、园林环境、城市环境、日常生活环境等五类。因此，本编分为五章，分别自然环境、农业环境、园林环境、城市环境、日常生活环境。

第二编　环境审美方式论：如何对环境进行审美欣赏？

本编紧紧围绕环境审美方式论展开，旨在回答我们如何对环境进行审美欣赏？西方环境美学对审美方式问题研究得最为深入，针对如何欣赏自然问题，西方环境美学家们提出了十来种自然欣赏模式，我们认为，除了自然环境模式是专门针对自然环境而言的欣赏模式，其他模式则对农业环境、园林环境、城市环境、日常生活环境等人建环境而言也是有效的欣赏模式。在众多模式中，本编主要论述了其中具有代表性的对象导向模式（The Object-Orientated Model）、交融模式（The Engagement Model）、整合模式（The Integrated Model）、激发模式（The Arousal Model）、多元模式（The Pluralist Model）、后现代模式（The Postmodernist Model）、神秘模式（The Mystery Model）、生态学模式（The Ecological Model）。

第三编　环境审美价值论：为何要审美地欣赏环境？

本编紧紧围绕环境审美价值论展开，旨在回答我们为什么要审美地欣赏环境？就像艺术哲学经常思考艺术的功能与价值一样，环境美学也需要思考"环境审美价值"问题。实际上，"环境审美价值"包含两层含义，它不仅涉及环境的审美价值（aesthetic value of environments），也涉及环境审美的价值（the value of environmental appreciation），即环境有什么样的审美价值，以及环境审美有什么样的价值。本编一共分为四章，分别从娱乐、环境保护、环境教育以及环境疗养等四个角度，探讨环境审美体验的愉悦功能、环境审美对环境伦理学的奠基功能、环境审美与环境教育、环境审美与身心康复等。

第四编　环境审美规划设计论：如何规划设计美化环境？

本编紧紧围绕环境审美规划设计论展开，旨在回答我们应该如何规划设计美化环境？人总是具体的人，人无时无刻不处在特定的环境当中，因此人与环境之间存在一种根本结构，即"身在环境中"。既然如此，如何规划、设计、美化环境以提高环境质量（environment quality）问题，就是环境美学不得不思考的一个实践性非常强的问题。尤其是在当今全球环境危机愈演愈烈的情况下，整个地球环境遭到了空前的破坏，直接威胁到人们的美好生活，如今人们已经普遍意识到：生活质量与环境质量具有密不可分的内在关联。因此，我们应该积极通过规划、设计来美化环境，提高环境的审美品质，解决环境审美品质损坏与退化的现状。本编分别讨论如何设计、规划美化自然环境、园林环境、城市环境，提升其审美品质，最后，还专门探讨了环境设计的生态审美原则，发掘后现代环境设计如何运用生态学理念和生态学知识，转向一种生态的环境美学（an ecological aesthetics of environment），进而为环境美学向生态美学的过渡提供先导。

我们以 What-How-Why-How 四元模式为基本理论框架，期望有效地将中西方环境美学的主要研究成果都吸纳进来，从而作出全面的概括与总结；更重要的是，我们期望将中西方环境美学思想并置在同一理论框架中，使它们共同回答环境美学所面临的四个共同的基本问题，即 What-How-Why-How，从而在中西方环境美学思想中展开具有理论深度的学术对话，进而为实现中国古代环境美学思想精华的当代转化和国际化作出我们的理论贡献，也为丰富和发展国际环境美学作出我们独特的贡献。

与此同时，借助本书建构的环境美学四元模式，我们更加明确地将环境美学与生态美学区别开来，这也是本书潜在的一个理论用心。我们认为，如果读者参照本丛书的《生态美学引论》来辨析"环境美学与生态美学的联系与区别"这个理论难题，会得到更加清晰的理论思路。

第一编

环境审美对象论：
在环境中审美地欣赏什么？

"欣赏什么"是环境美学理论构建中的首要问题，针对这一问题，环境美学研究者们基本达成共识：即欣赏除了艺术之外的所有环境以及环境中包含的所有事物。学术界一般按照环境的类型，将环境美学研究对象分为自然环境、农业环境、园林环境、城市环境与日常生活环境。本书采用这种分类，并依次讨论诸种环境类型。

第一章　自然环境

一般而言，自然包括两种：一种是作为个体的自然事物，一种是自然环境。因此，自然环境只是自然的一部分。但是环境美学认为，所有的自然事物都处于一定的自然环境中，自然总是环境的[1]，本书亦是从环境的角度理解自然，因此本节标题虽然是"自然环境"，实际上讨论的是整个自然。

人类源于自然，自然是人类重要的审美对象，比如常见的有：日月星辰、江海湖山、春风夏雨、秋叶冬雪、草木虫鱼、花香鸟语等等。为了深化关于自然审美的研究，许多人对自然进行了分类，比如黑格尔将自然界分为矿物、植物与动物三类[2]；蔡仪将自然分为自然物、下等生物、高等动植物三类[3]；陈望衡将自然景观分为大地景观和天象景观，前者又可以分为山景、水景、平原景等，后者又可分为星象景观与气象景观[4]；陈诗才在不考虑大气的情况下，将自然风景分为山岩类、水体类、林草类和洞体类[5]。综合上述四种分类方法，本书根据自然环境的要素类型，将自然分为天文、地理、植物、动物四类，并依此展开讨论。

---

[1]Carlson, Allen. *Aesthetics and The Environment: the Appreciation of Nature, Art and Architecture.* London and New York: Routledge, 2000, p.47. 中译本参考［加］艾伦·卡尔松：《从自然到人文——艾伦·卡尔松环境美学文选》，薛富兴译，桂林：广西师范大学出版社，2012年版，第48页。
[2]［德］黑格尔：《美学》，朱光潜译，北京：商务印书馆，1981年版，第167页。
[3]蔡仪：《新美学（改写本）（第一卷）》，北京：中国社会科学出版社，1985年版，第264-278页。
[4]陈望衡：《环境美学》，武汉：武汉大学出版社，2007年版，第199页。
[5]陈诗才：《地学美学》，天津：南开大学出版社，2012年版，第62-66页。

第一节 天 文

自古以来，天文备受人们的关注，俗话说"上知天文，下知地理"，便是指一个人学问广博，无所不知。具体来看，天文包括常见的星象与气象[1]。其中，星象指地球之外的各类天体的性质和天体上发生的各种现象，这些天体大到月球、太阳、行星、恒星、银河系、河外星系以至整个宇宙，小到小行星、流星体以至分布在广袤宇宙空间中的大大小小尘埃粒子。气象是地球大气中的各种物理状态和物理现象的统称，如大气温度的变化、大气压力的高低、空气湿度的大小、大气的运动、大气中的水汽凝结及由此而产生的云、雾、雨、雪、霜等。

一、星象

对于一般人而言，我们欣赏的星象主要是太阳、月亮、星星等等，这里，我们以关于太阳和月亮的审美欣赏为例，论述人们对于星象的欣赏。

古往今来，太阳都是重要的欣赏对象，无论是日出还是日落，都是诗人、作家、画家所钟爱的审美对象。比如对于日出景象，古代诗人留下不少优美的诗句，像"日出江花红胜火，春来江水绿如蓝"（[唐]白居易《忆江南》）；"日出扶桑一丈高，人间万事细如毛"（[唐]刘叉《偶书》）；"年丰妇子乐，日出牛羊散"（[宋]张耒《感春十三首（其一）》）；"两岸桃花烘日出，四围高柳到天垂"（[元]姜彧《浣溪沙·山滴岚光水拍堤》）等等，这些著名诗句都涉及诗人对日出的欣赏。此外，现代著名的散文家刘白羽，专门写了一篇欣赏日出的散文，记录了他关于日出的审美活动。

> 这时间，那条红带，却慢慢在扩大，像一片红云了，像一片红海了。暗红色的光发亮了，它向天穹上展开，把夜空愈抬愈远，而且把

---

[1] 陈望衡在《环境美学》中，亦将天象景观分为星象景观与气象景观。见陈望衡：《环境美学》，武汉：武汉大学出版社，2007年版，第199页。

它们映红了。下面呢？却还像苍茫的大陆一样，黑色无边，这是晨光与黑夜交替的时刻。你乍看上去，黑色还似乎强大无边，可是一转眼，清冷的晨曦变为磁蓝色的光芒。原来的红海上簇拥出一堆堆墨蓝色云霞。一个奇迹就在这时诞生了。突然间从墨蓝色云霞里蠢起一道细细的抛物线，这线红得透亮，闪着金光，如同沸腾的溶液一下抛溅上去，然后像一支火箭一直向上冲，这时我才恍然觉得这就是光明的白昼由夜空中迸射出来的一刹那。然后在几条墨蓝色云霞的隙缝里闪出几个更红更亮的小片。开始我很惊奇，不知这是什么？再一看，几个小片冲破云霞，密接起来，溶合起来，飞跃而出，原来是太阳出来了。它晶光耀眼，火一般鲜红，火一般强烈，不知不觉，所有暗影立刻都被它照明了。一眨眼工夫，我看见飞机的翅膀红了，窗玻璃红了，机舱座里每一个酣睡者的面孔红了。这时一切一切都宁静极了，宁静极了。整个宇宙就像刚诞生过婴儿的母亲一样温柔、安静，充满清新、幸福之感。再向下看，云层像灰色急流，在滚滚流开，好把光线投到大地上去，使整个世界大放光明。[1]

刘白羽在飞机上，认真观察了整个日出过程，注意到日出前后整片天空色彩的细微变化，并且身心都融到整个审美活动中，感受到了日出给他带来的"温柔""安静""清新""幸福"。

除了日出之外，日落也是人们喜爱欣赏的景象，比如"大漠孤烟直，长河落日圆"（[唐] 王维《使至塞上》）；"落日照大旗，马鸣风萧萧"（[唐] 杜甫《后出塞》）；"千嶂里，长烟落日孤城闭"（[宋] 范仲淹《渔家傲·秋思》）；"常记溪亭日暮，沉醉不知归路"（[宋] 李清照《如梦令·常记溪亭日暮》）；"朝看水东流，暮看日西坠"（[明] 钱福《明日歌》）等等，这些诗句都是对落日的审美欣赏。由此可见，太阳是人们重要的审美对象，而且人们在欣赏太阳时，并不是把太阳当作孤零零的审美对象，而是将其与周围环境结合在一起，进行欣赏。

---

[1] 张胜友、蒋和欣主编：《中华百年百篇经典散文》，北京：作家出版社，2004年版，第304页。

人们对于月亮的欣赏,更是不胜枚举,月亮已经深入人们心中,成为诗歌中一个重要母题,如"明月出天山,苍茫云海间"([唐]李白《关山月》);"深林人不知,明月来相照"([唐]王维《竹里馆》);"明月松间照,清泉石上流"([唐]王维《山居秋暝》);"海上生明月,天涯共此时"([唐]张九龄《望月怀远》);"二十四桥明月夜,玉人何处教吹箫"([唐]杜牧《寄扬州韩绰判官》)等等。不过对于月亮的欣赏与描写,最美不过唐代诗人张若虚的那首《春江花月夜》:

> 春江潮水连海平,海上明月共潮生。滟滟随波千万里,何处春江无月明!江流宛转绕芳甸,月照花林皆似霰;空里流霜不觉飞,汀上白沙看不见。江天一色无纤尘,皎皎空中孤月轮。江畔何人初见月?江月何年初照人?人生代代无穷已,江月年年望相似。不知江月待何人,但见长江送流水。白云一片去悠悠,青枫浦上不胜愁。谁家今夜扁舟子?何处相思明月楼?可怜楼上月徘徊,应照离人妆镜台。玉户帘中卷不去,捣衣砧上拂还来。此时相望不相闻,愿逐月华流照君。鸿雁长飞光不度,鱼龙潜跃水成文。昨夜闲潭梦落花,可怜春半不还家。江水流春去欲尽,江潭落月复西斜。斜月沉沉藏海雾,碣石潇湘无限路。不知乘月几人归,落月摇情满江树。[1]

诗中虽云"皎皎空中孤月轮",但是诗人的视野里不仅仅是"孤月",而是将月亮放在周围环境中,从环境的视角欣赏月亮。全诗以月为主体,以江为场景,将月亮、月光与春江、大海、花林、沙汀、白云、扁舟、小楼、鸿雁、鱼龙、海雾、碣石等融合在一起,描绘了一幅幽美邈远、惝恍迷离的春江月夜图。诗人对月亮的欣赏与描绘,具有极高的审美价值,因此张若虚的这首《春江花月夜》素有"孤篇盖全唐"之誉。

---

[1] 张若虚:《春江花月夜》,《全唐诗(上)》,上海:上海古籍出版社,1986年版,第273-274页。

二、气象

气象与人们的日常生活紧密相关,常见的气象有风、云、雾、雨、闪电、雷、虹、雪、霜、雹、雾、霾等,而且每一种气象中又包含多种情况。这里,我们以雾霾天气和飓风为例,讨论人们对于气象的审美欣赏,因为像晚风、白云、阵雨、闪电、雪花、彩虹等等这些气象都是常见的审美对象,而欣赏雾霾与飓风则让人不可思议,因此以雾霾与飓风为例,来讨论气象审美,则更具有说服力。

雾霾不是通常意义上的雾,但从一般视觉感知上来说,雾霾与普通的雾并没有显著差异,以至于雾霾最初出现时,人们误以为那就是通常的烟雾。根据审美心理学原理可知,雾霾与任何具有感性形态的事物一样,也可以在人们的审美关切中呈现出来,从而形成一种非同寻常的审美现象。比如,雾霾肆虐期间,我国出现了不少欣赏雾霾的文艺作品,其中,最为著名的是《沁园春·帝都》:

> 北京风光,千里朦胧,万里尘飘。望三环内外,浓雾莽莽,鸟巢上下,阴霾滔滔!车舞长蛇,烟锁跑道,欲上六环把车飙。需晴日,将车身内外,尽心洗扫。空气如此糟糕,引无数美女戴口罩,惜一罩掩面,白化妆了!唯露双眼,难判风骚。一代天骄,央视裤衩,只见后座不见腰。尘入肺,有不要命者,还做早操。[1]

这首戏仿毛泽东《沁园春·雪》的"打油词"传遍了大江南北,并被不断"戏仿",比如出现了郑州版、武汉版的《沁园春·霾》等。这些作品之所以被称为"戏仿",是因为很难说它们的艺术水平有多么高,很难说它们就是严格意义上的文学作品。但是,我们必须客观地承认如下事实:用词的形式描绘日常生活中的雾霾天气,这无疑表达了人们对于雾霾的某种程度的"审美关切"。词中的雾霾不再是一种日常天气现象,而是在某

---

[1]《政协委员当习近平面背诵〈沁园春·霾〉调侃北京天气》。

种程度上构成了一种审美对象。简言之，采用诗词的形式来记录、描绘雾霾天气，无疑是我国新兴的一种审美现象。

当然，虽然雾霾天气也可以成为审美对象，但是在现实生活中，由于人们基本上已经认识到雾霾的严重危害，避之唯恐不及，很难带着审美态度来对雾霾进行审美欣赏，所以，人们也难以从心理上将雾霾与审美现象联系起来。然而，颇具辩证意味的是，正因为人们普遍厌恶、憎恨雾霾天气，对于蓝天的渴望与欣赏才空前增强；饱受"霾伏"之苦的人们，比以往任何时候都更加渴望蓝天。所以，每当霾过天晴的时候，拍摄的蓝天的照片就会大量涌现：蓝天已经成为我国人民最珍惜的审美对象。

很容易理解，风一般也是人们的审美对象。比如"忽如一夜春风来，千树万树梨花开"（[唐] 岑参《白雪歌送武判官归京》）；"不知细叶谁裁出，二月春风似剪刀"（[唐] 贺知章《咏柳》）；"春风又绿江南岸，明月何时照我还"（[宋] 王安石《泊船瓜洲》）；"等闲识得东风面，万紫千红总是春"（[宋] 朱熹《春日》）等等。甚至法国自然科学家法布尔还专门描述了他对风的审美感受：

> 倘若你们把手掌很快地从自己的面前掠过，就会觉得有一阵微风拂到脸上。这阵微风就是动荡的空气。空气静止的时候……一阵微弱的动荡，使人有一种清凉的快感。但是空气的动荡并不经常是轻微的，有时候非常猛烈。一阵狂风刮来，能把树连根拔起，把房屋吹倒。狂风也是一种动荡的空气，是一种……流水似的从这个地方流动到那个地方的空气。空气是看不见的，因为它几乎没有颜色。但是聚成很厚的空气层，就看得出颜色了。[1]

面对无色无味的风，法布尔用细腻的文字记录了他对风的感受，让我们看到风的重要审美价值。风是由于气压分布不均而产生的空气流动的现

---

[1] [法] 法布尔：《大气》，见易漱泉等选编：《外国散文选》，长沙：湖南人民出版社，1981年版，第26—27页。

象，根据风对地面（或海面）影响程度，可以将风分为13个等级：无风（0级）、软风（1级）、轻风（2级）、微风（3级）、和风（4级）、劲风（5级）、强风（6级）、疾风（7级）、大风（8级）、烈风（9级）、狂风（10级）、暴风（11级）、飓风（12级）。无论是诗词中所欣赏的风，还是法布尔所欣赏的风，都是暴风（11级）以下的风，但是面对暴风或飓风，一般人则唯恐避之不及。有科学家估算过，一个中等强度的飓风，所爆发出的能量，相当于10亿吨黄色炸药或者上百个氢弹爆炸，其杀伤力可想而知。但是，现代有一些飓风猎人（Hurricane Hunter），面对飓风时，他们不是躲避，而是四处追赶飓风，欣赏飓风。

据报道说，飓风猎人蒂姆·萨马拉斯有30多年与飓风相处的经历，追踪过125个飓风，业内把蒂姆称为"追风界的绅士"。每年，在飓风高发的季节，蒂姆·萨马拉斯团队开车5000多千米追踪飓风。得知一场飓风经过时，蒂姆·萨马拉斯驾驶着车，左手搭在车窗外，右手紧握方向盘，迎着飓风的方向前进。他一直紧紧盯着窗外，倾听飓风的声音，嗅闻飓风的气味，判读天气征候，看天上的云，感受拂过脸颊的风。相对来说，我国台风[1]相对较少，平均每年不足100个。我国大部分省都有台风的踪迹，江苏、上海、浙江、山东、湖北、广东等省相对较多，长江三角洲是台风发生最多的地区。近期也有中国人加入追龙卷风的队伍，并且人数越来越多。[2]对于这些飓风猎人来说，他们把生命安危置之度外，对飓风进行欣赏，并拍下大量震撼人心的照片和视频。

第二节 地 理

《周易·系辞》云："仰以观于天文，俯以察于地理。"天文与地理相

---

[1] 台风和飓风都是指北半球的热带气旋，只是因为地域原因，产生在大西洋或北太平洋东部的热带气旋则称飓风，产生在北太平洋西部，如中国、日本、菲律宾等一带叫台风。
[2]《追龙卷风的人》，搜狐网2015年10月20日。

对，如果天文主要指星象与气象，那么地理则主要指地貌与地质。[1]地貌即地球表面各种形态的总称，由于内、外力的不同作用，地表形成各种各样的形态，如常见的山地、高原、盆地、丘陵、平原、沙漠以及江河湖海等等。地质主要指地球内部的物质组成、结构、构造、演变等，包括地壳的组成物质、地壳构造及各种地质作用，以及地球的构造发育史。

一、地貌

地貌是自然环境审美对象的重要组成部分，无论是"风吹草低见牛羊"的草原风光，还是"一川碎石大如斗，随风满地石乱走"的戈壁风光；无论是"大漠沙如雪，燕山月似钩"的沙漠景观，还是"千沟万壑，支离破碎"的黄土高原景观，都可以成为欣赏对象。这里，我们以山、水为例，讨论人们对于地貌的审美欣赏，因为山、水景观是地貌景观中的典型，如孔子云"智者乐水，仁者乐山。"

首先看山景。

山峰的形状基本上是平地上立起，下大上小，呈金字塔状。山的外在形貌是它成为人们审美对象的重要原因。从审美角度来看，人们对奇峰有着无穷的兴趣。奇峰之奇，大体上分为两类，一类奇峰可以称为肖形峰，它的外形肖似某种动物或人物。在风景区，我们经常会看到这类奇峰，像著名的三清山，其山顶有一石峰，酷似一位端坐的女子，人们就发挥想象，将它看成一位神女。在将此景物看成一位神女的时候，它就成了一种景观，一种具有人文意味的景观，正是因为有了这种联想与比喻，此景观才放射出奇异的光辉。肖形的景观具有最大的普遍可接受性、大众性，因而在风景区，导游们的一项重要工作，就是尽力将山峰解释成像什么。这种解释的确有它的重要性，受到欢迎，但是如果过分了，特别是同一比喻反复使用，就会引起游客反感。另一类奇峰则很难说它像某类动物或人物，然而

---

[1] 一般，地理指地理科学，英文为 Geography，是一门研究地球表面的地理环境中各种自然现象和人文现象，以及它们之间相互关系的学科，既包括自然地理，又包括人文地理。这里，我们使用的"地理"一词，主要是与"天文"相对立，包括地貌与地质，并非指地理科学。

它突破山峰通常的形状，给予人的视觉冲击力十分强烈，也常能造成巨大的美感愉悦。比如，一般的山，形状是下大上小，呈金字塔形，然而张家界的某些山峰则上大下小，呈蘑菇状。这种形状让人产生不稳定感、动感，当然，实际上，它是稳定的，然而正是这种不稳定感、动感，造就了一种奇特的美。[1]

同样，欣赏者也需要从环境的角度欣赏山景，因为山峰并非孤立之物，它与周围环境是融合在一起的。如郭熙在《林泉高致》中说：

> 山以水为血脉，以草木为毛发，以烟云为神彩，故山得水而活，得草木而华，得烟云而秀媚。水以山为面，以亭榭为眉目，以渔钓为精神，故水得山而出，得亭榭而明快，得渔钓而旷落。此山水之布置也。……山无烟云，如春无花草。山无云则不秀，无水则不媚，无道路则不活，无林木则不生。……山欲高，尽出之则不高，烟霞锁其腰则高矣。水欲远，尽出之则不远，掩映断其派则远矣。[2]

郭熙指出，欣赏山景，欣赏者不能只看到孤零零的山，而要将山与周围环境中的水、草、木、烟、云、道等相互映衬，水让山变得妩媚，道路让山变得有活力，草木让山变得有生机，烟霞锁腰则让山显得高。

其次，看水景。

水景可以分为河流、湖泊、海洋、冰川等，它们的景观都不一样。一般而言，这些水景观可以分成两种形态：一类是动态的，另一类是静态的。前者如江河、瀑布等景观，这种景观的突出特点是流动；后者如池塘、湖泊等景观，这种景观的特点是宁静。[3]

水贵在流动，流动寓意着水的生命性，因此，人们对动态的水景尤其热爱。如"西塞山前白鹭飞，桃花流水鳜鱼肥"（[唐] 张志和《渔歌子·西塞山前白鹭飞》）；"春水碧于天，画船听雨眠"（[唐] 韦庄《菩萨蛮·人

---

[1] 陈望衡：《环境美学》，武汉：武汉大学出版社，2007年版，第202页。
[2] 郭熙：《林泉高致》，章宏伟主编，梁燕注释，郑州：中州古籍出版社，2013年版，第102、104、107页。
[3] 参考陈望衡：《环境美学》，武汉：武汉大学出版社，2007年版，第205—210页。

人尽说江南好》);"落霞与孤鹜齐飞,秋水共长天一色"([唐] 王勃《滕王阁序》);"一道残阳铺水中,半江瑟瑟半江红"([唐] 白居易《暮江吟》);"千里澄江似练,翠峰如簇"([宋] 王安石《桂枝香·金陵怀古》)等等,都可以看到诗人对水景的欣赏。陈望衡在《环境美学》中说:"流水,即使是山野的涓涓细流,它也使你产生无限乐趣。流水中的卵石是那样晶莹、光滑,折射出阳光的五颜六色;流水边的小草是那样柔嫩、青葱,充满蓬勃的生机;更不要说在流水中嬉戏的游鱼了,它是那样自由愉快,让你希望自己化成游鱼,溶进流水。"[1]在动态水景观中,瀑布似乎是最具有活力的。瀑布在地质学上叫跌水,即河水在流经断层、凹陷等地区时垂直地从高空跌落的现象。大诗人李白《望庐山瀑布》云:"日照香炉生紫烟,遥看瀑布挂前川。飞流直下三千尺,疑是银河落九天。"唐代诗人徐凝也写了一首《庐山瀑布》:"虚空落泉千仞直,雷奔入江不暂息。今古长如白练飞,一条界破青山色。"

对于静态的水景,如池塘、湖泊等,主要是平面展开,且构成一个相对封闭的水域景观。一般而言,许多地方都有自己著名的湖泊景观,如杭州有西湖、济南有大明湖、南京有玄武湖、大理有洱海、昆明有滇池等等,这些湖泊不仅深受当地人喜爱,也吸引了很多旅游者专门去欣赏、游玩,去领略湖光山色。比如洞庭湖,南宋词人张孝祥写过一首《念奴娇·过洞庭》,将洞庭湖阔大的美景描绘得有声有色。

洞庭青草,近中秋、更无一点风色。玉鉴琼田三万顷,著我扁舟一叶。素月分辉,银河共影,表里俱澄澈。怡然心会,妙处难与君说。

应念岭海经年,孤光自照,肝胆皆冰雪。短发萧骚襟袖冷,稳泛沧浪空阔。尽挹西江,细斟北斗,万象为宾客。扣舷独啸,不知今夕何夕。[2]

---

[1] 陈望衡:《环境美学》,武汉:武汉大学出版社,2007年版,第206页。
[2]《宋词三百首》,凌枫等注释、解析,上海:上海古籍出版社,2015年版,第260页。

自然欣赏在西方也是如此，如美国作家梭罗便写过著名的《瓦尔登湖》，他住在瓦尔登湖的湖畔，欣赏瓦尔登湖的四季风光与周围环境，并用文字记录下了他的欣赏感受。他说："我闭目也能看见，西岸有深深的锯齿形的湾，北岸较开朗，而那美丽的，扇贝形的南岸，一个个岬角相互交叠着，使人想起岬角之间一定还有人迹未到的小海湾。在群山之中，小湖中央，望着水边直立而起的那些山上的森林，这些森林不能再有更好的背景，也不能更美丽了，因为森林已经反映在湖水中，这不仅是形成了最美的前景，而且那弯弯曲曲的湖岸，恰又给它做了最自然又最愉快的边界线。不像斧头砍伐出一个林中空地，或者露出了一片开垦了的田地的那种地方，这儿没有不美的或者不完整的感觉，树木都有充分的余地在水边扩展，每一棵树都向了这个方向伸出最强有力的丫枝。大自然编织了一幅很自然的织锦，眼睛可以从沿岸最低的矮树渐渐地望上去，望到最高的树。这里看不到多少人类双手留下的痕迹。水洗湖岸，正如一千年前。一个湖是风景中最美、最有表情的姿容。"[1]梭罗从环境的角度欣赏瓦尔登湖，而不像那种匆匆而过的游客，他全身心融入瓦尔登湖及其周围环境，观察瓦尔登湖的一切，并感受瓦尔登湖的季节变化，为湖泊欣赏提供了一个良好的范例。

二、地质

地质现象是指大量的地质变迁现象，常见的地质现象有地震、火山、海啸、滑坡、泥石流、岩崩、地陷、褶皱、断层、风蚀、水蚀等现象。从地质作用表现形式来看，地质作用可分为内力地质作用和外力地质作用，其中内力地质作用的表现形式是地壳运动、岩浆活动、地震作用、变质作用等，内力地质作用的动力来自地球本身，它改变着地壳的构造，为地貌的形成打下基础；外力地质作用的表现形式是风化作用、侵蚀作用、搬运作用、沉积作用和固结成岩作用等，外力地质作用的动力根源于太阳，太阳的热能是引起大气和水不断运动的主因，同时给生物的繁殖提供能量，

---

[1]［美］梭罗:《瓦尔登湖》，徐迟译，上海：上海译文出版社，2006年版，第164-165页。

最终塑造了形形色色的地貌。

地质现象造就了许多世间美景，比如俄罗斯的火山冰洞、土耳其的棉花城堡、中国张掖的丹霞地貌、中国昆明的石林、美国怀俄明州的大棱镜温泉、澳大利亚海岸线上的十二门徒岩等等，这些地质景观让世界各国游客目瞪口呆，流连忘返。中国古代诗人虽不懂地质的作用，但是却不自觉地写出了关乎地质现象的千古绝章，如"两岸青山相对出，孤帆一片日边来"，涉及河流的侵蚀现象；"折戟沉沙铁未销，自将磨洗认前朝"，涉及泥沙的沉积作用；"五岳归来不看山，黄山归来不看岳"，涉及地壳的褶皱现象；"三岩九洞绝尘寰，问讯真人得纵观"，涉及溶洞生成现象。

地质之美首先表现在节律上。地质演化有其时空上的节律性，一个明显的例子就是威尔逊旋回（Wilson swirled）。威尔逊旋回描述了洋陆转换的周期性，这个过程像极了人类繁衍生息的周期性。人有生老病死，洋壳和陆壳也会此消彼长；人虽然会繁衍后代，但后代却不会简单地重复前代，洋壳与陆壳的转换替代亦复如此。这样的节律性怎能不美呢？除了威尔逊旋回，还有很多地质现象表现出节律美。例如地层的整合接触与不整合接触，它代表了海平面的下降与抬升，我们可以把它与海水的潮起潮落相对照，甚至可以把它与太阳的东升西落相比拟。如此就将以亿年为周期的节律想象成以单日为周期的节律，这样我们就可以借助经验世界将想象世界转换为现象直观了，进而感受到地层的节律美。[1]

除了节律之外，地质现象还有崇高特性。以火山为例，康德在《判断力批判》中说道："火山以其毁灭一切的暴力，飓风连同它所抛下的废墟，无边无际的被激怒的海洋，一条巨大河流的一个高高的瀑布，诸如此类，都使我们与之对抗的能力在和它们的强力相比较时成了毫无意义的渺小。但只要我们处于安全地带，那么这些景象越是可怕，就只会越是吸引人；而我们愿意把这些对象称为崇高，因为它们把心灵的力量提高到超出日常的平庸，并让我们心中一种完全不同性质的抵抗能力显露出来，它使

---

[1] 匡星涛：《地质美学浅说》，中国矿业报网 2016 年 12 月 13 日。

我们有勇气能与自然界的这种表面的万能相较量。"[1]火山爆发具有压倒性的力量，它表现出一种强力，它被人们视为恐惧的、可怕的，人的感官和肉体无法与之对抗。但是，只要欣赏者处于安全地带，保证自己的安全，那么这种压迫与不适应性就会召唤出人的理性，火山与理性相比是小的、微不足道的，于是欣赏者就可以从火山爆发中感受到崇高感，欣赏火山爆发的场景。罗兰·艾默里奇执导的灾难电影《2012》，便用镜头语言展示了查理（Charlie）关于火山爆发的审美欣赏。当查理看到火山爆发时，他并没有转身逃离，因为他已经无视生死（因此他处于绝对无利害状态），此刻，他面向火山，电影镜头记录了他的眼神，他的眼神中充满了喜悦、满足与崇拜。笔者相信，这一瞬间，他是在欣赏火山，尽管下一刻，他被火山吞噬了。

第三节　植　物

植物是生命的主要形态之一。藻类植物包括绿藻门、轮藻门；苔藓植物包括地钱门、角苔门、苔藓植物门；蕨类植物包括石松门、蕨类植物门；种子植物包括裸子植物门、被子植物门。通过植物界的基本种类划分，我们对植物界概貌有一个大致的了解。目前，人类已知的植物大约有五十万种之多，毫无疑问，植物具有无可替代的生态价值。一般而言，绿色植物大部分的能源是经光合作用从太阳光中得到的，温度、湿度、光线、淡水是植物生存的基本需求。其中，光合作用几乎是所有的生态系中能源及有机物质的最初来源。植物在大多数的陆地生态系中属于生产者，形成食物链的基本。许多动物依靠着植物作为其居所，以及氧气和食物的提供者。此外，绿色植物还具有调整温度、降低风速、减少噪音、防止水土流失等等生态作用。

同时，植物也是重要的审美对象，具有很高的审美价值。我们知道，《诗经》是中国最早的诗歌总集，具有无可比拟的诗学价值与审美价值，

---

[1] ［德］康德：《判断力批判》，邓晓芒译，北京：人民出版社，2002年版，第100页。

但是事实上,《诗经》还描述了大量的植物种类,可以说《诗经》还是中国最早的动植物辞典。孔子曾说过:"小子何莫学夫《诗》?《诗》可以兴,可以观,可以群,可以怨。迩之事父,远之事君。多识于鸟兽草木之名。"[1] 此外,台湾中国文化大学景观系潘富俊教授专门研究《诗经》中的植物描写,出版了《美人如诗,草木如织:诗经植物图鉴》,将自然科学与古典诗歌结合起来,以清楚的解说和清晰的照片介绍《诗经》中的138种植物,如荇菜(苍菜)、卷耳(苍耳)、芣苢(车前草)、蒌(蒌蒿)、蕨、薇(野豌豆)等等。[2] 比如,大家耳熟能详的"蒹葭苍苍,白露为霜。所谓伊人,在水一方。溯洄从之,道阻且长。溯游从之,宛在水中央"。这里的诗意是说:河畔芦苇碧苍苍,深秋白露结成霜。我所思念的人儿,就在水的那一方。逆着水流沿岸找,道路艰险又漫长。顺着水流沿岸找,仿佛在那水中央。其中,蒹就是指没长穗的荻,其形状像芦苇,生于山坡草地、水边湿地,其嫩芽可作蔬食,而葭则是指初生尚未秀穗的芦苇,生于浅水或低湿潮润处。从诗歌对蒹葭的描写,可以看出早在两千多年前,人们就开始欣赏蒹葭了。

一般而言,从藻类、蕨类植物到种子植物,都可以成为人们的审美对象。比如"应怜屐齿印苍苔,小扣柴扉久不开"描写的就是苔藓植物,园子主人爱惜园内的青苔,怕诗人的屐齿在上面留下践踏的痕迹,所以"柴扉"久叩不开,这里青苔的美好、可爱,只能让读者独自想象了;而"西湖春色归,春水绿于染"描写的就是春来水暖,西湖被水藻染绿的美丽景象。其实,济南护城河的水藻尤其美丽,因为济南是泉城,泉水常年15℃,冬天气温低,泉水上面便会泛起一片热气,白而轻软,在深绿的长着的水藻上飘荡着,不由你不想起一种似乎神秘的境界,格外好看。人民艺术家老舍先生曾经住在济南,写过著名的散文:《济南的冬天》,他在文章中写道:"那水呢,不但不结冰,倒反在绿藻上冒着点热气,水藻真绿,把终年贮蓄的绿色全拿出来了。天儿越晴,水藻越绿,就凭这些绿的精神,水也

---

[1] 孔子著,程昌明译注:《论语》,沈阳:辽宁民族出版社,1996年版,第194页。
[2] 潘富俊:《美人如诗,草木如织:诗经植物图鉴》,北京:九州出版社,2018年版。

不忍得冻上,况且那些长枝的垂柳还要在水里照个影儿呢!"[1]

人们对于植物的欣赏,更关注的则是种子植物。人们通常欣赏的花草树木,一般都是种子植物。所有的种子植物都有两个基本特征,就是体内有维管组织——韧皮部和木质部,能产生种子并用种子繁殖。人们对花草树木的欣赏与喜爱,不需多言,这里仅举出两个例子来阐释一下人们对种子植物的审美欣赏。

春天百花盛开,如常见的忍冬、迎春花、梅花、桃花、梨花、杏花等等,不胜枚举,这些都是人们的审美对象。这里,以木兰为例,来阐释关于花朵的审美活动。木兰,又名木笔,药名辛夷。喜阳光、爱干燥、忌低湿,花性辛温,益肺和气,入菜做木兰花蛋羹,滑嫩清香,回味良久。木兰花瓣如莲花般向四周展开,直立芳香,浓郁若施,大轮的花朵,突兀而静默地在枝头上绽放,仿佛一只只鸽子蹲在枝头歇脚,一阵暖风拂过,身姿绰约。木兰花,没有一片绿叶陪衬着,反而显得颇为威严,仿佛独自就是一整片世界。乍一看,木兰傲视百花,令人丝毫不敢生进犯之意。还记得明代朱曰藩的那几句《感辛夷花曲》:昨日辛夷开,今朝辛夷落。辛夷花房高刺天,却共芙蓉乱红萼。每一朵花,都是潜在的审美对象,都具客观的审美属性,对于一般人而言,花似乎就是美的代言者。

一般的柳树、橡树、梧桐树、杨树、柳树、女贞、松树、柏树、杉树等等,都是人们的审美对象。蔡仪在论述自然欣赏时,举过"嫩柳似烟"这个例子。蔡仪说,嫩柳似烟之所以能入诗,首先是由于这种景色的美能引起诗人的欣赏。嫩柳似烟是怎样的美呢?当春回大地之后,在一般田野间容易看到的是江边堤上的垂丝柳的嫩叶,一片浅黄淡绿,随风飘动,在晨光熹微或暮色苍茫中,远远望去,恍如大地上浮动的满含春意的轻烟。它的这种色调和动态正是由于它满含春意,因而是美的。[2] 蔡仪对嫩柳的欣赏,这是一种阴柔之美,与此相对,茅盾对白杨的欣赏,则是一种阳刚之美,如《白杨礼赞》中所写的那样:

---

[1] 老舍:《济南的冬天》,见王列生主编:《20世纪中国名家散文精品(上)》,广州:广州出版社,1996年版,第283页。
[2] 蔡仪:《新美学(改写本)》(第一卷),北京:中国社会科学出版社,1985年版,第266页。

那是力争上游的一种树,笔直的干,笔直的枝。它的干通常是丈把高,像是加过人工似的,一丈以内绝无旁枝。它所有的丫枝一律向上,而且紧紧靠拢,也像是加过人工似的,成为一束,绝不旁斜逸出;它的宽大的叶子也是片片向上,几乎没有斜生的,更不用说倒垂了;它的皮光滑而有银色的晕圈,微微泛出淡青色。这是虽在北方风雪的压迫下却保持着倔强挺立的一种树!哪怕只有碗那样粗细,它却努力向上发展,高到丈许,两丈,参天耸立,不折不挠,对抗着西北风。

第四节 动 物

动物,是生物的一大类,它多以有机物为食料,有神经,有感觉,能运动。科学家们把现存的人类已知的动物根据体内有无脊柱分为无脊椎动物和脊椎动物两大类。无脊椎动物如各种昆虫等等。脊椎动物包括鱼类动物、爬行类动物、两栖类动物以及哺乳类动物等等。动物分类学家根据动物的各种特征,如形态、细胞、遗传、生理、生态和地理分布等等,对动物进行等级分类,即门、纲、目、科、属、种。这里我们无法一一介绍。

根据化石研究,地球上最早出现的动物源于海洋。早期的海洋动物经过漫长的地质时期,逐渐演化出各种分支,丰富了早期的地球生命形态。地球上的动物仍以从低等到高等、从简单到复杂的趋势不断进化并繁衍至今,形成了如今生物圈的多样性,由此也丰富了自然审美对象。一般而言,像蜻蜓、蝴蝶、金鱼、海鸥、燕子、白鸽、老鹰、兔子、老虎、狮子、大象、大熊猫等等,都是人们的审美对象,都具有审美价值。这里,我们以在审美上不受欢迎的蚊子、蜥蜴、蝗虫、蚂蚁等为例,通过阐释关于这些动物的审美活动,从而论证动物审美的广泛性。

一、蚊子

蚊子属于昆虫纲双翅目蚊科，通常蚊子多为夜行性动物，夏秋季节活跃，好吸食人血，并传播疾病，因此蚊子令人厌恶，很多人无法想象，蚊子也能够是审美对象。然而，的确有人欣赏蚊子，如沈复回忆自己的童年趣事时，便描写了一段欣赏蚊子的审美活动。他说："夏蚊成雷，私拟作群鹤舞于空中，心之所向，则或千或百，果然鹤也；昂首观之，项为之强。又留蚊于素帐中，徐喷以烟，使之冲烟而飞鸣，作青云白鹤观，果如鹤唳云端，为之怡然称快。"[1]夏夜里，蚊子成群，一般人唯恐避之不及，而沈复则怀着欣赏的眼光观赏蚊子，并且还将蚊子逮到自己的蚊帐里，细致观察，并"怡然称快"，获得审美愉悦。

二、蜥蜴

蜥蜴俗称"四脚蛇"，是爬行类中种类最多的类群，大多分布在热带和亚热带，其生活环境多样，主要是陆栖，也有树栖、半水栖和土中穴居。由于蜥蜴长得像蛇，往往令人望而生畏，心生厌恶，但是美国"国家公园之父"约翰·缪尔（John Muir）却对蜥蜴另眼相看，觉得蜥蜴非常可爱。他说："大多数品种的蜥蜴都样子俊俏迷人，不认生，我们对它们优雅的生活方式了解得越多，对它们就越喜爱。小家伙的生命不是很长，性情温和老实。它们很容易驯服，拥有美丽的眼睛，眼中透着清澈的天真无邪，尽管人们带有从严寒的北方的偏见，因为那里没有蜥蜴，人们还是会很快爱上它们的。即使是被称为令人恐惧的，生活在平原和山脚的长角的角蜥，也同样温文尔雅。这种与蛇相近的生物有着令人着迷的眼睛，人们可以在稀树树林、低矮的灌木丛中找到它们的身影。它们的滑行曲线看起来轻松自如，有着蛇一般的优雅，但是，它们短小不发达的四肢基本上作为无用的部分吃力地行进着。它们大多数身上都是闪闪发光的。它们会跳上一块

---

[1] 沈复：《幼时记趣》，王伟主编：《品经典悟人生：美文欣赏卷》，山东：青岛出版社,2010年版，第129页。

洒满阳光的石头,穿过灌木林间的空地,动作犹如蜻蜓和蜂鸟般敏捷,身上的颜色也像蜻蜓和蜂鸟那样五彩斑斓。"[1]缪尔对蜥蜴的审美欣赏活动,是奠定在他对于蜥蜴的观察与了解基础之上。缪尔觉得,只有真正了解蜥蜴,才能欣赏蜥蜴的优雅、美丽、天真等等。

三、蝗虫

缪尔除了欣赏蜥蜴之外,还欣赏蝗虫,这令人不可思议。因为蝗虫危害禾本科植物,是农业害虫。蝗虫极喜温暖干燥,蝗灾往往和严重旱灾相伴而生,有所谓"旱极而蝗""久旱必有蝗"之说。一旦发生蝗灾,无数的蝗虫遮天蔽日,所过之处寸草不留,它们吞食庄稼,使农产品绝收,进而引发严重的经济损失,以致因粮食短缺而发生饥荒战祸。《诗经》中曾提道:"去其螟螣,及其蟊贼,无害我田稚。田祖有神,秉畀炎火。"其中,螣即蝗虫,也就是说,先民们曾说,蝗虫啊,不要伤害我田里的庄稼。但是缪尔却能欣赏蝗虫,他说:"巍巍高山为有这样一个古灵精怪的生物而欢声雷动,熠熠生辉,这是多么美妙的事情啊!当面对一切世俗的负面情绪或者忧郁低落的时候,它们都表现得洒脱自在和满不在乎,发出一阵男子般的咻咻声,这似乎是天性使然。这种叫声是怎样发出的,我并不清楚。当蝗虫们落在地面或是简单地从这边飞向那边的时候不会发出半点声响,只有当它们俯冲下去又飞上来做着曲线运动时会伴随那种声响,似乎发出声音是完成动作的必要条件。向下的俯冲越有力,相应的,爆发出的愉快的咻咻声也愈发高亢。……看来这个世界赐予它们的膝盖非常灵活,它们才会这样轻盈起舞。山脉蕴藏的这种快乐、活力、野性、力量,就连熊也未曾让我感受到过,然而,却在一只小小的小丑般的舞者身上展露无遗,这就是蝗虫。在它们的眼里,没有忧伤扰人心绪的乌云,没有令人伤怀积郁的严冬。于它们而言,天天都是过节。当它们不可避免地迎来生命的落日黄昏时,我想它们会蜷缩在林中的土地之上,就像落叶或是花朵一样死

---

[1][美]约翰·缪尔:《等鹿来》,张白桦、郝昱等译,北京:北京大学出版社,2015年版,第53页。

去，没有丝毫的不雅，静静地等待着自己的葬礼。"[1]

四、蚂蚁

蚂蚁是生活中极为常见的小动物，是社会性昆虫，属于昆虫纲膜翅目，多为黑、褐、黄和红色。由于蚂蚁十分平凡，因此很多人并不觉得蚂蚁具有审美价值，但是梭罗却对蚂蚁十分留意，专门欣赏蚂蚁。有一天，梭罗在瓦尔登湖畔，拾取一片木屑，上面有三只正在搏斗的蚂蚁："我把木屑带到屋子里，放在窗槛上，罩在一个玻璃杯下面，以便观察其结局。我用个显微镜看那只最初提及的红蚂蚁，见到的是：尽管它拼命咬着敌人的左前腿，并已把敌人剩下那根触须咬断，然而它自己的胸部却给撕开了，把重要器官露在黑蚂蚁的牙齿前面，而黑蚂蚁的胸铠显然太厚，它无法撕破；这个受害者的眼睛呈现出暗红色，放射出只有战争才能激发出来的凶狠光芒。"[2] 梭罗认真欣赏了一场蚂蚁之间的战争，场面让人震撼不已。

第五节　自然环境的审美特性

通过以上论述可以知道，自然环境的审美对象包括天文、地理、植物、动物等等，这就初步回答了"自然审美欣赏中欣赏什么"这个问题。但是如果继续追问：面对一个具体的自然事物，我们在欣赏它时，到底在欣赏什么，或者说，它的审美特性是什么？如要回答这个问题，就需要深入探讨自然环境的审美特性系统。如薛富兴所言："无论中西方的古典美学还是现当代美学，都尚未出现成熟、系统的自然审美特性论，这与发达的艺术美学形成鲜明对比，正说明自然美学仍处于草创期。"[3] 为了回答这一难题，薛富兴提出了物相、物性、物功与物史四端，从而组成一个比较完善的自

---

[1] [美] 约翰·缪尔：《等鹿来》，张白桦、郝昱等译，北京：北京大学出版社，2015年版，第61-62页。
[2] [美] 梭罗：《瓦尔登湖》，许崇信、林本椿译，南京：译林出版社，2009年版，第188页。
[3] 薛富兴：《艾伦·卡尔松环境美学研究》，合肥：安徽教育出版社，2018年版，第293页。

然环境审美特性系统。[1]

一、物相

自然审美欣赏从感受自然对象、现象突出的外在感性表象、形式开始，自然对象的声音形色之美是自然的第一性事实，是大自然对人类的最初诱惑，也是人类审美主体对自然的第一印象。面对众多的自然对象、现象，审美欣赏者首先注意到的，便是各类自然对象突出的外在物理表象、形式。因此，薛富兴用"物相"这一概念概括自然对象特性的第一层次，亦即自然对象、现象的"表象特性"或"形式美"。

物相（appearance 或 form）首先指欣赏者运用自己的各类感官所获取的关于各类自然对象、现象的原初朴素表象。进入自觉的艺术创造阶段后，人类开始对这些原初表象进行概括，将它们抽象为仅由色彩、线条、形状、声音等构成的"形式"，甚至"平衡""比例""对称"和"多样统一"等"形式美法则"，乃至在艺术家眼里，自然对象可以"纯形式"地存在。

二、物性

欣赏者欣赏、感受自然的物相之后，再往深处推进一层，那就是欣赏自然对象的"物性"（property）。所谓物性，指自然对象的物相背后，决定该对象之所以为该对象的内在本质属性。因此，这就推进欣赏者由现象而本质，由形式而内容，深入到自然对象的内在事实——触及对象的内在特性。比如赫伯恩对积雨云的欣赏：

> 设想我们的积雨云与洗涤篮子很像，对这种相似性，我们感到很有趣。设想另一种情形，我们并没有停留于上述奇特的相似性（或者

---

[1] 本书对物相、物性、物功与物史等论述，完全采用薛富兴的说法，下文不再一一注释，相关材料请参见薛富兴：《艾伦·卡尔松环境美学研究》，合肥：安徽教育出版社，2018年版，第291—315页。

说，意义上是"怪异的"），而是努力意识到这种积雨云的内在激荡，有风在其内部或周围扫过，决定着它的内在结构和外在形态。难道我们不可以说，这后一种经验更少浅薄或更少被认为做作，因而对于自然来说也就更为真实，而且也更值得拥有吗？[1]

每一种自然对象的生活习性，花草树木的荣枯节律，飞禽走兽的生存技能，不同动物之间的竞争与互补，动物与植物之间的相互依赖，山川河流的地质演变，凡此种种都吸引我们更深入地走进自然，探究自然，进入对天地自然的深层理解与欣赏。如果我们能对自然对象的内在特性——物性——作细心观察，深入探究，就会为自然万象背后所潜藏的无限神秘所吸引，为天地自然生命形态的多样性所折服，为自然界万物间的井然秩序所震惊。对自然对象、现象"物性"之美的深入了解，会极大地激发出我们对自然的热爱与敬畏，能丰富、更新原有的朴素自然审美体验，使自然审美进入内涵更为丰富、深入的高境界。

薛富兴认为，物性有三层意思：其一，物性为自然对象所实有，此言其客观性，以区别于任何对自然对象、现象之主观"人化"因素；其二，物性为自然对象、现象之内在本质属性，此言其内在性，以区别于前述之外在物性——表象物性——物相；其三，此物性又为特定自然对象、现象所独有，此言其独特性。

那么，欣赏者如何能够把握、欣赏自然对象、现象的物性呢？这就需要借助于自然科学知识。如天文学和物理学知识让我们正确、深入地理解天文现象、天体运动规律；地质学让我们正确、深入地了解我们所居住的这个地球，其内在结构，大地山川的产生、演变规律；生物学让我们准确、细致地了解大地万千生灵的生命特性。在物性欣赏的层面，要实现恰当、深入、细致地欣赏自然，求助于自然科学知识，诸如地质学、物理学、生物学、生态学等具体科学，便是必由之路。这是薛富兴对卡尔森环境美学思想的吸收

---

[1] Hupburn, Ronald. "Comtempary Aesthetics and the Neglect of Natural Beauty," in Allen Carlson and Arnold Berleant, eds., *The Aesthetics of Natural Environments*. Peterborough: Broadview Press, 2004, pp. 43–62.

与借鉴。卡尔森强调适当的自然欣赏必须接受自然科学知识的指导。

> 就像严肃、恰当的艺术审美欣赏要求有关艺术史和艺术批评方面的知识一样,对于自然的此类欣赏也要求有关于博物学的知识——由自然科学,特别是诸如地质学、生物学和生态学之类的科学所提供的知识。核心的观念是,关于自然的科学知识能够揭示自然对象和环境真实的审美特性。[1]

三、物功

自然审美欣赏的第三个层次便是"物功"(function)。物相与物性一起,回答了"自然是什么"的问题,向我们呈现自然之然,"物功"则回答了"自然何以如此"的问题,向我们呈现自然之所以然。薛富兴认为,功能是自然对象各要素、特性间相依存、合作的内在机理,它最终指向一个更高的目标——特定有机体或生态系统的产生、持续与发展。

陈望衡也强调自然事物的功能。他指出,自然中的任何一个物种,它的色彩、它的造型都是有用的。自然物的美离不开它的功利性,飞鸟都有流线型或纺锤型的优美体型、紧贴全身而油光闪亮的羽毛、对称而均衡的双翼。这些,我们认为很美,但大自然在造就飞鸟这种形状时,却完全是出于功利的需要,须知,鸟的这样一种形状与它的生存关系极大。世界上奔跑速度最快的动物当属猎豹,它的时速最快可达到130千米。奔跑中的猎豹整个身体呈现出美丽的流线型,只有当它的身体在奔跑中呈现出美丽的流线型时,它的速度才达到一个高度,才能为它获取猎物提供保障。[2]

帕森斯和卡尔森在《功能之美》中专门讨论了自然事物的功能之美。

---

[1] Carlson, Allen. "Environmental Aesthetics".
[2] 陈望衡:《环境美学》,武汉:武汉大学出版社,2007年版,第195页。

他们以猎豹为例，这一动物的一项审美特性在于，由于其身体的各部分显得"为速度而构成"，事实上猎豹的每一项可视特性或其身体的每一部分都明显地导向那一目的：其长腿注定了一种强大的步伐，其不可收缩的脚爪显示了其抓取结合转向的能力，其狭躯小首注定了一种空气动力学上的运动优势，等等。这说明适应使猎豹的外形具有某种功能之美的形式：我们称之为"貌适"（looking fit）的令人愉悦的视觉特性。[1]

薛富兴指出，在帕森斯与卡尔森看来，如果欣赏者有一种"功能"自觉，即依功能范畴欣赏自然，许多情形下，自然对象原来看似不美的外在形式也会改变其欣赏者视觉感知上的印象，变得似乎有了美感。这是因为欣赏者具备了关于特定对象功能方面的知识，知道了这些形式及其特性的功能是什么，以及这些形式与特性如何实现其功能，因而欣赏者最终在内心改变了对自然对象形式、特性的价值判定，最后表现为在其审美感知中化丑为美。

薛富兴指出，物功欣赏建立在自然内在价值，即自然自身之善的观念基础上，它是对传统自然美学的一次革命，因为传统自然美学论证自然审美价值，都建立在自然对象、现象从特定角度满足人类特定生理、心理等需求的基础上。这样的思路乃是从根本上立足于人类自身利益评价自然价值，其背后隐藏着这样一种逻辑——自然无自身之善，离开人类的利益，自然对象、现象只是一些物理或生物事实而已。物功观念则从根本上改变了这种立足于人类需求评价自然价值的思路，它将物功界定为自然对象对自身生存、发展有益的价值，界定为自然之善，而将人类对于自然的美感界定为人类对自身之善的同情式理解、承认与体验，这就从根本上改变了自然美价值、自然美感的哲学价值论内涵，彻底瓦解了自然美学中的人类中心主义逻辑基础，为自然美学乃至整个美学基础理论开创出新境界。

---

[1] Parson, Glen and Allen Carlson. *Functional Beauty*. Oxford: Oxford University Press, 2008, pp.120-121.

四、物史

物相、物性与物功均是对自然对象、现象的静态的空间式欣赏，因此薛富兴提出了"物史"维度，强调自然欣赏的动态性、历史性。罗尔斯顿曾强调："人类需要一种洞悉自然史全部内容的直觉，他们需要理解自己所生存的正在进化着的世界。"[1]

物史强调对于自然的动态性、历史性欣赏，具有微观视角与宏观视角两种维度。其中，微观视角即强调从动态的、变动的视角欣赏自然对象；而宏观视角则强调从地球史、物种史的角度欣赏自然对象。

首先，从微观视角看自然对象的动态特性。

陈望衡在《环境美学》中便强调自然环境的易变性。他指出："自然环境在空间上相对固定，在时间上却是随着地球的运动无时无刻不在变化着。""自然环境的变易有一定的规律性，昼夜、季节、晴雨是调控自然环境变化的三大主要因素。其中季节比较为人所注重。自然环境具有强烈的季节性，这也使自然环境美呈现出更多的丰富性来。同是观山，季节不同，山的美就不同。'春山如笑，夏山如怒，秋山如妆，冬山如睡。'同是赏云，季节不同，云的美也就不同。'春云如白鹤，其体闲逸，和而舒畅也；夏云如奇峰，其势阴郁，浓淡逮而无定也；秋云如轻浪飘零，或若兜罗之状，廓静而清明；冬云澄墨惨翳，亦其玄溟之色，昏寒而深重。'"[2]

爱默生同样强调自然具有瞬息万变的审美特性，他认为，即便是同一片风景，随着时间的稍加变迁，也会呈现出不一样的美景来。爱默生反对那些城市居民狭隘的审美眼光，这些城市居民认为乡间的自然景色只有半年的好风光，爱默生则明确指出，乡村风景在"一年中的每一时刻都有它独特的美丽。哪怕是在同一片田野里，人也能每个小时都看到一幅前所未见、后不重复的图画。天空时时都在变幻之中，它把它的光辉或阴暗色调反射到地面上。四周农场的庄稼生长情况，能在一周之内改变地表的面貌。

---

[1] Rolston, Holmes, III. *Environmental Ethics: Duties to and Values in the Natural World.* Philadelphia: Temple University Press, 1988, p.129.

[2] 陈望衡：《环境美学》，武汉：武汉大学出版社，2007年版，第192、193页。

草地与路边的野生植物相互更迭。"[1]据他观察，一条河流就是一条画廊，每个月都要隆重推出一个画展。既然自然对象具有动态变化的特性，那么欣赏者就需要用一种动态的审美眼光来欣赏自然。

其次，从宏观的地球史、物种史的角度欣赏自然。

薛富兴指出，在传统的人类文化视野下，自然界许多动物、植物形体娇小，其貌不扬，又没有人所具有的自由意志，没有人所特有的艺术、宗教和哲学，因此被视若无物。可是，一旦引入自然史的视野，情形就大为不同。地质学、生物学、生态学家们会告诉我们：这个世界上绝大部分的植物、动物比人类更早地来到这个地球上，各自有着比人类更为久长的历史，每一种生物都有一份独特的命运史，它们的史书上织满了大地生命信息的珍贵密码，其内容之丰富性与深刻性，并不比人类自己所写的历史逊色。这些物种史对解释地球生命进化史来说，都有不可替代的价值。那不起眼的，甚至没有自己完整形状的藻类却是地球生命的源头、植物之祖。我们散步时在路上不经意间碰到的一块石头，依日常经验我们会视之为一块平凡之物，因为它没有生命。但地质学家会告诉我们：它的年龄也许与地球一样古老。因此，在自然科学知识的帮助下，我们开辟出欣赏自然的一条新途径——物史：它以地球生命史为宏观背景，以纵向展开的深邃历史眼光，认真地观照、感知和体验各类自然对象独特、悠久的生命奇迹。以利奥波德对鹤的阐释为例：

> 随着地球史的展开，我们对鹤的欣赏与日俱增。我们现在知道，它的部落发源于始新世，它所发源的动物群的其他成员随地质运动早已被埋在山里。当我们听到鹤鸣，我们听到的不只是鸟音，我们听到的是进化之乐的凯旋声。它是不可驯服的过去之象征，是那奠定了今天鸟与人类生活基础的不可思议的千百万地球历史之象征。[2]

---

[1]［美］爱默生：《论自然·美国学者》，赵一凡译，北京：生活·读书·新知三联书店，2015年版，第16页。
[2] Leopold, Aldo. *A Sand County Almanac and Sketches Here and There*, New York; Oxford University Press, 1949, p.96.

如薛富兴所说，这里所感知和欣赏的不是鹤的优美形象、悦耳声音，而是鹤轻捷的外表下所潜藏的整个种族的古老命运。也许，它是所有鸟类家庭成员中最古老的一种，许多与它同时代的鸟类已然被地球生命进化史的洪流所淹没，被今人列入"古生物"的范畴。也许鹤是那些古生物鸟类的当代代言者。我们一旦意识到那身体矫捷、轻盈的鹤拥有如此古老的身世，我们对鹤的审美情感与态度就会隐然巨变。鹤在我们眼里，不再只是优美的象征，它身上承载了太多的自然生命史信息。这样轻盈的身躯却有着如此古老的命运，经受住了如此漫长、汹涌的地球生命进化洪流的冲刷。我们对它不由得会起一种由衷的尊敬与浩叹。

由此，薛富兴初步建构了一个简明的自然审美特性结构系统，即由物相、物性、物功与物史四个层次构成的自然审美特性系统。物相是自然审美特性的第一层面，是自然对象、现象的外在表象特性，它是自然美的最表层面，也是社会大众最易感知与把握的层面，可由欣赏者审美感官的直觉感知完成。物性是决定一对象之所以为该对象的内在物理或生物本质特性，属于自然对象内在审美特性的范围，它内在地回答特定自然是什么的问题。物功则是特定自然对象内在要素与特性间共存合作，服务于特定自然对象顺利地生存和发展目标的内在机理，它进一步地回答特定自然对象为何如此的问题。物史则是对自然特性的动态历时性考察，它展示特定物种在地球生命史上的独特命运。前三者是对自然特性的静态揭示，后者则是对自然特性的动态呈现。上述四者合为一体，理当构成一个由表入里、由浅入深、动静结合地描述自然审美特性结构的理论系统。物相乃自然对象之表象特性，欣赏者可凭生理感官获得；物性、物功与物史三项则属于自然对象之内在特性，超越了欣赏者感官直觉与常识性认知的能力范围，需要得到自然科学知识的帮助，才能正确、深入地被感知、理解与体验。

第二章　农业环境

近年来，农业环境的生态价值和审美价值变得日益重要起来。"当农业环境和自然环境、人造环境、城市环境等一起也成为一种重要的环境类型的时候，随着环境美学研究的日渐深入，作为一种环境类型的农业景观环境，也进入了美学研究的视野……农业景观不仅作为生产性的角色，而且还作为对人们具有吸引力的审美对象，代表一种文化和审美的利益，在人类的生活中扮演更重要的角色。"[1]其中，尤其需要关注的是，2001年在芬兰召开的国际环境美学第五届会议，主题便是"农业美学"。会议围绕生产性、乡村生活方式问题和未来的展望三方面，探讨了耕作型农业环境的美学问题，参加此次会议的学者来自芬兰、美国、加拿大、挪威、波兰、瑞典、瑞士、冰岛、中国等多个国家，标志着农业美学作为环境美学的分支学科，正式得到人们的广泛认可。

农业（agriculture）是利用动植物和微生物的生活机能，通过人工培育来获得农产品的社会生产部门。一般而言，农业有广义与狭义之分，广义农业（即大农业）包括种植业、林业、畜牧业、渔业、副业等产业形式；狭义农业是指种植业，包括生产粮食作物、经济作物、饲料作物和绿肥等农作物的生产活动。这里，我们谈论的农业环境以种植业环境为主，同时也涉及一些畜牧业环境、渔业环境等。为了方便介绍农业环境美学，我们并非按照大农业的类型来分类，而是按照农业环境的要素进行分类，将农业环境分为三个核心要素：村庄风景、田园风光、劳作景象。

---

[1] 廖璇：《浅谈当代农业景观的审美价值》，《理论月刊》2007年第10期。

第一节 村庄风景

村庄起源于旧石器时代中期，是人类聚落发展中的一种低级形式，广义上的村庄泛指人们以土地资源为生产对象集中聚集、生活生产在一起的现象，它主要分布在农村或城乡接合地区。从人类聚落发展史的角度看，村庄是城市的母亲，人类文明史中先产生村庄，而后才发展成城市，而且一些现代大都市就是从小村庄发展起来的，典型的案例是上海。上海在近代还是个小渔村，19世纪40年代开埠之后，迅速发展成一个国际性大都市。对于喜爱村庄的欣赏者而言，村庄的地理位置、格局布置、房屋建筑以及农村日常生活，都可以成为审美对象。

一、村庄的地理位置与格局布置

村庄是农民祖祖辈辈居住的地方，因此他们在选址的时候，总会考虑到一些自然环境因素，一般而言，村庄的选址往往要求有良好的小气候，此外还涉及安全、防灾、土地、水源、山林等。如陈望衡考察的那样，中国农民总是选择风景优美、视野开阔、交通便利的环境建筑聚居，依山、临水几乎成为农村建设的通则。例如，毛泽东的旧居韶山上屋场屋后是青翠的山林，屋前是一汪清凉的池塘。中国江南的某些农村，让小河流经村庄，农民们沿着小河两岸聚居，河水不仅可以用来洗衣、洗菜、灌溉，还可以用来行船。小河上有桥，桥的风格不一，或为石桥，或为木桥，或为廊桥。水、桥、人加上天上的云霞和河岸的花树、屋宇，构成一幅活动的、美妙的图画。[1]

既然村庄在建设过程中，总会尽量考虑自然环境因素，如依山、临水等，那么这些自然环境因素也会影响村庄的格局分布。一般而言，典型的村庄格局分布有三种：点状、带状和片状。[2] 村庄的地理位置及其布局，会

---

[1] 陈望衡：《环境美学》，武汉：武汉大学出版社，2007年版，第280页。
[2] 村庄布局也不是绝对不变的，比如随着村庄发展演变，点状分布的村庄可能慢慢积聚人气，最终发展成带状或片状村庄；带状形村庄随着人口繁衍，发展成片状形格局；片状形村庄随着每家每户都迁居到村庄附近的交通要道边上居住，这样就演化成带状形格局，而且带状和片状村庄布局常常呈现一种混合状态，这时往往以一种格局为主、另一种格局为辅。

给人们带来不同的审美体验。

第一，所谓点状，即村庄布局极其分散，独家独户（或三两家聚在一起），这种格局主要分布在地广人稀的地区，如中国的游牧民族地区、西北有绿洲的沙漠地区以及北美的种植园地区。这里，我们以北美的农场为例。玛格丽特·米切尔（Margaret Mitchell）在《飘》（Gone with the Wind）中花大量笔墨描写了塔拉农场，可以说，塔拉农场是美国南方种植园中的一个代表。塔拉农场很大，在这农场里生活着杰拉尔德一家，他们的邻居如麦金托什家、约翰·威尔克斯家、卡尔弗特家、塔尔顿家、方丹家也都有农场，但是房屋建筑相距很远，杰拉尔德等人要想拜访邻居，必须借助交通工具才行。由此可见，这种种植园农场的空间布局是典型的点状分布。这种布局给人带来的审美感受是，塔拉农场的别墅犹如一栋古堡，它有广阔的土地，从远处看上去，整片农场充满了宁静与秀美。如小说借助思嘉·奥哈拉之眼，欣赏塔拉农场：

> 这时，太阳已经藏到了地平线以下，大地边缘那片绯红已褪成了淡粉色的暮霭。天空渐渐由淡蓝变成了知更鸟蛋般淡淡的青绿色，田园薄暮中那超凡脱俗的宁静也偷偷地在周围降落。朦胧的夜色笼罩了村庄。……在瑰丽的朦胧暮色中，那些在阳光下蓊郁地长在河边湿地上的高大松树，如今已变得黑乎乎的，与暗淡的天色相互映衬，就像一排黑色巨人站在那儿，把脚下潺潺而过的黄泥河水给遮住了。河对面的山冈上，威尔克斯家的白色烟囱在周围的繁茂的橡树林中逐渐隐去，只有远处那摇曳的晚餐灯光还能照见那座房子依稀犹在。温暖且润泽的春天气息，带着新翻的泥土和蓬勃生长的草木的潮湿香味温馨地包围着她。[1]

玛格丽特对塔拉农场的审美描述，在一定程度上展示出了点状分布的村庄的审美品格。

---

[1]［美］玛格丽特·米切尔：《飘》，林子致译，北京：团结出版社，2016年版，第25—26页。

第二，所谓带状，即从整体上看，村庄呈长条形状分布。一般而言，呈带状分布的村庄，要么是沿着河流、湖泊两岸而建，要么是沿着山麓、沟壑而建，要么是沿着道路而建。中国有许多带状分布的村庄，这里我们以北水段村（河南省林州市）为例，北水段村是林州市石板岩乡的一个自然村，坐落于太行之巅，依河谷山泉而建，和山谷错落交织，相互呼应，是个远离红尘的美丽小山村，其分布格局主要特色是带状。从欣赏者的角度看，欣赏这样的村庄，需要沿着河流山谷拾级而上，从村庄的一头漫步到另一头，移步换景，犹如欣赏一幅逐步展开的画卷。北水段村是龙床口瀑布的源头，山谷幽深，流水潺潺。河流顺着光洁平整、错落有致的石板川流不息，淙淙悦耳。遇到雨雾天气，极目远眺，可以看到云雾缠绕着带状的村庄，若隐若现，山村静谧而安详，犹如置身于境，美轮美奂。

第三，所谓片状，即从整体上看，村庄呈饼状展开。一般而言，呈片状分布的村庄，主要分布在地形平坦、人口比较稠密的地区。这种片状布局的村庄在平原地区尤其常见，比如陈忠实《白鹿原》中所塑造的"白鹿原"就是这种村庄的典型代表。白鹿原是渭河平原上的一个普通的村庄，由于地势平坦，人口稠密，所以此处村庄呈片状分布。片状村庄的特点是，许多户农家聚居在一起，形成一片，而在这个村子里，有中心与边缘之分，比如白鹿村的中心是祠堂，每当村子有重大事情发生，族长白嘉轩就敲锣，号召所有村民集中到祠堂，共同决议；而边缘地带则是黑娃与田小娥住的那个破旧的窑洞。此外，这样的村庄还有一个显著的标志，就是村口。正是这样的片状布局，引导着欣赏者的审美体验：首先，村口意味着这是欣赏的起点；而后，观赏者走到村庄中心位置时，这意味着欣赏体验进入高潮阶段；然后欣赏者环绕村庄边缘地带走一圈，这似乎是审美体验的余韵；最后，欣赏者绕回到了村口，站在村口回眸整个村庄，这似乎是结束此次欣赏的标志。

二、村庄的房屋建筑

房屋建筑是村庄构成的核心要素之一，也是审美体验的重要对象。受自然环境和历史文化的影响，不同地区的村庄建筑差别很大，这种差别成为游客审美关注的重点。这里，我们以游牧民族的帐篷、黄土高原的窑洞、贵阳布依族的石板屋以及福建客家的土楼为例，阐释作为审美对象的村庄建筑。

第一，帐篷是游牧民族遮风挡雨的居所，是他们独具特色的居住设施。一般游牧民族逐水草而居，迁徙是他们的生活常态，为了适应这种生活，帐篷便是他们的最佳选择，因为帐篷方便随时支拆、托运。游牧民族的帐篷多种多样，有方形、长方形和椭圆形等不同造型，同时也有大小之别。一般而言，藏族游牧民族多为黑牦牛毡房，故称为黑帐房；蒙古族的蒙古包多为白色，称为白帐房。帐房冬暖夏凉，在蒙古高原或者青藏高原旅行时，当你翻过一座山冈，或绕过一个山弯，突然豁然开朗，在一片无边无际的草原上，散布着成群的牛羊和零星的帐篷，这时候本来不显眼的帐篷却彰显着人与自然和谐的景象，立刻增加了眼前风景的诗意。

第二，窑洞是黄土高原上特有的民居形式，是人们为了适应黄土高原土质疏松、直立不塌的自然环境特点而建造，具有浓厚的民俗风情和乡土气息。按照建筑材料看，窑洞一般分为土窑洞、石窑洞、砖窑洞等；按照建筑形式，窑洞一般分为靠崖式窑洞、下沉式窑洞、独立式窑洞等，无论哪一种窑洞，其特点都是冬暖夏凉。中国当代散文家吴伯箫对窑洞怀有浓厚的感情，于是他在散文《窑洞风景》一文中，记录下了他对窑洞的欣赏：

> 农家住的窑洞，多半是靠窗盘炕，炕头起灶安锅。灶突从炕洞里沿着窑壁直通山顶。常见夕阳衔山的时候，一边是缕缕炊烟从山头袅袅上升，一边是群群牛羊从山上缓缓回圈。"日之夕矣，牛羊下来"，正好构成一幅静静的山野归牧图画。若是山高一点，炊烟缭绕，恰像云雾弥漫，又会给人一种"白云生处有人家"幽美旷远的感觉。有的农家窑洞，用丹红纸剪贴了"鲤鱼跳龙门""锦鸡戏牡丹"一类的窗花，或者贴了祝贺新婚和新年那样的"囍"字，就又是一种欢乐气象了。窑洞从山腰挖起，一层一层往山顶挖去。随着山崖的形势挖成排，远远看去就像一带土楼。每层窑洞的前面，用削山和打窑的土，恰好

可以垫成一片平地。上下左右的窑洞，高低错落，不一定排列得都很整齐；那整齐的却有时候上一层的平地就是下一层的窑顶。在这种九曲回廊似的窑前平地上，可以种菜，养花，栽树。西湖白堤的"间株杨柳间株桃"，被称为江南绝妙景色。这种窑洞建筑的"一层窑洞一层田"，不也可以称为塞北的大好风光吗？若是种瓜，上层的瓜蔓能够挂到下层的檐头，天然的垂珠联珑，那才真叫难得哩。景致更好，是夜里看，一排一排的灯火，好像在海岸上看航船，渔火千点；也好像在航船上望海岸，灯火万家。[1]

第三，石板屋是贵阳花溪区镇山村布依族人的建筑景观。镇山村是以布依族为主的民族杂居的自然村寨，该村建筑的突出特色是，道路和私家农家住宅基本上都是用石头建成的，他们用石板铺路面、用石板当墙壁、用石板铺屋顶、用石板建天井等等。之所以形成这种独特的建筑风貌，是因为镇山村位于山区，这一带山体多是页岩石，页岩石是一种黏土经过长期沉淀及温度变化而成的，页岩硬度不是太高，所以可以很容易获得成片状的石块。于是，当地人靠山吃山，靠水吃水，靠着页岩就用页岩建房子，尤其是山村里的屋顶几乎全是用页岩片当瓦片，而页岩片的防水性很高，作屋顶材料是上佳的。在镇山村里行走，人们通常会被这些石板建筑吸引，因为那一片片薄薄的页岩片垒起来的样子，犹如树木的年轮一样，让人怀想到它是时间的产物，让人震惊，而且一块块天然的页岩片铺在屋顶上，类似瓦片，这与一般的建筑风格迥然不同，让人觉得非常奇特。更重要的是，整个村庄几乎都是石板建筑，走进村中仿佛置身在石头的世界中，从而感受到一种不同于日常生活的少数民族的异域色彩。

第四，土楼是客家人世代相袭、聚族而居、繁衍生息，并用夯土墙承重的大型群体楼房住宅。土楼多为圆形，也有部分是正方形、长方形、半圆形、五角形、交椅形、畚箕形等。2008年7月以永定客家土楼为主体的福建土楼，成功列入《世界遗产名录》。客家土楼属于集体性建筑，其最

---

[1] 吴伯箫：《窑洞风景》，《北京文艺》1962年第8期。

大的特点在于其造型大。土楼是庞大的单体式建筑，其体积之大，为民居之最。土楼中的普通圆楼，其直径大约为50余米，三四层楼的高度，共有百余间住房，可住三、四十户人家，可容纳二三百人。而大型圆楼直径可达七八十米，高五六层，内有四五百间住房，可住七八百人。规模宏大的客家土楼，是山区民居建筑类型中的"巨无霸"，称得上是古代民居建筑中的"航空母舰"，被誉为"东方古城堡"。除了规模之外，其建筑布局风格也别具匠心：中轴线鲜明，殿堂式围屋、五凤楼、府第式方楼、方形楼等尤为突出；以厅堂为核心，楼楼有厅堂，且有主厅，以厅堂为中心组织院落，以院落为中心进行群体组合；廊道贯通全楼，可谓四通八达。这样的建筑格局也与其建筑功能相关，即土楼的建筑方式是出于族群安全而采取的一种自卫式的居住样式，这种建筑样式既有利于家族团聚，又能防御敌人袭击。从审美角度看，土楼也具有独特的建筑艺术魅力。比如圆形土楼（又称"圆寨"），当欣赏者行走在崇山峻岭之间，突然眼前现出一座浑朴的圆形土楼，犹如堡垒一般，它的外形与天穹呼应，本色的黄土墙与大地密接，令人震撼。当走入圆形土楼中，一间间房子围在一起，似乎家家户户亲密无间，不似现代都市邻里关系的那种冷漠，瞬间一股温暖之情涌现心头。

如今，随着中国经济的快速发展，尤其是城镇化的飞速发展以及农民居住观念的改变，村庄建筑发生了重要变化，比如牧民开始盖房子，走向定居，而一般地区的农村房屋也从改革开放前的土坯房变成砖瓦房，而后又变成当下大多数的乡村别墅。

三、农村日常生活

村庄是农民居住的地方，更是他们日常生活的舞台。农村日常生活也是审美欣赏的重要内容，比如农家乐深受都市游客的喜爱，就可以说明这一点。农村日常生活主要包括衣食住行、休闲娱乐、婚嫁丧葬、节日习俗等等[1]。宋代词人辛弃疾写过一首朗朗上口的《清平乐·村居》："茅檐低小，

---

[1] 劳作也是农村日常生活的一部分，但是我们下面将有专门章节论述劳作景象，因此在此不加赘述。

溪上青青草。醉里吴音相媚好，白发谁家翁媪？大儿锄豆溪东，中儿正织鸡笼。最喜小儿亡赖，溪头卧剥莲蓬。"短短几十字，描写了农村一个五口之家的生活环境和日常生活的画面，词人将美好的农家生活描写得有声有色、惟妙惟肖、活灵活现，具有浓厚的生活气息，呈现出一种清新宁馨的美学风貌。唐代诗人王驾写过一首《社日》："鹅湖山下稻粱肥，豚栅鸡栖半掩扉。桑柘影斜春社散，家家扶得醉人归。"短短四句，写出了鹅湖山下的一个村庄社日里的欢乐景象，描绘出一幅富庶、兴旺的江南农村风俗画，极富农村生活情调。这里，我们不是要介绍农村日常生活的内容，而是要论述农村日常生活的特点，重点关注这些特点所产生的美学效果。与城市生活相比，农村生活具有以下几个重要特点：

第一，相对于热闹的城市生活而言，农村生活十分恬静。

城市生活热闹非凡，在大商场、购物中心、步行街等商业活动发达的地方，似乎每天都跟过节一样，在城市生活久了，似乎都忘记了什么是安静，因为在城市中，人们始终被各种声音包围着，如建筑施工、交通运输、工业生产、商业宣传、店铺音乐、人群喧哗等等。与此恰恰相反，农村生活相对来说比较安静、宁静，如陶渊明在《饮酒》所言："结庐在人境，而无车马喧。问君何能尔？心远地自偏。"清晨，在乡下，可以听见公鸡打鸣的声音，一般有一只公鸡打鸣后，村里其他的公鸡也跟着打鸣，邻村的公鸡也会应声打起鸣来。这时候的公鸡打鸣声，不但没有让村庄变得吵闹，反而衬托出乡村生活的宁静。这时候起床，晨光熹微，整个村庄还在慢慢苏醒中，随着各家各户次第起来，打开大门，放出家禽，打扫院落，升起炊烟，村庄逐渐恢复了活力，欣赏者如果仔细观察的话，肯定可以从村庄的苏醒过程中感受到村庄的恬静与安逸。一个人在村庄里随处走一走，会发现自己内心没有了城市生活中的那种烦躁感，相反，一种宁静感会油然而生，从而真正放松自我。感受村庄的宁静生活，本身就具有审美意味。

第二，相对于城市生活的快节奏，农村生活节奏比较慢。

通常而言，城市生活的节奏比农村生活的节奏快很多，尤其是在城市的十字路口，可以看到来来往往的车辆、人群，不到夜深人静时刻，从来不会停息。城市人步履匆匆，从不停息，甚至有人会不自觉地加快脚步，向前方小跑起来，仿佛总有要紧的事等待他们处理。"城市的生产与生活完全是人为安排的，为了追求高效率，人们总是将工作、生活安排得满满的，城市的生活就像一具机器，整天不停地转动，城市中的人就是这具机器上的一个零件，必须跟着一起转动，而不能有丝毫怠慢。"[1]与此相反，乡村生活节奏慢了许多，从他们的脚步里，看不出有什么要紧的事，仿佛每一天都有大把的时光一样，他们在路口遇到人了，就会停下来，彼此寒暄，甚至聊一会儿天。农村生活节奏相比城市要缓慢得多，其原因之一是农业劳动基本上靠天吃饭，作物的耕种必须依据自然条件，春种、夏耘、秋收、冬藏几乎是不可抗拒的规律，这样，农民不是一年到头都是忙的，而是根据作物成长情况，有时忙，有时闲。另外，由于农业劳动基本上是个体劳动，它拥有更多的自由性，在不误农时的前提下，农民可以比较自由地安排自己的作息时间。这样，从总体上来看，农村生活方式就呈现出散漫的特点。[2]这种慢节奏的生活状态，有种"山静似太古，日长如小年"的感觉。对于长期生活在城市快节奏中的人来说，体验这种慢节奏的农村生活也是一种审美感受。回想一下唐代诗人王维《渭川田家》所描写的田家日常生活："斜阳照墟落，穷巷牛羊归。野老念牧童，倚杖候荆扉。雉雊麦苗秀，蚕眠桑叶稀。田夫荷锄至，相见语依依。即此羡闲逸，怅然吟式微。"夕阳西下，牛羊缓缓归来，老人在柴门边等着贪玩的孩童早点回家，下田干活的大人们在路边相遇后，彼此寒暄，问问庄稼长势，生活节奏缓慢，不禁让人对这种田家生活充满无限的向往之情。

第三，相对于人情冷漠的城市生活而言，农村生活更具有人情味。

快节奏的城市生活在人情关系上日益冷漠化，甚至有网友选出了所谓"中国十大冷漠城市排行榜"[3]，诚然这个排行榜备受争议，但是这件事本身折射出，人际关系冷淡是现代城市生活中所普遍存在的问题，冷漠成为城市生活的重要特点，漠不关心成为城市生活的一种常态，"各人自扫门前

---

[1] 陈望衡：《环境美学》，武汉：武汉大学出版社，2007年版，第279页。
[2] 同上。
[3] 网民选出的所谓中国十大冷漠城市排行榜为：广州、深圳、沈阳、成都、洛阳、北京、上海、东莞、嘉禾、台北。

雪，休管他人瓦上霜"。陈望衡认为，城市生活方式注重以事为本，而农村生活注重以人为本，所以城市里人情冷漠，而农村生活更有人情味。比如，在城市里，人与人的交往主要为办事，即使有情感，那情感或者是产生于办事的过程之中，或者是办事的副产品，或者是办事的动力。总之，情感是围绕着事转，而不是事围绕着情感转。这种人际关系中，人的地位实际上下降了，人成为事的代名词，再加上网络媒介的兴起，人与人的关系就会变得功利化、经济化、商品化、媒介化，最终冷漠化。农村生活中，人与人的交往则以人为本，这就必然重情感、重血缘、重地缘。对于农村生活而言，走亲戚、串邻居十分常见，也就是说，农村生活中，人与人的交往常常是面对面的，因此农村生活更具有人情味。[1]

实际上，还有一个原因，城市是一种非熟人的社会，充满了流动性，人与人之间的关系可能还没有固定下来，就又发生了变化，这样，城市生活的流动性也必然导致人情的冷漠化。比如刚认识了一些公司同事，没过几个月或者自己跳槽，或者同事跳槽，大家就散了；或者是还没有跟隔壁的租户混熟，人家已经搬走了。城市里的每个人每天上下班都穿梭在熙熙攘攘的人群里，很难碰上一个熟悉的面孔，对于一些经常出差的人来说，他们甚至不知道自己晚上将住在哪里。相反，农村是一个熟人社会，人与人的关系比较牢固。比如在改革开放前的农村，大部分农民基本上都是一辈子生活在一个地方，种着同一片土地，村里人三四代基本上都相互熟识，村里各家各户朝夕相处，鸡犬之声相闻。农村生活的固定性是滋生人情关系的肥沃土壤。农村生活强调礼尚往来，他们知道，欠了别人家的人情是要还的，而且迟早会还上的，即便他没有还上，子孙后代也会帮忙还上，同时别人家欠了他的人情，他也从来不担心别人欠着不还，因为他知道家里总会有需要别人帮忙的时候，比如婚嫁丧葬之事，总是难免，这时候必然需要请人帮忙。农村的人情不但限于个人与个人、家庭与家庭之间，并且也存在于家族与家族之间，会一代代传递和扩散下去。这种人情关系的牢固性，就建立在农村生活的固定性基础上。

---

[1] 参见陈望衡：《环境美学》，武汉：武汉大学出版社，2007年版，第277-278页。

从审美上，具有人情味的农村生活，会让欣赏者感受到温情、温暖与温馨。尤其对于长期在城市漂泊的人来说，当他们回到农村后，感受到农村生活的人情味，内心肯定会涌出一股感动来。但是，随着中国城镇化的快速发展，农村人口急剧向城市转移，许多村庄萎缩，甚至消失，出现大量空心村以及空巢老人现象，从审美上看，这让人会感到一种衰败、荒凉、凄惨之感。

以上从村庄的地理位置、格局布置、房屋建筑以及农村日常生活等三个方面论述作为审美对象的村庄风景，实际上村庄风景中还有一些具有审美价值的事物，比如一般农家房屋附近都有池塘，池塘里会有菱或荷，而且农家房屋附近也会种上一些水果树，如梨树、桃树、杏树、石榴树以及葡萄树等，这些植物既有美化环境的作用，同时也能带来一定的经济效益。此外，村庄里的水井、电线杆、道路、菜园等，也都是村庄风景的有机组成部分，也都可以成为审美对象。

第二节 田园风光

田园是农民劳作的地方，这里主要指田地、田野[1]，是农业环境中的核心因素，甚至提到农业景观，许多人首先想到的是田园风光。一般而言，全球不同地区的土地类型不同，会形成不同的田园风光，并产生不同的审美体验，而且随着传统农业向现代大农业的发展，田园风光也发生了重大变化。这里，我们根据农业发展的阶段，分别论述传统农业的田园风光和现代农业的田园风光。

---

[1] 从大农业角度看，农民的工作地点不仅包括田地，还有水域、果园、牧场等区域。从外在形态上看，田地主要指旱田水地，水域主要指江海河湖，果园指果树林，牧场主要是指大草原。从大农业角度看，田园风光就应该包括田地、水域、果园、牧场等所有农民劳作的区域。这里，我们讨论的田园风光以田地风光为主，因为江海河湖、树林草原等环境与自然环境十分接近，对于自然环境的欣赏，我们在上一章已经作了论述。

一、传统农业的田园风光

传统农业是指在自然经济条件下，采用人力、畜力、手工工具等为主的手工劳动方式，靠世代积累下来的传统经验发展，以自给自足的自然经济居主导地位的农业。传统农业的特点是精耕细作，农业部门结构较单一，生产规模较小，经营管理和生产技术仍较落后，抗御自然灾害能力差，农业生态系统功效低，商品经济较薄弱，基本上没有形成生产地域分工。实际上，传统农业的技术水平以及它对自然环境的依赖，极大地决定了土地的使用方式，从而影响了土地的形状及其种植的作物品种，使得传统农业具有独特的田园风光。

第一，从形式的角度看，土地的外在形状是田园风光的重要要素。

以我国（传统）农业土地的外在形状为例[1]，比如在平坦地区，我国农田多为方形（井田式样），而在丘陵地区则多为梯田。我国按照井田式样划分田地地界的历史十分久远，它的遗迹虽已不复辨认，但这对我国现在的农田划界与农田景观的影响仍然是存在的。比如按照井田式样划分地界，则田地多被划分为长方形。这样不同种类的农田在不同的季节里形成的色彩、肌理、线条、尺度等等，其形式美感，便出其不意地变得明显起来。再如，我国种植水稻的丘陵地区，需要开辟沿等高线的水平梯田，这样就受到地形的坡度以及土层等因素的影响，那里也就几乎没有两块土地的大小与形状完全相同的水田。放眼看去层次非常丰富。云南哈尼族充分地利用了该区的自然环境，依山势修建了栽种水稻的梯田，并通过不断地维护而使之保持了上千年，创造了稳定的亚热带山地梯田农业景观，是人与自然结合的精妙之作。千百年来，哈尼族已将那大山一级级、一层层雕塑成了梯田。数千级梯田从村寨下面一直延伸到幽深的山谷里，水、山、天和

---

[1] 从历史上，我国的传统农业十分发达，甚至在当下，这种传统农业在我国还有一些分布，因为我国农业人口众多，许多地方并没有真正完成农业的现代化。我国农业正处在从传统向现代转化的过程中，因此既存在一部分传统农业，也有一部分现代大农业，不过更多的是混合状态，即具有传统农业的一部分生产特征，如以家庭为单位，规模小，自给自足为主等等，但是同时在农业生产的过程中，也使用现代化生产技术，如各种现代化的农业生产机械如拖拉机、耕耘机、联合收割机、农用汽车等。

村寨相接相连，与蒸腾的云雾笼为一体，浑然天成！这种景观的形式美，震撼着每一个只要能够见到它并欣赏它的人。[1]

第二，从内容的角度看，田地中种植的作物是田园风光的重要内容。

一般而言，中国传统农业生产结构的主导形式是以种植粮食为中心，杂以经济作物、肥料作物，形成多种经营结构。常见的粮食作物有谷类作物（包括稻谷、小麦、大麦、燕麦、玉米、谷子、高粱等）、薯类作物（包括甘薯、马铃薯、木薯等）、豆类作物（包括大豆、蚕豆、豌豆、绿豆、小豆等）；常见的经济作物有纤维作物（包括棉花、大麻等）、油料作物（包括油菜、花生、芝麻、向日葵等）、糖料作物（包括甘蔗、甜菜等）以及烟草、茶叶、薄荷、咖啡、啤酒花等其他作物；常见的肥料作物有苕子、苜蓿、紫云英、草木樨、田菁等。在田园风光中，这些不同种类的农作物，都可以成为一道靓丽的风景，凡是在农村生活或去过农村观光的人，都可以发现田园风光中农作物的审美魅力。

田园中的农作物之所以具有审美魅力，首先在于农作物都具有生命。如陈望衡所言，农作物的美均体现出生命的意味，这种生命来自两个方面：显性的方面是农作物自身的生命，隐性的方面则是农民的活动。前一种生命意味属于自然，是自然孕育的结果；后一种生命属于社会，是农民本质力量的对象化。[2]比如，秋天那金灿灿的稻田，在蓝天白云的衬托下，多么喜人、诱人，看到后让人心中不自觉就会升起一股愉悦之情。毫无疑问，这片沉甸甸的稻田富有审美魅力，可以作为审美对象。但是这片稻田的生命首先来自大自然对它的孕育，同时也离不开农民对它的精心照看，是农民本质力量对象化的体现。

其次，农作物体现出浓厚的审美对称法则。美学中的对称法则指两个以上相同或相似的事物加以对偶性的排列，农作物普遍体现这一法则。比如蔬菜中的豆类作物的叶与花，花卉的叶、花，以及许多农作物都有对称分布。在农业中，对称是生物体结构的一种自然规律。人类之所以把对称

---

[1] 参考廖璇：《浅谈当代农业景观的审美价值》，《理论月刊》2007年第10期。
[2] 陈望衡：《环境美学》，武汉：武汉大学出版社，2007年版，第268页。

看作是美，就是因为对称体现了生命的一种正常发育状态。长期的生产劳动实践，使人类认识到对称具有平衡、稳定的特性，从而使人在心理上感到愉悦。[1]

再次，农业实践中非常重视整齐原则。比如农作物、蔬菜、花卉等品种的整齐是衡量品种优劣的重要指标。品种外部形态的一致性如何，直接显示品种内部遗传基因是否一致。凡是优良的品种都具备整齐一致的外部形态，从而农业科学家都把是否整齐作为衡量品种优劣的一个指标。在农业美学中"整齐"已不是单纯的外部感性形式的美，而是内在的科学的理性法则。以小麦为例，整齐的美学特征贯穿于种子萌发到新种子产生，从种子萌发到小麦出苗、从抽穗到成熟，整齐指标所关系到的不仅仅是小麦本身，还有对外部环境的指示与导向。用整齐法则审度小麦各个生育阶段能够发现小麦是否缺水、缺肥、遭受病虫害等等，如有缺苗断垄现象，使麦田整齐之美遭到破坏，是在提示人们土地是否平整？局部是否有病虫害？应该及早采取相应的措施。[2]

最后，农作物的多样性也增加了田园风光的审美魅力。由于传统农业不是现代大农业，基本上没有形成生产地域分工，农田只能被分割成一小块一小块的，每一小块土地种植的庄稼不一样，即使是同一种庄稼，由于各家的种植水平不一样，庄稼长势也不一样，这样，呈现在我们面前的田园风光就具有多样性、复杂性。比如大别山丘陵地区，有水田旱地之别，一般水田种植水稻，而旱地则种植花生、芝麻、甘薯、大豆之类，这样放眼望去，欣赏者的眼中不是单调的一种农作物，而是同时可以看到多种农作物，不同的农作物外表形状不同，长势不同，特征不同，带来的审美感受不同，但是这些不同作物又是如此和谐地构成一幅田园风光图，让人从这种多样性感受到审美的愉悦。另外，田园风光的多样性还体现在它的季节变化上。农作物所构成的景观与季节有着密切联系，同一片田畴，春天来了，先是金灿灿的油菜花以其极为鲜丽的色彩让人无比惊喜，油菜收割

---

[1] 参考冯莊：《农业美学的跋》，《北京农学院学报》1998 年第 2 期。
[2] 同上。

后种上水稻，田野则变成了绿茵茵的海洋，而到盛夏，水稻成熟了，这片绿色大海的颜色则变成略带棕色的黄金。农作物构成的田园风光极为丰富，与纯粹的自然景观相比，由于它经过人工的栽培管理，要显得更为整齐，更有韵律，更有气势。[1]

二、现代农业的田园风光

现代农业是在现代工业和现代科学技术基础上发展起来的农业，萌发于资本主义工业化时期，在20世纪中期左右才逐渐形成的发达农业。现代农业主要特征是广泛采用现代农用机械、现代化水利设施（滴灌、喷灌）、温室大棚等现代化技术，同时大面积种植杂交作物、转基因作物，农业生产对抗自然灾害的能力显著增强，农业延伸产业十分发达，次级加工开始普及，具有集约化、规模化、市场化的特征。北美地广人稀，工业发达，其农业生产具有鲜明的规模化、机械化、产业化、区域化特征，是现代农业的典型代表，比如北美农业在结合气候、地理等条件的基础上，建立各种特色鲜明的产业带，如牧草和乳牛带、小麦带、玉米带、棉花带等。而我国人口众多，地形复杂，目前还没有全面实现农业的现代化，不过在地广人稀的大西北和大东北，有现代大农业的气象。现代农业的规模化、机械化、产业化、区域化，也影响土地的使用以及地貌特征，从而使现代农业的田园风光与传统农业的田园风光极其不同。

卡尔森在《论农业景观欣赏》一文中，专门讨论了现代大农业的土地外形的变化以及其田园风光的变化。首先，现代农业使得农场生产规模更大，田野也因此具有更大的整体性。如卡尔森所言，现在农场的多样化和大规模机械化使农场变得更大、更加统一。一方面，农业使用了分类机、推土机和土地较平机；其他推土设备使农田再造成为可能。通过这种机械，农场主可以根据植物学和地形学特点，打破小块农田界限，将它们变成一片平整、规模更大的农田。另一方面，这种大块土地也是机械化作业所必

---

[1] 参考陈望衡：《环境美学》，武汉：武汉大学出版社，2007年版，第269页。

需。现代的种植、培育和收割设备由于其作业的规模与精细度，要求土地表面的大规模统一。这种地表要求土地变化更少，以符合机械的机动性，适应复杂的机械，使生产活动更有规律，农作物生产的各个阶段几乎都可通过机械操作。没有高度统一化的农田，高速拖拉机、50足培育机、自驱灌溉和喷药系统以及每种农作物的机械化收割和采集机械的使用就都受到了限制。[1]

其次，农作物的单一化种植成为一种普遍现象。如卡尔森所言，现代农场与农田不只辅助了机械化的农业行为，也成全了单一化种植。每种农作物的生产排斥了其他作物对土地的使用。更大的农场和更整一化的土地更便于种植单一作物，不管是种小麦还是玉米，不管是养牛还是火鸡。这种做法已日益成为经济上的必需。对农场主来说，它代表着一种使其农业生产流水线化，确定其时间、能量和资本投入的方式。它意味着在更小范围投资昂贵设备；在日益增加的复杂和技术性活动中，更小范围地投资于人力。再者，当单一化种植实施于整一化农田或处于相似的标准化条件下的大农场时，与程控化的灌溉、施肥、饲料供应、杀虫相结合，生产一种统一的作物。这些作物自身不只有利于农场设备的机械化，同时也促成生产管理、过程处理方法的现代化甚至商品化。[2]

田野整体化以及农作物种植的单一化，导致田园景观也发生了重大变化，这种变化突出特征就是：田园的细节变得粗糙了。"又人又平的土地不仅排他性地服务于一种作物，它们已经变得缺乏农业景观许多传统特征。在农田表面大规模整一化要求下，地形的多样性，如溪谷、冲积地、沼泽、山包、斜坡、小山已经服从于土地平整。同时，当年对于农村生活很重要的一些特征，诸如木堆、防风林、池塘、篱笆、乡村学校、教堂及错落有致的农场建筑已被成批地移位或毁掉。总之，这样一些标志物自身确实不

---

[1] Carlson, Allen. "On Appreciating Agricultural Landscapes," *The Journal of Aesthetics and Art Criticism* 43 (1985). 中译本参考［加］卡尔松：《从自然到人文——艾伦·卡尔松环境美学文选》，薛富兴译，桂林：广西师范大学出版社，2012年版，第119-120页。

[2] Carlson, Allen. "On Appreciating Agricultural Landscapes," *The Journal of Aesthetics and Art Criticism* 43 (1985). 中译本参考［加］卡尔松：《从自然到人文——艾伦·卡尔松环境美学文选》，薛富兴译，桂林：广西师范大学出版社，2012年版，第120页。

再需要，而且还占地方。"[1] 这就意味着，传统农业时代田园风光的多样性、复杂性在现代农业中消失了，取而代之的是一种宏大场景、同一性的风光，由此，现代农业的田园风光会给欣赏者带来一种完全不同的审美感受。如卡尔森指出："只有在田野里，新农业景观的审美印象才最为明显。在这里，强烈的色彩、突出的线条，连同其规模与视野产生的惊人形式美的景观：有巨大的如棋盘似的绿色方块农田；有金黄色的广阔矩形，这些矩形又形成灰色、无限多的不同形态之投影；或者那些'绵延数公里，直至天际的棕褐、赭黄的无边条纹'。当我们从高地或低空飞行的飞机上俯瞰时，此种景观在震撼力和戏剧性上可与那些最好的抽象几何画媲美。置身此境，我们会被此种景观的美吞没。"[2]

第三节　劳作景象

农民的劳作景象是农业环境中非常独特的一部分，欣赏农业环境就无法忽视劳作景象。而且，在许多人（尤其是旅游观光者）看来，农业劳作景象富有诗意，比如陶渊明写的大量田园诗，其中一首《归园田居》："种豆南山下，草盛豆苗稀。晨兴理荒秽，带月荷锄归。道狭草木长，夕露沾我衣。衣沾不足惜，但使愿无违。"陶渊明描写自己种豆、锄草、归家的劳动过程，本来十分平淡的劳动景象，经过陶渊明的描写，富有了诗意，传唱古今，令人神往。

农业劳动之所以能够成为审美对象，是因为农业劳动是农民直接与自然打交道，大自然的一切事物如气象、土壤、水、树林都与农业劳动息息相关。从事农业劳动，是全身心地投入大自然，人与自然和谐相处。可以说，农业劳作景象是典型的"自然的人化"场景，这是农业劳作景象能够

---

[1] Carlson, Allen. "On Appreciating Agricultural Landscapes," *The Journal of Aesthetics and Art Criticism* 43 (1985). 中译本参考［加］卡尔松：《从自然到人文——艾伦·卡尔松环境美学文选》，薛富兴译，桂林：广西师范大学出版社，2012年版，第120页。

[2] Carlson, Allen. "On Appreciating Agricultural Landscapes," *The Journal of Aesthetics and Art Criticism* 43 (1985). 中译本参考［加］卡尔松：《从自然到人文——艾伦·卡尔松环境美学文选》，薛富兴译，桂林：广西师范大学出版社，2012年版，第127页。

成为审美对象的前提。当人们看着自己生产的劳动成果时，必然会产生精神上的愉快，给人带来审美享受。如刘纲纪所言："由于人类的劳动既是满足物质生活需要的活动，又是一种创造性的自由的活动，因此人类通过他的劳动，一方面获得了某种物质生活需要的满足，另一方面又会产生一种精神上的愉快，即一种由于见到人通过创造性的活动，克服了种种困难，从自然取得了自由而产生出来的愉快。这种精神上的愉快，显然不同于由物质生理需要的满足而产生的愉快，它就是人类最初的美感。而那被人类在他的语言中称之为'美'的东西，最初指的就是既很好地满足了他的物质需要，同时又引起了他的精神愉快的东西，也就是以感性物质的形态体现了他征服自然的创造的智慧、才能和力量的那些劳动的过程和成果。"[1]

此外，与工业生产中的体力劳动相比，农业劳动的艺术性要多得多，其原因有二：一是它的肢体活动比较丰富，也比较自由，更具有人性化；二是它以自然田野为背景。绿色田畴加蓝天白云为衬托，伴之以大自然的流水声、风声、雨声，农业劳动就有声有色，韵味无穷，难怪自古以来，中国的一些知识分子就特别欣赏农家乐。[2]事实上，在工业劳动中，所有的劳动操作都是程式化的、机械化的、量化的，不允许有任何创造性，更不允许有任何个性，而农业劳动则带有更多的自由性、生命性。这也是农业劳动比工业劳动更具有审美意蕴的原因之一。

农业的劳作景象丰富多样，作物生长的各个环节，如育苗、种植、锄草、灌溉、打农药、收割等，都有农民劳作时的身影，同时劳作的人数以及背景不同，劳动场景也会不同，有关劳动场景的审美感受也不一样。这里，我们按照农业发展的阶段，分别论述传统农业的手工劳作场景与现代农业的机械劳作场景。

---

[1] 刘纲纪：《美学与哲学》，武汉：武汉大学出版社，2006年版，第106页。
[2] 陈望衡：《环境美学》，武汉：武汉大学出版社，2007年版，第265页。

一、传统农业的手工劳作场景

由于受生产力水平限制，特别是生产工具的限制，传统农业劳动主要是手工劳动，农民借助畜力、手工工具等与劳动对象（如各种作物以及大地等）直接接触，这种劳动带有浓厚的体验意味，人与自然的关系十分紧密，既相互斗争，又紧密相依。传统的农业劳作场景从要素上可以分为：人力、畜力和器具，其实在一幅劳作场景中，这些要素是彼此紧密相连、不可分的，为了讨论的方便，我们从以下三个方面展开论述。

其一，人力要素。

在传统农业劳作场景中，人力要素是主要的审美对象。如陈望衡所言，"农业生产作为人与大地的对话，采取的是体力劳动的形式。……人类的劳动，特别是农业劳动，本来就具有一定的艺术性。由于人类天然地具有一定的节奏感，人类在从事任何肢体活动时，都自然而然地寻求节奏，以使肢体活动协调，体现在劳动中更是如此。……事实上，农业劳动也只有具备一种节奏感，才能减少体力的支出，增加效益。"[1] 早在《诗经》中就有对农业中手工劳动景象进行的诗意描绘，如《芣苢》篇：

> 采采芣苢，薄言采之。采采芣苢，薄言有之。
> 采采芣苢，薄言掇之。采采芣苢，薄言捋之。
> 采采芣苢，薄言袺之。采采芣苢，薄言襭之。[2]

全诗三章，只有六个动词——采、有、掇、捋、袺、襭——是不断变化的，这六个动词恰好描写了采摘芣苢中的人的动作。农业劳动本来是一项极其辛苦的事情，但是这首诗歌把采摘芣苢描述成一个令人心旷神怡的场景，极富诗意。

此外，比如宋代诗人杨万里的《插秧歌》："田夫抛秧田妇接，小儿

---

[1] 陈望衡：《环境美学》，武汉：武汉大学出版社，2007年版，第265页。
[2] 朱熹：《诗经集传》，上海：上海古籍出版社，1987年版，第4页。

拔秧大儿插。笠是兜鍪蓑是甲,雨从头上湿到胛。唤渠朝餐歇半霎,低头折腰只不答。秧根未牢莳未匝,照管鹅儿与雏鸭。"诗人短短几句描写了一幅农家总动员,雨中抢插秧苗的风俗图画。开篇两句便用四个动词"抛""接""拔""插"描述插秧时人体的动作,干练、迅速、紧张又有序,一幅热火朝天的劳动场面,跃然纸上。

对于观光者而言,劳动场景固然可以成为审美对象,但是对于劳动者而言,他们或许感受到的是辛苦与疲惫,如唐代诗人李绅写的那首耳熟能详的《悯农》:"锄禾日当午,汗滴禾下土。谁知盘中餐,粒粒皆辛苦。"或许,我们读了陶渊明的"种豆南山下,草盛豆苗稀。晨兴理荒秽,带月荷锄归"之后,感觉扛着锄头锄草,是一件挺有诗意的事情,但是从农民自身的角度看,如李绅所写的那样,他们面朝黄土背朝天,在太阳底下锄草,汗流浃背,确实是一件劳苦的事情。因此,对于劳动场景的欣赏,尤其是对其中劳动者的欣赏,我们不能仅仅以旁观者(或游客)的姿态对待之,更应该体验之。

其二,畜力要素。

对于种植业而言,畜力主要是牛、马、骡子等。在现代农业机械没有产生之前,耕牛对农家来说,至关重要,农民爱牛、呵护牛,并不是因为牛漂亮、好看,而是因为牛是耕地的主要生产力量。但是,这并不影响人们以审美的态度对待牛、马等主要畜力。比如宋朝诗人李纲写了一首著名的《病牛》:"耕犁千亩实千箱,力尽筋疲谁复伤?但得众生皆得饱,不辞羸病卧残阳。"病牛耕耘千亩,其劳动成果可以装满千个粮仓,但是它自己却筋疲力尽,而且没有人怜惜它。但为了众生都能够吃得饱,即使累垮了,病倒卧在残阳之下,也在所不辞。首句中的两个"千"字,分别修饰"亩"与"箱",言病牛"耕犁"数量之大、收获成果之多;同时,也暗示这头牛由年少至年老、由体壮及体衰的历程。诗的后两句笔锋陡地一转,转述其即便累垮,也甘心为众生出力。这使欣赏者不禁在心中引起共鸣,对病牛肃然起敬,在审美上也产生敬畏感。

同样,马也是传统农业中的重要畜力,比如当农民需要搬运大量物品,如运粮食时,就需要借助马来帮忙。现代诗人臧克家写了一首有关马的现代诗歌——《老马》：

> 总得叫大车装个够，
> 它横竖不说一句话，
> 背上的压力往肉里扣，
> 它把头沉重地垂下！
>
> 这刻不知道下刻的命，
> 它有泪只往心里咽，
> 眼里飘来一道鞭影，
> 它抬起头望望前面。[1]

全诗用非常简洁的文字，刻画了一幅令人印象深刻的老马拉车图。一匹衰老的瘦马，已经筋疲力竭，不堪驱使了，但在人的强迫下，它被迫驮上难以承受的重荷，默默忍受着，没有发出任何怨言和抗议，即使"背上的压力往肉里扣"，也只是"把头沉重地垂下"。看到这样的老马形象后，不禁让人心生怜悯之情。其实，农闲之时，牧童牵着牛、马在田野中四处悠闲吃草的景象，也是一幅美丽的画卷。

其三，器具要素。

劳动器具是劳动者手脚的延伸，是农民进行农业活动的重要工具。传统的劳动器具如锄头、镰刀、铁锨、笸子、石碾、斧子、磙子、木榔头，此外还有蓑衣、斗笠、筛子、簸箕、扁担等等。这些器具多数是人工制品，人们在制作它们的时候，不仅关注它们的质量，同时也关注它们的外形，性能优良外形又美观的器具，更受到农民的喜爱。

当代小说家李锐2006年结集出版的短篇小说集《太平风物》，以古老的传统农具为主要意象，其中有14篇直接用农具命名，如《锄》《扁担》《铁锹》《镢》《犁铧》《耧车》诸篇。农具紧密地联系着农民赖以生存的

---

[1] 臧克家：《臧克家全集（第一卷）》，长春：时代文艺出版社，2002年版，第25页。

土地，联系着农民的生活，作为历史的见证，农具和它们的使用者——农民们一起，在辛苦的劳作中经历了无数的风风雨雨，穿越了漫长的农耕文明时代，具有厚重的历史意蕴，因此也具有独特的审美价值。

海德格尔在《艺术作品的本源》一文中，对器物的讨论最富有美学意蕴与哲学深度。其中，最著名的莫过于海德格尔解读凡·高的《农鞋》：

> 从鞋具磨损的内部那黑洞洞的敞口中，凝聚着劳动步履的艰辛。这硬邦邦、沉甸甸的破旧农鞋里，聚积着那双寒风料峭中迈动在一望无际的永远单调的田垄上的步履的坚韧和滞缓。鞋皮上粘着湿润而肥沃的泥土。暮色降临，这双鞋底在田野小径上踽踽而行。在这鞋具里，回响着大地无声的召唤，显示着大地对成熟的谷物的宁静的馈赠，表征着大地在冬闲的荒芜田野是朦胧的冬冥。这器具浸透着对面包的稳靠性的无怨无艾的焦虑，以及那战胜了贫困的无言的喜悦，隐含着分娩阵痛时的哆嗦，死亡逼近时的战栗。[1]

在海德格尔眼中，这双农鞋属于农民的器具，从这双农鞋里，海德格尔看到了农民劳动的艰辛，看到了农民与大地之间的斗争，听见了大地对农民的召唤，同时这双器具也表征出农民对大地的依赖。可以说，在凡·高的这幅画里，在海德格尔的眼里，这双农鞋不仅仅是器具，更是一个审美对象，是一个艺术品。

二、现代农业的机械劳作场景

与传统农业劳动场景相比，现代农业劳动场景发生了巨大变化：传统农业中，劳动者直接作用于劳动对象（如农作物、田地），即农民与劳动对象发生直接的接触；而现代农业中，劳动者间接地作用于劳动对象，即

---

[1] [德]海德格尔:《艺术作品的本源》，见[美]李普曼编:《当代美学》，邓鹏译，北京：光明日报出版社，1986年版，第392页。

农民借助于大机器在田地里劳作,农民直接操作的对象是机器。劳作场景的变化,自然导致人们对劳作场景的审美感受不同。

首先,在现代农业景观中,机械本身就是可欣赏的对象,如美国学者刘易斯对现代自驱式灌溉系统的描述:"巨大的银色怪物,有一米长,爬过深红色的土壤。投入巨大的水弧,将白色的得克萨斯的阳光折射为珠宝般善良的瀑布。每一件东西都有其鲜明的几何造型和色彩基调——圆圈、平板、圆柱体和抛物线,还有透明光线的漩涡和棱柱。"[1] 此外,像旋转开沟机、大型联合收割机、插秧机、自动除草机、马铃薯收获机、胡萝卜收获机等等,这些机器在外观、性能、审美风格上完全不同于传统农业时代的锄头、镰刀、铁锹、筢等器具。

其次,现代农业的机械化劳作场景给人带来的审美震撼完全不同于传统农业的手工劳作。以水稻收割为例,传统农业的水稻收割场景是,到了秋收季节,整个村子的村民们都纷纷手握镰刀,到自己田里割稻,一块田的稻子割完之后,往往需要晒上两三天,然后再用稻草编的绳子捆起来,然后一捆捆挑回家或者用车拉回家,整个劳动场景给人带来的感觉是:既有丰收的喜悦,又有劳作的忙累。而现代农业的秋收场景则是,收割人员坐在大型收割机里,开着机器在宽广的田野里,伴随着隆隆的机器声,稻子便被整齐而有序地割掉了,而且收割机自动实现稻谷与稻秆的分离,更先进的是,收割机还有自动烘焙功能,把湿度比较大的稻子直接烘干,整个劳动场景给人带来的感觉是:方便、快捷、高效、欣喜、轻松。比如卡尔森认为:

> (现代农业景观)就其所完成的功能而言,它们在整体上设计得很好,经多年的实验与失败教训,连同生产方面的压力,使农业景观可以作为良好设计之典范而欣赏——外观清晰、洁净、整齐,同时又体现了精巧、效率和经济等性能。再者,不只是广阔、坦荡的田野,井然有序的建筑,同时也有机械和居于其上之建筑,如果能从如何设计、

---

[1] Lewis, peirce. "Facing Up to Ambiguity," *Landscape* 26 (1982).

如何很好地实现其功能的角度欣赏之，此类景观就表现出更多的审美丰富性。[1]

第四节　农业环境的审美特性

我们已经从审美的角度系统地分析了农业环境的各种要素，而且不同的农业环境要素有不同的审美特性，这里我们试图从整体上概括农业环境的审美特性，即人与自然和谐相处、功能与审美相互统一。

一、人与自然和谐相处

以田园风光为代表的农业环境美学，总体上给人的审美特性是：人与自然和谐相处。因为对于城市观光者来说，农业环境给人的感觉是，无论是生活中还是劳作中，农民都与自然直接接触，人与自然关系和谐。其实，农业环境中人与自然的和谐主要体现在两个方面：一方面是"自然的人化"，另一方面是"人的自然化"，这两个方面都保持在一定的限度内，都没有走向极端，由此才达到和谐境界。

首先，农业环境之所以具有审美潜能，就是因为在农业劳动中，农民实现了"自然的人化"。如李泽厚所言："农业社会之所以是人类历史的最大进展也正在于它使人类安居，并循天时（季候、昼夜）、地利（水土山河）而延续着巩固着秩序化的生活，众多自然事物和整个大自然逐渐成为人类生活活动的真正的客观环境、条件、资源、工具，从而成为对象。这虽然还不是审美对象，却是它们日后成为个人审美对象的前提、基础和根源，即是说，它们（自然界和广大自然对象、事物）开始获得了美的本质，

---

[1] Carlson, Allen. "On Appreciating Agricultural Landscapes," *The Journal of Aesthetics and Art Criticism* 43 (1985). 中译本参考［加］卡尔松：《从自然到人文——艾伦·卡尔松环境美学文选》，薛富兴译，桂林：广西师范大学出版社，2012年版，第129页。

具有了审美性质。"[1] 从农民的角度看，实践美学对农业环境审美潜能的阐释，确实有道理。比如威廉·吉姆斯（William James）面对 19 世纪初北美新开拓的农场景象，认为这些新开辟的农场，一方面破坏了自然美景，另一方面又没有建造出优雅的农场环境，简直是"一堆丑陋事物"。但是，随后他马上修正了自己的观点，因为他在与农场开发者交谈过程中，逐渐理解了农场开发者的想法：

> 我立即意识到，我已失去此种情境整个的内在意义。因为对我来说，它清晰地诉说着赤裸裸的傲慢。我想，对那些用强壮的手臂、听话的斧头制造了这一切的人来说，他们讲不出其他故事。但实际上，这些人注视那些丑陋的树桩时，他们想到的是个人的胜利。那些碎片，那些被围起来的树木，还有被劈过的丑陋栏杆，对他们来说却代表着忠实的汗水、持久的苦辛和最后的报偿……简言之，对我而言很清楚，这只是落入我视网膜上的一幅丑陋画面；可对他们来说，这些则是芬芳的象征，连同其道德记忆，是他们的一首关于责任、奋斗和成功的赞歌。[2]

对于旁观者威廉·吉姆斯来说，他觉得新开发的农场景色一团糟，是"一幅丑陋画面"，可是对于农场开发者来说，新开辟的农场景色是他的劳动成果，尽管"丑陋"，但是却是他"忠实的汗水、持久的苦辛和最后的报偿"，从这些"丑陋的"树桩和"丑陋的"栏杆中，见出自己的本质力量来。

其次，田园风光体现人与自然的和谐，在农业劳动中，农民实现了"人的自然化"。所谓"人的自然化"实际上正是"自然的人化"的对应物，它防止农业活动中"自然的人化"这一面走向极端，使得田园风光呈现一派人与自然和谐相处的景象。所谓"人的自然化"包含三个层面：一

---

[1] 李泽厚：《华夏美学·美学四讲》（增订本），北京：生活·读书·新知三联书店，2008 年版，第 297 页。
[2] James, William. *Essays on Faith and Morals*, New York: Longmans, Green and Co., 1962, p.262.

是人与自然环境、自然生态的关系,人与自然界的友好和睦,相互依存,不是去征服、破坏,而是把自然作为自己安居乐业、休养生息的美好环境,这是"人的自然化"的第一层含义。二是把自然景物和景象作为欣赏、娱乐的对象,人们栽花养草、欣赏田园风光、流连田野景观、投身于大自然中,似乎与自然合为一体,这是"人的自然化"的第二层含义。三是人通过某种学习,如呼吸吐纳,使身心节律与自然节律相吻合呼应,而达到与自然合一的境界状态,这是"人的自然化"的第三层含义。[1] 在农业劳动和生活中,个体感性与自然直接接触,从而限制"自然的人化"走向极端,促进人与自然的和谐。

由此,农业景观很好地实现了"自然的人化"与"人化的自然"的融合,展现出人工与自然共生共荣的生态景观。作为大地景观的农业,它与自然界融为一体,对于人类来说,需要的也许就只是某种作物。但实际上在这片田野里生活着的远不只是这种作物,许多非人类需要的植物、动物也在其中生长着、生活着。比如农民在稻田里培植水稻,除了各种各样的昆虫、鱼类、两栖动物外,还有杂草,杂草是水稻的大敌。杂草长势过好,必然影响到水稻的生长,所以,农民总是不断地除掉杂草,但实际上杂草是不可能除尽的。如果采用剧毒农药,将杂草除尽了,水稻也许就完了。自然有它的目的性,人也有他的目的性。农作物、家畜这些人工培育的自然物,既然与纯自然物共同生活在一片大地上,这两者就只能协调,只能兼顾,既让人实现目的,也让自然实现目的,所以必须保持良好的生态性。由此,人与自然和谐共生是农业景观作为大地景观的一个重要特性。[2]

二、功能与审美相互统一

农业环境有一个重要的特征,就是它的功能性。对于农业环境的欣赏,必须关注农业环境的功能性。如卡尔森所言,我们应该按照农业景观自身

---

[1] 李泽厚:《华夏美学·美学四讲》(增订本),北京:生活·读书·新知三联书店,2008年版,第300页。
[2] 陈望衡:《环境美学》,武汉:武汉大学出版社,2007年版,第264页。

的特征来欣赏农业景观。"对于农业景观而言,这意味着将其作为功能性景观进行欣赏。在一处总体的功能性景观中,人们创造它和为之铸型,是为了实现人类的目的。这种景观典型地经过精心设计,用于实现其必要功能,达到相对重要的目标。因此,功能性景观在各种程度上都表现为一种经设计、体现必要性的景观。对任何一种特殊的功能性景观而言,设计性因素的大小很大程度上依据于该景观所要执行的功能类别,以及如何实现此功能。其必要性程度则依赖于要实现目标之功能的必要性以及目标本身的重要性。在任何功能性景观的审美欣赏中,考虑设计性因素的程度和必要性都十分重要,这些因素将决定着该景观具有和表达什么样的特质。这些考虑对农业景观尤为中肯,因为此类景观之总体以及新的农业景观在细节上均经过高度设计,极为必要。"[1] 因此,欣赏农业景观的外观与表现性特征时,需要考虑农业景观的功能,以及为何如此设计,设计得好不好,总之欣赏农业景观时,需要坚持"形式服从功能"原则。

对农业景观的审美体验,也应当在很大程度上基于农业用地的生产性。具有生产能力,是这种土地利用能够使人产生美感的前提。它给人类提供了衣食之源,作为产出性的土地养育了它的创造和使用者,使人们对它产生深厚的感情甚至依赖!因此,田地一旦被弃置,就会使人感到凄凉、贫瘠,它所传达的信息是获得性的丧失,是在生产食物方面景观功能的丧失。这种丧失导致了景观的缺失甚至丑陋。于是丧失了审美的体验与审美价值。由此,可以认为,农业景观审美价值的特性,是通过获取食物而产生的。它的富饶,肥沃带来的可以获得食物的信息是这种生产性审美价值最本源的部分。[2]

农作物是农民精心照顾的对象,农作物的长势直接与农民的生存相连。对于农业生产者,他关心的是农作物的收成。如果他试图将农田整理得更漂亮,不是为了审美,而是为了丰收。那种合规律的、整饬的、有序的作

---

[1] Carlson, Allen. "On Appreciating Agricultural Landscapes," *The Journal of Aesthetics and Art Criticism* 43 (1985). 中译本参考 [加] 卡尔松:《从自然到人文——艾伦·卡尔松环境美学文选》,薛富兴译,桂林:广西师范大学出版社,2012年版,第128页。
[2] 参考廖璇:《浅谈当代农业景观的审美价值》,《理论月刊》2007年第10期。

物排列，更适合作物吸收阳光、养分，能让作物长得更好。对于农民，他对农业景观的欣赏总是联系到收成的，在他眼中，根本没有脱离功利的形式美存在。然而在农业观光者的眼中，农业景观则具有两重性，观光者一方面也会从农作物经济效益的立场上看农业景观的美，然而另一方面，他更会从形式美的角度来看农业景观的美。由此，在对待农业景观的问题上，收成的好坏不仅成为善与恶的评价，也成为美与丑的评价。这一观念影响至深，以至于在农业景观的问题上，形式美几乎不能独立。农业景观中当然有形式美，这些形式美有些是人工创造的，如稻田中那行距整齐的禾苗，也有些是自然创造的，如果果园中那红色的果实与绿色的树叶相映衬的色彩。这些如果表现在绘画中，它具有一种脱离内容的形式美，但是在实际的农业景观中，它与农业收成紧密相连，具有强烈的功利性。[1]因此，欣赏农业景观必须坚持功能与审美相互统一的原则。

---

[1] 参考陈望衡：《环境美学》，武汉：武汉大学出版社，2007年版，第266-267页。

第三章　园林环境

《中国大百科全书》对园林作了如下论述："几千年来，人们一直在利用自然环境，运用水、土、石、植物、动物、建筑物等素材来创造游憩境域，进行营造园林的活动。在今天来看，园林的作用主要有三个方面：供人们游乐休息、美化环境和改善生态。在园林营建中，改造地形，筑山叠石，引泉挖湖，造亭垒台和莳花植树，要运用地貌学、生态学、云林植物学、建筑学、土木工程等方面的知识，还要运用美学理论，尤其是绘画和文学创作的理论。"[1]由此可见，园林就是在一定的地域范围内，运用工程技术和艺术手段，通过改造地形（或理水）、种植花草树木、营造建筑和布置园路等途径创造而成的美的自然环境和游憩区域。那么园林作为一种环境，既不同于纯粹的自然环境，也不同于完全的人建环境，因为园林环境尽管有大量的自然因素，但是同时又是人为设计、建设的，因此，园林是自然因素与人为因素的混合体。

从园林起源的角度来看，园林主要有西亚、西方和东方三大体系：西亚园林体系主要包括巴比伦、埃及、古波斯的园林，它们采取方直的规划布局、整形的种植和笔直的水渠，园林风貌较为严整，后来这一风格成为伊斯兰园林的特征；西方园林体系主要指欧洲体系，主要代表是古希腊罗马园林、意大利园林和法国园林，并吸收了西亚风格，最终形成"规整而有序"的风格；东方园林体系主要包括中国和日本的传统园林，追求妙肖自然的风格。[2]按照园林种类来看，一般有皇家园林、私家园林、自然景

---

[1] 中国大百科全书出版社编辑部编：《中国大百科全书·建筑·园林·城市规划卷》，北京：中国大百科全书出版社，1988年版，第9页。
[2] 参考汤晓敏、王云编著：《景观艺术学：景观要素与艺术原理》，上海：上海交通大学出版社，2013年版，第3–5页。

观园林和宗教祭祀园林；其中皇家园林指专供帝王和皇室成员游赏的园林，如故宫御花园、颐和园、承德避暑山庄等；私家园林是指相对于皇家园林而言，其所有者是一些官宦、富商、文人等，如苏州拙政园、袁枚的随园等；自然景观园林指利用天然山水的布局或片段作为建园的基址，配以周围环境建筑一些园林建筑，经过人为加工而形成的公共游览性的景观园林，如杭州的西湖、济南的大明湖等；宗教祭祀园林指作为宗教活动场所的园林，如寺庙、道观等。[1]不同类型的园林，有着不同的设计风格和审美特性，进而使人产生不同的审美体验。这里，我们主要从构成要素角度来分析园林环境，一般而言，园林环境通常由自然要素与人工要素混合而成，前者如山石、水景、花草树木等；后者如亭台楼榭、桥梁道路、灯光、雕塑品等。

第一节 自然要素

一、山石

在中国古典园林中，石是园林之"骨"，如果说"仁者乐山"，而许多园林无法把大山纳进园中，那么石便是山的最好象征。石头、假山是中国园林中极为常见、也极为重要的组成部分，比如苏州留园有冠云峰，扬州个园有湖石假山，上海豫园有玉玲珑、北京颐和园有青芝岫等等。掇山置石是中国古典园林最常见的造园手段，其中掇山又叫"叠山"，指在园林中人工堆造假山为背景；置石是指在园林中有意识地安置零星山石为景。欣赏园林环境，必然不能忽略园林中的山石。

其一，选石。

园林借石造景，首先需要从自然中选择石材。掇山置石，先要根据园林设置和假山设计，来购买石材，然后再根据具体石材的特征以及叠山的需要和设计，使用石材。选好石材是叠山置石的关键，计成在《园冶》中

---

[1] 吕明伟编著：《园林》，合肥：黄山书社，2015年版，第1页。

专门介绍了选石的经验。他说:"取巧不但玲珑,只宜单点;求坚还从古拙,堪用层堆。须先选质无纹,俟后依皴合掇。多纹恐损,无窍当悬。古胜太湖,好事只知花石;时遵图画,匪人焉识黄山。小仿云林,大宗子久。块虽顽劣,峻更嶙峋,是石堪堆,便山可采。石非草木,采后复生,人重利名,近无图远。"[1]这段话是说,选石时,不仅要选一些玲珑奇巧、只宜单置的峰石,还要选一些坚实古朴、适合堆叠的石头。需要先挑选出石质好、无裂缝的石头,然后依照皴法堆叠。多纹的石头恐怕容易损坏,而无孔的石头则宜于悬挑。古人都称太湖石为好石,于是当时爱好掇山的人只知道花石纲,人们只知道依照画境堆山,哪里知道用黄石掇山之美。掇小山可以仿效倪云林的画本,而掇大山应该学习黄子久的笔法。石头虽然顽笨,但是高堆便给人以嶙峋深远之感,像这种粗笨石头均能叠山,山上到处可采。山石不同于草木,开采后无法再生长,世人重视名节,采石最好就近取材,不必求远。从这里可以看出,计成强调选石时,要重视姿态、质地、颜色、纹理等各个方面。

其二,品石。

园林中陈列的奇石,千奇百怪,令人浮想联翩,本身就具有非常高的审美价值。中国古代文人对石头情有独钟,中国古代品石传统十分发达。远在春秋时代,就有人爱石成癖,如有名的愚人藏石的故事:

> 宋之愚人得燕石梧台之东,归而藏之,以为大宝。周客闻而观之。主人斋七日,端冕之衣,衅之以特牲,革匮十重,缇巾十袭。客见之,俯而掩口,卢胡而笑曰:"此燕石也,与瓦甓不殊。"主人大怒曰:"商贾之言,竖匠之心!"藏之益固,守之弥谨。[2]

此后,一些帝王也喜好此习,如《南史》记载,梁武帝与到溉赌石,溉输,帝取石置于御园;陈主且封石为三品。到唐朝白居易那里,他首先

---

[1] 计成:《园冶》,李世葵、刘金鹏编著,北京:中华书局,2011年版,第177页。
[2] 袁晖主编:《历代寓言选(上)》,北京:中国青年出版社,2012年版,第167页。

发现太湖石之瑰奇，在苏州得到五个太湖石，置于里第池上，他还作过《天湖石记》。唐朝，石在绘画中也出现了，比如孙位《高逸图》在人物中央绘山石，描写高人与"石交"的意态。[1]

计成介绍了选石经验之后，又分别介绍并品评了中国园林中常见的16种石材，它们分别是太湖石、昆山石、宜兴石、龙潭石、青龙山石、灵璧石、岘山石、宣石、湖口石、英石、散兵石、黄石、旧石、锦川石、花石纲、六合石子。一般，不同的石材，有不同的产地，不同的诞生环境，因而具有不同的特性、色彩、形状。以著名的太湖石为例，计成说道：

> 苏州府所属洞庭山，石产水涯，惟消夏湾者为最。性坚而润，有嵌空、穿眼、宛转、险怪势。一种色白，一种色青而黑，一种微黑青。其质文理纵横，笼络起隐，于石面遍多坳坎，盖因风浪中冲激而成，谓之"弹子窝"，扣之微有声。采人携锤錾入深水中，度奇巧取凿，贯以巨索，浮大舟，架而出之。此石以高大为贵，惟宜植立轩堂前，或点乔松奇卉下，装治假山，罗列园林广榭中，颇多伟观也。[2]

这里，计成论述了太湖石这种石材的产地，太湖石的特性、色彩、纹理、表面特征，并论述了太湖石的开采过程和如何布置等等，这也就为我们欣赏太湖石提供了引导。

其实，中国古代文人赏石标准可以总结为"瘦、绉、漏、透"四个字。陈继儒在《题米仲诏石卷》中云："米元章相石法曰秀，曰绉，曰瘦，曰透，今仲诏所藏灵璧，更有出四法外者。"郑燮在《板桥题画》中说："米元章论石曰瘦，曰绉，曰漏，可谓尽石之妙矣。"劈立当空，孤立无依者为"瘦"，给人以修长之感；石面不平，起伏多姿者为"绉"，给人以厚重的沧桑感；石上又眼，四面玲珑者为"漏"，给人以幽深感和神秘感；彼此相通，若有路可行者为"透"，给人以通明感和空灵感。[3]"瘦、绉、漏、

---

[1] 童寯：《论园》，北京：北京出版社，2016年版，第83页。
[2] 计成：《园冶》，李世葵、刘金鹏编著，北京：中华书局，2011年版，第179页。
[3] 参考计成：《园冶》，李世葵、刘金鹏编著，北京：中华书局，2011年版，第155页。

透"可以说，既欣赏了园林石材的结构之美，也欣赏了其肌理质地之美。比如，苏州留园冠云峰，石高4.5米，传说为北宋"花石纲"遗物，兼有"瘦、绉、漏、透"之美，远望有云烟纷溢，缥缈蒙漠之感，因而得"冠云"之名。江南三大名峰之"苏州瑞云峰"，位于苏州第十中学内，远看雄奇有势，近观玲珑剔透，妍巧甲天下。江南三大名峰之"杭州绉云峰"，位于杭州曲院风荷花，腰围最小处仅60厘米，石身皱、皱多变，形同云立。江南三大名峰之"上海玉玲珑"……在上海豫园内，石高3米，极富秀、润、透、漏之美，孔多如蜂窝，可呈现"百孔淌泉、百孔冒烟"的奇观。[1]

其三，掇山。

从字面意思上看，掇山就是叠石为山。堆山叠石是中国传统园林特有的造园手法，它主要借助"叠石成山""点石成景"的造景手法，在有限的园林空间中，营造出一种类似名山大川的雄、奇、险、秀、幽的审美效果。计成在《园冶》中专门讨论了掇山：

> 掇山之始，桩木为先，较其短长，察乎虚实。随势挖其麻柱，谅高挂以称竿；绳索坚牢，扛抬稳重。立根铺以粗石，大块满盖桩头；垫里扫于查灰，着潮尽钻山骨。方堆顽夯而起，渐以皴文而加；瘦漏生奇，玲珑安巧。峭壁贵于直立，悬崖使其后坚。岩、峦、洞、穴之莫穷，涧、壑、坡、矶之俨是；信足疑无别境，举头自有深情。蹊径盘且长，峰峦秀而古。多方景胜，咫尺山林，妙在得乎一人，雅从兼于半土。假如一块中坚而为主石，两条傍插而呼劈峰，独立端严，次相辅弼，势如排列，状若趋承。主石虽忌于居中，宜中者也可；劈峰者总较于不用，岂用乎断然。排如炉烛花瓶，列似刀山剑树；峰虚五老，池凿四方；下洞上台，东亭西榭。罅堪窥管中之豹，路类张孩戏之猫；小藉金鱼之缸，大若鄞都之镜；时宜得致，古式何裁？深意图

---

[1] 参考汤晓敏、王云编著：《景观艺术学：景观要素与艺术原理》，上海：上海交通大学出版社，2013年版，第34页。

画,余情丘壑。未山先麓,自然地势之嶙;构土成冈,不在石形之巧拙。宜台宜榭,邀月招云;成径成蹊,寻花问柳。临池驳以石块,粗夯用之有方;结岭挑之土堆,高低观之多致;欲知堆土之奥妙,还拟理石之精微。山林意味深求,花木情缘易逗。有真为假,做假成真;稍动天机,全叨人力。探奇投好,同志须知。[1]

计成对掇山的论述,涉及掇山的施工程序、经营手法、外形特征和审美理想。叠石为山,虽然"有真为假",但是要达到"做假成真"的效果,这意味着园林叠山置石不是机械地模仿大自然而是要理解自然的山水之道,营造出自然山林意境,使假山具有真山神韵。中国园林的掇山手法借鉴了中国传统绘画、书法的理论,如计成所言,"深意图画,余情丘壑",这种营造手法,才能达到"多方景胜,咫尺山林,妙在得乎一人"。计成在论述峭壁山时,更加突出叠山置石对传统作画手法的借用,如他说,"藉以粉壁为纸,以石为绘也。理者相石皴纹,仿古人笔意,植黄山松柏、古梅、美竹,手之圆窗,宛然镜游也"[2]。

不同的叠山具有不同的形态,产生不同的审美效果。计成根据叠山的不同处理方法和形状,分别讨论了园山、厅山、楼山、阁山、书房山、池山、内室山、峭壁山、山石池、金鱼缸、峰、峦、岩、洞等十余种叠山类型。比如关于池山,计成说:"池上理山,园中第一胜也。若大若小,更有妙境。就水点其步石,从巅架以飞梁;洞穴潜藏,穿岩径水;峰峦飘渺,漏月招云;莫言世上无仙,斯住世之瀛壶也。"[3]而峰石则有峰石的审美特征:"峰石一块者,相形何状,选合峰纹石,令匠凿笋眼为座,理宜上大下小,立之可观。或峰石两块三块拼掇,亦宜上大下小,似有飞舞势。或数块掇成,亦如前式;须得两三大石封顶。须知平衡法,理之无失。稍有欹侧,久则逾欹,其峰必颓,理当慎之。"[4]总体而言,叠石依造型模式,或雄奇峻拔,如鬼斧神工;或婉转缥缈,如流云书卷;或浑厚质朴,如天然

---

[1] 计成:《园冶》,李世葵、刘金鹏编著,北京:中华书局,2011年版,第154页。
[2] 同上,第164页。
[3] 同上,第162页。
[4] 同上,第166页。

画卷。石山的空间布局与造型高低起伏，前后错落；假山中的悬崖、深涧、绝壁和危梁等，应主次分明、顾盼分明、疏密有致、浑然一体。如上海豫园的黄石大假山，用材为浙江武康黄石，雄伟中有修润之气；扬州个园湖石大假山，内外空间结构均妙，雄伟中具玲珑之趣；苏州耦园黄石大假山，是江南园林中的佳作，雄伟中带有峭拔之致；苏州环秀山庄湖石大假山是国内罕见的具有"咫尺千里之势"的佳作；狮子林湖石大假山则杂乱无章，局促闷塞，曲折失度，形象媚俗。[1]

二、水景

"智者乐水，仁者乐山"，如果石是园林之骨，那么水则是园林之血脉。水使园林充满了流动性和盎然生机，山水相辅，仁智相形，使园林气韵生动。明代文震亨《长物志》云："石令人古，水令人远。"因此，石与水都是园林中极其重要的组成部分。陈从周在《说园》中也强调，山与水对于园林的重要性，即"山贵有脉，水贵有源，脉源贯通，全园生动"。[2]比如，苏州的园林一般都有水景，因为苏州河流密集，纵横交错，引水非常便利。比较有代表性的拙政园，其园中景致大都通过水来联结：循着水流方向往西走，岸边种满了木芙蓉，名为"芙蓉隈"；到了水边，有一块供人歇息、梳洗的石头，名为"志清处"；水流向北，烟波浩渺、一望无际的是一片湖泊；从这里水流折向南方，桃花夹岸盛开，因此取名"桃花沜"。总之，园中的亭台楼阁、优美景致都是因为有了水才灵活生动起来。拙政园因水景而享有盛名，简远、疏朗、雅致，富有自然生趣。

在园林建造过程中，理水至关重要。潘来在《纵掉园记》中说过，园林营造最难得的是水景的营造，水景不能光靠人工求得。如果强行蓄水为池，停止蓄水或者池子漏水都会导致水景干涸。而如果城中有自然活水灌注其中形成景观，那么即使碰到大旱也不会枯竭，这是最适合建造园林的

---

[1] 参考汤晓敏、王云编著：《景观艺术学：景观要素与艺术原理》，上海：上海交通大学出版社，2013年版，第36页。
[2] 陈从周：《说园》，南京：江苏文艺出版社，2009年版，第1页。本章论述多参考此书。

地方，一定能形成优美的景观，让人流连忘返。俗话说，"假山可为，假水不可为"，没有活水源源不断地注入，最终免不了枯竭的命运。计成在讨论园林选址的时候，提到江湖之地，计成说："江干湖畔，深柳疏芦之际，略成小筑，足征大观也。悠悠烟水，澹澹云山；泛泛鱼舟，闲闲鸥鸟。漏层阴而藏阁，迎先月以登台。拍起云流，舫飞霞仾，何如缑岭，堪偕子晋吹箫？欲拟瑶池，若待穆王侍宴。寻闲是福，知享即仙。"[1]在江湖之地造园，不仅有活水可引，而且容易营造优美的景观。

园林对水的处理方法多种多样，一般而言，水景可以分为池、溪、涧、壁泉、喷泉、瀑布等等。在园林中，或听泉，或观瀑，或赏鱼，或濯足，或流觞，乐趣无限。因此，不同类型的水景，具有不同的审美特性，给人带来不同的审美感受。下面我们分别论述池、涧、泉、瀑布等四种常见的水景。

其一，池。

池是园林中常见的水景，一般而言，中国园林中水池的形状通常有两大类：一类是规整式，一类是自由式。规整式的水池多见于岭南园林和北方园林，具有均衡整齐之美，比如广东番禺的"余荫山房"和东莞的可园中的水池都是规则式的，以及传统的皇家园林中的水池也比较整齐规则，具有几何形的图案美。江南多是私家园林，园中的水池多是自由、不规整的形状，造型变化无穷，呈现出一种参差、天然之美。如上海松江的醉白池大体上是方形的，但池岸参差蜿蜒、错落有致，间以水洞，给人以生动可爱之感；寄畅园的锦汇漪，池岸很不整齐，随水势起伏，水木清华，体现出"疏水若为无尽"的意境之美。

《长物志·水石》将水池细分为广池和小池。广池越大越好，一望无际。中间可营建楼台水榭，或筑长堤隔绝池面，堤上种芦苇、菖蒲等水生植物，池边种植垂柳；小池要精致幽雅，一般在台阶或山石边，水中植些水草，饲养金鱼，周围种上野藤、细竹。不管是广池还是小池，都"忌方圆八角诸式"，即池塘的形状不能是规整的几何形。

---

[1] 计成：《园冶》，李世葵、刘金鹏编著，北京：中华书局，2011年版，第52页。

其二，涧。

溪涧一般是带状，向两边延伸，蜿蜒曲折，给人源远流长的不尽之感。溪涧大都存在于深山幽谷中，在园林中营造溪涧可以让人仿佛身临其境，置身于郊野之外，体会到一种山林野趣。计成关于涧说道："假山依水为妙，倘高阜处不能注水，理涧壑无水，似少深意。"[1]即假山需要水的点缀，使水在涧壑中流淌，这样才更加美妙、有深意。

惠山得山水之胜，强调溪涧的营造是惠山园林的一大特征。寄畅园的造涧水平极高，其附近的愚公谷造涧技艺也是一流的，它引进园外山麓的黄公涧入园，曲折宛转，令人回味无穷。邹迪光在《愚公谷乘》中介绍其园的造涧艺术时非常自豪，他将对面的黄公涧引入园中，曲折三次形成让人回味无穷的景致：从春申涧到潺潺亭是第一折，潺潺亭到小石梁是第二折，第三折是从小石梁到在涧。每一折长短各异，各具特色，共四十多丈，居高临下，势不可挡，因此筑土坝来阻拦。

其三，泉。

泉是园林中的重要景观之一，其概念比较宽泛。从表现形态来说，有动泉和静泉；从所在地来说，有山泉和地泉。济南是著名的泉城，号称有七十二名泉，如趵突泉、黑虎泉、珍珠泉、五龙潭、百脉泉等等，其中趵突泉为名泉之冠，池中泉水喷雪溅玉，气势恢宏，势如鼎沸，极为壮观。泉水形成的云雾水汽弥漫在四周，缓缓地蒸腾而上，形成了著名的济南八景之一的趵突腾空。

与其他水体不同，泉不仅仅是一种园林景观，更是文人雅士煮茶品茗、风雅生活不可或缺的一部分。《长物志》按照来源将之分为天泉和地泉。天泉即天上所落之水；地泉即地下流出之水。根据是否适合煎茶饮用，文震亨认为天泉中秋天的雨水最佳，黄梅季节次之，因为秋水洁净清澈，梅水洁净甘甜，都适合饮用；地泉中惠山泉最胜，最为甘美清冽。惠山泉经唐代"茶圣"陆羽品定而名扬天下。《锡山景物略》写无锡的"二泉"说："本名惠山泉，经唐代陆羽品定……始名天下第二泉。"寄畅园、愚公谷均

---

[1] 计成:《园冶》，李世葵、刘金鹏编著，北京：中华书局，2011年版，第170页。

多二泉之水，愚公谷内还有二泉亭。王穉登《寄畅园记》称，惠山周围的园林星罗棋布，数量众多，但无一不是因泉水取胜。寄畅园中引惠山泉水最多而极其巧妙，因此，其景致又远胜其他园林。不过，西方园林流行喷泉，现代随着科学技术的发展，中国许多园林也都有喷泉，西湖边就有大型的喷泉表演，喷泉的引用，为现代园林增添了不少光彩。

其四，瀑布。

瀑布是由从悬崖峭壁上或河床中的陡峭之地流下的水形成的，远看犹如白练当空，其强劲有力的气势让人们感受到自然伟力。天然的瀑布在园林中很稀少，因为这种落差水源较少。人工建造的瀑布，其气势大多难以与自然界的瀑布相比，但若设计得好，也是魅力无限的景观。计成在《园冶》中写道："瀑布如峭壁山理也。先观有高楼檐水，可涧至墙顶作天沟，行壁山顶，留小坑，突出石口，泛漫而下，才如瀑布。不然，随流散漫不成，斯谓：'坐雨观泉'之意。"[1]理瀑布就像堆掇峭壁山，应先观察楼阁屋檐，也可以由山涧引到墙头制成沟道，再引到峭壁山的山顶上，留一个小坑，水从石口吐出，倾泻而下，形成瀑布，这样就能体会到"坐雨观泉"的意味。如杭州黄龙洞的瀑布、苏州柿子林问梅阁旁的瀑布。瀑布一般落入池潭或溪涧中，飞珠溅玉，有声有色，富有动态美，往往成为园中的主体景观。[2]

三、花草树木

花草树木是园林的基本构成要素，向来是园林研究关注的重点。花草树木给山以滋养，使园林灵动活泼、生机勃勃，充满了自然韵致。陈从周在《说园》中专门讨论了花草树木对于园林景色的重要性，他指出："中国园林的树木栽植，不仅为了绿化，且要具有画意。窗外花树一角，即折枝尺幅；山间古树三五，幽篁一丛，乃模拟枯木竹石图。重姿态，不讲品种，

---

[1] 计成：《园冶》，李世葵、刘金鹏编著，北京：中华书局，2011年版，第171-172页。
[2] 以上对于池、涧、泉、瀑布的论述，参考朱蒙：《明代文人园林研究》，山东大学硕士论文，2016年。

和盆栽一样,能'入画'。拙政园的枫杨、网狮园的古柏,都是一园之胜,左右大局,如果这些饶有画意的古木去了,一园景色顿减。"[1]

《园冶》中也总结了一些花木栽植法式。比如在围墙上种植藤萝,使围墙隐约其中;在房屋之间种植大树,使远处的房屋如同悬挂在树梢上似的;在庭院中种植槐树,得一方阴凉;沿着河堤栽种柳树,在房屋周围种上梅花,竹林里修葺草房;在窗户下的夹缝之地种植芭蕉,在岩石旁植松树老根。窗户虚明,看玲珑的蕉影;山岩曲折,赏磅礴的松根。另外,花木的品种要四时搭配,确保不同的季节都有各具特色的美景可欣赏。计成还描写了园林中四季花草树木之美,要求"花殊不谢"。比如,春天则"堂开淑气侵人,门引春流到泽。嫣红艳紫,欣逢花里神仙;乐圣称贤,足并山中宰相。《闲居》曾赋,芳草应怜;扫径护兰芽,分香幽室;卷帘邀燕子,闲剪轻风。片片飞花,丝丝眠柳";夏天则"林阴初出莺歌,山曲忽闻樵唱,风生林樾,境入羲皇。幽人即韵于松寮,逸士弹琴于篁里。红衣新浴,碧玉轻敲。看竹溪湾,观鱼濠上……半窗碧隐蕉桐,环堵翠延萝薜";秋天则"苎衣不耐凉新,池荷香绾;梧叶忽惊秋落,虫草鸣幽。……寓目一行白鹭,醉颜几阵丹枫。……冉冉天香,悠悠桂子";冬天则"但觉篱残菊晚,应探岭暖梅先。少系杖头,招携邻曲;恍来林月美人,却卧雪庐高士"[2]。《园冶》中描写的花木都很普通,除了个别赏花的院落培育一些名贵的花草,大多都是栽种易于成活的植物,如槐树、柳树、松柏、梅、兰、竹、菊等。基于"宛自天开"的要求,园中花木虽然会经过人工培植和修剪,但要"栽培得致",花木造型要自然,不留人工痕迹,充满情趣。

文震亨在《长物志·花木》中详细总结出了园林中最为普遍的42种花木,除了详细描写它们的形态、颜色、喜好,具体讲述其栽植手法,还总结了若干花木造型的方法:庭前阶下、栏槛旁边应当种植枝干弯曲遒劲的古树或品种特殊的花木;草木不可以过于杂乱,可以在四处随意种植一些,一年四季都能见到草木的身影,并且完美地融入园林景色中;桃树、李树

---

[1] 陈从周:《说园》,南京:江苏文艺出版社,2009年版,第2页。
[2] 计成:《园冶》,李世葵、刘金鹏编著,北京:中华书局,2011年版,第200页。

不可种在庭前阶下，只宜远观；红梅和桃树不应该栽种太多，它们都是用来装点树林的；另外，梅花生长在深山之中，将其中长有苔藓的几株移栽到花栏中，最为古雅；豆棚和菜地具有山野风味，本来是很好的，一定要专门开辟几块空地来种植，使其自成一景。

然后，由于古代文人特殊的审美偏好，许多人过于追求园林中花草树木的画意特征，反而扭曲了花草树木的本性。比如清代文学家龚自珍在《病梅馆记》中便揭示了这种恶趣味，他指出："江宁之龙蟠，苏州之邓尉，杭州之西溪，皆产梅。或曰：'梅以曲为美，直则无姿；以欹为美，正则无景；以疏为美，密则无态。'固也。此文人画士，心知其意，未可明诏大号，以绳天下之梅也；又不可以使天下之民斫直，删密，锄正，以夭梅病梅为业以求钱也。梅之欹之疏之曲，又非蠢蠢求钱之民，能以其智力为也。有以文人画士孤癖之隐，明告鬻梅者，斫其正，养其旁条，删其密，夭其稚枝，锄其直，遏其生气，以求重价，而江浙之梅皆病。文人画士之祸之烈至此哉！"正是人们对梅怀着"以曲为美，直则无姿；以欹为美，正则无景；以疏为美，密则无态"的审美观，才造成"江浙之梅皆病"的严重后果，龚自珍大声疾呼"文人画士之祸之烈至此哉！"于是，他亲自"购三百盆，皆病者，无一完者"，然后在自己的审美观指导下，"纵之顺之，毁其盆，悉埋于地，解其棕缚；以五年为期，必复之全之。"[1] 为了迎合部分人的审美偏好，园林设计者和工作人员违背了花草树木的本性，走向了一种极端，反而迫坏了园林的生态环境。

陈从周在观察现代园林中的花草树木布置之后，也发现了一些问题，比如他指出：

> （中国古典园林中的）树木品种又多有特色，如苏州留园多白皮松，怡园多松、梅，沧浪亭满种箬竹，各具风貌。可是几年来没有注意这个问题，品种搞乱了，各园个性减少，似要引以为戒。宋人郭熙说得好："山水以山为血脉，以草为毛发，以烟云为神采。"草尚如此，

---

[1] 赵洪云主编：《中华经典诗文诵读（第4卷）》，山东：山东友谊出版社，2015年版，第98页。

何况树木呢！我总觉得一个地方的园林总该有那个地方的植物特色，而且土生土长的树木存活率大，成长得快，几年可以茂然成林。它与植物园有别，是以观赏为主，而非以种多斗奇。要能做到"园以景胜，景因园异"，那真是不容易。这当然包括花木在内。同中求不同，不同中求同，我国园林是各具风格的。[1]

花草树木是园林风景的重要组成部分，但是由于设计者的不当操作，导致园林中的花草树木出现趋同化、同质化现象，这样必然影响园林的个性化特征，从而损害园林的审美魅力。

第二节 人工要素

"中国园林是由建筑、山水、花木等组合而成的一个综合艺术品，富有诗情画意。"[2]确实，人工要素也是园林艺术的重要组成部分。陈从周以雷峰塔为例，来强调建筑对于园林及风景区的重要性，他说："西湖雷峰塔圮后，南山之景全虚。景有情则显，情之源来于人。'芳草无情，斜阳无语，雁横南浦，人倚西楼。'无楼便无人，无人即无情，无情亦无景，此景关键在楼。"[3]一般而言，园林中的人工要素有亭、台、楼、榭、阁、堂、斋、轩、场院、篱垣、棚架、栏杆、小桥、道路、廊、灯、镜、门窗、楹联、题词、雕塑品等等。这些园林建筑既是生活空间，又是风景的观赏点，既是休息场所，也是可望、可行、可游的景观。

计成在《园冶》中讨论了园林屋宇的设计与建造，并专门讨论门楼、堂、斋、室、房、馆、楼、台、阁、亭、榭、轩、卷、广、廊、梁、草架、重椽、磨角等式样与审美特性。这里，我们看计成对屋宇总的论述：

凡家宅住房，五间三间，循次第而造；惟园林书屋，一室半室，

---

[1] 陈从周：《说园》，南京：江苏文艺出版社，2009年版，第2页。
[2] 同上，第1页。
[3] 同上，第10页。

按时景为精。方向随宜，鸠工合见；家居必论，野筑惟因。虽厅堂俱一般，近台榭有别致。前添敞卷，后进余轩；必用重椽，须支草架；高低依制，左右分为。当檐最碍两厢，庭除恐窄；落步但加重庋，阶砌犹深。升栱不让雕鸾，门枕胡为鼓楼；时遵雅朴，古摘端方。画彩虽佳，木色加之青绿；雕镂易俗，花空嵌以仙禽。长廊一带回旋，在竖柱之初，妙于变幻；小屋数椽委曲，究安门之当，理及精微。奇亭巧榭，构分红紫之丛；层阁重楼，回出云霄之上；隐现无穷之态，招摇不尽之春。槛外行云，镜中流水，洗山色之不去，送鹤声之自来。境仿瀛壶，天然图画，意尽林泉之癖，乐余园圃之间。一鉴能为，千秋不朽。堂占太史，亭问草玄。非及云艺之台楼，且操般门之斤斧。探奇合志，常套俱裁。[1]

计成指出，园林里的书屋建筑与一般家庭住宅不一样，园林里的建筑尤其重视因地制宜，按照地形与园中四时景色来精心设计。园林里的建筑虽然与家庭住宅在造型上看上去类似，但是园林建筑需要符合观赏功能，因此有一定的特殊结构。比如"前添敞卷，后进余轩；必用重椽，须支草架；高低依制，左右分为。当檐最碍两厢，庭除恐窄；落步但加重庋，阶砌犹深。升栱不让雕鸾，门枕胡为鼓楼"等等。长廊回旋、屋椽委曲、亭榭奇巧、阁楼入云、槛外行云，镜中流水……园中建筑与自然环境融为一体，"境仿瀛壶，天然图画"，富有绘画意趣，具有特殊的审美魅力。

陈从周在《说园》中，对于园林中的建筑也作了论述。他指出，中国木构建筑，在体形上有其个性与局限性，殿是殿，厅是厅，亭是亭，各具体例，皆有一定的尺度，不能超越，画虎不成反类犬，放大缩小各有范畴。平面使用不够，可几个建筑相连，如清真寺礼拜殿用勾连搭的方法相连，或几座建筑缀以廊庑，成为一组。拙政园东部将亭子放大了，既非阁，又不像亭，人们看不惯，有很多意见。相反，瘦西湖五亭桥与白塔是模仿北京北海大桥、五龙亭及白塔，因为地位不够大，将桥与亭合为一体，形成

---

[1] 计成:《园冶》，李世葵、刘金鹏编著，北京：中华书局，2011年版，第74页。

五亭桥，白塔体形亦相应缩小，这样与湖面相称了，形成了瘦西湖的特征，不能不称佳构，如果不加分析，难以辨出它是一个北海景物的缩影，做得十分"得体"。[1]

园林建筑内部的装饰，对园林整体的审美风格也有影响，直接与欣赏者的审美体验相关。陈从周指出，园林装修同样强调因地制宜，敞口建筑重线条轮廓，玲珑出之，不用精细的挂落装修，因易损伤；家具以石凳、石桌、砖面桌之类，以古朴为主。厅堂轩斋有门窗者，则配精细的装饰。其家具亦为红木、紫檀、楠木、花梨所制，配套陈设，夏用藤棚椅面，冬加椅披椅垫，以应不同季节的需要。但亦须根据建筑的华丽与雅素，分别作不同的处理，华丽者用红木、紫檀，雅素者用楠木、花梨；其雕刻之繁简亦同样对待。家具俗称"屋肚肠"，其重要可知，园缺家具，即胸无点墨，水平高下自在其中。过去网师园的家具陈设下过大功夫，确实做到相当高的水平，使游者更全面地领会我国园林艺术。[2]

其中，镜子是园林装饰中重要的构成部分。比如袁枚就特别嗜好镜子，在其随园中，大量使用镜子来装扮随园建筑。袁枚曾写过一首长诗——《谢镜诗》。诗中袁枚自称嗜好藏镜，夜中张灯时，灯镜相对，光影交错，辉煌炫目，让他感到洋洋得意。袁枚在随园中，对镜子的使用，向我们揭示了镜子在园林居游中所起的作用。首先，取镜自照，观者能够看到自身，家眷亦可对镜整理妆容，敏感的园主更多地体认到时光流逝、年岁增加的无奈。如袁枚的《揽镜》一诗云："朝来揽镜不觉恼，袁丝袁丝汝竟老。……我未分明镜已知，强夸矍铄终何益。"其次，镜借外景。小小居室竟能有青山、白鹤可观，有如海市蜃楼般奇幻壮丽，镜面摄取屋外景物，打破室内外空间界限，丰富了园林空间的层次。借景是古典园林景象设计的重要手法，具体做法丰富多样，随着镜子材料工艺的不断发展，镜借之法的运用越发普遍。袁枚还有"镜收山色成图画"的诗句，径直将镜面框景比作画卷中的山水丹青。又如"玻璃作镜当云铺，返照春山入画图。自

---

[1] 参考陈从周:《说园》，南京：江苏文艺出版社，2009年版，第6页。
[2] 同上，第7页。

忆头衔揣风骨，此生只合住冰壶"（《春日杂诗》）。诗句以冰壶为喻，借指园境清明氛围与园主高洁品性。而且玻璃镜晶莹澄澈，与水面类似，尽管倒映景物同样是园林水面的一大功能，但与之相比，镜面无疑更加稳定、恒久，"风不能摇云不掩，看照儿孙到几时"一句说明袁枚对此有明确认识。另外，镜像的虚幻神秘，带来现实空间难以呈现的奇幻感："望去空堂疑有路，照来如我竟无人。"最后，镜中天地作为"玻璃世界"正是一壶中天地：白鹤青山、楼台高阁以至于大鳌所负三山，与尺寸之间的玻璃镜形成鲜明对照。[1]

和镜子一样，灯也是装饰物，灯与镜子都与光有关，也是园林景观的重要组成部分。袁枚在《谢镜诗》序中说，"余有镜癖，家藏古铜、玻璃三十余种，每一张灯，荧煌炫赫，自以为豪矣"，镜与灯光相映的辉煌场面，确实美丽诱人。古代园林夜景须有灯火相助，随园灯会一年四季不断，当时享有盛名，原因之一便是园主深谙镜灯相互辉映之道。这在当时算不上独门绝技，比如扬州著名的江园怡性堂同样利用灯、镜设景，为人称道："对面设影灯，用玻璃镜取屋内所画影，上开天窗盈尺，令天光云影相摩荡，兼以日月之光射之，晶耀绝伦。"[2]袁枚曾经在放灯之时，在随园中多处置镜取光，导演了一场场灿烂的灯火表演，比之怡性堂主人无疑更具巧思。余旻《二月十日随园观灯》记录了当时的灯光场景：

> 一灯一灯水中起，似有鲛人忙水底。一灯一灯镜中见，如以火齐抛镜面。灯一谁能化作千？五丁碎剪玻璃天。灯千谁能浑作一？烛龙乱搅寒潭碧。有时镜光射入水，镜中灯向水中累。有时水光摇上镜，水中灯在镜中映。以灯幻灯空中花，以影幻影恒河沙。回栏曲槛亚复亚，复道飞楼互高下。烂漫梅花八百珠，火树齐开天不夜。主人高坐号令明，叱使参斗空中行。东西画舫驰纵横，高低竹马交相迎。更有司欢燃火线，吐焰鞭雷掣飞电。

---

[1] 参考王弘远：《袁枚园林批评研究》，山东大学硕士论文，2016年。
[2] 李斗著，潘爱平评注：《扬州画舫录》，北京：中国画报出版社，2014年版，第214页。

光线在灯火、镜面、水面三者间游荡闪烁，水面正像一个变幻波动的大镜面，星光、灯光、镜光、水光交融，营造一片迷离梦幻的夜景，是所谓"以灯幻灯""以影幻影"，光影交错变幻，美轮美奂。[1]陈从周在《说园》中也观察到灯在园林中的运用。他指出，灯也是园林一部分，其品类与悬挂亦如屏联一样，皆有定格，大小形式各具特征。现在有些园林为了适应夜游，都装上了电灯，往往破坏了园林风格，正如宜兴善卷洞一样，五彩缤纷，宛若餐厅，几不知其为洞穴，要还我自然。并且，陈从周还以为，照明灯应隐，装饰灯宜显，形式要与建筑协调，至于装挂位置，敞口建筑与封闭建筑有别，有些灯玲珑精巧不适用于空廊者，挂上去随风摇曳，有如塔铃，灯且易损，不可妄挂。[2]

题词（如匾额、楹联等）是建筑的附属部分，在中国园林中十分常见，但是题词是重要的审美对象，具有点景作用，不容忽视。如苏州网师园，有亭名"风到月来"，临池西向，有粉墙若屏，正撷此景精华，风月为我所有。有时一处景色"相看好处无一言"，必借之以题词，词出而景生。《红楼梦》第十七回"大观园试才题对额"中，描写大观园工程告竣，各处亭台楼阁需要题对额，说："若大景致，若干亭榭，无字标题，任是花柳山水，也断不能生色。"由此可见题词是起点景之作用。题词必须流连光景，细心揣摩，谓之"寻景"。清人江弢叔有诗："我要寻诗定是痴，诗来寻我却难辞。今朝又被诗寻着，满眼溪山独去时。""寻景"达到这一境界，题词才显神来之笔。[3]

第三节　园林环境的审美特性

不同的园林有不同的审美特性，这里我们根据东西方造园理念的差别，来概括东方园林与西方园林的审美特性，区分这两种园林。东方园林重自然，在园林建筑中，强调"虽由人作，宛自天开"的观念，从而达到天人

---

[1] 参考王弘远：《袁枚园林批评研究》，山东大学硕士论文，2016年。
[2] 参考陈从周：《说园》，南京：江苏文艺出版社，2009年版，第7-8页。
[3] 同上，第9页。

合一；西方园林重设计，强调"艺术结合自然"的观念，从而借助艺术规则对自然进行剪裁。

一、虽由人作，宛自天开

我国传统园林在建造过程中，强调以自然山水作为参照，崇尚自然成为我国古代园林建造的基本观念。计成在《园冶》中便提出了"虽由人作，宛自天开"的观点，认为园林虽然是人为建造的，但是园林景色应该如天然形成一般：

> 凡结林园，无分村郭，地偏为胜，开林择剪蓬蒿；景到随机，在涧共修兰芷。径缘三益，业拟千秋。围墙隐约于萝间，架屋蜿蜒于木末。山楼凭远，纵目皆然；竹坞寻幽，醉心即是。轩楹高爽，窗户虚邻；纳千顷之汪洋，收四时之烂熳。梧阴匝地，槐荫当庭；插柳沿堤，栽梅绕屋；结茅竹里，浚一派之长源；障锦山屏，列千寻之耸翠。虽由人作，宛自天开。[1]

"虽由人作，宛自天开"是《园冶》中关于造园理论的核心和宗旨，也是对中国古典园林审美思想的精辟总结。"虽由人作，宛自天开"首先肯定园林是人力建造的山水环境，接着又肯定天然美是园林建筑的理想追求，以"妙肖自然"为造园目标。师法自然、崇尚自然是中国古代造园的一个悠久传统，"宛自天开"是对此传统的承接、提炼和发扬。与外国园林相比，师法自然、崇尚自然是中国古典园林最为本质的特征，这是由多种因素促成的，既有"天人合一"的哲学观念的影响，又受到人文崇尚"自然"的美学思想的濡染，也有师法自然、以艺合道的艺术传统的承续，还有古人构建园林山水时，从简单摹写自然山水到写意传神的历史传承因

---

[1] 计成：《园冶》，李世葵、刘金鹏编著，北京：中华书局，2011年版，第27页。

素。[1]

"虽由人作,宛自天开"在相地和借景中都有所体现。比如相地建园时:

> 园基不拘方向,地势自有高低;涉门成趣,得景随形,或傍山林,欲通河沼。探奇近郭,远来往之通衢;选胜落村,藉参差之深树。村庄眺野,城市便家。新筑易乎开基,只可栽杨移竹;旧园妙于翻造,自然古木繁花。如方如圆,似偏似曲;如长弯而环璧,似偏阔以铺云。高方欲就亭台,低凹可开池沼。[2]

在此可以看出,中国古代园林建设强调因地制宜,高不铲、低不填、顺地势构筑、保持原有地貌,减少对自然环境的干涉,突出地理特性,增强园林与自然的协调。

借景是中国古代园林建造中常用的手法,指依据地形地貌等实际情况来规划风景,以遮劣彰美、增添景观的审美魅力。计成在《园冶》中说道:"构园无格,借景有因。切要四时,何关八宅。……因借无由,触情俱是。夫借景,林园之最要者也。如远借,邻借,仰借,应时而借。然物情所逗,目寄心期,似意在笔先,庶几描写之尽哉。"[3] 计成认为借景是"林园之最要者也",常见的借景有五类:远借,邻借,仰借,俯借,应时而借。"远借"是指在园林高处建造亭台获得更广阔的视野,从而沟通内外之景,使园林和外界自然环境融为一体。苏州园林中,沧浪亭的看山楼、留园的冠云楼、拙政园的远翠阁等都建于高处,借远处之景;"邻借"是把邻近的美景收入园中,使各个局部的美景能够相互联系、合为一体;"仰借"是借用高处的美景,最突出的就是高山悬崖和天空;"俯借"是借用低处的景色供人俯视,比如池鱼溪涧。这四种借景方法是从空间上来收纳景色,"应时而借"则是从时间上考虑,把春夏秋冬四季之景统一起来。"借景"的基本

---

[1] 参考计成:《园冶》,李世葵、刘金鹏编著,北京:中华书局,2011年版,"序言"第4页。
[2] 同上,第37页。
[3] 同上,第200页。

原则就是根据园林的实际情况，灵活地将周围的美景纳入园中，由此可见，中国园林借景手法的运用，也体现出"虽由人作，宛自天开"的审美追求。

在对自然的推崇上，日本园林与中国园林类似，因为计成《园冶》成书后，流传到日本，受到日本造园界人士的推崇，被日本造园名家本多静六博士称为"世界最古老之造园学专著"，成为日本造园专业的教科书。受中国园林艺术的影响，日本园林也追求妙肖自然之效，如卡尔森在研究日本园林的审美欣赏时指出，日本园林在处理自然景物时，有一个很大的特点就是："日本园林获得必然性的外观，不是通过创造一种对自然的简单模仿，而是通过创造一种自然的理想化，即努力揭示自然的本质特性。"[1]这就揭示出，日本园林也追求"虽由人作，宛似天开"的理想境界。

二、艺术结合自然

如陈望衡所言，中国园林中的自然虽然经过人工，但是基本上仍然保持自然的形态，而且希望取最为典型的自然形态，如流水，力求其曲；树枝，则力求其长势遒劲。中国园林基本精神是道家的哲学"道法自然"，园林中的自然并不是真正的自然，但是追求"虽由人作，宛似天开"的境界，中国人将这种人造自然称为妙造自然。[2]然而西方园林与中国园林不同。尽管西方园林也是自然与艺术相结合的综合艺术，但是西方园林体现出明显的艺术设计痕迹。

意大利、法国、英国的园林是西方园林中比较有代表性的，尽管古希腊罗马时期，西方世界已经建造了许多园林，但是西方园林真正成熟还是在文艺复兴之后。文艺复兴后，意大利、法国园林兴起，如意大利的波波里花园、法国的枫丹白露都建造于这一时期，而后英国园林在吸收中国园林的崇尚自然特性之后，开始发展自己的园林。与东方园林相比，西方园

---

[1] Carlson, Allen. "On the Aesthetic Appreciation of Japanese Gardens," *British Journal of Aesthetics* 37 (1997). 中译本参考［加］卡尔松:《从自然到人文——艾伦·卡尔松环境美学文选》，薛富兴译，桂林：广西师范大学出版社，2012年版，第217页。

[2] 参考陈望衡:《环境美学》，武汉：武汉大学出版社，2007年版，第337页。

林在美学上的一个重大特点是"艺术结合自然",这点尤其体现在意大利与法国园林上。

在园林布局上,与东方园林强调的因地制宜观念不同,西方园林强调艺术设计。比如法国著名的园林代表:凡尔赛宫以及凡尔赛园林。凡尔赛宫以及凡尔赛园林是建筑师勒瑙特亥的杰作,也是路易十四的杰作。丹纳在《艺术哲学》中盛赞凡尔赛园林:"只要看那一组组端庄的神像,对称的角树,表现神话题材的喷泉,人工开凿的水池,修剪得整整齐齐,专为衬托建筑物而布置的树木,就可以说凡尔赛园林也是这一类艺术的杰作:它的宫殿与花坛,样样都是为重身份、讲究体统的人建造的。"[1] 凡尔赛园林最突出的特点是中轴线的运用。如果从高空看,这条中轴线十分清晰,凭借这条中轴线,华丽的宫殿、宽阔的林荫大道,排列得整齐有致。以太阳神阿波罗为主题的各种雕塑,也凭借这条中轴线,加以合理陈列,使讴歌路易十四这一主旋律更为突出。从凡尔赛宫以及凡尔赛园林极其规整、对称的布局可以看出,法国园林强调艺术设计在园林中的体现,不过这种设计又是充分借助自然事物体现出来。如果东方园林旨在借助园林体现自然,法国园林则旨在借助自然事物体现艺术规则。

在植物运用上,东方园林强调植物要随其性而长,借助植物自然之形态,来增添园林的自然之趣。然而西方园林中的自然植物多是经过艺术改造,将艺术与自然结合在一起,最突出的就是绣花植坛。欧洲园林喜欢用灌木组织植坛,这种植坛都被整理成一块块的团,这些图案多为几何形,具有一种抽象的符号美,被称为绣花植坛。除了喜欢造就几何形的平面图案外,欧洲花园中的树木,有时也被修剪成人物、动物以及各处器物的形状,这种园艺被称为"绿色雕刻"。[2] 当然,近些年,这种绣花植坛也被大量引入到国内了。

在理水上,东方园林极其重视园林中的水景,然而园林中的水景营造也强调贵在自然而然。西方园林也注重水景营造,不过西方园林的水景营

---

[1] [法]丹纳:《艺术哲学》,傅雷译,北京:人民文学出版社,1981年版,第56页。
[2] 参考陈望衡:《环境美学》,武汉:武汉大学出版社,2007年版,第336-337页。

造多表现为喷泉，而且西方园林的喷泉设计具有明显的设计之风，比如意大利园林的理水之法。作为对水的一种技巧性处理，喷泉自古以来就盛行不衰，整个古代中世纪喷泉都被用在意大利园林中，到文艺复兴时期更成为必不可少的元素，人们将喷泉视为意大利园林的象征。在意大利园林中，池泉、沟渠都是用石头砌成并雕以几何图形，表现出程式化，从而借助奔流的水给花园带来动感，光影的明灭闪烁和流水清凌的声音，使园林充满生气。意大利园林喜好安放大大小小的喷泉池，建造"水风琴""水剧场"，利用水流的力量造成气流使金属管子发声，用水力驱动飞鸟走兽，发出鸣叫或吼声，还装设许多嬉水喷嘴，游人无意中踩到机关，水就会从四面八方射来。为了加强装饰效果，在喷泉中放置雕像，施以雕刻造成所谓雕塑喷泉，即用柱支撑一个或数个水盘，盘顶安置雕像，整体成塔形；有的采用群雕或其他形式。喷泉采用石材，柱头上的雕像用青铜制成，雕刻题材多描述神话中的神、英雄、动物的形象。[1] 水富有流动特性，意大利园林对喷泉的大量使用，增加了园林的自然之气，但是意大利园林的喷泉多显露艺术设计风格，使欣赏者很容易感受到这种水景与艺术设计紧密相连。由此可见。西方园林重视设计，具有明显的"艺术结合自然"的审美诉求。

---

[1] 参考汤晓敏、王云编著：《景观艺术学：景观要素与艺术原理》，上海：上海交通大学出版社，2013年版，第59页。

第四章　城市环境

城市环境是环境美学的一个重要研究领域。何谓城市？西方《简明不列颠百科全书》的定义是："一个相对永久性的、高度组织起来的人口集中的地方，比城镇和村庄规模更大，也更重要。"[1]而中国学者编写的《中外城市知识辞典》的定义则是："区别于乡村的一种相对永久性的大型聚落。是以非农业活动为主体，人口、经济、政治、文化高度集中的社会物质系统。"[2]总之，城市环境与农村环境具有一定的对立特点，如果说农村环境的自然色彩浓厚，那么城市环境则尤其凸显人为色彩，城市在根本上就不是自然生成的环境，而是人类为了满足一定的需要所创造的环境。

城市的历史悠久，20世纪最杰出的考古学家之一Ｖ·戈登·柴尔德，在《人类创造了自身》（1936年）一书中，曾提出影响深远的"三次革命"说：新石器革命、城市革命和工业革命。新石器革命大约发生在公元前8000—7000年之间，人类从旧石器时代以游牧和狩猎—采集为主体的生产和生活方式，转变为定居耕种的农业生产、生活方式。城市革命则大约发生在公元前4000—3000年的美索不达米亚（今天伊拉克境内），规模微小的、以宗亲血缘为基础的、没有文字的农业村庄，转变为规模较大、社会关系复杂的城市中心，出现了生产和贸易的等级系统，人类"文明"开始正式登台。也就是说，最早的城市距今已有6000年左右的历史了。

当今世界，大多数人常年生活在城市环境中，根据联合国经济和社会事务部公布的《2018年世界城市化趋势》报告显示：在全球范围内，居

---

[1]《简明不列颠百科全书》（第2卷），北京：中国大百科全书出版社，1985年版，第272页。
[2] 刘国光：《中国城市知识辞典》，北京：中国城市出版社，1991年版。

住在城市地区的人口多于农村地区，2018年城市人口占世界人口的55%。1950年，城市人口占世界人口的30%，到2050年，预计将有68%的人口居住在城市地区。[1]目前，我国常住人口城镇化率达到60%左右，这意味着我国多数人也都生活在城市中。由此可知，城市环境与大多数个人生活以及审美体验密切相关。大约在50多年前，一位美国的城市社会学家就曾这样写道："当今美国的大多数人都与城市结下了不解之缘，生于斯、长于斯、终于斯。城市支配着人们的工作、娱乐、居住、社交以及所有日常生活，人们相互交往的方式也反映着以城市为背景的文化特征。……城市的规范与社会结构，对于人们将成为什么样的人，以及他们如何看待这个世界，都产生着重大的影响。"[2]因此，环境美学需要从审美上考察城市环境。

陈望衡认为城市环境主要包括四个部分：一是实体建筑要素，即建筑物，但建筑内的空间不属于景观的范畴；二是空间要素，空间包括广场、道路、步行街以及公园和居民自家的小院；三是基面，主要是路面的铺地；四是小品，如广告栏、灯具、喷泉、卫生箱以及雕塑等。[3]美国学者凯文·林奇从审美的角度，将城市环境意象的构成要素分为五种：道路、边沿、区域、节点、地标。[4]相比较而言，凯文林奇的分类方法更具说服力，下面我们依次按照道路、边沿、区域、节点、地标展开论述。

第一节　道　路

道路就是供人马车辆通行的路，是两地之间的通道。道路可以是大街、步行道、公路、铁路、运河。一般而言，欣赏者习惯地、偶然地或潜在地沿着道路移动，从而观察城市，欣赏城市，因此道路是大多数人关于城市意象中占支配地位的要素，而其他城市环境构成要素则沿着道路分布并与

---

[1]《世界城市化展望（2018年修订版）要点》。
[2] 康少邦：《城市社会学》，杭州：浙江人民出版社，1986年版，第1页。
[3] 陈望衡：《环境美学》，武汉：武汉大学出版社，2007年版，第344页。
[4] 见 Lynch, Kevin. *The Image of the City*. Cambridge and London: The M.I.T. Press, 1960, p.8. 中译本参考［美］凯文·林奇：《城市的印象》，项秉仁译，北京：中国建筑工业出版社，1990年版，第7页。

它相联系。下面,我们结合具体案例,看一下各种类型的道路如何成为人们的审美对象。

一、城市要道

根据凯文·林奇的研究发现,在城市中,特殊的道路可能成为重要的特征,尤其是习惯的路程将产生强大的影响,因此城市要道是重要的意象特征。[1]比如,北京的长安街。长安街是北京市境内一条连接东城区与西城区的城市主干路,为横贯北京城区的东西中轴线路,始建于明永乐十八年(1420年),历经多年修缮建设,至改革开放后,全路段逐渐完成现代化升级改造,东端起于东单路口、西端止于西单路口,线路总长3.8千米,以天安门为界分成东长安街与西长安街,素有"十里长街""神州第一街"之称,是中国历史上著名的街道之一。对于许多游客甚至北京市民来说,这条道路都印象深刻、意义非凡。这条街道连接着天安门、人民大会堂、中国国家博物馆、国家大剧院、中山公园、王府井等著名的景点,凡是去北京旅游的人,基本上都会去长安街,长安街连同这些著名景点一起,构成欣赏者心中关于北京意象的重要组成部分。

长安街具有深厚的历史文化底蕴,比如开国大典便是在天安门举行,长安街也是开国大典的见证者,东西长安街是重要的阅兵场所,如"受阅部队以海军两个排为前导,接着是一个步兵师、一个炮兵师、一个战车师、一个骑兵师,相继跟进。空军包括战斗机、蚊式机、教练机共14架在全场上自东向西飞行受阅。在阅兵式中,全场掌声像波浪一样,一个高潮接着一个高潮。阅兵式接近结束时,天色已晚,天安门广场这时变成了红灯的海洋。无数的彩色火炮从会场四周发射。"[2]许多中国人从小便读过《开国大典》,而且在一些书本中看过董希文创作的油画《开国大典》,油画最

---

[1] Lynch, Kevin. *The Image of the City*. Cambridge and London: The M.I.T. Press, 1960, pp.49-50. 中译本参考 [美] 凯文·林奇:《城市的印象》,项秉仁译,北京:中国建筑工业出版社,1990年版,第45页。
[2] 李普:《开国大典》,见白庆祥主编:《中外新闻名著鉴赏大辞典(上卷)》,北京:新华出版社,2001年版,第12页。

中间位置是毛主席手执公告，正在宣读中央人民政府的公告，而毛主席前方就是宽阔的长安街，上面正在进行阅兵仪式。这种特殊的历史文化内涵，进一步强化了长安街在欣赏者心中的形象。

二、街头巷尾

与长安街这种具有特殊意义的城市要道相比，一些城市中的小道，如街头巷尾也往往有特别的诗意。比如戴望舒著名的现代诗歌《雨巷》：

> 撑着油纸伞，独自
> 彷徨在悠长，悠长
> 又寂寥的雨巷，
> 我希望逢着
> 一个丁香一样地
> 结着愁怨的姑娘。
> ……
>
> 像梦中飘过
> 一枝丁香的，
> 我身旁飘过这女郎；
> 她静默地远了，远了，
> 到了颓圮的篱墙，
> 走尽这雨巷。[1]

虽然诗歌主要塑造了一个"撑着油纸伞，像丁香一样，结着愁怨的姑娘"的形象，但是如诗歌题目所示，在这首诗歌中，"雨巷"也是重要的

---

[1] 戴望舒：《雨巷》，见张伯存主编：《中国现代文学作品选》，长春：东北师范大学出版社，2016年版，第246-247页。

审美意象，雨巷为整首诗提供了空间背景，正是这么一条悠长、寂寥、又颓圮的雨巷，符合当时诗人的心境，给人以迷惘和朦胧之感，正是在这种雨巷环境中，诗人才诗兴大发，想遇上一位撑着油纸伞、像丁香一样结着愁怨的姑娘。如果没有"雨巷"作为背景，单单只是一个撑着油纸伞的姑娘，估计整首诗歌的诗意会降低不少。除了诗歌之外，在一些现代民谣中，城市的街头巷尾也成为重要的审美对象，比如近年来十分流行的民谣《成都》：

> 深秋嫩绿的垂柳，亲吻着我额头
> 在那座阴雨的小城里，我从未忘记你
> 成都，带不走的只有你
> 和我在成都的街头走一走，喔……
> 直到所有的灯都熄灭了也不停留
> 你会挽着我的衣袖，我会把手揣进裤兜
> 走到玉林路的尽头，坐在小酒馆的门口

这首民谣描述的是成都街头，通过民谣的歌词可以看出，它所描绘的成都街头生活节奏舒缓，富有生活气息，让人心生留恋之情，尤其是那句歌词"走到玉林路的尽头，坐在小酒馆的门口"引发了许多游客的"朝圣热"，众多外地旅游者来到成都，都想去歌里提到的玉林路走一走，然后在那家小酒馆坐一坐。

但是，熟悉成都的人知道，成都根本就没有玉林路，只有玉林南路、玉林北路、玉林西路、玉林东路，还有玉林街、玉林横街、玉林南街、玉林北街等多条以玉林为名的小街巷。事实上，歌曲中的玉林路正是对这些小街巷的艺术化处理。

比如，在玉林西路，各类个性十足、千奇百怪的小店，出售服装、首饰或手工艺品，铺面设计时尚、前卫，店名文艺、独特，无不显示出自身的与众不同。与这些个性小店同在一个街面上的，沸腾的火锅，使得整条街都飘满了麻辣味，再和路边葱郁的梧桐树搭配在一起，竟毫无违和感。

玉林内有一条社区巴士1006线,被成都的老饕客称为"美食巴士",因为这条巴士线连接起了社区里大量的"苍蝇餐馆"。人声鼎沸的玉林菜市场,菜贩的吆喝声此起彼伏,刚出锅的包子馒头冒着热气,家庭主妇们提着装得满满的菜篮子,心满意足地回去给家人准备一天的伙食。如此种种,造就了玉林的市井生活气息。

在另一方面,玉林又可以称作成都现代艺术的摇篮。便利的都市生活对艺术家同样充满了吸引力,在玉林西路和玉林东路这两个街区初具雏形后,成都的艺术家、宠物以及单身人士最早在这里过起了享乐生活。从20世纪90年代开始,大量的诗人、作家、画家、雕塑家、建筑师、音乐人纷纷在此安营扎寨。而遍布周边的各类小酒吧、咖啡馆、茶馆,则成为各类艺术小圈子的聚集地。有网友描述道:玉林最彻底地体现着这个城市丰富而复杂的艺术生活与享乐形式。它有自己浓重的口音、独特的色彩、悠闲的动作以及让人沉湎的美食。它是摇滚的领域,是诗歌的社区,是艺术与商业发达的一张城市地图。在这张地图上,这些文化的、艺术的谱系在全球化的潮流中更加含混地并置在一起。实际上,你难以理解这个城市的天气,却无法不喜欢这样的暧昧。[1]

三、城市水道

许多城市都是临水而建,因此绝大多数城市都有河流。城市中的河流也是重要的交通要道。对河道的欣赏由来已久,这里,我们以南京城为例。众所周知,南京城内有一条重要的河流,即秦淮河。秦淮河古称龙藏浦,汉代起称淮水,唐以后改称秦淮。秦淮河有南北两源,北源句容河发源于句容市宝华山南麓,南源溧水河发源于南京市溧水区东庐山,两河在南京市江宁区方山埭西北村汇合成秦淮河干流,绕过方山向西北至外城城门上坊门从东水关流入南京城,由东向西横贯市区,南部从西水关流出,注入长江。秦淮河大部分在南京市境内,是南京市最大的地区性河流,历史上,

---

[1] 参考《解码〈成都〉里的成都:春熙路是成都的面子,玉林才是成都的里子》。

其具有航运、灌溉的功能,孕育了南京古老文明,被称为南京的母亲河,在历史上极负盛名,并被称为"中国第一历史文化名河"。

人们对于秦淮河的欣赏由来已久,比如唐朝诗人杜牧写有《泊秦淮》:"烟笼寒水月笼沙,夜泊秦淮近酒家。商女不知亡国恨,隔江犹唱后庭花。"从此以后,秦淮河之名盛于天下。现代散文家朱自清与俞平伯同游南京秦淮河,并作了同名散文《桨声灯影里的秦淮河》,传为佳话。这里,我们借助朱自清的审美眼光,一起看一下秦淮河的美景:

> 那时河里热闹极了;船大半泊着,小半在水上穿梭似的来往。停泊着的都在近市的那一边,我们的船自然也夹在其中。因为这边略略的挤,便觉得那边十分的疏了。在每一只船从那边过去时,我们能画出它的轻轻的影和曲曲的波,在我们的心上;这显着是空,且显着是静了。那时处处都是歌声和凄厉的胡琴声,圆润的喉咙,确乎是很少的。……但秦淮河确也腻人。即如船里的人面,无论是和我们一堆儿泊着的,还是从我们眼前过去的,总是模模糊糊的,甚至渺渺茫茫的;任你张圆了眼睛,揩净了眦垢,也是枉然。这真够人想呢。在我们停泊的地方,灯光原是纷然的;不过这些灯光都是黄而有晕的。黄已经不能明了,再加上了晕,便更不成了。灯愈多,晕就愈甚;在繁星般的黄的交错里,秦淮河仿佛笼上了一团光雾。光芒与雾气腾腾的晕着,什么都只剩了轮廓了;所以人面的详细的曲线,便消失于我们的眼底了。但灯光究竟夺不了那边的月色;灯光是浑的,月色是清的。在浑沌的灯光里,渗入一派清辉,却真是奇迹!那晚月儿已瘦削了两三分,她晚妆才罢,盈盈的上了柳梢头。……但灯与月竟能并存着,交融着,使月成了缠绵的月,灯射着渺渺的灵辉,这正是天之所以厚秦淮河,也正是天之所以厚我们了。[1]

朱自清登入船舶之中,在河面上欣赏南京城内的秦淮河,秦淮河道美

---

[1] 李新纯主编:《现代散文赏析》,吉林:延边人民出版社,2009年版,第111-112页。

不胜收，他将河道、水面、船只、歌声、灯光、月光结合在一起，华灯映水，灯月交辉，营造了一个回味无穷的空间。由于流水富有流动性，因此城市河道也给整个城市带来了流动之美。

四、道路的方向特性

根据凯文·林奇研究发现，道路具有一定的方向特性（directional quality），比如沿着路线的一个方向很容易与其相对的方向区分开来，比如河道里河水的流动就带有极强的方向特性。道路的方向特性可以给人们提供方位感。如凯文·林奇所言，人们倾向于打听道路的终点（destination）和起点（origin）：他们希望明白道路从哪里来，到哪里去。因为起讫点明确的道路的识别性（identity）很强，有助于把整个城市联系起来。无论何时，这样的道路都可给观察者提供方位感。有些受试者想到道路与城市某一部分的总的方向关系，有些人还会想到某些特定场所。可以设想当一个人看到一组路轨而不知道它们通往何处时的茫然心情。

道路一旦有了方向特性（directional quality），就具有进一步便于度量（scaled）的特征：一个人可以在整个路线中，感受自己的位置，知道自己已经过的距离和余下的距离。反之，对度量有利的特征也产生方向感。但这不是那种仅去数街坊的技术，它是没有方向感的，只是计算距离而已。许多但不是所有受试者提到了这种线索。在洛杉矶规则的道路网中，这一方法更是被普遍地应用。[1]

五、道路的网格化倾向

一般城市的规模比较大，尤其是随着全球城市化水平的不断提升，出现了许多特大城市，甚至是人口过千万的超级大都市，由此城市道路也错

---

[1] Lynch, Kevin. *The Image of the City*. Cambridge and London: The M.I.T. Press, 1960, pp.54-55. 中译本参考 [美] 凯文·林奇：《城市的印象》，项秉仁译，北京：中国建筑工业出版社，1990年版，第49-50页。

综复杂。常见的城市道路有方格形道路网、放射形道路网和放射—环形组合式道路网。方格形道路网有利于交通流的调节，从出发地到目的地可以有多条路线选择，交通受阻时，可以改变行车路线，比如北京、郑州、纽约等城市就是方格形道路网。放射形道路网的特点是：在一条轴线上连续布置几个广场，以强调轴线的作用；用道路沟通广场之间的联系，街道笔直如矢，而广场是城市布局的聚焦点，在城市构图上有强烈的向心作用，比如巴黎就是典型的放射形道路网。放射—环形组合式道路网的特点是干道由城市中心向外辐射，并且与沿着城市的周边建设成同心圆式的环路，两者结合形成道路网，比如莫斯科就是典型的放射—环形组合式道路网。总的来看，城市道路有一种网格化倾向，这是城市本身发展的需要，不过这种网格化倾向也对欣赏者对于城市意象的认识有所影响。

比如凯文·林奇通过案例分析发现，欣赏者在建构城市意象时，有主动将复杂的城市道路规则化、网格化的倾向。一般情况下，受试者总是试图把道路组织到几何网格中去，而无视曲线和非直角的交叉。虽然泽西城低处有部分网格，但人们总把它画成完整的网格。有些受试者把洛杉矶中部并入一个重复的网格而不管其东部的变形。另一些受试者甚至坚持认为波士顿金融区的道路是棋盘方格。那种意料之外的、难以觉察的从一网格到另一网格，从网格到无网格的过渡是相当混乱的。因此，洛杉矶的受试者常在一号街北部和圣佩罗东部迷路。[1] 欣赏者主动地将城市道路规则化，一方面来自现实中的城市道路确实有网格化的发展趋势，另一方面则是因为在城市意象中将道路网格化，有利于从宏观视野上掌握城市的具体脉络。

第二节　边　沿

欣赏者在形成城市意象的过程中，总有一些线条性要素，这种线条性要素就是边沿。如凯文·林奇所说，边沿指并非作为道路或被视为道路的

---

[1] Lynch, Kevin. *The Image of the City*. Cambridge and London: The M.I.T. Press, 1960, pp.61-62. 中译本参考［美］凯文·林奇：《城市的印象》，项秉仁译，北京：中国建筑工业出版社，1990年版，第56页。

线性要素（linear element），它是两个面的界线（boundary），连续中的线状突变，如河岸、铁路分割、开发区的边界、围墙等。它可以作为横向的参照物，而不是纵向的坐标轴（coordinate axe）。这种边沿也许是一种屏障，当然多少会有些贯通，但使一个区域与另一个区域区别开来；或者它们是缝隙（seam）、是线条（line），沿着它们，两个区域相互连在一起。这些边沿要素尽管不如道路的支配性强，但是对许多人来说，它们仍不失为一种重要的组织特征（organizing feature），尤其是在把一般化的区域联系起来时，比如那种由水道或者围墙组织起来的城市轮廓。[1]

对于一些有古城墙的城市来说，古城墙就是城市意象中重要的边沿要素。以西安城为例，西安城墙是中国现存规模最大、保存最完整的古代城垣。它为明代建筑，全长13.7千米，始建于明太祖洪武三年（1370年），洪武十一年（1378年）竣工，是在明太祖"高筑墙、广积粮、缓称王"的政策指导下，在隋、唐皇城的基础上建成的，当时是西安的府城。明太祖朱元璋将次子朱樉册封为秦王，藩封、府治同在一城，因而城池规模宏大坚固，再加上后来明清屡次修葺、增建，城池至今保存完好。

凡是去过西安旅游的人，对西安古城墙的印象都非常深刻。因为在西安意象中，古城墙是一个重要的线性要素，远远望去，它仿佛将古城墙内的区域圈了起来，从而形成城内与城外的基本格局。城墙起到了将边沿的城市区域分割与组织的功能。但是古城墙的这种区域分割并不是不可穿透的，因为西安城墙形成了以长乐门（东门）、永宁门（南门）、安定门（西门）、安远门（北门）等为主的18座城门，这意味着，古城墙一方面作为线性要素分割和组织了城市的不同区域，另一方面它又起到联结城市不同区域的作用。对于西安来说，古城墙成了其城市意象中具有支配性的要素。

对于一些临河或沿海的城市来说，河岸与海岸线则是重要的边沿要素。比如武汉就是典型的临河城市，长江和汉江横贯武汉中央，将武汉中心城区一分为三，形成武汉三镇隔江鼎立的城市格局。对于武汉来说，河流就

---

[1] Lynch, Kevin. *The Image of the City*. Cambridge and London: The M.I.T. Press, 1960, p.47. 中译本参考[美]凯文·林奇：《城市的印象》，项秉仁译，北京：中国建筑工业出版社，1990年版，第42页。

是典型的边沿要素，它作为线性要素，基本上分割并组织了武汉市的区域分布，因此，对于欣赏者而言，在形成武汉城市意象过程中，长江与汉江自然作为基本的线性要素存在于意象中，并形成了武汉城市意象的基本格局。河流其实也可以作为道路存在，比如流经武汉市境内的长江与汉江部分，都可以行船，成为通行要道，但是在边沿要素中，只是将其作为非道路性质的线性要素，看它对形成武汉城市意象时所起的作用，因此这里是将河流作为边沿看待，而不是道路看待。某种程度上，河流比城墙更具有天然的分割功能，长江与汉江天然地将武汉市分割成三镇隔江鼎立的格局，但是随着现代造桥技术的发展，人们能造出一些跨江大桥，这些跨江大桥实际上起到连接武汉三镇的作用，因此在河流起到分割作用的同时，大桥却起着勾连的作用。

不过，也有一些不可穿透的边沿线。比如美国泽西城的靠水地区就是一个明确的边沿，不过这里是一个用铁丝作屏障的禁区，无人可进入。铁道、地形变化、高速公路、区域边界在这个环境中都是使之四分五裂的边沿线。而像海肯塞克河岸及垃圾焚毁场是使人不快的边沿，它损害了人们的精神。[1]

其实一些街道本身也可以作为边沿，因为街道尽管是作为通行的要道，但是从视觉上看，街道本身就具有线性要素，而且往往城市区域的划分，是以街道作为重要依据的。也就是说，街道和边沿，在要素性质上常常可以互换。比如凯文·林奇所说，波士顿中心干线似乎是绝对的划分和隔离，而宽阔的剑桥街明确地划分了两个地区但又保持了视觉联系。沿着公共广场、培肯山的培肯街是一条看得见的边沿，但不是一种屏障而是一条缝，它清楚地连接了两个地区。培肯山下的查尔斯街既划分又联合，把较低的部分与上部的山丘以一种不肯定的关系联系了起来。查尔斯街交通繁忙，但它有一些与培肯山有关的商店和别的专门的活动，以它本身的吸引力把居民联系在一起。对不同的人，在不同的时间，它的作用是变化的，

---

[1] Lynch, Kevin. *The Image of the City*. Cambridge and London: The M.I.T. Press, 1960, p.63. 中译本参考［美］凯文·林奇：《城市的印象》，项秉仁译，北京：中国建筑工业出版社，1990年版，第58页。

也许是节点，是边沿，或是道路。[1]当街道作为边沿时，虽然具有分割的功能，但是其勾连作用更明显，因为街道具有很强的连续性，可能一条斑马线就将道路两边连接起来了。

此外，边沿作为城市不同区域的重要边界，具有多种形式，有的是坚固的、确切的、明确的，如河流、古城墙，人们都公认它们的确切位置；也有些边界是不牢固的、不明确的，如商业区与办公区的分界，多数人只能指出近似的位置，还比如城市所谓的郊区，人们也只能指出一些近似的位置。一些完全没有边界的地区，如许多城市所认为的南端。凯文·林奇发现，这些作为边沿要素的边界，还有一种附带的作用：它可以限定一个区域，增强它的特点，但明显地并不去构成它。边沿会扩大地区的倾向并以混乱的方式分割城市，如少数人感到波士顿许多特征不同的区域造成的无组织的后果：一些较强的边沿影响了从一个区域向另一个区域的过渡，因而可能加强了这种无组织的形象。[2]

第三节 区 域

区域主要指的是城市中等或较大的部分，它被认为具有二维范围，由此观察者在心理上产生进入其"内部"的感受；它也被认为具有某些共同的、可识别的特征。它们总是从内部被识别，但是如果从外部看，它们也可作为外部的参照。某种程度上，大多数人就是以这种方式构建他们的城市意象。[3]

凯文·林奇指出，物理特征决定区域在主题上是连续性的，它包括无法穷尽的各种各样的构成因素，如：纹理、空间、形式、细节、符号、建筑类型、用途、活动、居民、修缮程度、地形等。在波士顿那样人口稠

---

[1] Lynch, Kevin. *The Image of the City*. Cambridge and London: The M.I.T. Press, 1960, p.65. 中译本参考 [美] 凯文·林奇：《城市的印象》，项秉仁译，北京：中国建筑工业出版社，1990年版，第58页。

[2] Lynch, Kevin. *The Image of the City*. Cambridge and London: The M.I.T. Press, 1960, pp.69-70. 中译本参考 [美] 凯文·林奇：《城市的印象》，项秉仁译，北京：中国建筑工业出版社，1990年版，第63页。

[3] Lynch, Kevin. *The Image of the City*. Cambridge and London: The M.I.T. Press, 1960, p.47. 中译本参考 [美] 凯文·林奇：《城市的印象》，项秉仁译，北京：中国建筑工业出版社，1990年版，第42页。

密的城市，外观——材料、式样、装饰、色彩、轮廓线，尤其是窗户设计——都是识别主体区域的基本线索。培肯山和联邦街都是很好的实例。这种线索不仅仅只有视觉的：声音也是重要的线索。事实上，有时混乱本身也是一个线索，正如一个女的说的，只要她感觉迷路了，那么她就知道自己是在北端。[1]

通常情况下，城市用地由各种不同功能的几部分组成，这就形成所谓的城市功能分区。现代城市的功能区主要有商业区、工业区、住宅区、通勤区等。城市的功能区不同，其纹理、空间、形式、细节、符号、建筑类型等也不同，在观赏者眼中所形成的意象自然也不同。比如一般大城市的商业区是以CBD大楼为中心，高楼林立，交通便利，拥有各种商业大厦、大型购物中心、政府及公共机构、康乐文娱设施等。而工业区则一般在城市郊区，房价较低，道路宽阔，厂房连片，可以透过一些院墙，看到一些大型的仓库或工厂，不过厂房相对来说并不高，在非上下班期间，街道上人员也不多，人员基本上都在工厂里上班。生活区则有两种情况，一种是集中连片的高楼住宅区，一种是矮层住宅房或者是成片的别墅区，一般来说，住宅区生活气息浓厚。通勤区一般是城市对外联系的区域或者是住在郊区的人们通勤的区域，一般通勤区域交通繁忙，但是视野开阔，天际线不会被各种高楼遮掩住。

通常而言，在一些主题特征明显的区域中，其典型特征更容易被欣赏者识别和纳入城市意象建构中。比如上海的田子坊，田子坊位于中国上海市泰康路210弄，之前泰康路是打浦桥地区的一条小街，而后在政府的主导下经过改造，田子坊已经从一条街发展成一块富有特色的小型区域，并享誉全国。田子坊其名是画家黄永玉几年前给这旧弄堂起的雅号，经过改造之后的田子坊，在曾经的街道小厂、巷子废弃的仓库和石库门里弄的平常人家的墙壁上，都抹上了"苏荷"（SOHO）的标志，宛如上海市著名的荣乐东路一样，变身成为现代时尚地标性创意产业聚集区，增添了浓厚

---

[1] Lynch, Kevin. *The Image of the City*. Cambridge and London: The M.I.T. Press, 1960, p.68. 中译本参考［美］凯文·林奇：《城市的印象》，项秉仁译，北京：中国建筑工业出版社，1990年版，第61页。

的人文艺术气息。走在田子坊，迂回穿行在迷宫般的弄堂里，一家家特色小店和艺术作坊就这样在不经意间跳入你的视线。从茶馆、露天餐厅、露天咖啡座、画廊、家居摆设到手工艺品，以及众多沪上知名的创意工作室，可谓应有尽有。在闲散的下午，就着弄堂里的习习凉风，明媚的阳光透过玻璃窗，空中飘来一抹慵懒的咖啡香味，大有"偷得浮生半日闲"的意境。只要欣赏者在田子坊区域看一看，就很容易识别它与众不同的审美特征。

为了产生一种更深刻的意象，区域空间设计时，应该强化一些线索。比如枣庄重建的台儿庄古城，该古城就是枣庄市的一个具有特殊的审美特征的区域。该古城在重建过程中，比较强调一些重要的审美线索，因此来台儿庄古城旅游的人，对台儿庄印象深刻。具体来看，台儿庄古城在重建的过程中，强调两点审美线索。

一是突出"江北水乡、运河古城"这一条线索。台儿庄地处南北过渡地带，是运河上重要的"水旱码头"，各路商贾云集于此，带来了不同的文化和信仰，由此也使得台儿庄的文化汇聚东西南北、融贯古今，因此台儿庄古城在重建过程中，以运河文化为中心，试图将各种文化融入古城重建中。具体来看，古城框架是以运河文化为轴线，设计了关帝庙景区、西门安澜景区、纤夫村景区、运河街市景区、板桥—花门楼景区、水街商市景区、清真寺—九龙口景区、湿地公园等八大景区，分别对应"九水汇川、台城旧志、土村绿荫、庙汪浮玉、柳岸卧虹、古柏望月、运河街市、杰阁凌波"等运河古城八景，并将北方大院、鲁南民居、徽派建筑、水乡建筑、闽南建筑、欧式建筑、宗教建筑、客家建筑等八大建筑风格有机结合，建设以徽派建筑风格为主的繁荣街，以欧式建筑为主的丁字街，以水乡建筑为主的水街、水巷，以晋商民居为主的关帝庙景区，希望复现当年"江北水乡、运河古城"的历史景象。

二是突出"台儿庄战役"这一红色线索。在参将署景观中，设有抗战主题雕塑陈列馆，并且建有台儿庄大战遗址纪念园，那里有保存完好的弹孔墙和部分残垣断壁，还有台儿庄大战临时指挥所、大战记功广场，试图再现当年战争场景，传达"战火的洗礼，记忆的见证"，并在园子养有一些和平鸽，让人们珍惜来之不易的和平时代，另外在台儿庄还建有李宗仁史料馆，全面介绍了李宗仁先生的一生。这一系列围绕台儿庄战役的设置，在空间上不断地存现于欣赏者眼中，无疑可以加深欣赏者对这一红色主题的印象。

第四节 节 点

节点就是一个观察者借此可以进入城市的要点、战略点，是往来密集之点。节点主要是交叉路口、交通中的中转地、十字路口或道路相交处，以及结构的交换处等。也可以简单地说：节点就是集中，它的重要性来自它是某些用途或物理特征的凝缩，如人们常去的街角或封闭型广场。这类集中的节点的某一些也许就是某一区域的中心和缩影。它的影响波及整个区域，成为这个区域的象征，因此也称它为核心。当然，许多节点还同时具有连接和集中两种特征。节点与道路的概念是有联系的，因为连接典型地是人们路途中道路与事件的交汇。同样，节点也与区域的概念有关，因为核心典型地就是地区的密集之点，是地区的核心。无论如何，几乎在每个人的意象中都可以发现节点，并且在一定情况下，它还具有支配性的特征。[1]

尽管从概念上看，节点似乎是城市意象中一些小的地点，但实际上它们可能是大的广场，或者是具有伸展的线性形状（extended linear shape），如果以足够大的角度来考虑整个城市的话，甚至还可以是整个城市的中心区。如果以整个国家或国际的角度来考虑，一座城市也可看成是一个节点。[2] 比如，在台儿庄战役中，对于战争指挥者来说，台儿庄区域不过就是一个节点，是敌我部队交锋的关键点。

毫无疑问，连接（junction）或者交通中的中转地（place of a break in transportation），对城市市民来说是很重要。因为人们在这连接处必须作出路径的抉择，他们要集中注意力，要比平时更清楚地感受周围环境。这种

---

[1] Lynch, Kevin. *The Image of the City*. Cambridge and London: The M.I.T. Press, 1960, pp.47-48. 中译本参考［美］凯文·林奇：《城市的印象》，项秉仁译，北京：中国建筑工业出版社，1990年版，第42-43页。

[2] Lynch, Kevin. *The Image of the City*. Cambridge and London: The M.I.T. Press, 1960, p.72. 中译本参考［美］凯文·林奇：《城市的印象》，项秉仁译，北京：中国建筑工业出版社，1990年版，第66页。

趋势一再被强化，即连接处的各要素自动地被假定从其位置上获得特有的凸显性（prominence）。这些位置所具有的知觉上的（perceptual）重要性也以别种方式表现出来。比如，凯文·林奇询问受试者，他们在哪里首先感到到达了波士顿市中心时，多数人都提到了一个关键的交通突变处，如从公路到市区街道的转折点，斯托罗街中心干线波士顿第一火车站等。泽西城的市民穿过拖奈尔广场时感到似乎离开了这个城市。这种从一条交通路线向另一条的转换似乎标志着一种主要结构之间的转换。[1]

的确，城市的十字路口或交通突变处等作为城市环境中的节点，同时也常常是商业活动的集中之处，成为城市环境中重要的审美对象，在人们关于城市的意象建构中，地位比较突出，比如南京市的新街口。新街口是南京市中心区的一个重要的十字路口，这个十字路口北边是中山路、南边是中山南路，东边是中山东路，西边是汉中路，中间形成环形的新街口广场，并竖一尊孙中山铜像。同时南京新街口也是南京地铁的重要交通枢纽，是地铁1号线与2号线的交汇处。这种优越的交通位置，使得新街口也成为商业活动的集中之处，这里商铺林立，高中低档全面覆盖，商贸集中度超过北京王府井、上海南京路，并翘首中国，为中国商贸密集度最高的地区，节假日日均客流量峰值超过百万人次。

当一名游客节假日站在新街口时，可以看到南来北往、熙熙攘攘的人群，一张陌生又雷同的面孔，冷漠中又洋溢着节日狂欢的表情，游客除了跟随芸芸大众的人潮走动之外，似乎不知道该作出何种选择。这时，游客面对现实中的十字路口，心中产生了迷茫之情，总会不自觉地联想到人生的十字路口，思考起自己的人生来，抬头看看孙中山像，不禁会想起"天下为公"四个字，这时又会心生惭愧之情，因为自己不过是消费社会中一个普通而精致的利己主义者，没有天下为公的胸怀。而在盛夏的午后，有时候偌大的新街口除了来往的车辆，几乎没有行人。但是寂静的表面，却遮掩不住消费时代的热闹，那些怕晒的都市男女们其实都在新街口的地下

---

[1] Lynch, Kevin. *The Image of the City*. Cambridge and London: The M.I.T. Press, 1960, pp.72-73. 中译本参考［美］凯文·林奇：《城市的印象》，项秉仁译，北京：中国建筑工业出版社，1990年版，第66-67页。

活动，因为新街口的地下是1号线与2号线的交汇处，地下全是商场与通道。地下通道将新街口附近的购物商场都连接起来。因此，盛夏午后的新街口，人们都活动在地下，逛完商场之后，直接在地下乘坐地铁离开，一切活动都可以在这个交通枢纽的地下完成。去过南京新街口的人，肯定对南京市的这个节点印象深刻。

凯文·林奇指出，节点有内向和外向之别。斯考莱广场是内向的，在它或它的环境中人们缺乏方向感。它周围只有朝向它或背离它两个基本方向，到达节点只有"我到了这儿"这样一种简单的方位感。而波士顿的杜威广场却是外向的，可以解释总的方向，与办公区、商业区、河滨区的联系也很明确。[1]

此外，如陈望衡所言，城市的节点还有自然与人文之别。城市人文节点又可以分为历史与现代两个方面，以武汉市为例，历史的人文景观节点有黄鹤楼、首义指挥部、古琴台、归元寺、长春观、汉阳铁厂、江汉关、租界等，现代的人文景观节点则有国际会展中心、江滩、火车站等。而且陈望衡指出，在城市意境的建造中，许多节点如何组合是极为重要的，这相当于一首诗的结构。一首诗中有许多形象单元，它们相当于城市景观节点，这些形象单元不是孤立的，它们构成一个有机的整体，在这个整体中，每一形象单元处于何种位置对于城市意境建造特别是建造何种意境关系极大。[2]

第五节 地 标

地标是另一类参考点（point-reference），不过在这种情况中，观察者不进入其内部，而是在它的外部。它们通常是相对简单的确定的物理对象：如建筑物、招牌（sign）、店铺、山丘、湖泊。它们的作用在于从一些可能性的因素中凸显出来。

---

[1] Lynch, Kevin. *The Image of the City*. Cambridge and London: The M.I.T. Press, 1960, pp.77-78. 中译本参考［美］凯文·林奇：《城市的印象》，项秉仁译，北京：中国建筑工业出版社，1990年版，第71页。
[2] 陈望衡：《环境美学》，武汉：武汉大学出版社，2007年版，第380页。

对于地标而言，通常需要从一定距离之外，多角度地观看它们，它们超过别的较小的要素，并被用作具有辐射状的参照（radial reference）。它们可以在城市内部或一定的距离内作为一种永恒的方向地标，如孤耸的塔、穹窿、高山。甚至是一个移动的点也可以被采用，比如像太阳那样，它的移动足够的缓慢而有规律。其他的地标主要是地方的（local），只能在有限的点（locality）并按照特定的路径（approach）才能看到。这些就是难以计数的广告、店面、树木、门执手以及其他都市细节，它们充满了大多数观察者的意象。它们频繁地被当作一种识别线索（clue of identity），甚至是一种结构线索。当人们对一段路途越来越熟悉了，就会越依赖这些地标。[1]

凯文·林奇指出，由于地标的使用涉及从大量可能性的要素中选出一个，所以这一类的关键物理特征就是单一性（singularity），即在整个背景中那些独特的或难忘的方面。如果地标有清晰的形式，或地标与其背景对比明显或者有一些突出的空间位置，那么它很可能被认为是值得注意的，并且更容易识别（identifiable）。图形与背景的对比是主要因素，但衬托一个构成因素的背景并不一定是直接毗邻的环境。法纽伊尔厅的蚂蚱形风标，议院的金色穹窿，洛杉矶市政厅的尖顶都是以城市为背景的突出地标。[2]

陈望衡强调，城市环境需要一些地标，需要一些标志性景观，这些标志性景观犹如诗歌意象中的诗眼。如王国维所说的，"'红杏枝头春意闹'，着一'闹'字而境界全出。'云破月来花弄影'，着一'弄'字而境界全开矣。"河北承德的棒槌山，是承德的重要地标，进入承德，远远地就看见了这座山，它颇具特色的造型，让人连同承德这个城市一起铭记。每座城市都可以找到这样的诗眼，武汉有黄鹤楼、岳阳有岳阳楼、南昌有滕王阁，它们分别组成这三座城市的意境的诗眼。[3]

对于城市地标的欣赏，尤其让人印象深刻，不仅因为城市地标在物理

---

[1] Lynch, Kevin. *The Image of the City*. Cambridge and London: The M.I.T. Press, 1960, p.48. 中译本参考[美]凯文·林奇：《城市的印象》，项秉仁译，北京：中国建筑工业出版社，1990年版，第43-44页。
[2] Lynch, Kevin. *The Image of the City*. Cambridge and London: The M.I.T. Press, 1960, pp.78-79. 中译本参考[美]凯文·林奇：《城市的印象》，项秉仁译，北京：中国建筑工业出版社，1990年版，第72-73页。
[3] 陈望衡：《环境美学》，武汉：武汉大学出版社，2007年版，第380页。

特征上十分凸显，而且因为城市地标本身所具有的文化因素，也有助于增强欣赏者的审美感受。比如上海的东方明珠广播电视塔，它位于浦东陆家嘴，与南浦、杨浦两座大桥构成了"双龙戏珠"的美景。这座亚洲第一、世界第三的广播电视塔，高468米，犹如一串从天而降的明珠，散落在上海浦东这一玉盘之上，在阳光的照射下，闪烁着耀人的光芒，成为上海新的标志性建筑。高塔选用了东方民族喜爱的圆曲线体作为基本建筑线条，其设计寓有"大珠小珠落玉盘"的优美含义，并象征着以上海为代表的东方文明在现代世界上散发出灿烂的光辉。这些隐藏在高塔建筑背后的、对于民族文化的自豪感和富有民族特色的审美意识，正是它作为"东方明珠"的文化符号意义之所在。因此，东方明珠本身就是视觉形象与象征意义的统一，如果没有这些精神和意识灌注其中，高塔只不过是一堆没有灵魂的建筑材料而已。由此可见，地标的文化意义也有利于丰富它的审美意象。

此外，城市地标还有助于营造城市空间的节奏感。比如韩国首尔地标首尔塔（N Seoul Tower），它位于韩国首尔特别市龙山区南山之上，高236.7米，是仅次于莫斯科塔的世界第二高塔。塔身还安装了适用于不同季节和不同活动要求的照明设备，每晚7点至12点，还有6支探照灯在天空中拼出鲜花盛开的图案——"首尔之花"。无论白天还是夜晚，在首尔龙山区活动时，人们时不时地可以远远地看到首尔塔的身影，基本上不需要手机导航，就可以大致判定自己所在的方向。首尔塔间歇地出现在视野中，自然有利于营造空间的节奏感。如果没有首尔塔，很难想象首尔的城市天际轮廓线会发生什么样的变化。

上述讨论的城市环境意象的五种构成要素，即道路、边沿、区域、节点、地标，事实上都不是孤立存在的。区域由节点构成，受边沿的限定，道路贯穿其间，地标散布在内，它们有规律地互相穿插和叠合。如果以各类基准的分析为开始，那么必然以它们在整体意象中的重新组合而告终。并且，在不同的视觉条件下，有关给定的物理事实的意象可能发生类型上的改变。如开汽车的人把高速公路看作是道路，而行人则认为是一条边沿。中等城市的中心区从大都市区的范围来说只是一个节点。不过一定的观察者在一定的程度中活动时,意象要素的分类基本上还是稳定的。[1]

第六节　城市环境的审美特性

从时间上说,人类创造城市的历史已有数千年;从空间上看,城市存在于各个大洲、各种不同的文化地域。世界各大文明发源地的城市形式各不相同。中国商代古城是以城墙为外在特征的封闭城市,埃及古城则是以宫殿、庙宇、圣祠构成仪典中心的开放城市。与这两种城市形态相比,欧洲古代文明发源地的雅典城邦,则是以一个城市为依托的独立国家,这种现象在中国历史上从来没有出现过。由于世界各地城市形式多样,因此不同城市的审美特性也多种多样。这里,我们通过对比农村环境,重点论述城市环境的两点审美特性:功能与审美的统一、同质化与流动的统一。

一、功能与审美的统一

城市基本上是人建环境,是人造物。如陈望衡所言,如果不将建筑物等同于房子,那么实际上,城市的一切物质形态的建造物都是建筑。[2] 对于城市设计而言,建筑物最根本的特性在于其功能,在此基础上也追求形式美。因此,对于城市环境,尤其是人建环境的欣赏,要追求功能与审美的统一。在农业环境欣赏中,也强调功能与审美的相互统一,但是农业环境中农作物的功能,与城市环境中建筑物的功能不一样。因为对于农作物景观而言,农作物本身的长势、收成、饱满度等对于其欣赏而言有重要影响,农作物发挥功能的方式是以其本身作为食物而被人们食用,一旦农作物被人们食用之后,农作物就消失了;建筑物的功能对于其欣赏者而言也有重

---

[1] Lynch, Kevin. *The Image of the City*. Cambridge and London: The M.I.T. Press, 1960, pp.48-49. 中译本参考 [美] 凯文·林奇:《城市的印象》,项秉仁译,北京:中国建筑工业出版社,1990年版,第44页。
[2] 陈望衡:《环境美学》,武汉:武汉大学出版社,2007年版,第344页。

要影响，而建筑物发挥功能的方式是凭借其内部的空间被人们利用，但是被人们利用的建筑并没有消失，而是继续存在着。

卡尔森在《存在、处所和功能：建筑欣赏》一文中专门讨论了建筑的欣赏。他指出："对于一件建筑作品功能的意识，是使建筑作品欣赏成为可能的最重要途径。"[1]也就是说，感受建筑功能是欣赏建筑的重要途径。"建筑欣赏不是一种孤立的体验，一件作品的功能典型的是非艺术的，作品的功能似乎并不会简单地从对它静观中发现。……它是如下一种功能，即欣赏者必须通过体验功能自身才可知晓它。再者，仅仅知道它的功能是什么，根据这样的知识观照它，也不完全恰当。审美欣赏是在对作品的体验中实现的：为了恰当地欣赏《秋叶》，只是知道它是一幅再现性作品，以及知道它所再现的是什么，这是不够的，尽管这种知识在本质上涉及我们对这件作品的体验。同样，对于建筑，我们对一个建筑作品功能的认识，必定存在于我们对它的体验之中。因此，仅仅知道一处建筑，比如知道一处教堂的功能，在事实上，并不足以全面地促进我们按照一个建筑品来欣赏它。从理想的角度看，恰当的欣赏将涉及对其宗教功能的认识，而这种认识是通过对其运作中的宗教功能的直接体验得来的，例如，通过体验教堂内的一场弥撒活动，尽管不必要就参加这场弥撒。"[2]这里，卡尔森指出，对于建筑欣赏而言，单独静观建筑静态的结构是不行的，还需要体验建筑的功能特性，这就强调了欣赏者与建筑物的内在互动。

建筑本身的内部空间尤其突出建筑的功能特性。老子说："凿户牖以为室，当其无，有室之用。故有之以为利，无之以为用。"其实就揭示了建筑的内部空间特性。卡尔森也强调建筑内部空间的功能特性。卡尔森指出："建筑作品与任何其他的艺术作品不同，依据其本性具有内在空间（insides）这是事实，内部空间（inner space）和外在处所（outer place）一样似乎直

---

[1] Carlson, Allen. *Aesthetics and The Environment: the Appreciation of Nature, Art and Architecture.* London and New York: Routledge, 2000, p.212. 中译本参考［加］卡尔松：《从自然到人文——艾伦·卡尔松环境美学文选》，薛富兴译，桂林：广西师范大学出版社，2012年版，第206页。

[2] Carlson, Allen. *Aesthetics and The Environment: the Appreciation of Nature, Art and Architecture.* London and New York: Routledge, 2000, p.214. 中译本参考［加］卡尔松：《从自然到人文——艾伦·卡尔松环境美学文选》，薛富兴译，桂林：广西师范大学出版社，2012年版，第207-208页。

接服从它们的功能性（functionality）和它们所执行的各种不同的特殊功能，因为这些功能典型地在作品内部被执行。"[1]根据对象为导向的欣赏思路而言，卡尔森指出："建筑的这种'内在性'（insideness）意味着，作为功能问题的一个附属问题，建筑作品提出了其内在空间的性质问题。与此前考察过的任何其他艺术形式不同，对建筑作品内部空间的意识是建筑欣赏的一个重要维度。"[2]

此外，建筑之间的组合关系，也遵从功能原则。如陈望衡指出，城市环境作为人们生活的场所，其结构必须满足人们生活的需要，方便与否不仅影响人们办事的效率，还影响欣赏者的心情，影响人们对城市的总体评价。虽然审美具有一定的独立性，但是功利的考虑会干预人们对城市的评价。就城市结构而言，最重要的公共场所的建筑与布局，就是尽量方便市民与游客，如火车站、汽车站、码头、机场、商场大厦、银行、政府办公楼、公共厕所等，这些建筑布局是否合理，在一定程度上决定时间的付出，而时间的付出是否降低到最小，不仅影响到实际的效益，还影响人们对整个城市环境的审美评价。[3]

由此，和农业景观相比，同样都强调功能与审美的统一，但是建筑欣赏还是不一样，对农业景观中农作物功能特性的关注，并不需要真正地迈入水田或麦地里，而对建筑功能特性的感受，则需要由外而内，由远及近，最终体验建筑的功能运作，并感受建筑物之间的功能布局。如卡尔森说："一件建筑作品的功能不能通过静态静观而轻易实现的主要原因，不只是它的功能在性质上是非艺术的，也不是因为它的功能必须在运作（in action）中被体验，而是因为这种非艺术的行为一般发生在建筑内部。一件作品之功能典型地在该建筑作品内部被执行、被体验。因此，从理想上看，建筑

---

[1] Carlson, Allen. *Aesthetics and The Environment: the Appreciation of Nature, Art and Architecture*. London and New York: Routledge, 2000, p.211. 中译本参考［加］卡尔松：《从自然到人文——艾伦·卡尔松环境美学文选》，薛富兴译，桂林：广西师范大学出版社，2012年版，第204页。

[2] Carlson, Allen. *Aesthetics and The Environment: the Appreciation of Nature, Art and Architecture*. London and New York: Routledge, 2000, p.211. 中译本参考［加］卡尔松：《从自然到人文——艾伦·卡尔松环境美学文选》，薛富兴译，桂林：广西师范大学出版社，2012年版，第204页。

[3] 陈望衡：《环境美学》，武汉：武汉大学出版社，2007年版，第380-381页。

欣赏是一个过程（a process），是一条导向建筑作品内部体验其功能的欣赏之道。在此意义上，这种欣赏与文学或惊险小说、交响乐的欣赏有些类似，这些都导向一个高潮。这可能是为何建筑有时被称为凝固的音乐的原因。"[1]

二、同质化与流动性的统一

城市环境与农村环境明显不同，农村环境具有多样性特征，因为农村环境受自然环境影响比较大，而且随着季节的变化，农村环境也呈现多样化特点。然而城市环境越来越呈现明显的同质化（homogenization）倾向。

所谓城市环境的同质化，是指城市景观元素运用、形式表达甚至设计手法相互模仿，以致逐渐趋同的现象。近20年，中国城镇化发展迅速，各个城市纷纷规划、修建新城区，然而各个城市均出现了大量抄袭、模仿的景观项目，使得各个新建的城市景观面貌雷同，大大降低了城市的可读性：大量拆除的老街区、老房子、老历史在新建的城区中没有一丝痕迹，城市的新住客无法阅读这个城市，老一辈人也无法找寻当年这个城市的痕迹，城市在模式化的设计中慢慢失去其原有的人文特殊性。在全球化进程不断加剧的当今社会，一个景观风格的流行，必然会引起一阵潮流，大量城市建设盲目跟风，一味地追求国际化，忽视了原本城市的自身特点，所以在很多城市中可以看到大量的欧式风、北美风的景观，很多的拿来主义思想造就了同质化现象。同时，快速的城市化进程也是景观同质化的催化剂，20多年的快速发展带来了一系列的问题，城建周期短，城市景观模仿现象严重，区域内缺少特色，城市千篇一律，各种地中海、欧洲小镇项目风行全国，各类相似的项目遍布全国。另外国内的景观发展跟不上时代的要求，很多设计者自身素质不够，面对巨大的城市更新项目以及较短的设计时间，出现了模仿、抄袭的现象，粗制滥造的项目加速了城市文脉的流失，各种

---

[1] Carlson, Allen. *Aesthetics and The Environment: the Appreciation of Nature, Art and Architecture*. London and New York: Routledge, 2000, p.214. 中译本参考［加］卡尔松：《从自然到人文——艾伦·卡尔松环境美学文选》，薛富兴译，桂林：广西师范大学出版社，2012年版，第208页。

快餐式、模式化的景观使得各个城市景观趋于一致。[1]

以现代城市流行的CBD为例。20世纪五六十年代，在美国纽约、芝加哥以及欧洲国家和日本的一些大城市陆续开始规划和建造城市的中央商务区，即CBD，到了20世纪80年代，这些中央商务区日渐成熟。日本的新宿、新加坡南岸区、纽约的曼哈顿、法兰克福金融区以及相继发展起来的香港中环、北京的建外、上海的陆家嘴等。这些CBD无一例外的高楼耸立，商社云集，形成了金融、商贸、娱乐等多元的城市中心商务区，曾经沿街的店铺被商业中心所取代。在城市空间异化过程中，不仅形成了模式一致的大型CBD，也分化出城市中低密度的别墅区、高楼公寓、城市边缘的普通住宅以及城郊的棚户区。承载城市文化的历史性空间被瓦解，取而代之的是一系列模式化的空间产品。从西欧到东亚，走过每一个现代化城市，都是一样的规划模式，一样的繁华热闹、车水马龙。[2]

城市的同质化也带来严重的审美问题，因为城市的同质化使得城市空间的独特性逐渐被消解，城市的个性与魅力消失了，导致当代城市变得"千城一面"。然而与中国当下城市发展不同，西方国家在城市化过程中曾特别注意保护城市的历史传统。以巴黎为例，这个城市以静态的地表建筑为核心，城市的扩张、城市的资源组合、城市产业的选择，完全服从于它的地表建筑。巴黎街道两侧全都是17、18、19世纪遗留下来的历史古迹，当地法律规定，所有这些房屋的业主都不能随意对房子的外表进行改造，必须保持原貌。这些文化传统保护措施，确保了巴黎城市的独特性，使其成为世界第一旅游城市。中国是一个具有五千多年文化传统的文明古国，各个城市在发展过程中，本来是别具一格，独具地方特色，然而在实际发展中，却盲目追求国际化，进入同质化的深渊。

此外，与农村的"山静似太古，日长如小年"的慢节奏相比，城市人口密集，车辆众多，节奏非常快，有一种流动性（mobility）特点。从内涵看，流动空间是围绕人流、物流、资金流、技术流和信息流等要素流动而

---

[1] 李忠明：《打破城市景观同质化的实践》，《住宅与房地产》2018年第12期。
[2] 参考淘淇琪：《城市空间同质化：本质、问题及其超越》，苏州大学硕士论文，2016年。

建立起来的空间（组织形式），其以信息技术为基础的网络流线和快速交通流线为支撑，创造一种有目的的、反复的、可程式化的动态运动。因此，在移动信息和高速交通基础上建立起来的高度流动性社会，成为当前和今后城市和区域空间发展的重要支撑。商业的本质在于物物交换或物与货币的交换，这个过程实质上就是人、货物或信息的空间流动。信息技术的进步加速了知识、技术、人才、资金等的时空交换，使得城市生产与居民活动范围持续扩大，类型更加复杂，并促进了产业重构和空间重组，进而改变区域和城市的空间格局，促使城市空间充满了流动性。[1] 城市环境的流动性也是一种重要的审美特性。

城市环境的流动性与同质化紧密相连，一方面城市环境在物理要素上日益同质化，另一方面城市空间充满流动性，尤其表现在陌生的人流与车流上。城市空间环境的同质化有助于人与车辆在城市里的流动，同时人流与车辆也促进城市的同质化发展。固定的城市物理空间与流动的人与物紧密结合，这使得城市环境与农村环境不同，农村环境四季分明，而城市环境虽然一方面时时刻刻都充满流动性，但是另一方面一年四季的每一天，城市环境都相似地流动着，几乎是同一天的重复或再现，由此从时间的角度看，城市环境也充满了同质化特征，这尤其体现在城市的商业环境中，在其中每一天都热闹非凡，每一天都如同节日的狂欢，每一天都上演昨天已经发生过的相同场景。

---

[1] 王宇渠、陈忠暖：《基于流动的商业空间格局研究综述》，《世界地理研究》2015年第2期。

第五章　日常生活环境

日常生活美学兴起的时间早于环境美学，但是随着环境美学研究范围的不断扩展，即从自然环境向人类环境的扩展，环境美学研究对象日益扩大，包含了除艺术之外的所有事物，由此日常生活环境也成为环境美学的重要研究对象。卡尔森有过如下论断："从它的早期阶段开始，环境美学的范围逐渐扩展，不仅包括自然环境，而且包括人类与人类影响的环境。与此同时，这个学科也考察这些环境中的事物，从而引发了所谓的日常生活美学。这个领域不仅研究比较常见的事物和环境，而且研究一系列日常活动。因此，21世纪伊始，环境美学的研究范围包括了几乎艺术之外的所有事物的审美意义。"[1] 按照这个论断，日常生活美学就是环境美学的一部分。本书采用卡尔森的上述观点。

日常生活美学的研究对象十分宽泛，包括人们日常生活行为、学习、工作、休闲、社交、娱乐，以及所涉及的各种事物。如林语堂在《生活的艺术》中说："人类的生活终不过包括吃饭、睡觉、朋友间的离合、接风、饯行、哭笑、每隔两星期左右理一次发、植树、浇花、伫望邻人从他的屋顶掉下来等类的平凡事情。"[2] 环境美学不仅强调环境就是"世界整体"，是"有机整体"，更重要的强调，环境美学还在理论上揭示出人与环境之间的一种根本结构，即"身在环境中"——这是本书对于环境审美所隐含的深层生存模式的基本概括，这一模式既是环境美学之谓"环境的美学"的根本原因，也是它最终必然走向生态美学的理论契机。这就是说，人离不

---

[1] Carlson, Allen. "Environmental Aesthetics".
[2] 林语堂：《生活的艺术》，南京：江苏人民出版社，2014年版，第188页。

开各种具体的环境,没有所谓的抽象的人,只有一个个处于具体环境中的具体的人,因此,日常生活背后必然存在着日常生活环境。由于日常生活可以简要地划分为衣、食、住、行等四个方面,那么日常生活环境也可以划分为衣着、饮食、居住、出行等四方面。下面,我们分别从衣着、饮食、居住、出行等四方面来分析日常生活环境美学。

第一节 衣 着

衣服是指人类用布料(如棉布、丝绸、天鹅绒、化学纤维、涤纶、麻等)等材质做成的各种样式的遮挡物。衣着服饰具有环境特性、审美特性、个性化特性、表达特性、时代特性等。下面,我们一一给予介绍。

一、衣服的环境特性

衣服何以是环境?这其实不难理解,人们并不是像亚当夏娃那样赤裸裸地生活着,绝大多数时间是穿着衣服的。衣服处于人的皮肤和周围环境之间,不仅是连接人的身体与周围环境的一种中介物质,而且衣服本身也为人的肉体提供一种理想的温度环境(即32℃～33℃左右),从而在人体周围创造一个良好的小气候区,缓冲外界寒冷环境对人体的侵袭,使人体维持恒定的温度。因此,有人指出:"人穿上了衣服,衣服与人体之间便形成了局部气候环境,称之为衣服气候。"[1]

适宜的衣服气候有助于调节体温、维持健康。辐射和对流散热是人体调节体温的重要方法。寒冷季节,外界温度较低,皮肤表面辐射出大量的热,通过体表空气对流,身体就会发冷。如果穿上棉衣,盖上棉被就感到暖和。这并非棉衣棉被可以产生热量,而是在它们中间含有松松的棉絮或其他絮状物,如丝绵、腈纶、驼毛、合成羊毛等。这些絮状物中藏有许多静止的空气,在体表形成空气层,使身体的热量不易向外散发,它们阻挡

---

[1] 赖松生:《衣服气候》,《环境》1998年第2期。

外界冷空气与体表热空气层的对流，因而起到防寒保暖的作用。在炎热的夏季，外界温度高，人体需要加速体表温度的散发，就要求衣服宽大单薄，以利于通风。各种皮货制成的皮袄、皮夹克、皮大衣保暖性能好，是由于皮革比较微密，不通气，穿在身上可以封住各层衣服的通气性，减少空气的对流。此外，寒冷戴围巾、手套，穿棉鞋，也能改善局部的微小气候，使人体不易着寒受冻。[1]

由于衣服能在人体周围直接形成一种小环境，人的肉体是生活在这种小环境中的，因此对于一些不同职业的工作者来说，需要穿不同的服装。"高温近火作业的炼钢工人，可用防辐射、防火的石棉衣料；医务人员用的是易显污迹的白色衣帽；防化从业者防毒衣服面具可防化学中毒及放射物质的污染；登山运动员所穿的登山运动服可防高原缺氧的登山病；下海作业者可穿供氧潜水服以防潜水病。还有宇宙航行员的衣服也有它的特殊要求。"[2]

二、衣服的审美特性

衣服的基本功能是保暖、遮羞，但是在使用的基础上，衣服的审美功能也很重要，俗话说"人靠衣装，佛靠金装"，衣着成为人们日常生活环境中极为重要的审美要素。朱志荣在研究日常生活审美化时指出，服饰是人类文明的重要表征，它通过物质与精神的聚合形态美化人的身体，以物质形式给人带来审美愉悦和精神享受。他还借助法国现代作家阿纳托尔·法郎士的话来说明这一问题，阿纳托尔·法郎士曾经说："假如我死后百年，还能在书林中挑选，你猜我将选什么，在未来的书林中，我既不选小说，也不选类似小说的史籍。朋友，我将毫无迟疑地只取一本时装杂志，看看我死后一世纪的妇女服饰，它能显示给我的未来的人类文明，比一切哲学家、小说家、预言家和学者们能告诉我的都多。"[3]这说明服饰作为一种物质

---

[1] 参考赖松生：《衣服气候》，《环境》1998年第2期。
[2] 同上。
[3] 转引自朱志荣：《日常生活中的美学》，上海：上海人民出版社，2012年版，第41页。本章多参考此书。

形态，反映了一个时代人们共同的审美意识和审美趣味。

着装的美大体可分为四个层次：一是服装的造型、色彩、质料所共同体现的美，构成了服装的整体形式；二是衣服与帽、鞋、围巾、手套、腰带、袜子等覆盖件，以及各种服装饰品与服装的形、色、质等方面的相互匹配关系，即服装搭配；三是服装与身体外形之间的协调，服装与人体基本结构、形、质和号型间的匹配协调程度；四是服装与人的精神表现方式间的切合度。[1]

总体来看，衣着搭配要符合个人气质，因为服装与人体共同构成一个完整的艺术品。人是把整个身体和服装的统合作为展示的艺术品的。服装与人体形成一种共生关系，具体表现为对人体的强化、补偿和塑造功能。服饰要与人体结合，美的服饰要与人体构成整体，要讲究服装与人的整体协调，使人锦上添花。服饰艺术的魅力在于人的形象本身，要显示已有的魅力，不能喧宾夺主。服饰要与人体融为一体，服饰与身体有机地统一为一个整体，才能具有表现力。[2]如古诗《陌上桑》中描写了罗敷形象，诗中云"头上倭堕髻，耳中明月珠。缃绮为下裙，紫绮为上襦"，罗敷的衣着打扮甚美，产生的效果是："行者见罗敷，下担捋髭须。少年见罗敷，脱帽著帩头。耕者忘其犁，锄者忘其锄。来归相怨怒，但坐观罗敷。"[3]

三、衣服的个性化特性

从个人的角度看，衣着打扮往往体现穿着者的个性特点。

> 着装是对自己的一种表达，一种个性的张扬。个体的特征和素质与着装的关系不可忽视，……服饰体现了一个人的气质和修养，包括人的自然因素和社会因素。服饰中的花卉、纹饰等，要与气质、体型

---

[1] 朱志荣：《日常生活中的美学》，上海：上海人民出版社，2012年版，第49页。
[2] 同上，第52页。
[3] 王振军、俞阅主编：《中国古代文学精品导读》，北京：中国广播影视出版社，2017年版，第52页。

相适应。其造型与色彩要体现着装者的个性气质。着装要体现气质、涵养、职业、场合，服装风格与人的天性相关，也要与体形、体态和性格相适应。[1]

除了工作装之外，与众不同和新颖别致是服饰的一种追求。要做到着装的流行与个性化的统一。打破常规，追求个性是现代服装的重要审美特点。因此，着装既要有创新、有探索，同时还要有个性、有自我，色彩和款式要适应体形和肤色。着装要有个性，不能随大流，要凸显而不淹没，但依然要看效果，不是越怪越好。[2]

以刚刚改革开放时，中国流行的喇叭裤为例：

> 1979年，北京、上海等地青年，尤其是文艺青年，穿起了喇叭裤：裤腿上窄下宽，形似喇叭，裆短腰低，紧裹臀部。按裤脚尺寸大小，喇叭裤有大喇、小喇、微喇之分。大喇裤脚张开，最大可有二尺。裤长覆住鞋面，露出鞋尖，在鞋底与地面之间摇曳。这种60年代从美国兴起的裤装，为中国后来颇成气候的亚文化留下了第一道印记。青年们穿喇叭裤的同时，还戴太阳镜。由于镜片大，形似蛤蟆，太阳镜就得了"蛤蟆镜"的绰号。蛤蟆镜的商标故意不摘，留在镜片上，在最不起眼的细节上，也要做到与众不同。[3]

"当下某些时髦青年，头发留着大鬓角，唇间蓄着小黑胡，上身花衬衫，下身穿着喇叭裤，足踏黑皮鞋，手提放着邓丽君甜蜜情歌的双喇叭收录机，招摇过市。这些青年盲目模仿西方资产阶级的生活方式。今年，上海某服装厂做了几万条喇叭裤，男不男，女不女，怪模怪样，又难看，又

---

[1] 朱志荣：《日常生活中的美学》，上海：上海人民出版社，2012年版，第51-52页。
[2] 同上，第55-56页。
[3] 赤桦：《衣不蔽体：二十世纪中国人的服饰和身体》，桂林：广西师范大学出版社，2017年版，第140页。本章多参考此书。

俗气，甚至从背后看已经难以区分男女了，因此，领导批示不准出售。"[1] 由此可见，青年们对喇叭裤的喜爱，就是对个性化的追求。

但是，随着人们衣橱中的衣服越来越多，选择性也越来越多，对于衣着个性化的追求，反而成为令人头疼的事。比如《飘》里的女主人公思嘉要参加一场野宴，为了要在宴会上吸引心上人艾希礼的注意，并将情敌媚兰比下去，她花了很多时间和精力来挑选衣裳：

> 什么衣裳能使她窈窕的身材显得更为动人和最能令艾希礼倾倒呢？从八点钟开始她便一直在试衣服，试一件丢一件，此时又灰心又恼火，穿着镶边的宽松内裤、紧身布裙和三条波浪式的镶边布衬裙站在那里。那些被她舍弃的衣服成堆地丢在地板上、床上、椅子上，五彩缤纷，凌乱得很。
>
> 配有粉红长饰带的那件玫瑰红薄棉布衣很合适，但是去年夏天媚兰去"十二橡树"村时已经穿过了，她肯定还记得的，或许还会提起呢。那件泡泡袖、花边领的黑羽缎衣裳同她白皙的皮肤很相称，但是她穿起来感觉老了点。
>
> 思嘉瞅着她那十六岁的容颜，仿佛生怕看到皱纹和松弛的下巴肉似的。可万万不能在媚兰那娇嫩的姿色前显得稳重和老气啊。那件淡紫色的条纹细棉布的，配上宽宽的镶边和网缘，倒是相当漂亮，但是这对她的身段很不合适。它搭配卡琳那种纤细的身材和淡漠的容貌更合适，可思嘉认为要是她穿起来便像个女学生了。在媚兰那泰然自若的姿态旁边，显得学生气可绝对不行呀！还有一件绿方格纹绸的，饰着荷叶边，每条荷叶边都镶入一根银色鹅绒带子，这是最合适的，也是最合她心意的一件衣裳，因为能让她的眼睛显得黑一点，像绿宝石似的，只可惜紧身上衣的胸口部分有块非常显眼的油渍。
>
> 当然，她可以把别针别在那上面，但眼尖的媚兰有可能会看出来。现在只剩下几件杂色棉布的了，思嘉认为这些都不够艳丽，不适合在

---

[1] 转自赤桦：《衣不蔽体：二十世纪中国人的服饰和身体》，桂林：广西师范大学出版社，2017年版，第141页。

野宴上穿。如此，便只剩下一些舞衣和她昨天穿过的那件绿衣布衫。但这件花布衫是下午穿的衣服，不好在上午的野宴上派用场，因为它只有小小的泡袖，领口低得像件舞衣。但是，她现在只能穿这件衣服了。[1]

思嘉为了从衣橱里选一件令自己满意的衣服，从早上八点开始，把衣橱里所有的衣服都试穿了一遍，最终勉强选择了一件衣服。玛格丽特·米切尔对思嘉的这种描写，虽然有点文学上的夸张色彩，但是却在一定程度上，反映了当下许多男女在穿衣时，所面临的内心真实感受。

四、衣服的表达特性

从社会的角度看，衣着服饰具有直接的表达性。

罗兰·巴特认为，服装就是一种书写。服装表达意义，不过服装是一种没有文字的书写，通过古装的各种细节，如款式、颜色，如饰品，构成了一种特殊的语言，一种无声的人与人交流的世界语。事实上，人们都在自觉不自觉地利用穿衣打扮，营造"势力范围"，修筑社会各阶层的边界。这个边界，自动地把个人划入某个社会集团，或者划出某个社会集团。比如，有人说你像搞摇滚的，这个陈述就把你归进了摇滚乐群体。人与人初相见，就借助衣衫相互揣测、界定，彼此的文化背景、经济基础、社会地位、政治倾向，甚至性态度和性取向。[2] 如艾莉森·吕里（Alison Lurie）说："在街上，在会场，在聚会中，在我还没走近与你交谈时，你所穿的衣裳已经宣布了你的性别、年龄、阶层。而且，极有可能还告诉了我一些有关你的重要或者错误的信息：你的职业、出身、个性、主张、品味、性欲以及眼下的情绪。而我的穿着，同样也会告诉你我的一切。"[3]

在符号学意义上，服饰具有强烈的表达性。无论职务高低，文人文盲，贫穷富有，都得穿衣。也许穿衣人有所预谋，也许无所预谋。有或没有，

---

[1] [美] 玛格丽特·米切尔：《飘》，林子致译，北京：团结出版社，2016年版，第72页。
[2] 赤桦：《衣不蔽体：二十世纪中国人的服饰和身体》，桂林：广西师范大学出版社，2017年版，第5-6页。
[3] Lurie, Alison. *The Language of Clothes*. New York：Random House, Inc., 1983, p.3.

服饰都是个人和群里的发言人,只要你走出家门,身上衣衫基本就掌握了话语权。结果,文字和话语,在衣衫这个会说话的符号跟前,时常显得苍白无力,穿衣人再能说会道,也无用,也敌不过衣衫。正所谓,先敬衣衫后敬人。[1]

衣着服饰的表达特性,可以从著名的中山装中看出来。中山装的特点是:在学生装的小立领上加了翻领,构成八字翻立领,前门襟纽扣由七颗改为五颗,象征"五权分立",即行政、立法、司法、监察、考试五权独立;袖口的四颗纽扣改成三颗,象征"三民主义";衣服上下四个平贴的衣兜,则隐喻礼、义、廉、耻。最别出心裁的改良在于胸前两个贴兜加了兜盖,形如一支倒山字的笔架,这是暗指中国革命必须依靠知识分子。由于中山装在本质上是一款政治制服,隐含了强烈的政治语义,因此刚开始的时候,穿者多是政府官员,以示对中山先生政治理念的认同,庶民百姓少有人穿。它在20世纪30年代后期开始在民间普及。与西装相比,革命的中山装似乎更契合中国人含蓄的审美习惯,对称的设计,给穿衣人平添了几分稳重、内敛、儒雅。[2]

衣着服饰的表达性意味着衣着服饰向他者传递信息,因此衣着服饰也具有分享特性,所以在衣着打扮时,需要注重整体性,注意着装的合适、得体和美观。

> 服装不仅仅体现了个人的趣味,使自己的身体与服饰构成一个审美对象,更重要的是要供人观赏,要重视欣赏者的心理定势。古人云"女为悦己者容",这里的"容"可以包括化妆和服饰,可见穿着者无疑在满足自己审美情趣的同时,也希望激起他人最大程度的审美赞同。人们买了衣服,一般不是放在衣橱里孤芳自赏的,而是穿出来让别人分享,满足他人的视觉感官和心理需要。[3]

---

[1] 赤桦:《衣不蔽体:二十世纪中国人的服饰和身体》,桂林:广西师范大学出版社,2017年版,第6页。
[2] 同上,第50页。
[3] 朱志荣:《日常生活中的美学》,上海:上海人民出版社,2012年版,第50-51页。

五、衣服的时代性与民族性

从历史的角度看，衣着服饰具有明显的时代性以及民族性。

一个民族在不同的时代有不同的衣着特色，体现不同的审美意识和审美追求。沈从文和王㐨写过《中国服饰史》，详细考究了从原始社会服饰到近代服饰的历史演变，并指出："中国服饰文化，从原始社会、商周、春秋战国，到秦汉、魏晋南北朝，到隋唐五代、宋辽夏金元，直到明清以及近代，都以鲜明特色为世界瞩目。"[1]

从历史上看，中国冠服制度具有十分明显的时代性与民族性。中国冠服制度，初步建立于夏商时期，到周代已完整完善，春秋战国之交被纳入礼制。王室公卿为表示尊贵威严，在不同礼仪场合，顶冠既要冕牟有序，穿衣着装也须采用不同形式、颜色和图案。最著名的为《尚书·益稷》所载十二章服："日、月、星辰、山、龙、华虫、作会，宗彝、藻、火、粉米、黼、黻、絺绣，以五采彰施于五色作服。"十二章中，日、月、星辰寓意照临，山寓意稳重，龙寓意应变，华虫寓意文丽；宗彝寓意忠孝，藻寓意洁净，火寓意光明，粉米寓意滋养，黼寓意决断，黻寓意明辨。十二章纹遂成为历代帝王的服装制度，一致沿用到清帝逊位、袁世凯复辟称帝。[2]

此外，像旗袍也具有明显的时代性与民族特性。张爱玲说，1921年，上海女子在几乎没有任何征兆的情况下，忽然集体穿上旗袍，从此旗袍开始流行了。旗袍，这个曾经性别莫辨的旗下满族人的长袍，在上海这个西方冒险家的乐园里，被上海女子演绎得风华绝代。旗袍的现代性主要体现在剪裁上的收省、装袖，以及垫肩。这三种西方来的缝纫工艺，该是西洋女装对旗袍最大的启发，它们彻底改变了旗袍的走向，从无形无款，朝着错落有致去了。收省和装袖，让旗袍合身贴体，最大程度表现女人曲线的同时，又不至于因缠裹身体而起褶皱。而垫肩这个在男装上称"权威肩"、在女装上称"美人肩"的玩意儿，一经引入旗袍，就在娇媚的语义

---

[1] 沈从文、王㐨：《中国服饰史》，北京：中信出版社，2018年版，第2页。
[2] 同上，第18页。

中平添了端雅。[1]

作为服饰中最为特别的一种书写，旗袍结构相当简约，节奏灵动，风格直接大胆，但又有所克制。它并不袒胸露背，在尽情勾勒女人曲线的同时，小心翼翼地隐藏了什么，留出大腿两侧开出的衩，让隐去的部分有一丝泄露，去撩拨男人的心眼。正是这种对抗的冲突性，沪上女人在这一袭神秘而紧窄的袍子上，缔造出了半殖民主义语境下，尽显女人魅力的性感的"远东神话"。[2]

云想衣裳花想容，春风拂槛露华浓。穿衣搭配是芸芸众生日常生活中重要的审美活动，尽管人人都追求服饰之美，但是衣着搭配还是要有一些基本规范，其趣味要高尚、健康，不能低俗。如朱志荣所言，服饰的设计要综合各种因素，反映时代风尚，引领时代潮流，对社会起到积极的导向作用。服饰的选择首先要考虑身体的健康，在此基础上再讲究服饰的性别特征，讲究阳刚气和妩媚气，同时还要兼顾使用和审美的统一。服饰与我们的日常生活息息相关，蕴含着人们的审美需求。各种各样的服饰体现出不同时代、不同民族人们的审美趣味和审美理想，而那些具有个性化色彩的服饰，让人们的日常生活变得丰富多彩，意趣横生。[3]

第二节 饮 食

俗话说，"民以食为天"，饮食是人类生存必不可少的环境条件，它满足人们最基本的生命需求，具有十分明显的环境属性。一旦生存问题（即饥饿问题）得到解决，人们便会对饮食提出更高的要求。人们不仅期望通过食物来充饥，同时还希望食物可口，也就是从色、香、味、形等方面对食物提出审美方面的要求，如通过视觉获得食物的形状、颜色、光泽，通过获得食物的气味，以及口腔感受食物的硬度、黏度、温度、湿度、咀嚼感、口感，进而从物质享受上升到精神享受。如《中庸》所说"人莫不饮

---

[1] 赤桦：《衣不蔽体：二十世纪中国人的服饰和身体》，桂林：广西师范大学出版社，2017年版，第29页。
[2] 同上，第22页。
[3] 朱志荣：《日常生活中的美学》，上海：上海人民出版社，2012年版，第58页。

食也，鲜能知味也"。

一、食物的环境属性

食物具有环境属性，而且其环境属性表现为两种：人的机体的内、外环境属性。

一方面，食物是人的机体的外部环境。

食物是人类生存的必要环境，人类则是食物环境的产物。从人类的生存和发展来讲，阳光、空气、水和食物这些自然环境条件是最基本的和最必需的。其中水和食物中所含有的多种营养素一样，是营养学家确认的六类营养素之一，它和食物都是机体赖以维持最基本生命活动的物质。唯有这些环境条件，人类才能维持其物质和精神的存在。组成人体的绝大多数生命必需物质是以食物的形式进入机体的，而且这些食物中各种成分的传递是通过多种生物的食物关系连接起来的，在环境学中这种生物间以食物的形式进行物质转移的关系称为食物链。多种食物链之间互相穿插、互相交错，又形成食物网。这样看来，作为人类生存环境之一的食物，并不是单一、孤立存在的，而是与其他生物的生存密切相关的，是一个庞大的体系，但它最终要被人类摄取，用于营养机体。很明显，尽管宇宙间有阳光，有空气，但如果没有食物这一环境条件，人类便不能生息繁衍下去。就身外之物而言，食物是一种环境物质；就人类生存来讲，食物是一种环境条件。总之，食物具有明显的不容置疑的环境属性。[1]

另一方面，食物被摄入人的机体内部后，构成人的机体的内环境。

食物与机体的联系，是通过食物发挥其对机体的营养作用来实现的。从某种意义上说，人体需要的不是食物本身，而是其中所含的各种营养素，因此可把食物看作是某种营养素的载体，是多种营养素的集合体。人体能把食物消化分解成小分子物质，这些小分子营养物质被肠道吸收后，就通过各自的代谢途径成为人体细胞和组织的成分，并产生能量以供人体生长

---

[1] 参见赵长峰、王菊生：《论食物的环境属性》，《山东医科大学学报社会科学版》1996年第1期。

发育和维持正常生理活动。因此,食物或者说营养素又构成了另外一种广义的环境——机体的结构和生理学所指的内环境。人类机体在与其周围环境进行物质和能量交换的同时,必须维持其由多种营养物质构成的内环境的稳定状态,进而达到生长发育和完成一切生命活动的目的。机体的内环境包括体温、血糖、血钙、体液渗透压和PH值等,这些指标的正常值的恒定,在很大程度上依赖于合理的饮食营养。如果没有食物这一环境物质作基础,那么,所谓神经内分泌系统在机体内环境稳定过程中的调节作用就成了无源之水、无本之木。实际上,中枢神经系统和内分泌系统本身就对饮食营养的变化十分敏感,营养不良或营养素间的配比关系不平衡,无论对大脑和神经介质,还是对激素的产生与分泌,都有极大影响。处于运动中的内环境的稳定是机体进行正常生命活动的必要条件。[1]

二、饮食的多样性、地方性与时节性

我国幅员辽阔,饮食文化尤其丰富。从饮食内容、区域分布与季节变换角度看,我国饮食具有多样性、地方性与时节性等特点。

第一,多样性。

世界各地饮食对象都具有多样性特点,不过在我国饮食文化中,多样性特点尤其突出。从饮食内容上看,《黄帝内经》里曾经概括了我国的食物原料及其结构关系,即"五谷为养,五果为助,五畜为益,五菜为充"。五谷是人们生存的根本,而水果、蔬菜和肉类则是辅助、补益、补充。这里,"五"是虚指。具体来看,五谷一般指稻、黍、稷、麦、豆;五果一般指桃、李、杏、栗、枣;五畜一般指牛、羊、豕、犬、鸡;五菜指葵、藿、薤、葱、韭。其实,这些也远远只说出了人们饮食中的一小部分。此外还有樱桃、核桃、梨、猕猴桃、甜瓜、南瓜、菱角、田鸡、野鸡、鸭、鹅等等,无法尽说。

饮食的多样性还表现在,人们发掘出各种调味材料。比如日本人认为

---

[1] 参见赵长峰、王菊生:《论食物的环境属性》,《山东医科大学学报社会科学版》1996年第1期。

味觉主要分为咸、酸、甜、苦、辣五种；印度则主要分为甜、酸、咸、苦、辣、淡、涩、不正常味八种；欧美则主要分为甜、酸、咸、苦、金属味、碱味六种，不过其中德国人认为主要有甜、酸、咸、苦四种；我国则主要分为咸、酸、甜、辣、苦、鲜、涩七种。简要来看，不同的味道其实也对应有不同的调味食料。比如咸味调料有盐、醢、酱、豉、咸菜和泡菜等多种；酸味调料有各种梅子、菹、酢、酪、醋等多种；甜味调料有蜜、枣、栗、蔗糖甘草等多种。此外，饮食的多样性还表现在烹饪技法的多样上，比如常见的烹饪技术有烧、烤、炙、炮、煮、蒸、炒、涮等等，不同的烹饪技术会带来不同的口感和审美体验。

此外，饮食的多样性尤其表现在，即便是同一种食物，如饺子，由于食材搭配与做法不同，出现了各种各样口味各异的饺子。如唐鲁孙在散文《酸甜苦辣咸》中专门论述了水饺：

> 饺子有蒸煮之分，所以煮的叫水饺，蒸的叫蒸饺。满洲人管水饺叫煮饽饽，黄河两岸有的地方叫扁食，最特别是山东莱管煮水饺叫"下包"，外乡人初履斯土，听说"下包"时常被弄得莫名其妙。
>
> 当年北方乡间民情淳朴，生活节约，除了逢年过节才吃一顿白面饺子外，平素多半是吃荞麦面、高粱面、豆面、带麸皮的黑面包饺子的。至于谈到饺子馅，有荤有素。荤馅儿除了猪牛羊肉之外，还有鸡肉、虾仁、鱼肉、三鲜等；荤馅还有配上大白菜、小白菜、菠菜、韭菜、韭青、韭黄、大葱、茴香、西葫芦、冬瓜、南瓜、荠菜、扁豆的，有的人甚至拿萝卜缨、掐菜须做馅儿的，虽然属于废物利用，别具一格，偶或吃一次，倒也另有风味。素馅是白菜、菠菜、粉丝、豆腐、金针、木耳、冬笋，等等，要是加入鸡蛋、金钩、韭黄那就成为花素了，另外有用南瓜、鸡鸭血、金钩做馅儿的，亦荤亦素，也非常香腴适口。
>
> 包饺子，分拌馅、和面、擀皮、包捏、煮熟五部曲，在北方有句俗语是："舒服不过躺着，好吃不过饺子。"饺子之人人爱吃，我想不外是饺子馅儿种类繁多，变化多端，所以才能让人多吃不厌。饺子好吃不好吃，端视馅儿拌得好不好来决定。饺子馅要分剁、切、擦三种，何者应剁，

何者应切，何者用刨子擦，都有一定之规的，总之松腻粗细适中（如用绞肉味道就差了）方属上乘，调配料如果调配得当，饺子入口，觉得咸淡恰好，用油多寡更为重要，要能松腴柔润，不结不腻，才算高手。和面虽然不算什么难事，可是用水多少也非常重要；面要和得软硬适度，那就看揉面用水多寡得当不得当了。饺子皮分压跟擀两种，压皮快而不圆，擀皮虽圆而慢，自然擀皮的饺子比压皮来得整齐美观。不过包捏手艺到家，饺子煮熟，吃起来是不容易分别擀皮压皮的。[1]

从上可以看出，由于饺子皮、饺子馅儿以及外在形状的不同，饺子丰富多样，而且不同的饺子口感不同，好的饺子"香腴适口""咸淡恰好""整齐美观"等等，这样的饺子不仅能填充人的肚子，更能给人带来极好的审美体验。

第二，地方性。

饮食在具有多样性的同时，也具有地方性，一般而言，不同地区的饮食样式有比较明显的区别。比如中国有著名的"八大菜系"之说，即鲁菜、川菜、粤菜、苏菜、闽菜、浙菜、湘菜、徽菜。这就意味着，不同地区的菜系有不同的特色。

以鲁菜为例，鲁菜即山东菜系，由齐鲁、胶辽、孔府三种风味组成，据说鲁菜曾经是宫廷中最大菜系，因此有"鲁菜为八大菜系之首"的说法。鲁菜中的齐鲁风味，以济南菜为代表，在山东北部、天津、河北盛行。齐鲁菜以清香、鲜嫩、味纯著称，一菜一味，百菜不重。尤重制汤，清汤、奶汤的使用和熬制都有严格规定，菜品以清鲜脆嫩著称。用高汤调制是济南菜的一大特色。糖醋鲤鱼、宫保鸡丁、九转大肠、汤爆双脆、奶汤蒲菜、南肠、玉记扒鸡、济南烤鸭等都是家喻户晓的济南名菜。鲁菜中的胶辽风味，亦称胶东风味，以青岛菜为代表，流行于胶东、辽东等地。胶辽菜起源于福山、烟台、青岛，以烹饪海鲜见长，口味以鲜嫩为主，偏重清淡，讲究花色。青岛十大代表菜：肉末海参、香酥鸡、家常烧牙片鱼、崂山菇

---

[1] 唐鲁孙：《酸甜苦辣咸》，广西：广西师范大学出版社，2013年版，第45-46页。

炖鸡、原壳鲍鱼、酸辣鱼丸、炸蛎黄、油爆海螺、大虾烧白菜、黄鱼炖豆腐。

川菜也有非常明显的区域特色。川菜即四川菜系,以成都菜为代表,主要流行于西南地区和湖北地区,不过现在,在中国大部分城市都能找到川菜馆。川菜是中国最有特色的菜系,也是民间最大菜系。川菜风味包括重庆、成都、乐山、内江、自贡等地方菜的特色,主要特点在于味型多样。辣椒、胡椒、花椒、豆瓣酱等是主要调味品,不同的配比,化出了麻辣、酸辣、椒麻、麻酱、蒜泥、芥末、红油、糖醋、鱼香、怪味等各种味型,无不厚实醇浓,具有"一菜一格""百菜百味"的特殊风味,各式菜点都非常可口。川菜在烹调方法上,有炒、煎、干烧、炸、熏、泡、炖、焖、烩、贴、爆等38种之多。在口味上特别讲究色、香、味、形、兼有南北之长,以味的多、广、厚著称。川菜系具有取材广泛、调味多样、菜式适应性强三个特征。川菜中五大名菜是:鱼香肉丝、宫保鸡丁、夫妻肺片、麻婆豆腐、回锅肉。

其他的菜系,如粤菜、苏菜、闽菜、浙菜、湘菜、徽菜等都有不同的流传区域和不同的特点,这里不再一一赘述。

此外,饮食的地方性还表现在,即便是同样一种食材或同样一道菜,不同地区的人做法不一样,增添了地方性色彩。如古清生专门描写武昌鱼这一道菜,武汉地区与北京地区做出来的口味就不一样:

> 梁子湖的武昌鱼,是宜于清蒸的,它的鳞是白色的,清秀且有几许调皮的模样,它们其实不知道自己的名字,它们只识得水藻与清冽之水。被渔网追捕的时候,它们选择飞翔,划破晨光中的朝霞,让渔人捕一网霞光。清蒸的武昌鱼,清甜鲜嫩,有葱姜相佐,细的盐末化于肉质之内,可以精细地吃。但是,北京的武昌鱼,都是黑鳞,就有些许侠客的气质。
>
> 烹制北京的武昌鱼,选择了多种方式,我觉得最好的形式,仍是醋烹。所谓醋烹,便是热锅,用压榨花生油(当今制油工艺分两种,一是物理法的压榨,一是化学法浸出法,浸出法制油会有残余溶剂)

小火微煎，至武昌鱼两面微黄，大火淋醋烈烹，佐一些致美斋老抽酱油，然后是葱姜蒜盐，可以勾上薄芡，令醋挥发以驱除泥腥。这样烹制的武昌鱼，酸鲜柔嫩，而那挥之不去的泥腥味也就没有了。若是喜欢辛辣味道，热油时搁几拉花椒和一两个干红辣椒。[1]

同是武昌鱼，如古清生所言，武汉地区的梁子湖的武昌鱼，其鱼鳞是白色，适合"清蒸""清甜鲜嫩"，非常"精细"；而北京的武昌鱼，适合"醋烹""小火微煎""两面微黄""酸鲜柔嫩"，自然与梁子湖的武昌鱼不同。

第三，时节性。

饮食的时节性典型地表现在两个方面：一方面，许多食材都受到自然季节的影响，因此饮食具有季节性特点；另一方面，受文化影响，饮食还受节日的影响。

饮食的季节性变化主要体现在一些蔬菜、水果等受季节影响较大的食物上。比如，水果的季节性就特别明显，一般樱桃、草莓、杏在五月到七月成熟，桃子、李子则晚一点，大约六月到九月间成熟，枣子、苹果、梨则是九月、十月间成熟，柿子、橘子、石榴一般在十月、十一月成熟，柚子则是初冬时节成熟。不过现在由于农业技术的发展以及交通运输的发达，在水果店基本上可以买到不同季节的水果。同样，蔬菜类食材也受季节影响较大，比如春季的蔬菜有：莴苣、荠菜、油菜、菠菜、香椿、春笋、马兰头、瓠瓜；夏季的蔬菜有丝瓜、苦瓜、菜豆、芦笋、茭白、洋葱、黄瓜、苋菜、空心菜、龙须菜、生菜、西红柿、卷心菜、茄子等；秋季的蔬菜有秋葵、菱角、莲藕、芸豆、豆角、山药、扁豆等；冬季的蔬菜有卷心菜、白菜、洋葱、胡萝卜、萝卜、甜豆、菠菜、芥菜等等。不过，由于现代大棚技术的发展以及反季节蔬菜的种植，一般在菜市场可以买到不同季节的蔬菜，不过这基本上并不影响蔬菜的季节性特征。不过一些动物也有季节性，如苏轼《惠崇春江晚景》云："竹外桃花三两枝，春江水暖鸭先

---

[1] 梁实秋等：《舌尖上的中国：中国文化名家说名吃》，北京：中国华侨出版社，2013年版，第260页。

知。蒌蒿满地芦芽短，正是河豚欲上时。"虽然各个季节都可以打捞到河豚，但是苏轼从美味的角度，道出吃河豚是需要按时节的。同样，大闸蟹的吃法也讲究季节性，俗语说："秋风起，蟹脚痒，九月圆脐十月尖。"其"圆""尖"指的是蟹脐（底部），母蟹蟹脐呈现圆形并有横纹相间，九月要食雌蟹，这时雌蟹黄满肉厚；十月要吃雄蟹，这时雄蟹蟹脐呈尖形，膏足肉坚。

饮食还受节日的影响，也就是说，在一定特定的节日，人们会吃特定的食物，以表达特定的意义。比如，在中国饮食文化中，元宵节通常会吃元宵，即汤圆，元宵以形寓意，意在团圆，又因时间正好在正月十五，春节延至半月，寓意春节如意圆满。在寒食节，又称冷节，或禁烟节，时间一般在清明节的前一两天，一些地区有禁烟火之说，也就是在寒食节这一天，厨房不能烧火冒烟，所以只能吃之前做好的熟食（即冷食）。端午节吃粽子，中秋节吃月饼，冬至吃水饺，腊八节喝腊八粥，这些都是众人皆知的事。此外，还有一些南方地区在中秋节吃芋头，据说这一风俗起源于元末明初的一个习俗。在推翻元朝后，人们用元朝官兵的人头祭月，以庆祝推翻元朝暴政。后来的中秋节，人们便用芋头来替代人头，所以广州至今仍称剥芋头皮为"剥鬼皮"，芋头吃起来美味清香，别具风味，质地细软，古人评论它时说"玉体如脂粉且柔"。[1]

三、饮食的审美风格

人们在实际饮食过程中，常常对食物提出各种品评鉴赏，如通常人都认为美食应该是色、香、味俱全。赵荣光在综合我国古代美食家、饮食理论家如高濂、袁宏道、李渔、袁枚等人思想基础上，总结出饮食的"十美风格"。所谓"十美风格"指中国历史上上层社会和美食理论家们对饮食生活美感的理解与追求的十个相互区别又紧密联系的具体方面，是充分体现传统文化色彩和美学感受与追求的、系统完备的民族饮食思想。它们分

---

[1] 中央电视台记录频道编：《舌尖上的中国·第1季》，北京：中国广播电视出版社，2014年版，第285页。

别是：质、香、色、形、器、味、适、序、境、趣。[1]

第一，质。

原料和成品的品质、营养，贯穿于饮食活动的始终，它是美食的前提、基础和目的。比如，拌豆腐这道菜，做法最简单，所以其味基本上靠食材本身的质支撑，原材料质量好坏，直接决定这道菜肴是否美味。对于拌豆腐，汪曾祺有过详细的描述：

> 豆腐最简便的吃法是拌。买回来就能拌。或入开水锅略烫，去豆腥气。不可久烫，久烫则豆腐收缩发硬。香椿拌豆腐是拌豆腐里的上上品。嫩香椿头，芽叶未舒，颜色紫赤，嗅之香气扑鼻，入开水稍烫，梗叶转为碧绿，捞出，揉以细盐，候冷，切为碎末，与豆腐同拌（以南豆腐为佳），下香油数滴。一箸入口，三春不忘。香椿头只卖得数日，过此则叶绿梗硬，香气大减。其次是小葱拌豆腐。北京有歇后语："小葱拌豆腐——一青二白。"可见这是北京人家家都吃的小菜。拌豆腐特宜小葱，小葱嫩，香。葱粗如指，以拌豆腐，滋味即减。我和林斤澜在武夷山，住一招待所。斤澜爱吃拌豆腐，招待所每餐皆上拌豆腐一大盘，但与豆腐同拌的是青蒜。青蒜炒回锅肉甚佳，以拌豆腐，配搭不当。北京人有用韭菜花、青椒糊拌豆腐的，这是侉吃法，南方人不敢领教。而南方人吃的松花蛋拌豆腐，北方人也觉得岂有此理。这是一道上海菜，我第一次吃到却是在香港的一家上海饭馆里，是吃阳澄湖大闸蟹之前的一道凉菜。北豆腐、松花蛋切成小骰子块，同拌，无姜汁蒜泥，只少放一点盐而已。好吃吗？用上海话说：蛮靳格！用北方话说：旱香瓜——另一个味儿。咸鸭蛋拌豆腐也是南方菜，但必须用敝乡所产"高邮咸蛋"。高邮咸蛋蛋黄色如朱砂，多油，和豆腐拌在一起，红白相间，只是颜色即可使人胃口大开。别处的咸鸭蛋，尤其是北方的，蛋黄色浅，又无油，却不中吃。[2]

---

[1] 本书对饮食"十美风格"的论述主要参考赵荣光的观点，下文逐条讨论饮食文化中的"十美风格"，不再一一指出。具体请参考赵荣光：《中华饮食文化》，北京：中华书局，2012年版，第157-166页。

[2] 梁实秋等：《舌尖上的中国：中国文化名家说名吃》，北京：中国华侨出版社，2013年版，第147-148页。

汪曾祺描写了香椿拌豆腐、小葱拌豆腐、青蒜拌豆腐、松花蛋拌豆腐、韭菜花拌豆腐、青椒糊拌豆腐、咸鸭蛋拌豆腐等多种做法，拌豆腐做法简单，材料本身就决定这道菜的品位高低，比如汪曾祺认为香椿拌豆腐为上品，其次为小葱拌豆腐，至于青蒜拌豆腐、韭菜花拌豆腐、青椒糊拌豆腐则为下品。

第二，香。

闻香是食物美极的重要标志之一，也是鉴别美质、预测美味的关键，同时也是审美环节和检验烹调技艺的重要感官指标。气味能鼓诱情绪、刺激食欲，所谓未见其形，"闻其臭者，十步以外，无不颐逐逐然"。"香"字表义，最早源于人们对饮食美的感觉。《说文》释云："香，芳也。从黍，从甘。"古人认为黍稷等食粮的养民活命之性可引发出施教化、行礼仪、申德道的功用，认为谷物的馨香是一种高尚的"德"之表征，故敬祀鬼神，"明德以荐馨香"。云南有一道名菜，酥油煎松茸，便是以香著称。松茸产在云南的香格里拉等地，做菜时，用黑陶土锅熔化酥油，放入切好的松茸生片，热油使松茸表面的水分迅速消失，香气毕现。松茸的香味浓烈袭人，稍经炙烤，就会被热力逼出一种矿物质的酽香，在餐桌上被人们视为珍宝，一些大城市的餐厅里，一份炭烤松茸的价格能达到1600元。[1]

第三，色。

悦目润泽的颜色，即指原料自然美质的本色，也指各种不同原料相互间的组配。色彩又是审美鉴定的指标。色美，不仅可以看得出原料的美质，也可以看得出火候等烹调技巧的恰到好处，还可以看得出多种原料色泽之间的辉映协调之美。通过色、香两个感官指标的直观判断，即可基本测定出菜肴的审美价值。即所谓："嘉肴到目、到鼻，色臭便有不同：或静若秋云，或艳如琥珀；其芬芳之气，亦扑鼻而来。不必齿决之、舌尝之而后知其妙也。"这里的本色，就是物性先天的美质本色。如一碗上佳的兰州拉面，对色彩要求非常讲究，一般具有汤汁清爽、萝卜白净、辣油红艳、香

---

[1] 中央电视台记录频道编：《舌尖上的中国·第1季》，北京：中国广播电视出版社，2014年版，第5-6页。

菜翠绿、面条黄亮五个特点。[1]

第四，形。

形指体现美食效果，服务于使用目的的富于艺术性和美感的造型。中国古代饮食思想中对于肴馔形美的理解和追求，是建立在原料美基础之上并充分体现自然形态美与意境美的结合。它如同中国古代的诗和画一样，都追求一种自然古朴和典雅清逸的意境。如唐景龙三年（709年）韦巨源拜尚书左仆射，谢恩宴中的"生进二十四气馄饨"（花形馅料各异，凡二十四种）、"八方寒食饼"（用木范）、"素蒸音声部"（面蒸，像蓬莱仙人，凡七十事）等，都充分体现了形与美的结合。号称"天下第一家"的曲阜衍圣公府府厨烹制的"神仙鸭子""凤凰同巢"等菜肴都在形上作足了功夫，追求食品的形式美。

第五，器。

精美适宜的炊饮器具，以饮食器具为主。饮食器具不仅包括常人所理解的肴馔盛器、茶酒饮器、箸匙等器具，而且包括专用的餐桌椅等配备使用的饮食用具。"玉碗盛来琥珀光""美食还宜美器""美食不如美器"，美器不仅早已成为古人美食的重要审美鉴定标准之一，甚至发展成为独立的工艺品种类。举凡金属的铜、青铜、铁、锡、金、银、铝、钢、合金，非金属的陶、瓷、玉、琥珀、玛瑙、玻璃、水晶、翡翠、骨、角、螺壳、竹、木、漆等皆可成器，且各具特色。

金庸在《笑傲江湖》第十四章《论杯》中，借助祖千秋之口，专门讨论了喝酒与器具之关系。祖千秋说，真正喝酒之人，对于酒具不得马虎，若无佳器，徒然糟蹋了美酒，喝什么酒，便当使用什么样的酒杯。而后，祖千秋说道，对于关外白酒，酒味极好，只可惜少了一股芳洌之气，最好是用犀角杯盛之而饮，那就醇美无比，须知玉杯增酒之色，犀角杯增酒之香，古人诚不欺我；对于葡萄酒，当然要用夜光杯，古人诗云"葡萄美酒夜光杯，欲饮琵琶马上催"，葡萄美酒作艳红之色，须眉男儿饮之，未免豪气不足，而葡萄美酒盛入夜光杯之后，酒色便与鲜血一般无异，饮酒犹

---

[1] 中央电视台记录频道编：《舌尖上的中国·第1季》，北京：中国广播电视出版社，2014年版，第65页。

如饮血，岳武穆词云"壮志饥餐胡虏肉，笑谈渴饮匈奴血"，方显男儿豪气；至于高粱美酒，乃是最古之酒。夏禹时仪狄作酒，禹饮而甘之，那便是高粱酒，饮这高粱酒，须用青铜酒爵，始有古意；至于米酒，上佳米酒，其味虽美，失之于甘，略稍淡薄，当用大斗饮之，方显气概；而百草美酒，乃采集百草，侵入美酒，故酒气清香，如行春郊，令人未饮先醉。饮这百草酒须用古藤杯，百年古藤雕而成杯，以饮百草酒则大增芳香之气；至于绍兴状元红须用古瓷杯，最好是北宋瓷杯，南宋瓷杯勉强可用，但已有衰败气象，至于元瓷，则不免粗俗；对于梨花酒，则当用翡翠杯，白居易诗云"红袖织绫夸柿叶，青旗沽酒趁梨花"，试想杭州酒家卖这梨花酒，挂的是滴翠的青旗，映得那梨花酒分外精神，饮这梨花酒，自然也当是翡翠杯；至于玉露酒，当用琉璃杯，玉露酒中有如珠细泡，盛在透明的琉璃杯中而饮，方可见其佳处。而后，祖千秋陆续从怀中依次取出翡翠杯、犀角杯、古藤杯、青铜爵、夜光杯、琉璃杯、古瓷杯，而后他还陆续取出金光灿烂的金杯，镂刻精致的银杯，花纹斑斓的石杯，此外更有象牙杯、虎齿杯、牛皮杯、竹筒杯、紫檀杯等等，或大或小，种种不一。[1]金庸这一节论酒与器的文字，平添了小说的江湖豪杰之气，读后不禁让人望"酒"兴叹。

第六，味。

饱口福、振食欲的滋味，也指美味，它强调原料的"先天"自然质料的美味和"五味调和"的复合美味两个方面。这是进食过程中取得美食效果的关键。无论是单一原料的先天质料的美味，还是多种原料互相"搭配"的复合之味，都要"味得其时"，充分体现本味，"淡也，五味之中也"，如此才能领略原材料的美味。比如云南名菜之一的汽锅鸡，其做法是，将鸡洗净后剁成小块，姜、盐、葱、草果等放入气锅内盖好，将气锅放在一只盛满清水的汤锅之上，为免漏气，用砂布将缝隙堵上，再放到火上蒸。汤锅的水开了以后，蒸汽就通过气锅中间的汽嘴将鸡逐渐蒸熟，一般需要三至四个小时。由于气锅鸡的汤汁是蒸汽凝结成的，所以保持了鸡肉的原

---

[1] 金庸著，冯其庸评点：《评点本金庸武侠全集·笑傲江湖》，北京：文化艺术出版社，1998年版，第647-648页。

汁原味。[1]正是汽锅鸡尽可能地保留了鸡肉的原汁原味，才赢得消费者一片好评。

辨味既属于生理功能，又是一种技能，一种高层次的饮食文化鉴赏能力；而美味便是中国古代饮食文追求的最主要目标，味之美便成了一种最高的理想境界。辨味，是鼻、眼、舌的综合鉴定活动。通过嗅香、察色形、品味和领悟味韵最终完成。

第七，适。

舒适的口感，是齿舌触感的惬意效果。对于"适"的理解和追求，"滑""脆"是两个最常用的词，在古代早期便留下了大量文录。《周礼》"食医"职文："调以滑甘"；"疗医"职文："以滑养窍"；《礼记·内则》"滫瀡以滑之"等，都有软嫩润滑利口之意。李渔曾说，"论蔬食之美者，曰清、曰洁、曰芳馥、曰松脆而已矣"等。总之，"脆"有因原料质地应时美好、烹调巧妙而口感爽利酥润之意。"滑""脆"也常被用作美味的赞美之词。除了"滑""脆"之外，适口的另一重要指标是温度，如《梦粱录》中云："杭人侈甚，百端呼索取覆，或热、或冷、或温、或绝冷，精浇熬烧，呼客随意索唤。"这里特别指出的是，各种肴品从极热到绝冷的不同温度的差异情况。注重菜肴的温度差异以追求适宜的美食效果，是中国古代的一个悠久的传统。由于肴馔适宜的滑、脆、热、冷等触觉引起的美感，使宴饮者在进食过程中获得了极惬意的感受，达到一种享受愉悦的意境。

第八，序。

序分为两种，一种是做菜之序，一种是上菜之序。对于做菜之序，有做菜经验的人都知道，做菜时的工序会影响到菜品。比如王世襄描写做香糟菜的工序：

> 其一是糟溜鱼片，最好用鳜鱼，其次是鲤鱼或梭鱼。鲜鱼去骨切成分许厚片，淀粉蛋清浆好，温油拖过。勺内高汤对用香糟泡的酒烧开，加姜汁、精盐、白糖等作料，下鱼片，勾湿淀粉，淋油使汤汁明

---

[1] 中央电视台记录频道编：《舌尖上的中国·第1季》，北京：中国广播电视出版社，2014年版，第179页。

亮，出勺倒在木耳垫底的汤盘里。鱼片洁白，木耳黝黑，汤汁晶莹，宛似初雪覆苍苔，淡雅之至。鳜鱼软滑，到口即融，香糟祛其腥而益其鲜，真堪称色、香、味三绝。[1]

按照一定做菜顺序，才能做出"色、香、味三绝"的香糟菜。另外，序尤其还指一台席面或整个筵宴肴馔在原料、温度、色泽、味型、浓淡等方面的合理搭配，上菜的科学顺序，宴饮设计和饮食过程的和谐与节奏化等。注重"序"，是把饮食作为享乐之事，并在饮食过程中寻求美的享受的必然结果。明代著名美食理论家袁宏道就十分明确反对"铺陈杂而不序"的肴馔罗列和宴享程序。"上菜之法：咸者宜先，淡者宜后；……无汤者宜先，有汤者宜后……度客食饱则脾困矣，须用辛辣以振动之；虑客酒多则胃疲矣，须用酸甘以提醒之。"[2] 膳品接续的时序节奏和协调搭配空间结构的合理设计，使整个宴饮活动展开、起伏、变换、高潮，直至结束的全过程，同与宴者的生理与心理变化充分谐调，使与宴者优哉游哉地徜徉陶情于"吃"文化的享乐之中。

第九，境。

境这里指优雅和谐又陶情冶性的宴饮环境。宴饮环境有自然、人工、内、外、大、小等区别。饮食生活自从被人们认作一种文化审美活动之后，饮食环境自然就成为一个重要的审美要素。李白《月下独酌》云："花间一壶酒，独酌无相亲。举杯邀明月，对影成三人。月既不解饮，影徒随我身。暂伴月将影，行乐须及春。我歌月徘徊，我舞影零乱。醒时相交欢，醉后各分散。永结无情游，相期邈云汉。"从中可以看出，诗人饮酒的环境是一种孤独而凄清的环境，让人忧思无限，而又生成及时行乐的情绪。白居易《湖上招客送春泛舟》云："欲送残春招酒伴，客中谁最有风情。两瓶箸下新求得，一曲《霓裳》初教成。排比管弦行翠袖，指麾船舫点红旌。慢牵好向湖心去，恰似菱花镜上行。"诗人坐在船上，与客人宴饮，一边饮酒，

---

[1] 梁实秋等：《舌尖上的中国：中国文化名家说名吃》，北京：中国华侨出版社，2013年版，第258页。
[2] 袁枚注：《随园食单》，别曦注译，西安：三秦出版社，2005年版，第11—18页。

一边欣赏乐妓表演,一边欣赏湖面,小船慢行,犹如在菱花镜上行,由此可见宴饮环境富有诗情画意,美不胜收,宴饮者肯定有强烈的审美感受。林语堂在《生活的艺术》中说,中国人极讲究饮酒的时机和环境。如有人说,法饮宜舒,放饮宜雅,病饮宜小,愁饮宜醉,春饮宜庭,夏饮宜郊,秋饮宜舟,冬饮宜室,夜饮宜月。[1]

第十,趣。

趣指情趣与格调。人们在物质享受的同时总会追求精神享受,以期达到两者融洽的境地。因此,伴随整个宴饮过程还要安排各种丰富多彩的唱吟、歌舞、丝竹、伎乐、博文、雅谈、妙谑、书画活动等,从而使宴饮过程称为立体和综合性的文化活动。比如,许多地方在饮酒过程中,都有划拳取乐的风俗。所谓划拳,就是喝酒的两人同时伸出几个手指,并且口中高声喊猜两方手指加起来的总数,猜中者为胜。所喊的数字,一般都有极其雅致的代表词,如"五魁首、六六顺、七巧、八仙过海"等等。划拳伸指时,双方必须在快慢上和谐合拍,于是嘴里的喊叫声也随之或快或慢,高低相和,抑扬顿挫,如音乐中的节拍,极其有趣。林语堂在《生活的艺术》中,专门对中国的酒桌文化进行了深刻的描写:

> 下述的酒席面情形使我们明了何以中国的宴集为时如此之久?菜肴为什么如此之多?上菜为什么如此之慢?一个人坐到酒席上去,并不是专为了吃菜饮酒,而也需作乐。我们需一面做富有兴趣的游戏如讲故事,说笑话,猜谜,行令,等等。这种筵席其实好似一种口令游戏的集会,每隔五六分钟上一道菜,以便客人松脑筋,进一些酒菜。这办法有两种功效:第一,这种用嘴叫喊的游戏,无疑地可以使喝下去的酒易于从身体内发泄出来;第二,这种席面每延长一小时之久,其时吃下去的东西,一部分已经消化,所以竟会愈吃愈饿。[2]

---

[1] 林语堂:《生活的艺术》,南京:江苏人民出版社,2014年版,第218页。
[2] 同上,第220页。

十美臻集，谐成韵律，饮食作为生理活动和与之伴随的心理过程，就成了充分体现文化特征的身心的谐调享受。饮食审美达到了圆满完善的境界，达到了历史文化的最高层次，于是才有王勃在滕王阁宴会上发出的感慨："呜乎！胜地不常，盛筵难再；兰亭已矣，梓泽丘墟。临别赠言，幸承恩于伟饯；登高作赋，是所望于群公。敢竭鄙怀，恭疏短引；一言均赋，四韵俱成。"[1] 苏轼与宾客泛舟赤壁，宴乐饮酒，发出这样的感慨："'客亦知夫水与月乎？逝者如斯，而未尝往也；盈虚者如彼，而卒莫消长也。盖将自其变者而观之，则天地曾不能以一瞬；自其不变者而观之，则物与我皆无尽也，而又何羡乎！且夫天地之间，物各有主，苟非吾之所有，虽一毫而莫取。惟江上之清风，与山间之明月，耳得之而为声，目遇之而成色，取之无禁，用之不竭，是造物者之无尽藏也，而吾与子之所共适。'客喜而笑，洗盏更酌。肴核既尽，杯盘狼藉。相与枕藉乎舟中，不知东方之既白。"[2]

第三节 居 住

这里谈论的居住环境，主要指家居环境，也就是家庭居住的室内环境，因为在农村环境、园林环境与城市环境中，已经涉及房屋建筑的室外环境审美问题，因此这里主要谈论室内家居环境。室内家居环境是家庭人员团聚、休息、学习和家务劳动的人为小环境。通常而言，除了上班之外，人们大多数时间都花在家居环境中，因此家庭环境不仅是一个物理场所，也是一个心灵场所，家居环境的好坏、美丑，直接影响人们的心情，甚至也影响生活于其中的人的身心健康。"纵观整个人类的历史，家居装饰自始至终都与人们对美的追求密不可分。从上古时代开始，人们就常常借助装饰来美化自己的生存环境，我们的祖先很早就在日常实用的器物中进行装饰，例如在陶器上做纹饰、动物形象和火形等形状，在锅灶上画出鱼的图画和

---

[1] 张超主编:《历代经典散文名篇赏析》，北京：线装书局，2007年版，第211页。
[2] 吴楚材、吴调侯选编:《国学经典丛书：古文观止》，南昌：二十一世纪出版社集团，2015年版，第279页。

藕等形象。"[1] 现代，人们生活水平的提升，对家居环境进行装饰十分普遍，室内装修早已经成为入住新居前必要的步骤。

本书从构成要素角度来审美地考察室内居住环境，具体地说，室内居住环境可以分为结构布局、家具、装饰品三部分。

一、结构布局

家庭居住环境的结构布局主要是根据功能来组织的，一般而言，居住空间基本功能主要包括睡觉休息、招待客人、娱乐视听、烹饪饮食、洗漱、洗衣服、晒衣服以及阅读学习等等，因此一般户型包括卧室、客厅、厨房、卫生间、阳台、书房等等。下面简要地分析一下卧室、客厅、厨房的布局情况。

卧室是家居空间中最重要的一部分，卧室最主要的功能是睡觉、休息，因此床是卧室布局的中心。一般情况下，床占据了卧室空间的大部分，此外，在床的两侧一般也放置床头柜，方便人们放置东西。一般，卧室里还配有大型衣柜和梳妆台，因为卧室是居住者梳妆打扮、储放衣物的地方。卧室的窗帘帷幔和墙面可以选择暖色调，给人以柔情浪漫之感，卧室中的灯光可以柔和优雅，给人以温馨。总之，卧室装饰风格要轻松温暖、简洁，给人以舒适感，让人容易入眠。

客厅是接待客人的空间，往往也是自家人休憩的空间，在空间上，现代客厅往往潜在地分为就餐区、会客区和休闲区等三部分。但是，为了最大化地利用空间，客厅空间的三部分要过渡缓和，不要给人突兀感。就餐区即餐厅，应该尽量靠近厨房，方便就餐和上菜；会客区的通道要简洁，空间要宽敞，光线要明亮，做到温馨、具有亲和力；休闲区应比较安静，要给人一种舒适的感觉，往往一些家庭将会客区与休闲区结合在一起。就餐区、会客区和休闲区基本上都统一在客厅空间中，没有明显的空间分割，这样可以做到空间在视觉上的共用，但是它们在功能上又有区分，具有一

---

[1] 朱志荣:《日常生活中的美学》，上海：上海人民出版社，2012年版，第82页。

定的独立性，给人以"隔而未隔、未隔而隔"的错觉。

厨房是居家做饭的地方，一般厨房空间不大，但功能非常重要。一般，厨房主体是灶台，灶台是烧饭做菜的核心区域，同时现代厨房也都会装上油烟机，防止做饭时油烟弥漫全屋。厨房里一般还放有各种做饭工具，如电饭煲、电磁炉、烤箱、微波炉、洗碗机等等。这些现代科技工具不仅性能好，而且美观漂亮，使得现代厨房干净、整洁。

> 家居的空间布局首先要虚实相生，重视借景、对景和隔景。在满足使用要求的前提下，通过对空间的自觉构思与合理布局，突出家居装饰的视觉效果，做到每个独立的单元都要给视觉一个焦点或亮点。不至于使人进入这个空间以后，眼睛只会飘忽、游移。其中，虚实相生要求空间不要塞满，也不要太空。就像一本书的版心，要留白。如果空间不够大，可以在不破坏建筑结构的前提下，充分而巧妙地利用边角空间，或者通过改组、分割等方式组合、切割出开阔敞亮的空间，不过承重墙绝对不能动，其他非承重墙必要时可以拆除。在组合空间时，要把它当作一个整体，多空间组合常常需要形成序列。另外，利用错觉也是拓展空间的一种有效方法。例如，小面积的房间用白色调让人感觉更宽敞些；墙面装一面反光镜会让人产生错觉，有开阔空间的效果；竖条纹的墙纸也会使空间的层高看上去似乎更高一些等等。这些设计对人的错觉利用得巧、妙，显得既有意境又有品味，体现出了家居装饰的审美特征。[1]

二、家具

现代家居门类繁多，品种丰富，用料各异，用途不一，是居家生活的重要基础。常见的家具有床、衣柜、穿衣镜、桌子、沙发、椅子、茶几、

---

[1] 朱志荣：《日常生活中的美学》，上海：上海人民出版社，2012年版，第89-90页。

书柜、书桌、橱柜、碗碟柜、储物架、洗手柜、屏风等等，不一而足。家具一般是由材料、结构、外观形式和功能四种因素组成，其中功能是先导，结构是主干，材料是基础，而外观形式直接展现在使用者面前，是功能和结构的直观表现，具有一定的审美功能，可以产生一定的情调氛围，形成一定的审美效果，给人以美的享受。

由于家具在家居空间中所占比例较大，体量突出，因此家具在室内空间环境中发挥重要作用。在很多情况下，家具本身就起到装点室内空间、满足视觉愉悦的重要作用。一般而言，家具室内空间环境中具有组织空间、分隔空间、营造气氛等作用。

第一，家具可以组织空间。

家具本身是物理事物，处在三维空间中，占据着一定的空间，尤其是大型家具，所占空间更大，因此家具是空间性质最直接的表达者，家具的摆放与布置，直接影响室内空间的组织与使用。一般而言，房子的室内空间是有限的，一旦房子建成，室内空间总面积以及房子布局结构基本固定，剩下的工作就是如何通过合理布置家居，来有效地、有品位地组织室内空间了。书架、书桌、休闲椅、地毯和暖黄色的灯光，组织成一个舒适、温馨的书房空间；跑步机、电动按摩椅、沙狐球、飞镖机、气悬球、脚踏车等室内运动器材组成一个富有运动气息的运动空间；灶台、电饭煲、豆浆机、烤箱、微波炉等组织成一个备餐、烹调的空间，等等。家具的组织和布置是对空间组织、使用的再创造。良好的家具设计及其布置形式能充分反映出空间的品格。

第二，家具可以成为分割空间的手段。

对于小户型来说，在房屋结构布局上，一般没有条件单独设置餐厅、会客厅和休闲厅，通常是将这三者合并在一起，这样做的好处是，显得宽敞、通透、不局促。但是，餐厅、会客厅和休闲厅三者的功能明显不同，因此，如何实现空间的"未隔而隔"的效果呢？这时候，家具的空间分割功能就显现出来了。比如，在一个共同的大空间——大客厅的一角放有餐桌、餐椅，大客厅的中心放置沙发、茶几和电视，而大客厅的另一角放置休闲椅，并配有暖色调的台灯，这样，在整体上，这些家具都放置在一个共同的空间——大客厅中，这样视觉上会有宽敞的错觉。但是由于餐桌、餐椅明显是吃饭用具，因此餐桌、餐椅所在的地方，自然是就餐的空间；而沙发、茶几等是喝茶、聊天的地方，自然是接待客人的空间；休闲椅自然是放松的空间。因此由于家具功能的区别，自然无形地将一个共同的大空间分割成了三部分，但是这种分割又是隐性的，并不似一堵墙那样强行地分割空间，因此也就提升了空间使用的灵活度和使用度。

第三，家具可以营造一定的气氛。

家具的造型、尺度、色彩、材料、肌理多种多样，家居的风格也多种多样。常见的有中国明清家具风格，明清家具又可以分为京作、苏作和广作。京作指北京地区制作的家具，以紫檀、黄花梨和红木等硬木家具为主，形成了豪华气派的特点；苏作指苏州地区制作的家具，主要指以苏州为中心的江南地区，这是明式家具的发源地，尤以明式黄花梨家具驰名，特点是造型轻巧雅丽，装饰常用小面积的浮雕、线刻、嵌木、嵌石等手法，喜用草龙、方花纹、灵芝纹、色草纹等图案；广作指广州地区制作的家具，其大发展是在清中期以后，特点是用料粗壮，造型厚重。还有欧式古典家具风格，特点是华丽、高雅，家具框的绒条部位饰以金线、金边，而墙壁纸、地毯、窗帘、床罩、帷幔的图案以及装饰画或物件为古典式。北欧家具风格，主要指丹麦、瑞典、挪威、芬兰，主张回归自然，崇尚原木韵味，外加现代、实用、精美的艺术设计风格。美式家具风格，强调舒适、气派、实用和多功能，从造型来看，美式家具可分为三大类：仿古、新古典和乡村式风格。此外，还有现代家居风格、后现代家具风格，不一而足。采用不同风格样式的家具对不同的室内空间环境进行布置，可渲染环境空间气氛，丰富视觉效果，提升生活空间环境的精神面貌和性格品质，从而使室内空间能够具有高度的舒适性、艺术性和一定的特色。

林语堂在《生活的艺术》中专门描写了一种可以拼拆的桌几，并强调这种可拼拆的桌几在室内空间组织中的审美作用：

> 这件东西在中国早已发明，并且制作极为精巧。可以拼拆的桌几名叫"燕几"，其制法的原则类似于儿童所玩的积木，将一方方木块

拼搭成种种物形。一副六件的"燕几",可以拼出正方厂房或"丁"字形等的式样,多至四十余种。还有一种名为"蝶几"。其中每一只几的形式不是方的,而是三角形或菱形的。所以拼合起来,又可以拼成另外的许多式样。燕几大都供饮宴或抹牌之用,有时当中并留出一些空闲,以置放烛台。蝶几则既供饮宴抹牌之用,也可当作花盆架子。因为花盆架子本以式样不一为宜。这种蝶几每副共有十三件,可以拼成方形、长方形、菱形等,中间或留或不留空地。……我曾看过一只古式的花盆架,它的脚不是笔直而是半当中弯曲的。即以方桌和圆桌而言,做的时候即可分成半圆形的两只,或分做成三角形的两只。如此拼起来时是一只圆桌或方桌,可供饮宴或抹牌之用。不用时,即可拆开来放在墙边,当作书架或花盆架了。两只三角形的蝶几,倚墙并排摆在一处,看过去便好似从墙中凸出来的两座尖山。抹牌时所用的桌子,其大小都可以随人数的多寡而定。茶点饮宴时所用的桌子,可以随意拼成"丁"字形、马蹄形、或"S"形。如在较小的房间中,大家坐在这种式样的桌子上吃饭,岂不更为有趣吗?[1]

家具主要功能是其功用,但是在功用之外,家具还具有一定的美学功能,当家具的造型、尺度、色彩、材料、肌理要与整体室内空间相统一时,可以营造一个舒适、温馨的空间环境,给人带来审美上的愉悦感。

三、装饰品

装饰品是在家庭生活中主要起到修饰、美化、点缀作用,而没有显著功能和用途的物品。常见的居家装饰品有名玩字画、古董瓷器、雕塑、木雕、种鼎、匾额、楹联、挂屏、铜镜、盆栽、花卉、插花等等。这些装饰品虽然没有什么显著功能,却直接反映出主人的兴趣、个性、修养和品位,因此人们比较重视装饰品在家居环境中的设置。

---

[1] 林语堂:《生活的艺术》,南京:江苏人民出版社,2014年版,第243-244页。

名玩字画、古董瓷器等不仅是装饰品，更是精美的艺术品，因此它们本身就是重要的审美对象，同时也装点室内空间。朱志荣认为，在这些装饰品中，匾额、楹联等尤为具有特色，它们既能从形式上供人欣赏，又能从内容上起到警世、激励、自勉、烘托和点题等作用。值得注意的是，这些用于装饰的工艺品，在没有经过我们挑选之前只是商品，只要我们看上它、喜欢它，并把它带回家，摆放到窗台或柜子上时，它才会给我们以"品味"的感觉。因此，要在家居环境总体背景下，显现具体装饰品的审美价值。如家中的雕刻、镶嵌、绘画等装饰，与造型优美的家具相结合，才能更有赏心悦目的美感。[1]

除了一些精美的艺术品之外，花卉、盆栽、插花等自然植物也备受人们喜爱，它们在家居空间营造中也发挥了重要的作用。许多人会在阳台和室内养一些花草、盆栽，提升室内空间的自然要素。现代人大都生活在钢筋水泥的世界里，与自然越来越远，因此在家居空间中布置一些植物，如盆景、盆栽和插花，这些植物是大自然风景的一个缩影，因此可以营造一种亲近自然、贴近自然的感觉，增加家居空间的生态要素。盆栽就是植物种植在花盆或其他容器中，将自然生长的叶、秆及花果供人欣赏的植物。插花是将花、枝叶等植物材料插入花瓶或其他容器中，经过一定的修饰组成精致的花卉装饰品。沈复在《浮生六记》中专门论述插花的艺术：

> 惟每年篱东菊绽，秋兴成癖。喜摘插瓶，不爱盆玩。非盆玩不足观，以家无园圃，不能自植；贸于市者，俱丛杂无致，故不取耳。
>
> 其插花朵，数宜单，不宜双；每瓶取一种，不取二色；瓶口取阔大，不取窄小，阔大者舒展不拘。自五、七花至三四十花，必于瓶口中一丛怒起，以不散漫、不挤轧、不靠瓶口为妙，所谓"起把宜紧"也。或亭亭玉立，或飞舞横斜，花取参差，间以花蕊，以免飞钹耍盘之病。叶取不乱，梗取不强，用针宜藏，针长宁断之，毋令针针露梗，所谓"瓶口宜清"也。

---

[1] 朱志荣：《日常生活中的美学》，上海：上海人民出版社，2012年版，第106-107页。

视桌之大小,一桌三瓶至七瓶而止;多则眉目不分,即同市井之菊屏矣。

几之高低,自三四寸至二尺五六寸而止,必须参差高下互相照应,以气势联络为上。若中高两低,后高前低,成排对列,又犯俗所谓"锦灰堆"矣。或密或疏,或进或出,全在会心者得画意乃可。

若盆碗盘洗,用漂青、松香、榆皮、面和油,先熬以稻灰,收成胶。以铜片按钉向上,将膏火化,粘铜片于盘碗盆洗中。

俟冷,将花用铁丝扎把,插于钉上,宜斜偏取势,不可居中;更宜枝疏叶清,不可拥挤;然后加水,用碗沙少许掩铜片,使观者疑丛花生于碗底方妙。

若以木本花果插瓶,剪裁之法(不能色色自觅,倩人攀折者每不合意),必先执在手中,横斜以观其势,反侧以取其态。相定之后,剪去杂枝,以疏瘦古怪为佳。再思其梗如何入瓶,或折或曲,插入瓶口,方免背叶侧花之患。

若一枝到手,先拘定其梗之直者插瓶中,势必枝乱梗强,花侧叶背,既难取态,更无韵致矣。

折梗打曲之法:锯其梗之半而嵌以砖石,则直者曲矣。如患梗倒,敲一二钉以笼之。即枫叶竹枝,乱草荆棘,均堪入选。或绿竹一竿配以枸杞数粒,几茎细草伴以荆棘两枝,苟位置得宜,另有世外之趣。若新栽花木,不妨歪斜取势,听其叶侧,一年后枝叶自能向上。如树树直栽,即难取势矣。[1]

室内植物的营造有一定的观赏力,可以很好地美化空间,提升室内空间的舒适度,有时甚至达到一种画龙点睛的效果,给人带来赏心悦目,心旷神怡的审美感受。而且,在室内空间中,总会有一些死角显得尴尬,这时如果在这些死角放置盆栽花卉作为点缀,则能使得空间焕然一新,增添情趣。

---

[1] 沈复:《浮生六记》,张佳玮译,天津:天津人民出版社,2015年版,第151-153页。

四、搭配

家居空间的结构、家具和装饰品很重要,但是它们之间的搭配组合更重要。朱志荣在《日常生活中的美学》中专门强调,家居环境要处理好材质、造型、色彩与光线的搭配问题。

材质关系到家居装饰的实际效果,一般要充分体现材质本身的质感、颜色、光泽、性能以及纹理形态等,尤其是一些石、草、藤、竹、植物等天然材质,尤其讲究天然的纹路,例如竹子家具能给室内空间创造一种乡土气息和地方特色,使室内气氛质朴、自然、清新、秀雅;红木家具则给人以苍劲、古朴的感觉,使室内气氛高雅、华贵。洁具、厨具、地板、墙面、地面、天花板等硬性装修,因料制宜,用料要充分体现出该材料的长处,而不是暴露它的短处;不锈钢的楼梯等要注意与总体材质、线条和其他材料的统一。

在造型方面,不同的物品形状会带来不同的审美感受。有些家具体型轻巧、外形圆滑,能给人以轻松、自由、活泼的感觉,可以形成一种悠闲自得的气氛;有些家具则带有雕花图案或艳丽花色,能给人以高贵、典雅、华丽、富有新意的印象。家居装饰的造型在美观之外,还要兼顾到家庭成员的心理特点,如儿童房造型要感性,造型要偏于拟生、卡通等。值得注意的是,装修时要力求风格统一:门套、门页、窗套、模仿的物质形态、窗框、踢脚线、挂角线,在造型、用材、处理方法等方面要保持一致,以达到完整、统一的风格。同时景观植物的形状也要与室内风格相协调,在宽敞高大的大堂,须采用健壮挺拔的植株,如美国榕、柳叶榕等,显得气势宏伟,给人一种肃然起敬的感觉。在古色古香的大堂,若是用造型罗汉松,夏威夷椰子等显得古朴自然的和谐统一。

色彩则是家居上妆的重要元素。色彩与色彩之间的搭配、对比、互补,色彩与陈设、空间的关系,在很大程度上会影响人的心情;色彩还能改良人们对形的感受。从人的视觉习惯来看,室内家具不适于用纯度较高的色彩,大面积的强烈色彩易使人视觉疲劳、烦躁不安。而其他的陈设物品,例如陶艺、壁挂、字画、屏风等则可适当选择纯度高的醒目色彩,而家具的色彩最好介于室内环境与室内陈设的色彩之间，这样家居整体环境在色彩上就显得协调了。家具的色彩和质地对室内的氛围营造起到重要的作用。因此，家具的色彩设计离不开室内环境的整体氛围，不能单件孤立地考虑，它必然是成组家具与室内环境色彩的配置设计。家具色彩在服从功能的前提下，与室内环境空间的色彩应统一。因此宜在充分考虑总体环境色彩协调统一的基础上选择家具的色彩。

光线包括自然光与灯光，白天主要以自然采光为主，尽量将自然光线引入室内，晚间则以人工照明为主，同时可以借助各种灯型，增加室内空间的层次感，从而烘托气氛。光线比较特别，它如空气分子一样，弥漫在家居空间中，因此光线与家居装饰的关系就很重要。如色彩讲究饱和度，一套房子必须有主色调，在此基础上，根据光源位置等使色彩具有一定深浅的变化。居室墙面朝北的、光线暗的或空间狭小的，宜用白色或其他浅色的。因为白色不吸收光，反光强，显得清洁、宽敞、明亮。其他如淡橙色调反射的光线比吸收的多，给人以温暖、热烈、愉快等感觉。同时，灯光的冷暖色调也影响居住者的心情，如卧室的灯光多为暖黄色，光线柔和，适宜休息；而厨房、餐厅灯光多为暖白色，这样视线好。[1]

家是给人居住的，要在有益身心健康的基础上讲究情调和品味。因此，家居装饰在追求美观的时候，要讲究和谐。在布置居室时，应注意高大家具与低矮家具的互相搭配，高度一致的组合柜严谨有余而变化不足，同时，尽量不要把床、沙发等低矮家具紧挨大衣橱，以免产生大起大落的不平衡感。就是说，家具的布置应该大小相衬，高低相接，错落有致。若一侧家具既少又小，可以借助盆景，小摆设和墙面装饰来达到平衡效果。此外，还要重视线条的特点和色彩的搭配，以及质地的效果。各种室内物体的形、色、光、质，动与静等配合协调，井然有序，成为一个非常和谐统一的整体。尤其各种不同风格的兼容并蓄必须要体现和谐原则，可以说，装饰效果的关键就在于和谐。在当下，自然风格的家居备受青睐，它们简约凝练，摒弃烦琐的线型，有时也采用夸张的色彩，讲究又不失天然本色。床、柜、

---

[1] 参考朱志荣：《日常生活中的美学》，上海：上海人民出版社，2012年版，第95-98页。

台、椅、沙发、茶几等，油漆装饰高级却不掩自然纹理，达到了人与自然的和谐与融合。[1]

林语堂在《生活的艺术》中描写了中国文人理想的家庭布置和搭配：

> 中国人对室内布置好像集中于两个观念：简单和空阔。凡是布置很讲究的房间，其中家具必不甚多，木料必是柚木，而打磨得必极光亮，轮廓线必极简单，而大多必是圆角。柚木器具必须用手工打磨，其精工与否，判别价值的高下。室中一面靠墙处大概安一张半桌，上面放一只胆瓶。墙角边大概安着几只花盆架或古玩架，高矮不一，或安几只老树根所雕成的小矮凳。另一面墙边大概安一只书橱或古玩厨，式样必极曲折玲珑，极为摩登。墙上大概挂一两幅字画，字必雄劲，画取远淡空灵，而室中也须如画一般的空灵。[2]

第四节　出　行

出行是人们日常生活中的重要组成部分，因此出行环境也是构成日常生活环境的重要部分。由于我们在城市环境中论述了作为审美对象的道路，这里我们主要分析出行环境中的出行方式和出行工具。一般而言，现代人们的出行方式主要有步行、骑自行车、坐公交车、坐出租车、坐火车、坐动车高铁、坐飞机等等。出行是一种从出发地到目的地的交通行为，但是在这过程中，也有一定的审美感受，而且不同的出行方式会带来不同的审美感受。2017年5月，来自"一带一路"沿线的20国青年评选出了中国"新四大发明"：高铁、扫码支付、共享单车和网购。其中，高铁和共享单车都属于人民日常生活中出行的环境要素，这里，我们以共享单车和高铁作为例子，来论述出行环境的审美问题。

---

[1] 朱志荣：《日常生活中的美学》，上海：上海人民出版社，2012年版，第87-88页。
[2] 林语堂：《生活的艺术》，南京：江苏人民出版社，2014年版，第244页。

一、共享单车

共享单车是指企业在校园、地铁站点、公交站点、居民区、商业区、公共服务区等提供自行车单车共享服务，是一种分时租赁模式。共享单车在实质上是一种新型的交通工具租赁业务——自行车租赁业务，其主要依靠载体为自行车，它是一种新型共享经济，可以很充分地利用当下大都市中自行车出行的萎靡状况，迅速推广共享单车，最大化地利用了公共道路通过率。自2015年5月第一辆无桩共享单车首次出现在北大校园以来，共享单车很快便得到各路投资资本的疯狂追逐，各种共享单车公司也纷纷涌现，一时间共享单车如潮流般席卷中国。与此同时，各式各样的共享单车也成为广大市民日常出行的重要方式，共享单车成为日常生活中重要的审美对象，而骑共享单车则成为日常生活中重要的审美活动。

2016到2017年，在共享单车大战的时候，中国市场上出现了各种各样的共享单车牌子和样式，如摩拜、ofo、Hellobike、小鸣、优拜、骑呗等，这些单车设计分别强调不同的色调，凑齐了单车的"彩虹家族"系列。具体来看，摩拜单车十分经典，拥有三种车型：经典款、轻骑款、迭代版。与传统公共自行车相比，摩拜单车集成了智能锁、GPS定位等多项科技，不需要办卡，没有固定的停车桩，也不需要充气，不怕爆胎，采用轴传动方式，不怕掉链子。Ofo（即"小黄"）在生产和设计成本上比摩拜少很多，与普通的自行车接近，采用机械锁，有链条防护，可调节座椅，外形十分可爱。Hellobike则有白色流线简洁的车身、红黑相间的车轮，被许多市民赞为单车界的"颜值担当"。此外，小众一点的百拜单车（即"小绿"）重量仅为16公斤，其轮胎采用PU实心内胎加专业KEVLAR防爆层，能有效降低颠簸感，因此百拜单车骑起来更加轻便。百拜单车车座采用宽大舒适的硅胶坐垫，可根据不同用户的身高需求调整座椅高度，百拜单车采用日本进口钢带的车闸，具有超高制动性能及耐用性，使骑行安全得到极大的保障。优拜单车则全部由经典品牌永久自行车负责生产制造，目前推出的产品有哈雷和火星两款，哈雷主打舒适、轻便、快捷；火星为了适应男性和女性对于单车不同的骑行体验，推出了男款车（绿色）和女款车

（粉色），是目前市面上唯一分男女的共享单车。酷骑单车是土豪金配色，这辆单车除了车轮和坐垫使用了蓝色配色以外，其他包括车身、钢圈、车锁等都采用了金光闪闪的土豪金配色，同时该单车也配置了车兜和手机底座以及两种接口的手机充电线。用户在 App 内输入自己的身高和体重后，单车的座椅能够根据这个数据，来自行调节至合适高低，而且还是电动的。

便捷是共享单车的一大特点。共享单车的目的旨在解决人们"最后一公里"的痛点，很多人成为共享单车的忠实用户，人们只需要打开手机，扫一扫车身上的二维码，就可以把停在路边的自行车骑走，到达目的地后，停在路边，关上车锁，就能自动结算。目前，共享单车已经进入中国上百个城市，对于广大市民来说，便捷是最大的感受。

绿色出行是共享单车的另一大特点。共享单车是一种新型共享经济，人们只需要出很低的费用，就可以随意使用停放在路边的共享单车，这样最大限度地提升了单车的利用率。同时，共享单车也是一种绿色健康的出行方式，与坐公交车、出租车、电动车等出行方式相比，单车需要消费的是骑行者的能量，而不消耗石油、电等能源，因此骑共享单车是一种低碳生活方式的表现。

骑共享单车成为一种流行的生活方式，是人们日常生活中重要的审美活动。当共享单车在中国流行之后，一夜之间，大街小巷上出现大量共享单车，共享单车一时成为人们的新宠。骑行本身就是一种健康自然的运动方式，能充分享受旅行过程之美，许多骑行者钟情于在路上骑行的状态：自由、悠闲、优哉游哉、充满期待与惊奇，还可以见到流动的风景等等。在周末，打开手机开一辆共享单车，就可以把周围的街道、景点遛个遍，想停就停，想走就走，将骑行、游玩结合在一起，这是一种完全融入城市环境的出行方式，可以充分感受城市的魅力。

不过，随着各大共享单车公司大量投放单车，共享单车从大家享受最后一公里的"通"，变成共享单车堵住地铁通道口、堵住公共通道的"堵"。共享单车这个新生事物带来便利的同时，也带来诸多意想不到的问题。在一些城市也出现了乱停乱放、占用人行道、随意丢弃等无序现象，其扰乱正常的交通秩序，也影响了市容市貌、占用了大量市政公共资源。

共享单车已经变成祸患，城市管理部门也从一开始的鼓励态度转为投放封顶及对无序停放进行清理的强制管理态度，导致全国多地出现了共享单车"坟场"的奇观。悟空、町町、小蓝、酷奇、小鸣等一大批共享单车品牌因为资金链断裂纷纷宣布倒闭或停止运营。只有用规则呵护共享单车良性发展，让共享单车行驶在规则的轨道里，才能使共享单车成为城市的亮丽风景。

二、高铁

中国国家铁路局将中国高铁定义为设计开行时速250公里以上（含预留）、初期运营时速200公里以上的客运列车专线铁路。经过不懈的努力，我国铁路通过技术创新，在高速铁路的工务工程、通信信号、高速列车、运营管理、安全监控、系统集成等技术领域取得了一系列重大成果，总体技术水平已进入了世界先进行列。到2018年底，中国高铁营业里程达到2.9万公里，超过世界高铁总里程的三分之二，成为世界上高铁里程最长、运输密度最高、成网运营场景最复杂的国家。现在，高铁已经成为中国铁路旅客运输的主渠道，中国高铁的安全可靠性和运输效率世界领先。

从高铁线路上看，京港、京沪、京哈、杭深、徐兰、沪昆、青太、沪汉蓉这8条高铁线组成了我国"四横四纵"的高铁网，以轨道为载体联通东西南北。同时，"四横四纵"的高铁网也串联起了八条壮美的中国旅游大通道，高铁旅行已经成为中国当下重要的旅行方式。从故宫到黄鹤楼，从东方明珠到滇池，从滔滔黄河到滚滚长江，从华北平原到岭南山水，不必再担心路途遥远，只需搭上高铁，各地美景都变得触手可及。由此，每到小长假，中国内地都会上演一场又一场的旅游盛宴。

从车型上看，高铁列车外形美观，性能优良，本身就是重要的审美对象。以"复兴号"车型为例，"复兴号"是目前世界上运营时速最高的高铁列车，2018年12月9日，"复兴号"中国标准动车组项目获第五届中国工业大奖。"复兴号"车身有多种颜色，最常见的是"红神龙"和"金凤凰"分别是红色和金色，此外还有"蓝暖男"（即CR300BF型）、"绿巨人"（即 CR200J 型）等系列产品。"复兴号"车型采取低阻力流线型、平顺化设计，车型看起来线条更优雅，而且同"和谐号"相比，"复兴号"把动车组车顶凸出出来的受电弓和空调系统，下沉到了车顶下的风道系统中，使列车身材更好，看起来更美。同时，"复兴号"车型的车内空间更大，因为列车高度从通常的 3700 毫米增高到了 4050 毫米，并且座位间距更宽敞。

从乘车体验来看，坐高铁旅游速度快，十分便捷，车身平稳，舒适度更高，这些都有利于给乘客带来积极的审美感受。"复兴号"中国标准动车组车厢内实现了 Wi-Fi 网络全覆盖，设置不间断的旅客用 220V 电源插座；空调系统充分考虑减小车外压力波的影响，通过隧道或交会时减小耳部不适感；列车设有多种照明控制模式，可根据旅客需求提供不同的光线环境。"复兴号"中国标准动车组还采取了多种减振降噪措施，改进了洗漱设施，设置有无障碍设施等，能够为旅客提供更良好的乘车体验。与日本新干线相比，中国高铁运行更加平稳。新干线是日本高铁的代表，在国际上称雄几十年，一直是日本的骄傲，有人通过硬币来测试中国高铁与日本新干线之间的稳定性：一位在中国旅行的瑞典人，乘坐京沪高铁时录了一段 9 分钟的视频，视频中，他把硬币立在时速 310 公里的高铁车窗窗沿，硬币稳稳站立长达 9 分钟不倒，甚至在即将到站减速时依旧立得相当稳，直到列车将要进站需要变换轨道时，硬币才倒下；而日本有网友不服气，在日本人引以为傲的新干线试了 10 分钟，也没让硬币立住。由此，许多国际游客也被中国高铁的快速、守时与平稳所征服。因此一些国际游客认为，中国高铁是他们认为的最好的旅行工具。

一般来看，日常生活主要包括衣、食、住、行等四个方面，因此日常生活环境的构成要素也主要由这四个方面构成的。由于日常生活十分琐碎，所以日常生活环境也十分复杂，其审美特性也难以用一两个术语进行概括。如齐藤百合子在斯坦福哲学百科全书"日常生活美学"词条中指出，"当然我们确实在生活中体验到美（beauty）与崇高（sublimity），但是这种情况还是相当稀少。通常，在日常生活中，我们判断（judge）事物为漂亮的（pretty）、极好的（nice）、有趣的（interesting）、可爱的（cute）、甜的

(sweet)、令人敬重的（adorable）、令人厌烦的（boring）、朴素的（plain）、单调的（drab）、过时的（dowdy）、破旧的（shabby）、俗丽的（gaudy）、炫耀性的（ostentatious）等等。"[1]美国学者莱迪1995年就在《美学与艺术批评杂志》发表了《日常外观的审美特性："灵巧""凌乱""清洁""肮脏"》一文[2]，指出"灵巧"（Neat）、"凌乱"（messy）、"清洁"（clean）、"肮脏"（dirty）等形容词都是日常生活环境的审美特性。

在此，我们无法对日常生活环境的特性一一进行讨论，但是同艺术品的审美特性相比，日常生活环境的突出审美特性是：平常性（ordinary）。日常生活环境是人们衣食住行等日常生活的场所，犹如水环境之于鱼的关系，因此，日常生活环境弥漫在人们日常生活中，对于人们来说十分常见、平常、普遍，不像艺术馆的艺术品那样非凡、杰出。比如，早上起来时穿的衣服、整理的发型；餐桌上的一道菜肴、一份米饭；居家的沙发、茶几；出门时坐的公交或者挤的地铁等等，这都是日常生活环境中的常见事物和现象。如果早上起来穿的那件衣服是新的，或者发型是刚刚做的，或许会有很强烈的审美感受，如果是第一次坐公交或地铁，也会有强烈的感受，但是对于大众来说，基本上是在这些日常环境中一天天重复性地度过，因此日常环境中的事物与现象在一遍遍重复上演，早已司空见惯，因此很难给大众带来强烈的审美感受。

但是，日常生活环境的平常特性，并不意味着，它与审美体验是断裂的，相反，日常生活环境平常特性所带来的体验，其实是和审美体验连续的，某种程度上，比审美体验更基础。杜威在《艺术即经验》中便着重阐释日常体验与审美体验的连续性问题。杜威认为，美的艺术被驱赶到博物馆、画廊，审美体验成为一个独立自主的领域，杜尚等代表的先锋艺术对传统美学理论和艺术理论提出挑战，艺术作品成了美学理论的障碍，于是杜威要重建美学理论，应对这种挑战。杜威认为现代艺术和美学理论相脱离的根本原因在于"当艺术物品与产生时的条件和在经验中的运作分离开

---

[1] Saito, Yuriko. "Aesthetics of the Everyday".
[2] Leddy, Thomas. "Everyday Surface Aesthetic Qualities: 'Neat', 'Messy', 'Clean', 'Dirty'," *Journal of Aestheticsand Art Criticism* 53 (1995).

来时，就在其自身的周围筑起了一座墙，从而这些物品的、由审美理论所处理的一般意义变得几乎不可理解了。艺术被送到了一个单独的王国之中，与所有其他形式的人的努力、经历和成就的材料与目的切断了联系"[1]。于是，杜威要重建的美学理论的任务就是打破那堵人为建构起来的墙，"恢复作为艺术品的经验的精致与强烈的形式，与普遍承认的构成经验的日常事件、活动，以及苦难之间的连续性"[2]。于是，杜威认为要"了解艺术产品的意义，我们不得不暂时忘记它们，将它们放在一边，而求助于我们一般不看成是从属于审美的普通的力量与经验的条件"[3]。也就是说，要理解艺术品的审美体验，必须先理解日常生活环境的体验，于是杜威以"体验"作为突破口，恢复艺术与生活、审美活动与生命活动之间的连续性，从而打破那堵"墙"。总的来看，杜威的美学思路是：关于日常生活的一般体验是艺术审美或审美体验的根源，关于日常生活的一般体验通过强化，可以转化成一个完整的、完满的体验，由此产生"一段体验"，而这"一段体验"则具有审美特性（aesthetic quality）。于是，杜威期望从最平常的日常生活体验一直考察到审美体验，从而发掘出它们之间的连续性。由此可见，日常生活与艺术、日常生活环境的体验与艺术的体验之间，并不存在一条无法跨越的鸿沟，相反，它们之间是连续性的，因此才有"日常生活审美化"这一重要命题。

---

[1] [美] 杜威：《艺术即经验》，高建平译，北京：商务印书馆，2010年版，第3-4页。
[2] 同上，第4页。
[3] 同上。

第二编

环境审美方式论：
如何对环境进行审美欣赏？

西方环境美学研究肇始于对传统自然美学、当代艺术哲学的反思。"环境"一开始主要指向自然，被视为自然的重要特征。后来，这一特征被拓展到人建景观，乃至日常生活当中去。相应地，环境审美的对象不仅包括自然环境，也扩展到了人建环境、日常生活环境。关于环境审美欣赏方式的探讨首先体现为对自然环境审美欣赏方式的探讨。基于对自然"环境"特征的强调，环境美学家们大都认为，传统美学、艺术哲学中的审美欣赏方式不适用于自然环境欣赏。为寻找适当的自然环境欣赏，环境美学家在或批判或借鉴传统审美理论、艺术欣赏方式的基础上，对如何恰当地欣赏以自然为代表的环境展开了讨论，提出了多种多样的环境审美欣赏模式，如卡尔森的对象导向模式、伯林特的交融模式、布雷迪的整合模式及其他一些环境审美欣赏模式。这些审美欣赏模式差异较大，到底是应该立足审美对象自身特性，介入相关知识、信息更重要，还是发挥主体的情感和想象能力更重要，不同的环境美学家提出了各有侧重的审美欣赏模式。

第六章 对象导向模式

第一节 自然审美与艺术审美的不同

按照一般观点来看,很明显,自然与艺术是不同的。艺术是人自身创造的,因而人可以清楚地认识到艺术作品是什么,艺术作品的哪方面具有审美意义以及该如何欣赏艺术作品。比如,在创造绘画的过程中,我们知道我们创造的是绘画作品。它具有一定的框架,它的颜色具有重要审美意义,至于把它挂在什么地方则无关紧要。我们需要用眼睛观看绘画作品,而不是用耳朵听。所有这些,都构成了能够适当欣赏绘画作品的相关知识。而且,不同类型的艺术作品,在形式上有不同的限定,审美意义表达也有不同的途径,最重要的是,需要不同的审美视角。如保罗·齐夫(Paul Ziff)说:

> 一般来说,归属于不同艺术流派的作品需要不同的欣赏角度,这也是风格分类如此重要的原因。威尼斯画派作品要求在欣赏时注意质的均衡:轮廓一点也不重要,因为很难被发现。佛罗伦萨画派则要求注意轮廓,注意占据主导地位的线条风格。在克劳德的绘画作品中要注意光,在博纳尔的绘画作品中要注意颜色,在西诺雷利的绘画作品中则要注意轮廓体积。[1]

---

[1]Ziff, paul. "Reasons in Art Criticism," in WilliamE. Kennick, ed., *Art and Philosophy*. New York: St. Martin's Press, 1964, p.620.

受传统美学的影响，人们却往往将自然欣赏与艺术欣赏混为一谈。但既然不同的艺术类型需要不同的审美视角、不同的审美欣赏模式，那么，将艺术欣赏范式套用在自然欣赏上，真的合适吗？

从这个问题入手，卡尔森在1979年发表《欣赏与自然环境》[1]一文。在这篇文章中，卡尔森对自然和艺术不同的审美特性进行了分析，明确指出艺术欣赏范式仅适用于欣赏艺术作品，并不适用于欣赏自然环境，自然与艺术是不同的，拥有自身独特的性质，需要独特的审美欣赏模式。

一、对象导向模式

卡尔森分别就一些看似可以套用在自然欣赏上的一些艺术审美模式进行了论析，首先是适用于非再现性的雕塑的对象导向模式。雕塑是一个独立的审美单元，不需要表达自身之外的东西，我们在欣赏雕塑时，只需欣赏真实可感的物质对象。比如，罗马尼亚艺术家康斯坦丁·布朗库西（Constantin Brâncuși）的"空中之鸟"系列雕塑作品，既不是对外在现实的再现，与周边环境也没有联系，它自身便有重要的审美特性：光芒闪耀、平衡、优雅，具有飞翔的姿态。

这种适用于特别艺术类型审美欣赏的对象导向模式是否真的适用于自然环境呢？比如，我们可以像欣赏雕塑那样欣赏一块石头或浮木，把它们从环境之中隔离出来，单纯地诉诸感官去欣赏它们的设计特性或可能拥有的表达特性。这种审美欣赏乍看来有一定的合理性。首先，自然客体经常被当作某个独立的对象来欣赏，如"壁炉台前散落着碎石块和浮木片"这种表述。其二，具有突出特征的自然客体，能够明显地与周边环境区别开来。其三，对象导向模式包含了一种传统的、被广泛接受的审美途径，即将审美对象置入主客关系中来感知。当人们说欣赏这个或那个的时候，往往进入主客关系中来思考审美对象。

---

[1] Carlson, Allen. "Appreciation and the Natural Environment," *Journal of Aesthetics and Art Criticism* 37 (1979), 267–276.

尽管对象导向模式有一些合理之处，卡尔森还是肯定地认为，对象导向模式不适用于自然环境审美欣赏。因为这是对自然客体的欣赏，而不是对自然的欣赏。某个自然客体有确定的形式，是有界限的，但自然却没有界限。如果按照对象导向模式来欣赏自然，自然恐将被分割为一个个自然客体，被视为"现成的东西"或"发现的艺术"。甚至，自然客体需要被艺术世界来赋予审美对象身份，就像把杜尚的小便池赋予《泉》这一艺术作品身份。如此，自然欣赏也就迷失在艺术之中，欣赏一段浮木也就和欣赏曾经是一棵树的图腾柱或曾经是猪耳朵的手提包没什么区别了。

如果不把自然客体当成艺术作品，单纯地欣赏自然客体可不可以呢？就像欣赏雕塑那样，我们在对自然客体进行审美欣赏时，只关注那些可诉诸感官的特性或一些抽象的表达特性，比如石头拥有光滑、优雅的表面，表现了一种坚定。卡尔森指出，采用这样的对象导向模式来欣赏自然仍然不妥。对象导向模式最适用于那些独立的审美单元，它们的创造环境和陈列环境与审美活动关系不大：把独立的艺术客体从创造环境或陈列环境中分离出去，不会改变它们的审美特性。但是自然客体却与其创造环境是个有机的整体。自然客体是环境的一部分，通过与其他环境事物的相互作用产生、发展而来，自然事物与其创造环境、所处环境具有审美相关性。比如，壁炉台上的石头看起来美妙顺滑、优雅弯曲，显得非常坚固。但在其被创造的环境中，这些石头拥有更加丰富的、不一样的审美特性，这些审美特性是其与所处环境相互作用的结果。处在自然环境中的石头，在风雨侵蚀下，可能会支离破碎，不会表达出壁炉台上的石头所表达的坚硬感。

如此，对象导向模式就陷入了困境。我们固然可以按照对象导向模式，将自然客体真的从环境中移走，或在沉思中将其与环境割离，但却阻挡了进一步感知自然客体丰富审美特性的可能。因此，卡尔森认为，对象导向模式并不是一种成功的、适当的自然审美欣赏模式。当我们的审美注意只被限定在环境中的个别客体或个别客体的某些审美特性上时，就不是真正热爱自然了。

二、景观模式

景观模式是另一种常被用来欣赏自然的审美范式,在艺术世界中,景观模式适用于风景画欣赏。景观,意味着从某个特定位置和特定距离来欣赏审美对象,风景画经常是对某种特定视角下的自然的再现。当欣赏风景画时,主要的欣赏重点不是在绘画作品上,也不在绘画所再现的真实风景上,而是在所再现的对象及所再现的对象特征上。因此,在风景画中,欣赏的重点在于那些有助于形成如此这般景致的特性上,即与线条、颜色或整体设计相关的视觉特性。这种景观模式鼓励人们在感知、欣赏自然时,把自然当成风景画,当成一片从某个特定位置和特定距离观看到的景致的再现,集中关注线条、颜色和设计等审美特性。

景观模式在自然欣赏历史中曾经占据重要位置。与这种欣赏模式密切相关的一个观念是"如画美",即"像画一样的美"。受此观念的影响,人们在欣赏自然时,将自然世界分为一片片风景,力臻达到艺术上的完美。典型如西欧 18 世纪旅行者,用"克劳德镜"追求如画美风景。克劳德镜得名于风景画家克劳德·洛兰(Claude Lorrain),这种小小的、着色的、凸起的镜子可以帮助旅行者像创作艺术一样欣赏自然景色。

与这种欣赏传统相似,现代旅行者通过频繁光顾"景点",表现出了对景观欣赏模式的偏爱。处在某一景点,旅行者可以观赏到特定视角下的、某段距离内的真实景观。这种欣赏模式强化了那些由视觉感知、艺术教育和科学揭示的欣赏视角。此外,现在旅行者还热衷于画面的完整,色彩的饱和以及角度的适当。无论是照相机镜头框取的风景,彩色印刷的照片,还是"艺术家"创造的风景明信片、风景日历,都进一步刺激了人们采用景观模式来欣赏"美景"。

就像对象导向模式一样,景观模式也就"欣赏自然中的什么"以及"怎样欣赏自然"作出了回答。但卡尔森认为,这种欣赏模式将自然划分为一片片风景,每一片风景都需要从特定的角度、特定的距离来欣赏。一些生态学家、伦理学家从生态伦理、环境保护的角度对这种欣赏模式提出了质疑,比如罗纳德·里斯(Ronald Rees)指出:

从这个角度来说，浪漫主义运动的影响有好有坏。在其特定发展时期，浪漫主义运动促进了对自然的保护，但在如画美盛行的时期，它认为自然的存在是为了取悦和服务我们，因而固化了人类中心主义。如果这一词语可以用来描述我们对环境的态度和行为，那么我们的伦理学远远滞后于美学。我们尊重阿尔卑斯山脉和落基山脉，却允许自己破坏本土环境，这何其不幸！[1]

除了生态伦理、环境保护等方面的问题，卡尔森指出，景观模式在美学角度上也立不稳脚。这种欣赏模式要求我们把自然环境视为静态的、二维的图画再现，将环境缩减为特定视角下的景观。但事实上，自然环境并不是静态的、二维的、再现的风景画。再者，这种景观模式与对象导向模式一样，对我们的自然欣赏给出了限制，我们只能欣赏风景画所具有的审美特性，而不是自然本身的审美特性。

通过对对象导向模式、景观模式等艺术审美范式的论析，卡尔森认为，艺术审美范式并不适用于自然欣赏，因为艺术审美范式不能准确把握自然的本质。在探讨适当的自然欣赏模式之前，有必要对自然的本质进行审慎思考。

第二节　自然的本质特性：环境

为了突显自然与艺术在本质上的不同，克服主体与客体的分立，卡尔森提出了"自然环境"这一概念，着重强调：自然是一种环境，同时，它也是自然的。

一、自然环境概念

卡尔森认为对象导向模式、景观模式之所以不适用于自然审美欣赏，

---

[1] Rees, Ronald. "The Taste of Mountain Scenery," *History of Today* 25 (1975).

是因为忽略了自然环境具有的这两个本质特性。当我们用"自然"这一概念来指称自然环境时，我们容易把自然想成一个客体。当我们用"景观"这一概念来指称自然环境时，肯定会把它想成风景。因此，还是使用"自然环境"这一概念更适当，既指向了自然，又突出了环境这一特性。

某事物具有"环境"特性，那么在对其进行思考时，就应当建立起一种"自身与环境"的关系，而不是"主体与客体"的关系，又或"游客与风景"的关系。我们身处环境之中，是环境的一部分。然而在很多时候，我们把所处的环境、背景视为理所当然，忽视了它的存在。使用"自然环境"这一概念，则较好地突出了自然的环境特性。

二、两个问题：欣赏什么与怎样欣赏

在卡尔森环境美学中，自然环境欣赏模式归根结底要落实到两个问题上，即欣赏什么和怎样欣赏。关于对自然环境本质的理解，为寻找恰当的自然环境欣赏模式奠定了基础。

第一，欣赏什么：从无界限的背景到有重点的前景。

前一个问题的答案看似应该是"所有事物"，即自然环境欣赏意味着要欣赏环境中的所有自然事物。在无突兀的环境中，没有什么是格外被含纳在内或排除在外的。但实际上，我们不得不承认，处在无突兀的背景（unobtrusive background）之中，我们的感官体验是混乱的、嘈杂的，我们无法体验所有的事物。因此，自然审美欣赏必须像艺术审美欣赏那样有界限、有重点。如果没有界限和重点，那么我们关于自然环境的审美体验便是一团混乱的生理感觉，没有任何意义，这种体验很难被冠以"审美"或"欣赏"之名。

此处，卡尔森借鉴哲学家杜威的美学理论对该论点作出了进一步阐释。他认为，所有的审美欣赏对象都一定是有所突兀的前景（obtrusive foreground），是前景，不应该是一个独立的客体，也没必要被一眼看完。尽管我们的欣赏对象——自然环境，是无边界的，但我们所体验的审美对象不应该是无突兀的背景。若想要将环境体验为美的，就必须将无突兀的背景体验为有所突兀的前景，即有所着重地进行审美体验。那么如何才能有所着重地进行审美欣赏呢？卡尔森求助于科学知识的介入。

第二，怎样欣赏：科学知识的介入。

身处于环境之中，我们会"依据我们所有的感知、体验周遭环境的方法"，即调动相关的生理感官来体验背景之物，视觉、听觉、嗅觉、触觉、味觉、温感、压力感，甚至是湿度感等等。但卡尔森指出，我们关于自然环境的审美体验不应该是粗糙的、杂乱的、无意义的，而应该是完成了的体验：用知识和智慧对那些不成熟的体验进行加工，使之清晰、和谐，且具有意义。

当我们在欣赏艺术作品时，运用艺术知识来加工我们不成熟的审美体验，同样的，我们也需要相关知识对自然感知体验进行加工完善，比如正确识别干草的味道、马粪的味道以及二者之间的区别，把蚂蚁感知为昆虫而不是老鼠等，这种认识和区别可以使所欣赏环境的特定方面变成具有审美意义的焦点。尽管自然环境欣赏与艺术欣赏都需要知识的介入，但卡尔森认为，欣赏不同类的审美对象，需要介入的知识是不同的。与艺术欣赏相关的知识是艺术传统、艺术风格等，而与自然环境欣赏相关的知识则是常识或者说科学知识（common sense / scientific knowledge）。

在自然审美欣赏中，自然科学知识可以为我们的环境审美体验设置适当的边界或限制，引导我们找到适当的审美焦点，将其他一些背景排除出去，给出适当的环境边界，从而对我们的体验作出限制，避免体验的杂乱无章、流溢漫衍。比如，当我们欣赏特定的环境时，蝉鸣可以被欣赏为环境的一部分，而远处的交通声音则被排除在外，就像我们忽略音乐厅内的咳嗽一样。如果想要适当地欣赏某自然环境，我们必须拥有关于该类型自然环境以及环境中的生态系统和构成要素的知识。鉴于自然环境与自然环境的不同，我们在欣赏过程中，应该秉持认真严肃的态度，如深入探察林地细节，仔细聆听鸟鸣，仔细闻云杉和松木的味道，用相应的自然科学知识指导我们欣赏什么，怎么欣赏。

有鉴于此，卡尔森指出，并不是所有人都能正确地、严肃地进行自然审美欣赏。正如艺术批评家和艺术史家因为具有相关艺术知识，所以是能够审美地欣赏艺术的人，类似的，自然学家和生态学家因具有相关科学知识，所以是能审美地欣赏自然环境的人。

卡尔森将这种审美欣赏模式命名为自然环境模式。他认为，这种自然环境模式既体现了自然的环境本质特性，又强调了体验的审美特性，同时还兼顾了道德、环境保护和生态伦理等多重考虑，所以是一种适当的自然欣赏模式。

三、与适当审美相关的资源

是否只有自然科学知识才能助益适当的自然环境审美呢？卡尔森对自然科学知识的推崇招致了诸多批评。为此，其在2002年发表的《自然欣赏与审美相关性的质疑》[1]一文中，除自然科学知识这一类资源之外，卡尔森对与适当自然环境审美欣赏相关的资源进行了拓展。

借鉴马乔里·霍普·尼科尔森（Marjorie Hope Nicolson）的审美理论，卡尔森对形式、常识、科学、历史、当下应用、神话、符号和艺术等八类资源逐一展开了分析。

他指出，适当的自然环境审美欣赏离不开对形状、线条和颜色等形式的欣赏，但形式离不开内容，而首先需要考虑的内容是"常识"。我们可以利用常识中的概念来把握、组织对自然环境的体验，比如把山体验为山，而不只是高低起伏的线条。相比常识，自然科学知识凭借丰富的概念、严密的逻辑，能够更加准确、深入地引导我们欣赏自然环境，因而是一种有助于恰当欣赏自然环境的资源。自然与艺术不同，艺术是在某个时间段内完成的东西，而自然环境却一直处在变化当中。无论是自然环境的形成，还是当下的应用，都是环境历史中的一部分，有助于恰当地欣赏自然环境。因此，关于环境历史的知识也有助于自然环境欣赏。

与其他五种资源不同，卡尔森认为，尽管神话、符号和艺术也与恰当

---

[1] Carlson, Allen. "Nature Appreciation and the Question of Aesthetic Relevance," in Arnold Berleant, ed., *Environment and the Art*. Aldershot: Ashgate, 2002, pp.61-73.

的自然环境欣赏相关，但其重要性无法与前五种相提并论。从环境感知的角度来说，神话、符号和艺术也并不是完全没有用，它们能够影响环境在欣赏者眼中的景象。不过，卡尔森对它们的作用表示一定的怀疑。自然科学、环境历史和应用等，可以告诉我们环境是怎样产生的，为什么呈现出当下样子。而神话、符号和艺术则不能告诉我们这些东西，无法深入解释环境的变化和塑成。卡尔森认为，深受某种神话、符号或艺术影响的个人、群体或民族，他们眼中的景象并不是真实的环境，而是一种心灵的想象。

不过，在强调科学、自然历史及当下应用对适当审美具有关键作用的同时，卡尔森仍然赞多元主义立场，承认神话、符号和艺术与适当审美的相关性，不过它们只对处于特定文化语境下的人或特定的人有效。卡尔森把前五种与适当审美具有重要相关性的几种资源比作"树干"，把后三种拓展的或者说补充的资源比作"枝干"。"树干"在任何欣赏语境当中都是非常重要的，而不同的"枝干"则适用于不同的语境。

第三节　以对象为导向的欣赏模式

通过对比分析自然与艺术的不同，卡尔森论证了建立自然审美欣赏模式的必要性，凸显了自然的环境特性，并提出了一种注重自然科学知识介入的欣赏模式，即自然环境模式。那么，自然环境模式和艺术欣赏模式是否是完全不同的两种审美理论呢，二者是否可以被统一在同一审美理论或欣赏理论之中呢？

一、以对象为导向的欣赏

在《欣赏艺术与欣赏自然》[1]这篇文章中，卡尔森从"欣赏"这一概念入手，对这一问题进行了解答。

---

[1] Carlson, Allen. "Appreciating Arts and Appreciating Nature," in Salim Kemal and Ivan Gaskell, eds., *Landscape, Natural Beauty and the Arts*. New York: Cambridge University Press, 1993, pp.199-223.

尽管鲜有学者对"欣赏"这一概念进行专门的分析，但"欣赏"无论在自然欣赏还是艺术欣赏著作中都是常见的术语，且在审美理论中占据核心位置。

为澄清"欣赏"这一概念，卡尔森借助杰罗姆·斯托尔尼兹（Jerome Stolnitz）关于审美态度的论述，对美学中的无利害性传统进行了分析。一方面，斯托尔尼兹认为审美态度可以对意识到的对象给予无利害的、同情的关注和沉思，无论它本来是什么样的。另一方面，他将审美的视界扩大到无限，也就是说，任何认识对象，只要用审美态度去观照，就都是可欣赏的。鉴于审美态度或者说审美欣赏是直接的、有组织的、有意向的、有引导的行为，这就意味着，在面对审美对象时，我们需要有识别力，需要调动想象力，在情感上、认知上和生理上给予一系列反应。因此，除无利害审美态度之外，斯托尔尼兹还强调相关知识对审美欣赏的引导作用。如果一种知识与审美对象的意义和表达有关，或者能够提升欣赏者的瞬时审美反应，那么这种知识对于审美欣赏来说是有助益的。

卡尔森赞同斯托尔尼兹关于审美反应性的论述。不过，他对斯托尔尼兹的无利害性观念给予了批判，认为欣赏的反应性特征与无利害性观念存在冲突。无利害、同情和沉思等审美传统要求在欣赏对象时，切断对象与其他事物的联系，将对象孤立起来，接受对象本身的引导。这种审美观念或许适用于传统的艺术作品欣赏，但却无法适用于非艺术作品，尤其是不能适用于与周边事物分离开的自然。这就使非艺术作品被排除在可欣赏的范围之外，这与审美视界无限制的主张明显相悖。另一方面，无利害性切断了对象与周边事物的联系，将欣赏变为苍白的凝视（cow-like stare）。

为改变这种重态度、轻欣赏的现象，卡尔森高度强调审美欣赏具有反应性特征，认为欣赏者应当接受对象本质的引导，对所意识到的对象给予反应，无论在精神上还是在生理上都融入其中。他将这种欣赏模式概括为以对象为导向的欣赏，或者说以客体为导向（object-orientated）的欣赏。这种欣赏模式一方面有助于促进欣赏主体与被欣赏对象之间的联系，另一方面，这种欣赏接受客体的引导，是客观的欣赏（objectively）。按照对象导向欣赏观念，任何事物都可以成为欣赏的对象，欣赏具有无限制的视界，同时还避免了审美欣赏被以艺术审美为代表的欣赏范式同质化,保障了审美欣赏的多样性。

二、适用于传统艺术欣赏的设计欣赏

尽管自然欣赏与艺术欣赏有所不同,不能简单地将艺术欣赏模式套用在自然上,但艺术欣赏却毫无疑问是一种典型的欣赏范式,可以为其他欣赏提供借鉴。因此,在讨论自然欣赏之前,卡尔森首先对艺术欣赏的特征进行了分析。

按照欣赏的对象导向这一特质来看,每一类传统艺术都有自身独特的、适用的审美欣赏方式,但不同欣赏模式之间有一个根本的共同点,那就是关于设计(design)的欣赏。具有范式性的艺术欣赏一定是关于某个设计的欣赏,而且一定有位设计者。卡尔森认为,无利害性审美传统在一定程度上遮盖了艺术欣赏以设计为中心的这一特质。设计欣赏主要包含三方面要素:一是最初的设计,二是使设计具象化的对象,也就是承载设计的对象,三是赋予设计的人。设计欣赏必须具有上述三方面要素及其之间相互关系的意识和理解,这种意识和理解会引导人们采取适当的欣赏角度,给出适当的欣赏反应。对设计三要素互动情况的欣赏反应,包含对艺术作品成功与否或者说正确与否的判断,即艺术作品是否准确地承载了设计者的设计理念,是否表现出了设计者的天赋等。

对于传统艺术来说,设计是欣赏的核心。但对于一些现当代艺术来说,却未必如此。卡尔森以行为绘画、反艺术和发现艺术为例,指出了现当代艺术欣赏与传统艺术欣赏的不同。这些非传统的、非范式性的艺术往往没有确切的最初设计,只是在某种智性的观念、信念的引导下具有了结构。其次,艺术作品由多种力量叠加塑造,并非只凭艺术家一人之力完成,对象自身因素和偶然因素都对艺术作品的形成产生了重要的影响,艺术家的行为并不能占据主宰地位。更有甚者,欣赏者本身便是欣赏活动中的一环,正是因为欣赏者的选择才使得对象称为艺术作品,变得可欣赏。这些艺术作品并没有设计,只有受多方面力量影响、体现某种规则的结构。因而,对于现当代艺术作品来说，欣赏的核心不是设计，而是规则（order）。欣赏的要义不在于了解设计、设计对象和设计者这三个要素及其之间的相互关系，而是要理解规则形成的原因，包括设计者持有的观念、偶然的因素、对象的特性和欣赏者的选择等。

将艺术欣赏模式套用在自然上这一欣赏习惯由来已久，卡尔森将这一习惯追溯至无利害性传统。以无利害性观念为代表的审美传统忽视艺术和自然不同的本质特征，将审美对象与其塑成历史割裂开来，把艺术欣赏与自然欣赏混为一谈，所有的审美欣赏都退化为苍白的凝视（cow-like stare）。不同于传统审美观念，以对象为导向欣赏强调欣赏的反应性特质，依据欣赏对象的不同，探求适当的审美模式。比如，将设计欣赏看作传统艺术欣赏的要妙之处，将规则欣赏看作非传统艺术欣赏的适当模式。那么，自然欣赏又有什么样的特征呢？是否可以以设计欣赏为核心呢？

三、适用于自然欣赏的规则欣赏

有神论者将自然视为神的设计，由此认为自然欣赏与艺术欣赏并无二致，因为二者都是包含意图的、有所设计的作品。但同样作为设计者，神与人是不同的。我们可以了解人的设计理念，但始终无法探知神的设计意图。如果不承认自然是神的创造作品，那么，自然也就不存在设计一说，我们又该怎么欣赏呢？为了解决这一难题，有些激进的学者认为，没有设计者的自然不能成为审美欣赏对象，只有拥有设计意图的艺术作品才可以被欣赏。对于这种激进观点，卡尔森回应，既然设计欣赏不适用于自然欣赏，那么为什么不转换思路，寻求另一种适用于自然欣赏的欣赏模式呢？

为此，按照对象导向欣赏观念，卡尔森认为规则欣赏为自然欣赏提供了一种正确的模式并将"规则"视为自然欣赏的本质特征。欣赏者从其周边事物中选择欣赏对象，关注塑成欣赏对象的各种力量，亦即关注欣赏对象的塑成规则。并且，欣赏者会根据一些相关故事的引导，对欣赏对象的规则进行选择，使欣赏对象的规则变得可见、可思。可用于引导欣赏的故事多种多样，可以是宗教故事、民俗故事，又或是传统故事。不过，卡尔森认为，这些故事在吸引力、引导力方面比较有限，远不如科学知识。科学知识是一种客观的认知范式，遵从对象导向，关注对象自身，是客观的真理。相较于科学知识，宗教故事、民俗故事等有失主观。

而至于欣赏者的选择，卡尔森认为并没有那么重要，因为所有的自然事物都揭示了自然规则，欣赏者也用不着去判断自然事物是否正确地显示了自然规则。设计欣赏关注对象最初承载的设计，因而，对象的审美特性已经被规定好了。而在自然规则欣赏中，对象的审美特性并非来自事前，而是依靠事后的故事（after-the-fact）来赋予。从这个意义上来说，所有的自然事物都可以被故事赋予规则，因而一样是可欣赏的，一样具有审美吸引力。这一观点为卡尔森"自然全美"这一论断提供了较为有力的论证。

在艺术设计欣赏中，我们知道艺术对象是为人创造的，是可理解、可判断的，不具有什么神秘性。但在自然规则欣赏中，自然对象对于我们人来说，是个外物，是个谜团，我们始终难以真正理解和把握自然对象全部的故事。不过，卡尔森认为，对于我们大多数人来说，艺术欣赏意味着遭遇他人；而自然欣赏看似神秘，但讲述故事的一直是我们自身。无论艺术欣赏还是自然欣赏，都并不简单，都可以产生丰富的、有力的审美体验，但只有在遭遇自然时，我们才会满怀惊异与敬畏之情。

四、基于科学认知主义立场的功能审美理论

卡尔森前期主要关注自然环境欣赏，后期则从自然欣赏、艺术欣赏扩展到了对人工环境、人工制品和日常生活的欣赏。整体来看，从前期自然环境欣赏模式与艺术欣赏模式的类比，到对自然科学知识的推崇，再到后期关于功能审美理论的建构，卡尔森始终坚持以对象为导向，强调审美欣赏的反应性、主动性，认为适当的审美欣赏应当接受相关知识的引导。

在2008年与格伦·帕森斯（Glenn Parsons）合著的《功能之美》[1]一

---

[1]［加］格林·帕森斯、［加］艾伦·卡尔松：《功能之美——以善立美：环境美学新视野》，薛富兴译，郑州：河南大学出版社，2015年。

书中，卡尔森将功能视为审美欣赏的核心。其实，这一观点早在其1985年发表的《农业景观欣赏研究》[1]一文中，已初步显露出来。关于传统农业景观，人们有着丰富的欣赏经验，但关于大规模工业化农场，人们却缺乏恰当的审美欣赏方法，现代农业景观往往在审美上遭受斥责，被认为是丑陋的。对此，卡尔森认为我们不应该将传统农业景观欣赏模式套用在现代农业景观之上，而是应该接受现代农业景观相关知识的引导，欣赏它们杰出的设计和良好发挥的功能。

在《功能之美》这本书中，卡尔森和帕森斯将功能之美广泛地应用于自然欣赏，认为有机物可以被视为一种具有计划、优势和任务的事物，有机物的特性及其构成要素已经被自然选择，能够执行某种任务，因而可被理解为具有某种功能。欣赏者理解了关于功能运作的知识，便可以正确地感知到有机物具有的审美特性。有些野兽看起来面目可怖丑陋，但只要我们了解了它为什么被塑造成这个样子，我们就会改变我们的审美观点。可以说，了解有机物功能的知识能够改变、提升我们对有机物的审美欣赏。

而关于无机物的欣赏，卡尔森和帕森斯要求从整体环境、生态系统层面来理解无机物看似无序的、不美的特性。比如湿地在维护物种多样性，调节区域气候方面有重要作用，而河水的泛滥是河流生态系统中的有机作用，是正常的。在此，卡尔森再次倡导一种肯定美学，即认为所有自然事物都是可欣赏的、美的。不过他也承认了自然界存在丑陋的事物，但只将丑限定于有机物，认为有机物的功能缺损会产生丑陋，比如失去一条腿的蛙。

对于建筑环境，卡尔森和帕森斯认为，一座建筑的审美特性应当与其真实特性相符，根植于功能。但在谈及废墟之美时，他们遇到了难题。相较于正在使用的建筑景观，废墟明显是功能缺损的，存在审美缺陷，但人们对于废墟之美的兴趣却不容否认。卡尔森和帕森斯认为，废墟之所以为人所欣赏，是因为其审美缺陷为其表现性所遮蔽，转移了我们的兴趣，将

---

[1] Carlson, Allen. "On Appreciating Agricultural Landscapes," *Journal of Aesthetics and Art Criticism* 43 (1985), 301-312.

我们对审美缺陷的注意从心中挪开，关注功能尚未缺损时的荣光。但是这一观点并没有多少说服力，比如在中国古典园林审美文化中，崭新的墙面远比不上久经风雨侵蚀、苔痕斑斑的墙面更加有魅力。

至于日常生活对象，卡尔森和帕森斯认为，更是可以采用功能审美理论来欣赏。关于日常生活对象的恰当欣赏，要求我们具有关于对象功能以及如何实现这些功能的知识，这些知识能够将日常生活对象转变为具有意义的事物。

五、对象导向理论

面对自然和艺术这两种不同的审美对象，卡尔森主张，要依据二者不同的审美特性，或者说本质特性，选择恰当的方式进行欣赏。与艺术不同，自然具有明显的"环境"特征。人与艺术作品往往处于主客分立的状态，但之于自然，人却处在其中。为了强化自然的这一特性，卡尔森直接用"自然环境"这一概念来替代"自然"这一概念，并将适用于"自然环境"欣赏的审美模式称为"自然环境模式"。但实际上，从环境美学的创建及发展的角度来看，"自然环境模式"的提出，实际上开创了一种新的美学范式，即（自然）环境美学，它的核心要义在于将环境视为审美对象所具有的一种关键的、基础性的审美特性。后继自然环境美学研究者但凡接受了这一核心要义，其所阐述的欣赏模式，都可以被概括为"自然环境模式"的一种。因此，如果要对卡尔森的环境欣赏理论进行特色提炼的话，"自然环境模式"过于笼统，无法与后继环境美学提出的自然环境审美模式进行区分。

为此，笔者建议用"对象导向模式"来指称卡尔森基于认知主义立场所阐述的（自然）环境审美模式。"对象导向模式"要求欣赏者应当接受对象本质的引导。不同于有些学者对审美态度的强调，卡尔森格外重视审美欣赏的反应性特征，认为人的审美感知体验需要合理的引导、规范和约束，否则会陷入浅薄和杂乱之中，能够给予审美感知体验以恰当的引导、规范和约束的是科学知识。一方面，科学知识凭借丰富的概念，能够让我们的体验更加深刻和清晰；另一方面，科学知识拥有严密的逻辑，能够引导欣赏者探寻审美对象的本质。

对于环境美学来说，卡尔森的自然环境美学和对象导向欣赏理论具有奠基性地位，开启了环境美学中的系列元问题：环境是否是自然所独有的特性？艺术或其他人为创造物是否同样具有环境特性？在审美欣赏中，发挥关键作用的，是客观的认知还是主体的情感、想象？探寻自然审美对象的本质，自然科学知识一定是最佳选择吗？对于上述问题，不同的研究者给出了不同的答案，相对应的，也延伸出了不同的环境审美欣赏模式。

第七章　交融模式

第一节　对于对象欣赏模式的批判

无可否认的，无论是从艺术中还是自然中，我们都能获得审美满足，那么我们应该以同样的方式来欣赏艺术和自然吗？赫伯恩、卡尔森、瑟帕玛等环境美学家无一不强调艺术欣赏方式与自然欣赏方式的不同，主张建立一种适用于自然环境的欣赏方式。尽管，卡尔森后来用以对象为导向的欣赏理论将自然欣赏、艺术欣赏乃至人工环境欣赏、日常生活环境欣赏统一起来，但具体到不同种类的审美对象，欣赏的方式还是有所不同。

阿诺德·伯林特同样寻求适用于自然的欣赏模式，不过他的思路与卡尔森不同。自然美学与艺术美学是一种美学还是两种，艺术美和自然美是否可以分享共同的欣赏模式？对此，伯林特给予了肯定的回答。在批判借鉴传统审美观念和以卡尔森为代表的认知主义立场环境美学的基础上，伯林特构建起一种环境现象学，主张用"环境"取代"艺术"，将"环境"确立为新的审美范式，并提出了一种适用于环境的欣赏模式——交融模式。

一、关于无利害审美概念的批判

伯林特对传统的对象欣赏模式以及卡尔森提出的对象导向欣赏模式提出了批评，主张走出对象欣赏模式，走出主客二元分离的审美关系，用"环境"代替"对象"，将环境作为审美范式。

传统的对象欣赏模式，要求审美主体在面对审美对象时秉持一种特殊的态度，即无利害的、沉思的态度。在过去两个世纪中，"无利害"这一概念一直占据着审美欣赏的中心位置。按照康德审美理论，想要获得纯粹的审美满足，就必须排除感官和理性的牵绊，从现实目的中解放出来，自由地感知自然或艺术之美。为实现无利害的审美态度，艺术作品会被设置欣赏界限，如绘画作品的框架、雕塑的基座、剧院中的台口、舞乐表演的台子等等。对无利害概念的发展作出原初性贡献的夏夫兹博里（Lord Shaftesbury）曾明确认为，为了方便、一目了然，艺术必须在界限之内，不能漫溢出界，如延伸到墙面、屋顶或楼梯上。受无利害概念影响，传统审美理论将审美焦点限定在艺术作品的内在属性上，如自足性、完整性和统一性。

伯林特以建筑为例，指出以无利害概念为核心的传统审美欣赏理论存在的问题和不足。[1] 建筑作为一门艺术，要同时兼顾形式的美观和功能的实用。同时，对建筑空间、表面、声音和结构的感知还会影响使用者的活动、效率和心情，这些都深刻影响着建筑作为艺术的成功与否。同样，表现艺术看似通过舞台等设置将表演者与观众分离开了，但却无法成为"静观"的对象，因为表演艺术总是有神奇的魔力打动人心，激发起观众的生理和情感反应，让观众融入表演情境之中。文学艺术就更无法做到无利害审美了，毕竟读者需要调动知觉才能领会其中的意义。那么这样看来，无利害审美态度只适用于绘画、雕塑等视觉艺术。但实际上，伯林特进一步论辩，就算是对绘画、雕塑等视觉艺术，这种传统的审美欣赏方法仍然存在一些问题。

既然以无利害概念为核心的传统美学在指导欣赏美的艺术上都不甚如意，那么将这种审美模式施用于自然欣赏会怎样呢？伯林特认为，这会更加困难。

夏夫兹博里主张自然欣赏应该是静观的、不涉现实功利的、不掺杂个人欲望的，需要通过一些人为设置把自然环境转变为静观的对象，比如站在观

---

[1] Berleant, Arnold. "Environment as an Aesthetic Paradigm," *The Aesthetics of Environment*. Philadelphia: Temple University Press, 1992, pp.145-159.

光台瞭望远处景观，从花园露台窥得林荫小道等。那么，当我们走进这片景观，踏上这条林荫小道，关于它们的审美体验是否就停止了呢？答案显然是否定的。行走在花园中，我们可以在不同的位置和距离上体验花园不同角度的美好，与花园展开亲密的互动，进而获得丰富的审美体验。在这里，我们并非在一定距离之外来欣赏某个客体，而是被"客体"环绕。

人们可以很简单地对一幅风景画进行静观，将其视为审美对象。风景画用画框将再现的风景圈定起来，这里没有恼人的虫子分散人的注意力，没有风吹乱人的头发，没有脚下可能的危险，没有令人眩晕的海拔高度，欣赏者不会因危险的到来而惊惧不已，因而自然可以秉持无利害的审美态度。但对于自然景观，静观的、无利害的审美态度显然不太适当。

二、对于对象审美模式的批判

既然静观的、无利害的传统审美欣赏方法不适用自然欣赏，那么应该给出怎样的解决措施？有一种解决方法是将艺术与自然视为不同类型的审美对象。如卡尔森认为，艺术是人设计的，而自然则是一种秩序。卡尔森所提出的自然环境模式，便是在类比艺术欣赏的基础上，将审美主体对艺术设计的欣赏，变换成对自然秩序的欣赏，如此生成艺术美学和自然美学两种美学范式。

尽管卡尔森将其自然环境模式区别于传统的对象导向模式，伯林特认为，其所主张的自然环境模式仍然是以对象为导向，这种对象式的审美导向源自夏夫兹博里、康德等人确立的美学传统，与艺术欣赏中的对象导向模式没有本质上的区别。以"对象化"为前提的审美欣赏理念，通过将世界划分为单个的客体，看似更容易感知，但实际上并没有把握到真正的经验世界。

当人们处在一段距离之外欣赏一幅风景画时，很容易得到一个可静观的对象，但人们却很难把真实的自然景观当作一个静观对象。因为，自然环境要远远比艺术难以被"对象化"。

不唯独自然环境难以被对象化，将现当代艺术进行简单的对象化处理也不是很合适。自从印象主义画家将客体再现转变为光影的捕捉,将重心从艺术客体转变为感知体验,视觉艺术原有的框架特性便被打破了。绘画框架不再代表着界限、封闭与隔离,而只是一种集中注意力的手段。在欣赏立体主义作品的时候,重点不是直接呈现在我们面前的艺术客体,而是欣赏者自身的体验,欣赏者需要调用自己的感知能力来完成对绘画作品的欣赏。光效应艺术使欣赏者进入视觉游戏,超现实主义用奇异的形象直击人的内心。甚至格外强调独立性的雕塑,也会强调作品的内部有机力量,注重与环境空间的配合,前者如布德尔(Emile Antoine Bourdelle)的《拉弓的赫拉克勒斯》《阿维尔将军纪念碑》,后者如《拉奥孔》。现当代雕塑艺术更是摆脱了基座的限制,拥抱与欣赏者的互动,如考尔德(Alexander Calder)的静态雕塑和苏维洛(Mark di Suvero)的公共雕塑。大地艺术、环境艺术通过对自然物体和环境的利用,同样进一步远离了对象导向的传统审美欣赏模式。这些艺术作品不仅传递了关于人与自然环境关系的思考,同时还要求欣赏者通过直接的身体活动来进行审美体验。

由此,伯林特认为,现代艺术史与其说是艺术作品史,不如说是艺术感知史。感知不仅是视觉上的感知,更是审美场中身体的融入,这是以对象为导向的审美欣赏理论所无法解释的。那么,以对象为导向的审美欣赏理论,尚且不能适当地指导现当代艺术欣赏,就更无法适当地指导自然审美欣赏了。

三、关于自然-文化二分的批判

通过对无利害概念和对象欣赏模式的批判,伯林特得出,传统的艺术审美欣赏模式并不适用于自然审美欣赏,我们应该寻找另外一种欣赏模式。但他并没有马上开始新的欣赏模式的论证和阐述,而是就该问题进行了深入思考,即我们为什么习惯于借用艺术欣赏模式,一种欣赏设计的审美模式来欣赏自然?他将问题的关键归因于传统学科划分造成的自然—文化二分。

随着自然科学的崛起,为保护文化的认知地位,文化被放置在了自然的对立面。伯林特认为,这种划分实际上既误解了文化,也对自然概念造成了混淆。其中，重要的一点便是，抹消了自然与人类活动的紧密关系。当人们提到自然时，一般把远离人类日常生活、外在于人的地方称为自然。但事实上，伯林特指出，未经人涉足的、未受人类影响的纯粹自然在这个世界上已经不存在了。在大多数荒野之地，都能发现人类的足迹。如果考虑到人类活动对全球气候造成的影响，如冰川融化、海平面上升、气候异常、太阳辐射增加等，那么无论是看似荒僻的崇山峻岭还是深邃的海洋，都多多少少受到了人类活动的影响，纯粹的自然已经不存在了。也就是说，我们并非面对自然，而是身处自然之中，且不可能独立于自然。

与文化器物相比，自然或许会屈服，但却不会消失，而是以各种各样的方式存在着。自然并不是一个独立的世界，而是文化产物。这不仅是说，自然环境的方方面面已深受人类活动的影响，还意味着人类关于自然的概念也是历史的、文化的产物，无论对荒野的想象还是对景观的识别，都因时因地有所不同。自然而然的，自然审美的普遍性也就成了难题。

第二节　对康德崇高理念的延伸

探求适当的自然审美欣赏方式，比较多的一种途径是与艺术审美欣赏模式相对比，如卡尔森的对象导向模式，另一种则是从传统自然审美欣赏方法中寻求借鉴，如布雷迪的整合模式。在众多传统欣赏理念中，伯林特对康德等人提出的无利害概念及对象化审美理念都给予了批判，不过却对崇高理念赞赏不已，并从中获益良多。[1]

一、崇高的自然事物

伯林特认为，康德的崇高理念把握住了自然审美体验的一个重要方面。那就是，对自然力量巨大感、无穷感的强调。面对体量巨大的自然环境，

---

[1] Berleant, Arnold. "The Aesthetics of Art and Nature," *The Aesthetics of Environment*. Philadelphia: Temple University Press, 1992, pp. 160-175.

"美"这一范畴不足以表达人对自然的审美体验。按照康德审美理论，自然美像艺术美一样，具有形式的合目的性。崇高与美不同，并不存在于自然之中，而是存在于人的心灵中。只有借助人的理性，才能将无形式的表象纳入主体的构建中，为其提供合目的性，完成崇高这一审美判断。在欣赏崇高自然事物的过程中，我们会感到自然的伟岸远远超出我们的审美想象，比如沙漠、冰川等自然环境，其规模、力量之巨大使我们没有能力去框取、控制，一开始会令我们产生恐惧，产生一种压倒性的敬畏。但接下来，我们可以一方面从理智上理解它的体量，另一方面处在安全位置静观，把痛苦、恐惧转变为愉悦。

这一自然审美欣赏观念与传统的艺术审美欣赏观念非常不同。康德将崇高及相关审美满足与人的审美体验和心灵能力联系在一起，而不是将崇高归为自然事物的属性，这就将我们从形式的合目的性这一审美观念中解放了出来，这一点为伯林特探究适当的自然审美欣赏模式指明了方向，自然审美欣赏无需汲汲于借鉴无利害的、静观的传统艺术审美欣赏方式，不用将自然环境与审美主体分离，进行对象化处理。

同时，崇高理论还暗示了一种人与自然之间的伦理关系：人需要在自然面前保持敬畏与谦恭。人的心灵无法超越自然，无法感知自然的界限，无法完全客观地处在自然之外来衡量、判断自然。这不仅因为我们现在只掌握有限的知识，还因为我们无法超越自己的认知界限，对自然事物的认知还存在很大的空白。因此，面对自然，我们最好保持敬畏。当人们因使用科学技术而引发极端后果时，面对无可抵挡的自然的愤怒，最恰当的反应应该是恐惧。

二、崇高感的获得

崇高理念强调了自然的伟岸巨大和无限性，这一点与伯林特关于自然的理解有相通之处。但他对康德崇高理论中的无利害、静观等概念却给予了批判。

与康德对审美距离、人身安全的考虑不同，伯林特指出，当我们在欣赏自然时，是身处环境之中进行欣赏，而不是把自然当成外在于我们的东西。我们生活在环境之中，是环境的参与者，而不是观察者。要想获得真实、深刻的环境体验，就不能把自己置身于环境之外。人在自然面前的脆弱，正是生成自然审美力量的一个重要因素。尽管当我们真的面临危险时，生命安全需要会取代审美需要，但无疑，置身危险之中会增加审美感知的强度。比如，站在教堂尖塔上的瞭望台上，行走在风雨肆虐的岸边木板桥上，待在暴风雨中的小山顶上，都会让我们有恐惧感，但却也会增加我们关于自然环境的审美感知力度。

在康德审美理论中，崇高感的获得是凭借对极端环境所表现出的巨大体量的直观感知，而不是凭借对环境形成过程及程度的理智理解，只有极端的、奇异的自然环境才能唤起人内心的崇高感，如荒漠无垠的宇宙、雷雨交加乌云密布的天气、咆哮的飓风、奔腾的瀑布、一望无际的海平面和满载星辉的浩瀚夜空等。

不过，伯林特也指出，不唯独极端自然环境，人在普通自然环境中也可以获得崇高感。比如，在波光粼粼、草木倒映的小河中泛舟，在夜空下、松树底露营，在与地平线重合的草地上穿行等等。这些审美活动的标志性特征不是无利害的静观，而是完全融入、全身心的浸入到自然世界中，直至获得非凡的整体体验。因为自然具有环境属性，本身就具有无限性。广袤无垠的自然，实际上，并不在遥远的他方，而是在我们周边，甚至我们本身也是自然的一部分。我们没必要一定在极端环境中通过直观感知来体验自然的巨大力量，在平凡的自然环境中，我们也可以凭借所掌握的科学知识，透过简单的景物体验自然的无限性、多样性和连续性等。

三、与自然世界的融合

通过对康德崇高理论的分析，伯林特一方面努力抬高自然位置，突显自然的伟大性和无限性；另一方面，与康德对人的理性力量的推崇不同，伯林特强调了人的弱小性和有限性，突出了人处于自然环境之中这一生存事实。基于这一生存事实，伯林特认为，欣赏自然环境不应该采取对象化的方式，将自然视为外在于人的客观事物，而应该从自然环境之内来欣赏自然；不应该执着于表象形式的孤立、规整，而应该打破形式的束缚，多方位深入感受自然的精妙变化和无穷魅力，与自然融为一体。

伯林特把全身心浸入到自然之中的审美体验称为审美交融。他认为，我们不仅可以在感受崇高的体验中与自然世界融为一体，也可以在感受美的体验中与自然融为一体，只要我们不再要求形式的孤立、分离。我们感知到的表象往往是有限的、被框取的，但实际上，自然本身并非如此。我们并非只能从形式的规整、对称中获得审美愉悦，从自然形式的丰富性、连续性中一样可以获得审美愉悦。森林中连缀成片的山茱萸或者一株野生楼斗菜，之所以让我们着迷，不仅因为它们引发了康德所说的自由的想象游戏，还因为它们的颜色、形状、朴素、精致和生长的恣意。规整的形式确实能给人美的体验，但并不是美的必要条件，也就是说，美不一定非得要求形式的规整。很多自然审美体验，依赖于人对自然内部细节的关注，对自然微妙氛围的感受，对自然无穷变化的认知，以及对自然的丰富想象。摒弃传统审美理论关于对象化和形式规则的要求，我们在潺湲小溪、灶台炉火中亦可寻获自然之美。

通过对康德审美理论中崇高理念的解析，伯林特发现了一条通往适当的自然审美欣赏的道路，提出了一种适用于自然环境欣赏的审美模式，即"交融模式"。在伯林特环境美学中，交融模式不仅改变了欣赏自然的方式，还改变了欣赏的本质。

第三节　适用于环境审美的交融模式

在寻找适当的自然欣赏方式的道路上，学者们给出了多种策略：有的将艺术作为主要的审美范式，将自然欣赏类比于艺术欣赏，把艺术欣赏规则略作修改后，运用在自然欣赏上；有的认为自然和艺术是两种不同的审美范式，坚决将自然欣赏与艺术欣赏区别开来，主张两套不同的欣赏方式。

而伯林特则于自然和艺术之外，提出了另外一种审美范式——环境。[1]

一、用环境范式取代艺术范式

不同的学者对环境有不同的定义，有时候将其对象化为全景，有时候指的是封闭的、私人的围绕物（surroundings），而伯林特更倾向于将环境视为包含审美者在内的情境（contextual setting）。[2] 他指出，环境研究者在提到环境时，一般认为环境是某种东西（some thing），在环境前面加冠词"the"，这其实意味着将人从环境中独立出去，人像面对一件物体样，隔着一定距离面对环境，外在于环境。他认为"the environment"是身心二元论的最后遗留物，主张去掉环境中"the"。人们所欣赏的环境应当包括人本身在内，人与环境是连续的、一体的。环境，就其定义而言，意味着环绕着生命体，尤其是人。

伯林特指出，环境并非是人所处的自然世界所独有的属性，艺术，尤其是现代艺术也具有环境属性。伯林特指出，传统艺术在西方文化中获得尊贵地位的同时，也因其规范性特征远离了注重数量的科学，因其有形的、身体的、感官的特征远离了宗教，因其对内在价值和及时满足的强调远离了注重规则和结果的伦理学，因其对当下痛苦和生活不公正的颠覆性的认知而远离政治和既有律令。

然而随着现代艺术的发展，艺术材料、艺术形式、创造技术、作者以及读者的位置都发生了改变，曾经独立于生活经验、生活环境的艺术，开始注重经验的瞬时性、偶然性、独特性，并延伸到环境之中。曾经外在于、独立于艺术作品的读者进入艺术情境之中，与艺术发生互动，有时候还变身成为作者，读者、作者、艺术作品三者互动，成为不可分割的三个要素。在过去的20世纪，艺术不再满足于传统的绘画、雕塑、建筑、音乐、戏

---

[1] Berleant, Arnold. "Environment as an Aesthetic Paradigm," *The Aesthetics of Environment*. Philadelphia: Temple University Press, 1992, pp.145-159.
[2] Berleant, Arnold. "Introduction: Art, Environment and the Shaping of Experience," in Arnold Berleant, ed., *Evironmenr and the Arts*. Aldershot: Ashgate, 2002, pp.1-19.

剧和舞蹈。比如，在达达主义以及随后其他创新性艺术运动之后，绘画开始引入不符合传统的材料，引入主体元素，打破既有绘画框架和规则。雕塑也对其大小和形式进行了创新，从室内扩大至户外环境中，我们可以在其中行走、活动。建筑不再仅仅是一种建造艺术，而是一种人居环境艺术。伯林特总结，当代艺术发展的途径之一便是将艺术拓展至更广阔的环境之中：如自然环境、城市环境和文化环境。

此外，伯林特还指出，不仅现当代艺术具有明显的"环境"特征，传统艺术实际上在不同程度上也已经融入了环境因素。如，音乐可以将音乐家安置在厅内不同位置，或利用户外声音和布置，从而将环境因素吸收进来。自古希腊和古罗马以来，戏剧便有在户外演出的传统，到如今，街头表演仍然在继续，舞蹈表演更是经常利用大量的环境布置。

至此，伯林特完成了"环境"概念和"艺术"概念的扩大化阐释，将自然和艺术全部含纳在环境这一范畴之内，并主张用环境审美范式来代替艺术审美范式。环境审美既包括对自然环境的欣赏，也包括对艺术作品的欣赏，而适用于环境审美的欣赏模式便是交融模式。

二、审美场中的身体交融

通过对"艺术"和"环境"概念内涵的扩大化阐释，伯林特将自然和艺术统一起来，构建了一种大而全的美学。从其环境美学角度来看，传统艺术理论无法解释艺术与环境的协调互动，现代艺术形式的创新对传统艺术欣赏方式提出了挑战。对此，伯林特指出，适用于环境欣赏的交融模式不仅适用于自然审美，还适用于传统艺术和电影、大地艺术、表演、多媒体艺术等当代艺术。

伯林特认为，人类环境是一个可被感知的系统，是一套体验秩序。在环境欣赏中，人都并非独立于欣赏对象，而是作为积极的参与者参与其中，与所欣赏对象构建起了一处审美场（aesthetic field）。审美感知意味着人们运用身体感官来感知对象的表面性质（quality），比如运用视觉去辨别光、颜色、形状、结构、运动、距离、空间，用听觉来辨别音色、秩序、连续、节奏和其他结构（pattern）等。人的感觉根据感觉特性被分为距离感觉和直接感觉，其中以视听觉为代表的距离感觉被艺术哲学认为是审美感觉，因为这两种感觉能使人有距离地感受审美对象，因而能够平静地感知审美对象。但感知并不只是视觉、听觉行为，而是审美场中的身体交融（somatic engagement）。

当人们将自身置入环境之中，人的整个身体都浸入在自然之中与环境发生互动，所有的感官都被调动起来，主动参与到审美活动中来，如嗅觉、味觉、触觉、动觉、位置觉等等，完全打破了视听觉感知的限制。在环境欣赏中，比如，我们不仅需要对纹理结构、颜色感知，还需要对积聚、体量、深度、声音方向感知，对风、阳光和湿度的皮肤感受，以及当我们在不同水平面上上升、下降、移动，在不同方向转弯、折返或行走时的运动感觉，不像艺术那样只对一个或两个占主导地位的感觉的鉴别力提出要求。

因此，在这种审美感知体验中，所有的感官都参与其中，直接且具有一定想象力。只能用特定感觉来感知个别艺术作品欣赏，如用视觉来欣赏绘画，用听觉来欣赏音乐是幼稚的。不过伯林特也承认，在有些艺术作品的审美欣赏中视觉会占据主要地位，有些艺术作品中听觉会占据主要地位，但其他感觉并没有被封闭，虽然不占主要地位，但是却共同构成审美感知体验的一部分。而且，艺术审美欣赏中不只是需要各感官参与的生理感知，还要求具有高度的敏感性和敏锐的、具有鉴别力的感知意识。比如在欣赏艺术时，我们需要对不同色彩属性及其关系有犀利的认识，对结构平衡、线条运动和光影对比的感觉，对微观细节和宏观形势的敏感等。

三、环境审美的文化背景

自然美和艺术均可以被感知地经验到，都可以被审美地欣赏到，而这都可以与欣赏者进行互动，使欣赏者进入一种统一的感知状态。归根究底，自然与艺术都是文化建构的结果，言说为二，实则为一。

相比传统的艺术欣赏，伯林特认为，环境欣赏对人的感知能力提出了更宽广、更复杂，因而也是难以界定的要求。环境并不是能够进行主观沉思的对象，因为，环境并非是独立于人的客体，它具有暂时性，环境内的事物总是时刻在发生着变化，人本身就是环境的一部分，身体的动作构成人在环境中的生活方式，人们对环境的感知也在时刻发生变化。从审美角度来把握的话，人类环境具有感觉的丰富性、直接性和即时性，同时还具有文化结构和意义。它不是一个独立的实体，不是一个含纳我们活动的容器，不是外在我们的物质环绕物，不是我们思想、感受和欲望的外在延伸，而是在不同历史和社会图景中人们生活活动的物质—文化背景（physical-cultural realm）。

环境审美体验的增强一方面依靠感知的敏锐，另一方面则依靠对科学、文化知识的理解。当我们审美地欣赏环境或艺术时，构成我们审美体验的知识、信仰、观念和态度大都源自社会、历史和文化。审美感知并非是单纯的生理感觉（physical sentation），并不是离散的、恒久的，而是直接的、即时的，总是处在一定背景之中，受到各种情况的影响。每种社会都有自身独特的审美观念，这也就意味着每个社会都有感知世界的独特方式。

因此，在这个意义上来说，环境是文化的，任何关于环境美学的讨论实际上都包含着文化审美（cultural aesthetic）。在环境审美中，欣赏者会带着实用的、文化和历史的偏好，与审美对象发生互动。在此意义上，伯林特将审美活动视为协调其他文化价值维度的重要途径。

第八章 整合模式

第一节 审美欣赏的本质

在《自然环境美学》[1]一书中,布雷迪对早期及当代自然欣赏理论进行了详细的介绍和分析,并在此基础上提出了自己的"融合美学"。首先,她将审美欣赏的本质作为其环境美学研究的起点。

布雷迪指出,自然欣赏与艺术欣赏不同。当我们面对艺术作品的时候,艺术作品已然被置入"前景"(pre-given context)之中,比如艺术展览馆,艺术作品表明了被欣赏之物这一身份。面对艺术作品,我们自然而然地会发生欣赏经验。而且,在我们欣赏艺术作品之前,艺术家就已经赋予了艺术以审美价值,要求我们去关注它的形式、表现、符号和再现等属性。尽管有些现当代艺术作品是反审美或非审美的,但其艺术理念却被视为拥有审美价值。相比艺术作品,自然和日常环境没有"前景"的加持,并不是作为被欣赏之物特意出现在我们面前,也没有什么审美意图附着其上。面对自然和日常环境时,我们容易茫然无措,不知该主动欣赏什么,怎么才能获得深度审美体验,又如何解释这种欣赏体验。

为此,布雷迪从审美体验、审美特性和审美价值三个方面对审美欣赏的本质展开了论述。

---

[1] Brady, Emily. *Aesthetics of the Natural Environment*. Edinburgh: Edinburgh University Press, 2003.

一、对传统审美理论的继承

18世纪之前，美被当作一种属于对象的客观特性，比如整体、统一与和谐。18世纪以来，西方审美理论发生了主体性转向，以康德为代表的美学家将美归因到主体之上，归因到欣赏者的心理状态。审美体验被定义为对审美特性的无利害的沉思，审美反应是感性的，而不是智性的，欣赏者面对美产生愉悦感，面对丑产生不愉悦感。进入20世纪中叶，不少美学家继承了审美理论的主体性转向，认为是欣赏者的审美态度使某经验或反应成为审美的，比如斯托尔尼兹的审美态度理论。

布雷迪指出，相比康德，斯托尔尼兹的审美态度理论过于强调主体的作用，而忽略了事物本身的特性。按照康德审美理论，只有当某事物刺激到我们，我们对其产生了瞬时的、本能的感知体验，使不同的精神力处在和谐的自由游戏状态时，我们才拥有审美体验。事物本身的特性在其中承担触发（strike）作用。布雷迪认为，"反思""同情"等传统审美概念强调了事物自身审美特性的重要性。感知是审美体验的开始阶段，但也是审美体验的核心。审美反应是对对象现象性特性的沉思，依赖瞬时的感知，而不是知识或事实思考。沉思并不是消极的，我们向对象敞开自身，运用感知能力、情感能力与对象特性发生积极的融合。同情这一心理状态，使我们做好了关注对象的准备。在同情中，我们品味对象的个体特性，让个体在我们的体验中变得生机勃勃，使个体显现出特有的审美价值。另一方面，斯托尔尼兹比康德更加强调知识在审美体验中的作用。在他那里，知识并非处在核心位置，但却对提升审美欣赏、把握对象的意义和表现性有积极作用。在当代美学中，很多审美欣赏模式非常推崇知识的运用，比如艺术欣赏对艺术家、艺术创造的历史和社会背景知识的重视，卡尔森自然环境欣赏模式对自然科学知识的强调。

很多环境美学家在谈论自然环境审美欣赏时，一般认为传统审美理论不适用于自然环境欣赏。但布雷迪却认为，尽管传统审美欣赏理论存在一些不足，但却足以应对自然环境欣赏带来的挑战。因此，在阐述自然审美欣赏体验时，布雷迪更多的是对传统审美理论的继承和发展。她以康德审美理论为基本范式：面对自然环境，我们在无概念、无功利的感知和沉思中产生审美反应，各种精神力量处于自由的状态。这种自然审美欣赏并非像卡尔森所认为的是苍白的凝视，布雷迪指出，此时作为审美对象的自然是充满意义的。当然，其蕴含的意义并非像艺术作品那样从艺术家那获得，而是由欣赏者通过感知、表现和想象来赋予。

不过，布雷迪也赞同对传统审美理论进行一些改造来适应环境语境。比如，扩大参与审美感知的感官范围，从视听觉拓展到人体所有的感觉。除了美、崇高、如画和丑，我们还应关注其他一些审美价值范畴，如惊异。此外，考虑到自然的多样性，我们不仅要关注那些容易吸引目光的对象，如美丽的花朵、日落和壮丽的高山，还要关注那些非典型的、不合规则的对象，比如粪堆里的短嘴鳄、甲虫和泥滩等。

二、审美特性的关联性与真实性

布雷迪借鉴戈伦·赫默伦（Goran Hermeren）关于审美特性的分类，列举了感觉特性（sensory qualities）、情感特性（affective qualities）、想象特性（imaginative qualities）、行为特性（behavior qualities）、格式塔特性（gestalt qualities）、反应特性（reaction qualities）、特征特性（character qualities）、符号特性（symbolic qualities）和历史相关特性（historically related qualities）等九种审美特性。其中，有些审美特性是描述性的，有些是评价性的，但不管怎样，都能从艺术作品中得到例证。不过，并非所有的审美特性都能在自然中欣赏到。

大部分的审美特性都具有现象学属性。也就是说，我们只能在感知经验的范畴中把握事物，我们关于事物的理解受到感知状态的影响，比如感觉能力、认知经验、信仰和价值观、文化和历史经验等。审美特性不同于物理特性，物理特性是事物的内在特性，也是第一特性，比如体量和形状。物理特性独立于观察者，物理学家们可以通过物理学手段探察到。而像颜色之类的特性属于第二特性，依赖于观察者的反应。审美特性也是这样，在一定程度上取决于观察者的感知状态。

关于审美特性，布雷迪坚持温和的、关联性的实在论立场。一方面，她认为关于审美特性的经验需要欣赏者与欣赏对象发生关系，如果一些自然现象被认为不配当作风景，或没意义，那么当我们多给予点注意力，多出一些努力的时候就会发现它们的审美特性了。但另一方面，布雷迪又为实在论辩护，否定审美特性是主观的构建。她认为，审美特性是真实的，存在于对象中，独立于观察者，就像我们关于红颜色的判断。当我们说一件东西是红色的时候，尽管知道作出红色这一判断取决于我们作出观察时的身体状态和周遭环境，我们还是认为这件东西在客观上具有红色特性，关于红色的判断，并不完全取决于观察者。

当然，在讨论审美特性的时候，自然景观要比单一颜色复杂得多，我们难免会受到地方性历史文化的影响，因而，所作出的审美判断也更主观些。但布雷迪认为，无论怎样，我们在不同文化之间总能找到共通之处，为客观判断提供基础。

三、审美价值的非工具性

布雷迪认为，任何事物只要具有审美特性便具有审美价值，无论是艺术作品、自然环境、人工环境还是日常生活事物。同时，她大大扩展了环境美学的讨论范围，认为审美价值既包括积极的审美判断，如美丽、崇高，也包括消极的审美判断，如丑。不过，对于审美价值，布雷迪主要关心一个问题，即审美价值何以成为一种环境价值，她从三个方面进行了探讨。

第一，审美价值与其他环境价值。在环境美学中，当我们描述景观、海景或其他环境时，总是说它们具有审美价值。不过，有时候我们也会用其他一些概念来替代审美价值，比如"视觉价值""风景价值""景观价值"，甚至还有"娱乐价值"或"休闲价值"等。布雷迪认为这些概念或多或少存在一些问题。

比如，"视觉价值"将人们关于环境的审美感知局限在视觉上，只通过视觉来把握环境的审美特性。但实际上，感知环境需要运用所有的感官，包括关于环境的一些瞬间想法。想象与情感也在发现环境审美特性的过程中发挥着重要作用。"风景价值"则将主要强调那些显眼的、具有较强吸引力的景色，把环境视为被观看的对象，就好像一幅风景画，离我们具有一定距离。但环境却是环绕着我们的，而我们作为人，则一直处在环境之中。"风景价值"这一概念忽略了环境的"环绕"（environing）特性。"景观价值"这一概念对于环境审美来说具有积极的意义，但"景观"（landscape）能指的环境有限，无法包括海洋环境和天空环境。

审美价值还经常会和其他一些环境价值相重叠，比如生态价值、珍稀资源价值、多样性价值、文化价值、历史价值、朝圣价值、经济价值和休闲价值。生态价值推崇生态系统的完整性和连贯性，生物多样性价值强调多样性这一特性，因而与审美价值还是有差别的。不过，在文化景观当中，审美价值和文化价值则很难分得清楚，毕竟审美价值归根结底是文化价值的一部分。

第二，审美价值与生态中心视角。在环境语境中，审美价值经常被看作是一种人为价值，与人的主观反应极为密切，与虽然也是一种文化建构、但较少依赖人的主观性的科学价值相对立。同时，因为审美判断往往与愉悦、不愉悦的感受联系紧密，所以自然环境的审美价值经常被视作一种工具性价值。很多人认为，人之所以珍视自然环境，是因为自然环境能够为人提供愉悦。

布雷迪对这一观点予以了驳斥。诚然，审美判断是具有感知能力的人作出的，面对环境，我们运用自己的经验和审美敏感力去感知环境，与之结合，从而产生了审美欣赏。但布雷迪指出，审美价值是人为的（anthropogenic），并不意味着审美价值比其他环境价值更以人类为中心（anthropocentric）。与审美判断相似，其他的价值判断也是由人作出的，取决于人，比如道德判断，但这并不影响我们从生态中心视角作出道德判断。布雷迪由此认为，审美价值可以超越人类中心主义，无须承受人类中心主义这一指责。

第三，审美价值的非工具性。工具性价值和内在价值是环境哲学中经常讨论的一组范畴。毫无疑问，自然价值、生态价值，被归到内在价值或者说非工具性价值一类，而经济价值、娱乐价值则属于工具性价值，比如森林可以用来生产纸张，或者成为人们从事娱乐活动的地方，人们可以在森林中遛个狗或者越野滑雪。

审美价值很容易与休闲娱乐价值相混淆，这时，审美价值往往会被视为一种工具性价值。比如在滑雪的时候，我们既会有舒展筋骨的畅快，也会有对自然环境的欣赏，二者可能同时发生，都伴随着愉悦。但布雷迪坚持认为，这两种愉悦感是不同的，也就是说娱乐活动和审美欣赏活动是不同的。前者是有利害的，为了放松、享受等目的，有确定的行为动机；后者是无利害的，是审美体验附带产生的结果。

有些学者认为，审美价值有其他一些有用的价值，比如对环境保护、生活质量提升、社会改善具有积极作用，但布雷迪坚持实在论立场，认为审美价值是一种内在价值，不是工具性价值。她反对将审美价值当作实现其他目的的工具，甚至认为审美价值对环境保护没什么助益。

在关于审美体验本质的论述中，布雷迪继承和发展了无利害审美传统，对审美体验、审美特性和审美价值展开了分析。但她始终摇摆在实在论和观念论两种立场之间，一方面坚定地认为审美特性、审美价值内在于环境之中；另一方面又无法否认欣赏的反应性特征，审美特性、审美价值必须在欣赏体验中才能被发现，而影响欣赏者欣赏体验的，包含了感觉能力、认知经验、信仰和价值观、文化和历史经验等很多方面的因素。

第二节　整合模式的五个要素

布雷迪对以卡尔森为代表的科学认知主义立场进行了批判，坚定了自己的非认知立场，将康德审美理论置入当代背景中，进行了创造性的转化，提出了一种意图整合主客两方面因素的自然欣赏模式——整合审美（integrated aesthetic）。布雷迪的整合模式主要包括五个方面内容：多感官参与、无利害性、想象、情感/表现、思想与知识的作用。

一、多感官参与

审美欣赏起源于感知，瞬间的、第一手的关于环境及其内在事物的体验构成了自然审美价值的基础。感知有较多的维度，包括所有与世界产生联系的感官类型，如看、听、闻、品味与触摸等等。所有这些感官与我们的其他能力，比如思考、想象和信仰等，共同实现了我们对环境审美特性的感知。

布雷迪认为，视觉是人们最经常运用的感官，但视觉并不是唯一的，也不应该被认为是感知环境的最主要的感官。听觉在自然体验中经常被运用到。身处自然，远离人世的车马喧嚣，由自然事物发出的声响构成了声音背景。我们常常在自然中享受到令人愉悦的安静，但实际上，自然并不是寂然无声的，而是充满了各种丰富的声音，这些声音与人类的嘈杂声音形成了鲜明的对比。

除了视觉、听觉以外，触觉、嗅觉和味觉也有助于我们感知自然环境的审美特性。通过触觉，我们可以近距离直接与环境事物发生关系，感受石头的坚硬、苔藓的湿润、树皮的粗糙、落叶的松软、花瓣的娇嫩等等。受身心二元论的影响，嗅觉被认为更多地附属于身体，而不是心灵，远不像视觉、听觉那样具有普遍性、稳定性，因而不被列为重要的审美感官。但在自然环境中，布雷迪指出，味道和声音一样，都以我们熟悉的背景形式存在于我们周围，我们很多时候不会注意到，如青草的清新、松林的芬芳等等。除非那些发生剧烈变化的、特殊的味道主动吸引到或刺激到我们，比如木头腐朽、动物尸身腐烂的味道。味觉的应用比嗅觉还要少，但也时常发生，比如在爬山的路上饮一口甘甜的泉水，或行走在海边呼吸一阵咸咸的海风。

布雷迪认为，在环境审美中，所运用感官的多少，决定了融入环境的深浅。当我们欣赏一处景观时，可以近些，可以远一些，也可以身处其中。我们还可以选择其中的一些细节来欣赏，比如苔藓覆盖的石头，让我们的感官在这处景观中畅游，从一处移到另一处，不停地转变注意焦点。我们可以慢慢行走其中，还可以透过车窗欣赏，又或者游泳、攀登或飞过去。总之，一方面，我们通过不同的感官融入环境之中，与环境建立起联系，感知自然的审美特性；另一方面，环境事物的特性会对我们的感知产生影响，吸引我们的注意，塑造我们的感知视角。比如，我们会情不自禁地、下意识地被澄澈的海水碧波、婉转的画眉歌声、慑人的电闪雷鸣所吸引。

将感官融入自然环境之中，是发现环境审美特性的第一步。布雷迪强调，感官的运用需要刻意的努力。在运用感官欣赏自然环境时，不能消极、懒怠，而是要积极地去感知自然，融入自然当中去。

二、无利害性

在布雷迪关于"整合审美"的阐述中，"无利害性"是占据核心位置的一则概念。布雷迪在当代环境哲学的基础上，对康德的无利害性概念进行了创新性继承和改造。

在康德审美理论中，作为审美判断基础的审美愉悦是无利害的，这一点与快适愉悦和善的愉悦不同。布雷迪认为，康德所谓的"利害"主要分为两种，一种与感官的满足相关，如我们之所以喜欢冷饮，是因为它能缓解干渴；另一种与某种目的的实现有关，不管是功利的还是道德的。审美判断的无利害性，意味着审美判断是由事物自身的审美特性引发，而不是因为这个事物能满足我们的需要，或可以被作为实现某种目的的手段。尽管在现代美学中，有很多理论家对无利害性这一审美概念进行了批判，但布雷迪认为，这些批判实际上曲解了无利害性的最初含义。

布雷迪指出，无利害性并不意味着消极的"静观"，无利害性和感官融入也并不冲突。康德用"静观"这一词来描述审美关注状态，这种静观并不意味着感官的停钝或心灵的消极，这种静观是一种积极的静观。与对"静观"概念的误解相似，"距离"常被认为是空间上的距离，"分离"被认为是人与审美对象的分离。但实际上，康德审美理论中的"距离"和"分离"指的是远离身体的欲望和外在的目的。

通过对"无利害性"概念的辨析，布雷迪认为，审美欣赏中的无利害性概念，一方面有助于人们从自身私利或其他外在目的中解放出来，更敏感地关注、感知自然环境的审美特性；另一方面还具有反人类中心主义、反享乐主义的特点。无利害性要求人们摆脱自身私利，去欣赏自然环境本身的审美特性，具有尊重、爱护自然环境的意味，支持了环境保护伦理主张。

此外，康德认为审美判断不能以确定的概念为基础。那么在环境欣赏中，是否可以引入自然科学知识呢？布雷迪巧妙地回答了这个难题。她认为，自然科学知识概念有助于丰富我们的感知能力、想象能力，有助于我们更好地把握环境的审美特性，这并不违背无利害性原则，只要我们的审美欣赏紧紧依托于对环境审美特性的体验，而不是什么其他的目的。

三、想象

尽管布雷迪不认为想象是审美体验的必要条件，但她认为，想象与感知密切相关，有助于发掘更多的感知可能性，拓展、加深审美交融体验，增进我们与环境更加亲密的融合。反过来，感知通过对想象之物的编排，又有助于想象的腾飞。如此，审美对象的感知特性与审美主体带有敏锐洞察力的想象，共同引导了审美欣赏活动的发生。[1]

为详细阐述"想象"在审美欣赏中的作用，布雷迪把想象活动区分为五种不同的模式——隐喻的、探索的、投射的、拓展的和启示的。

隐喻性想象将形式相似的事物以新奇的方式联系在一起。如，当我们说"船石"（Ship Rock）是一座形式自由的哥特式大教堂时，毫无疑问，我们运用了隐喻的表达，巧妙地抓住了这座耸立在平坦沙漠上的岩石山峰的形式特征。探索性想象与感知的关系最为紧密。在探索性想象中，想象跟随感知的脚步，探索审美对象的感知特性及这些特性之间的关系。比如，当我们静观一块树皮时，看到树皮上的褶皱，这时，脑海里想象到了与之非常相似的沟壑纵横的山谷。投射性想象发展了想象的投射能力，指的是将想象出来的事物投射到真实事物之上，或取代、覆盖真实事物。与投射性想象密切联系的一个词是"看似"，我们有意识地将某物看成另一事物，发展了一种新的审美视角。比如，当我们在夜晚仰望星空的时候，会有意地将某些单独的星星视为一体，并连点成线，将某种几何图形投射其上。拓展性想象是审美体验中最为活泼的想象模式，非常具有创造性、创新性，无须借助具体的形象，而是源自对审美对象的好奇和欢喜。比如我们透过

---

[1] Brady, Emily. "Imagination and the Aesthetic Appreciation of Nature," *The Journal of Aesthetics and Art Criticism* 56 (1998), pp. 139–147.

海岸边的一个贝壳想象到了整片大海，想象到了把它带到岸边的海鸥和曝晒它的太阳等等。拓展性想象非常有助于我们把握自然转瞬即逝、变动不居的特征。在启示性想象中，创造力被发挥到了极致，我们会获得新的观点和意义。比如，在静观山谷、冰川时，想象到大地的伟岸力量；在认真端详小羊羔时，充分发挥感知和想象能力后，把握到了纯洁这一本质。

布雷迪强调，我们并不是在每次的审美欣赏中都运用这些想象能力，审美想象有深有浅，这取决于审美对象和审美欣赏者。同时，布雷迪坚持认为审美想象没有必要遵从科学知识引导，在审美欣赏体验中，科学知识和生活常识往往很难分得清楚。

四、情感

不少学者认为，情感过于主观和武断，不能被视为审美欣赏的合法因素。但布雷迪认为，情感与想象一样，都是审美欣赏体验中有价值的资源。她将审美欣赏中的情感问题分为两个方面，一方面是自然如何唤起情感，另一方面是自然所富有的情感表现力。

布雷迪高度评价了诺埃尔·卡罗尔（Nöel Carroll）的情感唤起自然欣赏模式。她认为卡罗尔关于情感唤起的论述较好地解决了自然欣赏中的情感唤起问题。首先，卡罗尔并没有将支持情感反应的信念建立在科学知识的基础上，这些支持情感反应的信念并不是什么专业的知识，而是以背景的形式存在。其次，尽管信念可以支持情感反应，但却不能用来解释所有的情感反应，我们个人的想法、主张同样可以支持情感反应。

我们关于自然情感表现力的描述到底是自然本身的特性还是人类附加在其上的呢？卡尔森认为，尽管自然事物并不像人那样持有某种精神状态，我们依然可以在文学意义上称自然事物富有情感表现力。布雷迪赞同并发展了卡尔森这一观点，认为我们之所以赋予自然事物以情感表现特性，是因为自然事物本身的结构，即它们看起来或听起来的样子。比如，垂柳看起来是悲伤的，垂柳下垂的姿态与我们低落的心理状态是一致的。再比如，愤怒的暴风雨让我们想起了愤怒的人。我们可以用描述人的词语来描绘自然事物，同样地，我们也可以用描述自然事物的词语来描述人，因为它们的结构是相似的，或者说一致的，毕竟人本来就是自然的一部分。

除"相似性"理论外，布雷迪还借鉴了桑塔亚那（George Santayana）、齐藤百合子等人的观点，用"具体化"理论论证人与自然环境之间存在的情感联系。她指出，我们所处的环境不仅仅包含各种各样的自然事物，还体现着我们的文化、历史和记忆等等。从这个角度来说，自然环境与人类有着千丝万缕的情感联系。

五、知识

尽管布雷迪并没有把知识作为自然审美欣赏的必要条件，但她仍然认为知识有助于拓展审美欣赏体验的深度。在此，知识不仅包含科学知识，还包含民俗知识，或者说常识，二者在阐释自然方面具有同等地位，科学知识并不能比宗教或神话叙事提供更多的支持。科学知识的构建依赖于既定的文化框架，并不能为欣赏者提供最坚实的基础，保证其如其所是地欣赏自然。

相比科学知识，常识是人们在日常生活中更为习惯的理解形式。这种理解形式来自经验，具有多元化特征，更容易对审美感知产生影响。比如地方知识就是一种建立地方实践经验基础上的常识类型，与地方自然环境紧密相关。比如，当地动植物的名字经常与地方民俗、文化叙事相关。有的"生物多样性"专题网站，会特意对物种、栖息地和文化之间的关系进行介绍，并鼓励公众参与其中，共同寻找民俗、传说、诗歌、故事中关于野生动植物的叙述。

布雷迪整合审美中有助于拓展审美欣赏体验的思想和知识元素非常驳杂，这些思想和知识以背景的形式出现在审美欣赏体验中，既包括常识、民俗和其他文化知识，也包括科学知识。拥有不同的知识背景的审美欣赏者，审美体验也因此不同。知识内容和程度运用取决于欣赏者所处的情境和欣赏对象的要求。所谓的审美真理也非常具有弹性，审美真理不再是固定的、普遍的，而是具有地方性、生态区域性特征。

由此，整合审美站在非认知立场，吸收了不同维度的自然审美欣赏。它强调主客体之间的联系，一方面，审美主体具有感知、想象、情感和思考的能力；另一方面，这些能力是对审美对象特征的反应。从现实来看，对环境施加影响的人群，并不总是专业人士，还包括居住者、观光者、开发者和地方政府等等。因此，布雷迪认为，整合审美不需要审美欣赏者拥有专业的自然科学知识，各种各样的人都可以拥有自然审美体验。整合审美的这一开放性特征，对环境问题的协商解决具有积极意义。同时，整合审美模式不仅适用于自然，还适用于文化景观，如花园、公园等，同样也适用于艺术环境，如建筑环境和艺术作品等。

第九章 其他模式

第一节 激发模式

受赫伯恩、卡尔森等环境美学家的影响,诺埃尔·卡罗尔同样围绕如何适当地欣赏自然这一问题展开了思考。他认为,卡尔森提出的自然环境模式忽略了最常见的自然审美反应,一种不需要那么多自然科学知识、出自本能的审美反应,也就是我们经常说的"被自然打动了"。比如,我们站在发出滚滚雷鸣声的瀑布下,因它的壮美而兴奋不已;或裸脚站在藤架下,落叶轻覆,浅浅困意袭来,油然产生一种家园感。这些感觉都是我们这些不是自然学者的普通人,在日常生活中经常发生的自然审美反应。由此,卡罗尔认为,并非所有的自然审美反应都根植于对博物学的认知,都需要自然科学知识的介入。

一、常见的情感激发模式

1993年,卡罗尔发表《被自然激发:在宗教和自然历史之间》[1]一文,在分析、批判卡尔森自然环境模式的基础上,提出了另外一种自然欣赏模式——情感激发模式。

他认为,对于大多数人来说,欣赏自然包括被自然感动,或被自然激

---

[1] Carroll, Nöel. "On Being Moved by Nature: Between Religion and Natural History," in Salim Kemal and Ivan Gaskell, eds., *Landscape, Natural Beauty and the Arts*. Cambridge: Cambridge University Press, 1993.

发出情感。在自然欣赏过程中，我们向着自然刺激物敞开自身，并因其产生了情感反应。自然之所以能激发人的情感反应，可以有很多原因，比如受科学知识的教育，受文化知识的影响，又或者是人类天生的一项能力。比如，我们可能会喜欢一条蜿蜒小道，因为它的神秘吸引了我。当我们站在小瀑布旁边时，注意力完全被小瀑布的冲击力、高度、水量和对周边空气湿度的改变紧紧吸引住了，完全不需要什么专业的科学知识或文化背景的引导。只要是个人，有与生俱来的感官，能感知到急流奔涌的巨大力量就可以了。

在卡尔森的自然环境模式中，为了实现一个完整的审美体验，审美焦点是必要的，自然科学知识可以引导欣赏者明确审美焦点。卡罗尔指出，除了自然科学知识之外，自然激发情感的过程也可以完成审美定焦。激发模式不像景观模式那样，要求与欣赏对象保持距离，而是让自然激发我们的情感，为我们找到适当的欣赏位置。比如，在欣赏瀑布时，我们被瀑布的壮美打动了，获得了审美愉悦。那么，激发我们的情感的对象便是"壮美"。那么，审美焦点在哪里呢？当我们被壮美激发出情感反应后，感知系统便开始有针对地注意那些能够体现壮美的景象特征，形成系列审美焦点，而在审美焦点基础上进行的审美体验，反过来又会加强我们关于壮美的体验。在激发模式中，审美焦点的确立并不取决于自然事物的外在特征，也不取决于主体的刻意框取，而是自然激发的结果。

激发模式也不会将审美反应限制在视觉这单个方面，而是要求多感官的参与。比如瀑布之所以能打动我，不仅靠视觉景象，还有赖于声音、湿度、温度和压力等。在蜿蜒小道中体验神秘感，则需要真的行走于其间。

在此，卡罗尔并不否认卡尔森自然环境模式的适当性，也不排除自然科学知识在情感激发中的作用，只是想着力提醒，在卡尔森大力主张的自然环境模式之外，不要忘了还有一种常见的自然欣赏模式——情感激发模式，二者可以并存，没必要相互取代。

二、情感反应的客观性

卡罗尔指出,卡尔森之所以将自然科学知识作为自然欣赏的必要因素,有认识论方面的重要原因。卡尔森坚信自然审美判断有适当与否、正误之分。也就是说,某些自然审美判断是客观的,比如"大提顿公园宏阔美丽"。当某人说大提顿公园毫无价值,且没有什么根据时,我们会认为这个判断是错误的。卡尔森这一观点直接受到了沃顿(Kendall Walton)关于艺术判断理论的影响。

沃顿认为,关于艺术作品的审美判断有真实和虚假之分,这主要取决于两个因素:一是艺术作品的非审美感性特征;二是当艺术作品被置于正确的艺术范畴中时,其感性特征的地位。当我们在进行艺术审美判断时,需要把艺术作品都置入特定的范畴,在该范畴中审视艺术的感性特征。艺术作品审美判断的客观性取决于艺术作品是否被置于正确的范畴中。艺术是人创造的、设计的,可以被归入某范畴之中,但自然与之不同。自然并不是先天按照某些范畴被创造出来的,也并不是按照既定的范畴来发展存在的。

为了解决自然审美判断适当性这一问题,卡尔森选择了博物学和科学来介入自然欣赏。博物学和科学知识,可以在自然欣赏中发挥作用,就像艺术历史知识在艺术欣赏中发挥作用一样。这样,自然欣赏和艺术欣赏便在逻辑上统一了起来。卡罗尔在阐述情感激发模式时,也考虑到了这个问题,并提出了另一种解决方法。

他指出,被自然激发的情感也有适当与不适当之分。举个例子,自然使我产生畏惧感,那么,使我产生畏惧感的自然客体必须符合一定的标准,比如自然客体对我来说是危险的。我对坦克的畏惧是适当的,因为我相信坦克对我来说是危险的。如果说,我相信鸡汤对我没有危害,那么我对鸡汤的畏惧则是不适当的。既然,被激发的情感可以被判定为适当或不适当,那么,被激发的情感也可以接受认知评价。我们可以根据某人是否相信某物是危险的,从而判断他的畏惧感适不适当。同时,我们也可以根据某人的信仰、思想和注意点是否可以与人共享,来判断某人的畏惧是否适用于众人。比如,在自然中,我们相信眼前的瀑布是宏大壮观的,那么我们被瀑布的壮观激发出的兴奋之感便是适当的。如果别人也赞同眼前的瀑布是宏大壮观的,那么我们被瀑布的壮观激发出的兴奋之感便是客观的,不是主观的、歪曲的。如果有人承认瀑布的壮观,但否认自己被感动,那么,我们便会怀疑他的审美反映是不适当的。如果他拒绝承认瀑布的壮观,又不说清楚原因,那么,我们要么认为他不懂壮观是什么意思,要么认为他是不理性的。如果拒绝承认瀑布的壮观,并举例说星系更为宏阔,那么我们会尝试说服他,不应该将两者放在同一个尺度比较,并要求他在人类尺度上去评价瀑布的体量。

对于卡罗尔来说,情感反应的客观性没必要一定求助于自然科学知识所谓的"正确分类"。比如当我看到一条鲸鱼时,被它那巨大的体型震惊到了。尽管我不知道那是鱼还是哺乳动物,我都能直接感知到他体型的巨大,并因此被激发出适当的审美反应。而且这种审美反应,不见得比自然学家的审美反应浅薄。

三、情感激发模式的内在根据

不同于卡尔森对相关知识介入的强调,卡罗尔认为,其所阐述的情感激发模式既适用于自然欣赏,也适用于艺术欣赏,而且不需要寻求自然史、艺术史的介入。比如,游行或日落可能会打动我们,而我们没必要按照卡尔森的设计或命令模式来欣赏,也没必要寻求艺术史或自然史的指导。为什么某些自然环境会激发起人特定的情感反应呢?情感激发模式是不是显得太神秘,没什么坚实的依据呢?

卡罗尔借用杰伊·阿普尔顿(Jay Appleton)在《景观体验》一书中提出的两种较为广泛的自然关切,为情感激发寻找依据。一种是期望,针对有助于扩大感知视野的自然环境;一种是逃避,针对有助于躲避隐藏的自然环境。人具有动物性的一面,出于生存本能,对自然的某些特征具有特定的情感反应,宽阔的视野给予人一定的安全感,因为目之所及没有什么危险事物;而环闭的环境则让我们在危险逼近时有藏身之地。比如,身处落叶覆盖的廊架下,我们之所以昏昏欲睡,产生家园感,可能是因为廊架有利于我们藏匿自身。因此,自然对情感的激发并不神秘,也不是一种变相的宗教信仰,而是有其内在根据。

总之,卡罗尔认为,被某事物打动,就意味着被某事物的形式(体量、质地)激发出了适当的情感,这是一种传统的欣赏方式,既不需要科学知识的指导,也不是什么神秘主义的残留。

第二节 多元模式

1998年,齐藤百合子在《如其本然地欣赏自然》[1]这一篇文章中,强调了一条鲜明的自然审美适当性原则:如其本然地欣赏。同时,对卡尔森的自然环境欣赏模式进行了改造,除了自然科学知识之外,将本土传说、民间故事和神话视为探寻自然本然的途径,卡尔森将这种欣赏模式称为"多元模式"。

一、如其本然的自然欣赏

在探讨"如何如其本然地欣赏自然"之前,齐藤百合子就如何进行适当的艺术审美欣赏进行了分析。如果我们想要适当地欣赏艺术作品,首先,一定要对艺术作品有相关的感官经验,如看到绘画的视觉设计,听到音乐的节奏韵律等。此外,还必须把艺术作品置入其文化/历史语境和艺术媒介当中,了解创作该作品的艺术家。总之,要"如其本然地"欣赏艺术作品,这样才能避免错误的、不正确的审美评价,比如误认为黑白电影是色彩单调、无聊的电影,误认为日本的笛乐缺乏戏剧性,不如西方交响乐那么有力量等。

但是,正确的艺术欣赏并不总能保证获取最让人满意的审美体验,错误的审美体验有可能会让原本陈腐乏味的对象变得令人激动、巧妙精致,

---

[1] Saito, Yuriko. "Appreciating Nature on its Own Terms," *Environmental Ethics* 20 (1998), 135-149.

甚至堪为杰作。比如，在阅读文学作品时，对时代背景的误解有可能让平淡无味的作品变得激动人心。尽管如此，齐藤百合子坚持认为，不能如其本然地欣赏艺术作品的审美体验，无论从认知角度还是道德角度来说都是不适当的。如其本然地欣赏艺术作品，有助于我们在同情和想象中培养一种道德能力，即认识、理解他者的真实存在。

同样地，齐藤百合子认为，我们也应该遵从自然的引导，为自然欣赏制定道德标准，即如其本然地欣赏自然，聆听自然自己的故事，而不是将我们编造的故事强加于自然。按照这一原则，齐藤百合子反对从图画设计的角度来欣赏自然，也反对通过联想历史、文化或文学来欣赏自然。

在西方过去两个多世纪中，图画式自然欣赏是最为流行的自然欣赏模式。图画式欣赏以如画美观念为基础，强调对自然色彩、形式的关注，比如，像观赏一幅画那样观赏一处景观，不掺杂任何的联想。20世纪初，审美形式主义进一步推动了这种自然欣赏模式。根据审美形式主义，我们应该运用三维视角，单纯地从色彩、形状、质地等方面来欣赏自然。图画式自然欣赏本来没什么问题，毕竟我们最先总是会被自然的外在形式所吸引，但如果我们终止于对形式的感知，不能聆听自然本身的故事，那么就很有问题了。因为，自然可能会通过其复杂的部分而不是视觉的炫丽来讲述自身的故事。有时候，自然的声音就像耳边细语，模糊不清。因此，我们必须培养自己的敏感性，去努力辨识、欣赏复杂的自然话语。

联想式自然欣赏认为，自然的审美价值取决于自然事物所唤起的联想。比如，当初次登上北美大陆的欧洲移民，面对着没有开垦的自然环境时，将其视为荒蛮之地。相比缺乏历史、文学叙述的北美大陆，欧洲的每一处自然景观和自然事物都拥有浪漫的传说，唤起人们丰富的联想。历史、文学联想资源的匮乏，迫使当时的一些作者在书写自然时，转向了对当下生活的描述和对未来生活的憧憬，把自然当作人类事件的大剧场。这种做法，其实暗含了一种审美观念，即自然是不可被欣赏的，除非被"人化"或"尊奉"，自然欣赏只是庆祝人类历史、文化、文学事件或成就的一种手段。

齐藤百合子认为，无论是图画式欣赏还是联想式欣赏，都没有遵从

"如其本然"这一道德原则,所以是不适当的审美欣赏。那么,怎么样才能如其本然地欣赏自然,而不是将自然欣赏作为人类其他目的手段呢?她将目光首先投向了科学。

二、科学知识的引导

卡尔森高度强调科学对于适当自然欣赏的重要性,认为适当的自然欣赏必须奠定在对自然事实的认知上。自然事实并非人类的创造,不过,人们可以通过自然科学知识、生态科学知识发现自然事实,了解自然感性形式背后的故事。齐藤百合子认同并发展了卡尔森这一观点,并对一些反对意见给予了回应。

一些学者,如戈德拉维奇指出,科学认知主义仍然有人类中心主义之嫌,并没有真正地如其本然地揭示自然本身的故事。齐藤百合子回应道,她并非认为科学一定能够带领我们走向审美欣赏,而是说,自然审美欣赏必须接受科学所揭示的事实的引导。在自然审美欣赏中接受科学知识的引导,并不是说接受了人类中心主义立场,也并不意味着对自然缺乏敬重。尽管我们的任何知识都带有人类中心主义色彩,不可能完全地如其本然地认识自然,但相比其他知识,科学知识要更为接近这一理想认知方式。

另一种反对的声音认为,自然感知体验具有瞬时性,科学知识的介入削弱了瞬时的自然感觉体验。齐藤百合子承认,确实有一些科学知识将我们的注意力转移到一些无法真切感知到的抽象概念上去,削减了审美体验。可另一方面,还有一些科学知识能够提升、调整我们瞬时的自然感知体验,比如地质学、植物学。这些学科知识建立在对自然事物、自然现象的细致观察的基础上。

相比卡尔森,齐藤百合子还侧重从道德维度强调审美判断的适当性。有些自然欣赏尽管不适当,却带给人们更加愉悦、兴奋和轻松的审美体验。我们的自然欣赏之所以需要科学知识的介入,很重要的一个原因是,我们需要对自然担负起生态责任。

三、本土传说、民间故事和神话

尽管齐藤百合子高度强调了科学对于适当自然欣赏的重要性，但她同时也指出，科学并不是唯一能够引导我们适当地欣赏自然的知识资源，同样可以引导人们的，还有一些本土传说、民间故事和神话等。

民间故事试图通过拟人的话语来解释自然事物和自然现象，这与科学试图运用系列抽象的概念、范畴和模型来解释自然非常相似。虽然同样属于历史文化范畴，但民间故事、神话与先前所说的联想式自然欣赏中的历史、文化和文学话语并不一样，民间叙事是在试图帮助自然讲述自身的故事。关于自然故事的讲述，既有普遍性的，也有区域性的。像科学知识、创世神话等，多讲述的是自然普遍的真理，而民间叙事讲述的则是地方性的、特定生态区域内的真理。区域性叙事和普遍性叙事，只存在对于自然事物个体性特征关注程度上的差异，并不是两种完全不同的东西。比如，创世神话将所有山的起源归结为一个原因，而民间故事对每一座山都有不同的叙述。

无论是普遍性叙事还是区域性叙事，都可能会追问自然事物、自然环境因何如此、为何如此。这些叙事知识对自然的观察越是精细，关注越是密切，我们在自然欣赏中可能就会对自然事物的感性特质越发敏感。

总之，齐藤百合子主张适当的自然审美欣赏必须具有如其本然地认识、敬重自然的道德能力，道说自然自身的故事，而不是人类自身的故事。到底哪些知识道说了自然自身的故事，这需要我们提高聆听故事的敏感性，透过自然事物的感性特质努力去辨认。这些知识可以在自然科学中找到，也可以在民间叙述中找到。此外，正如我们关于艺术的适当欣赏需要通过艺术审美教育来实现，我们关于自然的适当欣赏，同样需要自然审美教育来实现。

四、道德维度的适当性

相较古希腊、中世纪，西方近代自然审美观念发生了重大的变化。关于自然审美的研究，从自然审美属性转移到主体审美能力上。人们仰仗理性重新认识了自然，在某种意义上，将自然从神秘、丑恶、恐怖等观念中解放出来，完成了祛魅。其中，如画欣赏方式备受推崇。如画理论鼓励人们将自然视为二维图画，努力寻找自然中的有趣的、有视觉震感效果的图景。凡是无法产生如画般视觉效果的自然事物，都被认为是不美丽的、丑陋的。

当代自然美学对以如画理论为代表的自然审美观念给予了猛烈的批判，认为不应该将美局限在优美的视觉效果上，而应该从自然环境的有机、整体、秩序、健康等方面挖掘自然的审美价值，透过自然环境表面的单调，把握其内在的丰富。按照这种观点，湿地、荒野同样具有审美价值。在此基础上，卡尔森更进一步，提出了"自然全美"这一观点。

在《非美自然的美学》[1]一文中，齐藤百合子肯定自然中的每一事物都具有叙述自身故事的能力，具有积极的审美意义，但她却反对"自然全美"这一观点。她认为，并不是所有的自然事物都可以或者应该被审美地欣赏。当我们面对自然当中的一些毫无吸引力，甚至讨厌、害怕的东西时，或许可以通过拉开距离克服基于现实考虑所作出的消极审美反应，比如出于人身安全考虑，将蝙蝠、蛇等动物隔离开，使人们能够镇定地认真观察它们，但这样做会将它们从生存环境中剥离开，大大降低它们的审美价值，因为，自然事物所处的环境对于其审美特性的感知来说非常重要。而且，像那些巨大的自然灾害，如飓风、地震、火山喷发、洪水泛滥等，是无法隔离开来实现静观的。

有人或采用超越人类中心主义视角，认为这些自然灾害是地球生态系统运转中不可或缺的部分，是自然而然的，因而也是美的。但齐藤百合子却坚持以人为本的道德观念，反对从人类的灾难中获得审美快感，即使这些自然灾害是地球生态系统正常运转造成的。她指出，有些自然现象对人类生存产生了威胁，使人们很难拥有足够的生理距离或概念距离去聆听自

---

[1] Saito, Yuriko. "The Aesthetics of Unsenic Nature," *The Journal of Aesthetics and Art Criticism* 56 (1998), 101-111.

然本身的故事，就算人们可以聆听，其道德适当性也值得怀疑。

总之，齐藤百合子在探讨自然欣赏模式适当性问题时，将道德作为一个重要的考量维度。一方面，我们需要敬重自然，要如其本然地欣赏自然事物，接受自然科学、本土传说和民间故事等多元知识的引导，聆听自然的声音；另一方面，也要考虑自然环境对人施加的影响，不能一味地追求审美快感，而忽略了其他现实感受。自然事物的审美价值，最终还是需要人来赋予。

第三节　后现代模式

托马斯·海德（Thomas Heyd）从三个方面对卡尔森将自然科学作为自然审美欣赏的主要叙事资源这一做法提出了质疑。在《审美欣赏与关于自然的众多故事》[1]一文中，他认为，科学知识并不是自然审美欣赏的必要条件，自然审美欣赏也可以从多种多样的故事中获益，比如生命历程、文化等。相比齐藤百合子的"多元模式"，海德站在后现代立场，提出了另外一种多元模式，不过他并没有探索如何如其本然地欣赏自然，而将关注点放在审美能力和审美体验上，认为一切有助于丰富想象内容、增强审美持久力的叙事资源都是适当的。

一、对科学知识介入的质疑

海德认为，知晓艺术作品或自然事物的成因，并不是适当的审美欣赏的必要因素。审美欣赏更基础的特征是剧烈的审美体验，相比之下，了解审美对象的成因则没那么重要。

按照卡尔森的观点，当我们欣赏杰克逊·波洛克（Jackson Pollock）的绘画作品时，我们必须将作品放置在艺术历史或相关的艺术范畴中去欣赏，

---

[1] Heyd, Thomas. "Aesthetic Appreciation and the Many Stories about Nature," *British Journal of Aesthetics* 41 (2001), 125–137.

才算是适当的。但海德却认为，这种行为就像阅读酒瓶上的标签或展览馆艺术作品旁边的墙上的作品介绍，只注重语境的正确与否，而忽略了体验本身。知晓自然事物的形成原因，固然能够增进我们对自然事物的理解，但这并不是适当审美欣赏的必要或充分条件。

如果我们知道某地方杨梅树的演化历程及与其他地方亲缘性树种的关系，或许会增加关于环境对生物多样性的影响的感叹，但如果我不知道它的属种分类，也并不影响我对它的欣赏。在欣赏自然时，我们需要将注意力集中在自然事物呈现给我们的表象上：杨梅树干色彩斑斓，如皮肤一样光滑；而麻栎树干粗糙，就像覆盖了一层鳞片。关于植物的个体发育、种系发育的科学知识，反而可能会阻碍我对其外观形式的感知。

海德指出，对于自然审美欣赏来说，有些科学知识是有帮助的。比如当我们在大峡谷底部行走的时候，地质学知识能够帮助我们注意到那些因河水经年侵蚀而裸露出来的多种多样的地层。但有些科学知识是中性的，甚至是有害的，会将我们的注意力转移到理论层面，停留在一般事物上，对某一类事物泛而概之，使我们无法从个人层面出发，无法将注意力聚焦在欣赏特殊的事物上。

比如我们所知晓的关于杨梅树的知识，只是一般意义上的杨梅树的真理，而不是我们直面看到的那株杨梅树的真理。只有当我们真的面对面看到那株杨梅树时，我们才能真切地把握它的生理特征，才能真正地拥有关于它的审美体验。

再比如，从化学元素构成的角度来说，水分子是由两个氢原子和一个氧原子构成。当我们坐在温哥华岛凝视远处的奥林匹克山脉时，知道这些知识，并不会影响我们对水这一事物深度和广度的感知。如果地质学、化学和植物学知识真的将我们的关注点从身边直观具体的自然事物转移到科学知识上，那么应该说，科学知识对于我们沉浸其中的自然环境审美欣赏是有害的。

卡尔森认为，要适当地欣赏自然，我们必须借助科学范畴，因为他认为科学是能够揭示自然原本面貌及其属性的范式。但海德认为，除了科学，审美欣赏本身也是一种特殊的、能够揭示自然为何物的范式，能够打破固有的认知范畴和信念。揭示自然为何物，不能仅仅依靠科学范畴，揭示自然为何物同样是审美欣赏的目的。将科学范畴引入自然审美欣赏，可能会妨碍我们通过审美欣赏来发掘自然的能力。

二、想象力与审美持久力

海德肯定了卡尔森环境审美欣赏中的"介入"这一观念。他认为，审美欣赏确实需要"介入"，但科学知识是否是主要的、必要的介入元素有待商榷。对于一些特定的审美欣赏对象来说，比如伦勃朗的微型蚀刻版画，我们需要更持久的感官投入，而对于音乐、文学之类的审美欣赏对象，我们最需要的是想象，对于这两者来说，专业知识的介入并不一定起到积极作用。

海德指出，无论是艺术作品还是自然事物，只要我们想作出审美判断，就必须长时间地运用感官来关注艺术作品或自然事物，但显然，我们的感知注意力总是趋向于减弱。比如，很多人无法长时间盯着一幅画看。有些人尽管会对音乐会给予高度评价，但聆听时仍然免不了感到无聊、困倦。因此，海德高度强调了影响审美欣赏的两个因素：一是审美持久力，二是想象力。为了增强审美持久力，海德建议通过丰富想象内容来延长审美主体对自然事物或艺术作品的感知兴趣。

那么，如何能够丰富我们的想象内容、增强我们的审美持久力呢？海德向大家介绍了有助于丰富想象的故事类型：艺术的与非艺术的，语言的与非语言的。

第一，艺术故事与审美共同体。在海德看来，自然包含着多种多样、数不胜数的叙述故事。当我们进行自然审美欣赏时，这些叙述故事对我们有积极的引导作用。海德首先提到了"艺术故事"。他认为，相比一般人，艺术家的自然欣赏经验比较丰富，欣赏能力也较为出色。因此，艺术家叙述的艺术故事对于我们的自然审美欣赏很有帮助。

比如，在其文学作品中有大量的描写，如果我们阅读过加拿大作家鲁迪·威伯（Rudy Wiebe）在其文学作品中对加拿大西部的描述，那么当我们穿行在加拿大西部那片广袤的荒地上时,便会获得审美愉悦。同样地,如果我们阅读过奥地利作家彼得·汉德克(Peter Handke)游览圣维克多山(Montagne Ste-Victoire)的笔记,观赏过保罗·塞尚的著名画作《圣维克多山》,那么当我们在现实中真的直面这座山的时候,会不由自主地跟随艺术家们的描述,满怀激情地去欣赏山岩的陡峭。

同时,海德认为,艺术家的叙述故事往往比科学知识更能激发我们的自然审美体验。他以希腊的圣托里尼岛(Santorini)为例,论证了这一观点。相比简略平淡的科学描述,希腊诗人塞菲里斯(George Seferis)那充满想象、极具情感张力的诗歌更有助于人们欣赏圣托里尼岛的自然环境,探寻其中蕴含的意义和美。此外,透过诗人的叙述故事,我们不仅可以分有诗人的自然欣赏视角,还可以分有诗歌中的人物及其同代人的自然欣赏视角,使我们能够进入一个超越时空、超越文化差异的审美共同体。

第二,非艺术故事与显著感知。除了艺术故事之外,还有很多"非艺术故事"[1]也能够引导我们的自然审美欣赏,这些故事产生于人与自然打交道的过程当中。比如,澳大利亚原住民在其梦幻世界中对超自然存在物的叙述。这些超自然存在物并不存在于自然之外,而是与自然紧密融合在一起,每一方土地都在神圣之物的照管之下,而神圣之物又存在于每一方土地之中。在未经教化的人眼中,方寸土地之间或许看起来没什么区别,但是经过梦幻训练的人能够在方寸土地中感知到大量的显著特质。在此,海德格外强调了"显著"的重要性,"显著"是物体、环境或事件可以被感知、被欣赏的重要原因。他认为,审美欣赏取决于人们关注事物的能力,或者说将事物作为感官注意对象和想象游戏对象的能力,而那些非艺术的叙述故事有助于引导人们把握自然事物的"显著"特征。这种引导与科学分类知识不同,科学知识是抽象的,使人们远离实际事物,而这些叙述故事则是具体的,能够引导我们深入到物体、环境甚至事件当中。

第三,非语言表达的故事和想象游戏。无论是艺术故事,还是非艺术故事都离不开语言这一载体。除了语言故事之外,海德也关注了另外一种

---

[1] 海德指出,他关于艺术与非艺术的区别在于"故事讲述者"是否采用了具有艺术生产特征的工具和概念。

有助于引导自然审美欣赏的文化资源——"非语言表达的故事",比如绘画、雕刻、雕塑、建筑、舞蹈,美酒、美食和一些诸如陵墓、纪念碑之类的文化遗迹等等。

海德认为,任何文化资源都有助于人们了解当时创造者的审美欣赏。借助这些文化资源,当下的审美欣赏者可以进入到一种宽广的审美共同体。有些文化资源能够直接指向自然世界,比如反映动植物或风景的绘画作品和雕塑作品。通过"聆听"其中的故事,我们对身边的自然环境会有不一样的认识,会不由自主地长时间注视自然事物,获得更丰富的审美欣赏。然而,也有一些文化资源讲述故事的方式较为隐晦,比如偏远地方的岩石刻画、树皮刻画或古墓。通过认真聆听,我们仍然可以了解到当时人们与自然事物的相处方式:以什么动植物为食物,用什么工具来盛水,在哪里藏身等等。

总之,无论是语言的还是非语言的,艺术的还是非艺术的,这些多种多样的叙述故事会以多种多样的形式刺激我们的想象游戏,促进我们对自然世界的感知,从而强化我们对自然世界的审美欣赏。

三、反对与辩护

为了进一步捍卫自己的观点,海德就三种可能的批判给予了回应。

首先是主观立场。按照卡尔森的观点,文学或个人叙述反映的是个人主观叙述,是不可信的,适当的审美欣赏应该接受客观叙述的引导。但海德却指出,故事的可信或不可信与审美欣赏没有必要的关系,就算是这些故事有失主观,不是客观事实,但依然是关于自然事物的叙述,依然可以在自然审美欣赏中发挥作用,突显自然的审美特质,激发人的想象力。从这个角度来说,我们不应当说这些故事是不适当的。

其次是文化特征。有人或认为,借助文化故事来欣赏那些具有文化特征的自然事物是适当的,但这些文化故事不适用于纯粹自然的欣赏。对于纯粹自然,我们应该欣赏自然本身,而不应该借助文化故事。就此,海德指出,归根结底,自然科学本身也是一种文化。判断非科学故事是否与自然环境审美具有相关性,还是要取决于它们是否能够增进我们的自然环境审美欣赏能力。

最后是价值取向。海德承认他所主张的文化故事包含价值取向,但同时,他深刻地指出,科学与这些文化故事同样具有特定的价值取向。文化故事是否具有价值取向并不重要,重要的还是这些故事是否能够增进我们的自然环境审美欣赏能力。

海德反对卡尔森所主张的对象导向欣赏模式。按照卡尔森的观点,只有具有科学知识或常识的人,才能够适当地欣赏自然。海德却认为,这一观点显然与事实相悖。很多不具有自然科学知识的人仍然可以审美地欣赏自然,比如澳大利亚原住民。鉴于自然欣赏是一项令人愉悦的活动,有助于提高我们关怀自然环境的意识,那么,能够促进审美欣赏的资源当然是越广泛越好。因此,他站在后现代立场,认为不应当将与审美相关的叙述局限在科学知识上,而应该尽可能地拓展。但凡能够促进审美欣赏的叙述故事,都具有审美相关性。当然,也不排除有些故事无法促进审美欣赏,但不能以类判断,应该逐一分辨。

第四节 神秘模式

斯坦·戈德拉维奇(Stan Godlovitch)依托环境无中心主义思想,提出了一种适用于自然环境欣赏的无中心审美欣赏方式——神秘模式。[1]

一、走向无中心自然审美

戈德拉维奇指出,环境中心主义总是将某些自然事物放在中心位置,无论人类中心主义还是生物中心主义,包括对有机体和无机体的划分等,都是环境中心主义的表现。环境中心主义用孤立的视角看待自然,将自然

---

[1] Godlovitch, Stan. "Icebreakers: Environmentalism and Natural Aesthetics," *Journal of Applied Philosophy* 11 (1994), 15–30.

视为一件东西，无法如其所是地将自然作为一个整体来看待，但却声称要保护自然环境、尊重自然。实际上，这种保护关注的是文化价值，而不是自然价值。而受这种环境保护主义影响的审美活动，并不能适当地、如其所是地欣赏自然。

他强调，想要如其所是地、审美地欣赏自然，必须明确一点，自然不是人工产物也不是类人工产物。为此，他主张站在无中心环境主义立场上去欣赏环境，走向无中心自然审美。不过，戈德拉维奇认为，无中心的环境主义无意去保障生态环境的可持续存有和生态权利，其指导下的自然欣赏活动也不应该受文化背景、艺术作品的束缚。在此，无中心自然审美面临一个难题，即作为人，人的自然审美天生具有人类中心主义倾向，具有独断性。比如，在人和动物之间，人会更多地考虑人的需要，而忽略其他动物的感受。有时候，人们还会同时存在一些矛盾的态度，如一方面对冰川融化无动于衷，另一方面又强烈反对建造河流大坝。人们可以有意识地保护地方河流生态，却对全球环境的恶化漠不关心。

走向无中心自然审美，意味着不依靠日常感官经验判断审美价值。戈德拉维奇认为，尽管人的审美感知有局限性，但没必要一定按照寻常感官经验去欣赏自然事物，我们可以通过非感官经验来欣赏自然，比如卡尔森的认知模式，又或者通过戈德拉维奇自己提出的"客观－神秘"模式。在阐述其"客观－神秘"模式之前，戈德拉维奇对几种看似无中心的审美模式及背后的理论观念进行了分析。

二、若干无中心审美模式

戈德拉维奇首先对赋予自然以类人格（quasi-personhood）的"盖娅"观念进行了批评。按照该观念，人们之所以尊重自然，是因为把自然当成一种有机智慧体，有一套自给自足的系统，像人一样有需求、成长、个性、健康、承受灾难的能力和繁荣昌盛的能力。但戈德拉维奇认为，盖娅环境主义并没有真实地反映自然本身，而是将人类关于和谐、内在联系的美好想象加诸自然身上，这些美好的想象实际上源自我们对人类社会功能性结构的尊崇，比如组织、机构和团体等。所谓物理的、生物的和地质的自然认知模式，归根结底，只是人类社会文化现象和规则的反映。人类通过科学、伦理和艺术等方式，将自然按照人类所规范的目标表达出来。但自然本身既不需要被征服为有用的或可认识的，也不需要被尊崇为智慧的或完美的，它既不是机器，也不是个有机体或类人的智慧体。我们关于自然的形而上的想象，只不过是复述了一遍我们自己的故事。

卡尔森的自然环境模式采取认知主义立场，力图借用描述性自然科学范畴确保审美欣赏的客观性，但戈德拉维奇却对这种"客观性"提出了质疑。他指出，如果自然欣赏以自然科学所假定的真理为基础，那么必然会受到反实在论、内在实在论和相对主义等观念的抨击。自然科学历史，是一个不断摒弃原有真理、期望和想象的过程，而科学范畴是一种对自然的误导，假定了些自然不存在的东西。再者，科学地接受自然，必须首先科学地理解自然，而自然发现实际上是非常烦琐的过程，要通过理论构建、实验操作、描述测量等复杂的环节，会消耗人的智力，让人感到无趣。而且，与前面的盖娅学说相似，科学所发现的自然，也只不过是人类自己描绘的图景，到最后反而加深了自然的神秘性。自然科学活动，跟其他人类活动相似，依然是以人类为中心，无法确保审美的客观性。

其次，戈德拉维奇又对马克·萨戈夫（Mark Sagoff）的"大地母亲"（Mother Earth）[1]这一观念给予了批评。萨戈夫认为自然科学并没有用心来感受自然，因此，他主张用尊重、尊敬、敬畏与爱替代自然科学那冷冰冰的认知态度。人们对自然那无条件的尊重，源自与大地的内在的、类似血缘关系的关联。萨戈夫将人与大地的这种血缘纽带，进一步扩展为文化纽带，甚至是全球环境纽带，进而为环境保护提供辩护。我们尊重、敬畏并热爱自然，将其视作存在之本、伟大的母亲，承认其具有内在价值。戈德拉维奇认为，这种观念看似超越了人的利益，是无私的、普遍的，但实际上存在诸多问题。关于人应当敬爱自然的主张，并没有什么逻辑严密的、坚实的依据。而且，只用尊重、敬畏、爱等概念来描述人与自然的关系是

---

[1] Sagoff, Mark. *Price, Principle, and the Environment*. Cambridge University Press, 2004, p.8.

片面的。面对自然，人不一定内心充满爱意，也有可能是畏惧、厌恶。就像认知欣赏模式，没有将尚未认知之物或不可认知之物纳入欣赏范围中，敬爱欣赏模式也只是指导在人与自然的关系层面上来欣赏自然，而与人没有什么紧密联系的那部分自然，则被忽略了。

三、神秘模式

戈德拉维奇指出，无论是盖娅观念、认知主义模式还是大地母亲观念，都或将自然看作一个像人一样的存在物，或将自然看作一和谐的、可知的客观世界，又或将自然看作敬爱的、像父母一样的事物，都没有将自然看作自然本身。

首先，我们不能从科学认知的视角来理解神秘模式。科学总是设定一个目标，并坚信能找到办法达成那个目标。科学提出问题，并寻求这个问题的答案，但问题本身却是按照特定的科学理论来定义的，或者说，科学只是提出那些有潜在答案的问题。其次，我们不能从敬爱、依存等视角来理解神秘模式。这种视角预设了人与自然之间的密切的、互利的关系，想象人与自然是和谐共处的。我们可以保护、尊重其他生物，这是必要的，且具有道德意义，但自然是超越我们的，我们只是按照自己的需要筛选出一些法则来解释自然，却并未走近自然。自然，并不只是与我们相关的、地球上的那些事物，它的范围向外延伸得很广，而人类却只能从自身栖息地出发来理解自然。这种欣赏模式，还是有中心的。同样地，我们也不能运用传统的崇高理念来理解神秘模式。在崇高理念中，人会被事物体量、规模的巨大所震惊，继而用理性克服恐惧感。

既然科学和热爱都不能使人正确认识自然、欣赏自然，那么，我们只能在不彻底的理解中，或有限的认知中，欣赏自然的神秘感，从而摆脱感知、感受和范畴的束缚。因此，戈德拉维奇认为，神秘模式是一种适当的自然欣赏模式。自然神秘模式强调审美的冷漠和无意义感，一方面不需要求助于道德意识或内心的精神力量，另一方面也没必要伴随畏惧、惊奇、敬爱或依存等情感，因为这些情感都带有人类中心主义视角，不适合站在人类维度来衡量体量巨大的自然事物。

第五节　生态学模式

卡尔森按照以对象为导向的欣赏思路，针对自然环境类型，在《欣赏与自然环境》一文中提出了自然欣赏的"环境模式"[1]，该模式主要针对自然环境的审美欣赏而言的。当卡尔森将理论研究的范围从自然环境向人类环境拓展时，不自觉地将其在自然环境美学领域所采用的研究思路，应用到人类环境审美研究中，提出了著名的人类环境审美欣赏的生态学方法，我们在此将其概括为"生态学模式"，该模式主要适用于对人类环境尤其是对建筑物的欣赏。[2]

卡尔森按照以对象为导向的思路提出了人类环境的生态学方法，具体说来，卡尔森首先论述"欣赏什么"，然后再论述"如何欣赏"，从而提出了人类环境欣赏的生态学方法。在传统意义上，人们一般把人类环境视为在总体上是精心设计的，并且只有当这些环境被如此设计时，才值得被关注。对于这种观念下的审美欣赏方式，卡尔森将其概括为"设计者景观方法（the designer landscape approach）"[3]。按照设计者景观方法来欣赏人类环境，从审美上看，最直接的结果就是把人类环境比作了艺术品，把人类环境美学与艺术美学紧密联系起来。于是，所有关于艺术美学的理论、观念，都可以借用来欣赏人类环境。在一定程度上，按照艺术美学的理论和

---

[1] Carlson, Allen. "Appreciation and the Natural Environment," *The Journal of Aesthetics and Art Criticism* 37 (1979), 267-275.

[2] 在拓展研究人类环境的审美欣赏时，卡尔森首先关注的是建筑，因为他认为建筑是人类环境的典型代表。卡尔森针对建筑的特征，发展出建筑欣赏的生态学方法，而后卡尔森指出，这种生态学方法应该拓展到对于一般人类环境甚至是日常生活环境的欣赏上。卡尔森在这方面的论述主要参见集中在如下三篇文章中：Carlson, Allen. "Reconsidering of Architecture Aesthetics," *The Journal of Aesthetic Education* 20 (1986), 21-27; "Existence, Location, and Function: The Appreciation of Architecture," *Philosophy and Architecture*, M. Mitias ed., Amsterdam: Editions Rodopi, 1994, pp.141-164; "On Aesthetically Appreciating Human Environments," *Philosophy & Geography* 4 (2001), 9-24.

[3] Carlson, Allen. "On Aesthetically Appreciating Human Environments," *Philosophy & Geography* 4 (2001), 9-24. 中译本参考［加］艾伦·卡尔松：《从自然到人文——艾伦·卡尔松环境美学文选》，薛富兴译，桂林：广西师范大学出版社，2012年版，第238页。

观念来欣赏人类环境有一定的道理，因为人类环境总体上是人类设计的产物。但是在卡尔森看来，设计者景观方法作为人类环境审美的模式会产生一些问题，这些问题的根源就在于：从对象上看，人类环境属于日常生活环境的一部分，而并非纯艺术品；从审美上看，人类环境美学属于日常生活美学的一部分，而不属于艺术美学。为了更加清楚、明晰地论述这一思路，卡尔森将建筑作为日常生活环境的一个典型代表，详细阐释按照艺术美学来欣赏建筑而带来的诸多困境，从而"建筑美学与其困境之间的这种矛盾，有助于我们突出人类环境审美欣赏中设计者景观方式所存在的总体问题。当人类环境美学与艺术美学的理论、观念以及那些将艺术美学设想为与如何审美地欣赏人类环境问题紧密相关时，问题便类似于建筑美学"[1]。

以建筑为阐释案例，传统美学对建筑的看法是，建筑属于艺术品，于是传统美学便按照艺术欣赏的模式来欣赏建筑，"建筑美学的焦点被集中于孤立、独特的结构，这些结构是作为艺术家的建筑师们精心设计和创造的。如果它们在某种意义上说是艺术品之类的东西，或者特别是雕塑之类的东西，这便很好。简言之，建筑美学的重心已被集中于单个的巨型建筑物——一个艺术家的作品"[2]。这种按照雕塑等艺术品的方式来欣赏建筑，其实质就是卡尔森所批判的对象导向模式，这种模式最核心的特征就是把欣赏对象看成是孤立的艺术品，割裂了欣赏对象与周围环境的关系网。因此，关键问题是，按照艺术美学中的对象导向模式来欣赏建筑是否恰当？

在一定程度上，按照对象导向模式来欣赏建筑物是有道理的，因为建筑在总体上是人类设计的，而且建筑也被视为一门艺术——尽管是一门低级的艺术。但是卡尔森认为传统建筑美学走向了一种极端，即信奉两种假设："其一，相关设计依其性质必须是艺术的；其二，只有当它是这种艺术

---

[1] Carlson, Allen. "On Aesthetically Appreciating Human Environments," *Philosophy & Geography* 4 (2001), 9-24. 中译本参考［加］艾伦·卡尔松：《从自然到人文——艾伦·卡尔松环境美学文选》，薛富兴译，桂林：广西师范大学出版社，2012年版，第240页。

[2] Carlson, Allen. "Reconsidering of Architecture Aesthetics," *The Journal of Aesthetic Education* 20 (1986), 21-27. 中译本参考［加］艾伦·卡尔松：《从自然到人文——艾伦·卡尔松环境美学文选》，薛富兴译，桂林：广西师范大学出版社，2012年版，第135页。

设计结构时，建筑才值得审美关注。"[1] 卡尔森反对的正是这种极端思想。卡尔森根据建筑本身的特点指出："许多情况下，建筑的典范作品与典型的艺术作品迥然不同。比如作为建筑物，它们具有许多功能，因此，它们与人以及其使用者的文化内在地相关联着，作为建筑物，它们也与其他建筑物相关联着。它们不只是在功能上与那些有相似用途的建筑物相关联着，而且在结构上也与那些有着类似设计与构造的建筑物相关联着，甚至也与在物质空间上与之相近的建筑物相关联着。再者，作为建筑，它们被建造于某处，因此，它们也就不只与邻近的物理建筑，也与存在于其间的都市风景和景观密切相关。基于这种相互联系之网，抽象的'建筑作品'概念就很难有牢固的基础。在一般人看来，挑出特殊的'建筑作品'就变成一种武断的行为了。简言之，一旦我们开始观察和思考建筑时，便会意识到：建筑很难与类似于我们所钟情的艺术品观念相适应，艺术品是一种独特的、非功能性的，并且通常是便于携带的审美欣赏对象。"[2] 这里，卡尔森指出建筑与艺术品最大的区别是：艺术品是孤立的，而建筑则与周围环境紧密关联着。这种关联体现在两个方面：一方面建筑通过功能与人以及社会文化内在地相关联；另一方面建筑在物质、物理空间上与周围其他建筑以及更大的城市景观相关联。卡尔森对建筑特性的描述，旨在揭示出传统建筑美学所欣赏的建筑并不符合建筑的实际特征，根据"对象为导向的欣赏思路"，指出按照传统艺术欣赏的方式来欣赏建筑的不恰当性。为了提出一种恰当的欣赏方式，卡尔森从建筑本身的特性出发，提出了建筑美学的生态学方法。

卡尔森之所以把这种新的审美欣赏方法命名为"生态学方法"，是因为卡尔森认为，"建筑物并非一种类似艺术品的东西，而是人类生态系统的

---

[1] Carlson, Allen. "On Aesthetically Appreciating Human Environments," *Philosophy & Geography* 4 (2001), 9-24. 中译本参考［加］艾伦·卡尔松：《从自然到人文——艾伦·卡尔松环境美学文选》，薛富兴译，桂林：广西师范大学出版社，2012年版，第238页。

[2] Carlson, Allen. "Reconsidering of Architecture Aesthetics," *The Journal of Aesthetic Education* 20 (1986), 21-27. 中译本参考［加］艾伦·卡尔松：《从自然到人文——艾伦·卡尔松环境美学文选》，薛富兴译，桂林：广西师范大学出版社，2012年版，第135页。

有机组成部分，就像组成自然环境生态系统的那些要素一样"[1]。也就是说，生态学方法的核心要义就是参照自然环境生态系统的关系之网，欣赏建筑以及人类环境。卡尔森在 1979 年《欣赏与自然环境》中提出"环境模式"时，已经注意到自然事物之间的有机联系，而后在 1984 年《自然与肯定美学》中进一步注意到生态因素在自然欣赏中的作用，等到 1986 年《建筑美学再思考》中，卡尔森明确认识到自然环境的生态系统特性及其对自然欣赏的作用，从而为卡尔森提出生态学方法提供了有效的参考。卡尔森通过将建筑物与艺术品、自然环境之间进行比照，发现建筑物与艺术品差别大，而与自然环境更为相似，于是指出传统的艺术美学并不适合建筑欣赏，建筑欣赏应该参照自然欣赏的方式，发展一种生态学方法。于是卡尔森首先考察生态学方法在自然审美当中的应用，而后将其调整应用到以建筑为代表的人类环境中。

一、卡尔森考察自然欣赏中的生态学方法

在自然欣赏中，卡尔森针对"欣赏什么"的问题，强调自然的生态系统特性。卡尔森说："自然环境由相互制约的生态系统构成，它有我们称之为'功能适应'的特征。每一生态系统自身必须与各种其他系统适应，同样，任一系统内的各要素之间又必须相互适应。在单个有机体上，此种适应被称之为一种生态的小生境。总体而言，这种小生境和功能适应的重要性乃出于生存的需要。这就是对适者生存这一生物学原则的生态学阐释，若无此适应能力，无论单个有机体，还是生态系统均不能长期生存下去。在此意义上，适应是功能性的。生态系统及其要素之间的相互适应，并非谜底与谜团的关系，而是更像一台机器与其各个部件之间的关系。每个要件均有其功能，此功能的发挥不仅有益于该部件，同时也有益于系统中其他元件和整个

---

[1] Carlson, Allen. "Reconsidering of Architecture Aesthetics," *The Journal of Aesthetic Education* 20 (1986), 21-27. 中译本参考 [加] 艾伦·卡尔松：《从自然到人文——艾伦·卡尔松环境美学文选》，薛富兴译，桂林：广西师范大学出版社，2012 年版，第 136 页。

系统自身，最后则是整个自然环境的持续生存。"[1] 卡尔森对自然的描述，强调了生态系统、功能适应、生存等特征。

随后，根据这些特征，卡尔森阐释了生态学方法在以建筑为代表的人类环境中的运用，如卡尔森说："一旦意识到功能适应的重要性，我们就会发现这一观念在自然环境审美欣赏中的应有地位。我们在此观念下对自然环境进行审美欣赏，自然将不再只被简单地感知为一些单个的、不相关联的自然对象、有机体或景观的集合。没有任何生态系统要素可以在孤立状态下被很好地欣赏，而是应当从它们与整体的适应关系来感知这些要素。再者，由于这种适应是功能性的，对这些要素的功能性描述便会呈现出新的意义：外在的景观变成了栖息地，活动范围和生存领地则成了有机的居住、饲养和生存空间与区域。在这场统一的生命戏剧中，这些有机体自身成了演员。"[2] 这样，卡尔森便通过功能适应以及相关的功能适应知识（即生态学知识），把自然对象放在一个生态系统网络中进行审美欣赏，凸显出生态系统、功能适应在自然欣赏中的重要作用。

二、卡尔森逐步将生态学方法从自然欣赏拓展到以建筑为代表的人类环境中

第一步，卡尔森在生态系统、功能适应的视角下，重新理解与阐释以建筑环境为代表的人类环境的特征。

卡尔森说："生态学方法被视为具有多种不同的相关性。最重要的是，它意味着把我们的人类环境作为形成某种与交互生态系统相类似的事物来感知，将功能适应概念作为欣赏其创造、发展和持续生存的锁钥。当我们如此感知时，人类环境呈现为一种我们在自然和艺术审美欣赏中所发现的有机整体。在许多情形下，一种人类环境，一种城市景观，甚至是一座特

---

[1] Carlson, Allen. "Reconsidering of Architecture Aesthetics," *The Journal of Aesthetic Education* 20 (1986), 21-27. 中译本参考［加］艾伦·卡尔松：《从自然到人文——艾伦·卡尔松环境美学文选》，薛富兴译，桂林：广西师范大学出版社，2012年版，第136页。
[2] 同上。

定的建筑物,在时间的过程中被'自然地'发展了——已经'有机地'发展了——它们对人类的需求、兴趣和关注做出反应,并与各种文化因素相协调。因此,它具有一种适应,这种适应并不主要是用设计者景观方法所确定的精心设计的结果,也不是传统建筑美学影响的结果,而是在时间过程中塑造了这种适应的结果。这样,不同因素的适应已然实现。这些适应确实是功能性的,它们调节了各种相互联系的功能的实现。诚然,这些功能被实现了的事实,通常也正是适应的本质。像在自然界的情形那样,功能适应成功与否,最后决定着各种人类环境是否能够生存。"[1] 借助生态学方法的视角来看建筑等人类环境,就需要看到如下三个方面:从力量来源上看,人类环境是自然因素与人类文化因素共同塑造的结果;从存在状态上看,人类环境犹如生态系统存在状态一样,各种要素(包括自然与文化要素)处于相互交织的有机统一状态中;从形成上看,人类环境之所以形成相互交织的有机统一状态,是由各种要素功能相互适应的结果。

第二步,卡尔森将生态学方法运用到以建筑为代表的人类环境的欣赏当中。从生态学视角来看,建筑美学对传统的艺术美学提出了三点挑战。

(1) 提出存在问题。自然首先是一个存在问题,建筑物与自然更相近,建筑物会对欣赏者提出它本身存在问题,即该建筑物存在于此,这种存在问题是一个审美相关性问题,也是一个审美恰当性问题。比如卡尔森举如下例子来说明:"让我想一下赖特(Frank Lloyd Wright)的著名房屋,比如流水别墅(Falling Water)和西塔里耶森(Taliesin West),前者从宾夕法尼亚峡谷里的一块石头上长出来,四处长满白杨和桦树,后者则穿越亚利桑那沙漠,周围点缀着山艾树和仙人掌。在每一处,其作品都坦率地让我们思考其存在这一事实。这样,我们对这些作品的体验就恰当地涉及对没有这些作品情况下景观的观照。这种观照构成我们对这些作品欣赏中重要的、恰当的一部

---

[1] Carlson, Allen. "On Aesthetically Appreciating Human Environments," *Philosophy & Geography* 4 (2001), 9-24. 中译本参考 [加] 艾伦·卡尔松:《从自然到人文——艾伦·卡尔松环境美学文选》,薛富兴译,桂林:广西师范大学出版社,2012年版,第243页。

分。这种欣赏典型地由对这种景观的原生态的意识所深化和丰富。"[1] 对于存在的问题，卡尔森认为功能是回答这一提问的核心观念。

（2）提出处所问题，即从"存在与否"拓展到"是否存在于这里"。卡尔森认为，诸如办公大楼、银行大厦、豪华酒店、大教堂等，"都以自己的独特的方式发布了关于自己存在与此的宣言。可是，如果认为这个话题只是由坚固的建筑结构本身直接地宣布它们'就在这儿'，那就错了。赖特的'流水别墅'是它怎样被建筑于那样的环境而提出此问题，表明一种设计绝对地依赖其环境。同样，在泰利森维斯特这件作品中，这座建筑的特点被作为赖特的'有机'风格的证据而称引。比如，自然材料的使用、对木材的粗糙处理以及将建筑安排在阶梯上的方式。每一种处理都使作品与其特殊处所建立起独特关系。这种联系强调了其处所的重要性。其他作品以另外的方式提出了所在处所的问题。"[2] 而对比艺术欣赏来看，艺术欣赏并不提出艺术品处所问题，因为艺术品处所问题与审美无关，比如艺术欣赏只聚焦于一幅画，而不强调画作背后的那堵墙，对画作背后那堵墙的考虑，不在该绘画欣赏的范围之内。但是，"在欣赏建筑作品时，我们必须欣赏建筑与其处所之间的关系，把对这种关系的欣赏作为整体欣赏体验的一部分。建筑作品提出的'我站在这儿'这一事实本身，就充分地使一件作品对其处所的适应成为其恰当欣赏的重要特征。……如果我们正在欣赏的是那件叫作'流水别墅'的作品，显然我们并没有全面地欣赏它，除非我们同时欣赏那布满了岩石的峡谷，以及那房屋结构适应峡谷和融入峡谷的方式。在此，建筑与处所之间的适应如果不是作品的本质维度，也是作品的一种基本维度。"[3]

---

[1] Carlson, Allen. *Aesthetics and the Environment: the Appreciation of Nature, Art and Architecture*. London and New York: Routledge, 2000, p.201. 中译本参考［加］艾伦·卡尔松:《从自然到人文——艾伦·卡尔松环境美学文选》，薛富兴译，桂林：广西师范大学出版社，2012年版，第194页。

[2] Carlson, Allen. *Aesthetics and the Environment: the Appreciation of Nature, Art and Architecture*. London and New York: Routledge, 2000, pp.203-204. 中译本参考［加］艾伦·卡尔松:《从自然到人文——艾伦·卡尔松环境美学文选》，薛富兴译，桂林：广西师范大学出版社，2012年版，第196页。

[3] Carlson, Allen. *Aesthetics and the Environment: the Appreciation of Nature, Art and Architecture*. London and New York: Routledge, 2000, pp.205-206. 中译本参考［加］艾伦·卡尔松:《从自然到人文——艾伦·卡尔松环境美学文选》，薛富兴译，桂林：广西师范大学出版社，2012年版，第198-199页。

（3）提出功能问题，即从适应拓展到内部、外部、处所三方面的适应，以及从"形式服从功能"观念，拓展成"适应服从功能"观念。对于纪念碑而言，形式即其功能，"纪念碑和纪念性建筑发挥着诸如纪念、赋予荣誉、表达崇敬、展示荣耀的功能；它们的目的是告知、提醒、诱导和激发。因此，这些物件直接地发挥其功能，这些功能就在其表面上。典型地是直接再现或象征的方式……没有什么东西被隐藏起来，没有其他的方式或地方可以真实地发挥上述功能。没有另外的选择机制或内在之地可以完成这一工作，所以，对于这些作品，无须坚持形式服从功能，典型地，形式本身就是要实现的功能——功能体现于形式。"[1]而对于建筑而言，既有外部形式，又有内部空间，这就不仅要强调形式服从功能，而且还要强调建筑的内部空间、外部空间与处所之间的适应关系，以及这些适应也要服从功能。

在上述三个挑战的基础上，建筑欣赏就需要经历由外而内（即由存在、到处所、到功能）、由内而外（即由功能、处所到存在）正反两个过程，不断体验处于运作中的建筑之功能，而不是凝视着静止的建筑。如卡尔森所言："对一件建筑作品的审美欣赏是一种体验过程，这一过程在其结尾到来之前不会完善，在由结尾再返溯整个过程之前也不会完善。因此，全面的体验是一个深化、丰富和追求完善的（deepened, enriched, and completed）过程。"[2]

第三步，卡尔森将生态学方法运用到以建筑为代表的人类环境中时进行了一定调整，集中体现在两点：用"如其所当"来替换"如其本然"；用"厚感审美"取代"肯定美学"。

卡尔森提出"如其所当"立场："当一种功能适应在这些地方实现后，就有一种任何东西都是，或看起来挺对，或是很恰当的氛围，一种任何东西看起来如其所当的氛围。在这里的东西好像整体上是与塑造自然环境的

---

[1] Carlson, Allen. *Aesthetics and the Environment: the Appreciation of Nature, Art and Architecture*. London and New York: Routledge, 2000, p.210. 中译本参考［加］艾伦·卡尔松：《从自然到人文——艾伦·卡尔松环境美学文选》，薛富兴译，桂林：广西师范大学出版社，2012年版，第204页。

[2] Carlson, Allen. *Aesthetics and the Environment: the Appreciation of Nature, Art and Architecture*. London and New York: Routledge, 2000, p.215. 中译本参考［加］艾伦·卡尔松：《从自然到人文——艾伦·卡尔松环境美学文选》，薛富兴译，桂林：广西师范大学出版社，2012年版，第208-209页。

生态和进化力量紧密联系的'自然'进程的结果。"[1]人类环境美学中的"如其所当"与自然美学中的"如其本然"不同,因为"如其本然"强调按照自然本身特性来欣赏自然,此时自然是客观的;而"如其所当"则强调按照人类环境本身特性来欣赏人类环境,而人类环境既有自然因素,更有人类文化因素,因此,"如其所当"包含着浓厚的人类文化因素。此外,在欣赏上,"如其所当"还强调欣赏者的期望,这是重要的审美标准。其实,卡尔森强调"如其所当",就是要反对那种按照艺术品的期望来对待人类环境的观念——如果按照艺术设计与艺术品的标准来对人类环境提出审美期望,那么必然会让人觉得,许多人类环境在审美上是令人不满意的,或者没有审美价值的。但是,如果按照日常生活环境的标准来对人类环境提出审美期望,那么许多人类环境就是如其所当的,因而具有很大的审美价值。

然而,这种"如其所当"的立场也存在一些问题,比如,它会不会导致所有的人类环境在审美上都是好的,或者,有些人类环境在审美上具有价值,但是却不符合伦理上的要求。比如,卡尔森举出一处中上阶层的郊外街区,从功能适应角度看,它是有机成长起来的一处环境,看起来在审美上是好的,但是塑造这种环境的因素,存在着伦理上的原因:比如,形成此处环境的社会因素也许是种族主义的,经济因素可能是剥削性的,政治因素可能是腐败的。针对这种质疑,卡尔森借鉴了霍斯普斯(Hospers)的审美理论。霍斯普斯认为存在两种意义上的审美欣赏,即存在审美的薄感与厚感之别,当我们主要根据物理外表审美地欣赏和评价对象时,即是一种薄感意义上的审美。厚感意义上的审美不仅与对象的外表相关,同时也涉及对象表达可传输到欣赏者的某种特性。[2]

卡尔森通过厚感审美,将景观背后的人文因素纳入审美欣赏当中。"由于它认同以整体的方式审美地欣赏人类环境,同时涉及生态与文化因素,

---

[1] Carlson, Allen. "On Aesthetically Appreciating Human Environments," *Philosophy & Geography* 4 (2001), 9-24. 中译本参考[加]艾伦·卡尔松:《从自然到人文——艾伦·卡尔松环境美学文选》,薛富兴译,桂林:广西师范大学出版社,2012年版,第243页。

[2] Hospers, John. *Meaning and Truth in the Arts*. Chapel Hill: University of North Carolina Press, 1946, pp.11-15.

生态学方法意味着一种厚感意义上的审美。因此，在生态学方法下，人类环境的审美欣赏，部分地与这种环境所表现的生活价值有关。简言之，一种看起来如其所当的人类环境不只涉及它看起来怎样，同时也与它为何看起来如此以及因此它表现了什么有关。"[1]按照厚感审美理论来看，对人类环境的审美欣赏还必须把人类环境形成的背后因素都考虑进来，这就意味着，如果该中上阶层的郊外街区确实是种族主义的、剥削的和腐败的力量促成的话，那么它在审美上就不是好的，因此也就不会得出如下结论：所有人类环境按照生态学方法进行欣赏都是好的。

小　结

环境美学肇始于对自然美学恰当欣赏方式的追问，早期主要关注自然环境，后来研究对象不断扩大。卡尔森将环境分为自然环境、人类影响环境和人类环境，也就是将"环境"拓展至人建环境领域，但凡人所处的地方，都可以被称为环境，都应该运用适用于该类环境的欣赏方式来欣赏。而伯林特直接用"环境"这一概念来描述人的生存处境，人始终处于环境之中，人的生存体验也可以被描述为环境体验。

2007 年，伯林特与卡尔森合编《人建环境美学》[2]一书，收集了很多论述人建环境审美欣赏的文章。整体而言，环境美学前期关于自然环境审美欣赏方式的讨论，并不只适用于分析自然环境审美欣赏，其间的一些核心论点贯穿于整个环境美学始终，同样被用到了人建环境审美欣赏上，比如科学知识的介入、对客观性的强调、多感官融入的必要、情感和想象功能的发挥、文化知识的介入和道德评价等问题。

---

[1] Carlson, Allen. "On Aesthetically Appreciating Human Environments," *Philosophy & Geography* 4 (2001), 9-24. 中译本参考［加］艾伦·卡尔松：《从自然到人文——艾伦·卡尔松环境美学文选》，薛富兴译，桂林：广西师范大学出版社，2012年版，第249页。

[2] Berleant, Arnold and Allen Carlson, eds., *The Aesthetics of Human Environments*. Peterborough: Broadview Press, 2007.

卡尔森在《人建环境审美欣赏研究》[1]一文中延续了前期环境美学对审美客观性的强调。他指出，相比自然环境，人建环境拥有明确的功能意图，因此，在欣赏人建环境时，必须引入功能性知识。与人建环境欣赏相关的功能性知识非常广泛，涉及社会、文化、政治甚至生态知识。伯林特在《培育一种城市美学》[2]一文中继续倡导交融美学，认为我们不应该把环境当成环绕在我们身边的事物，而应当明白，我们自身是融于环境之中的。我们对城市环境的感知一方面来源于身体各个感官的感知，另一方面，我们的感知也深受历史文化经验的影响。为了突出环境的体验性本质和瞬间性价值，在对以城市环境为代表的人建环境进行欣赏时，瑟帕玛格外重视感官参与问题。在《多重感觉性和城市》[3]一文中，他认为，环境美学非常重要的一点便是提倡利用所有的感官去欣赏环境整体，或者说环境具有多重感觉特性。无论我们将注意力集中在哪种感官、哪个环境细节上，我们始终离不开环境这个大的感觉背景，离不开多感官的共同协作。齐藤百合子在前期自然环境美学中对道德问题分外关注，当她的目光转向人建环境时，依然关注该问题。在《城市环保中美学的角色》一文中，齐藤百合子就审美体验如何能够提高城市居民的环保意识进行了探讨，提出构建绿色美学的可能性。她指出，当我们欣赏某事物时，欣赏的不仅是设计上的优劣，还要欣赏使用者的责任心，尤其是保护环境的责任心。

环境美学作为美学的重要分支，很重要的一个意义便是提出了与其他美学不同的审美欣赏方式。无论是自然环境美学，还是人建环境美学，都属于环境美学的组成部分。从对"环境"这一概念的辨析出发，环境美学家们站在不同的立场上，对传统艺术审美欣赏方式进行了批判和继承，就如何恰当地欣赏环境提出了多种多样的观点，且普遍都将"环境"作为审

---

[1] Carlson, Allen. "On Aesthetically Appreciating Human Environments," in Arnold Berleant and Allen Carlson, eds., *The Aesthetics of Human Environments*. Peterborough: Broadview Press, 2007, 47–65.

[2] Berleant, Arnold. "Cultivating an Urban Aesthetic," in Arnold Berleant and Allen Carlson, eds., *The Aesthetics of Human Environments*. Peterborough: Broadview Press, 2007, 79–91.

[3] Sepänmaa, Yrjö. "Multi-sensoriness and the City," in Arnold Berleant and Allen Carlson, eds., *The Aesthetics of Human Environments*. Peterborough: Broadview Press, 2007, 92–99.

美对象的本质特征，承认人与环境的关系是紧密不可分离的，无论是人的感官还是人的知识经验还是情感经验，都深深地浸入环境之中，成为环境体验的一部分。因此，相比传统的自然审美、艺术审美，环境审美无论是从审美对象覆盖面、主体参与程度还是知识介入广度方面，都更具有包容性。

第三编

环境审美价值论：
为何要审美地欣赏环境

这一编要解决的问题是：为何要审美地欣赏环境？因而要围绕环境审美价值论展开问题，即环境的审美价值是什么，以及环境审美的价值又体现在何处。看似相似的表述实则回答了两个问题：首先，作为环境审美价值论的基本问题，我们要知道环境有什么样的审美价值；其次，就是环境审美的价值何在，既要有审美价值分析，又要看到环境审美赋予审美主体的价值意义。环境之美之所以引发前所未有的共同关注，究其原因是由于人与环境息息相关的联系。人在环境之中，无论是人在利用环境、改造环境、欣赏环境还是环境给予人类的各种资源和作用，人与环境之间都是相互共生的关系。环境与人息息相关、相互共生的特质使得环境美学更关注环境的宜人特质和环境的审美价值。"从某种意义上说，环境是个内涵很大的词，因为它包括了我们制造的特备的物品和它们的物理环境以及所有与人类居住者不可分割的事物。内在和外在、意识与物质世界、人类与自然过程并不是对立的事物，而是同一事物的不同方面。"[1]

---

[1] Berleant, Arnold. *Living in the Landscape: Toward an Aesthetics of Environment*. Lawrence: University Press of Kansas, 1997, p.10.

第十章　环境审美体验的特性

在过去的几十年，我们逐渐开始认识到，审美领域并不局限于艺术，它可以超越艺术而包括自然环境和更多的日常环境、建筑环境以及其他事物。审美体验不仅发生在博物馆或美术馆，也发生在制作或欣赏歌曲、音乐或在海边散步的时候。让我们想象一下，凉爽的夏日，我们在海滨大道上，空气中弥漫着咸咸的海水的味道，海水的波浪撞击在岩石上，远处海天一线，对于这种体验，我们应该如何做出分析呢？梅洛-庞蒂指出："成为一个意识，更确切地说，成为一种体验，就是内在的与世界、身体和他人建立联系，与它们在一起，而不是在它们的旁边。"[1]审美体验是指在审美活动中，审美主体投入情感、心力，体悟和拥抱审美对象的心理活动和审美体验。其客观基础是审美对象与审美主体有异质同构或同形同构的关系，我们也可以称其为审美品质，而主观的条件是主体知觉的介入、体悟、理解对象生命世界的心理能力。在审美价值活动中，审美主体所关心的，从根本上说是对象令人精神愉悦的特征和精神意义。具有审美价值的对象是满足主体特殊精神需要的对象。赫伯恩认为我们能够找到一些普遍的审美价值，就像艺术品的审美价值是基于最广泛的人类生存状态来理解，无论什么风潮之下，这些价值都不会被一些变化的标准取代。而环境的这些审美价值与人类的天性和人类环境所产生的需求有关，甚至是人类本身自律的形式，这些审美价值可以看作是构成美学理论的核心概念、原则和方法，它们相互交织，又或者在相互矛盾中同时在场。[2]

---

[1] [法]梅洛-庞蒂：《知觉现象学》，姜志辉译，北京：商务印书馆，2001年版，第134页。
[2] [美]赫伯恩：《美学的论据和理论：基于哲学的理解和误解》，转自阿诺德·伯林特：《环境与艺术：环境美学的多维视角》，刘悦笛等译，重庆：重庆出版社，2007年版，第27-30页。

同时，环境的审美价值并非仅单纯地涉及审美愉悦，而是以审美愉悦为阶梯达到一种更为自由而崇高的审美理想。在这一过程中，环境的审美价值在很多方面都得到印证，比如在感官愉悦、养生之道、社会发展、心灵陶冶、人生感悟乃至体玄悟道等方面，都是通过人们在环境中的审美活动而获得，也就是通过人们的审美体验而达到的不同层次的审美目的。[1]

第一节　环境审美体验与审美愉悦

环境的审美体验不同于艺术的审美欣赏，我们在美术馆驻足欣赏作品时，是将这些艺术品作为审美的客体，而当我们走在沙滩上和森林中，呼吸海边和森林中的空气时，审美主体沉浸环境中，我们的感官无不与周围发生着密切的关联。当欣赏主体沉浸于环境之中，他（她）对于环境的审美体验是否是独立的、跟环境隔绝的或者无须审美主体积极参与的体验呢？当然我们可以参照"音乐"这一艺术门类来分析环境这种多重感官参与的审美体验，音乐的审美体验就是一种强有力的多重感官的体验。音乐可给人以多种刺激，如听觉刺激、视觉刺激、动觉刺激，不同的音乐可以使人产生不同的生理反应和情绪反应，同时音乐也是一种独特的交流形式。而在过去的几十年，我们逐渐开始认识到，审美领域并不局限于艺术，它可以超越艺术而包括自然环境和更多的日常环境、建筑环境以及其他事物。审美体验不仅发生在博物馆或美术馆，也发生在制作或欣赏音乐以及在海边散步的时候。

如果任何经验都可以称为审美的，也会导致审美的泛化问题。就像我们会提问，什么时候烹饪是一种审美体验而不是为了解决饥饿，什么时候徒步称为一种审美体验而不是为了交通需要？使这些体验具有美感的因素并不是由给定的环境决定的，就像在艺术画廊或音乐厅中的情况一样（当然，这样的环境甚至不足以显示艺术体验是如何具有美感的）。我们并不

---

[1] 程相占：《中国环境美学思想研究》，郑州：河南人民出版社，2009年版，第81-82页。

是在每一种情况下都把审美作为我们的明确目标。因此，理解审美的本质在环境美学中显得尤为重要。环境美学会给当代作家一个重新回到这个中心问题的新理由。这种沉思不是被动的，而是我们的知觉和情感能力与对象的品质之间的积极参与。在某种意义上，当我们被审美对象的特质所吸引时，我们就会被自己吸引出来。当我们在环境的审美体验中时，主体将自己置于一种适当的心境、一种审美态度，明显的是，我们向客体敞开心扉，让自己完全投入其中。而这种审美情感便是审美活动的主要特征，审美情感是审美主体与审美客体在一种和谐同构的形式观照下产生的愉悦的情感，一种精神需要得到满足后的愉悦。它并不从物质上或内容中有对象，且具有与他人共享的分享性或普适性。因而我们说审美价值的第一特征便是审美愉悦。

一、从环境审美体验到审美特性

到 20 世纪中期，审美理论发生了主体性的转向，审美态度理论认为，是主体的态度将体验或反应界定为审美，而不是关注对象的性质或属性。我们采取这种态度，一种有意的状态，来获得一种审美体验。而审美判断（以及由此产生的审美反应）是一种对世界的直接的、自发的知觉体验，当有什么体验冲击到审美主体时，我们的精神力量处于一种和谐的自由状态。因此，审美体验是主体精神的需求、审美感受力、想象力共同发生作用的心理活动，它是审美愉悦和审美意象的心理基础。当我们被何种元素包围着时，一种总体的感受立即参与到审美体验中，这是一种生命的体验。然而，我们在欣赏环境的时候并不是把环境作为外部的风景来欣赏，我们是处于环境之中，去体验环境，在体验的过程中人的视觉、听觉、嗅觉甚至味觉都参与到环境体验当中，所以说将主体独立于所处的环境这样的观点是不成立的。人的视、听、触、嗅、味，即人的感官无时无刻不与外界沟通交流。我们听一段音乐会引起无尽的想象和回忆，同样地，特定的味道也可以启动人们对往事无尽的回忆，甚至通过嗅觉就能够唤起从前的情景和记忆，激发内心的经验情绪。

因此，环境中的审美体验，超越了传统美学对于主体客体的探讨，而是在身体与环境的连续性中体验环境、知觉环境。环境美学家埃米莉·布雷迪强调审美品质的存在，而审美品质要依赖人的知觉体系，世界的一切体验都始于知觉，而知觉是审美反应的中心，而我们所思考的对象是知觉品质。[1] 知觉作为人类感觉系统的一部分，它积极地参与并被包容在环境中，我们也成为环境的一部分。伯林特认为，人类的体验是一种知觉系统，也是一种体验的规则，如果从审美的立场来把握，它具有丰富性、直接性和即刻性，而知觉系统又是在特定的文化模式下形成的，因而我们审美地思考环境，环境就不简单的是物质的载体，可以将环境视为"物理－文化的领域"。因而鉴赏的观念被环境美学转变成更具有包容性和介入性的体验。[2] 我们不妨用杰罗姆·斯托尔尼茨（Jerome Stolnitz）对于"审美欣赏"的定义：审美欣赏是在审美的态度下，一种完全而投入的赏析，因而欣赏呈现出一种有意识的、觉醒的和有活力的特征。[3]

布雷迪认为，当审美主体从艺术品转向环境和日常物品的时候，我们审美的空间就扩大了，然而与艺术品不同的是，环境并不是具体的一件作品或者物品，我们很难将审美品质附加在环境中。在环境的审美中，我们现在似乎"品味它的个性……我们想要物体在我们的体验中完全活过来……为了充分品味事物独特的价值，我们必须注意它经常复杂和微妙的细节"。[4]

二、审美愉悦作为环境审美的主体特征和价值体现

我们可以参照莱文森（Levinson）对于审美愉悦的定义，认为环境的审美价值之所以是非工具性的，是因为环境的审美愉悦带有无关切性这一

---

[1] Brady, Emily. *Aesthetics of the Natural Environment.* Edinburgh: Edinburgh University Press, 2003, pp.8-9.
[2] ［美］阿诺德·伯林特主编：《环境与艺术：环境美学的多维视角》，刘悦笛等译，重庆：重庆出版社，2007年版，第12页。
[3] Ziff, paul. *Philosophical Turnings: Essays in Conceptual Appreciation.* Ithaca，NY: Cornell University Press, 1966, p.71.
[4] Brady, Emily. *Aesthetics of the Natural Environment.* Edinburgh: Edinburgh University Press, 2003, pp.16-20.

根本提点，即当一件事物的快乐来自对该事物的特性和内涵的理解和反思时，这种快乐就是审美的，也就是说从审美的角度去欣赏事物，是由于事物本身的形式、品质和意义去关注它。[1]与许多事物的物质功利性不同，审美愉悦与主体对客体的占有和欲望无关，与其他价值相比，具有更明显的精神性，它是一种精神价值。从这一点上说，审美价值的第一特征便是审美情感。审美情感是审美主体与审美客体在一种和谐同构的形式观照下产生愉悦的情感，一种精神需要得到满足后的愉悦。它并不从物质上或内容中，且具有与他人共享的分享性或普适性。它被看重的绝不是对象的物质功利性和有限的实际用途，它也不是人的肉体需要和功利需要的对象。审美主体所关心的，根本上是对象的精神意义，是对象令人精神愉悦的特性。同时，审美价值作为审美客体在主体上的投射，是主体与客体相互作用的产物。在审美对象上仿佛凝聚和浓缩着人的丰富而深邃的内心精神生活。它唤起人的各种精神能力、感觉、知觉、想象、情感、意志、意愿、兴趣，并使之和谐有序。具有审美价值的对象成了主体肯定自己、愉悦自己、发现和开拓自己的本质、确证自身价值的对象物。

中国古代环境审美思想中"畅神"的审美价值说，是审美愉悦的最好阐释：超越了现实功利的目的而完全进入一种精神自由畅游的境界。宗炳关于自然山水审美的"畅神"的理论，经过后人的继承和发展，成为中国自然山水审美的重要传统，影响深远。"畅神"的山水审美观，注重个体情感的抒发，进而悟到自然至理和人生至理，达到情景交融、物我两忘的审美愉悦境界。[2]还例如，"春听鸟声，夏听蝉声，秋听虫声，冬听雪声……山中听松风声，水际听欸乃声，方不虚此生耳"这类声境，让人极尽视听之感官愉悦，身处优美的自然环境中"顾后路之倾巇，眺前磴之绝岸。看朝云之抱岫，听夕流之注涧"[3]。

---

[1] Levinson, Jerrold. *The Pleasures of Aesthetics: Philosophical Essays*. NY: Cornell University Press, 1996, pp. 10-20.
[2] 程相占：《中国环境美学思想研究》，郑州：河南人民出版社，2009年版，第85-86页。
[3] 陈延嘉等：《全上古三代秦汉三国六朝文·全宋文卷三十》，石家庄：河北教育出版社，1997年版，第292页。

审美愉悦作为环境审美价值评价的主体尺度，是主体对于审美客体的精神掌握。审美主体对于环境的审美体验的把握，通过审美感知、导向审美意象、审美体验和审美判断，最终产生审美愉悦。审美愉悦可以包括三个基本方面：一是审美知觉所产生的愉悦。当主体步入到环境之中，首先是对所处的空间和环境的整体感知。环境的形式和秩序并非只是景观或者环境艺术的形式感，在自然环境中，生物的自由状态和生态秩序也会赋予审美主体审美的快感，因此无论是纯粹的、抽象的、精准的空间秩序还是自然环境的生态秩序都会给人以认知的满足和意义的理解。二是想象和情感所产生的愉悦。环境给人以想象的现实空间，每个人都可以根据自己的经历去感受环境的意义，与之进行对话从而产生精神的共鸣。主体在审美评价中，积极发挥自己的想象和联想，从而将情感体验渗透其中，它不仅是审美需要得以生发的机制，而且是审美得以持续的动力。三是反思和体悟产生的愉悦。在环境欣赏中，人们会最终将自己的理解、感悟和反思融入审美体验中，从而带来认识的、意义的、创造力的结果。[1]

第二节　环境的审美品质

我们甚至可以说所有列出的活动都是潜在的审美体验，这些体验与审美反应相关联，审美反应可以称为一种审美判断基础的反应，我们赋予这种反应某种价值。我们走在沙滩上脚下沙子的奢华感觉，难道不是我们珍视的价值吗？自18世纪以来，哲学家们一直在试图理解审美体验的本质，但（也是在最近30年左右）对于审美体验的兴趣似乎已经从这个问题上转移开，取而代之的是对审美属性本质的研究。布雷迪将审美品质作为评价审美价值的基础，认为所有具有审美品质的事物也都具有审美价值，而审美品质的范围从艺术品扩大到自然、建筑环境和日常用品等等。具有审美价值的对象是满足主体特殊精神需要的对象。审美对象之所以能够满足主体的这种特殊精神需要，是因为它能以其自身的特殊属性和形式结构成为

---

[1] 朱逊、张伶伶：《当代环境艺术的审美描述》，哈尔滨：哈尔滨工业大学出版社，2015年版，第128-136页。

人类精神的同构物。审美对象仿佛成了人的精神的异在，成了主体的精神家园，成了主体可以与之倾心交谈、默然神会的另一个"自己"。[1]

自然山水之所以会给人视听之娱，因为自然山水的声音之美。中国古代有着丰富的描述环境美的文字，"虽无丝与竹，玄泉有清声。虽无啸与歌，咏言有余馨"（王羲之）；"肆眺崇阿，寓目高林，青萝翳岫，修竹冠岑。谷流清响，条鼓鸣音。玄崿吐润，霏雾成阴"（谢万）；"温风起东谷，和气振柔条"（郗昙）；"时禽吟长涧，万籁吹连峰"（孙统）；这儿不仅有茂林修竹、郁郁山野，还有泉声、涧声、溪声、沟声、滩声等水之声，或清清泠泠，或淙淙潺潺，或断断续续，不仅有缓缓流淌的舒心之音，还有震人心神的激荡之声，倾听这水的声音美，怎能不让人"散豁情志畅，尘缨忽已捐。仰咏挹余芳，怡情味重渊"（王蕴之）。[2]

因而环境的审美价值来自环境的审美品质，而不是由于某种目的。就环境来说，我们体验到的审美愉悦不是因为自然的目的，或者我们学到的知识，而是因为环境本身有的审美品质。所以同科学价值一样，自然的审美价值也是需要剥离人的功利性要求，在对"万物的静观"中才能显露出来。要发现这种审美价值，就得把这种价值与功利应用和生命支撑价值区分开来，只有那些认识到这种区别的人才会赞赏沙漠或荒原。……科学家所具有的那种远离常人习性的距离感和近处观察事物的习惯，使得他们能够发现常人所看不到的美。实际上，美无处不在，在人们意想不到的地方。[3]

当然，自然环境和人建环境作为审美对象与艺术品也有着很大的区别，当我们在欣赏自然环境时很难将环境的审美品质与它周边的事物相分离。好比我们步入一片森林之中，对森林的审美欣赏不等于对某一棵树或者一片树叶的欣赏；当然一片树叶、一朵花可以作为审美对象，然而森林中不仅有树木、花草，阳光、气息、微风、虫鸣的声音都使得审美对象成为浑

---

[1] Brady, Emily. *Aesthetics of the Natural Environment*. Edinburgh: Edinburgh University Press, 2003, pp.20-21.
[2] 陈延嘉等：《全上古三代秦汉三国六朝文·全宋文卷三十》，石家庄：河北教育出版社，1997年版，第292页。
[3] Rolston, Holmes. *Environmental Ethics: Duties to and Values in the Natural World*. Philadelphia: Temple University Press, 1987, pp.9-11.

然一体的事物。自然事物本身存在于它周围的环境中,并与周围的事物形成各种交换和关联的关系,不仅如此,作为审美主体的人也是环境的一部分,我们很难将主体从自然环境中分离出来。无论是自然环境还是人建环境的审美品质都必定与我们应该以何种态度对待自然环境是相互关联的,或者说我们沉浸于美好的环境,欣赏周围环境的同时,也就肯定了环境的审美品质与审美价值。

第三节 环境的审美价值

人类的价值观包含多种价值形态,其中的一种是审美价值。环境具有多种多样的价值,比如,经济价值、宗教价值、教育价值等等。我们这章重点关注的是环境的审美价值。

一、审美价值

德国学者莫里茨·盖格尔说:"价值是某种事物所具有的特性,是因为它对于一个主体来说具有意味。价值是在客体方面的一种客观投射,主体则认识到,这种客观投射的意味是由于主体才存在的。某个事物之所以具有价值,是因为它对于一个主体(或者对于一些主体)来说具有意味;某个事物是一种价值,则是因为它已经完全获得了这种意味。""每一种价值之所以是价值,是因为它对于一个主体、对于一个主体集团、对于'主观性本身'来说具有意味。"[1] 审美活动同一般价值活动一样,既与精神认识活动有联系,又与精神认识活动有区别:如果说精神认识活动着重解决"对象是什么"的问题,那么价值活动则要解决"对象怎么样"的问题,即它对人如何?有无意义?审美客体所具有的人的(人文的、社会的)意义,就是人们通常说的广义的美,这种美是一种价值形态,我们称之为审美价值。

---

[1] [德]莫里茨·盖格尔:《艺术的意味》,艾彦译,北京:华夏出版社,1999年版,第217、224页。

杜书瀛认为审美活动同一般价值活动一样，是主体与客体之间的一种特殊活动形式，当进行审美活动时，既有主体的对象化，也有对象的主体化。在审美活动中，一方面主体对客体进行创造、改造、突进，使对象打上人的印记，成为人化的对象，即赋予对象以人的意义，以人文的社会—文化的意义；另一方面客体又向主体渗透、转化，使主体成为对象化了的主体，成为对象化了的人。因而审美价值的产生是主客体相互作用的结果。对象成为人化的对象、人成为对象化的人时，审美价值也就诞生了。[1]"审美价值"是环境美学中常用的一个术语，布雷迪认为，审美价值一词用来描述景观、自然环境和其他环境的品质，但在其他领域，如地理、风景园林、环境保护等，则更多地使用其他术语来表达审美价值，如"景观价值""视觉价值"等等，有时甚至使用"娱乐价值"或"舒适价值"等术语。因而，在环境美学的视域下，"审美价值"是一个较为普遍和通用的表达方式。[2]

赫伯恩提出了几种价值概念：一是整一性。整一性又或者叫作统一性，他认为是所有知觉和反应都必然具备的特征，尤其在审美体验中尤为重要，它是在环境与鉴赏者之间共同作用的过程中，形成的对于环境完整性的审美认识。正如一件艺术品具备整一性的审美价值，在环境审美中这种一致性的原则，即是指人文景观或者山水风景的完整性。因为审美价值体现着环境中不同要求的综合，一个美好的环境必是由空间、色彩、比例等等要素整合而成，同时自然景观良好完整的生态环境、美好的自然风景等也构成了环境美的完整性。

二是形式性。无论是艺术或者环境都是掌握感觉的复合体，需要使之成为经验的客体，或者应具备成为审美对象的形式，否则便无法被主体感知。赫伯恩还提到多样性和生动性。多样性在环境审美领域中可以指一种非固定性。因为审美主体以及环境、景观的多变和历时性特点使得不同阶段、不同语境、不同时代下审美价值变动更迭。例如泰山风景中大量的人

---

[1] 杜书瀛：《价值与审美》，《江西社会科学》，2004年第1期。
[2] Brady, Emily. *Aesthetics of the Natural Environment*. Edinburgh: Edinburgh University Press, 2003, pp.20-25.

文经典、名家题字，描绘的是古代地方祭祀文化和封禅礼仪的兴盛，然而现在不同的登山者登上泰山，有的追求登泰山而小天下的崇高情感，有的欣赏泰山的雄、奇、伟、峻，也有的慕名欣赏名人笔墨、诗句等等。另外，还包括生动性。因为审美主体的不同知识背景、不同状态，也因为作为环境的审美客体，自然环境、景观环境、城市环境、农业环境等的多样化特征决定了环境审美价值的多样性。

三是超脱性。这里的"超脱"意指审美的无利害。康德的审美理论将"审美无利害"作为审美最主要的特征。主体处于美好的环境所获得的环境审美体验，唤起的是各种想象、情感、意愿和精神的力量，这种愉悦的精神状况必然与主体的欲望无关，是一种超脱的精神力量，因而具有一种"非功利"的价值属性。[1]

二、环境审美价值的多元性

那我们在环境中可以获得什么价值呢？除了我们上文中提到的视觉价值、风景价值、娱乐价值、景观价值外，还应该包括生态价值、多样性价值、文化价值、历史价值、经济价值、资源价值等等。我们如何在多元的环境价值中发现环境的审美价值？如果与环境的其他价值联系在一起，我们很容易发现审美价值与其他价值相互影响和重叠的地方。并说明它是如何以其自身的方式成为一个独特的价值。有趣的是，在生态价值和多样性价值的语境中，我们有可能发现审美品质。例如，生态系统有时被描述为具有完整性或一致性。生物多样性价值包括多样性的质量，与多样性一起，通常被用来确定审美品质，例如当生态系统遭到破坏时，它的生态价值和审美价值也一定遭到了破坏，同样的，任何自然景观固然有其观赏价值，可以审美、怡情、悦性，但是绝非仅有此价值，它对人类生产生活同样具有无可替代的经济价值和社会价值。显然，一个被破坏的失衡的自

---

[1][美]赫伯恩：《美学的论据和理论：基于哲学的理解和误解》，阿诺德·伯林特：《环境与艺术：环境美学的多维视角》，刘悦笛等译，重庆：重庆出版社，2007年版，第27-30页。

然生态系统在失去审美价值的同时，也相应地会失去生态价值。自然生态系统在被破坏的同时，失去的不仅是视觉上的美感，还有其重要的生态价值。同样，环境的审美价值同环境的认识价值也具有同一性。例如，很多动植物因为环境污染与栖息地被破坏而处于濒临灭绝的状态。这也就意味着，我们失去环境审美价值的同时，也失去了它所固有的科学认识价值，因为已经灭绝的生物种类再也无法为科学研究提供任何有意义的信息。这是环境价值的多重损失。[1]

环境审美价值的多元性，来自环境与传统艺术形式的区别。正如上一节提出的环境的审美品质不同于艺术的审美品质，环境的特殊性决定了环境审美是将实用性、审美特性、人文价值三个方面的特性综合起来评价的。因而环境的审美价值不同于艺术品的审美价值。我们不能将环境的审美价值简单地归为视觉价值或者景观价值，当审美知觉在环境中发生时，它是一个多方面的过程，我们知觉系统可以感受到的空气、味道、触感、声音等等都与我们的环境体验相关。而想象和情感也在环境审美中发挥很重要的作用。因而，我们使用"风景价值"这个词也不能够涵盖环境审美价值的所有内涵，它将环境狭隘地限定为一个要看的场景，就像一幅画从远处看一样，与我们是分开的。然而环境就在我们周围，让我们能够融入其中。布雷迪认为景观价值似乎是比较恰当的一种描述，虽然它的本意是指各种各样的环境，但从字面上看它不包括荒野或者居住环境等。同样环境审美价值应该包括我们做出的广泛的判断，从发现惊人的美丽，到发现崇高的东西，再到发现丑陋的东西。环境现象千差万别，我们要在各种环境类别中总结出它们的审美特质，这其中应该也包括负面的审美因素和判断。布雷迪认为，许多审美现象可以被视为是没有风景或无趣的，但如果我们对其进行审美关注可能会发现有积极的价值。[2]

---

[1] 高红樱:《论环境审美价值的特》,《科学发展·生态文明——天津市社会科学界第九届学术年会优秀论文集（上）》, 2013年版。

[2] Brady, Emily. *Aesthetics of the Natural Environment*. Edinburgh: Edinburgh University Press, 2003, pp.20-21.

从审美主体的角度来评价环境的审美价值，环境的审美价值往往带有一种人文价值。这是审美价值与其他价值，例如科学价值相区别的特征。我们在环境的语境中判断审美的愉悦或者不愉悦也总是与所处的文化语境相关联的。尽管科学价值也与人类的文化话语有关，但它却被认为不太容易受到人类主体性的影响。这些关于审美判断的事实表明，审美价值是人为的或由人产生的。但这并不意味着审美价值相较于其他类型的环境价值，人类中心主义倾向更为明显。例如审美判断依赖于审美反应，所以它们依赖于人类（或其他）的评价，就像其他类型的判断一样，比如道德判断。正因为审美判断与快感或者不快乐密切相关，因此自然的审美价值往往被视为是一种工具性的价值，而人类对自然的审美价值是为了它所提供的快感。然而这两个假设都是错误的。首先布雷迪认为审美价值依赖于人的审美反应，但是其更加依赖一个客观的科学理解的性质，但这并不是说它是倾向于建构主义解释的价值或人类学意义上作为非工具性价值的后中心论价值。[1] 另外，罗尔斯顿的环境伦理学，其中最为重要的是其内在价值理论，也是自然的内在审美价值，他认为自然的审美价值是自然自身的作品，我们并非从中看到自己的价值，而是我们本身就能体验到自然的审美价值。比如说野花的美丽，河流的清澈，都是自然自在的存在，自然的和谐统一在人类之前就已经存在了，即使我们没有看到、感受到，它的美也是存在的。只是当我们直面美丽的景色，才能产生愉悦的感情。

三、环境审美价值的描述

环境审美最基本的审美价值就是环境美感的体验。朱逊在描述环境艺术的美感体验时讲到，环境美感是主体运用心灵的能动性改造和欣赏环境，赋予环境以情感的形式和意蕴；另一方面主体通过受动性从环境那里获取形式的愉悦和意义体悟，不断确正、丰富和更新自己。环境美感的特征不

---

[1] Brady, Emily. *Aesthetics of the Natural Environment*. Edinburgh: Edinburgh University Press, 2003, p.23.

外乎景物外表的形式与内在蕴含的意义。如果将美感因素加以区别，则基本上可以分为五个方面：舒适与安全的美、优雅与和谐的美、生动与复杂的美、崇高与新奇的美、意义与体悟的美。这些因素可以单独存在，也可能同时发生而形成美感的叠加，比如可能因为和谐而感觉舒适，或是因为崇高而勾起某些特殊的意义体悟。[1]

环境审美设计与规划学者多数将自然、景观等的自然审美价值归为生态之美、空间之美与意象之美；而环境艺术家们也将环境艺术的审美价值划分为对自然的注释、对空间的表现以及场所的记忆等几大方面。[2] 不难看出环境作为审美客体，依照环境审美体验的"始境""又境""终境"三个阶段体现出不同阶段特征的审美价值。我们以最具代表性的山水风景作为环境审美客体，许晓青在《中国名山风景区审美价值识别》中通过对国内外审美价值识别的比较研究，将几个阶段的环境载体价值识别总结如下：

在物象阶段，审美所面对的对象依然是客观实在。在此阶段，多运用自然科学的手段解析物象，此阶段审美结果对应的是环境载体，进而所对应的环境载体的特征倾向于自然科学性质的特征。审美价值的环境载体包括：生态系统及各种生物类型；地质系统及特征；栖息地或生态系统的特殊要素；自然某一要素的特征或组合形成的特征；包括了自然的光景和音景的自然气象条件。这些自然景观与山岳的其余自然景观构成了壮美、神秘的景观；动物的聚集和大规模的迁徙，此项应考察动物的种类、迁徙数量、迁徙时间等，通过考察上述指标才能充分论证动物的迁徙所形成的"令人震撼的审美价值"；人类在名山开发建设中的艺术性创造，如所建设的亭、台、楼、阁、石刻、石窟、雕塑等等。

评价上述环境景观时，无论是完全自然的景观还是包括人文因素的建筑、环境时，此阶段的识别不仅应认识到自然现象及表现，也应该认识到自然过程与变化。例如，层次性、丰富度、吸引力、趣味性（在特殊的气

---

[1] 朱逊、张伶伶：《当代环境艺术的审美描述》，哈尔滨：哈尔滨工业大学出版社，2015年版，第117页。
[2] 同上，第128页。

候条件或地质作用下，风景是否能形成一种妙趣横生的现象）、和谐度、形式性（是指场景所表现出一定的形式感）。景点识别区别于场景识别，景点识别具有空间维度，所考虑的是人置身于空间中的体验与感受。识别景点时的关键指标为：开阔度（旷景）、闭合度（奥景）、幽深度（幽景）、艰险度（险景）、奇特度（奇景，是指景观所给人的审美体验罕见，如历史上黄山松的"奇"）。

环境审美体验的第二阶段，又境阶段所对应的情感载体价值，表现为"意""德""心""思"等作用，得意象、象罔与情思。参与审美的心理要素及其相互关系，决定了这一阶段的审美结果。这种情感是因美感而生，混合了人们的审美判断、审美理解和审美思考而产生的情感，此阶段的载体为情感载体。名山风景区的审美情感包括个人的情感和集体的情感。审美的情感因人而异，某些具有共识的、经历了时间和历史的考验的、经典的、具有范式性意义的情感。比如对泰山的崇拜与敬仰，在历朝历代的审美情感描述和评价中都常常出现的词有：庄严、神圣、神秘、力量、激励、崇拜等，这些用词不仅仅局限在某个或某类型人身上，而由于出现范围广，时间久，已形成共识。

而第三阶段终境阶段的精神载体，道、神、悟、气进一步作用，得到审美思想、意境和审美的精神。在此阶段，客观物象已经渐渐淡出人们的意识，审美的获得已经超脱于客观事物，达到纯粹精神的满足。精神的载体是人，包含了人们在山水审美"终境"阶段体悟到的山水审美的境界，产生的山水审美精神与思想。精神载体源于审美体验却又超越了审美体验，是审美体验中的最高级别。意境、思想等很难用指标进行衡量，因而精神载体价值的识别难以用定量的方法。意境及思想多存在于古人的诗文、画作中，具有高度抽象性和符号性。意境的深层结构是"象外之象"，是一种可以到达永恒的精神，这种精神不仅能给人审美享受，更能陶冶人们的情操，实现精神和人生智慧的启迪。[1]

---

[1] 许晓青：《中国名山风景区审美价值识别》，清华大学博士论文，2015年，第106-116页。

正如"游心"是六朝时关于自然环境的审美价值的一个重要命题。在自然环境中自由自在地体验感悟，心灵仿佛在"太玄"的境界中遨游。在与大自然的接触中，借助于抽象和想象对自然进行审美感悟，从而感悟自然中的"韵""道""神"，进入"游心"的状态。中国古人欣赏自然环境时往往致力于对"道"的体悟。[1]

---

[1] 程相占：《中国环境美学思想研究》，郑州：河南人民出版社，2009年版，第88页。

第十一章　环境审美与环境伦理学的奠基

环境伦理学家罗尔斯顿举例说，我们经常会发问："为什么要保护科罗拉多大峡谷或者是大特顿山？"通常情况下，答案会是："因为他们很壮观、很美。"[1]大地伦理的提出者利奥波德也讲，我不能想象，在没有对土地的热爱、尊重和敬佩以及高度赞赏它的价值的情况下，能够有一种对大地的伦理关系。[2]在当代社会人们不得不面对环境逐步恶化、生态遭受破坏的事实，环境保护成为现代人面临的课题与挑战。人文学者在环境哲学的价值讨论中，对自然审美的讨论始终是关注的焦点。尤金·哈格洛夫在其对美国环境信仰和态度发展的历史性研究所示，审美欣赏以及自然环境的审美价值在北美许多最重要的环境保护地标决策中，已极有影响。[3]

环境的审美价值，或者说环境美的内在价值理论，为环境美学与环境伦理学之间的关系做了深入的说明。一方面，环境美学的发展促成了从美学到环境伦理学的过渡，其中有很多代表性的著作，例如埃米莉·布雷迪的《美学、伦理学与自然环境》(2002)，罗尔斯顿的《从美到责任》(2008)，以及卡尔森和林托特编的《自然、美学与环境保护主义：从美到责任》(2008)。作为国际上著名的环境伦理学家，罗尔斯顿，他的环境伦

---

[1] Rolston, Holmes. "From Beauty to Duty: Aesthetics of Nature and Environmental Ethics," in Arnold Berleant, ed., *Environment and the Arts: Perspectives on Environmental Aesthetics*. Hampshire, UK, and Burlington, VT: Aldershot, 2002, 127–141.
[2] [美]利奥德波:《沙乡的沉思》，北京：经济科学出版社，1992年版，第198页。
[3] 转引自[加]艾伦·卡尔松:《从自然到人文——艾伦·卡尔松环境美学文选》，薛富兴译，桂林：广西师范大学出版社，2012年版，第282页。

理思想，其中充溢着美学情结，尤其是对于自然美的感怀。《哲学走向荒野》可以称为荒野智慧的百科全书，他本人也是个热爱荒野旅游的人，他游遍了美国很多重要的山脉、平原、大峡谷，充分展现了自然美与生态美对人类的道德情感和生态良知的价值；《环境伦理学》以诗意地栖息于地球结尾；在"从美到责任：自然的美学与环境伦理学"一文中，他提出了"美学走向荒野"的观念。

环境审美体验是环境保护论的发源与开端，人在自然中的审美体验也是环境伦理的情感起点；环境哲学家视自然的价值、生态价值和其他类型的环境价值为内在价值，自然内在美的价值是一种非工具价值，尤其表现在自然环境、荒野环境之中，这一论述为环境伦理学的展开提供了理论支撑；环境审美和自然审美又可以引发人们对于环境保护的意识，进一步使人们认识环境保护的价值和意义，恰当的环境审美、严肃的环境审美是环境伦理的基础；同时，环境的审美价值研究作为人建环境、景观建筑独特的审美价值体系，是园林、景观、居住等人建环境规划与建造的重要参照系。

第一节　自然内在美：环境伦理的基石

美国著名的环境伦理学家、《环境伦理学》杂志的创始人尤金·哈格洛夫在他的《环境伦理学基础》一书中说道："自然保护最终的历史基础是审美"。而美国国会于1973年颁布的《濒危物种法案》也提到自然物种所具有的审美价值，这一价值敦促着人们要对其充满关注和爱护。[1] 在探讨环境之美、自然之美的基础上，环境美学不仅需要探索审美的边界和环境美的意义，而是需要走入自然美的根源，发现自然美的内在价值和规律。因为环境美学对于自然内在价值的论述成为环境保护和环境伦理的基础。环境之美是自然的内在价值的理论基础，环境美为环境保护提供了充分的理论依据和条件。自然的审美价值是自然自身的作品，自然在创化中形成一

---

[1] Hargrove, Eugene. *Foundations of Environmental Ethics*. Englewood Cliffs, NJ: Prentice-Hall, 1989, p.168.

切，无意于满足人的精神体验，但作为可体验事物审美属性的人，可从中获得审美体验。因此，我们欣赏大自然，不是因为我们把大自然作为自己的作品，从中看到自己的价值，而是我们本身就能体验到自然的审美价值。比如说野花的美丽、河流的清澈都是自然自在的存在，我们除非直面美丽的景色，才能产生愉悦的感情。罗尔斯顿将整体和谐看作是环境美的标尺，系统一词反复出现，只是为了强调自然在杂乱中的整一性，而这种系统性又称为自然美的基础。和谐的环境本身就是美的，于是就有了审美价值，于是伦理学的内在价值说又有了自身的基础。[1]

《哲学走向荒野》是罗尔斯顿生态伦理学的代表性著作，在论述生态伦理是否存在的时候，人只有在承认自然有一种内在的而完整性的前提下，才能发现自己最真正的利益所在。罗尔斯顿辨别自然主义者与生态主义者时说，自然主义者是谨慎的，他们虽然知道野外生活带给人类诸多的感怀，但还是不愿意承认自然的价值所在，而认为价值是基于他们自身的，如果人类能够利用它，它才有价值，没有被利用，就没有价值。罗尔斯顿认为这是顽固的人类中心主义观点，他认为在我们学过哲学以后，要接受"晚霞的美只存在于观察者的眼中"这种说法，也会觉得非常牵强。因为如果我们把自然的这种价值（例如审美价值）看作是需要人类去建构的话，自然的完整性也就变得没有意义了。[2]在罗尔斯顿的环境美学体系中，最为重要的是其内在价值理论——自然的内在审美价值。自然的审美价值是自然自身的作品，不是从中看到自己的价值，而是我们本身就能体验到自然的审美价值。罗尔斯顿发现，自然系统有两大特点，一是共生，一是变化。共生是生态环境最大的特点，人与人共生，人与自然各个事物共生，自然各种事物之间也存在共生关系。那些似乎没有任何关联的事物之间都处在同一个生态系统之中。这种共生之中又有变化，具体表现为选择和竞争。这种选择和竞争是自然的规律，自在自为地存在，但却形成了自然中的景观。比如奔跑中的狮子和逃跑中的麋鹿，在竞争中展示出了自然的美

---

[1] 曹苗：《当代环境伦理学思想中的审美问题研究》，山东大学博士学位论文，2015年版，第51页。
[2] ［美］霍尔姆斯·罗尔斯顿Ⅲ：《哲学走向荒野》，刘耳、叶平译，长春：吉林人民出版社，2000年版，第66页。

丽。这种美是自然系统的产物，似乎与各个物种无关，但最终赋予各个物种审美价值。这种审美价值的存在，又给伦理的发生创造了条件。同科学价值一样，自然的审美价值也是需要剥离人的功利性要求，在对"万物的静观"中才能显露出来。要发现这种审美价值，就得把这种价值与功利应用和生命支撑价值区分开来，只有那些认识到这种区别的人才会赞赏沙漠或荒原。……科学家所具有的那种远离常人习性的距离感和近处观察事物的习惯，使得他们能够发现常人所看不到的美。实际上，美无处不在，在人们意想不到的地方。[1]

因而，审美价值本身可以用来有效地论证自然的某些部分具有值得尊重和保存的美学价值。正如我们有义务保护美丽的艺术品，我们也有义务保护美丽的自然区域。哈格洛夫提出了一个类似的论点，即我们有责任促进和维护好自然的美，自然美构成一种审美的善。这构成了存在的和应该存在的一般善的一部分。失去了自然之美，就等于失去了世界上所有的美好。事实上，哈格洛夫认为，失去自然美比失去艺术品更意味着失去好东西，因此，我们有更大的责任保护自然美。正如罗尔斯顿指出，环境伦理学需要美学，但不是肤浅的美学，环境伦理学对美学的需求取决于环境美学的深度。正如他所说，"美学可以成为环境伦理的一个充分的基础吗？这要看你的美学走得有多深入。"[2]

例如我们要修建大坝工程，因为自然峡谷本身的审美品质、自然美的风格千变万化，在考虑峡谷的审美品质与兴建大坝之间的矛盾时候，公众会讨论和思考自然的审美价值。因此，对自然的审美品质的关注会作为保护自然环境、兴建国家公园和自然保护区的重要理由。环境学家提出了许多理由，说明为什么美国现存的这些最大的古树林应该受到保护，不被砍伐：为了保护野生生态系统本身；保护熊、鲑鱼、秃鹰及其他稀有物种的栖息地；保护钓鱼、露营、远足、划船等康乐活动的场所。但最突出的共

---

[1] Rolston, Holmes. *Environmental Ethics: Duties to and Values in the Natural World.* Philadelphia: Temple University Press, 1987, pp.9-11.
[2] [美] 阿诺德·伯林特主编：《环境与艺术：环境美学的多维视角》，刘悦笛等译，重庆：重庆出版社，2007年版，第169页。

同原因是：保护绵延数千米的雄伟山脉、岛屿、波光粼粼的冰川和峡湾的壮丽景色。虽然审美因素在环境运动中一直具有重要的现实意义，但却常常被环境伦理学家所忽视。然而许多环境理论家现在认为，仅仅以自然的工具价值为基础为保护自然环境辩护，需要被自然内在价值的概念所取代。人类保护自然环境，保护人类赖以生存的自然条件，当然是环境保护主义坚持的重要理由，然而如果将自然视为人类借以生存的条件和工具来保护这是不充分的。举例来说，我们开发房地产、兴建水库大坝，是为了将自然环境充分利用，把自然资源视为为人类服务的工具，如果出于自然的工具价值考虑，我们将野生河流改道、将绿地变成高层建筑都是不可抗拒的。所以，仅仅诉诸人类依赖自然的方式并不能提供足够的理由来保护处于不发达状态的自然。这种依赖可能会说服我们节约用水，限制有毒农药的使用，不让鱼类灭绝，限制过度的空气污染。但所有这些都远远不能将自然保护为荒野，或使其恢复到原始状态。因而，如果我们想要激发对自然的全面保护，就必须把自然视为具有内在的审美价值。因为只有自然固有的审美价值才是我们保护原始自然环境，保护自然的审美资源使其不受破坏或人为利用的重要的理由。

在环境伦理学的视野中，自然的内在价值、自然美的价值被不断提及和重视。人类与自然在重新梳理价值关系的时候，人与自然以及自然万物之间这种和谐共生，相互依存，合二为一的共存关系和多样化的自然美是环境保护的理论基础；自然作为自在之物，在它创造自我的漫长历史过程，成为人类反思自身的存在方式，追求环境之美，构建美好生活的价值源泉。

第二节 环境审美与环境伦理

从环境伦理学的角度，环境伦理学的开端往往要从审美体验开始讲起。对于自然的审美体验，便可以视为是自发的审美体验，人类对于大自然和自然事物的审美是审美发生的元初和起点，这一点无论是西方文明还是东方文明都有着共同的表现和共识。我们每个人都有着相似的自然审美体验，我们在欣赏自然时不需要借助任何现代化的媒介与手段，把车停靠在路边去观赏它都无法切身的体验自然，当我们步入森林之中，森林冲击着我们各种感官：视觉、听觉、嗅觉、触觉，甚至是味觉，没有哪个森林离开了松树和野玫瑰的气味还能够被充分的体验。

罗尔斯顿在《哲学走向荒野》第四篇"体验自然"中有一段这样的描述，描写索利图德湖——荒野中的个人一章中，他这样描述生命在自然中的体验，以及荒野与自我的相互交流：

> 湖面上有众多的昆虫幼虫。刚开始我觉得这很烦人，因为我得不时地走到北因莱特河去打清水。但现在我却觉得这使我感到清爽，因为每一次向因莱特河走去时，我都感受到这样一个真理：这些充满湖中的水生生命呈现出一种永不枯竭的活力。看到大地这自发的生命力，我的精神也抖擞起来。在我离开这地方后，画眉鸟的歌声仍会溢满这里的树林；那时我将听不到这美妙的歌声了，但我知道这里有这种不依赖于人的美，这会使我的生命更加丰满。云杉会在它倒下的地方腐烂，重新化作大地的元素，但它又在吸取了它的腐殖质而长成的蝎子草与驴蹄草中重新组成生命，给我们讲述着生命与死亡。人作为"智人"要配得上这一名称，就不应该给这个地方造成破坏……[1]

荒野之美的体验、环境美的欣赏是罗尔斯顿环境伦理学的起始，在这里，美学走向荒野与价值走向荒野是一致的，而环境的审美体悟、审美关照对改善人与自然的关系，对于环境保护具有更为直接的情感效应和广阔的前景。对于环境伦理学来说，审美体验是最常见的出发点之一。在罗尔斯顿那里，从美到责任的转换是容易的，美的欣赏会引发责任，因为美的欣赏是情感的交流，是爱意的显现。爱不仅是美的情感的流露，而且也是善的行为的表达。所以，环境审美的体验在环境保护中扮演着重要角色。

---

[1] [美]霍尔姆斯·罗尔斯顿Ⅲ:《哲学走向荒野》，刘耳、叶平译，长春：吉林人民出版社，2000年版，第413页。

罗尔斯顿在《哲学走向荒野》中认为，自然的审美方式有两种，科学化的审美方式和主观化的审美方式。科学化的审美方式以卡尔森为代表，在卡尔森看来，科学认知是正确地欣赏自然的先决条件，我们必须具备一定的自然科学知识，将自然物放在它对应的类别上，具有自然科学知识，才能对自然有深层次的理解。而主观化的审美方式则是强调身体的介入，首先要走进自然，用身体和五官去感知自然的美，深度体验自然的美。我们只有在步入森林中才能感受到植物的呼吸；只有攀登到山顶才能领略大自然的崇高；只有在大海里畅游才能体会海洋的广博和澎湃的豪情。也因此，只有在身体的介入中，我们才能在这样的体验中逐渐地将自我融入大自然中，从而油生出对自然的敬畏和崇高的情感，这种"忘我而无私"的道德情感因而成为我们重新反思人与自然、人与世界、人与他人关系的起点。因而自然的审美体验成为人的自我成长和反思的原点，并逐渐促成了人的道德完善。[1]

第三节 环境审美与生态价值

一、环境审美的生态特征

可见自然环境审美必然是审美主体能够进入天然的自然之中，那么自然本身的"自然"之处，这种生态的和谐、统一和生生不息之美就是我们得到审美感受的源泉。罗尔斯顿回答环境审美属性是什么，在他看来，自然有自己的规律，在人类存在之前自然就自我创造着，我们没必要以自己的审美标准作为自然美的标准，这就是自然美的生态属性。在对自然和自我的认识上，自身的特性与其居住的地理位置都是相联系的，而自然大地可以被视为是扩展的自我。罗尔斯顿强调了自然的审美价值和人类尊重、

---

[1] [美]霍尔姆斯·罗尔斯顿Ⅲ:《哲学走向荒野》，刘耳、叶平译，长春：吉林人民出版社，2000年版，第75页。

欣赏自然进而维护生态整体性的道德前提。他说到大多数生态伦理理论都是在高度评价自然价值的同时,也把生物系统整体的福利与对人类利益的诉求当作价值目标。并且引用勒内·杜博斯提出的"第十一条诫命":我们应该努力提高环境质量,而他的理由是,我们出于科学研究和审美的目的而保护荒野,并最大限度地维护生态系统的多样性。荒野的美能给生活增加一种精神性的东西。"荒野不是一种奢侈品;它是保护人化自然和维持精神健康的必需品。"[1]

罗尔斯顿认为生态描述让人们以人类历史发展的角度,试图站在前人类的时期发现生态系统的统一、和谐、相互依存等等这样的图景,而这种统一、和谐和相互依存而带来的稳定性体现了生态系统的根本特性。这是因为稳定的生态系统来源于系统中各种物种的相互依存关系,同时这一依存关系又促进了物种之间的和谐和稳定。人们发现,所谓自然界的和谐、稳定、秩序等等,或者我们可以称之为美,并且认为这种美并不是人们加于自然之上的,而是从自然中发掘出来的。另一位环境伦理学家哈格洛夫试图依照自然美的标准提出新的审美范畴:生动、壮观、美丽。他试图说明那些自然的而非人工的或改进过的客体更容易得到偏爱,对自然的这种新的偏爱包含了对生态系统中野生事物的欣赏和爱。许多客体都是因为它们自身的缘故而引起人们的兴趣,而不是作为审美方式的要素或与审美无关的工具和原材料,而生态特征正是自然最为根本的审美属性,符合生态特征的新的审美标准取代了旧的审美标准:平衡而非和谐,不对称而非对称,不规则的曲线而非直线,粗糙而非光滑的表面,复杂性而非简单性,多样性、差异性和个体性而非相似性。[2]

二、环境审美与生态伦理

表明利奥波德的生态观的最著名的格言便是:"一个事物,当它有助于

---

[1] Dubos, Rene. *A God Within*. New York: Charles Scribner's Sons, 1972, pp.166-167.
[2] [美]尤金·哈格洛夫:《环境伦理学基础》,杨通进等译,重庆:重庆出版社,2007年版,第110-111页。

保护生物共同体的完整和美丽的时候，它就是正确的，如果不这样去做，就是错误的。"[1]可见，环境伦理学是在首先肯定自然美和自然的审美价值基础上提出的。环境中的审美利益有助于达到道德的目标，增强审美价值无疑可以提升人类的生活感知。并且有越来越多的证据表明，在肯定的审美价值中，环境的丰富性不仅增大了人们的幸福感，而且也有助于降低身体和精神疾病的发病率，以及减少社会的种种弊端。作为生命共同体中的一员，我们要努力维护它的审美价值和伦理价值，环境中的审美与伦理的价值的相互融合与完整就是评价环境的最主要的标准。把人作为大地共同体中的普通一员，判断人类行为是否正确的标准不是别的，而在于其是否有利于共同体大地的"和谐、完整与美丽"。而人类自身作为拥有主观性的、拥有着思想意识的大地的成员，按照上述评价人类行为好坏的标准，人类的职责即在于维持大地这个共同体百年来的良好运转，在这一共同体中达成人与其他成员的和谐共生，同时达成人类与这个整体的共生共存。

三、美好的生活环境与诗意栖居

在环境美学视域中，包括人生记忆、经验、与情感融合的环境表现特征呈现为一种由环境而生的"家园感"，这种对环境的审美体验包括了对家园景物、记忆与经验的怀念与依恋。段义孚指出，"环境不仅仅是人的物质来源，或者是需要与之相适应的自然力量，同时也是安全和快乐的源泉及其寄托深厚情感与爱的所在，"这种"恋地情结"是人对家乡的深厚感情，不受任何特定的文化和经济限制，狩猎者、定居的农民、城市居民都对家乡怀有深厚的情结。[2]家园意识是环境审美价值得以彰显的条件，在环境作为家园的审美理念的指导下，我们在环境中获得了一种极其重要的审美体验——家园感。[3]

---

[1] Leopold, Aldo. *A Sand Almanac*. New York: Oxford University Press, 1969, p.24.
[2] Yi-fu, Tuan. "Topophilia: A Study of Environmental perception," in Englewood Cliff, ed., *Attitude and Values*. New Jersey: Prentice-hall, Inc., 1974, p.4.
[3] 陈国雄:《环境美学的理论建构与实践价值研究》，北京：科学出版社，2017年版，第46页。

人类按照各种美的标准建造自身的环境和家园，不同的生活与劳作环境都具备各自独特的生态特征与生态之美：首先，草原文化的诗性情怀。草原这种特定的自然环境，不仅为游牧民族提供了可以诗意栖居的家园，蓝天白云、牛群、羊群也为大自然谱写着生生不息的图景，使人们感受到大自然赋予的喜悦和激动。这种审美价值塑造了草原文化特有的诗性情怀、与自然共生、依生的生态审美观念。其次，山地文化的力量之美。栖居于深山密林中的狩猎民族，在他们同大自然其他物种相生相竞的过程中，人的感官与潜能也被发掘了出来。狩猎民族在日常活动中感受到充满活力和生命力的美感，生物世界赋予的速度之美、力量之美、姿态之美等等。而这样的审美特征酝酿了山地文化崇高的浪漫、诗性的壮美、英雄的情怀。再次，农耕文化的时序期望。土地之于农民不仅是出产作物的劳作之地，肥沃的土壤、累累的硕果也是农耕民族的期许。农耕之民与土地的关系，使其成为大地上真正的栖居者，当作物收获之时丰收也赋予农民们精神的享受与审美的价值。最后，后现代文明的返璞归真。处于后现代文明的大众社会，人们日益与大自然隔离开来，而人与自然息息相关的自然天性，以及人们对美好自然的向往使得身心疲惫的现代人渴望回归到天然质朴、自然和谐的环境中，重新体验大自然赋予人类的审美价值，重建人与自然和谐的生态之美，也重新塑造人与人之和谐良性的生态关系。[1]

第四节　环境审美与环境保护和评价

环境哲学家贝尔德·考利科特（Baird Callicott）说，在我们决定到底要节约哪些土地，哪些土地要恢复或改良，哪些将分配作它用时，我们认为哪一片土地很美，这一判断将发挥很大作用。因此，一种强有力的自然美学对于强有力的环境保护政策和土地管理来说，是很重要的。[2] 美学家约翰·费希尔（John Andrew Fisher）以 1908 年至 1913 年间美国内华达山脉

---

[1] 赵新良：《诗意栖居——中国传统民居的文化解读（第二卷）》，北京：中国建筑工业出版社，2009年版，第279页。

[2] Callicott, J. Baird. "Leopold's Land Aesthetic," in Allen Carlson and Sheila Lintott. eds., *Nature, Aesthetics, and Environmentalism: From Beauty to Duty*. New York: Columbia University Press Publishers, 2008, p.105.

修建大坝为例子。威廉姆·穆赫兰（William Mulholland）监督修建了223英里的巨大渡槽，将内华达山脉东部斜坡上的欧文斯河引至洛杉矶。这使这座城市得以发展成为一个大都市，并把郁郁葱葱的欧文斯谷变成了半干旱的土地。12年后，他与约塞米蒂国家公园的管理者见面，提议修建大坝——在著名的风景优美的约塞米蒂山谷修建一座巨大的水库。可以想象，当他看到布里达尔韦埃瀑布，看到的不是令人敬畏的高大、美丽的雾霭和水流，而是对城市家庭和农民极其有用的水源；他看到了一个天然水库，为那些城市家庭和农民储存水。穆赫兰把注意力集中在约塞米蒂山谷及其河流的仪器用途上。这些人专注于开发世界上边疆地区，但他们并不关心这种大型公共工程项目对自然的影响。他没有考虑到这样一个项目会对动植物，甚至对整个地区生态系统、环境价值造成的破坏。还有，这个工程没有考虑到最明显的一个影响，那就是消除了一个极其美丽的环境。在现在的读者看来，穆赫兰对约塞米蒂河谷大坝的威胁可能令人恐惧。[1]

对于自然景观的评价需要我们的审美判断。我们的审美判断及其传播构成了环境审美批评的基础。我们对个别自然物和环境的正面和负面审美价值的判断以及比较，有助于认识环境的审美价值，而用感性和智慧对环境进行评价，是人类文明实现人性化的艰难过程中的一个重要阶段。[2]对于环境的评价尤其是自然景观的评价很难作出精准的评价，但它对于决定如何推进保护自然环境却是必要的。就像设立"国家公园""自然风光名胜区"或"国家风景名胜区"等来保护自然环境一样。然而我们很难剥离自己的主观感受和特定文化价值来评价风景，这是环境保护中出现冲突和分歧的最常见原因之一。伊顿（Eaton）提出环境评价的方案和设想，在以往的环境评估活动中，人们只是运用环境科学的方法和科学的测量来完成，而审美价值与伦理价值在环境评价中的结合成为最具创新性的尝试，体现了审美价值在环境评价中的作用。[3]同时，景观管理例如农业、林业管理也接受着道德的审查。所以对于美学家来说，景观、环境的价值必定是美学

---

[1] Jamieson, Dale, ed., *A Companion to Environmental Philosophy*. Oxford: Blackwell Publisher, 2001, pp.263-266.
[2] Brady, Emily. *Aesthetics of the Natural Environment*. Edinburgh: Edinburgh University Press, 2003, pp.214-218.
[3] Eaton, Marcia Muelder. *Merit, Aesthetic and Ethical*. New York: Oxford University Press, 2001, p.177.

和伦理学交错关联的结果。伊顿引用赫伯恩的论述：如果我们期望赋予自然美以更高的价值，那么就必须清楚，比起那些对宿营地或者车窗外的郊外美景转瞬即逝的愉悦和'漫不经心的'享受来说，自然美还应该具备更多的东西。[1]

正如美国著名的景观设计学家纳索尔（Joan Nassauer）认为的，我们对于景观的如画性特征的依赖并不会有利于维护生态系统。设计师们必须依靠"社会标识"来指明景观的生态功能，有意图地用一种被社会都认可的利于生态健康的特征来标记景观。所以纳索尔也向美学家们提出了问题，那就是景观设计的这些具体原则必然给美学家们带来新的挑战：如何更全面地解释景观的审美偏好，而它又与生态伦理管理是什么关系？[2] 对于这一问题，伊顿试图结合卡尔森的自然欣赏的认知模式给出自己的解答，同时她更往前近了一大步，对于环境审美评估这一难题，她开创性地提出了"环境的审美类别和审美规模"说。所谓"规模"，正如亚里士多德所说，太过大或太过小的东西都不是美的，因为这些都无法形成我们的记忆。在人的欣赏范围之外，或者其规模、大小超出了人类的认知能力，我们如何能欣赏和评价呢？所以对于景观来说，规模说这一点也是适用的。伊顿将"规模"一词用于对景观环境的评价。但是对于生态学家来说不仅需要关注规模大小还要关注不同的景观类型，就像沙漠研究不同于海洋研究一样，在生态系统中对于景观的类型、规模的意识和理解都在提示美学研究者们也要更关注其规模和类型。针对景观的人为干预和操控因素的不同和其内在审美特性的"程度"划分，伊顿做了如下的分类：

1. 景观艺术。
2. 公园和花园。
3. 人为管理下的城市和郊区景观。
4. 人为管理下的乡村景观（像农场，还有矿场和其他操作下的非

---

[1] Hepburn, Ronald. "Trivial and Serious in Aesthetic Appreciation of Nature," In Salim Kemal and Ivan Gaskell, eds., *Landscape, Natural Beauty and the Arts*. Cambridge: Cambridge University Press, 1993, 65-80.
[2] Nassauer, Joan. "Messy Ecosystems, Orderly Frames," *Landscape Journa* l14 (1995), 161-170.

城市区域)。

  5. 人为管理下的相对原始的景观。

  6. 无管理的相对原始的景观。[1]

  以上每一类型的景观都有着自己独特的自然和文化因素，也可以统称说是历史因素，而这些历史因素对于景观的类型分类起到了重要的作用。这种审美价值、社会－文化价值的相互依赖与审美价值和生态价值的相互关联也是一样的。所以对于景观的评估是融合了审美价值、生态价值等各种因素的整体评价。很多人对于坚持科学认知立场的自然审美模式表示反对，认为这种模式消磨了审美的趣味，然而，伊顿却坚持认为在她的所有的审美体验中，知识从没有扮演过阻碍者的角色。而生态概念和知识也不必要与审美、伦理知识分别开来，我们现在要做的恰恰是在感知、概念和想象的层面上将他们统统融合在一起。[2] 正如布雷迪的观点，"我认为一些经过改造的环境或者物品比其他的物品更有价值"，环境的审美价值不单单取决于是否是纯粹自然和无修饰，一种环境的审美价值一定与它的社会、生态、经济和人文价值相关联，并且相协调。我们倾向于认识自然界的事物各有其独特的美，而人建环境的审美价值要根据不同的审美特征来综合讨论。

  布雷迪认为讨论环境的审美价值，不能单从美学的角度，而是作为一种环境价值，审美价值是如何体现的？关于这个问题，首先，需要把审美价值与其他环境价值联系起来；第二，在审美品质与审美反应相关的领域，审美价值的含义又是什么？[3] 尤其在景观评估、环境评价的案例中，更是需要历史学家、哲学家、文学家等等对环境的审美偏好作出相应的分析和理解。她认为无论是艺术或审美都不能与社会式的环境分隔开来，因为每个个体在各自作出决定或者评价的活动中都有着不同的评价方式，然而每个主体的价值评判又是在各自家庭和社会的环境中逐渐形成的，它们不是一

---

[1] Eaton, Marcia. *Merit, Aesthetic and Ethical*. New York: Oxford University Press, 2001, pp.177-178.

[2] Eaton, Marcia. *Merit, Aesthetic and Ethical*. New York: Oxford University Press, 2001, p.96.

[3] Brady, Emily. *Aesthetics of the Natural Environment*. Edinburgh: Edinburgh University Press, 2003, pp.20-21.

蹴而就，而是在历史中成型的。这就好比我们的对景观建筑的理解和评价，首先就要知道价值从何而来，从而就会对这个环境或者景观形成全面的理解。例如罗尔斯顿将整体和谐看成是环境美的标尺，并非只是为了强调自然在杂乱中的整一性，而这种系统性又称为自然美的基础，和谐的环境本身就是美的。

当然环境的审美价值在环境设计与规划的实践领域有着更为复杂和系统的阐释，尤其在景观建筑、人文环境、居住环境等等的规划设计中，审美价值与其他价值的关系是如何体现与把握的，将会在另外的章节论述。只是我们要理解环境体验的审美维度，并且理解它的独特之处，在一定程度上取决于对一个人在自然世界中所欣赏的品质的识别。因而我们要考虑审美品质的性质和地位，以及它们在多大程度上是客观的或主观的。在把握了环境的审美特征及其品质之后，我们也要了解环境语境下的审美价值以及与生态价值、文化价值等其他环境价值的比较和对比。审美价值作为一种非工具性价值，它是一种重要的环境价值，因为它抓住了我们欣赏周围环境的一种直接的、共同的和独特的方式。

考利科特认为自然中的每一个生物都有着自己的非人类存在物的价值。他虽然并未明确地提出什么是美，但是他却给出了评价什么是美的评价标准与前提条件，认为环境美与环境善是密不可分的，生态环境的原始状态是健康的，而健康的生态环境是二者共同遵循的前提。[1] 从20世纪末开始，环境美学自觉引入伦理学，并将责任作为环境审美的基础，从而出现了一种从美到责任的当代转向。环境审美价值评价引入伦理学，从而使伦理学成为环境美学向深层发展的一个重要契机，在审美活动中实现审美价值与伦理价值的结合，其中的内在逻辑是由善求美。[2] 环境美学家瑟帕玛认为，人类的审美行为应当有伦理参与与限制，在环境审美中，我们应当关怀审美对象生命价值的自由呈现，建立起一种生态原则，当一个环境进程处于连续与自足之中时，这个环境系统就是一个健康的系统，系统中的各个组

---

[1] Callicott, J.B. "Animal Liberation: A Triangular Affair," *Environmental Ethics* 2 (1980), 311–338.
[2] 陈国雄：《环境美学的理论建构与实践价值研究》，北京：科学出版社，2017年版，第48页。

成部分的生命价值就得到了最大程度的体现,在各种生命价值的和谐运作中,一种审美的价值也就得到了生成。瑟帕玛强调审美价值与生命价值的内在协调性,在环境审美中,保持环境的审美价值与生命价值的内在一致性。[1]

---

[1][芬]约·瑟帕玛:《环境之美》,武小西、张宜译,长沙:湖南科学技术出版社,2006年版,第149-160页。

第十二章　环境审美的教育功能

席勒提出:"有促进健康的教育,有促进认识的教育,有促进道德的教育,还有促进鉴赏力和美的教育。这最后一种教育的目的在于,培养我们感性和精神力量的整体达到尽可能和谐。"[1]环境作为一种媒介,将审美主体融合进去,在最大的范围、最高的强度、最纯粹的体验开展活动,在审美活动中,感知者与体验的环境在一种有创造性的知觉交换中融合。伯林特将环境的审美体验概括为一个人文过程,在环境中融合了艺术家、对象和欣赏者。在这里,人类体验的全部范围集中于一种文化环境的审美中,这是美学功能最完全的实现,是最人性化的状态。[2]在这种体验活动中,审美感知、社会相关和人类实现地综合体发展成了一个文化环境,在这种环境中这些要素不仅互相包含并且变得不可分割,这其中当然包括环境审美的教育功能。

席勒正是在康德的美学原则基础上建立了自己的美育思想,他认为美育的性质和任务就是在感性和理性的领域之外开辟一个新的消除了感性与理性束缚的高尚的情感领域。曾繁仁认为,美育就是借助美德形象的手段(包括自然美、社会美和艺术美)达到培养人的崇高情感的目的。[3]人在环境中,人与环境、环境中的各种要素,环境的比例、结构、秩序和人的多元化的感知系统全部构成了和谐统一的整体。我们在环境中看、触、嗅、摸、感受与参与,这种融入其中又和谐有序的状态,和美好和谐的环境总

---

[1] [德]席勒:《美育书简》,徐恒醇译,北京:中国文联出版公司,1984年版,第108页。
[2] [美]阿诺德·伯林特:《生活在景观中——走向一种环境美学》,陈盼译,长沙:湖南科学技术出版社,2006年版,第73页。
[3] 曾繁仁:《走向二十一世纪的审美教育》,西安:陕西师范大学出版社,2000年版,第12页。

是赋予人美好的情绪和感受。正如格式塔心理学派认为的，心理现象是完整的格式塔，是完形的；自然而然地经验到的现象都自成一个完形，完形是一个通体相关的有组织的结构，并且本身含有意义。外部环境与人的心理状态的"和谐同构"使人产生审美的共鸣从而达到审美的教育和同化的作用。自然是人类文明的源泉，又可以被视为人类文明的归宿，作为一个古老和丰富的话题，我们可以在大量的文学和历史文本中找到自然审美的素材。大自然的和谐、崇高、智慧与完善不仅为人类提供了最丰富的书写素材，又可以启发智慧和想象、完善人的心灵和人格。自然的美育恰恰是以美至善，通过欣赏美和赞赏美来达到丰富内心，畅达本真，激发想象，又反过来提高美的鉴赏，判别美好与丑陋。"仁者乐山，智者乐水"是中国古代对于自然美育最直接的表达。

第一节　环境的审美教育价值

一、自然环境的审美教育功能

美育作为教育的一方面，其最终的目的在于通过崇高的审美情感培养人的审美力，而这种审美力最终的目的在于培养出脱离了感性与理性束缚的"自由"人，因为"只有审美的趣味能够给社会带来和谐，因为它把和谐建立在个人心中。一切其他形式的观念都使人分裂，因为它们或者单独地以人的存在的感性部分或者单独地以人的精神部分为基础，只有美的观念才使人成为整体，因为它要求人的两种本性与它协调一致。"[1]

大自然作为人类生活的基础和源泉，是最丰富和深刻的美育"教材"。通过美好的环境来培养人的审美意识、丰富想象、学习生态和自然知识，培育对自然的爱、对美好事物的追求从来都是"美"的教育最为重要的方式，从而最终分辨"美"和"丑"的事物，从自然的美好到达内心的美好，

---

[1] ［德］席勒：《美育书简》，徐恒醇译，北京：中国文联出版公司，1984年版，第145页。

从而达到教育的最终目的。美好的环境可以让欣赏者将自己的经验与环境联系起来，环境生动形象的特性会引导欣赏者更真切地感受美好环境带给人的愉悦，更全面地了解环境知识。

自然环境因为它独特的审美特征，其丰富的审美品质和大自然赋予的真切的知觉感受和崇高的审美意趣而使得审美教育具备一般艺术教育不能企及的高度和目的。任何审美教育，无论是自然的还是艺术的，都必须在亲身体验的环境中进行。环境体验的美感可以引发愉悦感、自由感和求知欲，这种积极的情感体验是我们追求智慧之真的动力，吸引我们发现自然的真谛与善的本源。

对美的欣赏能力不会自发产生，必须通过美的体验和教育在实践中形成。缺乏审美力不可能对丰富多彩的世界有全面的审美感受。因而以美育美，通过自然审美培养审美主体的感受力与审美素养。自然美是产生崇高情感的起点，正是对美的体验中产生情感，激发人们的道德敏感。善待自然、尊重自然的人也必然尊重生命，热爱、欣赏自然美，鉴赏和维护自然美可以培养和锻炼人的心，是提高人的道德素养的重要途径。[1] 我们不可能从一本旅游指南感到大自然的独特之美，更不能因为这些文字甚至图片培养对风景的审美感受力和敏感度，没有独特的知觉、接触和情感，如何才能提升我们的对自然乃至于人生的道德情感？所以更有效的方法是通过探索和发现激发学生积极主动的学习兴趣，而不仅仅是接受知识。

二、景观的审美教育价值

景观或人建环境的审美教育价值对应着环境审美体验的"物象阶段"，即审美初始阶段的知觉层面，审美主体用"理"去解析环境客体，因而环境载体的有性的自然科学与人文科学知识成为最主要的审美教育价值。"如果美育是一种传授恰当审美欣赏的工作，那么就景观而言，核心问题就是：对那些我们希望传授这种欣赏的人而言，我们到底要教什么？为了促进丰

---

[1] 徐建华：《论环境审美教育》，《环境教育》2004年第5期。

富、恰当的景观欣赏，我们必须教给孩子、同龄人甚至我们自己怎样的技术、能力、信息与知识？我考察了八种不同的要素，探讨了其中每一项在上述课程中应起的作用。这八种要素是：形式、常识、科学、历史、当代应用、神话、符号和艺术。"卡尔森在《从自然到人文》中这样概括景观环境的审美教育要素：开始讨论倡导课程的八种要素的第一项，称之为"形式"。这一概念指称传统形式主义理论，例如克莱夫·贝尔（Clive Bell）提出的概念——"有意味的形式"，它意指线条、形状、色彩在审美上的动态组合。而否定此种意义的形式欣赏是审美欣赏的重要一维，或否认形式欣赏与景观欣赏有关性；科学知识是指自然科学特别是地质学、生物学以及生态学对它的描述，而景观的科学知识可以产生不同的景观欣赏，它是从浅层审美到深层审美的运动，卡尔森引用赫伯恩的"一段从平易之美到繁难或庄严之美"来描述它。而基础性阅读包括自然史家、博物学家以及自然写作的作家的作品；对大部分景观而言，其持续存在史的知识对其审美欣赏至关重要，很多时候，这种知识是景观审美欣赏最重要的途径，有关景观的当代应用知识在恰当审美欣赏的正确课程中也有独到的作用；神话、象征、艺术，自然史、景观的历史与当代应用，这些都对自然景观有直接影响。作为人建环境，是景观与人文价值多元价值的综合体，作为审美教育的载体，人文价值蕴含了更为丰富多彩的描述。例如，人类在开发建设中的艺术性创造，比如风景建筑中的亭台楼阁、文人题字等；还有人工要素与自然要素的统一，比如依山而建、依水而建的景观等。卡尔森认为这些因素与景观欣赏有关，或者部分地解释特定景观何以如此。[1]

环境审美的教育价值还体现在可以培养审美情趣和提高对于环境美德的感受力，相比于一幅画和一曲音乐，我们生活的环境，无论是自然环境还是人建环境，都在感性的、精神的生活的各个方面与人产生联系，与我们的情感和心灵进行沟通，因而环境的全方位、多维度、多感知的特质更适于影响人的审美感受力、判断力，为环境的审美教育和美的教育提供更

---

[1]［加］艾伦·卡尔松:《从自然到人文——艾伦·卡尔松环境美学文选》，薛富兴译，桂林：广西师范大学出版社，2012年版，第222-223页。

加生动的条件。设想一下我们的审美教育如果能在美的环境中,让主体的视、听、触、嗅觉等等都处于生动的情境中,是否可以更加直观而生动地展现美的事物;现代科技的发展不仅给生活带来高效和便利,更丰富和提升了新的媒介和艺术形式,我们走进博物馆、美术馆、电影院的时候就走进了新的环境中,新的审美的环境提供给人的不仅是视觉上美的图片和画作,还是各个感官都被调动起来的新的审美体验。同时,环境的审美教化作用还体现在它可以提供身临其境、直达内心的环境,从而使得身心与环境产生和谐一致的或崇高或静谧的感觉,使人们体悟一种超越世俗的精神力量和美好的情感,例如各种宗教建筑或者自然景观,所以环境的审美教育不仅可以提供一种新的审美教育方式,同时又刺激和丰富了审美情感,从而达到洗涤心灵、开启智慧、热爱自然、积极生活的最终目标。

另外,审美批评与审美教育价值是相辅相成的。批评性话语的重要成果,除了传播与教授的益处外,还将有助于发现更丰富的审美价值。环境批评基于丰富的审美叙述和审美价值,会发展出更有效、更准确的审美批评方法,这都有助于增强我们的审美意识。环境的审美评价可以使人们对环境的审美价值给予必要的重视,从而使它与其他更普遍的环境价值——经济、保护、历史、道德——具有同等的地位。它可以培养一种对环境的审美能力,就像对于艺术品的审美一样,环境审美教育一方面依赖于环境的审美价值与评价,一方面又有助于使人们意识到环境美学价值的重要性。[1]

---

[1] Brady, Emily. *Aesthetics of the Natural Environment*. Edinburgh: Edinburgh University Press, 2003. pp.214-218.

第二节　环境审美与教育

一、环境审美与自我实现

环境包含无数形式明确的事物，这些事物都是环境感知的对象，教育并非是为美而美的教育，不涉及教育的其他方面，而是渗透在教育的各个方面。[1]"美感美育就在于训练我们去观赏最大限度的美。在自然界中观赏我们周围不断存在的最大限度的美，这是向想象与现实之结合，这是向想象与现实之结合大大迈进一步，这结合也就是观照的目的。"[2] 在环境美学中，席勒对自我概念的发展贡献良多，这是由于他坚信：当艺术体现在美育中时，就会发展出一种新的目的观，它促使人们去追求自我决定和自我实现。后来，赫伯特·马尔库塞（Herbert Marcuse）令人信服地把席勒的美学同环境主义联系起来。席勒与马尔库塞的美学认为只有心里的自我与和谐环境达到认同时，自我的目的才能得到实现。因此，美学生活不再是仅仅存在于思想中，而是存在于自然环境中。费希尔从席勒的美育思想出发，思考了审美情感、形式与环境之间的关系，从而发现了理想主义与现实主义之间的矛盾。并且从马尔库塞对自然的观点出发，阐释了审美情感与自我实现之间的复杂关系。最重要的是"生态智慧学"概念的提出，对环境美学与美育之间的调和发挥着极为重要的作用。奈斯的"生态智慧学"（ecosophies）借此发展了他的自我实现理论。从字面意思上看，生态智慧学是指与家庭有关的智慧，从引申意义上讲，家庭可以指涉地球环境，当奈斯使用"生态智慧学"时，它指涉一种基本的、通常是哲学的或宗教的价值，它使自我脱离了自我，后者与广阔的社会、自然背景相隔绝，却又生活在这种背景里。生态智慧学源于更为具体的环境价值，例如，更愿意让自然遵循自己的规律运动，保持其整体性不受人类的非法干涉等等。奈

---

[1] 杨平：《环境美学的谱系》，南京：南京出版社，2007年版，第277页。
[2] [美]乔治·桑塔耶纳：《美感》，缪灵珠译，北京：中国社会科学出版社，1982年版，第92页。

斯的"生态智慧学"源于对环境价值的高度认同,从而生发出自我与环境的关系,对奈斯而言,对价值的认同会产生更伟大的自我实现,例如,认同环境中的自然整体性等。席勒的游戏概念也认为,只有依靠外在的被改变的客体,主体才能逐步加强对自身的限定。对席勒而言,被游戏改变了的客体即和谐环境,它为改变目的的手段和目标提供条件。当环境美学通过和谐环境的认同而达到自我实现时,美育的核心概念生成并得到进一步发展。[1]

罗尔斯顿在《哲学走向荒野》中曾这样描述人在与环境的互动中发现自我的过程:在这样的互动中,令人惊奇地产生了一种交流,只不过这是两个对立面之间的交流。人在他所处环境的一部分,但同时他又超越这环境,成为它的对立面。人在遭遇一个与他相异的世界时,是面对着一种离心的野性。如果他不反抗,这离心力会使他那向心的自我解体;而如果人能承受住这离心力,便能将它容纳和驯化。我进入荒野,便是进入到一个与我相异的世界,我的心智回到了与它互补的自然,而在它对自然进行沉思时,又同自然拉开了距离。在这过程中,我的心智找到了自己。我对自己所遭遇的野心有着一种深沉的需要,这荒野之旅让我的心灵经过漫漫长路,又回归于自己。[2]

二、环境审美与道德情感

中国古代自然审美体验也极其丰富,在"天人合一"的宇宙观影响下,中国古代文人对自然的审美多表现为"比德"的审美观,即审美主体在对自然的审美把握中,将自然物的某些特征比喻为人的道德品质,通过自然人格化,来寻求人与自然山水间内在精神的契合。"比德"观在元、明、清的文人画作中有了进一步的发展,画家纷纷以梅、兰、竹、菊等作为创

---

[1] [美]N.费希尔:《从美育到环境美学》,刘可欣译,《国外社会科学》2000年第4期。
[2] [美]霍尔姆斯·罗尔斯顿Ⅲ:《哲学走向荒野》,刘耳、叶平译,长春:吉林人民出版社,2000年版,第413,409-410页。

作题材，寄托各自的美学追求和人生理想。[1]马克思在论述神话的开端时说："在野蛮时期的低级阶段，人的较高的特性就开始发展起来……在宗教领域里发生了对自然力量的崇拜以及对人格化的神灵和伟大的主宰的模糊观念……想象力，这个十分强烈地促进人类发展的伟大天赋，这时候已经开始创造出了还不是用文字来记载的神话、传奇和传说的文学，并且给予了人类以强大的影响。"[2]自然的审美体验赋予我们审美情感和道德情感，自然的审美体验赋予我们的生活以意义，这种审美体验就像艺术品赋予生活的意义是一样的。在人类社会的初期，对大自然的审美只是从对自然现象的神秘感和崇拜感中产生的，高山峡谷、河流大川，既是人类取之不尽的物质源泉，又是时常对人类构成巨大威胁的神秘之物。于是，原始人把各种自然现象和自然事物，都想象成同人一样具有知觉和感情，赋予它们生命意识和超人的力量。甚至可以说"美"在自然中更得到最充分的体现，因为当问起周围的人，"美"意味着什么的时候，大部分人都会描述某个景观。人不但会向自然投射情感，也投射意志，从而自然成为人的德行的象征。甚至可以说，对自然缺少审美体验的人，他们自身也缺少道德感。康德坚持"要求"人们对自然产生兴趣，对于自然美没有兴趣的人一定是既粗糙又卑俗的。[3]哈格洛夫提出的保护自然的本体论论证建立在自然美的范畴内，美即是善，是人类的义务，而这一善又属于普遍善的一部分。东方哲学，更加强调人性的善，而人与万物的关系虽然本质上是人与物之间没有任何先前设定的并置关系，但这种万物适人、人适万物的双向呼应却成了一个伦理化的整体。因而说当人为自然世界立法的同时，自然也逐渐隐匿其真身。在这个过程中，自然的感觉化、情感化，还有自然的"伦理化"得以实现。[4]

---

[1] 宋建林：《中国古代自然审美观》，《北京社会科学》，1994年第4期。
[2] 马克思，恩格斯：《马克思恩格斯论艺术》第2卷，北京：中国社会科学出版社，1983年版，第4页。
[3] ［德］康德：《判断力批判》，邓晓芒译，北京：人民出版社，2002年版，第145页。
[4] 刘成纪：《自然美的哲学基础》，武汉：武汉大学出版社，2008年版，第4页。

三、环境审美与想象力和创造力

怀特海(Whitehead)说道:"即使你理解了所有与太阳、大气、地球旋转相关的事,你可能仍然会错过日落的光辉。没有东西能够替代对一件事物具体现状的直接感知。我们想把事实和与其正规性相关的亮点结合起来。我所指的是艺术和美学教育……我们想要做的是抽取审美理解中的特性。"[1] 所以如何教育的目的在于激起学生的兴趣,并且投入到所学的东西,创造一种吸引力,使之将思想的美和意义与生命体相关联。伯林特引用怀特海的《教育的目标》,他认为"教育所要传授的是一种与思想的力量、思想的美、思想的结构密切相关的意义,以及与生命体生活特殊相关的一个特别的知识体系"。[2] 伯林特意识到这种环境教育的条件与我们所体验的艺术十分相似。

环境审美过程中充满探索性的感知、创造性的想象。在动态环境的背景下,我们的审美观也参与了这种变化,并且对自然过程的变化作出反应。自然是有表现力的,我们对此作出反应和行动,我们在欣赏中即兴发挥,并通过它与自然互动。想象力使我们与自然品质之间产生了新的联系。它使我们超越感性的特质,创造出隐喻和其他类型的创造性关系,扩展我们的经验,并赋予其丰富的意义。这依赖于富有想象力的努力,需要我们的想象力的锻炼和实践。想象对美育的独特贡献是什么?我们再一次回到康德和他关于想象力的观点,想象力具有解放、"加速"、激活和扩展思维的能力。审美想象的自由发挥,想象的崇高性的延伸,想象与"审美观念"的高度结合,都指向了想象的本质生命力。审美想象对培养审美能力起到了重要作用,从而促进了我们对生活的感悟。

审美领域的创造性与想象力密切关联,无论在艺术创造、艺术欣赏还是在环境欣赏和体验的过程中创造性的活动都必不可少,在真正充满活力的教育过程中存在着真正的创造性。提出观点、批判观点,用生动的语言

---

[1] [美]阿诺德·伯林特:《生活在景观中——走向一种环境美学》,陈盼译,长沙:湖南科学技术出版社,2006年版,第96页。

[2] Whitehead, A.N. *The Aims of Education and Other Essays*. New York: Macmillan, 1929, p.18.

表达和使用，所有教育的环境都充满着创造力，而学习者在任何的环境中进行观点与观点的碰撞，思想的灵感和火花都是创造力发挥结果。没有了创新的能力也就失去了教育的意义，没有创新能力的国家也必然会没有了希望。我们用自己的语言表达一个思想就是赋予之生命，使它成为一个新生物。[1] 可见审美和创造性之于教育的意义。而与环境相结合的审美活动，在一个充满生命和变化的有机体系中，人的想象力被激发进而摆脱了枯燥的语言和说教，感受生命的气息和生活的美好，这些远远不是机械的表达和语言可以描述的，这是一种创造性的活动，用一种富于生命的创造性的经验培养创造性的思维这不就是成功的教育吗？具有生命活力的环境审美体验，调动主体的各个维度的感知力、活力，创造性的活动和生命就是在最自然和放松的状态下产生的。因而，成功的环境审美教育本身就与教育的本质具有高度的一致性。

四、环境审美与环境教育

环境教育作为一种情感教育，旨在提升人们的审美意识、环境意识，以美育德，提升人的道德情感。而只有通过长期的、深入的教育方案，才可能提高公众的环保意识，增强对环境美和生态美的兴趣。也就是增强对于环境的审美意识，或者称为环境敏感训练。环境意识的训练目的是开发一种感官上的认识，提高对建筑环境、自然环境的"感觉"。[2] 而环境的空间特性使人在多感官的刺激下，充分感受和体验它的美，从而影响人的情绪、情感，刺激对于环境的敏感性，从而达到对于美好环境的热爱、向往和维护。环境就像对自然的诗意描述，当主体与审美品质实际接触，才为环境审美教育提供了基础。同时环境的审美教育也通向环境责任的教育，美好的环境不但带给人积极向上的品质，更会培养人热爱自然、热爱环境

---

[1][美]阿诺德·伯林特：《生活在景观中——走向一种环境美学》，陈盼译，长沙：湖南科学技术出版社，2006年版，第101页。
[2] Porteous, J. Douglas. *Environmental Aesthetics, Ideas, politics and planning*. London: Routledge New Fetter Lane, 1996, p.245.

的美好品质，当人感受到与环境、与自然的真正链接，这种美好的情感和体验才得以内化为人内心美的经验。人可以体验到自然和环境的相互关联，这种联系是连续的、整体的、和谐的、是与环境合二为一的美好体验、美好向往，进而会产生出保护自然、保护环境的积极力量。因而环境的审美教育自然而必然地使美通向环境责任。

关于美学思想，安东尼·萨维尔解释了康德关于想象力和教育之间的联系：环境审美判断的交流特性是审美教育理念的基础和核心。审美与环境的接触以及所有相关的环境的审美教育可以培养人们对于环境美的感知与敏感性，在环境的接触中，人的感官、想象力、情感、认知能力和身体活动也开始得到提升与锻炼。例如宗教建筑，它可以利用环境的体验，教化人的心灵，高耸入云的哥特式教堂，静谧阔达的场域，包括音乐和建筑内的光线，无不比喻宗教神秘而又崇高的特性，似乎是向世人指明通向天堂的指引。教堂内部的彩绘镶嵌玻璃窗艺术，也为教堂营造一种神秘的氛围。又如我们步入富丽堂皇的博物馆大厅，纯净的大理石地面、浑厚而有力的建筑内饰、繁复而美丽的石雕装饰等等都为参观者塑造出一种悠远的历史和神秘感，使人步入这样的建筑就油然而生出一种敬畏感，不由得凝神静观，在这种审美体验中得以感受独特的环境敏感。

同时，环境为我们的各种器官提供了感觉感受的可能，感官的知觉系统在环境的刺激下都被调动起来。因而，环境的多重感官的特质可以更加直观地直达人的情感以至内心，作为一种传递美的环境和情景，它起到了至关重要又潜移默化的作用，同时，美好的环境必然传递美的、积极的、教化的信息。环境美的特质也帮助我们发现美的品质，加深对美的理解。虽然环境审美欣赏的目的并非是审美的教育，但我们可以看到这种欣赏活动，尤其是一种在环境中体验、参与、感知的审美活动，是如何构成环境教育的基础。

第十三章　环境审美与身心康复

有机体与环境之间关系密切，任何种类的有机体都必然受到环境的影响，有时甚至是决定性的影响，人类作为一种特殊的有机体，也必然会受到环境的重大影响。不过，人类同环境的关系比较复杂，因为人类与环境之间还存在一种特殊的关系，即审美关系。人类对于环境的审美体验，对人类的身心健康有着重大的影响。法国作家皮埃尔·阿多用哲学的智慧表达了自然对人类的呵护："它（伊西斯，也就是自然）将自己显示给我们感官，表现为由活的世界和宇宙呈现给我们的丰富景象；与此同时，它最重要、最深刻、最有效力的部分却隐藏在现象背后。……人、动物、植物和石头（包括金属）被认为仅仅是神秘力量的承载者，因此负责治愈人的一切痛苦和疾病，确保人获得财富、幸福、荣誉和神奇的力量。"[1]由此可以看出，环境审美活动有益于人类身心健康，这是毋庸置疑的事实。

从科学研究上看，现代实证研究中有很多实验和实证研究充分证明了环境审美对人类身心健康的重要作用。2012年日本健康、劳务和福利部进行了一场调查，表明60.9%的日本工作人员在工作中感到有压力。日本政府颁布了新的职业健康条例，保护职场中有心理压力的工作人员。在一个"森林治疗项目对职场工作人员血压的持续影响"实验中，二十六位办公室工作人员在此项目之前三天，项目进行当天，以及项目结束三至五天，分别测量了血压，发现项目进行当天，测试者在进行了森林中行走、深呼吸、静坐以及其他放松活动之后，每个人的血压都趋于正常，这种正常指

---

[1] [法]皮埃尔·阿多：《伊西斯的面纱》，张卜天译，上海：华东师范大学出版社，2019年版，第51-52页。

数持续了三到五天。[1] 四川农业大学的汉森和他的团队成员，通过一系列实验和研究，证明了人与植物互动，可以把血压维持在正常水平，提高大脑的α、β脑电波，使人感到放松，注意力集中，能够专心做事。[2]

当代研究环境审美（特别是自然审美）与身心健康之间的论述比较丰富，本章着重讨论森林环境审美对人类健康的作用、以及自然审美与自然缺失症的治疗。

第一节 森林环境对人类健康的作用

森林在治疗、康复、保健和疗养方面的效能是当前国际研究的热点领域，也是一门新兴的介于林学和医学之间的边缘科学。2012年，国际自然与森林医学会副会长、日本森林医学研究会会长、日本医科大学李卿博士组织日本、韩国、中国和欧美等国家和地区学者，合作编写了《森林医学》(*Forest Medicine*)，中译本于2013年10月在国内出版。该书系统阐述了森林环境对人类健康的作用及影响因素，介绍了国际森林医学实验及流行病学实证研究的最新进展。原著在纽约出版后，欧美等地掀起了体验森林疗法的热潮。

李卿博士是日本森林医学研究会会长、国际自然与森林医学会副会长兼秘书长、中国国家林业和草原局森林疗养国际合作专业委员会顾问、日本医科大学附属医院医师，森林医学研究领域的专家，创建了森林医学这一跨学科的新型学科。他在研究森林浴[3]的效应时，用森林学（森林环境）与医学的知识和研究方法，将两者有机地结合起来，从森林医学的角度来

---

[1] Songa, Chorong and Harumi Ikeia and Yoshifumi Miyazakia. "Sustained Effects of a Forest Therapy Program on the Blood Pressure of Office Workers," *Urban Forestry & Urban Greening* 27 (2017), 246−252.

[2] Hassan, Ahmad. "Better Mind, Better Work: Effects of Plants on Adolescent Mental Stress as Measured by EEG," *The Japanese Society of Hypertension* 42 (2019), 1086−1088.

[3] 在日本，森林浴是指到森林地区呼吸树木释放的挥发性物质和植物杀菌素，进而达到放松与休闲的目的。森林浴概念于20世纪80年代被首次提出，并已成为日本公认的放松与休闲活动。日本森林覆盖率为其国土面积的67％。森林浴的可行性很强，根据2003年日本境内开展的一项民意测验，25.6%的受访者曾参与过森林浴，表明森林浴在日本大受欢迎。而且，森林浴可以在世界很多地区进行。森林环境可以降低压力并且具有放松效应。参见［日］李卿主编：《森林医学》，王小平等译，北京：科学出版社，2013年版，第127页。

探究森林环境对人体健康的影响。经过15年的潜心研究，他在森林疗养对人体免疫机能以及生活习惯病影响的研究中，取得了重大成果，先后获得日本产业卫生学会奖励赏、日本医科大学医学会奖学赏、日本医科大学大学赏等奖项。

李卿的研究团队证明，森林环境对人的生理神经内分泌免疫网络、人体免疫系统及交感神经和副交感神经系统有良好的影响，还可改变某些激素的水平、心血管和代谢指标。他们已发现森林浴（森林疗养）有多种功效：预防癌症发生；降低血压和心率、预防高血压疾病；降低压力激素水平；降低交感神经活动，提高副交感神经活动；显著地增加活力，改善忧郁状态，有效改善精神性疲劳。

研究工作之余，他还身体力行地实践森林治疗的理念，并计划把森林医学的理念向全世界推广，让全世界人民能尽早了解森林浴的魅力，尽早享受到森林浴的健康效应。同时，作为中国国家林业和草原局森林疗养国际合作专业委员会的顾问，他也正在和中国的同行一起推动森林疗养事业在中国的发展。在德国、日本和韩国等国家，森林疗法正在逐渐兴起，科学研究表明，这种疗法具有缓解心理紧张、提高免疫细胞活性、增加抗癌蛋白数量等作用。利用森林和林产品为人体带来的放松效果，对患者开展辅助替代治疗，其治疗效果不但得到了医学界认可，而且为广大患者所接受，已成为公众关注的焦点。

李卿的《森林医学》全书共22章，重点介绍了森林环境对人类健康的作用，森林与人类健康的全球研究趋势等内容，其中包含了实验及流行病学研究实证，并介绍了日本、韩国、中国及欧洲境内森林与人类健康相关的最新研究成果。这本书适合林业、园艺、替代医学、环境医学、预防医学、公共健康及芳香疗法等领域的相关人士阅读。该书分六部分，第一部分是导言，介绍了森林、森林医学和森林浴等概念；第二部分介绍了森林的光环境、热环境、声环境以及森林空气中的植物杀菌素；第三部分介绍了森林环境对人类健康的作用；第四部分是森林环境对人类健康的影响因素；第五部分是绿地及人类健康：流行病学研究；第六部分是森林与人类健康研究：全球研究趋势。这里我们重点介绍第三部分：森林环境对人类健康的作用。

在这第三部分,作者按章节将森林里安静的环境、优美的景观、温和的气候、清洁的空气、芳香的气味使人心旷神怡的环境对人身心产生的作用,用科学实验方法与医学数据相结合的方式,从五个方面证明了森林环境对人产生的持续良好效果。

首先,森林环境有生理放松作用。

作者的研究团队在分布于日本各地的35处森林中,进行了现场实验。过程如下:在每个实验点,有12名男性大学生接受测试。6名测试对象在第1天被送往森林地区,另外6人被送往城市地区。第2天,各组调换实验地点。被测试对象在指定的区域步行(06±5)分钟,并坐在椅子上观赏指定区域的景观(04±2)分钟。测试唾液皮质醇(salivary cortisol)、血压(blood pressure, BP)、脉搏率(pulse rate)、心率变异性(heart rate variability, HRV)指标。测量分别在早上住处、步行之前和之后、观赏指定区域之前和之后进行。在行走和观赏时期也测量了间隔心博(R-R)。结果表明,与城市环境相比,森林环境有利于降低皮质醇浓度、心跳速度、血压,提高副交感神经活动,降低交感神经活性。[1]

研究结果表明,观赏森林景观和在森林环境中步行可降低皮质醇浓度、脉搏率、血压,提高心率变异性(HRV)的高频部分并降低低频高频比。当受试者观赏周围森林景观或步行时,他们的脉搏率、血压、皮质醇浓度下降。表明森林浴影响内分泌应激系统的主要组成部分。研究报道表明,从自然杀伤细胞(NKC)活性的角度来看,森林环境可以帮助人体免疫系统的恢复。[2]

这个实验结果与人类的生活常识一致,有力证明了森林环境能够使人身体放松。那么森林环境对人的身体康复是否有帮助呢?

接着,作者在书中列举了另一个科学实验的过程,证明了森林环境对人体免疫功能的影响。不论男性还是女性,森林浴期间其自然杀伤细胞

---

[1] [日]李卿主编:《森林医学》,王小平等译,北京:科学出版社,2013年版,第53页。
[2] 同上,第57-58页。

（NKC）细胞活性和 NK、NKT、GRN、穿孔素和 GrA/B 表达淋巴细胞数明显多于对照，而尿肾上腺素浓度均显著低于对照。增加的 NK 细胞活性一直保持到森林浴后 30 多天。这表明，如果人们每月进行一次森林浴，他们可能能够保持较高水平的 NK 细胞活性。相比之下，城市之旅不能达到森林浴的效果。研究结果表明，森林旅游可能对癌症的产生和进展有预防作用。[1]

森林环境还可影响人体的免疫系统及交感神经和副交感神经系统，还可显著降低男性和女性尿中应激激素肾上腺素和去甲肾上腺素的水平及唾液中的皮质醇浓度，增加睡眠时间。除此之外，作者还论述了森林环境对心血管和代谢指标的影响。在森林中行走，森林环境中挥发性和不易挥发的化合物（如植物杀菌素）有助于糖尿病患者血糖水平的下降，并能稳定自律神经活动，唾液皮质醇浓度呈下降趋势（Miyazaki and Motohashi，1996）。无数的负氧离子在山区、森林和温泉中大量存在着，它们让人们感到心情舒畅（Hawkins and Baker，1978）。置身负氧离子中，副交感神经活动增强，血糖水平会下降（Tom et al.，1981），因为森林中大量存在的负氧离子是引起血糖水平下降的另一因素。[2]

此外，在森林环境中经常行走可以改善心脑血管状况、代谢指标，并能调节情绪。作者使用情绪状态量表（POMS）[3]来评价男女受试者对森林浴的心理效应。情绪状态量表结果显示，3 天的旅行显著提高了男性活力的分数，并且降低了其焦虑、抑郁及愤怒的分数，女性同样如此。市区的短途旅行也能显著降低焦虑、抑郁、愤怒及困惑的分数，然而，只有森林公园之行能显著地提高男性活力的分数并降低其疲劳的分数。到树丛茂密的

---

[1]［日］李卿主编：《森林医学》，王小平等译，北京：科学出版社，2013 年版，第 62 页。
[2] 同上，第 96—97 页。
[3] 情绪状态量表（POMS）是由 McNair 等（1971）开发。它是一个包含 65 项问题的自填问卷，旨在评估 6 种情绪状态：紧张—焦虑、抑郁—沮丧、愤怒—敌意、疲乏—惰性、困惑—迷茫和有力—好动。Yokoyama 等（1990）开发了日文版本，其可靠性和有效性达到了可接受水平。POMS 调查表被用于评估运动的效果（Oda et al.，1999）。POMS 测试被广泛用于评价压力水平及压力管理（Rosenzweig et al.，2003）、运动的放松效果（Oda et al.，1999）及精神科门诊患者（Hughes，2006）的情绪状态。参见［日］李卿：《森林医学》，王小平等译，北京：科学出版社，2013 年版，第 127 页。

城市公园或林地中散步2小时也能同样提高男性及女性受试者的活力分数并降低其焦虑、抑郁、愤怒、疲劳及困惑的分数。[1]

值得一提的是，作者在该书第四部分里，用实证方法分析了森林环境中的哪些因素对人健康有利。经过实验证明，森林环境可通过5种感官对人类产生影响。这里仅举几例：在森林中欣赏优美景色（视觉）、呼吸树木芳香（嗅觉）、聆听溪流潺潺及树叶飒飒作响（听觉）、触摸树皮及树叶（触觉）等都可带来感官刺激。五种感官带来的感觉信息输入到大脑的相应部位进行处理，然后通过互动在不同的感觉输入之间进行信息传递。这些信号随之到达控制情绪及生理功能的大脑部位并导致生理变化。

作者分析，作为一种嗅觉因素，树木中的植物杀菌素（精油）也具有积极的效果；使用精油进行芳香按摩可提高情绪状态量表测试中的活力分数（Imura et al., 2006）。视觉因素（景色、绿色）也具有放松效果。当听到透平机声音后，收缩压极大地提高；但是听到模流声音时，收缩压没有变化。当听到透平机声音时，使用近红外光谱方法评估的前额活动极大地降低，而听到模流声音时前额活动轻微显著地减少。另外，在森林环境的各个要素中，室内木材与触觉之间存在最大关联性。Sakuragawa等（2008）比较了触摸金属板及橡木板所引发的生理变化。结果发现，接触20℃的金属板导致血压上升，而触摸冷却到5℃的木板却几乎没有引起血压上升。在主观评估中，冷橡木使人感到不适但材质却是自然天成的；或许这可以解释血压未上升的原因。[2]

这些客观的实验结果，证明了一个古老的常识：到森林中去，探索大自然，在森林中漫步，身心可以得到调养修整，情绪可以放松，五官可以对森林环境进行审美，让人身心健康。对那些忘掉自然美的人们，《森林医学》可以唤醒并帮助他们和那些身心失衡的人们，到森林中去，重返自然。

目前在中国，已经有不少人积极参加森林疗养活动。在"森林疗养"微信公众号里，笔者读到北京林业大学吴建平老师组织过森林浴活动，收

---

[1][日]李卿主编：《森林医学》，王小平等译，北京：科学出版社，2013年版，第121页。
[2]同上，第160页。

效甚佳。参加该活动的人们，或在森林中行走，或坐在瑜伽与冥想的垫子上，仰望天空里布满了高耸舒展的杨树枝叶，身体与心灵得到最好的释放。参加活动者回程前，再次测量了各项指标，唾液激素含量数值大大降低，表明身心压力大大减少。

随着人们对森林浴的效果以及森林与身心健康密切关系了解的增多，未来参与到森林浴的人，一定会越来越多。对当今越来越智能化的信息社会而言，沉湎于手机的年轻人，更需要这样的健身方式。在"要么有证书，不然被淘汰"这一生存法则主导的高等教育领域，人工智能等快速发展的技术，模糊了人类、自然和网络三者之间的界限，挡住了本该在林中行走的人们，把他们变成了躺着被动接受着碎片化信息轰炸的巨婴，对手机的迷恋像是染上了鸦片。笔者真心希望，在自然审美的作用下，能够让年轻人的视线从手机屏幕移向天幕与大地，让绿色自然帮他们回归身心健康。

在下一节里，我们将讨论美国社会如何对待自然缺失症这个问题的，以借鉴一个适合处理我们国家自然缺失症的方法。

第二节　自然审美与自然缺失症治疗

"那些感受大地之美的人，能从中获得生命的力量，直至一生。"[1]美国科普作家蕾切尔·卡森用生动而严肃的语言，在《寂静的春天》里这样叮嘱我们人类。大自然始终教导我们，滋养我们的精神，承载我们的生命。大自然让我变得平静、专注、敏锐和视野开阔。人与自然的联系对人性、对人类的生存和发展都是必不可少的。只有珍爱大自然、走进自然、关注自然，才能有权利享受到大自然给予人类的种种恩赐。

2005年美国出版的《林间最后的小孩——拯救自然缺失症儿童》（*Last Child in the Woods：Saving Our Children From Nature-Deficit Disorder*）是一本关于自然教育的书，作者理查德·洛夫（Richard Louv）指出，在美国社

---

[1] 转引自［美］理查德·洛夫：《林间最后的小孩——拯救自然缺失症儿童》，自然之友译，长沙：湖南科学技术出版社，2013年版，第25页。

会中，儿童与大自然的接触越来越少，严重影响到他们的身心健康。这一现象被他称为"自然缺失症"。

该书指出"自然缺失症"指人类因疏远自然而产生的各种表现，如感觉迟钝、注意力不集中、生理和心理疾病高发。这样的病症在个人、家庭和社区中均可发现。自然缺失甚至会改变城市人的行为及思维模式。长期以来的研究表明，公园及露天场所的缺少与高犯罪率、抑郁及其他城市疾病具有相关性。[1]

作者理查德·洛夫是美国作家，"儿童自然网络"联合创始人和荣誉主席，《心态生理学》杂志编委之一。2012年因作品《自然法则》获得鹦鹉螺奖金奖。2008年凭《林间最后的小孩——拯救自然缺失症儿童》获得奥杜邦奖章，在这部作品中，他呼唤孩子融到大自然中的声音，带来了巨大的反响。在这本充满哲理、诗意与人文关怀的作品中，作者阐释了儿童为什么需要自然，儿童缺乏自然的危害，阻碍儿童接近自然的各因素以及如何在生活中接近自然的有效措施，文笔清新流畅，可读性强。他论述的如何建立人与自然的关系实例，具有很强的可操作性。他给予的可行性建议，比如种植和园艺之类让孩子亲近自然的传统方式，带领更多的孩子走进自然，参加户外活动、散步、露营、野外垂钓和野外动物观赏等等，值得借鉴。

《林间最后的小孩——拯救自然缺失症儿童》的出版，在美国集聚了一股巨大的民间力量，将数以万计的环境保护主义者、环境教育家及其相应的机构连在一起，共同建立全国性的"儿童与自然网"。无数的区域性和地方性社区成员帮助孩子安全地待在户外，公共土地管理机构和美国森林服务组织就这个话题，在地方和国家两个层面充分展开讨论，研究者也在项目中进行深入细致地探讨；实践者们在自然资源规划和决策上做出了各种切实可行的努力。

这本书的意义在于，它关注的对象是自然缺失症者，且数目越来

---

[1] [美]理查德·洛夫：《林间最后的小孩——拯救自然缺失症儿童》，自然之友译，长沙：湖南科学技术出版社，2013年版，第24页。

多,其中不仅仅是青少年,还有很多成年人。处于叛逆期的青少年是重点关注对象。因为处在成长期的青少年,心中似乎有一股子野性,他们像迅速生长的植物,在自己的内心世界和外部世界交汇的时空中纠缠着、纠结着、并对抗着。他们身体的成长虽然很迅速,自我意识膨胀很厉害,心理承受能力和自制力却相对脆弱幼小。他们在权威和家长面前,过于敏感,急于表现自我的心很强烈,似乎总是在寻找机会,表现自己与众不同、得到自我身份的认同。他们无论是打架、逃学还是与父母长辈顶牛犟嘴,似乎都在刷新其存在感。这种强烈的自我意识,会导致两种可能性结果:一是自我探索中自我成长,变得非常有主见、有创见,成就未来的大事业;另一种是在自我消极宣泄中,打架斗殴、伤人害己,走向人生低谷。

洛夫在本书中文版序言中指出:2006年,"世界未来社会"预言:"孩子们的自然缺乏综合征将对他们的健康构成威胁。如今的孩子相较于他们的前人花在自然环境中的时间正越来越少。"这话并非虚言。数据显示,现在越来越多的孩子正被诸如肥胖、注意力不集中以及和缺乏运动导致的其他疾病所困扰。在2009年一项对16个国家的2400位母亲进行的调查中,87%的被调查者表示希望自己能有更多的时间与自己孩子玩耍互动,也有54%的母亲表示希望自己能坦然接受孩子在户外玩耍时浑身搞得很脏。最有趣的可能是以下这个数据:在中国,只有5%的母亲说自己的孩子常常在大自然中探索。[1]

作者在序言中指出本书旨在探讨儿童和自然间的断层以及这种断层对环境、社会、人们的心理和精神世界造成的影响。他忧心忡忡地讲道:"我特别关注儿童的问题,也很关注过去二、三十年内出生的美国人,在这个时期里,人与自然的关系发生了令人吃惊的变化,即使是在那些旨在增强人同自然关系的活动中也是这样。不久以前,夏令营的时候,你会宿营,在林中远足,了解动植物,或者在篝火边讲鬼故事或美洲狮的故事。而现在,所谓的夏令营成了减肥营或是电脑游戏营。对于现在的孩子来说,自

---

[1] [美]理查德·洛夫:《林间最后的小孩——拯救自然缺失症儿童》,自然之友译,长沙:湖南科学技术出版社,2013年中文版"序言"。

然，与其说是一种现实存在，还不如说是一个抽象的概念。[1]

作者在第一章"自然的礼物"中，将自己童年户外玩耍时的美好经历与当代全美儿童室内用电器的生活方式作对比，并举了几个实例，建议人们怎样帮助孩子们到自然中陶冶身心，过诗意的人生，做有创造性的户外游戏活动。

在第二章中，作者提出在美国建国以来的一个世纪里，对自然从功能型的利用到浪漫的眷恋再到电子时代的隔绝，美国人拓展的不只是一道边疆，而是三道。现在的年轻人正在第三边疆中成长，像丹尼尔·C·毕尔德一样在未知世界里探险。[2]

处在第三边疆的年轻人，远离了自然，深受高科技影响，对生命的认识和体验与传统大不一样，对于人工智能与基因工程组建构的异化生命，习以为常。造成的结果是"美国的孩子们正在去自然化，这个过程可能与微型机器人或是嵌合体的发明同样神秘，不过对儿童去自然化的研究肯定比后者少很多"[3]。

2003年《精神病医疗杂志》发表的一项调查表明，近5年内，美国儿童使用的抗抑郁药剂量平均翻了一番，在学龄前儿童中增幅最大，为66%。尽管药物对于治疗儿童的精神疾病或注意力不集中等问题的确有一定疗效，但除了药物外，自然也可以预防、辅助治疗或治疗此类病症，而这点却往往被人们忽略。尽管自然在治疗某些甚为严重的抑郁症上疗效不太明显，但其确实在起作用。自然可以缓解每天的压力，而这些压力则可能是儿童

---

[1] [美] 理查德·洛夫：《林间最后的小孩——拯救自然缺失症儿童》，自然之友译，长沙：湖南科学技术出版社，2013年版，第2页。

[2] 威斯康星大学的历史学家弗雷德里克·杰克逊·特纳在美国历史协会的会议上第一次提出了他的"边疆理论"。他指出"未开发土地的存在、消失，美国的西进运动"解释了美国领土的扩张、历史及性格的发展，说明美国的边疆正在消失，杰克逊认为随着边疆的消失，每一代美国人都会回归到最原始的状态。这里的"边疆"，意指"野蛮与文明的交汇点"。第二边疆的时代是属于郊区和荒野的时代，那时，男孩子们憧憬成为樵夫和侦查员，女孩子们则向往生活在大草原上的小屋，希望自己能造出比男孩子们更棒的堡垒。这条新的分界线说明婴儿潮一代——生于1946～1964年间的美国人——可能是最后一代将土地、河流视为精神家园的一代人。他们是第二边疆的终结者。今天的孩子生活在第三边疆中。参见［美］理查德·洛夫：《林间最后的小孩——拯救自然缺失症儿童》，自然之友译，长沙：湖南科学技术出版社，2013年版，第12页。

[3] [美] 理查德·洛夫：《林间最后的小孩——拯救自然缺失症儿童》，自然之友译，长沙：湖南科学技术出版社，2013年版，第17页。

抑郁病发生的根源。彼得·康恩在《人与自然的关系》一书中也指出：经过100多项调查研究发现，大自然有缓解压力的功效。[1]

由此可见，去自然化[2]研究应该得到足够的重视，与自然亲近、走进森林这样的自然环境，能够有效减缓压力，保持人的身心健康。这样的实验，在上一节我们已经充分地讨论并阐述过。自然栖息地的消失或者说远离自然会给人类健康和儿童发育带来巨大影响。自然可以促进人们的社交，不仅能改善抑郁症和注意力不集中等综合症状，还能促进情感健康。

除此之外，自然还会带给孩子什么样的礼物？

作者强调，自然会馈赠孩子们第八智能，也就是自然智能—注意力。第八智能是哈佛大学教育学院霍华德·加德纳教授提出的。他在1983年提出了著名的多元智能理论，包含七个智能即语言智能、逻辑—数学智能、空间智能、身体运动智能、音乐智能、人际智能和自省智能。第八智能是自然智能的核心，是"自然探索"或"博物学家"智能，是人类对植物、动物和自然环境中其他部分，如云或岩石等的认知能力。这是指具有强烈的好奇心和求知欲、敏锐的观察能力，善于观察自然界中的各种事物，能了解各种事物的细微差别，对物体进行辨析和分类的能力。这一变革的主题得到教育学理论的新支持，有助于恢复儿童与自然的内在联系，是改变将城市与自然对立、城市与自然隔绝、所谓"自然在远方"的空间规划。[3]

自然像一张白纸，孩子们在这张纸上可以任意发挥想象力，重构对世界的幻想。自然会给孩子带来一个充满幻想、自由、隐秘、宁静和神奇的领地。如果缺失了自然，孩子们会得"自然缺失症"；如果孩子们不去充分地观察和全身心地感知自然，自然也无法激发其创造力。

---

[1] [美]理查德·洛夫：《林间最后的小孩——拯救自然缺失症儿童》，自然之友译，长沙：湖南科学技术出版社，2013年版，第33-34页。
[2] 李天朗指出，英国学者齐格蒙特·鲍曼认为"去自然化"（de-naturalization）源于文化研究中文化—自然的二分法。参见李天朗：《齐格蒙特·鲍曼早期的"去自然化"》，《学术交流》，2017年第6期。
[3] [美]理查德·洛夫：《林间最后的小孩——拯救自然缺失症儿童》，自然之友译，长沙：湖南科学技术出版社，2013年版，第54-55页。

作者的观点与罗宾·摩尔和贝伦森[1]的观点不谋而合。作为一名户外活动的倡导者，摩尔曾经写道，自然环境对于孩子们的健康成长来说是至关重要的，因为自然环境会刺激人的感官，将休闲玩耍和正当的学习结合起来。摩尔认为，在自然中运用多种感官的经历，有助于建构"使智力持续发展所必需的认知体系"，并且通过给孩子们提供自由空间和要素，这些被他称为孩子的"建筑物和手工作品"来激发想象力。[2]

自然不仅激发孩子们的空间想象力，它的神秘色彩和孩子们丰富的想象力之间也有着密切的联系。如果要让孩子们身心健康、朝气蓬勃地发挥天生的好奇心与创造力，应该在其童年的早期阶段，带孩子们体验大自然，增长其自然经验。

但社会的现状却不容乐观，是什么因素阻碍孩子们到户外接触大自然呢？人类远离自然的思想因素是文化自我中心主义。在世界上自然破坏最严重的地方，我们可以发现这种所谓文化自我中心主义。文化自我中心主义的特征是什么呢？它表现为空洞的感官、隔绝感和压抑感。文化自我中心主义者的经历，包括生理上的危机，正缩小到只有"阴极射线管或者扁平的仪表盘"那么大。[3]

障碍孩子们接触自然的客观因素还有对自然灾难的恐惧和学业压力，自然被人为破坏或改变，造成人们对自然灾难的恐惧，贫乏的自然历史知识以及功利化的教育都在阻碍着孩子们亲近自然。

自然既是科学家的无限信息宝库，又是诗人的游乐场，还是哲学家体验自然把人性与万物融为一体的一种方式，是帮助爱自然的人们进入一个更广阔世界的通道。林中的体验，可以帮助人们改善感官被电子化的状态。在这个信息化时代，唯独生命信息的信息被电子产品弱化。一切能浏览的网页可以带我们去世界任何一个角落，却只是表面化的体验。逐渐休眠的

---

[1] [美]理查德·洛夫：《林间最后的小孩——拯救自然缺失症儿童》，自然之友译，长沙：湖南科学技术出版社，2013年版，第67页。
[2] 同上，第68页。
[3] 同上，第47页。

自然感官被压抑了，体会不到神奇丰富的生命状态，听不到花开的声音，也闻不到空气的香甜。大自然安静地存在着，无须语言和动作，它用自己无所不容的态度，教给人们处事宽容大度的态度，与周围相融，去认识广袤的宇宙。

那么未来的自然守护者从何而来？作者洛夫在最后的章节里强调，我们要把自然带回家，学会应对自然恐惧的智慧。这种"自然智慧"让人学会了在自然中预测危险，在适当的时候对自己加以保护，与在社会上需要的"街头智慧"同理。[1]

他还提出了好多建设性的建议，帮助孩子们亲近自然，比如，自然学校的改革，高等教育中关注生态知识，开展基于环境的教育运动。作者举了实例，从个人、社区和政府三个层面帮助孩子开拓另一个边疆——克服"去自然化"：18世纪早期以来，野营项目就被用来帮助稳定情绪。"美国个人户外成长组织（Outward Bound USA）"是美国国内主要的非营利性冒险教育组织。它为四所荒野学校、两个城市中心、一个中小学项目提供服务和支持。这个组织的项目强调个人在野外经历和挑战中的成长。"美国个人户外成长组织"已有超过500万的毕业生，每年仍有超过60万的未成年人及成年人加入进来。

据笔者在美国爱达荷大学访学时的实地了解，如今，美国有不少机构和活动，带领青少年走进自然和荒野。爱达荷大学在距离莫斯科校区三个小时车程的麦考户外科学学校，有一个为期两周的体验环境教育项目。选修这门课的学生，在该山地住校学习体验森林大自然、学会如何与自然相处，取得了很好的效果。美国其他流行的户外活动，如爬山、露营或到农场体验生活的，给了青少年很好的户外运动体验、野外生存认知，远离电脑手机，提高与人交流能力，有效促进了参加者的身心健康。

有不少影视作品，也表现了这样的主题。由玛尼·扎尔尼克编剧并导演的美国新影片《德伊鲁山峰》于2014年上映，获得了美国19项奖，得

---

[1]［美］理查德·洛夫：《林间最后的小孩——拯救自然缺失症儿童》，自然之友译，长沙：湖南科学技术出版社，2013年版，第151页。

到了《奥兰多周刊》四星级好评[1]。

该影片叙述了叛逆期的问题少年欧文·瓦格纳如何在大自然的熏陶下和父母的善良、宽容引导下，身心得到治愈和救赎的故事。母亲把欧文送到了正在进行黄石公园"重新引入狼"计划的前夫那里，希望他的生物学家父亲在荒野自然中的静谧生活，能让这个悲伤的孩子好过一点。

初到父亲的林中小屋，欧文用冷漠和逆反的眼光看待周围的一切。慢慢地，父亲的关怀与尊重、狼那温暖友好的注视、牧场、阳光和怀俄明地貌风景的自然美开始打动他的心。父亲送给他一双登山靴，并邀请他一起到小型飞机上观察狼群的行踪。在这架小飞机上，欧文展现出观察自然的热情与天分，笑容渐渐浮现在这个年轻人的脸庞。他和父亲一起开心地骑着马，穿着一模一样的马夹，在荒野中品味着自然的清新味道和灿烂色彩。母亲送给欧文一个简易雷达，用来在地面上探测行走的狼群。这个仪器帮助欧文探测到了越来越多的狼。山谷中，小溪旁，树林中，他和狼一起奔跑行走，累了就席地而眠，对面半卧着狼，似乎在守护着他安然入睡……欧文内心世界与外界大自然的那堵墙慢慢倒塌了，他内心的温和文雅与外在的狂野桀骜不驯融化在了一起。有一个特写镜头，观众看到的欧文毫不设防，双手紧紧抓住披在身上的毯子，站在星空之下的荒野中。他在大自然中重生了，好像能够感知的到自然的喜怒哀乐。

他开始变化了：在父亲面前，他既是一个毫无戒心的孩子，又是一个充满激情的环境保护工作者；在小弟弟面前，他变成了充满爱心的哥哥；在老师面前，他面带悔意与感恩，为自己过去的种种行为真诚道歉；在母亲和继父递给他继续学习的学费时，他开始满面感恩地说谢谢了。最终，他重返课堂，专心听课。

欧文的这一心理变化，恰好符合美国著名的精神科医师戴维·霍金斯博士（Dr. David R. Hawkins）的《心灵能量：藏在身体里的大智慧》中描

---

[1] O'Connor, Brendan. "Druid Peak Review," *Orlando Weekly* (April, 2014), back cover.

述的一个有关人类所有意识的能级水平图表[1]中的各项指标。该表对人的心理变化带来的身体变化和行为结果做了科学精确的测试和阐述。霍金斯运用人体运动学的基本原理，经过二十年长期的临床实验，随机选择测试的对象，涵盖了美国、加拿大、墨西哥、南美、北欧等地区，纵览各种不同种族、文化、行业、年龄的人群，累积了几千人次和几百万笔数据，经过精密的统计分析之后，发现人类各种不同的意识层次都有其相对应的能量级数[2]，摘录其主要项目如下：

1. 开悟正觉：700~1000赫兹
2. 安详极乐：600赫兹
3. 宁静喜悦：540赫兹
4. 爱与崇敬：500赫兹
5. 理性谅解：400赫兹
6. 宽容原谅：350赫兹
7. 希望乐观：310赫兹
8. 中性信赖：250赫兹
9. 勇气肯定：200赫兹
10. 骄傲轻蔑：175赫兹
11. 愤怒仇恨：150赫兹

---

[1] 戴维.R.霍金斯（David R. Hawkins），power vs. Force 著作的作者，通过20多年的研究表明，人的身体会随着精神状况而有强弱的起伏。他把人的意识映像到1~1000赫兹的范围。任何导致人的振动频率低于200的状态会削弱身体，而从200~1000的频率则使身体增强。霍金斯发现，诚实、同情和理解能增强一个人的意志力，改变身体中粒子的振动频率，进而改善身心健康。

[2] 能量指数（energy index）是用来判断碳酸盐岩形成环境的定量指数。能量是指沉积介质的动能，它决定于波浪、水流作用的强度。反映到碳酸盐岩结构上是异化颗粒的数量与灰泥数量之比，即比值（R）= 颗粒（G，%）/ 灰泥（M，%），简称GMR指数，一般可直接用颗粒含量来表示。例如，根据异化颗粒的数量可划分出五个能量级别：颗粒含量大于90%为强烈动荡水环境；颗粒含量75%～90%为中等动荡水环境；颗粒含量50%～75%为弱动荡水环境；颗粒含量25%～50%为间歇动荡水环境；颗粒含量10%～25%为静水环境。能量分级不能单凭颗粒含量，还要考虑颗粒的类型、大小、分选性、磨圆度及化石的种类、基质数量等。能量指数的划分对恢复碳酸盐岩形成时的水动能环境，有一定实用意义。这里是指人类身体在不同的体格和精神状态下身体的振动频率。

12. 渴爱欲望：125 赫兹

13. 恐惧焦虑：100 赫兹

14. 忧伤懊悔：75 赫兹

15. 冷漠绝望：50 赫兹

16. 罪恶谴责：30 赫兹

17. 羞愧耻辱：20 赫兹（Hawkins，2006：56-76）

这是一个有关人类所有意识的能级水平的图表。对照此表，我们能够更加清晰地看到欧文的心理变化所带来的行为结果与身体的能量级数基本符合。当他重返校园，在课堂专心听课，他的能量级已经远远高于 200 赫兹，而这个能量级，是大多数经典作品和课本的平均能量级别。在此之前，他的能量级远远低于 200 赫兹，无法与课本的能量级相容。由此，他当时逃学打架，无法专心学业的原因就不难推断了。

依据霍金斯的理论来分析，如果人的能量场达不到经典作品的能量场值，他就无法欣赏作品之美。当壮观高雅的大自然的能量值较高时，会提升欣赏者的能量级，从而带来生活价值观的变化。同样，当有一种事情促使当事者不断提高自己的能量值，也会给当事者带来生活价值观的改变，变得行为高尚而愿意为社会和他人做贡献。

按照霍金斯的理论，不论是书籍、食物、水、衣服、人、动物、建筑、汽车，还是电影、运动、音乐等等都有一个确定的能量级。绝大多数流行歌曲的能级都在 200 赫兹以下；大多数电影都把观众的能级降到 200 赫兹以下的水平，这个能量级数，低于经典作品所携带的能量级。在生活中可以依据戴维·霍金斯的能级表中能级指数所对应的心态作出调整，一步步走出消极情绪，走向能够让青少年静心读书的心态。

由此可见，生态对人的成长有积极的救赎机制。自然生态的美好，使得欧文在大自然的熏陶中，在与狼相伴中得到救赎；而欧文父母对他的善良宽容，是一个纯净的高能量场，他们采用了自然疗伤方法，这对叛逆的孩子的成长非常有效；而他们自己的宽容和爱心，也起到了精神生态的救赎作用。这是通过内因、外因的共同作用，调整心态，实现自我良性而积极的成长。这样的原理和机制，对于成年人，一样具有启发作用。

除了以上两部著作和一部电影启示我们在环境审美中如何获得身心健康之外，还有一些很有启发的作品，如1896年在美国出版的《回归自然》一书中，作者阿道夫（Adolf Just）探讨了古老的自然疗法中，人类如何在大自然的水、空气、土地、阳光和食物中得到恢复身体健康的物质和精神力量，指导着人们怎样与大自然为友，得到大自然的呵护，过更健康的生活。

1999年英国出版的《心之路》，作家理查德·杰弗里（Richard Jefferies）用细腻的笔触描写了户外行走可以清除长久室内活动导致血液中产生积累的沉淀物，带走沉闷情绪，心灵焕然一新。作者书中描写的对绿色自然的感受清晰透彻愉快，激励着读者去体验自然环境对身心的康复效果。

2015年出版的《树的秘密生命》一书中，德国作家彼得·渥雷本（Peter Wohlleben）详细地记录了植物之间的交谈、交友活动，像人类的社区之间互相帮助一样。作者发出感慨："让森林重获自由，我们才能在完好无缺的大自然中感受自己的心灵颤动。"[1]

当代女作家李微漪，把自己养大的小狼格林成功放回大草原。在《重返狼群》这本小说中，她把格林对她的养育感恩以及她对格林割舍不断的关爱之情，描述得感人肺腑。这部作品在当今漠视生命的人群中，刮起了一阵温暖的风。

还有很多来自四面八方的声音，教给我们怎样既呵护自然，又保持个体的身心健康。同时，我们也在探索着具体可行的方法，当代中国不少学者也开始从事生态美学的实践活动：全国自然文学研讨会在北京林业大学已经召开两届，并聘请国内、外生态批评专家做客座教授；上海师范大学、厦门大学和台湾师范大学也在组织各种生态批评讲座和协调国外自然文学作品的译介工作；南昌大学陈家宽教授创建的流域生态研究所在流域生态保护方面做着积极有效的努力；苏州大学哲学系的高山老师，在线上推广

---

[1]［德］彼得·渥雷本：《树的秘密生命》，钟宝珍译，南京：译林出版社，2018年版，第213页。

生态与自然的研讨会和公开课，提高人们的环境保护意识，呼唤更多的环境保护主义者采取行动。关于自然审美对人的身心康复，尤其是引导青少年到大自然中的项目，还需要社会各界及家长长期不懈的共同探索和努力。自然环境与人类身心的互相平衡、健康发展是相辅相成的，能帮助人类诗意地栖息在地球家园乃至宇宙中。

大卫·格里芬说，后现代思想是彻底的生态主义的，它为生态学运动提供了哲学和意识形态方面的根据，这种持久的见识将成为新文化范式的基础，后世公民将会成长为具有生态意识的人。在这种意识中，一切事物的价值都将得到尊重，一切事物的相互关系都将受到重视。我们必须轻轻地走过这个世界，仅仅使用我们必须使用的东西，为我们的邻居和后代保持生态的平衡，这些意识将成为"常识"。就像占有和统治自然的欲望一直是现代世界公民的驱动力一样，这种新的伦理观将成为后现代人的宗教基础。具备这样一种态度的世界公民将会有更好的机会享受平静的生活并与他人和平共处。[1] 笔者相信，具有了生态意识的个体，会注重精神生态，尊重一切事物的价值。其身体能量级会逐渐变高，达到经典作品的能量指数，自动远离低意识低能量级的流行文化，转而走近课堂传授的经典作品，走向超功利的事业中，为他人和社会奉献着自己的力量。

综上所述，笔者认为，一方面我们通过家庭和学校的努力，普及自然审美的意识与身心健康的知识，帮助人们走进自然关系；另一方面，国家和社会各界以及国与国之间协同合作，通过绿色城乡建设，回归荒野，努力帮子孙后代与自然建立长久稳定的和谐相处关系。这样，就不至于再出现2019年8月亚马孙热带雨林的大火燃烧了三周，巴西政府才慢吞吞地报导这场灾难这种事情。通过绿色城乡建设，回归荒野，有了地球是全球人之家这个理念，西方各邻国政府也不至于对此采取噤若寒蝉的态度。此刻，我们的"地球之肺"亚马孙雨林，还在无情地燃烧着。它曾经创造着世界20%的氧气，拥有这个世界40%的热带雨林、20%的淡水资源。这个巨大

---

[1]［美］大卫·雷·格里芬:《后现代精神》，王成兵译，北京：中央编译出版社，2011年版，第227页。

的"世界动植物王国",曾经拥有10%的地球物种,现在却变成了死亡之国。没有良好健康的自然环境,何谈人类的健康甚至存亡问题?人与自然生死与共,相存相依,关键在于我们能否认识到自然对我们的重要性。期待此文,能够唤醒读者的心,走进自然,像保护自己一样保护自然,大自然必定展现给我们最靓的风景、最鲜的空气、最纯的水和最有启发的智慧和创造力,使得我们身心健康地栖息在大地之上。

第四编

环境审美规划设计论：
如何规划设计美化环境？

　　任何有机体都会不同程度地改变环境：一棵草会让一片土壤湿润并保持下来，一只蚯蚓会使得土壤疏松。人类对于环境的改变更加显著：从简单地修饰自然洞穴到建造绵延不绝的大都市带，都是对于环境的改造。如何设计美化环境这个问题，自始至终伴随着人类的生存历程。本编不是对这个根本问题的泛泛而论，而是从环境美学这个特定的角度进行的理论探讨。

第十四章　自然环境规划的审美原则

第一节　荒野美学

　　本章讨论的自然环境，是指自然保护地所代表的自然环境。这类自然环境多处于荒野状态。在讨论这类自然环境规划的审美原则之前，简单介绍霍尔姆斯·罗尔斯顿的荒野美学观点。罗尔斯顿是国际环境伦理学会的创始人，是生态哲学理论的开创者。他不仅提出了"哲学走向荒野"的观点，而且提出了"美学走向荒野"的观点。

　　罗尔斯顿持有的基本理念是：衡量一种哲学是否深刻的标准之一，就是看它是否把自然看作与文化是互补的，并给予自然应有的尊重。如果一位哲学家对于地球这一生命共同体没有一种关心的话，就不能被称为一位真正热爱智慧的哲学家。在罗尔斯顿看来，荒野是一个"活"的博物馆，展示着我们生命的根，它比任何一所大学都更能够教育人们崇尚自然和敬畏生命。他说："文化容易使我忘记自然中有着我的根，而在荒野中旅行则会使我又想到这一点。我珍视文化给我提供的通过受教育认识世界的机会，但这还不够；我也珍视荒野，因为在历史上是荒野产生了我，而且现在荒野代表的生态过程也还在造就着我。想到我们遗传上的根，这是一个极有价值的体验，而荒野正能迫使我们想到这一点。但在这里，荒野并不仅仅作为一种资源，对我们的体验有工具性价值；我们发现，荒野乃是人类经验最重要的'源'，而人类体验是被我们视作具有内在价值的……作为产生生命的源，荒野本身就有其内在的价值。当荒野使参观者获得审美体验时，它承载着一种价值，但荒野还通过其进化过程与生态联系将价值赋予了参观者。有意识地欣赏荒野价值的能力是一种高级价值，而这种价值在人类那里得到了前所未有的体现。但同时，我们的欣赏活动所捕捉到并表达出来的价值是在人类出现之前就在荒野中流动了，我们现在只是继承了这种价值。"[1] 由此可见，罗尔斯顿认为"荒野作为产生生命的源"，荒野本身即具有"内在价值"，而且在人类出现之前，荒野就已经具备了内在价值。

罗尔斯顿认为，如果仅仅认识到生态环境的紧迫而强调我们应该承担生态义务，那至多属于一种浅层的派生性生态伦理观，只有在深刻认同生命世界的整体性和共生性所具有的善与美的内在与自足，才能确立起深层的生态伦理价值观和审美观。他说："人们走向派生意义上的生态伦理还可能是迫于对他们周围这个世界的恐惧，但他们走向根本意义上的生态伦理只能是出于对自然的爱。"[2]

荒野美学提醒我们从反思文弊的角度来重估荒野的独特审美价值，并对传统审美观念和审美方式进行反思和批判。程相占在《从"文弊"概念看"生态文明"的理论内涵》一文中，提出了"文明－文弊"二分的文化哲学模型，认为从"价值观"出发，可以看到"文化"包含着"文明"与"文弊"二重性；认为生态文明建设的前提是对于"文弊"的强烈批判性，即批判现代工业文明及其哲学预设所导致的种种弊端，比如全球性生态危机、环境危机等。[3] 荒野美学的提出与发展，强调了人类活动，包括审美活动在内，给自然带来了巨大的破坏性（即文弊）。我们应该站在生态文明的立场上，反思人类对自然影响的双重性，努力克服传统审美观念及其相关的破坏自然的活动，尊重自然，保护荒野，从而使人与自然和谐共生。

---

[1]［美］霍尔姆斯·罗尔斯顿Ⅲ：《哲学走向荒野》，刘耳、叶平译，长春：吉林人民出版社，2000年版，第213页。
[2] 同上，第35页。
[3] 程相占：《从"文弊"概念看"生态文明"的理论内涵》，《南京林业大学学报（人文社会科学版）》，2015年第2期。

第二节　国家公园及其规划的审美原则

对于荒野的保护,最明显的措施是建立国家公园。就世界范围来看,美国早就建立了比较庞大的国家公园系统。我国目前正处于城市化建设迅速发展的时期,面临着巨大的环境压力,也要重视自然保护地的相关工作。

按照自然生态系统原真性、整体性、系统性及其内在规律,依据管理目标与效能并借鉴国际经验,我们可以将自然保护地按生态价值和保护强度高低依次分为三类:国家公园、自然保护区、自然公园(包括森林公园、地质公园、海洋公园、湿地公园等)。国家公园是自然保护地的主体类型,是自然保护地中的典范代表,是本节论述的重点,对于自然保护地的其他两种类型,即自然保护区和自然公园,则不展开论述。

一、国家公园体制建设

在《建立国家公园体制总体方案》中,国家公园的定义为:国家公园是指由国家批准设立并主导管理,边界清晰,以保护具有国家代表性的大面积自然生态系统为主要目的,实现自然资源科学保护和合理利用的特定陆地或海洋区域。国家公园体制建设已成为中国落实生态文明战略的重要举措。2013年5月,党的十八届三中全会明确提出建立国家公园体制。2015年1月,十三部委联合通过了《建立国家公园体制试点方案》。2015年5月,国务院提出建立国家公园体制,由发改委牵头,目前已设置了十余处国家公园体制试点。2017年9月,中共中央办公厅、国务院办公厅印发《建立国家公园体制总体方案》。2017年10月,十九大报告明确提出"建立以国家公园为主体的自然保护地体系"。2018年是中国国家公园体制建设中的一个关键年份。2018年3月国家公园管理局加挂于国家林业与草原局名下,负责监督管理以国家公园为主体的各种自然保护地,初步实现了"由一个部门来管理所有类型的自然保护地"。2019年6月,中共中央办公厅、国务院办公厅印发《关于建立以国家公园为主体的自然保护地体系的指导意见》，进一步推进了国家公园的体制建设。这一指导意见中，提出到2035年，自然保护地占陆域国土面积18%以上。

杨锐对国家公园进行了深入研究，提出了国家公园体制建设的三大理念[1]，并总结了中国国家公园体制建设的六项特征[2]。他提出了建立国家公园体制，要坚持生态保护第一、国家代表性、全民公益性三大理念。（1）生态保护第一。中国国家公园是国家生态文明制度建设的重要内容，是承载生态文明的绿色基础设施。（2）国家代表性。中国国家公园保护的大面积自然或近自然区域，是中国生态价值及其原真性和完整性最高的地区，是最具战略地位的生态安全高地。国家公园未来还将扩展更多具有审美价值的名山大川，使国家公园成为美丽中国的华彩乐章，成为国家形象高贵而又生动的代言者，成为激发国民国家认同感和民族自豪感的精神源泉。（3）全民公益性。必须保证国家公园的全民利益最大化、国家利益最大化、民族利益最大化和人类利益最大化。四个利益最大化要求中国国家公园始终将生态保护放在第一位，并在此前提下，吸收采纳中国古代生态智慧，为全体中国人民提供作为国家福利而非旅游产业的高品质教育、审美和休闲机会[3]。

此外，杨锐从时代背景、地理环境、动力机制、基本目标、用地规模以及管理难度方面，总结了中国国家公园体制建设的六项特征。

（一）时代背景特殊

世界上各个国家大多数的国家公园建立于19世纪后半叶和20世纪，其时代背景是工业文明阶段。工业化的直接结果是人类生产效率的巨大提高，间接结果是世界人口总数的爆炸性增长，这直接导致了人与自然之间前所未有的紧张关系。但是，中国的情况与其他国家有所不同。2013年

---

[1] 杨锐：《生态保护第一、国家代表性、全民公益性——中国国家公园体制建设的三大理念》，《生物多样性》2017年第10期。
[2] 杨锐：《论中国国家公园体制建设的六项特征》，《环境保护》2019年第3期。
[3] 此处关于国家公园体制的三大理念的论述，参考了杨锐：《论中国国家公园体制建设的六项特征》，《环境保护》2019年第3期。

十八届三中全会提出"建立国家公园体制"时，中国正处于工业文明叠加生态文明、工业化叠加信息化发展的特殊历史时期。中国是世界上第一个，目前也是唯一一个将生态文明作为国家战略系统部署和落实的国家；中国还是世界上信息化发展最迅速的国家之一；同时中国也是各种生态保护和修复实践面积最大、种类最为丰富的国家之一。以此为基础，中国国家公园体制建设在初期阶段就具有起点高和后发优势明显的特征，理应站在国家生态文明战略的高度，借鉴和学习世界上其他国家一百多年国家公园发展建设的经验教训，运用生态学和信息技术的先进成果，建立科学、适用的中国国家公园体系和体制。

（二）地理环境多样

从自然地理环境来看，中国的国土和海域从北到南跨越纬度约50度，从东到西跨越经度约62度，南北和东西之间的空间距离均超过5000千米；从高（珠穆朗玛峰）到低（吐鲁番盆地）垂直高差则超过了9000千米，是世界上地形起伏最大和山地最多的国家；拥有热带、亚热带、暖温带、中温带、寒温带和青藏高原高寒区6种温度带。复杂多样的地形、地貌和温度、气候条件，造就了中国丰富多样的生境，从而使中国成为全球第八、北半球生物多样性第一的国家。胡焕庸线将中国国土分为东南、西北两个部分，该线东南的面积占全国总面积的42.9%，人口占全国总人口的94.4%；该线西北的人口只占全国总人口的5.6%，面积却占全国的57.1%。从文化地理角度来看，中国有56个民族，民族和文化多样性的丰富程度排名世界前列。

中国国家公园总体布局中如何充分体现如此优越的自然地理环境和人文地理环境？如何考虑西部和东部的巨大差异？这些问题都是中国国家公园体制建设中应该研究的重点问题。

（三）动力机制"自上而下"

在动力机制方面，中国国家公园体制建设的特征是自上而下强力快速推进。"建立国家公园体制"是2013年11月在十八届三中全会《中共中央关于全面深化改革若干重大问题的决定》中提出的，2018年11月党的十九大报告进一步提出"建立以国家公园为主体的自然保护地体系"。与此相应，中央全面深化改革领导小组和中央全面深化改革委员会先后审议通过了《建立国家公园体制总体方案》(2017年)和《关于建立以国家公园为主体的自然保护地体系指导意见》(2019年)。此外，中央深改组和深改委还先后审议通过了三江源（2016年3月）、大熊猫（2016年12月）、东北虎豹（2016年12月）、祁连山（2017年3月）、海南热带雨林（2019年1月）5个国家公园体制试点方案。中国国家公园体制建设决策层级之高、重视程度之大、关注频率之密集、推进力度之强在世界国家公园发展历史上非常罕见。

但是从另外一个角度讲，很多普通老百姓对国家公园还并不了解，许多参与国家公园事务的基层管理者对国家公园的认识也存在偏差，公益性环保组织的能力也没有得到完全发挥。因此，中国国家公园体制建设需要逐步从起步阶段的自上而下、强力快速推进的方式，过渡到上下结合、政府主导、多方参与的方式。

（四）基本目标为"生态保护第一"

中国国家公园体制建设的基本目标是"生态保护第一"。对中国国家公园来讲，"生态保护第一"具有很强的现实意义和必要性。在2013年国家公园体制启动以前，中国的各类自然保护地并没有很好地贯彻"生态保护"这一根本任务。因此中央提出建设国家公园体制，要以国家公园这一自然保护地的全新类型，为中国树立起生态保护的榜样，从而引领各种类型自然保护地承担起它们在生态文明建设这一国家战略中的重要责任。但是在具体落实中，要注意防止将"生态保护第一"片面理解为"生态保护唯一"，防止将生态保护绝对化、极端化和简单化，否定国家公园在"生态保护第一"前提下所应兼容和所能兼容的其他功能，例如国民环境教育和生态体验、社区可持续生计活动等。

（五）用地规模庞大

中国国家公园总体占地规模庞大、个体国家公园占地范围巨大也是中国国家公园体制建设的显著特征。从积极方面来讲，规模大可以更好地保护生态系统的完整性。但是，国家公园范围的划定应该建立在可靠的国家代表性分析，以及完整性、原真性和管理可行性充分论证的基础之上，应该防止盲目求大的不良现象。否则,"虚胖"不仅加大了管理的难度,也将不必要地加大国家财政投入负担,最终还可能导致由中央政府直接行使所有中国国家公园事权的向往难于实现。

(六)管理难度极高

土地管理复杂程度极高,社区管理挑战大也是中国国家公园体制建设的特征。大多数拟建的国家公园位于少数民族地区,其边界内生活着大量的农牧民、林业职工甚至城市居民,有些国家公园体制试点区内还大量分布有行政村甚至建制镇。土地权属、社区人口规模与贫困和民族问题的交织,进一步加大了国家公园的管理难度[1]。

二、国家公园规划体系

国家公园体制在保护管理的建设层面具有十分复杂的情况,编制形成具备准确性、长远性的规划是当前的迫切需求。编制相应的规划是完善自然资源空间管制措施最为有效的手段。国家公园规划在规划层次上应分为系统规划、总体规划、专项规划和实施计划四个层次,依次体现着由宏观到中观,再到微观的过渡。国家公园的各级规划在层级上具有上下级的关系,在总体目标上是一致的,同时在内容上具有交叉,各级规划针对不同层次的问题提出具有针对性的策略,共同组成国家公园规划体系[2]。本节概括论述系统规划和实施计划,详细论述总体规划、专项规划和管理计划。

(一)系统规划和实施计划

系统规划,即"中国国家公园系统规划",要解决的核心问题是国家公园在整个国土和海域空间上的分布状况。这是一种"自上而下"的规划,规划编制和组织实施都是自上而下的,需要在国家层面整合各类资源进行有效的科学划分,根据国家公园的内容要求,形成具有完整性、科学性和

---

[1] 此处关于国家公园体制建设的六项特征的论述,参考了杨锐:《论中国国家公园体制建设的六项特征》,《环境保护》2019年第2期。
[2] 赵智聪:《编制好国家公园四个层次的规划》,《青海日报》2018年1月8日。

国家代表性的国家公园总体规划布局。这是属于国家公园体系规划宏观层面的顶层设计部分。

实施计划属于国家公园体系规划的微观层面，主要由每一个国家公园的管理单位来自行编制。根据总体规划和各类专项规划的要求，制定每一年度的目标和措施，并记录实施过程。实施计划具有工作计划的功能，同时也是国家公园管理单位进行年度考核和监测的基础文件。

（二）总体规划

总体规划属于国家公园体系规划的中观层面，其性质可以理解为总体保护管理规划，是围绕某一个国家公园，确定发展方向和阐述保护管理重要问题的综合性规划。这是国家公园规划体系中最为重要的一种规划类型。总体规划不仅包括国家公园的分布、范围、分区、设施建设等空间内容，也包括国家公园的性质、价值、目标、管理政策以及机制保障等政策性内容。

当前，各试点区范围内和边界外部都涵盖一部分建制镇、社区或林场，人地情况复杂，在生活、生产、生态空间关系上的矛盾多样，例如传统农牧业生产活动与物种保育的矛盾、社区自主经营活动与访客管理的矛盾、戍边生活保障与荒野保护的矛盾等。从这些问题的表象上来看，突出表现为本地居民生活、生产方式对自然遗产原真性的负面干扰并未得到合理管控，而问题的深层原因则是国家公园利益相关者对于空间利用的受限范围和受限程度并未达成共识。作为国家公园保护管理工作的重要方案，国家公园总体规划具有明确的空间属性，是实现国家公园空间用途管控的重要依据，规划方案中所涉及的相应空间形态内容与国家公园的管理目标密切相关。其中，边界划定、分区规划和体验线路规划是总体规划协调园区人地关系的积极手段。

（三）专项规划

专项规划是针对国家公园内部具体专项问题，而提出相应解决策略的规划。这类规划主要针对一些具体问题，以深入调研为规划基础，提出详细的规划措施。同时应强调专项规划"按需编制"的原则，即每一处国家公园的资源条件都不尽相同，出现的问题也纷繁多样，虽然在国家层面的体制机制设计中对部分共性问题制定了相应规划，但是在每一个国家公园层面，仍然存在一些个性问题。针对这些个性问题，进行深入调查、分析和专题规划是尤其重要的。专项规划的类型多种多样，包括专题研究、本底调查、特定领域的规划或详细规划等。专项规划中的环境教育专项规划与荒野美学关系最为密切，所以下文重点论述该专项规划的审美原则。

（四）管理计划

这个层面主要由国家公园管理单位来自行编制。根据总体规划和各类专项规划的要求，落实每一年度的目标和措施，具有工作计划的功能，同时也应作为年度考核和监测的本底文件[1]。

三、国家公园规划的审美原则

国家公园的规划体系包含四个层级，其中的总体规划和环境教育专项规划充分体现了荒野美学的思想。

（一）在总体规划中，以"生态保护第一"为原则

在总体规划的重要内容中，即在边界划定、分区规划中，牢固树立"生态保护为第一"这一核心价值观和审美观，积极协调人地关系。

国家公园的边界确定，需要经过利益相关方协商达成。这样，可以在保护管理工作的开始阶段避免资源利用方面的矛盾。在总体规划的大纲制定阶段，园区的边界确定是总体规划重点研究的内容，这是指导后续规划编制工作的基础。当总体规划得以实施后，边界便具备相应的约束力，成为国家公园管理机构实施相关保护政策、施行管理措施的空间依据，也是其他各级各类规划的空间参照。当国家公园的资源本底条件、价值载体认定或保护技术水平发生变化的时候，国家公园管理机构需要修订总体规划的边界范围，并修订与之相关的空间管控内容。

在边界划定的过程中，保护生态系统及生态过程的完整性是关键问题，

---

[1] 此处关于国家公园规划体系的论述，参考了赵智聪：《编制好国家公园四个层次的规划》，《青海日报》2018年1月8日。

同一区域内相似的自然本底应最大限度地纳入国家公园保护范围。以三江源国家公园为例，原三江源国家级自然保护区和可可西里自然保护区未被纳入三江源国家公园，当曲、约列古宗等保护区被搁置在外。这些保护区与国家公园划定区域都属于一个整体的生态系统，对于河流源头的保护都发挥着重要作用。因此，应调整三江源国家公园的边界。

分区规划是实现总体规划空间用途管控的关键手段，其作用是界定园区内部土地受保护的严格程度，在管理政策上需要平衡资源保护与利用二者的关系。逻辑清晰、边界明确、管理政策合理是分区规划的基本原则。

功能分区的模式与国家公园的本底资源禀赋、核心价值和管理条件紧密相关，这在不同的国家公园试点区的分区名称方面已有所显示。例如，三江源国家公园以高寒草甸和高寒草原生态系统为主体，需要以保护脆弱的水源地生态环境为主要任务，但同时需要兼顾少数民族传统牧业生产活动，其功能区划分为核心保育区、生态保育修复区和传统利用区；此外，东北虎豹国家公园以温带针阔叶混交林为主体，需要扩大野生东北虎、东北豹的适宜生境，并保障戍边居民的安全，其功能区划分为核心保护区、特别保护区、恢复扩散区和镇域安全保障区[1]。

以上所提及的核心保育区、核心保护区等以生态保护为目标的区域，占有国家公园的绝大部分面积，并且实施严格的人类准入制度，避免人类对自然生态系统的干扰与影响，给自然最大限度的自由，呈现出原始荒野状态。

（二）在环境教育专项规划中，如其本然地展现自然

环境教育是国家公园的重要任务，可以提升社会公众的自然教育素养，让社会公众认识到荒野的内在价值。在环境教育专项规划中，应侧重国家公园作为自然环境教育场所的塑造。在此重点论述美国国家公园环境教育的演变及其对我国的启示，以及环境教育专项规划的审美原则，即如其本然地展现自然，引导公众感受其内在价值，并培养对自然的敬畏与热爱。

---

[1] 此处关于国家公园总体规划的论述，参考了马之野等：《国家公园总体规划空间管控作用研究》，《风景园林》2019年第4期。

1. 他山之石：美国国家公园环境教育的演变概况

蔡君总结了美国国家公园环境教育的演变概况[1]。自1916年美国国家公园管理局成立以来，经过100多年的探索，美国国家公园已成为很多环境保护思想和策略的发源地。教育以及相关的活动在美国国家公园成立之初就是被重视的使命内容之一。美国国家公园的理念不仅在世界范围内得到传播和实践，其解说和环境教育实践也为自然和文化资源保护和教育提供了有益借鉴。

从1872年黄石国家公园建立到二战结束，黄山国家公园设立了巡逻员、自然博物学家、乡村风格的博物馆等[2]。但当时的环境问题尚不突出，对于生态环境的认识尚未形成系统的科学认知。国家公园解说的主要目标是激发游客对自然的兴趣，公园解说更多是以引人入胜的故事展现公园的自然和文化，缺乏科学性知识的融入。随着环境运动的兴起，国家公园解说和环境教育在20世纪50年代以后得以迅速发展。

在二战以后，参观国家公园的游客数量与日俱增，这对国家公园的管理产生了诸多负面影响。20世纪50年代中期，美国国家公园管理局发起了"使命66计划"（1956—1966年），增添道路和接待设施以满足日益增长的游客需求，强化游客中心成为公园提供解说和信息服务的综合管理设施。

20世纪60年代，环境运动唤起了公众对环境问题的热切关注。1968年，国家公园管理局和教育顾问局合作，创立了国家环境教育发展项目。该项目不但促进强化了学校正式教育系统中的环境意识，更重要的是促进在国家公园解说项目中培养公众的环保意识和行为。

1970年，埃弗哈特领导的国家公园管理局专属机构哈泊斯·费里解说中心成立，并建立了环境教育任务小组。这个项目不但在国家公园管理局运行所有层面的环境教育任务，而且帮助其他公共和私人组织促进环境教育普及。费里解说中心负责国家公园管理局所辖公园单位的解说规划和设

---

[1] 蔡君：《公园作为学习场所——国家公园解说和环境教育发展探讨》，《风景园林》2019年第6期。
[2] 孙燕：《美国国家公园解说的兴起及启示》，《中国园林》2012年第6期。

计,并开发了多种解说媒体材料[1]。

1975 年,国家环境教育发展项目扩展到学龄前和小学教育,由国家公园基金资助,在全国 202 所学校普及环境教育。这一时期,国家公园利用节事和项目活动引领游客通过参与和沉浸获得环境知识和体验。当时公园局解说主任比尔·顿米尔(Bill Dunmire)积极促进沉浸式环境解说的形式革新,在大沼泽和约塞米蒂国家公园分别推进"沼泽跋涉"和"生态漂流"作为沉浸式解说的示范项目,以提高公众环境意识。

1992 年里约环境与发展大会通过了《环境与发展宣言》《21 世纪议程》等重要文件。这使得环境保护再次被关注。国家公园管理局进行了总结和回顾,重新认识其所担负的环境教育的责任。从 20 世纪 90 年代至 21 世纪第一个 10 年,国家公园管理局出版了系列报告,如《科学和国家公园》《21 世纪的国家公园:维尔议程》《发现和推荐:教育启动论坛》等,强调了环境教育的重要性,并持续开启了诸多环境教育项目,如表 14-1 所示[2]。

表 14-1 美国国家公园开展的环境教育项目概况

序号	项目或学校名称	起止时间	面向人群	主要特点
1	少年巡逻员	从 20 世纪 30 年代至今	青少年	发动青少年成为巡逻员,为国家公园中的游客进行环境解说
2	教师—巡逻员—教师项目	始于 2003 年,发展至今	中小学教师	中小学教师通过申请在国家公园管理局所属公园单元参与夏季巡逻员工作,将环境知识带回到学校课堂

---

[1] 王辉、张佳琛、刘小宇等:《美国国家公园的解说与教育服务研究:以西奥多·罗斯福国家公园为例》,《旅游学刊》2016 年第 5 期。

[2] 此处关于美国国家公园环境教育的演变概况的论述,参考了蔡君:《公园作为学习场所——国家公园解说和环境教育发展探讨》,《风景园林》2019 年第 6 期。

(续表)

序号	项目或学校名称	起止时间	面向人群	主要特点
3	北凯斯卡德学院	始于1986年，发展至今	中小学生、社会团体以及大学生	提供环境教育课程系列
			研究生	北凯斯卡德学院还和西华盛顿大学合作，开发针对研究生的环境教育课程，学生可以通过在北凯斯卡德驻地学习和实习获得学分
4	"公众科学"项目	始于2005年，发展至今	有一定研究基础的科学爱好者	参与冰川国家公园的生物和生态学研究

2. 美国国家公园的环境教育对我国的启示

目前我国的国家公园体制建设正处于探索时期，建立以国家公园为主体的自然保护地体系，不仅要进行科学保护，还应该建立公园和公众的连接。国家公园作为重要的环境教育场所，应通过环境解说和教育，培养公众的环境意识，培养公众对自然的欣赏和热爱。

中国三江源国家公园进行了一些环境教育方面的探索。公园与非政府生物多样性保护组织进行了合作，创建了"山水自然保护中心"。其后，在2016年创办了"澜沧江源昂塞大峡谷国际自然观察节"，来自不同国家的参赛队员通过影像记录了动植物种类的特征和分布。国家公园内的社区居民也参与到活动中，并提供向导服务，这促进了公众参与和科学考察的深度结合，并带动了社区的经济发展[1]。

3. 环境教育专项规划的审美原则

国家公园具有全民公益性，可以为公众提供接近自然、了解自然的科普教育机会。自然教育活动是实现国家公园自然资源保护价值的重要手段，

---

[1] 蔡君：《公园作为学习场所——国家公园解说和环境教育发展探讨》，《风景园林》2019年第6期。

还可以提升社会公众的自然教育素养，让社会公众认识到荒野的内在价值，培养公众对自然的敬畏与热爱，这是荒野美学思想的重要体现，反映了该专项规划的审美原则。在保护优先的原则下，需要划分园区相应的自然教育体验空间并合理规划相应体验线路。国家公园内部主要以大面积的自然生态系统为主，大多数区域是访客不能到达的。结合园区的门禁系统，体验线路规划可以很好地管控外来访客的活动范围，落实国家公园的分区管理政策。通过道路等级控制、交通运力和沿途服务设施的配置，可以进一步明确不同体验线路上的访客容量和体验参与方式，如乘车、徒步等多种体验方式。

  自然教育内容主要包括解说标牌、互动式景图体验馆、环境教育项目，环境教育文创衍生产品等。在国家公园的游客中心可设置互动式景图体验馆，通过多媒体交互方式，为游客提供深度体验学习本地自然环境的机会。在国家公园的体验线路中，可设置精心设计的环境解说标牌，使单调的体验线路变得生动有趣。还可以在游客中心开展自然教育项目，进行科普教育，与学校教育有机结合，成为学生们的第二课堂，开展一系列的科学考察活动、户外拓展活动等。在网络线上资源方面，可以开设国家公园的官方网站，提供大量的与环境教育相关的视听电子资源。

第十五章 园林环境设计的审美原则

自人类文明伊始,便产生了具有丰厚文化底蕴的园林营建艺术,因此,园林美学可谓历史悠久,源远流长。中西方虽有着各自的文化,但都非常注重环境的审美价值,在对环境进行审美欣赏的同时渴望获得身心的愉悦。与此相应的,便是他们都对环境的美化和设计给予高度重视。

我们知道,如果对环境加以分类,可分为自然环境与人建环境,而后者是以前者为基础的。作为人建环境的一部分,最能凸显其审美意蕴的便是城市和园林建筑,而以钟灵毓秀、吐纳山水为至尚追求的园林美学,则体现出不同时代、不同文明背景下的人们对环境品质的审美追求。每一座园林的造园技法背后都承载着人们关于诗意栖居的美学思想,而这些造园的审美意识又是和环境美学理念息息相关的。因此,极具浓郁人文色彩的园林美学需要被置于环境美学的理论框架中进行研究。

本章将围绕如何设计美化园林逐层展开,分三节具体探寻并发掘中国古典园林的造园思想、西方古典园林的造园理念以及现代园林的造园趋势。

第一节 中国古代园林的设计方法

中国古代园林(亦称中国古典园林或中国传统园林)始于商周时期,历经三千余年的发展逐步完善,进而在悠久的历史长河中留下浓墨重彩的一笔,并在世界范围内产生深远影响,形成了在世界园林中独树一帜的园林体系。中国古代园林艺术按照发展朝代可分五个阶段:商周至两汉时期、魏晋南北朝时期、隋唐五代时期、宋元时期和明清时期。

中国的古代园林在漫长的历史发展过程中逐渐形成了自己独特的设计

原则和造园法式。我国著名的园林大师陈从周先生曾提出"造园有法而无式"一说，这句话的意思是说中国的造园虽有方法可循，但无具体的模式可依，其一针见血地指出园林设计存在"法无定式"的同时，也为造园活动蒙上了一层神秘的面纱。如何在遵循前人总结的原则与手法的基础之上将中国园林所蕴含的丰富文化内涵继承和发扬下去，淋漓尽致地展示"虽由人作、宛自天开"的园林之美，是后人不可推卸的历史重任。

中国古人如何设计园林要从古人对"园林"一词的认识上说起。"园林"从来不只描述物质空间范围的边界，也不是空间类型的划分，更不是各类花草名木奇峰怪石展藏的场所。中国古人的一生与两个词语无法分开，一曰"钟鼎"，二曰"山林"。所谓"钟鼎"，象征的是以儒家文化为代表的官场仕途之路，然而，每当人们在官场中郁郁不得志时便开始寻找逃离现世的出路，那便是"山林"，即官场不得志的隐退之路。如果没有"山林"的遥寄，古人们便无法承托起"钟鼎"之重量；反之，如果没有"钟鼎"的重压，古人们也不会找到追寻"山林"之意趣。由此可见，在中国古人眼里，园林是精神世界的投影，是摆脱尘嚣俗累心之所向的庇护所。然而，园林背后所承载的精神和文化内涵，却需要借助巧妙的造园方法加以实现。

造园方法之一：旷之奥之与"间厕曲折"

环境设计的难点和精髓在于对空间尺度的把握和空间序列的起承转合，园林设计亦是如此。简单来说，"旷之"就是借助设计方法使原本逼仄的空间显得开阔明朗；"奥之"则是反向而行，使空间显得曲折幽蔽。其出处是柳宗元的《永州龙兴寺东丘记》："游之适，大率有二：旷如也，奥如也。"[1]；"间厕曲折"[2]则出自柳宗元的《袁家渴记》，用以描摹空间的委曲之美。

---

[1] 柳宗元：《柳宗元集》卷二十八，北京：中华书局，1979年版，第748页。
[2] 柳宗元：《柳宗元集》卷二十九，北京：中华书局，1979年版，第768页。

中国园林以丰富多彩见长，而以江南私家园林为代表的园林空间尺度通常不大。譬如网师园占地面积仅为拙政园的六分之一，最小的残粒园不过百余平方米，但是，中国古代的造园者并没有因为空间尺寸的限制而扼杀创造力，相反，在某些苛刻条件的约束下反而会激发、促生杰作，以有限面积，造无限空间。正如陈从周先生在其著作《说园》一书中所写的那样："园有静观、动观之分。……何谓静观，就是园中予游者多驻足的观赏点；动观就是要有较长的游览线。二者说来，小园应以静观为主，动观为辅，庭院专主静观。大园则以动观为主，静观为辅。前者如苏州'网师园'，后者则苏州'拙政园'差可似之。"[1]

在面对狭小的空间时，古人通常能找到合理的解决对策，此为"旷之"。我们可以在造园理法上看到很多相似的古人智慧，如"间厕曲折"可以形容水流，"曲径通幽"亦能描绘蜿蜒小径，用来形容中国园林的美轮美奂的空间格局最为恰当。但中国园林为何选择"曲折""曲径"，为何偏爱在狭小的空间内营造高低起伏的地形变化？又为何借助"移步换景"的手法不停转移观者的焦点？究其原因，还是为了延伸有限空间，不至于使狭小空间被人一眼洞穿而尽失美感。因此，园林中的曲与直是相对的，曲由直生的园林委婉动人，趣味无穷，使观者在循环往复，登高爬下的过程中产生对空间的错觉，从而使观者的审美活动丰富而多变，如此一来，原本有限的空间被放大了，原本短暂的体验也就被延长了。

"中国园林妙在含蓄，一山一石，耐人寻味。"[2] 面对尺度相对辽阔的大园时，如果入门便觉空阔，园内景象一眼穷尽，皆收眼底，则含蓄感尽失。因此造园者采取的方法通常是对空间进行分隔，将体量庞大的园林分解为若干个小园，增添幽蔽和静谧感；凡一眼望到边界之处，必增加其间的阻隔；凡开阔明朗之处，必增添内向的围合；此为"奥之"。佳者如拙政园之枇杷园、颐和园之谐趣园等。在化整为零的同时，还特别强调园内景致含蓄性的表达，正所谓："远山无脚，远树无根，远舟无身（只见帆），这

---

[1] 陈从周：《说园》，上海：同济大学出版社，2017年版，第8页。
[2] 同上，第18页。

是画理，亦造园之理。"[1] 又如"建亭须略低山巅，植树不宜峰尖，山露脚而不露顶，露顶而不露脚，大树见梢不见根，见根不见梢"[2]，其意都在彰显深远的层次，营造一种不完整的含蓄之美。

造园方法之二：模山范水与巧借花木

宋人郭熙有云："山水以山为血脉，以草为毛发，以烟云为神采。"在中国古代园林之中，山水、花木与烟云仅起辅助之用，属于园林的质料。它们既是园林环境的本身，又是园林精神内涵的载体。它们虽然永远不会成为园林的全部，但却是园林无法或缺的重要组成部分。

古代造园活动在选址后，就要因地制宜，赋予选址空间内的景物以最大化的欣赏价值。如无锡寄畅园依山而建，为山麓园，园内古建皆面山而构；苏州网师园以水为中心，为亲水园，园内景物皆傍水而居。正所谓"仁者乐山，智者乐水"，古人对"山"与"水"有着特殊的情怀，两者刚柔并济，气韵相生。但是，并非所有的园林都有着像寄畅园和网师园这样得天独厚的先天环境。当园内无山无水时，就要借助叠山理水的营造手法，赋予其山水的意境。园外之景妙在"借"，当园内无景时，还可以借助园外景色加以映衬，例如郭庄借西湖之景，拙政园借北塔寺之景等等。

中国古代的造园师本可以借助充裕的植物素材营造众多精品的"植物园"以比肩西方，但是中国的古人却化繁为简，只独爱其中的几种。比如在中国文学和艺术中成为永恒表现主题的"梅兰竹菊""岁寒三友"，它们不仅成为文人士大夫歌咏的主要对象，还成为造园师在园林中精心配置的重要素材。从生态美学角度来看，这些植物确实有其独特意义。以竹为例，它不仅是"禾本科植物中最原始的类群"[3]，也"没有哪一类植物可以像竹类一样在中国历代艺术中和技术中占据如此重要的地位"[4]。更为重要的是，

---

[1] 陈从周：《说园》，上海：同济大学出版社，2017年版，第28页。
[2] 同上。
[3] 方海：《太湖石与正面体——园林中的艺术与科学》，北京：中国电力出版社，2018年版，第63页。
[4] 同上。

古人偏爱这些植物，不仅是为了欣赏外观姿态，更是将植物的生长状态和生态特色比拟人的精神品质，比如欣赏梅的傲骨、兰的典雅、竹的坚忍和菊的高洁。因而，在园林中这些表面单一的植物选择背后，我们可以窥见古代文人丰富的精神世界。

在古代，明明有丰富的色彩颜料，画师却偏爱墨色。他们用单一的色彩描绘笔墨之外的诗意，从而发明了"墨竹"与"墨梅"。在与中国园林一脉相承的日本园林中，明明有多样的材质，却唯独欣赏石的肌理。他们用单调的砂石模拟自然山川的意境，从而产生了"枯山水"。或许对"意境"的表达无需繁复，而是至简的过程，如春秋时期中国的老子就提出"大道至简"，而西方的建筑大师密斯·凡德罗（Ludwig Mies van der Rohe）直到19世纪才推崇"少即是多"。有学者认为，面对西方博物学的发展，中国传统园林仍执着于少数具有文化内涵的植物如梅兰竹菊而排斥植物多样性的态度是一种落后行为，虽然从植物学领域和生态学领域来看确实有一定道理，但或许在中国古代造园师眼中，相比于追求物质的"百草园"来说，追求精神的"栖居地"更富有意义。难怪童寯先生曾提出过一个值得玩味的观点：中国的园林虽无林木亦可成园。[1]

造园方法之三：人伦秩序与空间布局

空间，不仅承载了布局形式，同时它也反映了有差等的人伦秩序。

中国的"木制建筑有利于建造而不利于保存的特点刚好可以满足世俗建筑不求永恒、唯愿速成的需要"[2]，选择木材的中国古代建筑也体现了人与人之间的宗法关系，而在宗法制度影响下产生的建筑格局需符合世俗人伦，尊卑有等，长幼有序。此外，木制建筑的参差有序也给人以尺度宜人的亲切感。建筑既是如此，在园林中亦有所体现，这一点在中国古代的北方皇家园林中尤为突出。

---

[1] 童寯：《东南园墅》，长沙：湖南美术出版社，2018年版，第17页。
[2] 陈炎：《陈炎学术文集 文艺美学卷一》，北京：高等教育出版社，2016年版，第343页。

例如被誉为"皇家园林博物馆"的颐和园，从大的空间布局来看，为人熟知的昆明湖和万寿山实际上是以杭州西湖为蓝本而建，汲取了江南园林的设计手法；从细处设计来看，园内星罗棋布的众多小园也大多仿照了各地优秀的精品园林，比如位于颐和园东北角的谐趣园，设计的参照对象就是清乾隆到访无锡惠山脚下的寄畅园（原名惠山园）。拥有"万园之园"之称的圆明园，不仅由圆明园、长春园和绮春园（万春园）组成，而且向下细分还可以分解为不可计数的小园，而这些小园索性不再花费精力去重做设计，而是直接模仿了海内外的名园胜景。

"在具有宗法传统的中国社会里，'国'只不过是放大了的'家'，因此，国家的'皇城'不过是百姓之'四合院'的放大而已。"[1]"四合院"的空间布局不仅反映了"爱有差等"的人伦秩序，也同时成为组成皇家园林的模数化"基本单元"。这种建筑形式上的组合关系也影响了园林空间的组合关系。通过研究我们发现，一座庞大的中国皇家园林实际上是由若干座小园集合而成，并且它往往能够成为众多精品园林翻版的"珍藏室"。

将规模庞大的园林消解为众多小园的方式在中国的皇家园林中非常普遍，这样做的目的主要有三个：第一，即使规模庞大的园林依然可以遵循宗法制的人伦秩序。因此我们可以在一座偌大的皇家园林中通过判断某座院落的形制规格，甚至是方位朝向，就能快速地判断出园内主人的身份地位。第二，即使规模庞大的园林依然可以制造出宜"人"的空间尺度，体现了崇尚和谐的美学品位。第三，规模较小的园林虽然缺乏宏伟壮阔的视野，但是可以轻松营造出朝暮四时之景以及别有洞天的旖旎风光，一步一景，令人回味无穷。

造园方法之四：人文情怀与诗情雅趣

造就一处优秀的中国古代园林，绝不仅仅是熟练掌握了"筑山理水""步移景异"等耳熟能详的技艺即可，支撑起园林表面情趣的是其背

---

[1] 陈炎：《陈炎学术文集 文艺美学卷一》，北京：高等教育出版社，2016年版，第351页。

后厚重的人文底蕴。对于园林而言，人文情怀与诗情雅趣于此之重要，远胜技巧与方法。

或许在今日看来，参与中国古典园林的造园者们大多并不具备"科班"出身的背景。例如清代著名的造园师李渔（1611—1680），同时也为戏曲大师，表演艺术和戏曲编导才是他擅长的本职工作；明末造园大师计成，年少时期本是以擅画山水闻名，到后来才以造园为业，并留下园林著作《园冶》；宋代文豪苏轼，不仅精通诗词歌赋，也是著名的书法家和造园师。细数中国古典园林的造园师们，可发现他们有一个共同的身份，那就是文人。童寯先生认为："唯文人，而非园艺学家或景观建筑师，才能因势利导，筹谋一座中国古典园林"[1]，这是因为构成一座中国古典园林的要素不仅要有建筑、植物、叠山、理水，还需要诗画题铭于方寸间营造境外之境，而"铭文必会激发某种文学情思，引导游者通达视觉欣赏与哲学冥想。……恰好可以实现文人之理念，寓诗性想象于心灵之间"[2]。于是，思绪在不同虚幻空间中游离，一个有限的空间得以生出无限的遐想。

"若大景致，若干亭榭，无字标题，任是花柳山水，也断不能生色。"[3] 由此可见，题辞能起"点景"之作用，如画龙点睛，使得意境破壁而出，辞出而景生。园林之中的亭台楼阁也都被赋予了诗情雅趣的名字，网师园中有亭名曰"月到风来"，拙政园中有亭名曰"荷风四面"，即使没有明月、荷风，也引观者遐思，仿佛身临其境。至于园内的匾额、砖刻、对联、书画更是寄托了古代文人雅士的情怀，使观者沉迷于文字之隽永，书法之精妙。

我们常说古人修园，是为摆脱尘嚣之俗累而寄情于山水之间，试图在大自然之中寻找安慰与共鸣，因此可以说，这座庇护所也承载了精神世界的慰藉和寄托。表面的山水样貌造就了园林的宽度，而蕴藏背后的精神世界则成就了园林的深度。

---

[1] 童寯:《东南园墅》，长沙：湖南美术出版社，2018年版，第36页。
[2] 同上。
[3] 陈从周:《说园》，上海：同济大学出版社，2017年版，第36页。

第二节　西方古代园林的设计方法

对西方古代园林的描述，包含着纵向上的时间维度与横向上的空间维度。从时间维度来看，西方出现得最早的造园活动可追溯至人类早期的古希腊，但对西方园艺艺术产生实质影响的还是古罗马园林，以及后续相继出现的主要园林流派，如意大利文艺复兴园林、法国古典园林和英国风景式园林等，人类历史文明的演进成为园林发展不竭的动力。而从空间维度来看，由于战乱或文明兴衰的更替，园林流派的焦点在西方文明的版图中不断转移，致使我们要结合不同地域自然的、历史的、哲学的、宗教的背景，去探寻挖掘其背后的造园理念。

中西方人在思维方式上各有侧重，中国人注重形象思维，而西方人更倾向于抽象思维。前者侧重结合主观判断和情感认识；后者强调运用概念、判断、推理等逻辑思维形式反映事物本质。抽象思维强调概括、严谨的态度，注重对客观事物的精确把握，进而表现为对数理的无限追求。正是因为如此，我们才能在雅典卫城的帕特农神庙里看到被维特鲁威记载在《建筑十书》上的多利克柱式，在法国凡尔赛宫的花园中看到由勒诺特尔设计的规则式花园。前者表现出对柱式比例的严格控制，后者传达出对几何化近乎苛刻的追求。这是与他们对几何学家欧几里得的推崇和对笛卡尔机械主义哲学的信奉分不开的，于是我们看到，西方园林的艺术化表现不同于中国园林所透露出来的感性，而是表现出一种严密而理性的内在逻辑，西方古代园林也正是在此思想框架中孕育而生。

造园方法之一：几何对称与轴线效应

在尼罗河河水的涨落之间，古埃及人开始学会用几何学的方式分配土地，而几何学也在很长一段时间内成为西方古代园林构思平面布局的首要方法。意大利文艺复兴时期园林中的建筑居高临下，以宣扬神的崇高，表现对神的崇拜与爱戴。到了法国古典主义时期，建筑在园林中统率八方，即使是强调自然的英国风景式园林也会把建筑安置在画面构图最精彩的位置上。

在西方古代园林的整体布局中，建筑不仅表现人与自然的对抗之美，而且它还"反客为主"迫使园林服从建筑的构图原则，使园林"建筑化"。在这里，建筑是封闭的，与自然有着明显的边界，室内与室外断然分明，两者分割清晰。而宗教建筑的空旷、封闭的内部空间又能使人产生宗教般的激情与迷狂。此外，园林的布局还要依照几何构图的原理进行分布，而强调对称的特点也满足了彰显皇室或贵族身份的需要。法国造园家勒诺特尔提出要"强迫自然接受匀称的法则"，在这里大自然仿佛完全被驯服了，偌大规模的宫苑要受制于轴线的分隔，自然的弯曲被迫要向人工的直线屈服，湖泊的边缘不再蜿蜒，绿植的轮廓也不再柔软，风景似乎变成了人工塑造的艺术品。自然之美在此消失殆尽，取而代之的是以人工的、刻板的、以空间结构的整体性见长的结构美。然而这种表面的"规则"与"秩序"却透露出"荒漠气息"，是无关身体居游的掩饰。正如董豫赣先生曾评价的那样"按黑格尔的诠释，将自然进行几何景观的秩序化，正是为消除自然令人不安的荒蛮感，进而获得不被打扰的旁观心安。直到近年，我用如画旁观与入画居游的对照视野，重审中西方园林的使用区别时，才隐约理解其荒漠气息"[1]。

当园林中的植物被雕刻成几何体，最打动人的部分已不再是植物本身的姿态，而是一片片连续的表面材质和肌理。难怪在这些园林中，喷泉总能在阳光的映照下熠熠生辉，那是因为别的自然元素都失去了本应该具有的生机，自动虚化为遥远的背景。陈志华在《外国造园艺术》一书中写道："在古典主义的园林里，用几何式的花圃、水池、道路、树木使园林'建筑化'来协调建筑物和园林，而一旦放弃了建筑性的园林，'自然化'的园林一直逼近到阶前砌下，需要建筑物的'园林化'来使二者协调的时候，

---

[1] 董寯:《东南园墅》，长沙：湖南美术出版社，2018年版，第16页。

欧洲人当时无能为力。"[1]

西方古代园林另一个重要的特点是几何对称法则所产生的中轴线效应。受制于自然地理环境的影响，意大利文艺复兴时期的古典园林多以阶梯式的山地地形为基址，形成了独特的台地园形式。建筑通常坐落在地形的最高处，居高临下，统领整个区域，而景色则顺延着地势的走向缓缓展开，建筑和自然风景交相辉映，浑然一体，使起伏的台地形成特有的节奏韵律。以兰特庄园为例，它的花园部分采用了几何形式，由北至南地形被处理成四层台地，在最底端的台地上形成12块模纹花坛，"卡西尼泉池"镶嵌其中，使之成为中轴上的第一个景观节点，而总体布局呈现出一幅方格网构的图案。在第二层台地上，建筑分列两侧，夹持着整座园林设计最为精妙的中轴线。在这条中轴线上，由"洞府壁泉""乡村泉池""水阶梯""河神泉池""水餐桌""飞马泉池""卡西尼泉池"等多个结点组成了一幅由上至下，由远及近的水景序列。流水在这里不仅成为炎炎夏日降温解暑的工具，而且串联了整个景观的轴线，同时也把山泉汇流成河最终流向大海的过程通过艺术化的手法表现了出来。总的来说，兰特庄园充分利用亚平宁半岛山地地形的起伏高差营造水景，并将这些水景用点、线结合，彼此呼应的方式进行布局，镶嵌在轴线两侧，最终使其成为意大利文艺复兴时期最具代表性的园林。

无论是意大利文艺复兴园林还是法国古典园林，为体现气势磅礴的场景，处于轴线上的景物都要通通让位。在轴线之上，视野因开阔而表现得空旷荒蛮。除了偶尔出现的对景雕塑，几乎没有多余的视线遮挡。直到18世纪的英国风景式园林受东方造园思想的影响才开始打破重几何构图的僵化模式，在空间布局上呈现出些许委婉含蓄的表达，但是园内建筑仍然是视线的焦点，对称形式尚存，且不受植物遮蔽，仍给人以一览无余的印象。

---

[1] 陈志华：《外国造园艺术》，郑州：河南科学技术出版社，2013年版，第287页。

造园方法之二：尽收博物与人化自然

西方重视博物学发展，并且在园林中尽收花草名木进行人工修剪是由来已久的传统。圣经中的《雅歌》和《创世纪》被认为是研究西方园林艺术的重要文献，无论是其记载的空间布局形式还是园内收纳的植物花草都成为后世园林借鉴的重要对象。"《雅歌》中的园林以流水和植物为主，植物包括石榴、海灵草、甘松、乳香、番红花、菖蒲、肉桂和没药树等，其中大部分都是外来品种，反映出西方的人类文明从一开始就倾向于交流物种。"[1]

到了18世纪，大航海时代为西方博物学传统的发展奠定了基础，伴随造园理想国际化交流的还有物种交换，园林成为最大的受益者，以卡尔·林奈（Carl Linnaeus）、布封（Buffon）和亚历山大·冯·洪堡（Alexander von Humboldt）等博物学家的贡献最为突出，他们的收集为欧洲园林平添了上千种植物类型，也为植物科学的发展带来了动力："园林物种的丰富为园林的发展提供了越来越多的设计可能性，而各种园林的扩张及相应的科学研究和理论印证又需要人们看到更多的物种"[2]，在这种情况之下，包括英国风景式园林在内的同时期园林成为新植物品种的试验田和展示地。直至今日，坐落于邱园（Kew Garden）和韦园（Wakehurst Place）两座传统园林之间的英国皇家植物园，仍以其广收博采的植物景观展现着它的魅力。

西方园林中种植的植物大体经历了从实用性为主到装饰性为主的转变过程，中世纪的教堂庭院和城堡花园中种满了用以供给人们食用的可食性植物和用以治愈伤者的草药，如公墓果园、医务花园、酒窖花园、厨房花园等，栽植的植物以实用为主要目的，并不关注植物自身的形态、色彩以及象征意义。而在意大利文艺复兴时期的园林中，虽然"不仅要种植稀有的树木也要种植医生们珍重的树木"[3]，但种植植物的目的

---

[1] 方海：《太湖石与正面体——园林中的艺术与科学》，北京：中国电力出版社，2018年版，第92页。
[2] 同上，第97页。
[3] [意] 莱昂·巴蒂斯塔·阿尔伯蒂：《论建筑——阿尔伯蒂建筑十书》，王贵祥译，北京：中国建筑工业出版社，2016年版，第323页。

已经由实用性向装饰性开始发生偏移。如园内的植树虽按规则排布，但树形尊重其自然形态，长势高大茂密，一些年久的苍松翠柏在这里盘根交错，虬曲苍劲，阳光、风雨、苍苔和翠柏为园子增添了无限魅力，这样的园子要比法国古典主义园林天然真趣得多。从中世纪到文艺复兴，修剪树木的传统经久不衰，更是在法国古典主义园林中逐渐走向了极端。通常的修剪方式是将冬青树或柏树修剪成高大规整的绿墙或低矮的绿篱，甚至用绿篱组成迷阵。在这一时期，对低矮的灌木偏爱一种叫作"模纹花坛"（在欧洲中世纪也被称之为刺绣花坛）的配置手法；对高大的乔木则采取一种叫作"绿色雕刻"般的修剪手段。这个时期的植物虽很少以"孤植"的形态被欣赏，但它的装饰性功能却被人们发挥到了极致，从中我们看出西方人对园林布局所持的一种人化自然态度，即凸显其超脱自然、驾驭自然的人工美。

从英国风景园林的设计实践活动结果来看，自然风景式园林虽然在形式上有着明显的"反几何化"倾向，尤其是不再坚守刻板的人工痕迹，"自然"重新占据上风，如造园师的基本信条转变为"自然厌恶直线"，但在设计方法上依然没有摆脱几何学论证的方法。仔细观察便不难发现，自然风景式园林出现的风景元素不过是人工刻意模仿摆布之后的结果罢了，依然具有"程式化"的特点。如自然风景式园林的代表人物布里治曼创造了一种特殊的"景墙"，或许可以更好地说明这种关系。为了有别于法国古典主义园林中设置在园林边缘用以阻隔外界的高墙，英国自然风景式园林的边缘出现了一种宽沟，内植草坡，既限定了园林的范围，又可以阻止园内或园外的牲畜进出。在视线上，因为缺少了视线的阻挡，仿佛与外界交融，极目远眺，远处的山林、牲畜、田野、丘陵都通过"借景"被收录进来，这种心思巧妙的设计确实博人一笑，因此这种特殊的"景墙"被取名"哈哈墙"。"哈哈墙"确实兼具了高墙的空间分隔作用，美化了环境，消隐了园林的边界，但这种设计依旧为人所主导，是借助仿照自然的手法而进行的人为干预。此外，还应注意的是，自然风景式园林虽然摆脱了法国古典主义园林的刻板印象，但又在不经意间走向了另一种极端。威廉·钱伯斯（William Chambers）批评它"与普通的旷野几无区别，完全粗俗地抄袭自然。人行其中，不知是在野外，还是在花园，但却花了很多钱，使人毫无所觉，既不能取悦于观者，也难以自娱，没有任何足以引起兴趣和新奇的地方，顶多是一幅旷野风景，毫无情绪上的共鸣"[1]。钱伯斯的观点虽然具有很强的主观性，但他也正确地指出，造园艺术作为一种艺术，就不能只限于模仿自然。他说："花园里的景色应该同一般的自然景色有所区别，就像英雄史诗区别于叙事性的散文，如果以酷肖自然作为评判完美的一种尺度，那么舰队街蜡像将超过米开朗琪罗的一切作品了。"[2] 事实上，按照人的主观意志去强迫自然呈现出自己理想的形态是不对的，而刻意模仿自然也是人化自然的过度表现，两者并没有本质区别。

总体来看，西方古代园林的植物造景主要经历了由实用性到装饰性，由简单到繁复多样的过程。而借助博物学的传统，从世界范围收集回来的植物也被安置在园林之内，其中部分适合塑形的植物经人工修剪、雕刻，被处理成园林造景中的重要组成部分，处处体现着人化自然的特征，但若"过犹不及"也会产生"适得其反"的效果。

造园方法之三：兼收并蓄与多样统一

西方古代园林并不排斥从带有外来文化特色的异国景致中吸取养分，甚至一度以近乎痴迷的状态从世界范围内的园林艺术中广收博采，这其中就包括欧洲大陆之间园林艺术的相互学习、对伊斯兰园林的借鉴以及对"中国式园林"的效仿，后者甚至曾在欧洲风靡一时。更为难得的是，在效仿学习他国园林艺术精髓的同时，西方的本土园林也得到了良好地继承和发扬，兼收并蓄且多样统一。

在18世纪法国资产阶级大革命的背景之下，绝对的中央集权被推翻，新生代的理性主义者也不再把抽象的数学几何法则当作理性规范，而是追寻穷尽一切事物存在的根据，一切事物的本性。此时的欧洲，适逢"中国

---

[1] 陈志华：《外国造园艺术》，郑州：河南科学技术出版社，2013年版，第280页。
[2] 同上。

潮"的影响，中国的造园艺术也在法国画家王致诚（P.jean-Denis Attiret）神父和英国建筑师威廉·钱伯斯等一行人的推崇下，作为师法效仿的对象被请进宫廷苑囿。西方不仅为中国造园艺术形式所倾倒，同时也被中国的哲学思想所深深吸引。德国人玛丽安娜·鲍榭蒂在《中国园林对欧洲的影响》一文中说"人们是想在一切都是有规律的几何形式之后，突然转向一种似乎是杂乱无章的形式。这杂乱无章是充满一个梦想的世界，是受'中国'二字的诱惑"。[1] 威廉·钱伯斯指出："在中国，不像在意大利和法国那样，每一个不学无术的建筑师都是一个造园家……在中国，造园是一种专门的职业，需要广博的才能，只有很少的人能达到化境。"[2] 在其著作《东方造园论》中他还提道："布置中国式园林的艺术是极其困难的，对于智能平平的人来说几乎是完全办不到的。因为虽然这些规则好像是简单的，自然地合乎人的天性，但它的实践要求天才、鉴赏力和经验，要求很强的想象力和对人类心灵的全面的知识；这些方法不遵循任何一种固定的规则，而是随着创造性的作品中每一种不同的布局而有不同的变化。"[3] 从这些文字中我们可以想象，在这一时期，西方传统造园倍加推崇中国的造园艺术，甚至在部分人眼中近乎传奇。这样，来自诸多方面的因素终于促成了英国自然主义风格的风景式园林和随后出现的浪漫主义的绘画式庭园，并在18世纪风靡欧洲。

威廉·钱伯斯反感法国古典主义时期园林的刻板印象，也并不欣赏英式风景园中过于刻意追求自然质朴的审美趣味。他甚至公开反对当时在造园界颇有建树的布朗及其一派的园林，认为他们"过于强调粗犷的自然，而显得索然无味，只不过模仿了朴素的田园风光。'缺乏变化，不知取材，且想象力贫乏，以致使游客烦闷欲绝'"[4]，这足以说明钱伯斯更加关注观者在园林中的参与和贡献，因为从根本上来看，园林是观者和被观赏对象的

---

[1] 黄家瑾：《中国造园术在欧洲的传播》，《中国园林》2008年第12期。
[2] 陈志华：《外国造园艺术》，郑州：河南科学技术出版社，2013年版，第284页。
[3] 同上，第283页。
[4] [德] 利奇温：《18世纪中国与欧洲文化的接触》，朱杰勤译，北京：商务印书馆，1991年版，第32页。

集合。同时，钱伯斯也看到中国的园林虽然师法自然，但从来不追求逼真地模仿自然，也从不摒弃、排斥人工痕迹。造园家们只是借助丰富的营建手法，顺应地貌的环境，因势利导，创造各种景致，而这一切最终以迎合观者审美上的精神需求为目的，强调了"人"与"景"的交融。相比于钱伯斯在《东方造园论》中描述的关于中国园林"依四季变化设景""植物配置方法""借助尺度和色调变化来营造空间景深效果"等丰富的造园技法，他对中国园林更为深刻的认识才是精髓所在。这足以表明，以钱伯斯为首的西方造园师们，终于不再停留于对直觉表面的观察，转而开始重视人和自然的亲和，追求天人合一、神与物游的最高境界。而这对于西方古典园林的发展而言，可视为一种长足的进步。

威廉·钱伯斯虽然努力地推崇中国园林，并大加赞扬，但他并没有全盘照搬，盲目推崇，使之成为英国新式园林的替代品，而是有选择性的将其借鉴过来并"嫁接"到土生土长的英式园林之中。邱园虽然成为他在故乡实践中国式园林的试验田，但在这里，中国式园林并不是全部。这也就不难解释，擅长兼收并蓄的钱伯斯为什么还在邱园中国塔的两侧分别矗立了一座摩尔式阿尔罕布拉宫和一座土耳其清真寺。然而，出现在邱园中形态各异的园林建筑也在当时受到了褒贬不一的评价。部分批评者认为，钱伯斯并没有完全领会中国园林的思想精髓，而是用类似于博物学的态度将中国式园林收入囊中，就如同大航海时代之后擅长博物学的西方园林总喜欢收集来自异国他乡的奇珍异宝那样。时至今日，我们仍然能够在西方的园林中看到博采众长的他国园林景致，它们与本国园林交相辉映，多元共存，有的和谐一体，有的异趣横生。

造园方法之四：宗教信念与空间布局

在中国古代，君权具有至高无上的权威性。而西方的君权相对于神权来说通常是次要的、居于从属地位的，正所谓"君权神授"即是最好的例证。西方古代的建筑以石材为主，"石制建筑不利于建造而有利于保存的特点刚好可以满足宗教建筑不求急用、唯求永恒的理念"[1]。而选择石材的西方古代建筑反映了人与神之间的宗教关系。在宗教关系指引下产生的建筑格局更强调仪式感，神明越显崇高，人就越显渺小，同时也给人以空间尺度悬殊而造成的陌生感。建筑既是如此，那想必在园林与景观上也会有所体现。

在西方社会里，"君权"与"神权"长期处于此消彼长的博弈状态，往往当"君权"不够强大时需借助"神权"证明其身份的合法性；当"君权"足够强大时则通过压制甚至是摆脱"神权"证明其身份的权威性。如果说追求高耸云端直至弃绝尘寰的西方宗教建筑是为了制造与上帝对话的机会，那么我们能否大胆猜测，受宗教影响浓烈而努力强调平面布局的西方园林也是在试图建立一种可供上帝独享的视角（抑或是统治者假想自己正站在上帝的视角俯视），毕竟以常人的视野是无法欣赏空间的"第五立面"的，它远超视野范围的空间也不适于人体尺度的需要，创造这种视角的目的可能在某些时期（"君权"借助"神权"时）是为向上帝献礼，而在某些时期（"君权"压制"神权"时）是为向上帝炫耀。正因如此，我们才能解释，为什么在中世纪我们不仅能看到十字布局的教堂平面，亦能看到教堂庭院中同样有着"十字"形态的四分园；为什么西方园林有时大到站在建筑的最高处也看不清边界，却仍坚持创造平面化的空间布局。

路易十四毕生都在捍卫其自身的世俗统治权，尽管他也是一位非常虔诚的天主教徒，其政治思想是"宣扬一位君主、一位国家元首拥有的'天授之权'，自认为国王是上帝在大地上的'代理长官'"[2]。为此，他也在教宗（基督的代理人）面前炫耀这一切。路易十四的野心不仅表露于政治决策上，也铺满在他的皇室宫苑。或许，当我们看到凡尔赛偌大的宫苑和几何规整的布局时会抛出犹如看到"麦田怪圈"时的疑问，但又有谁可以轻易决断，这座由地上的人设计但并不符合人体视野和人体尺度的园林到底是为路易十四他自己还是为神明上帝而建的呢？

---

[1] 陈炎：《陈炎学术文集 文艺美学卷一》，北京：高等教育出版社，2016年版，第343页。
[2] 耿昇：《康熙大帝、路易十四与天主教入华》，《社会科学战线》，2014年第1期。

第三节 现代园林的设计方法

要探究"现代园林"的造园方法,首先应该对"现代"一词加以界定。对于"现代"的时间上限与下限问题,不同学科,不同领域,存在着不同的见解。西方现代园林的发展先于我国,早在19世纪的欧美城市公园运动就拉开了西方现代园林的序幕。在我国,1988年5月出版的《中国大百科全书:建筑、园林、城市规划》中将中国的现代建筑、现代园林、现代城市规划的起始时间确定为1949年,即新中国的成立时间,且不设时间下限。[1]本章节中的"现代园林"沿用此划分,限于篇幅,我们只就中国的现代园林发展进行简单概括。

围绕学科与行业名称,应为"风景园林"还是"景观设计"的争论在世纪之交便已展开,直至2011年,作为一级学科"风景园林学"的产生最终为此讨论画上一个句号。从词义内涵来看,如果说"风景"与"景观"的词义还具有某些相似之处的话,那么"园林"与"设计"的内涵则截然不同。显然,"园林"一词的含义更具传统和历史感,而"设计"则更偏向人类改造环境的现代实践活动。此外,在20世纪50年代,还产生了"造园"与"绿化"之争,例如现代园林的造园学奠基人陈植先生始终坚持认为Landscape Architecture(简称LA)对应的译名应当是"造园",因为"造园"一词可上溯至明代《园冶》一书,有着更为深厚而悠久的历史传统,并且突出了"综合性学科"的特征,"具有建造园林或营造园林的意义"[2],并非"园林"或"绿化"可取而代之。此外,还有许多在此学科领域内涉及范畴界定的词语尚未提及,围绕它们也曾展开诸多关系之辨,它们都是改革开放后受到国际LA的影响,对LA作出的符合我国国情的意译。由于这个问题并非本章节讨论的重点,在此不作赘述。

---

[1] 中国大百科全书总编辑委员会《建筑园林城市规划》编辑委员会,中国大百科全书出版社编辑部:《中国大百科全书:建筑、园林、城市规划》,北京:中国大百科全书出版社,1988年版,第566-585页。
[2] 陈植:《陈植造园文集》,北京:中国建筑工业出版社,1988年版,第111页。

随着历史的推进，传统"园林"势必走向现代化，现代园林也必然具备以下三点特征：第一，由私到公。无论中西，传统意义上的古代园林都在空间形式上具备明确的边界，诸如藩篱、墙垣的设置，它们服务于少数的园主，具有严格的"私有"属性。而现代园林则趋于开放，甚至一变而为国有，成为公园游览场所。第二，由繁到简。古代园林通常承载了造园者精神世界的追求，试图在有限的空间实现"天人之际""壶中天地"的哲学情怀；而现代园林的内涵得到了简化，往往只承担大众高雅娱乐的"功能"属性。第三，由分到合。"现代园林"涵盖词义上的整合，例如西方词汇中 Landscape、Gardening、Horticulture 三者在词义上都不与"园林"一词一一对应，而"园林"却是三者关系的整合，即成为包含风景、园艺、园艺学统称的学科领域。同时，"现代园林"也隐含了空间形式上的整合，这一点决定了我们可以在空间形式上看到有别于传统园林更为丰富的类型，体现了时代背景下更高层次的"综合性"。

前文已对"现代园林"的缘起、正名和特征作了简要的阐释，下文将具体围绕现代园林的设计方法展开研究。

造园方法之一：经济适用与形式从简

"适用、经济、在可能条件下注意美观"最初被作为建筑领域的行业准则，后来也在一定程度上对现代园林的形态产生了重要影响。在新中国成立以后的园林绿化建设当中，一批以较低的经济投入，追求建设效率的现代园林被投入建造。

在20世纪50年代中期兴建的现代园林中，简单、粗糙的设计和对艺术传统的忽略并不少见。陶然亭公园是建国后北京市政府最早兴建的一座现代园林，建于1952年，是一座融古典建筑和现代造园艺术为一体的以突出中华民族"亭文化"为主要特色的仿古文化名园。今日的陶然亭虽古韵十足，六十余年岁月磨蚀留下的痕迹依稀可见，但是以古代园林的标准加以衡量，却显然有着巨大差异。为满足"现代园林""公共"属性的需要，陶然亭公园开发出开阔的空间尺度，全园占地面积56.56公顷。虽然充斥着仿古建筑，也兼具中国古代园林的设计特点，但细节尽失。有学者评论："想起从前，起造园林，修建亭榭，引人入胜，端在曲径通幽，花木扶疏，忌的是：'一览无余，一目了然'。至于开筑陂塘，掘引细流，是讲究小桥流水，曲曲弯弯。人们徜徉其间，喜的是水清沙浅，游鱼可数。而不是大块湖塘，一片汪洋，那样就不可爱了；有时侧足堤旁，常恐失足溺水，望而生畏了。"将传统的造园要素勉强嵌套在庞大的空间尺度之内，不免捉襟见肘，难以做到浑然一体。

以陶然亭为代表的兴建于20世纪50年代的现代园林不在少数，虽然存在设计的不当之处，但它们却是古代园林往现代园林转型的求索之路上必经的节点。

在另一方面现代园林强调形式从简，亦即把视觉经验的对象减少到最低程度，力求以简化、符号的形式表现深刻而丰富的内容，通过精炼集中的形式和易于理解的秩序传达预想的意义。贝聿铭先生于1960年设计的苏州博物馆就是极简风格的优秀范例。苏州博物馆的馆址为旧时的太平天国忠王府，与拙政园仅一墙之隔，贝聿铭先生并没有仿照苏州古典园林的模式建造一座仿古园林，而是富有创造性地采用了极简主义的方式，借助现代几何的造型体现出错落有致的江南特色，大自然的美和光与庭院式园林建筑风格完美融合，在传统园林建筑中所应用到的框景、借景、对景等设计手法在其设计中都被保留，称得上是一处极富古典园林意境且现代感十足的园林佳作。

造园方法之二：古为今用与民族传承

现代园林的发展离不开对民族传统的继承，这主要体现在重视将传统元素古为今用。现代园林的建设者们在景观设计中往往将多种传统形式加以采用，将其融入整个风格之中，从而形成有机的整体。

"古为今用"这一理念尽管也适用于景观设计，然而，将古代元素与现代设计结合必然有其困难和局限性。说起建筑上对民族形式的借鉴，不妨从历史上的"大屋顶运动"谈起。所谓"大屋顶"，指的是具备近现代功能的借鉴中国传统形式的仿古建筑，也称为"民族形式建筑"，其特点是建筑带有曲线和较大出檐的传统大屋顶。1993年北京掀起"把古都风貌夺回来"的大讨论，催生了所谓的"大屋顶运动"，紧接着，一批以"中国固有之形式"为特色的历史建筑次第出现。这样的处理方式目的很明确，即着重再现北京的古都风貌，这类俗称为大屋顶的建筑普遍存在着一个有趣的共同点，就是将具备现代功能的建筑与中国的传统形式结合起来。从"运动"的结果来看，有部分建筑在处理现代与传统的关系时留下了生硬的结合痕迹，所谓"传统的部分"无非是后期增设的仿古式"新产物"，因此被认为是没有任何用途的形式主义；但这类建筑也在一定程度上唤醒了人们对中国传统民族建筑形式的自豪感，在视觉和精神层面获得了人们的审美认同。

反观现代园林，也走了一条类似的发展路径。比如新中国成立后对园林形式的传统模仿曾一度仅仅浮于表面，到头来只见亭台楼阁、假山石头、粉墙漏窗，却没有吸收古代园林的造园精髓，其结果不新不古、不伦不类，类似失败的设计不胜枚举。

21世纪以来，新中式园林兴起，作为对中国传统园林、古典园林的现代演绎，成为现代园林发展的主要趋势。新中式多取自传统园林的设计手法、造景方法、构图形式、审美意境等，而在材料选择上多选现代的、经济的材料，或具备传统特色的材料，结合现代人们的审美需求进行设计。以文人建筑师王澍为例，他的设计中多见新中式的表现手法。在他的设计中其材料大都以回收的旧砖废瓦为主，而在建造工艺中，王澍对旧时的"拉毛"工艺情有独钟。对材料的使用始终遵循着原始的、质朴的表达方式。因此在他的设计中既有国人熟悉的材料质感，又有新鲜的塑造技法，赋予了现代园林新的形式，使我们看到了传统园林设计手法在现代园林中的传承与转译的无限可能性。

造园方法之三：生态审美与发展趋势

园林是一种审美化的存在，是人们实现"诗意地栖居"的努力。园林建设作为生态文明建设中的重要组成部分，肩负着生态修复与改善人居环境的重任。现代中国园林以中国古典园林的"天人合一"的生态自然观为原则，秉持着"取之自然，而高于自然"的设计理念，在浓缩自然、模山范水的过程中，寄托着艺术家的生态审美情怀。与传统相比，现代园林理念中更倾向于动态化的现代化系统建设，即将景观作为一个动态变化的系统来对待，考虑生物多样性和生态平衡这一生态价值准则，以新的生态审美为取向进行景观构建，使景观设计向生态化的方向发展，从而努力打造符合生态智慧与生态审美的景观作品。

针对现代城市发展带来的"反生态"现象，俞孔坚教授提出"大脚革命"，提倡建立在环境伦理与生态意识之上的大脚美学。他认为"小脚"象征着在传统观念中过渡修饰城市与景观的封建陋习，而"大脚"朴素至真，充满了乡土气息，是真正的景观园林与自然相融合的世界。他用"裹足"一词来形容止步不前的中国城市状况，并尝试通过设计实践活动进行改变。在他设计的上海世博后滩湿地公园中，通过自然本身的特性自我循环净化，不需要大量的人力财力去维护管理；其设计的沈阳建筑大学稻田校园，富有乡土特色的草本植物在稻田校园里的雨水储存池塘边自由生长，无须打理，更能营造出一派别致的田园美景……这些案例都具有启发意义。此外，在现代园林的发展模式中还增添了来自生态学、社会学等不同学科交叉之下产生的设计策略，如"海绵城市""韧性城市""可食用性景观"等等，都在一定程度上丰富着人们的生态审美体验。

随着生态理念的不断深化，景观与自然之间的共生关系更为密切。以生态审美为取向的景观设计要充分考虑生态价值，必然超越人类中心主义的审美天性与习性，良性地协调人与自然的关系，营造绿色健康、舒适怡人的人居环境。因此，我们应当探寻更加合理的方式，以现代更为科学的自然生态系统观念为指导，使生态智慧与生态审美的价值更好地在园林建设中彰显，营造符合一定自然规律、生态审美并且能满足当代特定环境要求的环境。唯有如此，人与自然、人与人、人的生存境遇与生存空间才能真正达到和谐，真正实现生态文明社会的可持续发展。

第十六章　城市环境规划的审美原则

不同的学者对于城市美学持有不同的观点。城市规划设计的审美原则必然与城市美学观紧密相连。本章在探讨重要学者的城市美学观点的基础上，阐述城市规划设计的审美原则。

第一节　城市美学观

我们尝试着划分出三种城市美学观：一是基于"形式美"的城市美学观，持这一观点的学者多为城市规划设计学、环境心理学、环境行为学等领域的学者；二是伯林特提出的基于"审美交融"的城市美学观；三是程相占提出的"象天法地"的城市美学观[1]。

伯林特认为，环境心理学家、城市与区域规划师以及行为科学家通常将环境美学与景观的视觉美联系在一起。他们试图通过研究选择偏好和行为，用量化的方式来测量景观的视觉美，希望为设计决策和政府环境政策提供指导。在这里，"审美"通常被视为引起视觉愉悦的东西[2]。由此可见，在城市规划设计学科、环境心理学科、环境行为学科等领域内，基于"形式美"的城市美学观点颇为盛行。

伯林特随后即论述，哲学家和一些社会科学家则认为上述量化的、经验性的研究偏见应该受到限制，他们甚至认为这种做法在概念方面太天真，

---

[1] 2007年7月28—30日，阿诺德·伯林特教授接受了程相占教授的专访。程相占将这次的学术访问内容整理发表在了《从环境美学到城市美学》一文中。在此论文中，伯林特和程相占集中探讨了城市美学问题。参见程相占［美］阿诺德·伯林特：《从环境美学到城市美学》，《学术研究》2009年第5期。

[2] 程相占，［美］阿诺德·伯林特：《从环境美学到城市美学》，《学术研究》2009年第5期。

在知觉方面是无知的,并且带有很强的假设性。因此,一些学者采取定性的研究方式,认为环境美学所研究的是熟练的观赏者从对象或风景中所领会到的美;采取现象学立场的学者则强调知觉活动,强调感知者在环境审美体验中的积极构建功能,强调感知者与环境之间的根本互动。伯林特本人即是采取现象学立场的代表学者,提出了基于"审美交融"的城市美学观。伯林特认为,"审美交融"对传统的"审美无利害性""审美静观"等进行了重新修正和反思。从理论上说,环境可以分为自然环境与人建环境。城市环境是最重要、最复杂的人建环境,城市环境的审美价值要远远大于通常说的"城市美"。更进一步说,城市美学也必须考虑消极或负面的审美价值。"消极的审美价值"可以启发我们创造一种新的美学观念即"否定美学"。通过它,我们可以更加深入地反思今天的城市美学。同时,在研究城市美学问题时应将生态学与"审美交融"理论结合起来,在一个富有人性且功能正常的审美生态系统中,城市景观并非外在环境,在城市规划中认真考虑审美交融,将是城市景观人性化的重要步骤[1]。

程相占在深刻解读伯林特城市美学观点的同时,也提出了自己的城市美学观。他认为,城市美学与环境美学具有密切的内在关系。从20世纪西方城市美学史来看,首先应该注意的是"城市美化运动"。众所周知,19世纪末到20世纪初,北美建筑和城市规划领域发生了一场城市美化运动,试图通过美化市容来消除贫困城市环境中的道德衰退。这一运动并没有为了美而追求美,其目的是为了在城市人口中形成道德控制和公民道德。这一运动的倡导者设想,城市美化能够为生活在市区中的贫困人口提供一种和谐的社会秩序,从而提高他们的生活质量。尽管这场运动持续时间不长,但它可以视为20世纪城市美学的第一个节点。20世纪城市美学的另外一个关键节点是美国城市设计大师凯文·林奇的杰作《城市意象》(1960)[2]。

程相占在2007年5月应邀参加了在巴黎举行的"环境、审美参与和公共空间:景观中的议题"国际研讨会。程相占所作大会发言的论文题目是

---

[1] 程相占,[美]阿诺德·伯林特:《从环境美学到城市美学》,《学术研究》2009年第5期。
[2] 同上。

《城市意象与城市美学》。在《城市意象与城市美学》这篇论文中,程相占以凯文·林奇的城市意象理论为出发点,集中讨论了中国古代城市设计理念所隐含的城市美学。程相占提出了两个基本观点。第一,城市意象是城市美学的研究对象。城市意象可以回应环境美学家艾伦·卡尔森在其自然环境美学中所提出的两个基本问题:在自然环境中,"对什么进行审美欣赏""如何进行审美欣赏"。程相占认为在城市环境中,审美对象是城市意象,对城市环境进行审美欣赏的方式就是构建城市意象。第二,着眼于跨文化美学研究,程相占尝试着将中国古代城市美学原则"象天法地"介绍到西方学术界[1]。

第二节 形式美相关原则

一、城市规划与城市设计的关系

我国城市规划工作大致分为总体规划和详细规划两个阶段,总体规划解决全局性的城市性质、规划、布局问题;详细规划解决物质建设问题。现行的规划法规《城市规划编制办法》指出:"在编制城市规划的各个阶段,都应运用城市设计的方法,综合考虑自然环境、人文因素和居民生产、生活的需要,对城市空间环境作出统一规划,提高城市的环境质量、生活质量和城市景观的艺术水平。"大体而言,总体规划虽然也有城市设计的内容,但彼此的区别还是比较明显;详细规划和城市设计的关系则更加密切,在实际城市建设和发展管理中探讨二者的关系具有普遍性意义,需要稍加分析展开[2]。

---

[1] 程相占,[美]阿诺德·伯林特:《从环境美学到城市美学》,《学术研究》2009年第5期。
[2] 王建国:《城市设计》,北京:中国建筑工业出版社,2009年版,第12页。

表16-1 详细规划和城市设计的区别

序号	各个方面	详细规划	城市设计
1	评价标准	详细规划偏重操作，关注定位和定线，较多涉及各类技术经济指标，作为城市建设管理的依据而制定，与上位规划的匹配是其评价的基本标准	城市设计偏重空间形态，更多地以具体的城市生活环境和人对实际空间体验为评价标准
2	规划或设计重点	偏重于用地性质、建筑道路等两边的平面安排	偏重于建筑群体的空间格局、开放空间和环境的设计、建筑小品的空间布置和设计等
3	规划或设计内容	更多涉及工程技术问题，体现规划实施的步骤和建设项目的安排	更多涉及在法规控制下的具体空间环境设计
4	规划或设计成果表达	常以表现二维内容为主，成果偏重于法律性的条款、政策，方案和图纸则居于次要地位	图文并茂，图纸、文本、导则均起到重要作用，富有充分的具有三维直观效果的表现图纸，成果较详细规划更细致

通过梳理城市规划和城市设计的关系，可发现城市设计是城市规划的有效深化和延伸。与城市规划相比，城市设计对于城市形象塑造的影响更为直接。城市设计的主要内容包括城市形态与空间结构、城市土地利用、城市景观、城市开放空间与公共活动、城市交通系统、城市特色分区、重点地段与节点、城市设计实施措施。而城市中的建筑形态与色彩，与上述内容均有重要关联，是城市的视觉形象的重要组成部分，下文针对建筑形态设计的审美原则和城市色彩设计的审美原则进行详细阐述。

二、建筑形态设计的审美原则

从管理和控制方面看，城市设计考虑建筑形态和组合的整体性，是从一套弹性引导城市开发建设的导则和空间艺术要求入手进行的。导则的具体内容包括建筑体量、高度、容积率、外观、色彩、沿街后退、风格、材料质感等。可见，城市设计导则可以对建筑形态设计明确表达出鼓励什么，不鼓励什么，以及反对什么，同时还要给出可以允许建筑设计所具有的自主性的底线。然而，这种导则要求不是刚性的、僵死的，而是弹性的、动态的、阶段性的指导意见。具体来讲，在城市设计中，建筑形态设计的审美原则体现在如下三个方面。第一，建筑群应与周边地段相融合。建筑设计及其相关空间环境的形成，不但在于成就自身的完整性，而且在于其是否能对所在地段产生积极的环境影响。第二，建筑群应体现环境文脉。注重建筑物所形成的与相邻建筑物之间的关系，基地的内外空间、交通流线、人流活动和城市景观等，均应与特定的地段环境文脉相协调。第三，建筑设计还应关注与周边的环境或街景一起，共同形成整体的环境特色[1]。

三、城市色彩设计的审美原则

除了建筑形态之外，色彩作为一种重要的视觉形象感知要素，城市色彩影响着城市的整体环境和特色风貌，是城市形象的重要构成部分。城市色彩设计的审美原则主要体现在注重整体美、传承文脉、与自然环境相融合、与功能差异相协调四个方面[2]。

城市色彩设计要体现城市空间结构的整体美。城市的色彩需从整体上把握，由于建筑群、道路、桥梁、建筑小品、绿地、花卉等各具色彩，通过人工装饰色彩之间、人工装饰色彩和自然色彩之间的关系处理，可以将各类色彩和谐地组合起来。一般来说，城市色彩首要做出选择的是主色调，然后再在不同的功能区搭配一种或几种适当的辅助色调即可，但色彩的分区要符合城市空间的功能需求，在统一与变化中实现平衡。

城市色彩设计要传承文脉，珍视城市现有的色彩特质和历史文化。丰富多彩的民族传统为人们提供了博大深厚、取之不尽的给养和素材，也造就了各地城市不同的色彩特质及其所承载的历史文化。总体而言，由于历史文化背景上的差异，北方城市的色彩相对明艳，南方城市的色彩则相对

---

[1] 王建国：《城市设计》，北京：中国建筑工业出版社，2009年版，第153页。
[2] 此处所论述的城市色彩设计的四个审美原参考了王建国：《城市设计》，北京：中国建筑工业出版社，2009年版。

淡雅。在经济全球化的今天,我们特别要珍视这些城市独特的城市特质和历史文化特色,并以此来构建有个性的城市。

城市色彩设计要考虑城市的气候条件、山水特征与自然环境相协调。一般来说,在相对寒冷的地区如北欧和我国的北方地区,采用暖色系如红砖清水墙等有助于营造温暖的环境氛围;若在南方地区也大范围采用暖色系,炎夏时节则会引起人们的烦躁感。此外,起伏的地形对于色彩设计是一个值得利用的因素。在山地,无论是低处远望还是登高远眺,色彩层次感都很强。山体既是整个城市的眺望点,也是城市建筑的背景。水体则往往是城市天际线的最佳展示场所,同时也为滨水建筑提供了倒影效果。

城市色彩设计要考虑建筑场所不同的功能性质。不同功能的建筑场所,具有不同的空间氛围,因而对于色彩也有着不同的要求。例如居住建筑应该以恬淡、柔和、愉悦、安全的色调为主;商业建筑则应该满足醒目、明快、舒适、丰富的视觉指向。

第三节 审美交融原则

2009年10月在济南召开了"全球视野中的生态美学与环境美学"国际研讨会,阿诺德·伯林特参加了本次研讨会,并提交了论文《都市生活美学》。在这篇论文中,伯林特提出了生态审美模式。他认为,生态学的观念已经超出自然生态系统而进一步扩展包括了整个文化世界,包括了各种人造环境。与此同时,我们对环境的理解已经发生了转变。环境涵盖了人类的参与,它不仅仅局限于我们的外部环境。此外,人类对环境的感知性参与和人与环境的融合将审美纬度引入其中。塑造都市景观不仅仅需要一种生态学纬度,同时也需要一种美学纬度,亦即一种基于艺术审美参与的生态审美模式,它能够向我们提供一种引导性的视角,以帮助构建都市化的环境并让我们乐居其中[1]。

---

[1] 曾繁仁,[美]阿诺德·伯林特主编:《全球视野中的生态美学与环境美学》,长春:长春出版社,2011年版,第14页。

伯林特提出，我们需要理解我们的居住环境，进而建造我们的居住环境，使得居住环境有助于我们完满地体现人性。那么，审美生态学在这方面有何启发呢？这是继理论分析之后的实践问题[1]。在此，伯林特讨论了审美生态学的实践应用问题。

伯林特提出如下诸多疑问。对于城市生态系统来说，审美交融还有什么意义呢？或者更确切地说，它引导我们去控制、去改善什么样的负面知觉条件？许多状况是非常明显的，诸如大气污染与水污染、噪音污染、有害而令人生厌的气味，还有酷热和严寒、强风和过度的光照，如此等等；在巨大、单调、拥挤的购物广场和停车场，以及混凝土建筑丛中、闹市中心的通道上，经常遇到类似的通病。将城市景观中特有的危害情形罗列出来，我们的认识就更加清楚：交通噪音和汽车尾气、建筑工地的噪音和烟尘、公共场所以及私人场所的唱片"音乐"、忽然从身边窜出的车辆、等等。其实还远远不止这些[2]，伯林特罗列的上述消极的审美体验在目前的城市中是普遍存在的，这些负面体验削弱了现代城市居民的审美愉悦，甚至有些会危及健康。

伯林特随后提出了有利于产生积极审美体验的设计原则。他说到，同时我们也要知道，感觉可以减缓，也可以加强。相关方法很多，比如在商业或工业区那样的"混凝土建成的野兽世界"里，可以布置些绿色，设计些相对安静的空间，使人能够得到安全感而放松；从喷泉中传出的轻松乐曲，流水潺潺的水道景观，海滨的浪涛，都能够使人放松；躺卧在长椅上的安逸、野餐和游泳胜地的悠闲，都能使环境体验更加丰富；就像许多地方已经做到的那样，在商业街区上设计步行街道和人行道，修建防晒防雨的拱廊；在酷热或交通特别拥挤的区域修建封顶或封闭的人行道、人造天桥等等，也都是改善环境体验的途径。在最低限度上，我们可以说，减少

---

[1] 曾繁仁，[美]阿诺德·伯林特主编：《全球视野中的生态美学与环境美学》，长春：长春出版社，2011年版，第22页。
[2] 同上。

噪音和污染有助于缓解感觉压力而使环境体验变得轻松[1]。

伯林特认为所有这些环境知觉方面的考虑并不仅仅是为了舒适和愉悦，而且是为了健康和安全。如果我们将城市景观理解为生态系统，并认定城市景观不应该压抑居住者，而是应该有利于居住者审美地融合于城市景观中、从而提高其生命质量，这些考虑就具有非常重大的意义。一种和善的审美生态学，也就是一种有利于审美交融的审美生态学。它能够指导我们修建更富人性的城市环境，使之能够丰富人类生活而成为宜居之地，从而完善人性[2]。

第四节　象天法地原则

程相占在 2007 年参加了在巴黎举行的"环境、审美参与和公共空间：景观中的议题"国际研讨会。程相占所作大会发言的论文题目是《城市意象与城市美学》。在本篇论文中，程相占以凯文·林奇的城市意象理论为出发点，探讨了中国古代城市设计理念所隐含的"象天法地"的城市美学。

黑格尔认为，美是理念的感性显现。根据这一关于美的定义我们可以认为：凡是用感性形态表现了抽象观念的东西，都是广义的"美"。城市设计原则与一个民族的哲学思想观念有密切联系，可以从环境美学的角度将之理解为人类塑造环境形态的指导原则，也就是说，一个民族的哲学思想正是城市规划设计中所隐含的原则，而城市则是这种原则的感性显现，其体现可以称为"城市美"，即城市环境意象的审美特征。中国古代的城市规划设计原则蕴含着丰富的古代哲学思想，这其中包括古代礼制思想、五行思想以及天人合一思想。这些思想通过象征的方式体现在城市规划设计的各个方面，如城市形制、布局、建筑的细部装饰等等。

都城是国家的首都，是帝王所在的城市。因此，都城对于一个国家来说，象征着国家的国力；对于帝王来说，象征着帝王的地位和身份。都城

---

[1] 曾繁仁，[美]阿诺德·伯林特主编：《全球视野中的生态美学与环境美学》，长春：长春出版社，2011年版，第23页。
[2] 同上。

的这种特殊地位，决定了都城除了它的功能性之外还有着丰厚的文化含义。作为都城中最重要部分的皇家建筑，它更接近帝王的政务工作和日常起居场所，因此它更明显地反映出帝王的身份和地位，象征色彩浓厚。

一、"象天法地"的哲学渊源

"象天法地"这一城市规划设计原则具有悠久的历史。这一原则包含着中国传统礼制文化、五行思想和天人合一思想的精髓。在几千年的城市规划设计中这一原则不断得到革新和发展。秦咸阳、汉长安、隋唐长安与洛阳、宋东京与临安、元大都、明清北京等，这些城市在当时都是举世闻名的，是居于世界前列的大城市。这些城市，不仅规模宏伟，而且在布局上具有独特的中国风格，一直为世人所称颂。由此可见，我国古代城市规划取得了很高的成就，此中所积累的规划经验是极其丰富的，"象天法地"原则就是其中之一。这些历史经验迄今仍有借鉴价值。

二、"象天法地"原则之天圆地方

"天圆地方"是中国古代关于天地形状的一种认识。这种认识源远流长、根深蒂固。从秦汉至明清的两千年间，这种思想体现在日常生活的方方面面，从明堂的营建到普通民居门窗的设计甚至钱币的铸造，到处都可以看到这种思想的影响。历代帝王也按照这一原则营建都城、宫城，甚至还把他们祭祀上天和大地的场所分别建造成圆形和方形，并把这两种祭坛分别称作"圜丘"或"圆丘"和"方丘"或"方泽"。

天坛也是"天圆地方"的典型代表。天坛位于北京城的东南部，是明、清两朝皇帝祭天、祈谷的圣地。它由圜丘、祈年殿、斋宫以及牺牲所和神乐署四组建筑组成。天坛内外坛墙的北部呈半圆形，南部为方形，象征"天圆地方"，其地形北高南低，表示天高地低。祈年殿为三重檐圆攒尖顶，上覆蓝色琉璃瓦，高九丈九，用"天数"象征天圆。殿内四根龙井柱，象征春夏秋冬四季；中层十二根朱红柱，象征一年十二个月；外层十二根檐柱，象征一天的十二个时辰；中层金柱和外层檐柱相加为二十四根，象征一年二十四个节气；三层大柱合计二十八根，象征周天二十八星宿；再加顶端的八根童柱，共三十六根，象征三十六天罡；宝顶下的雷公柱则象征皇帝的"一统天下"。

圜丘坛俗称祭天坛，是一座通高5米，由汉白玉石雕栏围绕的三层圆台。其周围有里圆外方两重围墙，象征"天圆地方"。圜丘的每一层四面各有九级台阶。三层栏杆从上至下分别雕饰龙、凤、云等图案。上层、中层和下层分别有栏杆72、108、180根，这些都是九的倍数，三层石板数也均为九的倍数，用以象征天帝居于九重天。

三、"象天法地"原则之象天之象

中国古人非常喜欢观察天象，并发挥想象力把星象与周围的事物作联系，然后引入日常生活，把现实的生活归为宇宙的一部分，自觉接受宇宙的支配。古人发明农业以后，又不自觉地发现，天象与农业之间存在某些规律。进一步探求的必然结果就是必须解决时空坐标问题。人们发现可以用精确的定量方法掌握星象变化与季节的关系，实行春耕秋收。可以推断，发展农业是先民观察天象的最初动机之一，有关天象观察的认识则成为文化体系中相对较早的内容。在此过程中，衍生出了太阳崇拜和北辰崇拜。

历代帝王规划设计帝都及宫阙，即是将人间社会倒影天上。人类创造了以天帝太一为中心，以三垣、四象、二十八星宿为主体的天上星宿世界，又以之为摹本建造国都宫城，如拟法紫宫的"择中"原则。"择中"是都城营建的重要原则之一，甲骨文中的"中"字原意是"日午"，有中正、正直、不阿之义。建筑规划中，中央象征至高无上，所谓"天子中而处"。"择中"逐渐演化为观念，决定了传统城市规划设计模式。如洛阳、西安、开封等地处中原，都曾被选作都城地址。特别是洛阳的中心位置，历史上曾被东周、东汉、曹魏、西晋、北魏、隋、唐、后梁、后唐等九朝选为都城。

宫城的营建通常也是遵循"择中"这一原则的，城市中心位置确定后，再向四周扩展，框定城市的范围，而这个中心往往是宫城所在地。隋唐长安城、宫城和皇城居全城中轴线的北面，宫城居北辰之位，皇城居紫微垣之位。唐代将隋"大兴宫"改名"太极宫"，有"宫城居北辰之位，众星拱之"之意。宫城南皇城的百官衙署象征环绕北辰的紫微垣之意。

四、"象天法地"原则之法地之象

中国古代的城市、园林、建筑公共设施等都是中国文化的产物，具有鲜明的中国文化特征。其中最重要的特征就是仿生象物，对各种动植物及自然现象的崇拜，成为远古时代巫术活动中的极重要的内容。原始人类往往把狩猎的成功与失败、是否遭到猛兽的伤害以及各种自然现象与主宰自然界的神联系起来，看作是神的意志的表达，而这些动物就成了神的意志的体现。由此产生了原始人的献祭活动，即在狩猎归来后，先要以猎获动物的一部分祭神，对神的赐予表示感谢，然后才食用。在这种活动中，献祭的动物就成为人与神联系的中介，在这些动物身上表达着原始人对神的祈望和崇拜之情。

当原始人类由狩猎经济向农业与畜牧业经济过渡后，虽然猎获动物作为食物来源的重要性逐渐减弱，但在献祭中以动物为祭物这一点并没有变化，动物依然作为人神沟通的工具。由此，献祭的动物也逐渐神圣。这种献祭活动最初可能是简单的，但逐渐演化成一种庄严的仪式，并且广泛地应用于各种需要向神祈求的事项，如部族成员疾病、死亡，部族之间的冲突，狩猎、耕种采集、迁徙等等。

仪式上除了以动物作为祭物外，还要使用大量的祭器和礼器。在这些祭器和礼器上，原始人类以极为虔诚的心情，绘出或刻出他们所崇敬的各种形象，如日、月、山、川、云、动植物等。这些彩绘或雕刻虽然是一种模拟，但不少对动物的模拟进行了夸张，并在夸张中体现了创造者的宗教观念。因此，这些由模拟而形成的图案或雕刻不仅与原型动物有了某种差别，而且具有了神圣的宗教含义。这些动物的形象逐渐演化成各个部族的图腾。

上古华夏族群的图腾崇拜主要有东夷族的龙崇拜、西羌族的虎崇拜、少昊族和南蛮族的鸟崇拜、北方夏民族的蛇崇拜，从而产生东方苍龙、西方白虎、南方朱雀、北方玄武这四象的概念。所以中国文化又成为"龙虎文化"。另外，龙和凤在中国古代建筑及装饰中占有重要的地位。

中国古代历史上仿凤鸟理念的建筑很多，如明清宫城午门平面呈凹字形，上有五座建筑组合而成，称为"五凤楼"。我国历史上第一座"五凤楼"城门是宇文恺设计的隋唐东都的则天门。宇文恺所建陕西麟游仁寿宫主殿一组以及西海南岸禁苑主体建筑一组的构图，与则天门有同样的特点，即中央主体以廊庑、阁道连接两翼从体，显示出庄严富丽的形态。"五凤楼"的形制又由唐大明宫含元殿所继承。这一形制，平面呈凹字形，正如一只巨凤展翅，立面上则由五座建筑组成一个建筑群，形为五只凤凰，故云"五凤楼"。这一形制影响了五代、宋、辽、金、元、明、清的宫殿建筑。

在汉代以前，龙饰还没有成为皇帝所专有。由汉至唐宋元，龙逐渐成为帝王的象征，龙饰逐渐受到皇家的限制，但是仍未被皇家所专有。到明清，龙饰才成为皇家宫殿的主要装饰。常见的主要有龙柱、龙壁等。

沈阳故宫的大政殿建于1626年，是清入关前举行大典之地。其平面八角形，重檐攒尖顶。其外观最显著的特点是正南向的入口处的两根木雕蟠龙柱，龙头上扬出于柱外，张牙舞爪，十分凶猛生动，充分显示出"龙威"。崇政殿为皇太极日常临朝之地，面阔五开间，硬山顶。崇政殿俗称金銮殿，全殿布满了龙饰。其正脊、垂脊、博缝等均饰以蓝色行龙五彩琉璃饰，龙首均向上。殿下台基栏杆的望柱、栏板都雕满龙纹。檐柱和金柱间的穿插梁变成一条行龙贯穿室内外，檐下梁头雕为龙头，梁身雕为龙身，室内梁头雕为龙尾。全部龙首，成三组二龙戏珠图。

第十七章　环境艺术及其生态审美原则

环境艺术又称环境设计艺术，是一种针对环境的艺术，其目的是对环境进行艺术化的营造或者改造，以满足人的审美化生存，天然地包含着人和自然两个维度。人如何看待环境，以及何种环境能够给人带来愉悦，直接决定了人们改造环境的方式和结果，因此审美感知和取向与环境艺术有着极为紧密的关系。

学科意义上的环境艺术诞生于工业文明的语境和框架之中，因为深受主客二分的思维模式和人类中心的价值立场的影响，不可避免地内含着现代性的弊端。这种弊端较为明显地体现在现代文化所孕育的审美观念和方式上，造成现代性环境艺术不但没有促成人的审美化生存，反而在一定程度上加剧了工业文明所造成的环境污染与生态破坏。有鉴于此，从审美上反思现代环境艺术对于揭示环境艺术非生态性的根源，进而扭转这种困境就有着至关重要的意义。

在后现代的语境下，环境艺术顺应时代变革，进行了生态转向，在价值立场和审美观念上都发生了巨大的改变。生态美学作为一种生态文明语境中的新型美学形态和审美趋势，不自觉地与环境艺术发生了紧密的联系，为其提供了一条恰当的路径和方向，并在其生态转向中发挥了重要作用。在当前生态问题持续存在的形势下，探索并践行环境艺术的生态审美原则是营造审美化生存环境的一条重要路径。本章即对这些问题作初步的探讨，尝试理清环境艺术与生态美学的关系，并梳理环境艺术的生态实践原则。

第一节　环境艺术的两个面相

环境艺术是一个极为复杂的课题，因为它既涉及环境问题，又牵扯到艺术问题，不可避免地在两个学科的交叉地带游走徘徊，与两个领域的主流和主干进行抗争与对话，尝试以自身的独特言说方式和内容来表征观念、传达思想抑或回应现实。恰如芬兰环境艺术理论家奥瑟·瑙卡利恁（Ossi Naukkarinen）所言："当我们讨论环境艺术的时候，我们应当既把它放到艺术话语中，也放到环境话语中。事实上，任何艺术都可以放到这两种话语中，只不过环境艺术尤其应当如此。"[1] 而另一处复杂的地方在于环境艺术概念的宽泛性。对于瑙卡利恁而言，环境艺术"囊括了所有通过环境来传达思想的艺术形式或者艺术感受"[2]，不仅包括创造空间的三维艺术作品，也包括特定的自然摄影作品，甚至将探讨人类与环境关系的文学作品也吸纳进来。

不难看出，瑙氏的环境艺术极为宽泛，凡是以环境为言说对象并以此来表达思想，或者揭示人与环境关系的艺术形式，均可视为环境艺术。如果我们承认艺术的宽泛定义，将绘画、摄影、文学、装置、雕塑等等都看作艺术的具体门类的话，瑙氏的环境艺术定义似乎就不应该有什么问题，他只是将艺术进行了言说对象的限定。但是这里的确还存在一个问题，瑙氏所囊括的对象均为"纯艺术"，即具有自主性和独立性的艺术形式，而没有将实用艺术纳入考虑范围，诸如景观设计、建筑设计等设计艺术形态。而对于环境艺术而言，最为庞大和重要的环境应该是人们的生活环境。特别是在当代艺术生活化和审美日常化的语境下，与人类生活相关的环境更应该成为关注的焦点。所以，环境设计应该是环境艺术的重要组成部分，是真正能够介入生活、影响生活并具有持续效应的艺术形态。

中国环境艺术设计领域的著名学者郑曙旸指出："从广义上讲：环境艺术设计如同一把大伞，涵盖了当代几乎所有的艺术与设计。是一个艺术设

---

[1] ［芬］奥瑟·瑙卡利恁：《环境艺术》，肖双荣译，武汉：武汉大学出版社，2014年版，第109页。
[2] 同上，前言第1页。

计的综合系统。从狭义上讲：环境艺术设计的专业内容主要指以建筑和室内为代表的空间设计。其中以建筑、雕塑、绿化诸要素进行的空间组合设计，称之为外部环境艺术设计；以室内、家具、陈设诸要素进行的空间组合设计，称之为内部环境艺术设计。前者也可称为景观设计，后者也可称为室内设计。成为当代环境艺术设计发展最为迅速的两翼。"[1] 这则中国学界的通用定义出于学科专业的划分与发展的考虑，将环境设计作为狭义的环境艺术，明显区别于瑙氏的划分，而在广义上是包括所有的艺术与设计。美国艺术家丹尼斯·J·斯波勒（Dennis J. Sporre）认为，在理解艺术关切中应该考虑的一个问题是纯艺术和应用艺术，纯艺术因"其纯粹的美学价值而得到欣赏"，而应用艺术指的是"装饰目的强于表达目的的艺术形式"[2]。但斯波勒也指出："我们的生活少不了艺术，因为它的原则渗透在我们的人生中……艺术在将世界变得有趣而宜居这一问题上起着重要的作用。艺术概念结合了惯例，让日用品富有魅力，使用感更愉快。"[3] 因此，即使是形而上意义上的艺术也会渗入生活，成为宜居的可能条件。从这个意义上来说，尽管纯艺术和作为实用艺术的设计存在着目的上的差异，但两者的界限正在消弭。设计作为一种具有具体实用目的的艺术化创作活动，本身就是一种艺术。并且从艺术生成的机制而论，一件艺术作品的制作与成型同样需要构思与设计，而对环境的设计又成为环境艺术作品诞生过程中极为关键的环节。而从审美体验上说，传统美学将艺术审美的框架作为审美体验的主要范式，一切审美对象在艺术的审美范畴之下才得以被欣赏，在这种情况下，设计作品与艺术作品就不存在审美上的差异。加拿大环境美学家艾伦·卡尔森指出："既然将人类环境作为按照某种意图而进行的设计来进行感知，那么它们与艺术作品便非常类似，因此在美学层面上，所有艺术美学的理论、概念与前提，都可带入到如何欣赏这种环境类型的问题中。"[4] 因此，纯艺术和实用艺术应该作为艺术的两个维度来讨论，不能截然

---

[1] 郑曙旸：《环境艺术设计辩义》，《雕塑》1997年第3期。
[2] [美] 丹尼斯·J·斯波勒：《感知艺术》，史梦阳译，北京：中信出版社，2016年版，第16页。
[3] 同上，第5页。
[4] [加] 艾伦·卡尔松：《自然与景观》，陈李波译，长沙：湖南科学技术出版社，2006年版，第57页。

分开。瑙氏将环境艺术固定在"纯艺术"的框架之内无可厚非，毕竟当纯艺术与实用艺术交织在一起时，其话语模式与表达机制都将发生改变，不能一概而论，只是在此我们需要扩大视野，在瑙氏观点的基础上将环境设计纳入论说范围，这样能够全面反映环境艺术的整体面貌。

对于本章而言，论说的前提是承认纯艺术和实用艺术即艺术和设计的区别，但就实际情况来说，这两个方面都存在于环境艺术的实践视野内。因此，本章的环境艺术是在一个宽泛的概念上而言的，它既包括以环境为创作对象和灵感来源，通过艺术手法来传达思想、表征观念的艺术类型，也包括对环境进行规划、改造、塑造而为人类创造理想生活条件和空间的实用艺术。前者包括大地艺术、自然艺术等形式，强调艺术的自由性、独立性和表现性；后者则包括景观设计、建筑设计等环境艺术设计形式，注重艺术的功能性、服务性和社会性。郑曙旸也持明确两者区别的观点，但认为环境设计包含环境艺术："环境设计比之环境艺术具有更为完整的意义。环境艺术应该是从属于环境设计的子系统。"[1] 但对于两者的明确界限，笔者倾向于认为，狭义的环境艺术更多地是针对以自然为对象的创作活动，不涉及人的使用，或者更简明地说是一种自然环境艺术。而环境设计则是针对人居环境而言的，它不像纯艺术一样任由感性和想象游戏，而是以人的使用和活动为明确目的的艺术化活动，艺术在其中处于从属地位，设计就是在满足功能需求的基础上，协调人与环境之间的关系。

鉴于环境艺术与环境设计之间的这种纠葛状态，为了后文论述的方便和统一，笔者更多地以"景观"作为言说的对象，将其视为环境艺术的具体实践形态，因为在一定程度上，景观兼具两者的特性和功能。作为一种自然环境，景观能够以艺术的姿态，通过特定的形象和形式来表现思想和观念，从而成为一种环境艺术；而作为一种人类活动的场所，景观又需要以人在其中的活动为参照，来实现一定的实用目的。因而，景观不失为环境艺术的一个典型而又恰当的对象。

---

[1] 郑曙旸:《环境艺术设计辩义》,《雕塑》1997年第3期。

第二节 审美感知与环境艺术的关系

从宽泛的意义上来说，环境艺术的发展伴随着人类社会发展的始终。因为自人类从动物进化而来、成为有意识的社会性群体开始，适应环境、改造环境以维持族群的生存和延续就不曾中断。这是一个极为漫长和复杂的过程。由于认知的局限，人类早期对于环境的改造能力极为有限，主要以适应环境为生存的方式和途径，此时具有遮风挡雨功能的天然庇护空间——例如洞穴——就成为人类生存的主要环境和场所。而在这其中人类能动性的发挥或者说对环境的干预，就体现在对洞穴的选择和简单的布置上，如对近水源、牢固性等选择条件的确立。但是受天然洞穴的位置、环境及其结构的限制，这种居住模式存在较大的弊端，并不十分利于人类的繁衍生息，这促使人类寻找新的条件更为优越的居住环境和模式。伴随着生活经验和劳动技能的增长，人类逐渐走出天然洞穴，挣脱条件极为有限的洞窟的束缚，开始选择自然条件优良的垂直崖壁开挖横穴。这是人类运用自身的能动性和劳动能力尝试塑造新的居住空间的开端，从此不再依赖于天然存在的空间类型。这种居住模式的成熟进而启发人们沿袭穴居的模式在平地上开挖竖穴来择址居住，进而使人们进一步摆脱了居住地点的限制，在居住场所的选定上具有了较大的自由性。进一步发展，居住空间的营造则摆脱了对土地的依赖性，从"在土地中"完全走向了"在土地上"，大地由"孕育"居住空间变为了"承载"居住空间。而随着时代的发展和科技的进步，人类在对生存环境的选择、材料的使用、结构的掌握和工艺的操作上都已经有着相当的经验和成熟的规则，对居住环境的干预和改变也越发的大胆和广泛。自此，人类对居住空间的选择和塑造就存在较少的限制了，在山间、在水畔、在林中，凡是具有优越条件的地方，几乎都成为人类营造生存环境的基地。时至今日，人类对环境的干预方式已经从适应、改造完全转换成了改变。

毫无疑问，这种对环境的处理方式与人们对自然的认识程度也即科学技术的发展相符合和相同步。在久远的原始社会，人类对自然的认识极为有限，自然在人类看来，充满了神秘性和神圣性，这种对未知领域的茫然和恐惧使人类丝毫不敢反抗和对抗自然，而更多地表现为对自然的依附和盲从，过着适应环境、容身环境的恶劣生活。在漫长的农业社会，人们对于自然的认识有了初步的发展，自然的昼夜转换、四时交替、春耕秋收等的运行规律使人们掌握了如何利用自然的变化和节奏来获得生活的保障。在这种认知模式下，人们依然怀揣对自然的敬畏和崇拜，顺从自然、依靠自然成为人们对自然的普遍态度，所以这一时期对环境的干涉是基于对自然的敬畏，而利用自然的规律对其进行适当的改造以适应发展着的生存需求。而自启蒙时代以来，主体意识的张扬和科技理性的高涨使人们对于自然的认识有了长足的发展，并达到了前所未有的高度，自然不再是充满未知的神圣存在，而是完全可以被人类通过实验室隔离的方式认识的对象，自然被祛魅，成为人类可以控制并利用的资源。基于爱默生所谓的"人是自然的目的"和康德的"人为自然立法"等认识立场，人类对环境的态度完全摒弃了亲和与友爱。特别是以逐利为本性的资本主义，为了追逐经济利益和个人享乐而随意的改变环境和重塑空间，无视环境的整体性和脆弱性，无限地从自然索取和掠夺。到了后工业社会，环境污染的恶果、生态危机的严峻，迫使人类开始反思其与自然的关系，审视对环境的处理方式，并逐步认识到基于笛卡尔身心二元论以及科学崇拜主义的认识模式所存在的弊端和局限，尝试寻求新的思维模式和生存方式，复归人与自然的亲和存在关系。可以说，人与环境的存在关系完全是人类自然观在实践中的反映，人类对自然的处置方式完全取决于人类如何认识自然。

从认知立场来说，人对于环境的改造基于对自然世界的了解，那么从方法论的立场上来说，人对于环境的改造又是基于什么样的标准呢？或者说出于什么样的目的？这是一个牵扯甚广的问题，但我们可以简略地将其归结为两个方面，即对于身与心的双重安置：首先是基本的生存诉求，其次是精神的愉悦。这两个方面分别对应于设计领域的两个专业术语：功能和审美。这两个术语是设计的重要内容，也是艺术领域的重要议题之一，但在不同的时期和不同的领域往往转化为不同的言说术语。例如，形式主要体现为风格的表征和审美的需求，所以功能与审美的辩证关系主要成为功能与形式的博弈。芝加哥学派的现代主义建筑大师路易斯·沙利文就曾提出"形式追随功能"的设计观念,指明了功能和形式的合理辩证关系,成为整个现代主义设计的主导观念。

美国学者保罗·高博斯特(Paul H. Gobster)等人认为:"艺术和科学是我们了解世界的主要方式,但我们对环境的反应则主要取决于个人的景观体验。"[1]这向我们揭示出艺术与科学所具有的真理性的一面。但在艺术和科学形成之前,为艺术和科学起奠基作用的是人类的感知。感知是人类对世界的认识,也是人与环境发生关系的主要形式。这种感知是双向的,既非人的感官对于外界事物的被动接受,也非环境对于人体机制的强制性给予,而是机体官能与环境刺激的交互作用。经验主义哲学家杜威曾用"做"与"受"来揭示有机体与环境之间的这种相互关系,从经验的实际来把握人与环境的真实存在关系,有力地说明了人与环境的一体性以及相互影响的存在关系。从人对事物的反应机制上来说,人对环境的感知主要有两种进路:一种是通过人的认知能力,经过先验范畴形成概念,进而积累为人类世界的知识;另一种是感性体验,它经过主体感受力对对象显象的捕捉形成主体愉悦或者不愉悦的情感状态。这两层基本的演化逻辑与方式在康德的哲学体系当中有着详尽而全面的分析,前者为人类的纯粹知性,后者为判断力,更严格地说是审美判断力。那么,人类对于环境的感知方式和结果对人和环境的生存关系或者环境的改变有什么关系呢?笔者认为,这直接从两个意义上促成了环境的改变。马克思辩证唯物主义认为,物质决定意识,意识又能反作用于物质。这决定了人与环境是相互建构的一种关系。生物学家克里斯托弗·布里斯顿(Christopher Preston)从生成论的进化生物学出发,认为:"有机体的思想是由感官驱动行为所塑造的,而且环境本身从某种程度上来说被有机体不断地改造。既然有机体周围的环境总是被有机体对它的感觉所左右,那么有机体将不能真正体验到其周围的外部环境,而是通过日常的行为活动决定了周围的环境"[2]。这样一种人对环境的改变和决定就是基于人对环境的感知体验所形成的理性和感性两方面

---

[1] 李庆本主编:《国外生态美学读本》,长春:长春出版社,2010年版,第288页。
[2] 转引自[美]温迪·林恩·李:《论生态与审美经验:价值与实践的女性主义理论》,载李庆本主编:《国外生态美学读本》,长春:长春出版社,2009年版,第269页。

的经验，并主要受到愉悦情感的引导，具体地体现在对环境功能与审美的追求和塑造上。

无论什么时代，生存总是第一位的，所以对环境功能的要求在什么语境下都是环境设计的首要事项。而这种环境的功能具体落实在如何方便和利于人类的生存和生活上，又进一步落实在对身体的照料和对生理的满足上，这完全不同于纯粹的环境艺术对于观念和理想的追寻。它有赖于人们生活和生存的经验，而更多的是借助于人通过感知环境所形成的理性认识来进行符合人体需求的改造和设计。人体工程学之所以成为环境设计学科的必要基础，原因也正在于此。这是人类所不同于动物的重要特点，也是文明真正建立与发展起来的重要标志。正如埃米丽·布雷迪所言："在他们（人类）与自然的交往活动中，他们改变并改造了自然物，借此让它们多少都带上了文化色彩和人工技术的痕迹。文化景观就是人类改造自然的一个例证。如果说它是艺术品，那是另一码事，但它确实彻头彻尾的是人工制品……"[1] 环境从而成为人类文明影响下的产物，也具备了能够真正契合人类生存的特性。如果我们承认审美体验中身体感知与参与的基础性作用，那么这种环境功能的实现就包含着极为明显的审美特性。因为环境营造所着力实现的功能都是以身体的感知为基础的，以对身体的安置为目的，最后都落脚于机体的健康存在。但是人类早期在对环境进行改造和干预的过程中，审美并非是作为一种明确的意识行为而存在，而是作为一种无意识的情感倾向，影响着环境改造的行为和结果。正如高博斯特等学者所指出的："人类作为生物对于我们称之为'可感知领域'的感知程度尤其重要，因为这同时也是人类改造景观的意愿程度，这些改变影响了环境的演变过程。"[2] 并直言："居住在以及参观漂亮的地方，我们想逃避或改善我们觉得丑陋的地方。这一欲望影响着景观改变，它反映在景观政策上以及管理上。"[3] 也即是说，环境审美体验对于环境设计有着直接而又重要的影响，

---

[1] 转引自［美］温迪·林恩·李：《论生态与审美经验：价值与实践的女性主义理论》，载李庆本主编：《国外生态美学读本》，长春：长春出版社，2010年版，第268页。
[2] 李庆本主编：《国外生态美学读本》，长春：长春出版社，2010年版，第288页。
[3] 同上，第289页。

是人们进行环境设计的重要指导原则之一。

但是我们往往会发现，在不同时代不同地域，环境或景观的差异极为明显，即使是同时同地，个人在鉴赏趣味上也存在着微妙的区别，尽管康德曾宣称鉴赏判断存在着个体间的共通感和普遍性，据此审美判断的无功利特性才得以成立。究其原因，这种审美上的差异性源自个体审美的偏好，而审美偏好的形成在机体纯粹知觉的意义上并不能得到充分的解释与说明，而主要表现为文化背景的塑造作用。意大利哲学家马西莫·文丘里·费瑞罗（Massimo Venturi Ferriolo）曾指出："景观是一个特殊的地方，富有神话和历史，每一个人连同他的神话、语言、技术和制度都属于它。在这种情况下，丰富的事件在时间上延续并塑造文化，人的历史性行为与景观通过以不同的方式交织以及在每种新的情况下表达美的需求、理想和形式而结合在一起。"[1]费氏将这种人类行为对自然的影响结果称之为景观的"伦理实在"。因此，审美以一种积极而又直接的方式对环境产生着影响，成为环境设计不可欠缺的维度之一。美国著名环境美学家阿诺德·伯林特说："在人类对自然景观的改造过程中，就存在一个文化活动的历史，它无处不在，有可能比我们了解的更加广泛深远。景观的这些更改变化，假定了一些早已由习惯和当地传统还有更宽泛的社会和技术趋向所主导的模式，因为在人类社会建立它自己的任一地方，文化景观开始取代自然景观。"[2]从这种意义上来说，环境审美是一种文化审美，而对环境的设计也是一种基于审美和文化偏好的设计。

---

[1] Ferriolo, Massimo Venturi. "Landscape Ethics," in Heike Strelow and Vera David, eds., *Ecological Aesthetics: Art in Environmental Design: Theory and Practice*. Basel: Birkauser, 2004, p.16.

[2] ［美］阿诺德·伯林特：《美学与环境——一个主题的多重变奏》，程相占、宋艳霞译，郑州：河南大学出版社，2013年版，第124页。

第三节　环境艺术的生态审美反思

正如上文所述，人的审美体验对于环境设计艺术有着重要而又直接的影响。何种环境能够给人带来愉悦的体验（不管是身体层面还是精神层面），这直接决定了人类将如何改造和营建环境。那么从审美层面来反思现代环境设计艺术，对于理解其生态困境的产生原因就具有十分重要的意义。具体而言，从审美上审视，现代环境设计艺术的生态问题在其两个主要层面——功能和形式——上都有着清楚的呈现。

首先，传统的环境设计是针对人的设计，中心功能仅仅是契合人类的需求，利于人的生存和发展，而没有将自然的生存和发展纳入考量的范围，从而对自然中非人类物种的生存发展造成一定程度的阻滞甚至是破坏。用后现代的解构思维来审视，这种观念就典型地反映了主客二分和人类中心的鲜明立场，将自然环境看作是与人无关的客体对象，人类的长久生存与美好生活似乎只在于安置自身，为自身创造优良环境，而不与外物具有生存上的决定和依赖关系。所以为了人居环境功能的完善，传统的环境设计会引导人们大肆从自然索取材料、征用土地，甚至为占用优势环境而以大片区域的生态环境为代价。这种"功能至上"主义逐渐发展成为一种观念的表达和机械的制造，到最后演变为一种环境设计的形而上的追寻，甚至连"人的功能"也成了虚假的摆设。现代主义设计就典型地反映了这种倾向，以至于有学者批评说，"发展到国际主义风格的现代主义设计过分地依赖工业文明所带来的技术成就，企图凭借科技来证明和巩固自身存在的价值，而漠视设计对人的重视，无视人的身心需求和关怀以及人所能接受的设计尺度。"[1]对仅适于人的环境功能的追求发展到极端就演化为一种非美化的生存，现代主义设计的困境就在于其偏离了栖居的真正含义，脱离了人本身以及与人休戚与共的自然，势必会走向人的对立面。

马克思对于人类的建造曾有一段经典论述，深刻揭示了人之为人以及人类建造应该何为的问题，他说："动物只是按照它所属的那个种的尺度

---

[1] 刘文良：《后现代语境下的生态艺术设计》，北京：文化艺术出版社，2014年版，第38页。

和需要来建造，而人却懂得按照任何一个种的尺度来进行生产，并且懂得怎样处处都把内在的尺度运用到对象上去；因此，人也按照美的规律来建造。"[1] 在马克思看来，人类的建造是按照"美的规律"来建造，而所谓"美的规律"就是"种的尺度"与"内在尺度"的统一。此处的"尺度"显然就是"适合性"——对于"种"和人的适合性，功能的适合应该是其最基本和最重要的一种维度。所以，只注重"人的功能"的建造是一种偏颇的建造行为，是一种非美的建造行为，不仅会对自然，也会对人自身的生存造成阻滞和促逼，必定会造成不可估量的严重后果。

以我国近年来的一则破坏生态环境的恶性事件——"秦岭违建"为例。我们避开秦岭违建所涉及的政治和社会问题不论，单就其区域规划而言，其只注重人的当前优良生存环境而无视自然生态的反生态规划行为极其明显和不当。秦岭北麓的长安区原是绿意盎然、山清水秀的重要自然资源保护区，较之于人口拥挤、交通不便和空气质量不断下滑的城区，有着无可比拟的环境优势，成为人们向往和渴慕的理想居住环境。正是这样一种得天独厚的天然优势，成为一些以利益和财富为价值追求的开发商的敛财商机，无视秦岭本身的风貌特征、生态平衡以及其对城市的生态补偿作用，以非法手段获得开发权，大肆对该地区进行居住环境的建设，导致原本的绿水青山改头换面成为一片商品住宅区，严重破坏这一地区的生态平衡，使其完全失去了昔日的生机与活力。其无视环境的生态一体性和破坏承载力的短浅见识最终使其走向毁灭之途。这则事件告诉我们，在当前生态危机依然严峻而生态文明是民心所向的时代背景下，只顾人类自身当前的生存利益，而无视自然应有的生存功能的规划和设计都不具有功能、效益和审美上的正确性和可行性，理应进行改动、调整，甚至是全面否定。

其次，传统美学是以形式审美为主导的欣赏范式，导致现代设计在审美表达上主要以形式为中心，而忽视其他能够引起审美反应的设计要素，甚至形式作为在设计中与功能具有同等地位的设计范畴，曾一度挤压功能，走向极端，成为设计师在设计中考虑的首要因素。这种审美范式的形成并

---

[1]《马克思恩格斯全集》（第42卷），北京：人民出版社，1979年版，第97页。

非是一个时代的独有风尚,而是有着悠久的历史积淀。从古希腊开始,审美体验就被归结为视听感官的特有能力,视听觉被视为人体的高级感官,区别于其他的官能。这种审美机制的偏向,到了德国古典美学时期被进一步强化。康德认为审美就是主体感受能力与客体表象的一种契合,从而引起一种情感的愉悦,这种愉悦不掺杂任何生理和功利的考虑,因而具有判断上的普遍性。康德在审美判断中对客体表象的明确和认可,使物体的形式作为一种客观存在而成为审美判断生发的必要条件,从而一种形式美学的引线从审美鉴赏的基本原理中生发而出,康德美学的无利害静观理论也因此成为影响至今的主要审美范式。在18和19世纪极为流行的"如画"理论就表现出了形式在审美中的核心地位。"如画"要求人们在观赏一处景观时保持特定的物理距离和心理距离,将景观的形式、色彩、秩序等如画特性作为关注的焦点,并将其作为景观鉴赏的标准范式。正如卡尔森所言:"'如画性'照字面理解就是'如同画一样',并且呈现出这样一种审美欣赏模式:自然世界被分割成单个的具有艺术感的景色——这些景色要么指向某一主题,要么自身就成为艺术所想表达理念中的一部分,这在诗歌与风景画特别明显。"[1]如此一来,变动不居的景观就成了如同诗歌与绘画一般的艺术性存在,如画理论极力推崇景观的艺术维度,而忽视景观自身的存在以及其对人类生存的意义。因而,卡尔森认为这一模式并非是环境审美的恰当模式:"这种模式之可疑,不仅在其伦理基础,也因其美学基础。这一模式要求我们将环境视为一幅静态画面,这种画面实质上是'两维的'。它要求将环境简化为风景或视角。"[2]齐藤百合子也指出这种对于自然环境的如画性的审美鼓励我们追寻形式优美的景观或者环境,而排斥缺乏具有如画特征的环境,从而忽视了其所具有的审美价值。[3]

但这种注重形式的审美模式影响广泛,在艺术和设计中成为主导范式。

---

[1] [加]艾伦·卡尔松:《自然与景观》,陈李波译,长沙:湖南科学技术出版社,2006年版,第96页。
[2] [加]艾伦·卡尔松:《从自然到人文——艾伦·卡尔松环境美学文选》,薛富兴译,桂林:广西师范大学出版社,2012年版,第48页。
[3] 参见 Yuriko, Saito. "The Aesthetics of Unscenic Nature," *Journal of Aesthetics and Art Criticism* 56 (1998), pp.101-111.

郑克鲁就曾指出："综观20世纪的西方现代艺术，可以发现探索的主要方面是形式。无论是理论和实践，理论家和艺术家们都力图花样翻新，独树一帜。"[1]这种对形式的追求进一步发展就会成为一种僵化的模式，也会成为一个时代价值立场的表征。"现代设计追求普遍的理性主义，在摆脱对现实模仿和再现的过程中逐渐建立了自身的话语系统，其深层的核心更在于理性、秩序和规律等抽象概念在形式上得以充分的表述，所建构的美学范式是形式服从物的使用功能，由此设计出来的往往是过于强调理性、千篇一律、忽视人性化的产品。"[2]因此，在环境设计中对于形式的推崇和强调成为一种对于理性观念和视觉刺激的追逐，而偏离了环境之于栖居的真正意涵，从而走向对于人的生存的促逼和压迫。

毫无疑问，以人类的使用为唯一的功能诉求，以体现着人类理性的形式法则为主要的审美取向，形成了现代性环境设计的典型观念，并逐渐随着工业化的推进，加剧了对环境的污染和对生态系统的破坏。回顾环境艺术的发展轨迹，不难发现，这种观念肇始于工业革命，并在环境艺术的相关概念上得到了较为明显的体现。

一般认为，作为纯艺术的环境艺术发端即为大地艺术，在产生之初它只是一种艺术思潮，同身体艺术、装置艺术等艺术形态类似，是一种针对艺术对象命名的艺术派别之一，其实质是对于环境特别是自然的一种艺术创作活动，取材于自然并创作于自然是其最为鲜明的特征。甚至我们可以说，其艺术的宗旨就是回到自然、与自然游戏，这显然是一种对于当时艺术作品局限于人工制品的一种反叛和解构。例如，出版于20世纪90年代的《西方现代艺术词典》将环境艺术与"大地艺术"等同，并认为："它是环境艺术朝向大型化、室外化发展的结果。当时一批艺术家对流行艺术局限于都市，'闭门造车'非常反感，对少数资本家垄断作品、占有作品深恶痛绝，于是提倡'返回自然'，到偏僻荒漠的地方去，将广阔的大地、田野、山谷、海滩为艺术材料，以挖掘、堆垒、包裹、筑堤等为表现手段，

---

[1] 邹贤敏主编：《西方现代艺术词典》，成都：四川文艺出版社，1989年版，"序"第4页。
[2] 刘文良：《后现代语境下的生态艺术设计》，北京：文化艺术出版社，2014年版，第37页。

企图创造一种永不被人占有的、公众可以随意欣赏的、巨大的环境艺术,这便产生了'大地艺术'"[1]。显而易见,环境艺术在产生之初是以大地艺术的形式呈现的,或者至少可以说大地艺术是环境艺术的重要组成部分[2],其实质是一种艺术材料、塑造尺度和发生环境等形式的变换,并不具备前卫的环境意识和生态趋向,甚至其"挖掘、堆垒、包裹、筑堤"等艺术手段带有明显的反生态因素,也因此被当代一些环境美学家所诟病。甚至,在环境美学家卡尔森看来,环境艺术特别是早期的大地艺术作品,如罗伯特·史密森(Robert Smithson)、麦克尔·海泽尔(Michael Heizer)的一些作品造成了对自然的审美冒犯。[3]

对于具有明确功能要求的环境设计的定义,则明显地体现了现代性以人为中心的价值立场。在《环境艺术设计原理》一书中,作者认为:"'环境艺术设计'可以理解为用艺术的方式和手段对建筑内部和外部环境进行规划、设计的活动。"其目的是"为人们的生活、工作休憩以及其他各种社会活动提供一个合情、合理、舒适、美观、有效的空间场所"[4]。在这个概念中,作者是以人居环境为定义中心,以艺术为表现语言,并将"人"设定为环境营建的服务中心,单从室内设计的纯粹人造环境而言,笔者认为这种说法应该是一种合理的定义,但其始终将人作为环境设计的唯一中心,具有明显的"人类中心"意味,贯彻的依然是现代主义设计的旨趣。在其他相关教材,如《城市景观形象的视觉设计》中,作者明确将自然环境纳入视野,认为:"环境艺术设计是时间与空间艺术的综合表现体,其对象涉及自然生态环境和人文社会环境的各个领域,具有多领域交叉、渗透的特点。"并认为"环境的艺术化处理即环境艺术设计,是改善人类生存环境,提高人们生存质量,创造理想生活的一种有效手段,可以这样认为:环境

---

[1] 邹贤敏主编:《西方现代艺术词典》,成都:四川文艺出版社,1989年版,第540-541页。
[2] 卡尔松在《环境艺术是对自然的审美冒犯吗?》一文中指出:"我用'环境艺术'这一概念,同时指称'大地艺术'家们的作品……",可见在卡尔松看来大地艺术属于环境艺术。参见[加]艾伦·卡尔松:《从自然到人文——艾伦·卡尔松环境美学文选》,薛富兴译,桂林:广西师范大学出版社,2012年版,第142页。
[3] 参见[加]艾伦·卡尔松:《从自然到人文——艾伦·卡尔松环境美学文选》,薛富兴译,桂林:广西师范大学出版社,2012年版,第142-155页。
[4] 董万里、段红波、包青林编著:《环境艺术设计原理(上)》,重庆:重庆大学出版社,2003年版,第1页。

艺术设计是一种旨在改变人类生存质量和生存方式，设计和引导社会和人的行为方式，创造适合人类生存的艺术化的环境的设计创造活动。"[1]该定义将自然和人文兼而顾之，显然已经关注到设计所涉及的自然环境层面，是一种较为全面的概括。但从生态整体主义的视角审视，其落脚点只在于"人"，只在于"创造适合人类生存的"环境，仍有一种人类中心主义的立场。当然，环境设计的终极目的固然在于人的生存，但我们所要追求的是人类的长久生存，那么这中间就缺少了一项必要的环节，即考虑人的生存环境的同时将自然环境的生态状况同样纳入关怀的序列，才能逐步递进到人类的长久生存。

由此可见，传统的环境设计艺术，也即工业文明语境下的环境设计艺术，在其所涉及的两项主要内容——功能和形式——上都存在着非生态性的弊端。环境设计的功能建构因为将人类视为环境中主要的，甚至是唯一的生存对象，而将与人须臾难离的自然置于危险的境地。这种以人的使用功能为审美考量标准的设计观念逐渐演绎为一种形上的追寻，最后连针对人的环境功能也脱离了人自身的需求，而走向了人的对立面。而对于主要属于审美范畴的形式，因为时代价值观念的影响，则成为标榜理性、炫耀科技、展示材料和刺激视觉的主要手段，因而也曲解了环境设计归根结底是一种生存的艺术和艺术化的生存的真正实质。而从审美上审视现代性环境设计观念的非生态性弊端，我们则可以直接而又深刻地把握问题的实质，同时对于扭转这种困境也会具有一个较为明确的基点和方向。

第四节　环境艺术的生态转向及其作用

环境设计艺术所遵循的审美观念直接主导了环境营造的方向和结果，这种观念脱胎于现代性的母体之中，鲜明地体现着现代性的种种特征，而其弊端与困境也只有在现代性的框架和脉络中才能得到最为简明的揭示和解释。众所周知，工业革命的发生及工业文明的到来是人类历史上具有里

---

[1] 过伟敏、史明编著：《城市景观形象的视觉设计》，南京：东南大学出版社，2005年版，第1页。

程碑意义的事件，因为从此人类进入了科技高速发展和经济迅速增长的时代，马克思、恩格斯曾说："资产阶级在它的不到一百年的阶级统治中所创造的生产力，比过去一切世代创造的全部生产力还要多，还要大。"这极为形象地概括了工业时代生产力的发展状态。但与此同时，工业发展的潜在危机也逐步暴露出来。由于资本社会的高速发展以利益为驱动，以对自然的忽视和冷漠为态度，更以对资源的无限占有和利用为手段，这势必造成人情的冷漠、资源的衰竭和环境的破坏，由此所引发的生态危机也迅速蔓延，直逼人类生存境况的防线。处在生存与毁灭的交叉路上，我们不得不开始反思工业文明和现代社会的利与弊：究竟是什么将人类推向覆灭的边缘？罪魁祸首似乎是人类无疑，因为只有人类能够在一定程度上以自由意志摆脱自然法则的规约，选择生存方式，改变生存环境，也只有人类能够以高度发达的智性来认识自然、主导自然的发展。而进一步探究和追溯，这无疑与人类自启蒙以来的思维范式和价值观念密不可分，即主客二分的认识论思维和人类中心主义的价值立场。

曾繁仁曾指出："迄今为止，在人们的观念中，占压倒优势的理论形态，却是18世纪工业革命中产生的'人类中心主义观念'。"[1]而这种价值观念贯穿和渗透于现代社会的各个领域和各个方面，每个学科和专业都从工业文明的母胎中孕育而出，不可避免地携带和保留着工业文明范式的印记。同样地，环境设计也因为承袭主客二元的思维模式和人类中心主义的价值立场，助长了工业时代控制和压榨自然的气焰，内含着自身的弊端和非生态的因素。有学者就指出："现代主义设计主张设计要适应现代化大生产的需要，提出了艺术与技术相结合的'机器美学'，在设计过程中提倡用科学的、客观的、理性的设计原则来进行设计，反对传统、反对世袭，厌恶繁复的装饰，强调'功能至上'。"[2]

因此，启蒙以来理性主义及其所促成的现代主义所内含的弊端在后现代的语境中逐渐暴露出来，成为一种需要严肃反思和批判的思想观念。当

---

[1] 曾繁仁：《生态美学导论》，北京：商务印书馆，2010年版，第49页。
[2] 刘文良：《后现代语境下的生态艺术设计》，北京：文化艺术出版社，2014年版，第33页。

然，我们并不否认理性主义作为一种对人的主体能力和能动性的认可之于人类进步和社会发展所做的有益贡献，但任何思潮和流派都有其时代性和局限性，正如曾繁仁所言："任何的社会形态和理论形态都具有历史性，当其一旦完成了历史使命，将自己的能量释放罄尽时，就会走到自己的反面，并由此走向终结。资本主义现代化及其与之相伴的'人类中心主义'观念也是如此。[1]"

但是，需要指出的是，对于"理性主义"和"人类中心主义"的反思并不是一种自觉的理论内省，而是在现代性的生产模式和生活方式已经造成了发达国家的资源短缺和环境污染，其他国家因发展需要也盲目发展经济继而导致全球范围内的生态破坏的状况下，对于人类生存危机追根溯源的结果。这实际上是在生态危机的语境下为人类的长远生存寻求解决方案的前提工作。生态危机的迅速蔓延和强大破坏力已经严重威胁人类的生存，人类已经处在生与死的抉择分岔口，进行反思和批判找出现代性的驱动性因素就成为扭转时局的关键。杨通进指出："环境危机是工业文明的结构性特征。工业文明的基本结构和运行机制决定了，生态危机是工业文明的必然产物。在工业文明的基本框架内，环境危机不可能从根本上得到解决。"[2]因此，"只有实现从工业文明向生态文明的转型，人类才能从总体上彻底解决威胁人类文明的生态危机。文明范式的转型，是人类走出生态危机的必由之路。"[3]

社会的发展需要生态观念，文明的延续也需要生态观念，在后工业时期，生态范式的转换成为一种必然趋势，各个领域都面临生态的考验和引领。我国于2007年首倡生态文明，继经济、政治、文化、社会建设之后将生态也列入了社会发展的总体规划，使其成为实现国家繁荣、社会长远发展的重要战略。作为元知识的哲学也与生态学交叉融通衍生出生态哲学，成为人类思考自身的终极存在以及人与自然生存关系的新型思维方式。生

---

[1] 曾繁仁：《生态美学导论》，北京：商务印书馆，2010年版，第50页。
[2] ［美］阿诺德·伯林特主编：《环境与艺术：环境美学的多维视角》，刘悦笛等译，重庆：重庆出版社，2007版，序第2页。
[3] 同上。

态美学也于20世纪60年代悄然兴起，提供给人们一种新的审美方式和批评视野，使审美在愉悦情感的同时也给予自然事物一种伦理的关怀。而在艺术和设计领域，艺术家也积极关注社会问题，将艺术介入生态问题的解决，实现了艺术的生态转向。生态的环境艺术作为一种后现代主义的艺术思潮，在实践领域对抗和扭转现代主义所引发的种种危机和恐慌。德国艺术史学家海克·施特雷洛（Heike Strelow）在论述生态艺术时，就认为艺术家的社会责任意识发挥了重要作用，促成了艺术对生态问题的关注，他曾指出："从那时起（指六七十年代），越来越多的艺术家开始承担介入我们社会所涉及的复杂的沟通和设计过程的任务，从他们真正具有创造性的工作上将自己与之联系起来……艺术家的中心兴趣之一是，抵制人们'孤立兴趣、观点、学科、生活和责任领域'的消极能力。[1]"

而在诸领域中，能够直接作用于现实的生存境况，切实改变社会面貌的专业就是设计。伯林特认为："塑造人类世界的责任存在于理智的人类活动，但是，在自然或科学中，并不能轻易地找到指导方针。生态模式或许暗示了我们所追求的和谐，但是，它更多的还是一种观念和有用的指导，而不是一个清楚而直接的答案。"[2]生态危机的根源在于人与自然的分离，生态范式的提出就是要辨明人在自然中的位置并重建人与自然的和谐生存关系，但是生态范式只是一种形而上的言说，马克思曾指出："哲学家们只是用不同的方法解释世界，而问题在于改变世界。"[3]因此，生态范式必须与具体的社会实践相结合，依照一种能够应对当前问题的模式来进行具体的社会改造。理论如何着地也成为生态转型所面临的另一项难题，这似乎是一种共识。像伯林特这样专注于美学言说的理论家也清楚地意识到设计之于理论、之于现实的关键作用："我们需要一种和谐平衡的观念，处理好人类需要与环境条件的关系；而规划师、建筑师和设计师能够将这种观念体现

---

[1] Strelow, Heike. "A Dialogue with Ongoing Processes," in Heike Strelow and Vera David, eds., *Ecological Aesthetics: Art in Environmental Design: Theory and Practice*. Basel: Birkauser, 2004, p.10.
[2] [美] 阿诺德·伯林特《美学与环境——一个主题的多重变奏》，程相占、宋艳霞译，郑州：河南大学出版社，2013年版，第23页。
[3] 《马克思恩格斯选集》（第一卷），北京：人民出版社，1972年版，第19页。

在物质形式和生命体验中。"[1]

而更为重要的是,借助于艺术、环境设计能够更为有效地积极影响公众,促成生态变革。国际美学协会主席、土耳其哲学家翟拉·艾兹恩(Jale Erzen)就认为艺术在生态转型中具有独特的作用,这主要表现在两个方面。其一是艺术具有审美的属性。她指出:"近年来,艺术在处理社会和生态问题以及吸引公众方面发挥了更加积极的作用。感知和交流具有审美基础,可以创造一种迷人的潜力。"[2]即是说,艺术的欣赏在于感知和交流,而对于艾兹恩来说,感知和交流互相依赖的过程就是审美的,所以艺术具有审美的魅力。其二是艺术能够表现人的意向性。艾兹恩认为:"人们主要对揭示人类意向的环境方面作出反应,环境艺术使我们意识到我们在环境中的存在,意识到我们与我们所感知的世界的其他部分共同生活在这个世界上。因此,环境艺术的存在,或通过艺术和审美方法对环境的塑造,引起了人们的注意并变成移情的和教育的。当艺术的意向性指向生态问题或环境价值时,更容易被公众接受,因此,比起只是在实践上解决问题而没有象征的、隐喻的和在审美上所构想的形式的任何实施来说,更具教育性和吸引力。"[3]对于艺术意向性的强调实际上还是落脚于艺术所具有的审美潜力,但在这种审美体验中,人能够领会这种艺术所传达出的人与环境之间的本真关系而见出哲理性来,从而具有更加深刻的启发性和教育性。

德国艺术史论家约亨·博贝格(Jochen Boberg)认为,我们受到传统思维模式的影响而固守一种错误的观念和方法,所以我们需要一种新的思维重新认识这个世界。而艺术作为一种创造性的领域,正是实现这种转变的有效形式,它可以打造语言、塑造形象,帮助我们产生一种对于未来的愿景。在《世界观的重生》一文中,他说:"我们必须在人们的头脑中找到一个地方来进行一种新的思维,来重新理解是什么从根本上决定了我们的

---

[1] [美]阿诺德·伯林特主编:《环境与艺术:环境美学的多维视角》,刘悦笛等译,重庆:重庆出版社,2007年版,"序"第23页。

[2] Erzen, Jale. "Ecology, Art, Ecological Aesthetics," in Heike Strelow and Vera David, eds., *Ecological Aesthetics: Art in Environmental Design: Theory and Practice*. Basel: Birkauser, 2004, p.23.

[3] Strelow, Heike. "Ecology, Art, Ecological Aesthetics," in Heike Strelow and Vera David, eds., *Ecological Aesthetics: Art in Environmental Design: Theory and Practice*. Basel: Birkauser, 2004, pp.23-24.

存在。从长远来看,只有这样,才能使我们免受旧意识形态的影响;只有这样,才能确保我们在未来做出能够得到大多数公民支持的正确决定。艺术作为一种天生的创造性领域对于这一艰难的过程至关重要,它可以发展社会共存的崭新形式。"[1]博贝格对于艺术在这场变革中的作用予以了很高的期望,将艺术视为一种发展新型社会形式的重要促进因素,甚至认为应由艺术来主导这种转向。因此,他指出:"应该在艺术家的领导下,与科学家和技术人员密切合作,提出一种'思想和行动的生态学',这样许多人就能够理解这种必要性,从而也使政治实施成为可能。"[2]施特雷洛在《与持续进程的对话》一文中表达了类似的观点,他认为,艺术的独特思维方式能够带来新的转机。在谈到艺术家在帮助解决与社会相关的难题方面越来越受到社会人士和机构重视的原因时,施特雷洛说道:"在关于一个有能力应对未来社会在21世纪可能或应该是什么样子的讨论中,艺术家们将能够从自己独立的观点出发,将新的思维方式甚至是答案带入其中。"[3]

对于美国生态艺术策展人艾米·利普顿(Amy Lipton)和帕特里夏·沃茨(Patricia Watts)而言,艺术能够通过丰富的表达语汇来寻求创造性的转化路径。他们在《生态艺术:生态的艺术》一文中指出:"他们(生态艺术家)使用隐喻、诗歌、符号、图像和叙事来转化思想,看到其他人可能忽略的广泛模式。通过这种方式,他们提供了不受传统线性问题解决方法约束的创造性解决方案。这些艺术家正在回应科学、哲学和心理学方面的新理解,这些新理解有助于这种新兴范式的形成。"[4]利普顿和沃茨认为,要想改变人们的观念,必须影响人们的心灵,而艺术的这些丰富语汇就起到了这样一种作用,它能够通过一种情感方面的引导而产生转变观念的良好

---

[1]Boberg, Jochen. "About the Rebirth of a World View," in Heike Strelow and Vera David, eds., *Ecological Aesthetics*: *Art in Environmental Design*: *Theory and Practice*. Basel: Birkauser, 2004, p.7.

[2] Boberg, Jochen. "About the Rebirth of a World View," in Heike Strelow and Vera David, eds., *Ecological Aesthetics*: *Art in Environmental Design*: *Theory and Practice*. Basel: Birkauser, 2004, p.7.

[3]Strelow, Heike. "A Dialogue with Ongoing Processes," in Heike Strelow and Vera David, eds., *Ecological Aesthetics*: *Art in Environmental Design*: *Theory and Practice*. Basel: Birkauser, 2004, p.13.

[4]Lipton, Amy and Patricia Watts. "Ecoart: Ecological Art," in Heike Strelow and Vera David, eds., *Ecological Aesthetics*: *Art in Environmental Design*: *Theory and Practice*. Basel: Birkauser, 2004, p.94.

效果。所以，他们援引生态艺术家杰克·布鲁纳（Jackie Brookner）的话来表达自己的观点："我想说的是，如果没有艺术作为一个活跃的组成部分，就无法实现真正的生态恢复。正如我们需要进行修复工作，我们需要让修复过程变得可见且易懂，我们也需要激发人们的想象力，打开公众的心扉一样……影响价值，创造愿望，使人们关心某些事情，你必须影响人们的心灵和身体、我们无意识的梦想生活和想象力，这就是艺术可以做得很好的地方。"[1]

德国文化史学家希尔德加德·库尔特（Hildegard Kurt）则认为艺术也是一种知识形式，它不仅涉及表面的形式，而且涉及价值和观念。如果我们将艺术定义或者看待为一种知识形式，那么它就会成为一种认知和改变世界的媒介。它的鲜明个性就在于，它能够以自身审美的感性方式参与人的认知，这是一种不同于科学的认知方式。他在《可持续的美学》一文中指出："一旦艺术被认为是一种认知媒介，将审美的创造性知识融入可持续话语，就会对这种话语产生追溯效应，将会改变它。艺术作为一种模式，意味着可持续性被以不同的方式看待、感受、思考和构思，并以不同方式被传达。从表面上看，这种话语创新必将通向改善的中介。"[2]

因此，环境艺术在后现代的语境下需要进行生态变革，而后现代社会的生态革新也同样需要环境艺术参与其中，建构一种兼顾人类与自然两者需求的栖居家园。正如马克思关于人类建造的论述，人类按照美的规律建造，不仅要懂得"任何一个种的尺度"，而且要把"内在尺度"运用到对象上去，就是要求美的建造要兼顾自然的尺度。曾繁仁指出："马克思所说的'人也按照美的规律来建造'这个命题中包含着明显而深刻的生态意识……这种具有超越性的有意识的需要应该在承认自然界基本需要的前提之下，也就是在自然主义与人道主义的结合、人与自然的和谐统一之下，

---

[1] Lipton, Amy and Patricia Watts. "Ecoart : Ecological Art," in Heike Strelow and Vera David, eds., *Ecological Aesthetics: Art in Environmental Design: Theory and Practice.* Basel: Birkauser, 2004, p.94.

[2] Kurt, Hildegard. "Aesthetics of Sustainability," in Heike Strelow and Vera David, eds., *Ecological Aesthetics: Art in Environmental Design: Theory and Practice.* Basel: Birkauser, 2004, p.240.

'按照美的规律来建造'。[1]"即是说，人类的建造要按照美的规律，而这种美的规律有着深刻的生态蕴意，所以人类的建造实际上遵循着生态审美的规律和指向。简而言之，环境设计应该以生态审美为实践标准和价值导向，建造符合人与自然共同生存的环境，而传统意义上对环境设计艺术的相关定义因为缺少生态的维度而在后现代的语境中面临着革新的难题。

第五节 环境艺术的生态审美原则

生态美学的诞生有其重要的社会现实动因，但并非只包含美学向外转的一种结果，也有美学自身突破传统的樊篱、适应实际审美需求的学科成长需要。正如曾繁仁所言："生态美学的产生不仅是一种时代与现实的需要而且还是当代美学学科全方位的突破，具有崭新的革命意义。"[2] 就前者而言，其初心是应对现代化所伴随的严重的生态破坏和环境恶化，试图在审美上扭转惯常的思维模式和审美偏好，将纯粹审美的心理机制与道德责任和伦理关怀结为一体，发挥美学参与和解决社会问题的人文功能，实现美学与社会、政治、经济和道德等方面的结合。另一方面，现代美学的一大特征就是审美的形式化和碎片化，这无疑阻断了审美体验的丰富性与多样化，更为严重的是，它可能造成以审美的方式认识事物、揭示真理成为虚妄。因为现代美学的基本立场是基于科学认识的主客二元论，主体与对象是对立分离的状态，以这样一种失当的前见来对事物进行审美评判必然会得到一种不准确的甚至是错误的结论。

日本美学家滨下昌宏就曾悉数现代性向后现代时代过渡的当口所面临的种种危机："直接和真东西接触难了，真东西让那些关于不可眼见的对象的那些铺天盖地的信息给遮蔽了；媒体和政治势力的黑手控制着人们的经验；城市化和无所不在的矫揉造作，把对于自然的感觉弄得麻木不仁；数字符号弄出来的影响和言辞，把艺术呈现搞得毫无力度，如此等等。"[3] 所

---

[1] 曾繁仁：《生态美学导论》，北京：商务印书馆，2010年版，第122-123页。
[2] 曾繁仁：《生态美学导论》，北京：商务印书馆，2010年版，代序第1页。
[3] 李庆本主编：《国外生态美学读本》，长春：长春出版社，2009年版，第240页。

以，美学需要走向或者重拾与自然的原始审美体验，认识事物自身，而非是被现代性所异化的虚假表象。而这样一种审美路径的实现前提是重返人与物之间的本真生存关系，即人与物或者人与自然是互依共生的存在整体，而非自笛卡尔以来的主客分立的孤立关系状态。只有在人与自然处于一种本真的存在样态时，人才得以在对对象的感性认知中把握事物自身，由遮蔽走向澄明之境。而生态美学就致力于在人与环境互依共生的存在立场上体验事物在与人互动关联的关系中所给予人的感性经验，重返审美的原初意义。正是在这种意义上，滨下昌宏认为："我们应该构筑生态美学。这种美学应该恰当地处理人与自然的关系、经验中的敏感性的意义，以及城市性的消费生活等问题。我们应该恢复关于我们的原初经验的思考，这种经验将使我们对美学的重要性进行重新评价。[1]"

因此，我们认为生态美学实际上是一种关系美学，这种美感的产生不仅筑基于人与万事一体不分的关系之上，而且更是来自人与事物的感性互动关系中。不存在关系便不存在感知，不存在感知便不会生成美感经验。美感从关系生发出来，更是在关系中持存。关系成为生态审美中的枢纽。而这种关系千丝万缕，错综复杂，从时间到空间，从结构到形态，并非能用一种链接来完善。生态美学就致力于在审美活动中发现这种关系，并关注这种关系。法国艺术批评家尼古拉斯·波瑞奥德曾提出"关系美学"这一术语，这是在生态艺术领域卓有成效的一种方法。艾兹恩认为可以用"生态美学"来替换"关系美学"，因为"生态学是多层面交流和无限多样的存在关系的总体结果，这些交流和关系总是取决于某种相互的感知。"[2] 施特雷洛也曾强调生态美学的多样性和关联性特征，并借鉴美国艺术家蒂莫西·柯林斯（Timothy Collins）的"多样性美学"观念，认为："这种广泛的联系模式和各种方法将使生态美学背后的基本概念得以呈现。为此，审美与这样的观念密不可分，即最终所有的事物、自然和文化，进而人和

---

[1] 李庆本主编：《国外生态美学读本》，长春：长春出版社，2009年版，第244页。
[2] Erzen, Jale. "Ecology, Art, Ecological aesthetics," in Heike Strelow and Vera David, eds., *Ecological Aesthetics: Art in Environmental Design: Theory and Practice.* Basel: Birkauser, 2004, p.24.

他的栖息地,都在无限的、多样的关系系统中相互联系。"[1] 因此,从"关系"这一角度来理解生态美学实际上更容易把握它的实质与要点。

而后现代语境下的环境设计艺术也正是以联系为思维模式,致力于一系列在空间和思想上分裂的关系的恢复,因此环境设计艺术与生态美学存在着逻辑上的深层关联。并且,正如上文所述,环境设计以特定的审美观念为基础和导向,而生态美学又成为生态文明语境下的新型美学形态,那么环境设计艺术就应该以生态美学为新的观念指导。而事实也正是如此,在后工业的语境中,环境设计艺术表现出了不同于传统艺术的鲜明的后现代特征和生态特性,并不自觉地与生态美学形成了相互建构和补益的紧密关系。这在德国艺术家赫尔曼·普瑞格恩(Herman Prigann)发起策划,由德国自由策展人、艺术史学家海克·施特雷洛主编的《生态美学——环境设计艺术的理论与实践》(下文简称《生态美学》)一书中得到了全面的呈现。在此,我们按照《生态美学》一书的相关观点,梳理和总结后现代语境下环境设计艺术的生态审美原则。

一、过程导向

现代艺术向后现代艺术的转变不是一蹴而就的,中间有一个过渡过程,极简艺术就在其中发挥了很大的助推作用。大地艺术或地景艺术与极简艺术兴起于同一时期,但前者也受到后者的影响和启发,所以我们可以说,极简艺术对于环境艺术的发展有着极为重要的作用。施特雷洛认为,极简艺术将作品意义的张力,由艺术作品自身构成元素之间的关系,转移到物体、空间和观者之间的关系上。这就意味着,作品的生成不再是材料自身的言说,地点和观者也参与了作品意义的构建,这种艺术观念完全颠覆了作品自身呈现意义的传统艺术规则。在这种背景下,艺术的如下两个要素发生了转变:第一,自然的过程性凸显出来,设计不再是对自然的强制性

---

[1] Strelow, Heike. "A Dialogue with Ongoing Processes," in Heike Strelow and Vera David, eds., *Ecological Aesthetics: Art in Environmental Design: Theory and Practice.* Basel: Birkauser, 2004, p.11.

改变，而是在自然的过程中与自然对话，在与自然的协作中创作作品；第二，观者在艺术作品的成形中也不再是无关的旁观者，而是参与作品的建构，特别是在艺术作品意义的显现过程中，观者的主动参与发挥着至关重要的作用。这实际上还是自然或者作品过程特性的一种反映，这种过程性要求观者的参与，因为物性的彰显或者意义的生成都集中于过程，作为结果的艺术作品能够展现出来的东西有限。

在这方面的一个典型作品就是美国艺术家沃尔特·德·玛利亚（Walter de Maria）的《闪电场》[1]。该作品完成于1971年，位于新墨西哥州西部的一片广阔高原上。作品由400根不锈钢金属杆组成，每根金属杆上方都是针样尖端，这些金属杆犹如倒立的钢钉，分布在面积达数千平方公里的荒凉土地上。钢柱之间的巨大跨度是作品的一大特点，这也造成观者在其中很难对整个作品形成总体上的观感，在观者无意识的寻找其他钢柱和作品边界的过程中，作品的巨大张力所带来的体验也会随之而来。特别是在雷雨时分，钢柱网成为天地之间的动感舞台，金属钢杆在导引电极时的电光石火，将作品的魅力发挥到极致。这件作品充分显示，掌握自然特性，对于一件环境艺术作品有着无比的重要性。闪电场的形成既要依赖于恰当的时间变化，也要靠自然自身力量的发挥，而这些特性都展现在自然的运行过程之中。鉴于这种变化，人们对艺术作品的体验就不能持随时随地静观的态度，而是需要参与到作品中去，或是选择合适的时间，或是寻找恰当的位置，观者自身的能动作用决定了作品开敞自身的程度。

这种自然的动态性和过程性，对于设计而言就是需要谨慎考虑的重要方面。任何将自然设定为一成不变的形象的观念，都注定不能把握到自然的实际，更不可能为自然打造适合其自身生存的存在方式。德国慕尼黑工业大学景观设计专业教授乌多·魏拉赫尔（Udo Weilacher）在《当今景观设计中的生态美学？》一文中明确指出，"过程导向"[2]的设计方法是新一

---

[1] 该作品参见 Strelow, Heike and VeraDavid, eds., *Ecological Aesthetics: Art in Environmental Design: Theory and Practice.* Basel: Birkauser, 2004, p.57.

[2] Weilacher, Udo. "Ecological Aesthetics in Landscape Architecture Today?" in Heike Strelow and Vera David, eds., *Ecological Aesthetics: Art in Environmental Design: Theory and Practice.* Basel: Birkauser, 2004, p.118.

代环境设计的典型特征之一。魏氏主要从景观设计的图像虚拟呈现切入，认为景观设计师呈现在电脑上的设计方案并不能如实反映空间的实际，因为空间会随着时间的推移而逐渐脱离预先的规划和设计而呈现出不同的形象，因此要抵制有限图像的诱惑和威胁。弗朗茨·克萨韦尔·拜尔（Franz Xaver Baier）曾将空间描述为"活生生的生物"，他指出："它们拥有空间生命和有效期。我们生活的地方不断重塑自身，并且需要持续的呵护。它们必须被喂养、抚养、看护和照料。因而，它们也会蹒跚、变大、成长、倒下，然后以自己的方式再次消失。"[1]在此，拜尔将空间视作家园，而不是一个客观而又机械的三维实体，作为空间的家园因而与生活在其中的人具有生存上的亲近关系。拜尔将空间比喻为生物，极为形象地揭示了空间作为一种生存的场所所具有的可塑性和变动性，从而成为一个从生到死的进程。魏拉赫尔认为，"过程导向"的设计方法，正是以拜尔"空间如同生物"所传达的观念为基础，因而景观设计应该重视空间的过程特性，不宜制定一个确定的总体规划，让景观从一开始就呈现出固定的目标，而应坚持一种"开放的发展过程"的观念，以一种开放的塑造方式，让景观在时间的流变中自我形成。

与魏拉赫尔将作品的成型交付自然的设计观念不同，赫尔曼·普瑞格恩的环境艺术作品，则是在过程中不断与自然对话以适应自然的动态发展。普瑞格恩的环境艺术作品是生态美学观念在艺术领域践行的典型，施特雷洛曾高度评价，认为其能够反映过去35年景观艺术发展的历史。普瑞格恩塑造环境艺术作品的一个重要特点就是注重过程，他往往要在准备阶段和实施阶段投入大量的时间。这个时间并非是毫无意义的，而是普瑞格恩有意展开的一个创作阶段。大卫在《诗意空间》一文中描述了她和普瑞格恩带领学生创作作品的过程，这是一种极为有趣的与自然亲密接触的过程。文中极为细致地记录了他们收集木材、搬运黏土、触摸石头、摆置石圈、涂抹颜料等创作行为与感受。大卫认为，这是一种对自然感知和认知的过

---

[1] Weilacher, Udo. "Ecological Aesthetics in Landscape Architecture Today?" in Heike Strelow and Vera David, eds., *Ecological Aesthetics: Art in Environmental Design: Theory and Practice*. Basel: Birkauser, 2004, p.118.

程——对自然的接触不仅是创作作品的必要阶段，更是为了更好地了解自然的特性，在这一过程中又能反过来更好地了解我们自己，所以这也是一个互相感知和互相影响的过程。她指出："我们需要一个体验领域，来学习理解所有现象的本质维度。我们这里将主要涉及感官知觉和模式的现象。我们对世界的感知也会在我们的内心产生共鸣，并引发一个体验和学习的内在过程。在我们与世界的交流中，我们也与自己交流。这种内在的体验，是通过对我们周围世界的有意识的、感官的和直接的探索而发生的。通过这种方式，我们就处于一种交换之中：肉体和心灵彼此迎合。"[1] 所以，强调自然的过程性，并不是单纯地对自然的一种本质属性的发现，而是要在干预自然的过程中与自然对话，与自然交流。自然的过程性的凸显，就是为了寻求一种了解和领会自然的真正途径，只有在接受自然并领会自然内在规律的情况下，对于环境的设计才能真正具有生态的维度。

因此，对于作为过程的自然来说，设计的前提就是参与自然过程，以感知的方式了解自然的本质维度，在与自然的对话中以适合自然的方式改善自然，而非以一种强制的手段随意改变自然。过程是任何生命形式演化发展的一个时间流变，生命得以可能的种种形式只有在过程当中才会显露出来，过程的不确定性和动态性也使得生命具有无限的可能性。对于环境过程特性的重视，使环境设计不再设定一个确定的形象目标，而是开启了一个人与自然进行对话的过程，在其中人与自然在适应中相互建构和协作，环境艺术从而成为一个开放的过程。可见，自然过程性的彰显就是将人重新置于自然的进程当中，恢复人与自然相互依存的生存关系，这是生态美学思想的基本前提。

二、地方认同

生态环境艺术的第二个特征是"地方认同"。这个概念同样可以追溯

---

[1] David, Vera. "Poetic Spaces," in Heike Strelow and Vera David, eds., *Ecological Aesthetics: Art in Environmental Design: Theory and Practice.* Basel: Birkauser, 2004, p.50.

至极简艺术运动。上文已经提及,极简艺术一反传统艺术将作品意义限定在作品自身的观念,而注重作品、空间和观者三者之间的张力,这就在作品内容构建的意义上,将场所和观者纳入艺术创作之中。如果说自然"过程"特性的凸显,使得观者必须参与进来而成为作品意义建构的重要一维,那么地方认同概念的提出,则强调了场所作为一种作品产生的语境对于作品生成的重要意义。这其中涉及极简艺术的一个重要观念——"场所特性",这即是说,每个场所都有自己的特性和传统,不一样的场所也就具有不一样的氛围,而艺术作品的生成应该与场所密切相关,这就决定了不一样的场所语境会产生不一样的艺术作品,一件艺术作品只能适应于特定的场所氛围,场所与作品是协调一致的存在关系。这明显与现代主义的艺术观念格格不入:现代艺术主张国际性和普适性,使得艺术失去了独特性和地域性,而地方认同观念的提出正是要恢复艺术的这些特性。

那么,如何使艺术作品契合场所的特性呢?施特雷洛在《与持续进程的对话》一文中指出:"它们(环境艺术作品)是为一个特定场所而创造的,涉及它的形式、感官上可感知的特性,在很多情况下它们使用就地找到的材料。但像迈克尔·黑泽(Michael Heizer)和艾伦·桑菲尔斯特(Alan Sonfist)这样的艺术家,并没有把自己局限于当地的形式条件;他们也开始将其文化的和'自然的'身份融入自己的创作中,并且这也更加适用于本书所介绍的艺术立场。"[1]由此可见,对于施特雷洛来说,艺术的地方特性的塑造至少要从两个方面来展开,其一是材料,其二是地方文化。

材料是艺术创作的必备要素,传统艺术通过形式的秩序来塑造形象,传达观念,意义的推力在于采用何种形式,而不在于采用何种材料,材料在艺术中的作用逐渐式微。在环境艺术中,材料的价值凸显出来,材料成为一种传达场所意义的媒介。博贝格在《世界观的重生》中指出:"这对于艺术来说,似乎是至关重要的挑战。但是,它们不能再逃入形式的抽象中。它们无法摆脱它们的基质。换句话说:它们必须再次审视这些材料。""我们在此回到第一次尝试,将生态美学与艺术和自然领域中的其他项目和作

---

[1]Strelow, Heike. "A Dialogue with Ongoing Processes," in Heike Strelow and Vera David, eds., *Ecological Aesthetics*: *Art in Environmental Design*: *Theory and Practice.* Basel: Birkauser, 2004, pp.11-12.

品区分开来，材料必须'在现场'找到并在其原始状态下使用，这种起初看似平庸的措施，在这种情况下获得潜在的动态意义，并成为一个可能的起点。"[1]博贝格对于材料，特别是原始状态的材料之于艺术意义的建构作用，持有十分肯定的态度。之所以得出这样的结论，是因为博贝格认为，在场的材料能够唤起并加强场所的地方性。他在批判七十年代的艺术时说道："记忆被原始的形式、圣地、石碑和纪念碑唤起，并且经常被直接取自自然的材料增强。"[2]但这些特性在七十年代的艺术中已不复存在，剩下的只是审美的刺激，毫无价值。这样看来，对于材料物性的发掘，就成为拯救现代艺术的一条可行路径。

对于丹麦艺术家阿尔菲奥·博南诺（Alfio Bonanno）来说，使用现场的自然材料则意味着一项挑战，同时也是一种优势。"直接在现场使用自然材料，无论是在自然景观中，还是在城市环境中，你都是在与场所和材料合作，包括人的维度，这是强大而重要的。"[3]但博南诺使用现场材料的目的并非为了寻求挑战的刺激，而是为了发掘材料自身的特性，并通过艺术的手段将之呈现出来，在人与物的关系之中来敞开作品的意义。他说："这些是我的项目的重要方面……帮助讲述这些材料的故事，让我们意识到它们的起源、它们的用途和误用，以及我们与它们的关系、它们对我们的意义！"[4]所以，博南诺使用在场材料是出于他对材料物性的认可，他的创作就是要揭示材料本身的特质，这即是对材料的理解和尊重。正如他所说："对我来说，重要的是我所使用的每一个组件都要保持其本质的特性，无论它是自然的还是人为的。理解和尊重材料是重要的。"[5]

地方文化对于环境营造具有同等重要的意义，因为人不仅是自然中的

---

[1] Boberg, Jochen, "About the Rebirth of a World View," in Heike Strelow and Vera David, eds., *Ecological Aesthetics*: *Art in Environmental Design*: *Theory and Practice.* Basel: Birkauser, 2004, p.8.

[2] Boberg, Jochen, "About the Rebirth of a World View," in Heike Strelow and Vera David, eds., *Ecological Aesthetics*: *Art in Environmental Design*: *Theory and Practice.* Basel: Birkauser, 2004, p.8.

[3] Bonanno, Alfio, Jackie Brookner and Susan Leibowitz Steinman. "Materials," in Heike Strelow and Vera David, eds., *Ecological Aesthetics*: *Art in Environmental Design*: *Theory and Practice.* Basel: Birkauser, 2004, p.98.

[4] Bonanno, Alfio, Jackie Brookner and Susan Leibowitz Steinman. "Materials," in Heike Strelow and Vera David, eds., *Ecological Aesthetics*: *Art in Environmental Design*: *Theory and Practice.* Basel: Birkauser, 2004, p.98.

[5] Bonanno, Alfio, Jackie Brookner and Susan Leibowitz Steinman. "Materials," in Heike Strelow and Vera David, eds., *Ecological Aesthetics*: *Art in Environmental Design*: *Theory and Practice.* Basel: Birkauser, 2004, p.98.

人，同时也是历史中的人，人必然生存于自然生态系统和文化生态系统两个系统中。德国语言学家彼得·芬克（Peter Finke）认为，人不仅生存在定居点，更为重要的是，他生活在一个精神的世界里，所以意识、认知、思维等方面的内容，也应该纳入对于景观的研究当中，这也构成了它的特殊性。他在《论文化中的自然遗产》一文中指出："我们就如树林中的啄木鸟和湖泊里的鱼，生活在文化生态之中。典型的人类生态系统并非我们的城市，而是我们的文化，我们的文明、社会、对信仰和知识的信念、理性和情感所形成的知识世界。"[1]文化的生态系统对于人类的生存有着至关重要的作用，人类要想更好地建构生存场所，就必须将文化的生态系统与自然的生态系统相互协调，共同构成一个整体系统。所以芬克得出结论说："这意味着，如果一种文化因为不承认遗产或低估其重要性而希望完全脱离其自然遗产，那么它最终将无法生存。任何能够生存的文化都不能违背生态系统组织固有的基本原理，也不能违背它要发挥作用所需要的一般条件。"[2]

意大利哲学家马西莫·文丘里·费瑞罗（Massimo Venturi Ferriolo）在《景观伦理学》一文中也集中表达了上述观点，他认为景观是一个特殊的场所，这个场所具有的神话、历史，人们及其语言、技术、制度、风俗等等都属于这个场所。这些文化因素共同塑造了一个人生活的适宜场所，在这种氛围中人能够确证自身的存在，也是在这种氛围中人成为现在的所是，人在场所中被塑造和教育。他指出："每一处景观都是不断变化的伦理实在、诸行动的领域、人类生活和决策的空间。每个地方都属于其人民……他们可以识别他们生活和工作于其中的区域，在它的个体的属性、历史、传统以及最重要的文化整体中，识别他们生活的一般领域。与场所的关系，创造了个人身份、归属感和区域多样性的意识，以及在社会环境中教育一个人的所有重要因素。"[3]因此，在环境艺术当中强调地方的历史性和文化性，就

---

[1] Finke, peter. "On the Heritage of Nature in Culture," in Heike Strelow and Vera David, eds., *Ecological Aesthetics: Art in Environmental Design: Theory and Practice.* Basel: Birkauser, 2004, p.105.

[2] Finke, peter. "On the Heritage of Nature in Culture," in Heike Strelow and Vera David, eds., *Ecological Aesthetics: Art in Environmental Design: Theory and Practice.* Basel: Birkauser, 2004, p.105.

[3] Ferriolo, Massimo Venturi. "Landscape Ethics," in Heike Strelow and Vera David, eds., *Ecological Aesthetics: Art in Environmental Design: Theory and Practice.* Basel: Birkauser, 2004, p.16.

是对于人类生存的精神关怀，在地方生存中对于地方的认可和对自身的认同，是人将地方视为家园而获得栖居的基础和前提。

所以，在施特雷洛看来，在生态破坏的语境下倡导一种生态性的环境设计或者生态修复，不是将景观还原成自然原来的样子，而是要意识到文化和自然并不是对立的，而是在根本上相辅相成的，因此要将自然和文化相互渗透的这种痕迹展现在作品中。他指出："……我们在这里并不是要将自然浪漫化成一个与人及其文化相对立的美的外观。在我们这里所讨论的生态美学中，自然并不是与文化对立存在的。'我们完全是自然的一部分。自然既是文化的开始，也是文化的结束，两者相互包含。'（普瑞格恩语）自然与文化被看作是辩证地联系在一起的能量。创意设计师在他们的项目中所维护、唤起并逐渐延续的，正是自然与文化相互渗透的这种痕迹。"[1]正是基于这种观念，施特雷洛认为，人们不应该回避工业文明所导致的一些破坏和污染，而是要将工业文明所遗留的废弃场所融入景观设计当中，因为它们是一种工业文化的有力象征。

普瑞格恩的环境设计艺术作品就典型地反映了这种观念。在前期的"变形物体/雕塑场所"作品中，他惯用隐喻和象征的手法，试图唤起某种地方性的回忆和联想；而在后期针对工业废弃场所的生态修复景观中，他则擅长保留工业文明的遗痕，重新定义场所。他在《序言——关于自然的思想》一文中指出："形成、改变、活跃或约束并阻碍其居民生活的景观结构表明，我们不仅卷入故事和历史中，而且还融入场景中。我们的身份总是包含'地方身份'的成分。这是景观艺术的更深层面，它不会产生一个漂亮的伪装，而是改变旧的外观结构并开创新的结构。"[2]

但是，景观作为一种文化和自然的综合产物，并非仅仅是一种文化经时间洗礼的遗痕，其中也有人们深切的愿景和对生命持存的永恒追求，所以景观也深刻反映了人在其中的作为。费瑞罗就曾指出，个体的短暂与自

---

[1] Strelow, Heike. "A Dialogue with Ongoing Processes," in Heike Strelow and Vera David, eds., *Ecological Aesthetics: Art in Environmental Design: Theory and Practice.* Basel: Birkauser, 2004, p.12.

[2] Prigann, Herman. "Prologue—Thoughts about Nature," in Heike Strelow and Vera David, eds., *Ecological Aesthetics: Art in Environmental Design: Theory and Practice.* Basel: Birkauser, 2004, p.75.

然的无限在景观中平衡,他说:"正是通过艺术和技术,人类赋予自身短暂的存在以超越时间的持久性。他将自己的短暂铭刻为自然的无限时间性;他以不同的方式并根据尽可能广泛的诗学,创造了一个具有某些特征的场所。艺术与自然、自然与文化的相互作用,创造出无限形式的景观,表明通过风格和建筑产生景观的特定文化。景观是文化的容器、历史的仓库和可理解世界的空间。"[1]

这种对于地方文化的强调,实际上是要恢复自然与文化的关系,因为自然与文化本来就是相互生成和影响的关系,文化的形成是地方的孕育,而文化又反过来主导了地方的建构。文化也在很大程度上决定了人们对待和处置自然的态度,传统的文化观念正是持一种将人与自然对立的态度,才造成自然的严重破坏。而自然与文化关系的恢复则有助于形成一种人与自然互依共生的生存氛围,从而促成一种对待自然的生态审美态度。

三、跨学科协作

环境艺术的前身可以追溯至极简艺术,也可以追溯至大地艺术,不管是哪种艺术,我们可以明确的是,它只是一种艺术形态。但当它涉及人类生存环境的建构时,环境艺术就不只是一种艺术形态那么简单了。特别是当其进行生态转向时,它就成为一种关系人类前途命运的重大事业了,问题变得相当复杂。它要通过艺术手段来美化环境,就要遵循一定的美学原则;要对环境进行符合生态规律的调整和改变,就必须接受生态科学的指导和制约;要对一定的场地进行建造和扰动,就要了解工程所产生的破坏限度……总之,环境艺术是涉及美学、生态学、生物学、建筑学、地质学等多个学科的复杂学科。正如美国艺术家蒂莫西·柯林斯(Timothy Collins)在《走向多样性美学》一文中所指出的:"恢复生态学是一种新的思维方式。它将公民和专家、城市和荒野,在广泛的生态意识和行动的方

---

[1] Ferriolo, Massimo Venturi. "Landscape Ethics," in Heike Strelow and Vera David, eds., *Ecological Aesthetics: Art in Environmental Design: Theory and Practice.* Basel: Birkauser, 2004, p.17.

案中联系起来。它是一个综合了各种文化实践的学科群。一端是艺术和人文，中间是设计专业，另一端是科学和工程。"[1]那么，要想在根本上解决生态问题，就必须要进行跨学科的研究和协作。

　　施特雷洛对这一问题十分重视，并将其作为生态美学的核心观念。他之所以认为环境艺术需要跨学科的思维和合作，是因为他意识到现代性所造成的一系列分裂，这些分裂不仅有空间上的，也有思想上的，那么弥合这些分裂对于环境艺术就具有十分重要的意义。所以，他非常肯定普瑞格恩等生态艺术家所完成的工业景观设计项目。他在文中指出："将在空间上和理性上分离的事物联结起来，换句话说，跨学科的思维和行动，对于构思和实现这些项目是至关重要的。将知识、思想和行动联结起来，从而与参与这一过程的所有学科的专家和学者以及现场的居民合作，构成了像'特拉诺瓦（Terra Nova）'这样的项目的基础。"[2]但这并非是需要跨学科思维和合作的充分理由，通过施特雷洛对于环境艺术的跨学科特性的分析，可以看出这种特性主要来自两个更为现实的问题。其一是整体设计的客观需求。生态设计是一个系统性和全面性的问题，环境艺术要想真正达到生态的层面，就必须要有系统性的构思与展开方案。施特雷洛指出："他们在各自的领域中发现，如果没有一种系统的办法，他们所处理的现象是无法完全解决的，并且将受到持续的限制。他们已经证实，将所有必要的社会和自然创造力统一起来的必要性，几乎必然地来自对现实的整体设计的需要。"[3]其二是环境问题的复杂性。施特雷洛认为："在作者生活和工作的各个领域以及他们提出的主题和现象中，也可以确定跨学科的需求，这些领域从建立伦理问题到景观设计，从通过批判性地思量他们自己学科的实践来探索系统思维、分析生态学与美学之间的联系到审视生态美学的社会政

---

[1] Collins, Timothy. "Towards an Aesthetic of Diversity," in Heike Strelow and Vera David, eds., *Ecological Aesthetics: Art in Environmental Design: Theory and Practice.* Basel: Birkauser, 2004, p.170.

[2] Strelow, Heike. "A Dialogue with Ongoing Processes," in Heike Strelow and Vera David, eds., *Ecological Aesthetics: Art in Environmental Design: Theory and Practice.* Basel: Birkauser, 2004, pp.12-13.

[3] Strelow, Heike. "A Dialogue with Ongoing Processes," in Heike Strelow and Vera David, eds., *Ecological Aesthetics: Art in Environmental Design: Theory and Practice.* Basel: Birkauser, 2004, p.13.

治的前提。"[1]归根结底,跨学科的设计需求还是来自问题的复杂性,这种复杂性决定了单一学科和单一视角不可能应对环境艺术的多层面问题。

对于这种跨学科的协作,施特雷洛提及两个十分重要的问题。其一是艺术家在这种协作中的统筹作用。在环境艺术当中,艺术家作为作品的设计者,是作品最终效果的决定者,设计的构想、调研、团队的组织、现场的协调都与艺术家直接相关,而这些因素又最终决定了作品的好坏,所以艺术家在其间的责任重大而繁多。他在文中指出:"在实现这些复杂的项目之前,需要进行漫长的社会过程,包括提高意识、讨论和创造性控制。必须说服和整合民众,确定认同的可能性,组建跨学科团队和准备广泛的民主合法性基础。发起、推动和展示这些过程通常是艺术家自己的责任,因此他们成为社会转型过程的催化剂。他们在各种压力团体和学科之间进行调解。"[2]利普顿和沃茨也在《生态艺术:生态的艺术》一文中指出了艺术家联合其他学科学者应对现实问题的努力。他们说道:"目前,世界各地的艺术家正在积极地寻找创造性地解决生态问题的方法。生态艺术家正在与建筑师、规划师、社会科学家、生物学家、植物学家和社区的协作中扮演梦想家的角色。通过这样来做,他们打破了传统艺术的界限,直接参与现实世界的问题。他们正在跨越这些不同的学科,从而弥合艺术和生活之间的鸿沟。生态艺术家激发观众对环境艺术如何与自然世界建立更深层次的联系产生新的理解。"[3]可见,在社会的生态转型中,艺术承担了十分重要的任务。而在艺术中,艺术家又有着导引和协调的作用,他们整合了社会资源进行生态创作,而且致力于改变民众对人与自然关系的已有偏见。

其二是民众参与对于实现一种综合景观艺术的作用。施特雷洛认为,民众参与在景观设计实践中取得了十分丰富的成果。他在文中谈及美国宾夕法尼亚州匹兹堡的九英里绿道项目时指出:"跨学科的九英里绿道项目成

---

[1] Strelow, Heike. "A Dialogue with Ongoing Processes," in Heike Strelow and Vera David, eds., *Ecological Aesthetics*: *Art in Environmental Design*: *Theory and Practice*. Basel: Birkauser, 2004, pp.13-14.

[2] Strelow, Heike. "A Dialogue with Ongoing Processes," in Heike Strelow and Vera David, eds., *Ecological Aesthetics*: *Art in Environmental Design*: *Theory and Practice*. Basel: Birkauser, 2004, p.13.

[3] Lipton, Amy and Patricia Watts. "Ecoart: Ecological Art," in Heike Strelow and Vera David, eds., *Ecological Aesthetics*: *Art in Environmental Design*: *Theory and Practice*. Basel: Birkauser, 2004, p.94.

功地让大量公民参与到后工业景观如何能够转变为一个综合生态系统这个问题的讨论中,这个系统在当代城市文化的背景中公正对待自然的复杂性。在现场将人们联合起来的关键是,让公民以更复杂的方式了解自己的乡村。与此同时,对于某些项目来说,使这一观念成为一个坚实的、具有民主合法性的基础,作为实现它的起点是有帮助的。"[1]普瑞格恩环境艺术作品的塑造过程就是这种观念的典型反映。在作品创作中,他非常注重"社会的互动协作、研究和科技准备"过程。这一过程是极为漫长的,常常需要耗费几年的时间,科学工作者、技术人员、创作团队特别是民众,都通过与先前不同的方式加入作品的创作。但他们的参与并非是机械式的体力劳动,他们对环境的接触是一种对事物的新的认知过程,而这种对事物的认知和接收又会反过来促成作品的完成,从而能够更好地传达出作品所要表现的环境观念和生态思想。从这种意义上说,民众在参与塑造环境的过程中,环境又反过来塑造了民众,这是一个相互作用的过程——人们既对环境进行了生态的塑造,环境也对人们进行了一场生动的环境教育。

柯林斯也对民众之于环境艺术的作用十分肯定,他主张在恢复生态群落的艺术中将专家文化与公民对话相结合,这两者之间存在着紧张的张力,协调两者是恢复生态艺术成功的前提。因为恢复地区生态涉及多方面的问题,不仅有地质和动植物方面的,还有人类自身生存的需要。所以来自多方面的声音和参与,对塑造一个适合生物多样性的地区就十分关键。英国生物学家安东尼·布莱德肖(Anthony Bradshaw)在一篇关于自然及其恢复的挑战的文章中指出:"恢复的主要目标……是一种审美的目标——恢复该地区可见的环境质量,目标只有在社区参与的情况下才能实现,只有在无论是工业、乡镇或是学校的人们理解这些目标并准备参与的情况下才能实现。"[2]柯林斯持相同的看法,并且他认为,在恢复社群生态方面,民众在一定程度上同样具有像艺术家一样的创造性责任,可以协调人与场所之间的

---

[1] Strelow, Heike. "A Dialogue with Ongoing Processes," in Heike Strelow and Vera David, eds., *Ecological Aesthetics: Art in Environmental Design: Theory and Practice.* Basel: Birkauser, 2004, p.13.

[2] 转引自Collins, Timothy. "Towards an Aesthetic of Diversity," in Heike Strelow and Vera David, eds., *Ecological Aesthetics: Art in Environmental Design: Theory and Practice.* Basel: Birkauser, 2004, p.171.

关系。所以，在社会的生态转型中，民众是十分重要的因素，是可以联合的社会力量，同时也是生态艺术所针对的主要对象。而生态环境的塑造最终也是为广大民众的栖居所服务，所以民众在这种生态运动中也肩负着不可推卸的责任。

结语：走向生态美学

我们以 What-How-Why-How 四元模式为基本理论框架，分别论述了环境审美对象论、环境审美方式论、环境审美价值论和环境审美设计论，对中西方环境美学的主要研究成果进行了全面的总结与概括。最后我们在研究如何规划、设计、美化环境以提高环境质量时，发现生态审美原则已经成为后现代环境设计实践中的重要审美理念，这就意味着环境美学在发展过程中，逐渐发展出一种生态的环境美学。由此，从环境美学走向生态美学，是一种理论自行发展的结果，我们应该积极推动环境美学向生态美学的转变。

为什么要从环境美学走向生态美学？简要地看，主要有两方面的原因：第一，从环境美学自身角度看，环境美学自身呈现一种二律背反的特性即环境美学一方面在理论架构中比较重视环境科学知识，尤其是生态学知识，具有比较浓厚的环境保护意识与环境伦理思想，蕴含着丰富的生态审美因素；但是另一方面环境美学在具体的规划与设计等实践活动中，存在着大量非生态的环境规划与设计活动，这种非生态的环境规划与设计活动不仅没有真正提升我们的环境质量，反而破坏了环境、甚至降低了我们的环境质量，因此，我们应该站在生态美学的立场上，批判这种非生态的环境规划与设计活动。第二，从时代背景上看，人类已经迈入生态文明时代，我国正在进行生态文明建设，如火如荼的美丽中国、美丽乡村建设除了需要技术支持之外，还需要与生态文明理念相一致的美学理论支撑。同环境美学比较而言，生态美学与生态文明理念具有更高的契合度，尤其是中国生态美学，完全是以生态文明理念为理论指导而建构起来的一种新型的美学理论，因此从环境美学走向生态美学也是一种现实需要。

具体看，这方面的原因其实可以概括为三个要点：第一，环境美学理论中蕴含着丰富的生态美学因素，为环境美学走向生态美学提供理论支持；第二，环境设计中存在大量的非生态的实践活动，我们应该站在生态美学的立场上加以批判，这就为从环境美学走向生态美学的必然性提供现实支撑；第三，生态文明理念的内在要求与美丽中国建设的现实需求，为从环境美学走向生态美学提供时代诉求。

环境美学理论中蕴含着丰富的生态美学因素，为环境美学走向生态美学提供理论支持。正如本书所概括地那样，环境美学理论包括环境审美对象论（即What）、环境审美方式论（即How）、环境审美价值论（即Why）和环境审美设计论（即How）四部分，而每一部分都包含着诸多生态美学因素。

首先，从环境审美对象论上看，环境美学所蕴含的生态美学因素主要体现为：重视各种环境自身的特性，强调要按照对象自身的特性来欣赏环境，而不是按照欣赏艺术品的方式来欣赏环境。环境美学之父赫伯恩在《当代美学与自然美的忽视》一文中，首先从审美对象的角度，指出了自然对象与艺术对象的两点重要差异，即人与自然对象是"融入"关系，而人与艺术对象则是"分离"关系；自然对象是"无框架的"，而艺术对象是"有框架的"，由此赫伯恩认为，我们一定要根据自然对象的这些独特特征来欣赏自然，"假定一个人接受的审美教育无法处理这些差异，假定它灌输给他的仅仅是适合艺术品欣赏的态度、方法策略、期望，那么，我们可以确信，这样的人要么不会审美地关注自然对象，要么会以一种错误的方式来对待它们。他将寻找——当然一定是徒劳地寻找——仅仅是在艺术中所被发现的和欣赏的。"[1] 随后，卡尔森强调要根据"自然所是"来欣赏自然环境，齐藤百合子强调要"如其本然"地欣赏自然，马尔科姆·巴德强调要欣赏自然本身等等。无疑，这些思想都强调要把自然欣赏为自然，

---

[1] [英]罗纳德·赫伯恩：《当代美学与自然美的忽视》，李莉译，程相占校，《山东社会科学》2016年第9期。

而不是把自然欣赏成艺术品。其中，卡尔森正是根据原生自然本身特性，提出了著名的"肯定美学"，认为所有原生自然都具有肯定的审美特性和审美价值，富有丰富的生态美学意蕴。随着环境美学的深入发展，人们将环境的类型日益细致化。总的来看，环境可以分为自然环境与人建环境，而人建环境又可细分为农业环境、园林环境、城市环境和日常生活环境。由于环境美学始终强调以对象为导向的欣赏思路，而每一种类型的环境又有独特的审美特性，因此当代西方环境美学逐渐发展出自然环境美学、人建环境美学，其中人建环境美学又包含农业环境美学、园林环境美学、城市环境美学、日常生活环境美学，等等。当代西方环境美学在发展过程中始终重视各类环境自身的特性，始终强调要按照对象自身的特性来欣赏环境，而不是按照欣赏艺术品的方式来欣赏环境，因此在哲学根基上与生态美学的主张一致。

其次，从环境审美方式论上看，环境美学针对各种环境类型，尤其是自然环境，提出了多种欣赏模式，比如本书在第二编中重点论述的自然环境模式、交融模式、整合模式、激发模式、多元主义模式、神秘模式以及生态学模式。其中自然环境模式、交融模式、生态学模式等均富有浓厚的生态审美意蕴。自然环境模式是卡尔森在《自然与审美欣赏》一文中提出的欣赏模式，它强调自然既是环境的、又是自然的，突出自然对象与周围环境的互动关系，重视科学知识尤其是生态学知识在自然欣赏中的引导作用，体现了一种科学认知主义立场。毫无疑问，这种欣赏模式是一种适当的、严肃的自然欣赏方式，而不是肤浅的、表面的欣赏方式。因此自然欣赏的"环境模式"是关于自然的生态审美，富有浓厚的生态美学意蕴。交融模式是伯林特提出的一种欣赏模式，它反对一种主客二分的静观的审美模式，强调欣赏者与欣赏对象应该是一种交融关系，尽可能地缩小审美主体与审美对象之间的距离，打破传统的主客二元论的局限。比如，当我们进行自然欣赏时，整个身心都要浸入在自然环境中，并与自然环境发生互动：这时我们一方面要打破视听觉感知的限制，充分调动其他感觉器官，使所有的感官——如嗅觉、味觉、触觉、动觉、位置觉等——都主动地参与其中；另一方面还要全方位地感知周围的自然环境，不仅要感知自然环境中的纹理结构、色彩，还要感知自然对象的体量、深度以及声音、风、阳光、湿度、运动等等。由此可见，交融模式超越了传统美学的主客二分思想，并提倡多感官地参与，是一种典型的生态审美模式。生态学模式是卡尔森将自然欣赏中重视自然生态系统相互联系的方法扩展到人类环境欣赏的结果，强调建筑物的存在、处所与功能，重视建筑物之间的相互关系以及人与环境的互动关系，因此富有浓厚的生态审美意蕴。

再次，从环境审美价值论上看，环境美学在发展过程中与环境伦理学关系密切，始终重视环境保护论，这点与生态美学的伦理诉求一致。西方环境美学奠基者之一的卡尔森，在发展环境美学过程中，始终强调环境美学要为当代环境保护论提供美学基础。他在1977年《论量化景观的可能性》中关注环境美学与环境保护的关系，他说："在过去，自然环境总是充满巨大的多样性。同样，由于我们环境保护理性的特点，我们作为一个社会已然保留了这种多样性的代表性部分——并非我们的所有公园只有山水。再者，如果我们的动作明智而又迅速，我们仍然有可能保护自然环境所提供的多样性的更大部分。如有人所指出的，这种多样性的保护不只从生态学角度看是值得的，从审美的角度看也如此。多样性保护为审美欣赏提供了有效的变化，这种审美欣赏上的变化反过来又为日益拓展的审美欣赏的发展构成良好基础。"[1]而后，卡尔森在建构环境美学过程中，明确反对各种不利于环境保护的美学，大力提倡有利于环境保护的美学，比如他认为，恰当的自然审美欣赏至少应该包含下面五个特性：非中心的，而非人类中心的；环境聚焦的，而非景致迷恋的；严肃的，而非肤浅和琐细的；客体的，而非主体的；伦理参与的，而非伦理缺场的。[2] 由此可见，满足这五个特性的环境美学，肯定是一种有利于环境保护论的美学，从而切合了生态

---

[1] Carlson, Allen. "On the Possibility of Quantifying Scenic Beauty," *Landscape Planning* 4 (1977), pp. 131-172. 中译本参考［加］艾伦·卡尔松：《从自然到人文——艾伦·卡尔松环境美学文选》，薛富兴译，桂林：广西师范大学出版社，2012年版，第16页。

[2] Carlson, Allen. "Contemporary Environmental Aesthetics and the Requirements of Environ-mentalism," *Environmental Values* 19 (2010), pp. 289-314.

美学的伦理诉求。

最后，从环境审美设计论上看，本书在第十七章中专门论述了环境设计艺术的生态审美原则，指出在后工业的语境中，环境设计艺术表现出了不同于传统艺术的鲜明的后现代特征和生态特性，并不自觉地与生态美学形成了相互建构和补益的紧密关系。其中，环境设计艺术的生态审美原则具体表现为：一、过程导向，即自然的过程性凸显出来，设计不再是对自然的强制性改变，而是在自然的过程中与自然对话，在与自然的协作中创作作品，从而使得旁观者必须参与进来，成为环境设计与建构中的重要一维；二、地方认同，即强调场所作为一种作品产生的语境对于作品生成的重要意义，实际上每个场所都有自己的特性和传统，不一样的场所也就具有不一样的氛围，而艺术作品的生成应该与场所密切相关，这就决定了不一样的场所语境会产生不一样的艺术作品，一件艺术作品只能适应于特定的场所氛围，场所与作品是协调一致的存在关系；三、多元的跨学科行动，即它是一种将公民和专家、城市和荒野，在广泛的生态意识和行动的方案中联系起来的新的实践方式，强调生态的环境设计艺术应该涉及美学、生态学、生物学、建筑学、地质学等多个学科。

环境设计中存在大量的非生态的实践活动，我们应该站在生态美学的立场上加以批判，这就为从环境美学走向生态美学的必然性提供现实支撑。尽管环境美学理论建构中存在大量的生态美学因素，但是在具体的环境规划与设计等实践活动中，同时还存在大量的非生态的案例，因此，我们应该站在生态美学的立场上，批判这种非生态的环境规划与设计活动，从而切实营造符合现代生态意识的、健康的、稳定的美好生活环境。下面，我们以案例的形式，分析一下公共空间中的园林规划、商业活动中的房地产开发设计以及日常生活中的花卉景观营造中存在的反生态要素。

首先，园林环境，尤其是城市中的公园，是人们休闲、娱乐的重要公共空间，通常也是人与自然和谐的典型代表，可以说，中西方许多园林在设计规划中都强调自然因素与文化因素的和谐统一，但是还有许多园林在规划设计与实施中，存在大量的反生态的问题，比如法国凡尔赛宫。尽管凡尔赛宫举世闻名，是世界建筑艺术中的一个瑰宝，但是站在现代生态学和生态美学的立场上，凡尔赛宫在规划设计中，存在一些明显的反生态的因素。首先，整体建筑设计未考虑生态环境匹配性问题。环境建筑设计需要可支持、可匹配、可操作性强的适合的生态条件的支持，但是凡尔赛宫整个建筑以细软的泥沙地为地基，这使得恢宏巨大的凡尔赛宫缺少稳固地基所应该具备的巨大承载能力，增加了宫殿湿陷沉降的巨大风险，影响建筑空间整体的稳定性，从而导致在建造过程中，一些建筑工人遇事故死去。凡尔赛宫这种忽视土壤本身的泥沙性质，强行在其上建筑大规模宫殿的做法，在今天看来，是一种违背生态原则与生态理念的活动。更重要的是，凡尔赛宫在整体审美风格上过于追求对称、规则、整齐。凡尔赛宫全园以"轴线式"进行布局设计，将建筑统筹到全园的景观布局之中，并且为了整体的规则、整齐，凡尔赛全园的植物一般都按照一定的几何学图形来安置，并将主要绿植都修剪成有规则的三角形、圆形、方形等形状，以满足部分的审美偏好。这种审美观是典型的非生态的审美观，完全违背了植物的天性，无异于中国古代文人要求女人要裹小脚的审美嗜好。凡尔赛宫是法国著名的古典园林之一，影响巨大，其规划设计与审美风格引起俄国、奥地利等国君主的羡慕与仿效。彼得一世在圣彼得堡郊外修建的夏宫、玛丽亚·特蕾西亚在维也纳修建的美泉宫、腓特烈二世和腓特烈·威廉二世在波茨坦修建的无忧宫，以及巴伐利亚国王路德维希二世修建的海伦希姆湖宫都仿照了凡尔赛宫的宫殿和花园。通过模仿，深藏在凡尔赛宫设计与规划背后的反生态因素，也会带入到其他规划设计活动中，从而流毒甚远。因此今天，我们需要站在生态学和生态美学的立场上，对其中所隐藏的非生态因素加以批判。

其次，在商业活动中的房地产开发设计中，也存在明显的反生态问题。人们都喜欢有山有水、自然环境优美的地方，因此自然风景好的房子售价要比风景差的地方贵得多。然而，人们对优美自然环境的偏爱，非但没能为自然环境带来益处，反而招惹来各种破坏活动。开发商在利益的驱动下，大肆开发风景优美的自然环境，对不符合人类审美偏好的自然环境弃之不顾甚至肆意践踏，最终导致自然的破坏。比如从2014年到2019年一直备受关注的秦岭别墅案件。秦岭是中国南北地理分界线，更是涵养八百里秦川的一道生态屏障，具有调节气候、保持水土、涵养水源、维护生物多样性等诸多功能。然而，由于秦岭美丽的山水环境，开发商便在这里建造了大量的别墅。据当地居民说，一套房子要卖一千多万。秦岭北麓的长安区原是绿意盎然、山清水秀的重要自然资源保护区，正是这样一种得天独厚的天然优势，成为一些以利益和财富为价值追求的开发商的敛财商机，无视秦岭本身的风貌特征、生态平衡以及其对城市的生态补偿作用，以非法手段获得开发权，大肆对该地区进行居住环境的建设，导致原本的绿水青山完全改头换面成为一片商品住宅区，严重破坏这一地区的生态平衡，完全失去了昔日的生机与活力。由此可以看出，开发商在利益的驱动下，在秦岭北麓进行的房地产开发设计完全违背了生态规律，是反生态的。对于这样的房地产开发活动，我们必须严厉批判，并采取措施加以整治。

最后，在日常生活中的花卉景观营造中，也存在一些反生态要素。以笔者亲身体验为例，比如，2019年喜迎新中国华诞70周年，在国庆期间，可以在街头巷尾、公园或公共建筑附件看到一些用各色菊花摆出的"70""祖国"等形状的花卉景观，给国庆节日增添了许多喜庆氛围，同时也提高了我们日常生活的环境质量。但是国庆节刚过不久，许多菊花都还在绽放中，花卉景观设计者就把一盆盆的菊花当作垃圾，清理掉了。毫无疑问，花卉景观设计者在菊花还在盛开的时候，就把它当成垃圾清理掉，背后隐含着两点非生态、甚至反生态的观念：花卉景观设计者对待菊花的态度不是审美的，而是工具性的，一旦花卉景观在国庆节期间完成了庆国庆的任务，则这些菊花的就没有用了，于是就成了"垃圾"。我们知道，对于菊花而言，开花只是它作为一株植物而言，其生命历程的一部分，就算菊花凋谢了，也不能意味着它们就成了"垃圾"；相反，它们还是一株株活生生的生命，和人类制造的各种垃圾完全是两回事。笔者认为，在国庆节后，即便景观花卉设计者没有精力照顾这些被使用过的菊花，那也不能将它们作为垃圾处理掉，相反，景观花卉设计者可以号召从花卉景观旁路过的喜爱盆栽的广大市民们，每人可以带一盆菊花回家，精心照顾。这样，将利用后的菊花，仍作为一株有生命的植物来对待，要比将其作为垃圾来对待，要更加富有生态意味。

生态文明理念的内在要求与美丽中国建设的现实需求，为从环境美学走向生态美学提供时代诉求。文明是反映人类社会发展程度的概念，它表征着一个国家或民族的经济、社会和文化的发展水平与整体面貌，因其核心产业的不同而区分为不同的类型或阶段。从人类文明史的发展历程上看，人类社会先后经历了原始文明、农业文明和工业文明，如今正在走向生态文明。从全球视角看，人类进入生态文明的标志是1972年6月5日召开的斯德哥尔摩世界第一次环境大会。结合我国国情来看，党的十七大是我国开始迈入生态文明的重要标志，因为党的十七大政治报告首次在社会主义物质文明、精神文明与政治文明之后明确地提出"建设生态文明"的重要论断，并将"建设生态文明"作为建设我国社会主义小康社会的新目标和新要求，因此这成为我国开始迈入生态文明的重要标志。党的十八大明确将"生态文明"纳入中国特色社会主义"五位一体"总布局中。党的十九大更是将"生态文明"视为习近平新时代中国特色社会主义思想的重要组成部分，十九大报告所提到的"美丽中国""人与自然和谐共生""绿水青山""绿色发展"等等关键词，都是生态文明的重要主题，尤其是报告在第九部分"加快生态文明体制改造，建设美丽中国"中直接指出，我们建设的现代化是人与自然和谐共生的现代，要满足人民日益增长的优美环境需要，还自然以宁静、和谐、美丽。这正是我国生态文明建设对美学所提出的要求。

当下，我国生态文明建设，尤其是美丽中国、美丽乡村建设正在如火如荼地展开，这其中既需要强大的自然科学技术以及环境科学知识的支持，同时还需要一种强有力的美学理论的指导。从上文的论述可以看出，固然环境美学在指导美丽中国与美丽乡村建设中发挥着一定的作用[1]，但是环境美学理论自身存在着一种二律背反的特性，环境美学虽然在理论建构中有

---

[1] 参见陈望衡、邓俊、朱洁编：《美丽中国与环境美学》，北京：中国建筑工业出版社，2018年。

丰富的生态因素，但是也存在一些反生态的因素，因此根据环境美学理论来指导具体的环境规划与设计实践活动，可能会出现一些违反生态规律、违背生态文明理念的案例。然而，生态美学不存在环境美学所面临的二律背反难题。生态美学，尤其是中国生态美学是在生态文明理念指导下形成的一种新型的美学理论，它以"生生美学"为本体，"生态文明""生生美学""生态存在""生态审美""家园之美""天地境界"和"生态意识"都是其核心关键词。因此，同环境美学相比较而言，生态美学与生态文明理念具有更高的契合度，能为美丽中国、美丽乡村建设提供强有力的美学理论指导。

参考文献

一、英文

Berleant, Arnold. *Art and Engagement*. Philadelphia: Temple University Press, 1991.

Berleant, Arnold. *The Aesthetics of Environment*. Philadelphia: Temple University Press, 1992.

Berleant, Arnold. *Living in the Landscape*: *Toward an Aesthetics of Environment*, Lawrence: University Press of Kansas, 1997.

Berleant, Arnold, ed., *Environment and the Arts*: *Perspectives on Environmental Aesthetics*. Aldershot: Ashgate, 2002.

Berleant, Arnold. *Re-thinking Aesthetics*: *Rogue Essays on Aesthetics and the Arts*, Aldershot: Ashgate, 2004.

Berleant, Arnold. *Aesthetics and Environment*: *Variations on a Theme*. Aldershot: Ashgate, 2005.

Berleant, Arnold and Allen Carlson, eds., *The Aesthetics of Human Environments*. Peterborough: Broadview Press, 2007.

Berleant, Arnold. *Sensibility and Sense*: *The Aesthetic Transformation of the Human World*. Exeter: Imprint Academic, 2010.

Brady, Emily. *Aesthetics of the Natural Environment*. Edinburgh: Edinburgh University Press, 2003.

Carlson, Allen. *Aesthetics and the Environment*: *The Appreciation of Nature*,

Art and Architecture, London and New York: Routledge, 2000.

Carlson, Allen and Arnold Berleant, eds., *The Aesthetics of Natural Environments*. Toronto: Broadview Press, 2004.

Carlson, Allen and Sheila Lintott. *Nature, Aesthetics, and Environmentalism: From Beauty to Duty*. New York: Columbia University Press, 2008.

Carlson, Allen. *Nature and Landscape: An Introduction to Environmental Aesthetics*, New York: Columbia University Press, 2008.

Eaton, Marcia Muelder. *Merit, Aesthetic and Ethical*. New York: Oxford University Press, 2001.

Hargrove, Eugene. *Foundations of Environmental Ethics*. Englewood Cliffs, NJ: Prentice Hall, 1989.

Kemal, Salim and Ivan Gaskell, eds., *Landscape, Natural Beauty and the Arts*, New York: Cambridge University Press, 1993.

Leopold, Aldo. *A Sand Almanac*. New York: Oxford University Press, 1969.

Light, Andrew and Jonathan M. Smith, eds., *The Aesthetics of Everyday Life*. New York: Columbia University Press, 2005.

Lynch, Kevin. *The Image of the City*. Cambridge and London: The MIT Press, 1960.

Lefebvre, Henri. *The Everyday and Everydayness*. Translated by Christine Levich. Yale French Studies, 1987.

Porteous, J. Douglas. *Environmental Aesthetics, Ideas, politics and planning*. London: Routledge New Fetter Lane, 1996.

Rolston, Holms, III. *Environmental Ethics: Duties to and Values in the Natural World*. Philadelphia: Temple University Press, 1988.

Sepanmaa, Yrjo. *The Beauty of Environment: A General Model for Environmental Aesthetics*. Painomeklari Ky, Scandiprint Oy, Helsinki, 1986.

Strelow, Heike and Vera David, eds., *Ecological Aesthetics: Art in Environmental Design: Theory and Practice*. Basel: Birkauser, 2004.

二、中文

[芬] 瑟帕玛：《环境之美》，武小西、张宜译，长沙：湖南科学技术出版社，2006年版。

[芬] 奥瑟·瑙卡利恁：《环境艺术》，肖双荣译，武汉：武汉大学出版社，2014年版。

[美] 阿诺德·伯林特：《环境美学》，张敏、周雨译，长沙：湖南科学技术出版社，2006年版。

[美] 阿诺德·伯林特：《生活在景观中——走向一种环境美学》，陈盼译，长沙：湖南科学技术出版社，2006年版。

[美] 阿诺德·伯林特主编：《环境与艺术：环境美学的多维视角》，刘悦笛等译，重庆：重庆出版社，2007年版。

[美] 阿诺德·伯林特：《美学再思考——激进的美学与艺术学论文》，肖双荣译，武汉：武汉大学出版社，2010年版。

[美] 阿诺德·伯林特《美学与环境——一个主题的多重变奏》，程相占、宋艳霞译，郑州：河南大学出版社，2013年版。

[加] 艾伦·卡尔松：《自然与景观》，陈李波译，长沙：湖南科学技术出版社，2006年版。

[加] 艾伦·卡尔松：《从自然到人文——艾伦·卡尔松环境美学文选》，薛富兴译，桂林：广西师范大学出版社，2012年版。

[美] 杜威：《经验与自然》，傅统先译，南京：江苏教育出版社，2005年版。

[美] 霍尔姆斯·罗尔斯顿Ⅲ：《哲学走向荒野》，刘耳、叶平译，长春：吉林人民出版社，2000年版。

[美] 尤金·哈格洛夫：《环境伦理学基础》，重庆：重庆出版社，2007年版。

[美] 史蒂文·C.布拉萨：《景观美学》，彭锋译，北京：北京大学出版社，2008年版。

[美] 理查德·舒斯特曼：《身体意识与身体美学》，程相占译，北京：

商务印书馆，2011年版。

[美] 理查德·洛夫：《林间最后的小孩——拯救自然缺失症儿童》，自然之友译，长沙：湖南科学技术出版社，2013年版。

[德] 彼得·渥雷本：《树的秘密生命》，钟宝珍译，南京：译林出版社，2018年版。

[日] 李卿主编：《森林医学》，王小平等译，北京：科学出版社，2013年版。

程相占主编：《中国环境美学思想研究》，郑州：河南人民出版社，2009年版。

程相占：《生生美学论集——从文艺美学到生态美学》，北京：人民出版社，2012年版。

程相占等著：《生态美学与生态评估及规划》，郑州：河南人民出版社，2013年版。

陈望衡：《环境美学》，武汉：武汉大学出版社，2007年版。

陈望衡、邓俊、朱洁编：《美丽中国与环境美学》，北京：中国建筑工业出版社，2018年版。

曾繁仁：《生态存在论美学论稿》，长春：吉林人民出版社，2009年版。

曾繁仁：《生态美学导论》，北京：商务印书馆，2010年版。

曾繁仁：《生态文明时代的美学探索与对话》，济南：山东大学出版社，2013年版。

陈从周：《说园》，上海：同济大学出版社，2017年版。

后　记

本书的思路和框架来自十年前我主编的一本书，即《中国环境美学思想研究》（河南人民出版社，2009年版）。该书以环境美学的四个基本问题为理论框架，旨在比较全面、系统地清理和总结中国传统环境美学思想的主要内容。

坦诚地说，当年我在设计"环境美学的四个基本问题"时，主要受到了加拿大学者卡尔森教授的启发。卡尔森是国际著名的环境美学家，他在论述环境欣赏的时候提出了两个基本问题，一个是欣赏"什么"（what），另外一个是"如何"（how）欣赏。这两个问题就成了卡尔森环境美学的核心问题，其理论贡献主要集中在于后者，即如何审美地欣赏自然以及各类环境，包括他所说的"人类环境"（human environment）。这就是说，卡尔森的环境美学可以概括为"什么—如何"（what-how）二元模式。

但是，我在带领2005级的四位研究生探索中国环境美学思想的时候，发现还有另外两个问题也值得探讨：一个是"为什么"（why），即为什么要对环境进行审美欣赏？这个问题反过来问就是，环境具有什么样的审美价值？此即环境审美价值论；另外一个是"怎样"（how），即怎样设计美化环境？一个显而易见的事实是，人类并不生活在自然环境之中，其居住环境通常都是设计营造的结果，对于环境的设计和美化是人类生活最基本的问题，此即环境审美设计论。这就意味着，相对于卡尔森环境美学的二元模式（what-how），我构想的环境美学则是四元模式（what-how-why-how）。我自信这个模式更加全面，也更加合理。2006年以来，我继续搜索西方环境美学文献，继续探讨环境美学理论，但迄今为止，依然没有发现国际范围内有哪位学者，提出过比我的四元模式更加完备的环境美学框架——这是我研究国际环境美学多年的最大收获。

正是出于这种学术自信，我觉得环境美学的四元模式可以作为本书的理论框架。与《中国环境美学思想研究》一书的区别是，本书调整了第一、二两个问题的顺序，完全按照 what-how-why-how 这个四元模式来展开，每个问题作为一编，每编又包含数章。2019年3月22日，我起草了编写说明，分发给几位博士研究生，请他们分别开始撰写，特别要求他们根据我已经发表的环境美学论文进行重写。

这本书最终成果的分工如下：导论由周思钊根据程相占的几篇相关论文改写；第一编由周思钊撰写；第二编由庄守平撰写；第三编的第十章至第十二章由史修媛撰写，第十三章由刘昱君撰写；第四编的第十四章和第十六章由徐晓蕾撰写，第十五章由陈烨撰写，第十七章由黄若愚撰写；结语由周思钊、刘希言、冯明肖撰写；参考文献由周思钊编订；后记由程相占撰写。

这里需要特别说明的一点是，多年以来，我一直给山东大学文艺美学研究中心的硕士研究生开设"专业英语课程"，其中几年（2014—2017）讲授的内容一直是"西方环境美学"；与此同时，2014年以来，我每年都给博士研究生讲授"环境美学专题研究"。参与撰写本书的博士生同学，都分别跟我上过这两门课中的至少一门，有些同学还上过不止一次。正因为这样，我才比较放心地邀请他们参与本书的撰写工作。

各位同学完成初稿后，我认真提出了修改意见，让他们分别进行修改，不少章节还修改了多次，最后由我整合成一部完整的书稿。在书稿的最后整合阶段，我指导的博士生周思钊同学帮我做了许多工作，这里应该记录他的劳动。我在通读全书的过程中，也随手修改了不少地方。书稿存在的疏漏和缺陷一定不少，这当然要由我来负责。

感谢山东文艺出版社，感谢上述各位博士研究生同学！

程相占

2019年6月22日初稿，2019年12月2日修订。